D1696343

LICHT

erster Band aus

Schattenseiten

ein Roman

von Tobias Sichelstiel

YELLOW KING PRODUCTIONS

1. Auflage November 2018
Lektorat: Diane Rösl, Mario Weiß, Oliver Susami
Buchgestaltung: Tobias Sichelstiel, Johann Sturcz, Julius Kreupl

ISBN 978-3-946309-15-4

Für alle Träumer, gefangen in euch selbst.

SCHATTENSEITEN

Inhaltsverzeichnis

erster Band: Licht

Nachwort

Der einsame Wanderer

1

Dunklen, braunen Augen, die glasigen Bernsteinjuwelen gleichen, liegen kleine schwarze Pupillen zugrunde. Ähnlich wie der Mond als Scheibe im Zentrum einer totalen Sonnenfinsternis eine leuchtende Korona um sich erscheinen lässt, so lassen die Sehlöcher um sich einen Kranz aus pigmentverzierten Strahlen entstehen, deren wellige Bänder und Schlaufen sich bis zum äußeren Rand der Iris fortsetzen. Dahinter tut sich das weiße Firmament der Augen auf, in dem feine rote Äderchen wie weit verästelte Blitze stehen.

Jene Augen spiegeln in diesem Moment die lichtge Fassade der Welt, in welche sie blicken, und werfen wie Juwelen das entgegengebrachte Bild in einem mystischen Glanz zurück. Dem Träger dieser Augen sind sie kostbare Edelsteine aus Fleisch und Blut, welche in faltige Lider, ähnlich wie manch mineralische in bronzene Säume eines Solitärs, gesetzt worden sind. Er sieht den klaren, gleißend hellblauen Himmel, und keinen Vogel, der in ihm pfeift, durch ihn schwebt oder versucht, und dabei kläglich versagt, den Boden auf ewig zu verlassen. Er sieht, wie warme Luft schimmernd und in der inhaltslosen, strahlend weißen Wüste, Seen bildend, dem Himmel entgegen steigt; sie verhält sich so, wie sie es über jedem Hitzeherd tut. Denn aufgeheizt und angetrieben bleibt ihr nichts anderes übrig als dem Diktat der Natur Folge zu leisten. So lässt sie sich von deren Gesetzen in eine Strömung bringen, welche auf ihrem sturen Weg nach oben Zerrbilder, flackernde Schlieren in Form von Fäden und Wirbeln, in die Luft zeichnet. Es herrscht flimmernde Hitze, mutmaßlich ebenbürtig zu jener in einem Backofen. Aber anstelle des Brotlaibs, der sich in solch einer Umgebung befinden müsste, ist es sein eigener Leib, der sich zwischen den eifrig pumpenden Wärmequellen über und unter ihm aufhält. So sticht von oben die erbarmungslose Sonne mit ihren Flammen auf ihn ein, während die Wärmestrahlung der stark aufgeheizten Sandplatte ihn von unten her traktiert.

Was seine Augen nicht übersehen können, ist der schier endlos weite und leere Raum. Im Anblick des gen unendlich reichenden Fassungsvermögens der Hemisphäre ganz klein, erscheint ihm geradezu nichts wahrscheinlicher als darin, als einzelner Tropf im Meer, verloren zu gehen. Ihr für ihn weder zu greifendes noch zu begreifendes Volumen ist durch die strikt horizontale Ebene der Wüste gleichmäßig begrenzt. Ein Umstand, der es einem anderen vielleicht leichtmachen würde, über die konstant radial umlaufende Kante des eben ausgebreiteten Horizonts die so entstehende Kreisfläche zumindest annäherungsweise zu definieren. Mit welcher dieser Andere, zusammen mit der vertikalen Komponente jener gewölbten Kuppelhaube, den Inhalt unter dem Himmeldach bestimmen könnte. Dieser Jemand hätte so zumindest das Ausmaß des Raumes in nackten Zahlen begriffen. Was aber seiner Meinung nach nur eine hohle Erkenntnis ist. Denn diese macht den Inhalt des Raumes keinen Deut greifbarer. Daher begnügte sich der Träger dieses Blicks mit seinem schlichten Gemüt seit jeher damit, aus dieser Größe einen eindeutigen Beweis für die Existenz eines göttlichen Wesens abzuleiten. Nur auf diese Weise konnte er sich das Mysterium, ohne Ausflüchte, ohne Wenn und Aber erklären. Denn nur so, ohne marternde Fragen, die alles stets bezweifeln wollen, vermochte dieser alleine mit dem Glauben an die geistige Anwesenheit eines Gottes, körperlich in jene einzutauchen. Was ihm allmählich das erhebende Gefühl zuteilwerden ließ, ein Element dieser höchsten Instanz zu sein.

Die Augen blicken durch einen breiten Spalt eines hellen Tuchs, das den ganzen Kopf umgibt. Um die Augen herum sieht man die dunkle Haut, welche, mit vielen schwarzen Poren besetzt, den leidenschaftlichen Odem seiner verhassten Geliebten, der Sonne, in der klaren heißen Luft spürt. Der Rest des Körpers ist in kühlen und schattenspendenden, fein gewebten Stoff aus heller Ziegenwolle gehüllt. Der beigefarbene, abgegriffene und staubige Umhang, dessen Vorderseite zwei etwas hellere Bordüren mit ehemals wohl kräftigen, inzwischen aber nur noch ausgeblichenen, zart pastellfarbigen Mustern zieren, reicht seinem Träger bis auf den Boden. Der Umhang ist damit so lang, dass nur bei großen und ausfallenden Schritten die mit Sandalen geschützten Füße unter dem vom rauen Sand ausgefransten Saum aufblitzen.

Die nachdenklichen Augen blicken unverändert starr in die leere, ausgelebte oder noch ungeborene Welt. Denn über diesen Sachverhalt ist er sich unschlüssig. Er weiß nicht, ob er sich in dieser Einöde auf genuinem Mutterboden oder auf den sterblichen Überresten einer bereits verlebten Existenz befindet.

Die Wüste erstreckt sich über eine weite, scheinbar endlose leere Ebene. Den weit entfernten Horizont bildet eine feine Linie zwischen dem gleißenden Weiß des Bodens und dem klar erstrahlenden Hellblau des Himmels. Bis dahin, und darüber hinaus, besteht die Wüste aus feinem Sand, welcher durch das enorme Gewicht der Sonne – der brütenden Hitze – mit der Zeit zu versteinerten Platten gedrückt wurde. Die aufklaffenden Risse und Spalten zwischen den ausgedorrten Tafeln, die den Boden der Wüste pflastern, ähneln einem Netzwerk aus offenen, gähnend leeren, vielleicht auch jungfräulichen Adern; sind Gräben, welche die Schollen unüberwindbar getrennt voneinander halten. Vielleicht hoffen diese so seit

Menschengedenken nebeneinander Vegetierenden, sicher aber schon viele Generationen lang Wartenden, geduldig auf das Wasser. Warten und warten. Sehnen sich mehr und mehr nach Regen. Einem, der sie wach küsst und zum Leben erweckt. Einem, der in prasselnden Schüben auf sie niedergeht, der über sie hinwegfegt und es endlich vermag, ihre staubige Oberfläche wie eine Kruste aufzubrechen. Einen, dessen Wasser tief in sie eindringt, sie aufwühlt und sie mit anderem zu hartem Stein gewordenem Staub neu vermählt.

Seine Augen, und die seiner Vorfahren, haben seit jeher weder lebende noch tote Pflanzen, und folglich auch niemals ein Tier in diesem weiten Tal gesehen. So kann er sich keinen lebloseren, traurig stilleren und von purer Nüchternheit erfüllteren Ort vorstellen als diesen hier. Ein Landstrich, den er zwar seine begehrenswerte, aber doch, im gleichen Atemzug, auch seine verwunschene Heimat nennt. Er hat ein wenig über andere, nahe und ganz weit entfernte Ländereien gehört, welche ganz anders sein sollen als jene die er sein Zuhause nennt. Von bunter Exotik erfüllte Lebewesen, die er sich, wenn weit gereiste Händler ihm von ihnen erzählen, nicht vorstellen kann, da er die Herrlichkeit des Farbenrepertoires in der Welt außerhalb, mit den ihm entgegengebrachten bloßen und blanken Worten, nicht ermessen und in seiner Sprache einfach nicht verstehen kann. Auch ist die aufgeregte Rede von anderen Völkern. Zum Teil von edlen und guten Geschöpfen, zumeist aber doch von schrecklichen Monstern und Bestien, die mit schonungsloser Brutalität Angst und Tod verbreiten. Trotzdem wollten ihm diese Geschichten schon immer sehr gefallen. Denn diese vermögen es, sein Herz in ruhigen Minuten, von denen er so einige hat, mit aufgeregter Sehnsucht zu füllen. Eine Sehnsucht, genauer ein Fernweh, das die potentielle Energie einer gesicherten Treibladung besitzt. Eine, die einmal gezündet, den starken Muskel in seiner Brust antreibt und sofort seinen Puls hochgehen lässt.

So wie jetzt. Denn er spürt diese ihm bekannte Energie schon wieder in seinen alten Beinen pulsieren. Spürt nervöse Schläge sich in diesen als Anspannung sammeln. Spürt, wie jene Unrast mit jeder neuen Eruption am liebsten aus ihnen herausbrechen würde. Und auch wenn dieses Gefühl heute und in diesem Moment nicht einmal halb so intensiv ist wie früher, glaubt er dennoch, dass er für jedweden Aufbruch bereitsteht.

Fürs Erste wird er sich aber wohl mit dem Fortsetzen der aktuellen Etappe begnügen müssen. Denn ein größeres Ziel will sich auch am heutigen Tag nicht anbieten, um von ihm bestiegen zu werden – etwas, was es auch noch nie getan hat.

2

Er wendet seinen von der fremden und schillernden Traumwelt geblendeten, in Fernweh getauchten Blick wieder ab. Denn bei der großen Leere vor ihm ist es ihm ein Leichtes, diese solange mit Bildern aus seinem Kopf zu füllen, bis ihm davon schwindelig wird. So dreht er sich, statt weiter nach vorne auf die Leinwand zu starren, wieder um und lässt die von ihr triefenden Farben ungesehen im Vergessensein verlaufen. Blickt er doch nun in die Wirklichkeit, wo er seine vertraute Kamelkarawane fast Ton in Ton mit der weißen Wüste übergehen sieht.

Während er sich mit bedächtigen Schritten nähert, erheben sich die Tiere, wie durch einen lautlosen Befehl zum morgendlichen Appell gerufen, nun träge von ihrer Untätigkeit. Väterlich streicht und klopft er ihnen über das Fell und spürt dabei, wie es durch den in ihm eingelagerten feinen Sand rau, und durch die hohen Temperaturen strohig geworden ist.

Sorgfältig kontrolliert er seine Ware und zurrt diese gemeinsam mit dem Proviant auf den jeweiligen Trageaufbauten an den stetig dünner werdenden Kamelen noch einmal etwas nach. Er streicht einem jeden von ihnen über den Hinterkopf bis hin zur Schnauze und weiter über ihre fleischig und ledrige gespaltene Oberlippe hinweg, die ideal und wie geschaffen für das Abweiden dorniger Akazien ist. Spricht ihnen mit Blicken und Gesten Mut zu, und entlockt ihnen so, mit dieser laut- und wortlosen Kommunikation, Blicke und Reaktionen, durch die er wertvolle Rückschlüsse auf ihre physische und mentale Verfassung gewinnen kann.

Danach öffnet er sein Kopftuch, welches sein ganzes Haupt bis auf einen Augenspalt bedeckt, indem er eine Fadenschlinge des Gesichtsschutzes vom seitlich angebrachten Knopf löst. Um seinen Durst zu löschen, reicht es ihm schon, seine Lippen mit ein paar wenigen Tropfen kostbarem Nass zu befeuchten. Gerade einmal so viel, dass diese im gleißenden Sonnenlicht kurz aufglänzen können, ehe er sie in sich verbirgt, und noch bevor die dünne Wasserschicht als Tribut von der gierigen Sonne wieder eingefordert werden kann. So kann man jetzt sein Gesicht sehen, das schmal und alt wirkt. Er trägt einen aus lichten Stoppeln bestehenden, schwarz und grau melierten Bart. Außerdem bestimmen viele kleine schwarze Male, die wie Sprenkel auf seiner braunen Haut verstreut liegen, seinen ungleichmäßigen Teint. Von der Sonne ausgezehrt, befinden sich in seinem Gesicht viele kleine Hautfalten, die weniger ausgeprägt oder gar nicht vorhanden wären, wenn er sich endlich dem verdienten Altersruhestand, dem Stillstand in satten, lebensnäheren und nährenden Gefilden beugen würde. Er ist vermögend an Tieren, deren Erlös – wenn er sich doch einmal durchringen könnte, sie zu verkaufen – ihm wohl einige Jahre zum Überleben genügen würde. Zudem kann er auf einen reichen Erfahrungsschatz blicken, dessen Wert ihm durchaus bewusst ist. Denn in der Wüste bedeutet dieser bares

Leben. Aber in einer Stadt brächte ihm dieser Schatz noch nicht einmal etwas Klimpergeld in den Taschen ein. Nein, er darf nicht zum Stillstand kommen.

»Niemals«,

denkt er sich trotzig. Denn das wäre sein sicherer Tod. Er schmunzelt leicht, wenn auch nur kurz, da aufgrund des bitteren Nachgeschmacks, als er sich der Tragweite dieser einsamen Entscheidung bewusst wird, die Süße des anfänglich jugendlichen Revoltierens gegen die Bestimmung schnell vergessen ist. Er versteht, welche Konsequenz hinter diesem Vorhaben steht. Er ist dazu verdammt, sein ganzes Leben lang, in der Wüste seinem täglich andauernden, mühseligen Tagwerk nachzugehen. So lange er lebt, muss er in Bewegung bleiben und sich dabei mit einem stetig schwächer werdenden Körper abfinden. Ihm ist kein friedliches Einschlafen gegönnt. Sein Los wird es sein, von einem Schritt zum nächsten zusammenzubrechen.

Mit einer Hand streicht er über die Falten in seinem Gesicht, die ihn an all das erinnern. Beinahe so, als ob er bereuen würde, das zu sein, was er ist. Sie rufen ihm in diesem Moment aber auch die immer schlaffer werdenden, immer tiefer hängenden Reserven auf den Rücken und Rippen seiner Tiere ins Gedächtnis.

Zur Eile ermahnt, bringt er das dünne, an einer Seite hinunter baumelnde Tuch wieder so vor seinem Gesicht an, dass erneut lediglich seine starken, dunkelbraunen Augen in einem daumenbreiten Spalt zu sehen sind. Er macht sich auf, wieder an die Spitze seiner langgezogenen Karawane zurückzukehren, wo er das Ende des dünnen und so vertrauten Zugstricks in eine Hand nimmt. Jener ist an diesem Ende mit einem braunen, abgegriffenen, mit der Zeit speckig gewordenen Stück Leder umfasst, welches sich auf eine eigentümliche Art und Weise verdammt gut und einfach nur richtig anfühlt. Danach beginnt er von neuem diesen langen, scheinbar und auch wirklich endlosen Weg durch die Wüste zu beschreiten. Denn wenn er endlich an seinem fernen Ziel angekommen sein wird, muss er sich schon bald darauf wieder daranmachen aufzubrechen. Gefangen in einem ewigen Kreislauf zwischen Hin und Her. Das Einzige, woraus er einen gewissen Trost ziehen kann, ist der Umstand, dass sich die unendlich lang empfundene und sprichwörtliche Ewigkeit hier nur auf ein – nur auf sein Menschenleben bezieht, da sich doch sein Alter nicht als wiederkehrende Konstante in diesem Zyklus des immer gleichbleibenden Hin und Her verhält. Mit ironischer Schadenfreude weiß er, dass ihm sein Ausweg, auf dem er sich einmal aus dieser Ordnung stehlen wird, offen steht. Irgendwann, hoffentlich in hohem Alter, wird auf das Hin kein Her mehr folgen, wird er von seiner Reise nicht wiederkehren, da er sich dann zu seiner Letzten aufgemacht haben wird.

Er ist Führer und Besitzer der neun Kamele, die ihm bereitwillig, an der durchhängenden Leine angereiht folgen. Vor ihnen, noch viele Tagesreisen entfernt, liegt die Stadt Ine. Hinter ihnen verbleibt keine sichtbare Spur auf dem zu Stein verdichteten Sand. Sie hinterlassen keine Fährten auf ihrem Rückweg, dessen Ursprung weit hinter den Grenzen der für die Meisten bekannten Welt, im Zentrum der Wüste Sona, zu Füßen des bröckelnden Monolithen liegt. So, als ob sie ihn noch nie beschritten hätten. So, als ob sie allzu nichtig, ihre Schritte, ihre Historie nicht wichtig, der Tinte im Buch des Lebens – im Buch der unendlich fortwährenden Geschichte – nicht wertig genug und würdig wären. So, als ob sie nicht existieren würden, und dies auch noch nie getan hätten.

Das sich stetig fortbewegende Wesen in dieser Wüste, der Mann, der sich unbeirrbar an der Spitze seiner Karawane befindet, ist ein Händler, ein Wüstenreisender, ein Beduine. Kurzum, ein Mann, der mit den Entbehrungen der Wüste – Durst, Hunger und Einsamkeit – zurechtkommt und sie nach Jahren sogar akzeptiert hat. Was blieb ihm schon anderes übrig, als sich mit diesen Umständen zu arrangieren? Zu einem anderen Leben ließ ihm sein Herz keine Wahl.

Auf den Rücken seiner Kamele hat er auf sechsen einen, mit den zugeschnürten Enden, einer langen Wurst ähnelnden Schlauch, auf zweien gewöhnliche Leinensäcke und auf einem weiteren einen schweren und robusten Sack geladen. Von den Guerbas, diesen länglichen, noch mit Fell bedeckten Schläuchen aus Ziegenleder, die ihre Wasserreserven beinhalten, sind noch drei mit Wasser gefüllt und drei bereits von der Anreise geleert. Die zwei Leinensäcke sind mäßig mit Proviant befüllt, während der robuste Sack so voll mit Edelsteinen ist, dass ein Tier diesen für die Dauer eines Tages gerade noch tragen kann. Diese Juwelen stammen aus dem besagten Zentrum der Gegend, zu der sich das Leben noch nicht, oder nicht mehr vorwagt. Folglich ist dieses steinige Herz der Wüste Sona der zu Leib gewordene Tod.

3

Am heute spät gekommenen, und künftig auch immer später kommenden Abenden, lichtet er, wie jeden Tag, die Leinen seiner Wüstenschiffe. Lässt sie so in den letzten Minuten des Tages frei umher, nur ihrer eigenen Strömung folgend, treiben. Gibt ihnen nacheinander Wasser, das er ihnen einzeln in einer Schüssel aus Holz reicht, und Nahrung in Form von getrockneten Pflanzen, hartgewordenem Brot und etwas Dörrobst. Von allem aber nur ein wenig, sodass, nach dem Wissen seiner Ahnen, ihr Körper auf diese Weise getäuscht würde, dass dieser einerseits keine Möglichkeit bekommt Reserven aufzubauen, andererseits aber auch gar keinen Bedarf sieht, auf vorhandene zurückzugreifen, um diese zu verzehren. Denn diese etwa einem Viertel ihres Gesamtgewichts entsprechenden Vorräte – den Tieren eiserne Ersparnis – sind ihm teuer. Nach ihrer Verköstigung beginnt der aufgrund ihrer wiedererlangten Freiheit aufgekommene Bewegungsdrang der Tiere in gewohntem Tempo zu stagnieren. Schließlich siegt eben immer die Trägheit, worauf sie sich bald auf dem harten Boden zu Ruhe legen und er noch eine Runde durch ihre Reihen machen kann.

Seit jeher haben ihn diese Tiere fasziniert. Stolz darüber, dass er diese Wenigen sein Eigen nennen darf, blickt er, beinahe auf Augenhöhe zu ihnen herab. Er begutachtet sie mit seinem ganzen Wohlwollen und kann sie sogar mehr lieben als Menschen, denen nur ein Bruchteil ihrer Widerstandsfähigkeit und Belastbarkeit gegeben ist, welche aber grundlos ein Vielfaches an Ansprüchen stellen. Ein Mensch ohne Kamel würde hier schon lange alle Viere von sich strecken, während ein solches ohne einen Menschen selbst nach all den vergangenen Strapazen immer noch genügend Reserven für weitere Aufgaben haben würde. Auch ist ein Mensch wohl nicht in der Lage, so gut, ohne Vorbehalt, Urteil und erteilenden Rat zuzuhören.

Auch bereiten ihm die gelösten Leinen keine Sorgen. Denn weder muss er befürchten, dass ihm die Tiere weglaufen, noch muss er Angst davor haben, dass sie ihm hier gestohlen werden könnten. Niemand anderes, noch nicht einmal andere Beduinen, gelangen so tief in die Wüste wie er. Es gibt hier keine Menschen, noch sonst irgendetwas, vor dem er sich fürchten könnte, geschweige denn müsste. Er fühlt sich sicher und geborgen. Mit der Wüste und den Tieren gelingt ihm schlicht ein gutes Auskommen. Was ihm im Gegensatz dazu mit den Menschen so gar nicht gelingen will.

Erst jetzt begibt er sich zu dem abgehalfterten Tragegeschirr welches neben seinem ältesten Tier liegt. Auf diesem ist nicht nur eine kleine Proviantladung, sondern auch eine Vielzahl verschiedener persönlicher Utensilien verstaut. Mit wenigen Handgriffen schnallt er eine Decke los und setzt sich, an das Kamel gelehnt, auf dem Boden nieder. Es ist soweit. Für heute sind alle Arbeiten erledigt. Nun kann er seinem Körper endlich das geben, wonach dieser schon gierig ruft – Verpflegung. Diese besteht aus demselben schalen Wasser und den gleichen mit Fehlstellen behafteten Früchten, welche er auch seinen Tieren gegeben hat. Nur in der verhältnismäßigen Menge gönnt er sich, da er doch gar keine Reserven, seien es eiserne oder flüchtige, auf den Rippen trägt, etwas mehr. Danach folgt er dem Ruf der Erschöpfung – endlich auch seinen aufrechten Oberkörper auf dem Boden abzulegen. Dort angekommen – seine Arme hinter dem Kopf verschränkt – lässt er sich von der Trägheit, ebenso wie sie es auch bei seinen Tieren getan hat, ein Stück der Glückseligkeit besorgen.

Sein Schlaf kommt schleichend auf Zehenspitzen daher. Sanft und leicht wird er von der Müdigkeit berauscht. Schon bald hat sie ihn vollends betäubt. Der Anker wird gehoben, auf dass sein Geist frei segelnd, nur der eigenen Strömung folgend, wie eine weiße, in der Luft schwebende Feder im Dunkel der Nacht, geradewegs in einen in ihm noch tief verborgen liegenden Traum gleiten kann.

4

In der Nacht erwacht er ruckartig. Schreckt förmlich auf, als ob er verschlafen hätte. Ihm ist, als habe eine flüsternde Stimme:

„Wach auf!“,
gesagt. Eine, deren Ursprung so nah an seinem Ohr gewesen ist, dass er sogar deren feuchten Hauch gespürt hat, während knochig kalte Finger nach seinem Genick gegriffen haben. Eine kalte Hand, welche ihm eine solch unheimliche Berührung war, dass ihm von da ab, wo er vermutet, diese gespürt zu haben, ein eiskalter Schauder über den Rücken läuft, den sein Körper erfolglos in ruckartigen Reflexen abzuschütteln versucht.

Seine Augen sind wach. Die Pupillen, torangelweit offen, stehen bereit, alle visuellen Eindrücke einzusaugen. Doch sooft er sich auch wendet, hier und dort suchend innehält, sieht er nur die leere, durch den Mond erleuchtete Wüste. Sieht, wie sich dessen Licht, zusammen mit der heraufgezogenen Kühle, wie ein Balsam auf die geschundene Ebene niederlegt. Die kochende, aufsteigende Luft des Tages, die die Wüste tagtäglich in einen wabernden Spiegel wandelt, hat sich verzogen. Der Himmel ist wolkenfrei und klar. Es stehen viele Sterne am sich stetig und träge bewegenden Firmament. Funkelnde Himmelskörper, welche es zusammen mit dem Mond vermögen, das Schwarz der Nacht zu erhellen und nur noch als Dunkelblau auf die Erde zu projizieren.

Er steht auf und dreht mit noch schlafschweren Füßen schlurfend eine Runde durch seine schlummernde Kamelherde, die ruhig schnaubend am Boden liegt. Hier und da streicht er manchen kurz über ihren in der Nacht stark abgekühlten Körper. Bewundert beiläufig die schlichtweg perfekte Anpassung der Tiere an die Wüste. Denn selbst das Reduzieren der Körpertemperatur ist Teil ihrer Überlebensstrategie. Er hört nicht damit auf, ihnen bedächtig durch die Haare zu fahren und sie zärtlich zu kraulen. Verhält sich so, als ob diese es gewesen wären, die schlecht geschlafen hätten. So wie er es sich gerade in diesem Moment wünscht, von einem vertrauten Freund in den Arm genommen und liebkost zu werden. Doch es ist, wie es ist und schon immer war. Er wird damit klarkommen. Das Trösten der Tiere hat mittlerweile die selbige Wirkung auf ihn ausgeübt. Nach dieser kurzen Runde kehrt er wieder unter seine auf dem Wüstenboden ausgebreiteten Decke zurück und schmiegt sich an ein liegendes Tier. So nah, dass er dessen Puls, in dem sich durch die Atmung bedächtig hebenden und senkenden riesigen Körper, so innig spürt, als wäre es beinahe sein eigener.

Er hat nicht damit gerechnet jemanden bei seinen Kamelen zu sehen, der ihn gerufen haben könnte. Denn niemand ist jemals tiefer in die Wüste eingedrungen als er es ist. Niemand sonst hat es bisher gewagt über diese Grenzregion hinaus die Sona zu betreten. Keine Vorfahren. Keine überheblichen Halbstarken. Und sollten es sich doch welche getraut haben, waren sie schlichtweg nicht erfolgreich. Sind beim Versuch, ihre Namen unsterblich zu machen, diese in Stein zu meißeln, gescheitert und schon lange vergessen. Hatten nicht das Privileg inne, welches er besitzt.

So kann es nur ein weiterer dieser schlechten Träume gewesen sein, wie jene, welche ihn auch schon die letzten Nächte, seit er die Rückreise angetreten hatte, besucht haben. Schon bald kann er sich aber auf den langsamen Herzschlag seines Bettnachbarn konzentrieren. Spürt ihn. Kann ihn fast hören. Fühlt, wie dieser ihn langsam mit seiner betäubenden Monotonie einnimmt. Merkt nichts, als dieser ihn mit sich hinfort nimmt.

Traumlos am nächsten Tag angelangt, beginnt dieser von Neuem – so wie jeder andere in seinem Leben der ständigen Wanderschaft. Kleine Unterschiede werden in der Erinnerung eins. Er steht auf, gibt erst seinen Tieren und dann sich selbst von dem Proviant, welcher wie am Abend zuvor aus hartem Brot, getrockneten Pflanzen und ein wenig Dörrobst besteht. So wie er ihnen auch einzeln und nacheinander wieder das Wasser aus der hölzernen Schüssel reicht. Die Leinen, wie auch ihr Gepäck sind mit seiner Routine schnell angelegt.

Aber trotz aller Automatismen dieses Morgenschemas nimmt er sich geduldig alle Zeit der Welt, ihnen aufs Neue – liebevoll und sie eingehend prüfend – über den Kopf, bis hin zur Schnauze zu streichen, während er ihnen dabei tief in die Augen blickt. Die Tiere scheuen sich nicht vor seinem starken Blick. Im Gegenteil, sie fühlen sich durch diesen sogar sicher, geborgen und in ihrem täglichen Tun, durch diesen gütigen Respekt der ihnen zuteilwird, bekräftigt. Sie vertrauen sich völlig seiner souveränen Leitung an. Hörig sind sie bereit, ihm überall hin zu folgen. Sei es in die Stadt hinter dem Ödland, oder in den Tod.

5

Hoch in den Lüften, im Azurblau des Himmels schwimmend, prüfen ihn gestrenge Augen. Sie beobachten ihn, wie er sich nach der liebevollen Zustandsbeurteilung seiner Tiere wieder an die Karawanenspitze begibt, und dort angekommen, sogleich auf ein Neues mit seinen langsamen Schritten damit beginnt, den zusammenhängenden Zug, in sich dehnend, wie den Stoff eines sich öffnenden Blasebalgs auseinanderfaltend, in Bewegung zu bringen.

6

Der Mann, der so pflichtbewusst und vertraut dieser seiner täglich mühevollen Arbeit nachgeht, heißt Ra'hab al Shari. Er hat alles von seinem Vater gelernt, und dieser wiederum alles von seinem. So vermehrte sich von Generation zu Generation, über Äonen hinweg, der Reichtum an Wissen und Gut der auf ihn als einzigen Nachfolger geschrumpften Sippschaft. Leider wird er jenes Wissen, welches über die Vorfahren hinweg seit Anbeginn in seiner Familie herangewachsen ist und nun seinen alleinigen Besitz darstellt, an niemanden weitergeben können. Er ist das einsame Schlussglied der sich weit in die Vergangenheit erstreckenden Ahnenkette. Die ständige Einsamkeit bei den immer tiefer in die lautlose Wüste reichenden Wanderungen hat ihn scheu gemacht. Niemand seiner Vorfahren hat sich, vielleicht aus Angst, vielleicht aus Respekt, vielleicht aber auch aus weiser Voraussicht und Ahnung, die ihm selbst so nicht gegeben war, jemals so tief in die Sona gewagt wie er, der sich ständig und immer wieder aufs Neue in sie begibt. Durch diese Wanderungen ist eine Kluft entstanden. Ein Graben zwischen ihm und der Zivilisation, der mit jeder Reise breiter und breiter wurde. Mit jeder Reise mehr verstärkte sich sein introvertiertes Wesen, und entfernte sich so immer weiter von anderen Menschen und ins besondere dem weiblichen Geschlecht, das ihm Liebe, Lust, Geborgenheit, und vielleicht Kinder hätte schenken können.

Schon in jungen Jahren, er war noch ein Kind, hörte er dem Ruf der Wüste aufmerksam zu. Dieser hatte schon damals eine mächtige Wirkung auf ihn. Einen Einfluss, welchem er sich bis heute noch nie widersetzen konnte, geschweige denn wollte. Stattdessen schaffte dieser es sogar, ihn zeitweise ganz und gar in seinen Bann zu ziehen. So wie beim ersten Mal, als er dem Ruf in Form einer spärlichen Fährte eines entflohenen Kamels Folge leistete. Er vertraute auf sein Bauchgefühl und brach, ohne ein Wort, aus den elterlichen Fittichen aus und begann damit das Tier zu suchen. Heute weiß er, dass diese törichte Kurzschlussaktion, ohne passende Ausrüstung, ohne Tier, nur mit einem Schlauch Wasser bestückt, ihn als Lehrgeld leicht das Leben hätte kosten können. Er hatte damals einfach nur Glück gehabt. Denn nach zwei Tagen fand er schließlich das halbverdurstete Tier und gemeinsam mit ihm auch wieder den Weg zurück. Er weiß noch, und erinnert sich immer wieder gerne daran, wie stolz er auf sich, und sein Vater auf ihn war, als er damals diese für sein Alter ungeheuerliche Tat mit Erfolg vollbrachte. Sein Tun verschaffte ihm als Lohn die Tracht Prügel seines Lebens, aber danach, als Zeichen der Anerkennung, auch sein erstes eigenes Tier ein. Die größte Belohnung war jedoch die Erlaubnis, in den engen Kreis der Beduinen, der Führer, eintreten zu dürfen. In diesen Runden wurde nicht nur über etwaige Handelsrouten, sondern auch gerne über den Reiz und die Gefahren der Wüste und deren Abenteuer in ihr gesprochen. Geschichten, die ihn seit jeher faszinierten und verzauberten. So sehr, dass sein größter Wunsch damals bereits in ihm heranzuwachsen begann. Selbst solche Taten zu vollbringen und von sich reden zu machen. Als erster Mensch diese tödliche Barriere im Süden nicht nur zu durchbrechen, sondern ganz und gar zu überwinden.

Dass diese Geschichten allesamt, wie sie von sich gegeben wurden, nur Märchen waren, die aus dem Garn schamloser Übertreibungen und komplexer Lügen gesponnen worden sind, konnte er damals noch nicht wissen. Hätte es sich wohl auch nicht eingestehen wollen, einem Klub alter Herren anzugehören, die sich mit diesen Geschichten einzig etwas Ablenkung von ihrem harten Leben verschaffen wollen, statt diese anstrengenden Abenteuer, von denen sie sehnsüchtig erzählen, wirklich zu erleben. Erst allmählich bildeten sich bei ihm erste Zweifel und schon bald darauf sogar Scham aus. Denn auch sein Vater gab gegenüber anderen Beduinen Berichte über Vorkommnisse auf ihren letzten Reisen zum Besten, die nur in seinem Kopf stattgefunden haben. Aber er hat ihm diese Peinlichkeit schon lange verziehen. Er hat es vorgezogen, statt über den Mann zu richten, der ihn allen Widrigkeiten zum Trotz großgezogen hat, diesem zu beweisen, dass sein Sohn zu wirklichen Abenteuern fähig war.

Den Bereich der alten Handelsrouten, welche sich ohne Ausnahme den breiten Gürtel der Randzone zur Sona teilen und im Schutz des spärlichen Schattens der Berge verlaufen, das Gebiet, welches seit jeher die Heimat seiner Vorfahren, wie auch für viele weitere Familien seines Volks darstellte, hat er längst verlassen.

»Wie lange ist das wohl schon wieder her?«,

fragt er sich konkret in Gedanken. Denn in einer Zeitrechnung zu denken und die Jahre zu zählen, hat er sich seit langem erfolgreich abgewöhnt. Aber als vor einer gefühlten Ewigkeit sein Vater starb, zählte er fünfzehn Jahre. Und wenige Jahre später, als schließlich seine Mutter ihrem Mann folgte und er beschloss aufzubrechen, waren es immerhin zwanzig. Seinen Falten zufolge dürfte er inzwischen ein gutes halbes Jahrhundert zählen.

Der Anlass dafür, sein Vorhaben aus den bestehenden Routen auszubrechen, fand sich schließlich schneller als angenommen. Denn der Zweck der vielen langen Reisen am nördlichen Ende der Wüste entlang, der florierende Transport von diversen Waren zwischen dem Reich der Hrŏhmer und dem Sonnenreich Ios, ist über Nacht beinahe gänzlich zum Erliegen gekommen. Und mit diesem ist ein ganzes Volk im Begriff, auf ewige Zeit still zu stehen, bis es wohl endgültig verloren gegangen und vergessen sein wird.

So ist er ins freiwillige Exil gewandert, ohne verbannt worden zu sein, ohne dass es erforderlich gewesen wäre, um einer etwaig bevorstehenden Strafe zu entgehen. Nein, er wurde zu nichts gezwungen, das ihn von außen her dazu bewegt hätte diesen Schritt endlich zu wagen und wirklich zu tun. Die Motivation, der Wunsch in die Ferne zu gehen, um dort zu verweilen, kam einzig und allein von ihm, oder genauer gesagt von dem Nachhall des Rufs in sich, dem er strikt Folge leisten wollte. Er musste sich dieser Herausforderung stellen.

Den Umstand, dass der eigentliche Grund für seinen Aufbruch Verzweiflung über die Monotonie in seinem Leben gewesen ist, und dass er den gefühlten Fesseln des Zwangs, irgendwie sein Auskommen bestreiten zu müssen, überdrüssig geworden ist, hat er inzwischen gekonnt verdrängt. Denn nur zu gerne sieht er sich, wie andere auch, in dem beschönigenden Bühnenlicht, welches einzig ihm – der Titelrolle seines Lebens – vorbehalten ist.

Aber wie dem auch sei. Diesen Ruf, der einen Wunsch in ihm weckte, hörte er pausenlos in sich klingen. Ein Wunsch, der eine ungeheuerliche Hoffnung beherbergte. Die Hoffnung, endlich Befriedigung zu erreichen, indem er irgendetwas in der Sona finden mag, was den weiten Weg auch rechtfertigt. Und sein Beten sollte schließlich erhört werden. Er fand dort einen gigantischen schwarzen Monolithen vor, der in seiner Beschaffenheit so eigenartig wie einmalig ist, dass jeder Versuch einer Beschreibung lediglich Hohn und Spott wäre.

Damals noch, als er ihn zum ersten Mal aus der Ferne erblickte – ein schwarzer Fleck, der den Horizont durchbrach – kam ihm als erstes der Gedanke, dass, als die Welt geschaffen wurde, ein Loch in ihr verblieben ist, damit diese zu einem späteren Zeitpunkt auch wieder abfließen kann. Erst als er so nah war, dass er in dieses Schwarz hineingreifen konnte – etwas, was er sich nach gefühlten Stunden endlich auch traute – stellte er zu seiner Verwunderung fest, dass es aus steinerner, eiseskalter Materie bestand. Er war außerdem nahe genug um zu sehen, dass von diesem Stein ein Flimmern ausging. Ein Wabern in der Luft, das ähnlich den tänzelnden Wellen über heißem Wüstenboden ist und das Licht ebenfalls dehnt, staucht, verzerrt. Eine Eigenschaft – ungesehen bei etwas stofflichen – die sein begründetes Interesse zur Gier werden ließ.

Die Kanten des Quaders sind im exakt rechten Winkel zueinander ausgerichtet. Er besitzt eine Oberfläche, die der von geschliffenem Marmor gleicht. Wenn auch nur im ersten Moment. Denn die Fassade des Monolithen ist in ihrer Güte an Rauheit ungleich höher im Vergleich zu schnödem Marmor zu bewerten. Seine Flächen sind absolut eben und glatt. Hätte Ra'hab in seiner Kindheit und Jugend eine Bildung erfahren, welche über Tierhaltung und simple Kopfrechenübungen hinausgegangen wäre, so hätte er diesen Stein als Bildnis eines perfekten Quaders klassifizieren können. Denn mindestens eine unter vielen weiteren Eigenschaften, welche einen solchen unmöglich machen – etwa dass die rechten Winkel seiner Kanten sich alle in einer Ecke treffen – ist hier erfüllt. So erhebt sich der schwarze Quader über acht Meter in die Höhe, misst knapp zwei zur Seite hin und macht sich mit einer weiteren Kante anderthalb Meter in die Tiefe räumlich.

Von dem Wissen über die Existenz und der Position dieses einmaligen Steins alleine, hätte er aber noch nicht leben können. Er brauchte Proben, um den Wert dieses Gesteins auszuloten. Dabei kam ihm der Sachverhalt zu Gute, dass der Monolith stellenweise den Kampf gegen den unentwegt malmenden Zahn der Zeit bereits verloren und in seinem Sockelbereich Risse bekommen hat. Denn der Umstand, dass dieser im Begriff ist zu verfallen und er langsam zu faustgroßen Bruchstücken – zu unvermindert glimmenden Kohletrümmern – zerbröckelt, machte es ihm möglich, einige wenige Exemplare ohne Aufwand mitzunehmen. Dies hat ihm auch beim späteren Tagebau wesentlich sowie auch sprichwörtlich die Arbeit erleichtert, da er auf schweres und damit lästiges Werkzeug wie Pickel, Hammer und Meißel verzichten konnte. So brauchte er nie mehr zu tun als sich zu bücken und die Brocken in einen Sack zu packen.

Und eben diese Steine sind es, mit denen er seinen Lebensunterhalt finanzieren kann. Denn zurück in Ine, der einzigen Siedlung die sich südlich des sich bis an den großen Wall erstreckenden Sonnenreichs Ios befindet, erfahren diese bei den Händlern nach wie vor einen geradezu reißenden Absatz. Anfangs, nach seiner ersten Reise mit Kostproben der Juwelen im Gepäck, wollten sie sich noch nichts anmerken lassen. Doch die Neugier auf das unbekannte Material und ihre Gier nach Profit funkelten schließlich einfach zu stark durch die gelangweilte Mimik hervor, welche ihn eigentlich von der Wertlosigkeit der Steine überzeugen sollte. Sie hatten Interesse. So viel war sicher. Der Umstand, dass sich die Nachricht über das Auftauchen eines bislang unbekannten Materials wie ein Lauffeuer in Ine verbreitete, half ihm sehr. Wie Mist auf die Fliegen, übten die Steine einen unwiderstehlichen Sog auf die Händler aus. Mit feurigem Temperament legten diese immer höhere Gebote vor, während er entspannt abwarten konnte bis Ruhe einkehrte. Sie selbst haben den Kurs für diesen neuen Rohstoff von alleine in eine Sphäre getrieben, die weit oberhalb jenes Bereichs lag, den er angesetzt hätte.

Schließlich taten sich zwei von ihnen zusammen. Es waren Hröhmer, Vertreter des kleinen Volks nordöstlich, welche man hier zu Lande gelegentlich zu Gesicht bekommt, welche bereit waren, einen solchen Preis in Gold zu zahlen, dass es ihm weiterhin genügte lediglich Kostproben der Steine zu veräußern. Denn schon die wenigen Brocken dieser Fuhre reichten aus, um die Kosten zu decken und um darüber hinaus sogar noch etwas daran zu verdienen. Der Ausflug hatte sich gelohnt. Deshalb fand sich auch kein Grund, wieso er diese Reise nicht noch einmal antreten sollte. Also tat er es. Immer und immer wieder. Seit nun gewiss schon vielen Jahren.

Und so geschah es, dass der einsame Wüstenwanderer, ohne es zu wollen, ohne es zu ahnen, zum einsamen Eremiten, der er ist avancierte. Aber er blickt ohne Reue auf die Summe der einzelnen Schritte zurück, die ihn zu dem gemacht haben, was er heute darstellt. Er ist sich selbst der beste Freund geworden. Einer, der ihm stets zuhört und es als einziger vermag, ihm Trost zu spenden. Ja, er ist zwar alleine, doch fühlt er sich keinesfalls dergleichen. Es ist sogar so, dass das Gefühl der Einsamkeit ihn am härtesten in der Gegenwart von anderen Menschen trifft. Denn wenn er zum Beispiel nach einer langen, einsamen Reise wieder in eine Siedlung gelangt, wo er als Sonderling denunziert, selbst von früheren Bekannten und Freunden gemieden wird, wo diese es sogar nur für nötig halten ein flüchtiges Winken und ein höfliches, aber nicht zum Gespräch einladendes, Lächeln zu offerieren, während ihm die übrigen Bewohner nur eines kurzen abwertenden Blicks würdigen, ist er froh, wenn er diese alsbald wieder verlassen kann.

Aber so weit ist es noch nicht. So setzt er nach wie vor, immer und immer wieder, gemächlich, ohne Hast und Eile, Meile um Meile des Reisens Weile, einen Fuß vor den anderen. Blickt in die scheinbar grenzenlose Wüste vor sich, wo ständig aufs Neue sich flackernde Seen, Trugbilder von unendlichen Wasserreservaten bilden, verschieben und sich am Ende doch in Luft auflösen.

Er wirft einen kurzen und intuitiven Blick gen Himmel, wo er jetzt etwas sieht, was er hier zuvor noch nie gesehen hat. Einen über ihm, scheinbar schwerelos, scheinbar mühelos gleitenden Vogel mit gehobenen Schwingen. So, als ob dieser ihn für sein weiteres Vorhaben segnen wollte. Seine Füße halten inne und der Zug stoppt umgehend. Ra´hab könnte nicht beschwören um welche Art es sich bei diesem Vogel handelt, denn dafür ist dieser einfach zu hoch in den Lüften. Aber auch wenn er diesen nicht zuordnen und auch dessen

Größe nicht zweifelsfrei an einem bekannten Vergleichsobjekt am Himmel bestimmen kann, vermutet er trotzdem, dass der Vogel wohl etwa die Größe einer Krähe haben wird. Es wundert ihn sehr, dass es einen Vogel in diesen Teil der Wüste verschlägt, denn hier gibt es weder Gras noch Insekten oder Aas, von dem er hätte leben können. Denn in dieser Leere, in seiner Heimat, in der nichts von Dauer existiert, lebt und stirbt folglich auch niemand.

Der Blick von Ra´hab wendet sich wieder von dem anmutig beschwingten Vogel über ihm ab und begibt sich stattdessen begleitend an die Seite seiner nun wieder beginnenden Schritte, welche das sture Streben Richtung vorwärts inne haben. Sein Ziel wird sich noch einige Tage lang, als wäre es schüchtern, hinter dem Horizont vor ihm verstecken. So wird er, Tag ein, Tag aus, weiter nichts anderes sehen als die sich vor ihm darbietende, leere und bare Ebene, als befände er sich auf einer fortwährend rotierenden, sich ständig wiederholenden Walze. Darum ist er dankbar für die kleine Ablenkung durch den Vogel.

Die dem Grat zwischen Himmel und Erde näherkommende Sonne ist wie jeden Tag das eindeutige Indiz dafür, Rast zu machen, die Tiere zu versorgen und sich anschließend selbst schlafen zu legen.

7

In der Nacht schreckt er abermals ruckartig hoch. Abermals war es ihm, als habe jemand seinen Namen gerufen. Abermals kann er nach gründlichem Durchsuchen seiner Herde niemanden finden.

So begibt er sich wieder zu seinem nach ihm verlangenden Schlafgemach unter dem nächtlichen Firmament: Einer auf dem harten Boden ausgebreiteten Decke und einem mit getrocknetem Kamelkot gefüllten Lederkissen darauf, welches seinen Ansprüchen an Sitz- und Schlafkomfort vollends gerecht wird. Neben seiner Decke hat er den durch seine Hand glatt geriebenen Stock aufrecht in einem Spalt zwischen zwei Platten des Bodens verkeilt. Auf diese Weise kann er an diesem durch die eingeschnittenen Kerben, in Verbindung mit der an den Gegenständen angebrachten Lederschnur, verschiedene Utensilien wie Kochtöpfe, Ledertaschen und Kalebassen – die ausgehöhlten und getrockneten Hüllen des Flaschenkürbisses – befestigen und aufbewahren. So kann er mit dieser behelfsmäßigen Konstruktion seinen Bedarf an Stauraum, der ohnehin nur ein Bruchteil so ausgeprägt ist wie von jemand Sesshaftem der trotz Schränken und Regalen noch immer glaubt, zu wenig Platz zu haben, völlig abdecken.

Seinen Kopf wieder auf dem Kissen abgelegt, macht er sich keine forschenden und zu begründen versuchende Gedanken über diese Stimme, welche die letzten Nächte in seinen Ohren erklang. Was ihn aber nicht davor bewahrt, etwas beunruhigt zu werden. Denn obwohl es ihm nicht fremd ist, dass er bei der Rückreise durch die Wüste schlecht schläft, war sein Schlaf doch noch nie so empfindlich, noch nie so dermaßen flach gewesen wie derzeit. Die natürliche Erwartung, aus diesem täglich neue Kraft schöpfen zu können, welkt zur Hoffnung, reduziert sich auf einen Schimmer von ihr. Doch selbst diese geringe Zuversicht, wird jeden Tag aufs Neue noch herb enttäuscht. Die körpereigenen Energiereserven vermögen das Beet der nächtlichen Erholung nur noch so dünn zu bestellen, dass man von dessen morgendlichem Ertrag die Kräfte nicht mehr in dem Maße auffüllen kann, wie man sie eigentlich bräuchte, um den folgenden Tag bestreiten zu können. Darum ist er gewarnt, nicht in die Falle des Teufelskreises der mangelnden Regeneration zu geraten.

Ra'hab weiß es noch nicht. Aber bei seiner nicht willentlich und wissentlich letzten Reise in die Wüste, hat die Falle bereits ausgelöst und ist derweilen schon im Begriff zuzuschnappen.

Seine Beine tragen ihn am nächsten Morgen zuverlässig, obwohl er noch die Erschöpfung des vergangenen Tages in ihnen spürt. Nach Stunden, als er sich eine kleine Pause gönnt, späht er in den Himmel hinauf, um vielleicht noch den Vogel des vorherigen Tages ausfindig zu machen.

Lange nach ihm suchen muss er nicht. Er findet diesen, seine weiten Kreise um ihn herum ziehen. Ra'hab sieht sich selbst als dessen linear bewegtes Zirkelstichzentrum auf der Geraden seines eigenen Wegs, welches unmittelbaren Einfluss auf die Flugbahn des Vogels auszuüben vermag. Denn dieser scheint immer im exakten Abstand zu ihm zu bleiben. Egal ob er geht oder steht. Der Vogel fliegt konstant weiter. Scheinbar um zu beobachten, zu warten. Zieht seine asymmetrischen Kreise, welche in ihrer Flugbahn – wären diese sichtbar – jeweils zusammengesetzt aus einem langen Halboval, wenn der Vogel der gleichen Richtung wie er folgt, und einer kürzeren Ellipse besteht, welche sich zeigt, wenn dieser seine restliche Umrundung vor, entgegen und hinter ihm komplett macht.

Der Vogel hat die Distanz zu ihm gegenüber dem Vortag deutlich verringert. Heute kann er schon mehr als nur die reine Silhouette des Tieres sehen, die sich vom grenzenlosen Äther abhebt. Dessen Gefieder kann er inzwischen als unscheinbar grau und glatt erkennen, während er aber den dazu gehörigen kurzen schwarzen Schnabel erst erahnen kann.

Die Pause ist vorbei. Er muss weiter. Schritt um Schritt. Stunde um Stunde.

Nach einer wiederholt schlechten Nacht, die direkt an den nächsten Tag anschließt, spürt er die immer größer werdende Erschöpfung wie ein nach Schwäche gierendes Raubtier in seinen Gliedern lauern und geduckt ausharren. Verhält sich solange noch dezent wartend, bis zu dem Moment, in dem es ihn beherrschend überwältigen kann. Und das Wissen darum, dass sein Sieg unausweichlich ist, lässt das Raubtier beinahe schon gnädig geduldig werden.

Beim heutigen Betrachten des Himmels stellt er fest, dass der Vogel von dessen Antlitz getilgt ist. Er sucht den ganzen, weiten Himmel ringsum nach ihm ab. Sucht nach einem schwachen Kontrast. Aber der Vogel bleibt entschwunden. Erst jetzt spürt Ra'hab einen leichten Anflug von Einsamkeit. Eine Brise, einen Hauch von Unvollständigkeit. Ihm wird bewusst, dass er es erst in jenem Moment bemerkt hatte, etwas bekommen zu haben, als er es nicht mehr besaß. Das Interesse eines Weggefährten. Und obwohl er nie in die Lage kam, Gefühle in einem Liebesbrief beschreiben zu wollen, spürt er doch, dass er jemanden vermisst. Einen, der ihn aus freien Stücken heraus begleitet, einen Freund. Die unbegründete Annahme, der Vogel sei ihm freundlich gesonnen, tätigt er rein intuitiv aus romantischem Selbstmitleid heraus. Stellt seine Meinung, ohne je logisch darüber nachgedacht zu haben, nicht in Frage. Aber obwohl ihm der Vogel fehlt, beginnt er mit leisen Worten seinen Wunsch in die sanft wehende, heiße Brise zu sprechen:

„Flieg mein Vogel, mein lieber Phönix. Breite deine Schwingen aus und lass dich vom Wind in deine Lande retten."

Mit sehnsüchtigen Augen blickt er seinen Worten im Windhauch nach und hofft, dass diese den Vogel erreichen können und ihm Hoffnung und sein Wohlwollen unter die Fittiche legen.

Ra'hab nimmt die Zügel seiner Karawane wieder fest in die Hand und spricht leise zu sich selbst:

„Wir kommen dir nach. Bald."

8

Im Traum dieser Nacht hört er erneut jene Stimme leise zu sich flüstern. Sie sagt ihm deutlich:

„Ra´hab! Herr der Wüste, pass auf!“,

und hält danach kurz inne. Als ob sie sich vergewissern möchte, dass sie von wirklich niemand anderem gehört wird. Als diese sich schließlich sicher fühlt, spricht sie noch einmal, und diesmal mit energischerem Nachdruck in ihrem Ton:

„Ra´hab! Pass auf!“

Mit einem Rest des vernommenen Worthauches in seinem pulsierenden Ohr schreckt er hoch und blickt angespannt in die mondhelle Nacht.

Nach wenigen Sekunden des Bewusstwerdens sieht er auf einem der Kamelrücken den Vogel sitzen, welchen er, oder der ihn die letzten Tage während der geleisteten Gesellschaft ihres Marsches so prüfend beobachtet hat. Der, von dem er glaubte, ihn am vorgestrigen Tage das letzte Mal am erleuchteten Himmelszelt ausgemacht zu haben. Ausgiebig blicken die beiden einander an.

Der Vogel sieht Ra´hab, wie dieser ihn von seiner liegenden Warte aus, auf seine Ellenbogen gestützt und noch bis zur Hüfte mit einer Decke verhüllt, betrachtet. Vernimmt, wie ihn der Mensch leicht freudig schmunzelnd und zugleich gütig anblickt.

Ra´hab betrachtet das geflügelte Tier eine ganze Weile. Es freut ihn sehr, dass ein Lebewesen zu ihm, in die Sona vorgedrungen ist. Bei seinen Betrachtungen des Federviehs stellt er fest, dass er einen Vogel wie diesen hier, noch nie gesehen hat. Nicht wegen seines anmutigen und makellosen Aussehens, sondern viel mehr wegen dessen ihm alleine gewidmeten Blicks. Denn dieser ist nicht nur vorwurfsvoll sondern in seinem bestimmten Anstarren so scharf, als wäre er alleine für den gesamten Weltenschmerz verantwortlich. Es ist der kalte, analytisch kombinierende Blick eines Schiedsherrn. So stark und erhaben wie der einer Raubkatze. Aber von einem Vogel war ihm dieses Starren noch gänzlich fremd.

Die zwei begutachten einander nun schon eine ganze Weile. Sind noch unentschlossen, ob sie sich ferner auch als gut erachten wollen. Weswegen die Intensität, mit der die beiden Augenpaare Blickkontakt halten, stetig zunimmt. Allmählich befinden sie sich in einer Art Ringkampf, in dessen Arena sie schleichend eingezogen sind. Für beide ist klar, dass der, welcher dem Blick des Kontrahenten zuerst ausweicht, verloren hat. Nach Punkten gewertet liegt das Federvieh bereits vorn. Doch zählen diese hier nichts. Denn beide Kontrahenten streben den zerschmetternden Untergang des anderen an.

Der anfänglich noch schmunzelnde Ausdruck in Ra´habs Gesicht ist schon einer besorgten Mimik gewichen. Die unverändert starren Augen des Vogels, der ihm statisch wie ein Stein gegenübersteht, haben ihn bereits mürbe gemacht. Er beginnt so etwas wie Unbehagen oder sogar Angst in seinem Herzen zu spüren und kann damit die Worte aus seinem Traum auf Anhieb richtig deuten. Die Blicke, die seiner Seele ein ungeheures Gewicht in Form großer Schuldgefühle auflasten, vernimmt er in seinem Gemüt zuerst nur als etwas beklemmend. Eine Empfindung, welche aber zunehmend bedrückender wird. Die Blicke, welche inzwischen schmerzliche Ausmaße erreicht haben, spürt er ähnlich intensiv wie sich wohl zur Weißglut gebrachte Nadeln anfühlen, die sich zischend durch seine Augäpfel bahnend, einen Weg durchbohren. Schneiden, schlagen, reißen und drücken sich mit scharfem und zugleich stumpfem, peinlich brennendem Besteck eine Schneise durch seine Augen hindurch, direkt in seinen Kopf hinein, wo diese, dort angelangt, sich wie ein loderndes Strohfeuer unter seiner Schädeldecke verbreiten können. Seine gebärenden Tränendrüsen, die das entfachte Nervenfeuer in seinen Augen löschen wollen, schmerzen ebenfalls, denn deren flüssige Ausgeburt fühlt sich beinahe so zäh an, als wären sie aus dickem Blut.

Mit einem Ruck springt er auf, um den Vogel von hier zu verscheuchen. Denn schlagartig hat ihn der pure Hass angesprungen, der, als er ihn mitgerissen hat, den Schmerz sogleich explosionsartig in Wut wandelte. Er greift nach seinem Wanderstock, von dem laut scheppernd alle Gegenstände herabfallen und schleudert diesen nach dem Tier. Aber der Vogel war bereits weggeflogen, als ihm Ra'hab seine schmerzenden Augen vorenthielt, weil diese seinen Händen den Weg zu dem Stock, seiner scheinbar letzten Hoffnung, zur Gewalt gewiesen haben. Der einsame Wüstenwanderer hat verloren.

Seinen noch durch die Luft wirbelnden Stock bekommt anstelle des Vogels das Kamel zu spüren, auf dessen Rücken dieser gesessen ist. Unsanft aus seinem Traum gerissen, fährt das Kamel erschrocken hoch. Mit noch schlafenden Knochen, taumelt es anfänglich und gibt blökend schmerzende Laute von sich. Durch diese Klagerufe eines Freunds von seiner Aggression befreit, geht er bedauernd zu dem Tier und schmiegt seinen Kopf an den langen Hals. Zärtlich streichelt er das Tier mit seiner Rechten. Sich als geprüft und für zu schlecht befunden wissend, spürt er, dass er im inneren Schaden wegen des Augenblickringens genommen hat. Ein Riss zieht sich durch das Gefäß, welches seinen Stolz beinhaltet und selbiges nun fragil macht. Denn ohnmächtige Leere breitet sich dort aus wo doch der Wüstenwanderer Ra'hab sein sollte.

Ra'hab durch den Vogel und das Kamel durch ihn gepeinigt, sind beide froh sich gegenseitig gut trösten zu können. Um darin Erfahrung zu sammeln, hat ihnen das Leben schon hinreichend Gelegenheit gegeben. Es tut ihm leid, einem seiner Tiere Schmerz zugefügt zu haben. Seinen Stock hatte er noch nie in dieser Art genutzt, und auch nun hätte er ihn nicht gebrauchen müssen, widerspricht die kühle Vernunft seinem eben noch wild entfachten Herzen, welches inzwischen eingeschüchtert auf der verbrannten Erde – die das Gefecht zurückgelassen hat – kauert und zu begreifen versucht, was eben geschehen ist. Dem Kamel hingegen, welches sich schon wieder von dem Schrecken – denn der Stock hat ihm nicht wirklich Schmerz bereitet – erholt hat, bedauert seinen Herrn, der plötzlich seine ganze Stärke in nur einem Augenblick verloren zu haben scheint.

Bis er sich wieder zur Ruhe legt, sinnt er noch weiter über den Vogel nach. Überlegt, wie es einem Federvieh nur gelingen konnte, ihn derart aus der Fassung und sogar in Rage zu bringen. Denn etwas Ähnliches ist ihm, jemandem, der sich selbst als gelassenen und mental gefestigten Mann sieht, noch nie passiert. Aber in dieser Situation, gerade eben, konnte er nicht anders. Er fühlte sich regelrecht dazu gezwungen, den Vogel nicht nur zu vertreiben, was mit Sicherheit gereicht hätte, sondern ihn gänzlich zu erschlagen, ihm jeden Knochen und jede Feder seines verfluchten Körpers zu brechen. Ihn in seinem Zorn zu ertränken, um diesen anschließend mit seinem lodernden Hass zu verbrennen, ihm sein hübsches Federkleid zu versengen, des Vogels Existenz, eingeschlossen seiner verdammten Stärke, für immer von der Welt zu tilgen. Und zwar augenblicklich.

Nein! Solche Gedanken hatte er noch nie in sich, und er kennt sich gut. Wegen dieser Wunschvorstellungen, die eher schon Gefühle sind, beginnt er sich zu schämen. Zu seinem Glück ist die in seinen Gliedern steckende Erschöpfung groß genug, um die Dauer, in der er von dieser Peinlichkeit malträtiert wird, gering zu halten.

9

Am nächsten Morgen erwacht, sind ihm die nächtlichen Geschehnisse nur vage in Erinnerung geblieben – sind ähnlich verblasst wie ein böser Traum bei Morgengrauen. Die Sonne steht schon hoch und blendet ihn durch seine zugekniffenen Augenlider. Ra´hab hat verschlafen. Sogleich steht er hastig und ohne weitere Verzögerung auf, wie um die unnütz verstrichene Zeit wieder wettzumachen. Er muss, wie jeden Morgen, aber heute viel zu spät, seine Tiere zum Aufbruch bereitmachen. Der morgendliche Gang um die Kamele gerät aber jäh ins Stocken, als er eine Stelle sieht, wo sich der trockene, sandige Boden dunkel, beim genaueren Hinsehen feucht, verfärbt hat. Er zerreibt eine kleine Probe zwischen Daumen, Zeige- und Mittelfinger unter seiner Nase. Es ist nichts von der Schärfe zu riechen, wie wenn es sich um Urin von einem Kamel handeln würde. Seine Hände greifen intuitiv nach einem der Ledersäcke, in denen das Wasser für die Reise aufbewahrt wird. Diese müssen aber, dort angelangt, feststellen, dass der Sack bis auf einen kleinen Rest leer ist. Von Panik ergriffen hastet er zu den restlichen verbliebenen Wasserschläuchen, wo er die dramatische Entdeckung macht, dass diese ebenfalls mit kleinen Löchern übersät sind, aus denen noch vereinzelt feine Wasserstrahlen rinnen. Ohne nachzudenken greift er nach einem der bereits leeren Wassersäcke, prüft diesen eilig auf Beschädigung und füllt die rasch weniger werdenden Wasservorräte gleich in diesen einen, am Schluss halbvollen Beutel.

Bei den feuchten Flecken am Boden kann er beobachten wie diese von der übereifrigen Sonne binnen Sekunden trocken geleckt werden. Aber trotzdem versucht er, auch diese im Erdreich immer tiefer und auf ewig zu versiegen drohenden

Reserven, noch mit beiden Händen schaufelnd, aus dem aufgeweichten Boden auszuheben. Die Hände, voll mit diesem schlammig gewordenen feinen Sand gefüllt, drückt er über seinem Mund fest zusammen, um wenigstens noch vereinzelte aber trotzdem wertvolle Wassertropfen in sich beherbergend, zu retten.

Nachdem er sich die Sinnlosigkeit seines Tuns eingestehen musste, ließ er davon ab und hielt stattdessen inne. Seine ersten Gedanken drehen sich aber nicht um das:

»Wer, Wie?«,

oder:

»Warum?«,

wie man es erwarten könnte. Sondern schon um das:

»Was nun?«,

und:

»Wie weiter?«

Denn sein Treck ist erst ungefähr bei der Hälfte der Rückreise angelangt. Er schenkt seinen Tieren einen kühl berechnenden Blick, mit dem er bereits die Anteile der verbleibenden Reserven auf jedes Lebewesen im Überschlag umlegt, sich selbst eingeschlossen. Das Ergebnis dieser Schätzung gefällt ihm ganz und gar nicht. So versucht er mit der kühlen Gewissenhaftigkeit eines Hrŏhmerhändlers ans Werk zu gehen, um auszurechnen, wie viele Kamele er retten, beziehungsweise wie viele der Tiere seiner Herde er sich unter den neu gegebenen Umständen überhaupt noch leisten kann. Aber er schafft es nicht, eine klare wirtschaftliche Betrachtung des Verhältnisses zwischen Haben und Soll in Bezug auf die Anzahl der Mäuler, die getränkt werden wollen, aufzustellen. Auch kann er die Annahmen der minimal benötigten Wassermengen pro Tier und Tag drehen und wenden wie er will. Es reicht einfach nicht. Selbst wenn er bis an die Grenze der Belastbarkeit für sich und sein Gefolge geht. All das Rechnen hilft nichts. Er kann die offensichtliche Tatsache nicht von der Hand weisen – er muss mit Hilfe drastischer Einschnitte sparen.

Zwiespältig blickt er zu den arglosen, sich, auf seine Blicke hin, langsam erhebenden Tieren hinüber, welche in den vielen Reisen, die er mit ihnen unternommen hat, zu seinen besten Freunden geworden sind. Ihm immer ihre treuen und ergebenen Dienste erwiesen haben. Freunde, über deren Köpfe hinweg er jetzt entscheiden muss, wer von ihnen den Weg nicht bis zum Schluss ihrer Reise mitgehen darf, von welchen er gezwungen ist, sich für immer zu verabschieden, wessen Köpfe rollen müssen.

Er greift zu seinem Messer und geht daran, die Variablen in dieser schier unlösbaren Aufgabe um zwei zu verringern. Zweien das Leiden, welches den Hinterbleibenden mit Sicherheit noch bevorsteht, zu ersparen. Er zieht das grobschartige Werkzeug und nimmt es fest und entschlossen in seine Hand. Einen Schritt weiter wirft er es aber voller Zorn und unter Auswurf von Kraftausdrücken schreiend zu Boden. Wer hat ihn bloß in diese missliche Lage gebracht! Eine Lage über deren Tragweite er sich erst jetzt im vollen Umfang gewahr wird. Wer trägt die Schuld, dass er über Leben und Tod seiner Freunde entscheiden muss? Er sinkt verzweifelt auf seine Knie und weiß nicht, was er tun kann, um dies nicht zu müssen:

»Es kann nur der vermaledeite Vogel gewesen sein!«,

ist er sich gewiss. Diesen belegt er brodelnden Herzens mit allen ihm bekannten Flüchen, lässt sich schließlich aber doch von seinen Knien nach hinten auf sein Gesäß fallen, wo er sich zwar nur langsam aber immerhin stetig beruhigen kann. Sein einfaches und grob geschmiedetes Messer, welches nur für plumpe handwerkliche Aufgaben wie das Abtrennen von Leder, sei es gegerbt oder noch durchblutet, taugt, steckt er mit einem leisen Seufzen zurück in die lederne Scheide. Er fühlt sich schuldig gegenüber seinen Tieren. Denn aus einem für ihn nicht ersichtlichen Grund hat er die Aufmerksamkeit des Vogels auf sie alle gelenkt.

»Leider nicht nur diese.«

Hat er doch scheinbar mit seinem Fehlverhalten gegenüber diesem Tier und seiner verlorenen Schlacht, sich auch noch dessen Zorn zugezogen und damit diese missliche Lage endgültig besiegelt. Dieser will sie an ihrer Heimreise unter allen Umständen hindern. Welchen Grund – sollte ein Vogel einen solchen überhaupt als Rechtfertigung für seine Taten brauchen – könnte er sonst gehabt haben?

Das Sonnenrad setzt indes unentwegt seine Runde weiter fort, während er ohne einen festen, konkret greifbaren Gedanken, auch von Gefühlen wie Hoffnung und Mut verlassen, auf dem Boden sitzt. Ihm kommt ein simpel gestricktes Gedicht über die Wüste in den Sinn, und er versucht sich daran, den schon seit langem in seinem Kopf, durch viele reife und überlegte Erwachsenengedanken verschütteten Verse von einem viel herumgekommenen Beduinen, den Raum für Poesie in seinem Gemüt zu geben, welchen er benötigt, um diese aneinander zu reihen. Diese hatte er zum ersten Mal bereits als Kind gehört. Zwar kamen ihm schon damals die Reime von dem Mann, der kein Poet, sondern ein Viehtreiber war, schwülstig und erzwungen vor, doch trotzdem hatte ihn die hoffnungslose Stimmung des Ausgeliefertseins in den Worten zwischen den Zeilen fasziniert.

So wüst und leer
und voll mit nicht mehr,
liegt sie dar
als wär sie nicht wahr.

Das lachend Sonnenantlitz ist ihr Herz,
drückt mit spitzgen Nadeln
die Venen voll Schmerz.
Schamlos, unverhüllt und rein
erdrückt sie freudig lachend, –
– eifrig gebend –
alles Sein.

Bist leichtes Mädchen
von der Sonne erschlossen,
für das Leben
bleibst trocken verschlossen.
Offen Paradeplatz lichter Heere,
tragen zur Schau
ihre funkelnd Speere.

Bist jungfräulich
wie Grund vom Meere,
und zugleich
des Lebensfaden Schere.
Scharf und blank –
– ohne Hoffnung auf Dank.

Ja, die Welt am Grund der Meere. Das einzige Meer, welches er kennt, ist jenes aus Sand. Die wirre Anhäufung von Abermillionen Steinpartikeln zu Dünen, zu großen Wellen, auf welchen wiederum kleine Wellen, wie deren Rippen, vorhanden sind.

Vom Rausch des Zornes durch allmähliches Abfinden ernüchtert, blickt er in den Himmel und späht nach dem Geschöpf, das sich nun wohl an ihrer aller Verderben labt. Und in einiger Höhe über ihm findet er dies auch. Langsam gleitend. Still beobachtend. Ohne Zeitdruck. Einfach wartend.

»So solle doch endlich ein großer Adler kommen! Einer, der den Vogel in Fetzen reißt und Federn regnen lässt! Verdient hat er es.«,

springt es ihn mit einer gewaltigen Hitzewallung an. Einen Augenblick später kommt ihm aber bereits wieder die Vernunft in den Sinn, welche sagt, dass es genau diese mit Hass erfüllten Gefühle waren, die ihn bald durstend machen werden.

Trotzig steht er auf, pfeift auf den Vogel wie auch auf die Vernunft. Klammert beides aus und besinnt sich stattdessen auf sich selbst. Auf das Mensch-, auf das Beduinen-, auf das Ra´hab-Sein. So schnappt er sich die Schüssel, um ein wenig von dem restlichen, kostbaren Nass an seine Kamele zu verteilen. Einem jeden bis auf zwei der Tiere. Der Reih nach stellt er ihnen solange immer wieder die halbvoll gefüllte Schüssel vor, bis diese am Schluss trocken bleibt. Denn die Vernunft, der blanke Überlebenswille, lässt sich in einer lebensbedrohlichen Situation wahrlich schwer ignorieren. Es sind seine beiden ältesten, und zugleich auch vertrautesten Kamele, welche er entscheidet nicht zu tränken, welche er entscheidet zuerst sterben zu lassen. Die letzten beiden aus den Urbeständen seines Vaters. Tiere, die inzwischen von den vielen gemeinsamen Märschen bereits sichtbar gezeichnet, ihrem Alter gemäß erschöpft und des Umherziehens müde geworden sind. Sie tupfen mit ihren trockenen Schnauzen die noch feuchte Schüssel an, welche leer in seiner Hand liegt. Mit ihrer spitzigen, rauen Zunge streifen sie sein Gesicht und lecken danach über ihre trockene Schnauze. Wie um mitzuteilen, dass sie durstig sind, dass ein Missverständnis vorliegen muss, dass er sie vergessen hat. Mit ruhiger Hand streicht er ihnen erst übers verklebte Fell und fährt dann mit seinen Fingern bis zu deren Haut hinab, um sie unter ihrem Filz ein wenig zu kratzen.

Es bricht ihm beinahe das Herz, als er sich wieder umdreht, ohne ihnen auch nur einen Schluck Wasser gegeben zu haben.

Quälende Gedanken suchen ihn heim, indem er sich fragt, wie sich die Tiere wohl fühlen müssen, wenn ihnen die nährende Hand verschlossen bleibt. Wie bitter enttäuscht und zornig müssen sie doch auf ihren stolzen Fürsten sein. Wie ratlos und traurig müssen sie doch sein, wenn sie sich fragen, was sie nur verbrochen haben könnten, das ihren Herrn, dem sie doch nichts anderes als dienen wollen, derart verstimmt hat. Erneut schlägt ihm das Herz als wolle es vor Zerrissenheit bersten. Denn es sind nicht nur die Tiere, deren Ende er mit dieser Entscheidung besiegelt. Diesen beiden Tieren half noch sein Vater auf die Welt. Darum sieht er in ihnen wohl auch noch so etwas wie eine emotionale Verbindung zu ihm, zu seinem Anker. Durch sie konnte er noch seine Stimme hören, die ihn beizeiten tadelte aber auch lobende Worte für ihn fand. Und diese Verbindung durchtrennt er jetzt. Lässt den Kontakt abreißen und verenden. Er selbst trinkt ebenfalls nichts. Dies ist das Mindeste was sein Stolz ihm abverlangt.

Ra'hab lässt die Gedanken ziehen und packt entschlossen das nötige Handeln an. Macht die Kamele erneut in einer Reihe aneinander fest und nimmt das Seil an der abgegriffenen Stelle wieder fest in die Hand. Der Marsch beginnt und währt den ganzen Tag – immer im Blickfeld des über ihnen kreisenden Vogels – fort.

Am Abend bleibt die Tränkung der erschöpften Tiere aus. Dies, obwohl deren eigene Reserven in ihren schon schlaff herunterhängenden Höckern bald gänzlich aufgebraucht sein werden. Sich selbst gönnt er immerhin einen kleinen Schluck Wasser. Einer – so klein – dass dieser nur dafür ausreicht, einen hauchdünnen feuchten Film im Inneren seines Körpers auszubreiten, und keinesfalls, um seinen Durst zu stillen. Einer – sich selbst dabei so verlogen und schäbig empfindend – dass er es nur im schamhaft Verborgenen fertigbringt diesen hinunterzuwürgen.

Ra'hab hofft die Menge richtig getroffen zu haben um

seinen Körper zu besänftigen. Will er sich doch die Möglichkeit eröffnen, heute Nacht Schlaf zu finden. Etwas das noch dauern wird, da ihn die Heimlichtuerei und die Falschheit wegen eben dieses Tuns derart beschämend aufwühlen, dass sich deswegen sogar das ihn plagende schlechte Gewissen in Form von Stechen auf sein Herz niederlegt. Aber er kann sich doch als Mensch nicht ernsthaft mit seinen Tieren in der Kategorie Strapazierfähigkeit messen. Und dieses Eingeständnis, dass er eben nur ein Mensch ist, vermag es schließlich, ihn von der sich selbst aufgebürdeten Schuld freizusprechen, und ihn nur einen Moment später in den Schlaf zu entlassen.

10

Von außerhalb, durch die schwarzen Vorhänge der leer gebliebenen Bühne seines Traums, hört er wieder Worte dieser einen Stimme flüsternd zu ihm dringen:

„Wach auf. Wach auf! Einsamer Herr der Wüste, du hast noch einen weiten Weg vor dir und keine Zeit zum Ruhen. Du musst deinen Auftrag erl-"

Ein lauter Vogelschrei reißt den Vorhang in Fetzen und ihn aus dem Schlaf. Kann damit den Monolog, der scheinbar aus dem Nichts kommenden Stimme abrupt beenden.

Ra´hab öffnet die Augen und sieht vor sich den Vogel stehen, der ihn erneut mit seinem starren und prüfenden Blick ansieht.

„Warum tust du mir das bloß an?",

fragt er – nicht nur seiner Schlaftrunkenheit wegen – kleinlaut flüsternd sein Gegenüber. Ohne auf eine Antwort hoffend abzuwarten, erhebt sich Ra´hab träge mit einem erschöpften

Seufzen, welches bereits gepaart mit einer bösen Ahnung ist, und geht zu seinen Tieren. Sein Volk, die Wüstenwanderer, haben sich die Gabe über viele Generationen hinweg zu Eigen gemacht, Wasser riechen zu können. Und eben genau dieser pure und frische Geruch, der mit nichts anderem zu vergleichen ist, liegt nun über dem nächtlichen Lager. Genauer gesagt steigt dieser aus den Adern zwischen den Sandplatten, wo er bereits durch Versiegen wieder schwächer wird.

Mit wenigen Sätzen eilt er sofort zu ihren verbliebenen Wasserreserven, die, gesammelt in dem letzten heil gebliebenen Lederschlauch, noch auf dem Rücken eines der Kamele befestigt sind. Dort angekommen muss er mit solchem Entsetzen feststellen, dass der Vogel sein verheerendes Werk zu Ende gebracht hat, dass ihm die Luft zum Atmen stockt, ihm der Schrei in der trockenen Kehle stecken bleibt. Auch dieser Schlauch weist nun an vielen Stellen kleine Löcher auf, aus denen vereinzelt noch trübes Wasser tropft, welches in der hellen, wolkenfreien Nacht eine silbern glänzende Spur auf dem fettigen Fell des Kamels entstehen lässt. Er nimmt den Beutel ab und lässt das übrige Wasser an einen unbeschädigten Fleck in diesem zusammenlaufen. Es ist gerade noch eine Handvoll verdrängte Leere, die er bedächtig in seiner Rechten halten kann. Der Inhalt, der für ihn den Quell des Lebens darstellt, ist so klein und mickrig, kleiner noch als sein nun erschlaffendes Herz, das ebenfalls für sein Leben unabdingbar ist, dass er sogar noch seine Finger um diesen schließen könnte, hätte er in seiner Ohnmacht noch die Kraft dazu.

Seine sonst so starken Augen werden leer und ausdruckslos. Seine Hände und Beine schwach. Als wenn er all seiner Kräfte durch einen einzigen verheerenden Schlag beraubt worden wäre, geht er schlapp und besiegt zu Boden. Ihm wird kläglich bewusst, dass er nicht nur diesen einen Kampf verloren hatte. Nein. Denn mit diesem geht auch jedweder Triumph aus seiner Vergangenheit unwiederbringlich verloren. Jeder einzelne Erfolg ließ ihn ein Stück mehr Sicherheit in der Wüste erlangen. Stück für Stück konnte er sich langsam eine beträchtliche Summe erwirtschaften. All die Anstrengung nur um die mühsam erlangte Souveränität auf einmal zu verspielen, und dadurch festzustellen, dass diese nur imaginär gewesen ist. Den Wetteinsatz, seine Existenz, sein Leben, hält er zum Einlösen bereit. Wie ein nasser Sack, ohne jegliche Körperspannung, setzt er sich hin, führt den Schlauch mit den letzten wenigen Schlücken zu seinem Mund und lässt diese langsam und ehrfürchtig, wie ein Gebet seine Kehle hinauf, in dieser hinunter gleiten. So viel wie jetzt hatte er schon seit dem Tag seines Aufbruchs zu dieser Reise nicht mehr getrunken.

Das sich im Mund ergießende Wasser löst eine wahre Ekstase in seinem Gemüt aus. Er erlebt einen schier halluzinogenen Rausch, in welchem er sieht, wie im offenen schwarzen Raum vor ihm, in luftiger Höhe, ein schnell aufblühender und zum Vertrocknen verdammter, mannigfacher und sich schnell ausbildender Blütenstand makelloser Schönheit geboren wird. Diesen Blüten entwachsen weitere Dolden, aus deren Spitzen sich abermals Knospen bilden, aufbrechen, ein Kelchblatt ausfalten, um aus den zentralen Fruchtblättern noch weitere Dolden auszubilden. Auf diese Weise ist ein, inzwischen etwa zehn Meter im Durchmesser zählender Strauß in Kugelform entstanden. Das Wachstum der lichter gewordenen Blütenkronen wird langsamer, gerät schließlich ins Stocken und stagniert wenig später. So dass sich jetzt nur noch deren mild süßer und hoffnungsbeherbergender Duft von Leben in Form verschieden farbiger fluoreszierender Bänder weiter ausbreiten kann. Diese winden sich in weiten Schleifen von ihrem Ursprungsort hinweg. Eines berührt dabei den Boden und steigt an Ra´hab empor, rankt sich um seine Extremitäten, streicht ihm in lasziver Erregtheit um seinen Körper, und gibt ihn bald darauf, mit verbliebener Gänsehaut behaftet, wieder frei. Verlässt ihn, um in dem Schwarz der Nacht, gemeinsam mit seiner verbliebenen Hoffnung, auf Ewig verloren zu gehen.

Betäubt lehnt er sich, mit bereits verblassendem Glücksgefühl, gegen eines seiner Tiere und blickt in das leer gewordene, jetzt fahl wirkende Schwarz vor ihm.

Der innige Wunsch in seinem Geist, dass der Traum – in dem er sein Ziel erreicht – doch länger dauern solle als die kurze Nacht, wird durch die aufziehende Nüchternheit als kindliche Träumerei abgetan, als unnütze Illusion diffamiert. Noch einmal sieht er die bereits weit entfernten, nun um sich selbst tanzenden, leuchtenden Bänder aufblitzen, und ihnen mit fruchtender Wehmut in den Augen, mit der Gewissheit, sie für immer verloren zu haben, sehnsüchtig hinterher.

Ihm wird schmerzlich bewusst, dass sich sein Geist vor dem letzten Schluck Wasser direkt an der Kante eines steilen, schräg abfallenden Abgrundes befand. Ein Grat, der die Flanken von Leben und Sterben, von Sein und Vergehen markiert. Und dieses ihm eben dargebotene sinnbildliche Spektakel, welches in seinem Gemüt als höchste Form von Schönheit gipfelte, lediglich das zierende Bouquet seines eigenen Grabes war. Ein Kranz, der längst verschwunden, aber in seiner Erinnerung noch in Form welkender Blätter verblieben ist. Dort in seinem Gedächtnis verwesen und verdorren, bis ihr Skelett immer wieder in Form eines einzigen Worts freigelegt ist, welches stumm frägt:

»Wieso? Wieso? Wieso?«

Er weiß, dass der freie Fall nur noch kurz währen, und der Aufprall, der noch vor ihm liegt, schon bald kommen wird. Die natürliche Transformation von Leben zu Sterben ist so beschleunigt, dass der Übergang einer Kollision gleichen wird, deren erste Erschütterung er schon durch ein angsterfülltes Zittern in sich spürt. Ihm ist bewusst, dass, falls er diesen Aufprall überleben sollte, er weder als Sieger noch als Verlierer, sondern als neuer und anderer Mensch hervortreten wird.

Einer, der nach dem Schritt über diesen Grat hinaus durch den harten Boden des schräg abfallenden Abhangs, des langsamen Sterbens, geschliffen und so neu geformt wird. Wenn er daran nicht, was weitaus wahrscheinlicher ist, zu Grunde geht.

Der Vogel kommt in kleinen schnellen Sprüngen um die Kamele herum gehopst, und blickt ihm wieder mit hin und her kippendem Kopf in die Augen – starr und ohne auch nur einmal die Fesseln zu den seinen zu lockern.

„Ich weiß nicht, ob dir bewusst ist, dass du soeben das Todesurteil für uns alle ausgesprochen hast.“,

plappert Ra'hab gedankenverloren dem Vogel zu, bevor er kurz mit bitterer Ironie gepaart auflacht und weiterspricht:

„Ach, was solls, jetzt spreche ich schon mit einem Vogel. Du kommst wirklich nicht viel unter Menschen, Ra'hab.“

Nach diesen Worten kümmert er sich nicht mehr um das geflügelte Tier. Denn er fokussiert seine ganze Aufmerksamkeit auf einen bestimmten Bereich in seinen Gedanken. Im Brennpunkt seiner Überlegungen, dort wo diese Funken schlagen, ist die Frage, ob es jetzt eigentlich noch einen Sinn hat weiterzugehen. Die Frage, ob er hier nicht einfach sitzen bleiben soll, um langsam, genau wie sein Vieh auf den Tod wartend, zu verenden. Wieder lacht er leise auf und spricht wie im Rausch zu sich selbst:

„Ra'hab, das hast du nun davon. Bleib immer schön weit weg von dem ganzen Pack. Dass sie nicht da sind, um dir in die Quere zu kommen. Auf so was kannst ja auch nur du kommen! Du Armer, in dich gekehrter Irrer!“

Sein Lachen und Kichern wird schließlich zum Schluchzen. Hält aber bereits nach kurzer Weile, vom Stolz gekitzelt, wieder inne. Beim Blick zu seinen beiden ältesten Kamelen schießen ihm die zornigen Worte seines Vaters, wie eine unerwartete Ohrfeige, in die Gedanken:

»Verdammt nochmal! Jetzt reiß dich zusammen Ra'hab. Setz dir entweder hier und jetzt den tödlichen Schnitt, oder

geh sofort weiter. Aufrecht und stolz bis zu deinem Ende! Schämst du dich denn gar nicht als Häufchen Elend, als Haufen Dreck vor deinen Vater zu treten?«
Die Worte haben recht, er sollte sich wirklich was schämen. Er steht auf, packt eilends seine Sachen zusammen und weckt die Tiere auf. Sie brechen hastig zu ihrer Flucht vor der Bestimmung auf.

Nach mehreren Stunden Wanderung springen allmählich die ersten lodernden Flammen der Sonne, mit beflissenem Enthusiasmus, zu ihrem Tagwerk über den Horizont. Marschieren mit erhobenem Speer zu seiner Hinrichtung auf. Aber er hält stur sein Tempo. Kurz darauf ist es so weit, die Sonne setzt zum Wurf an, beginnt damit, ihm Welle für Welle Strahlen entgegen zu schleudern. Aber er hält stur sein Tempo – lässt sie um sich herum einschlagen und dort liegen. Mit manchen schafft sie es aber doch, der Entfernung zum Trotz, ihn zielsicher in die Augen zu treffen. Von diesen geblendet, kneift er lediglich seine Lider zusammen, ohne dabei auch nur bei einem seiner Züge zu hadern. Ra´hab geht weiter. Schritt für Schritt.

11

Im fahlen Morgenlicht sehen die im Himmel gleitenden Augen die Karawane, wie sie sich unbeirrt ihren Weg, Huf vor Huf, Fuß vor Fuß, durch die Wüste bahnt. An der Spitze ist der in helles Tuch gehüllte Beduine Ra´hab al Shari und hinter ihm sein Gefolge aus getreuen Kamelen.

12

Die Sonne steigt und mit ihr die Temperatur. Die heiße, in der Lunge schwer wie Blei anmutende Luft flimmert über der Ebene und bildet so einen ganzen Ozean, der sich vor ihnen bis zum weit entfernten Horizont erstreckt. Aber trotz der immensen Ausmaße dieses, werden sie nicht daran gehindert, diesen trockenen Fußes zu durchwaten.

Gegen Abend wird das Tempo der sich mit ihren vielen Füßen fortbewegenden schlanken Raupe langsamer. Erste Kamele beginnen Ausfallerscheinungen zu zeigen. Denn das Seil zwischen den einzelnen Tieren ist mal straff wegen lahmender Kamele gespannt, mal schleift es kurz darauf wieder am Boden, weil diese einen Schritt zusätzlich gemacht haben. Es herrscht kein kontinuierliches, einheitliches Tempo mehr. Die Tiere sind erschöpft und unkonzentriert.

Es reicht für diesen Tag. Sie machen Halt und er die Leinen los. Tröstet und mustert dabei ein jedes Tier. Streicht ihnen liebevoll über den Kopf, bis hinunter zu ihrer trockenen Schnauze. Einige der Tiere sind unruhig und gereizt, geben Laute von sich, die ihn vermutlich zornig auffordern, sie sofort zu tränken. Er blickt ihnen in die Augen und vertraut darauf, dass sie aus den seinigen lesen können. Was ihnen anscheinend auch mühelos gelingt, da sogleich wieder gefasste Ruhe in die Gemeinschaft einkehrt. Sie verstehen, was er ihnen mit seinem Herzen sagt.

Sein Gang führt ihn letzten Endes zu seinen beiden ältesten Tieren. Diese liegen bereits völlig erschöpft und ausgezehrt am Boden, unfähig sich noch ein einziges Mal zu erheben. Er fährt ihnen mit seinen Händen zärtlich über den Kopf und über die im verklebten Fell versiegten Tränen. Er streicht ihnen weiter über den ganzen Körper und spürt, wie jedes der beiden verkrampft zuckt. Bei einem, dessen trübe Augen nur noch einen blassen Glanz aufweisen und welches auch schon den Kopf auf den Boden hängen lässt, ist er sich sicher, dass es den nächsten Tag nicht mehr erleben wird. Lange Zeit bleibt er bei ihm und tröstet das Mangel, Schmerz und Erschöpfung leidende Tier, indem er ihm ermutigend zuspricht, süße Lügen, dass alles gut wird, erzählt, während er ihm weiter über den am schlaffen Hals hängenden Kopf streicht.

„Ich danke dir, Freund."

Schließlich steht Ra'hab aber doch auf, um sich, einige Meter entfernt von seiner verunsicherten Herde, wieder zu Boden zu setzen. Erst dort zieht er erneut mit einem Hintergedanken sein Messer aus der grob ledernen Scheide und nimmt aus seiner Hüfttasche einen Schleifstein. Gewiss eine Stunde lang verharrt er, gedankenversunken in derselben Position. Während dieser Zeit, in der er versucht, die anstehende Entscheidung und die damit verbundene Tat hinauszuzögern, schärft er sein Messer, zieht wie in Trance immer und immer wieder die Klinge über den gleichmäßig rauen Stein. Unnötig oft. Unnötig lang.

Das dabei entstehende Geräusch lässt ihn die Zeit vergessen, obwohl er selbige derweil unnachgiebig in seiner geistigen Uhr rieseln hört. Weshalb er, trotz stumpf gewordenem Empfinden für das unnachgiebige Fortschreiten der Gegenwart, den Umstand, dass der Fluss der Sekunden weder für ihn noch für seine Tiere stehen bleibt, unmöglich ganz zu verdrängen schafft. So wie es ihm auch nach weiteren Minuten noch immer nicht gelingen mag, den Sachverhalt komplett auszublenden, dass er irgendwann einmal wieder aufstehen muss, um den nächsten Schritt, egal in welche Richtung, anzugehen. Wie schon in der letzten Nacht denkt er darüber nach, ob er allen, sich selbst eingeschlossen, das bevorstehende Leiden ersparen soll. Oder ob er wirklich noch den Mumm aufbringen soll, den Tieren als Vorbild zu dienen, und dem unausweichlichen Sterben noch zwei oder vielleicht sogar drei Tage tapfer entgegen zu sehen. Bis nach Ine verbleiben noch – gutes Tempo vorausgesetzt – unerreichbare zehn bis zwölf Tage.

Er steckt das Messer zurück in die Scheide. Er hatte noch nie Gelegenheit gehabt, sich selbst zu zeigen, dass er kein Feigling ist. Ra´hab beschließt, dass nun die Zeit dafür gekommen ist. Er steht entschlossen auf, ist bereit zum trotzigen Kampf gegen einen überlegenen Gegner.

Inzwischen ist die Heerschar der Sonnenstrahlen auf der Ebene verschwunden. Vermögen in diesen Minuten nur noch den Himmel rotglühend in Brand zu stecken. Das Feuer in der Sona, die drückende Hitze, kann nicht mehr von ihnen genährt werden. Weshalb diese zügig schwächer wird, bis schließlich nur noch die Glut zu seinen Füßen eine angenehm laue Wärme vom Boden abstrahlt.

Noch einmal geht er durch die Reihen seiner Kamele und sieht, dass sich der Zustand des lahmenden alten Tieres noch nicht verbessert, sondern sich im Gegenteil sogar noch weiter verschlechtert hat. Es zuckt noch immer wie wild am ganzen Körper und atmet noch schwerer als vorhin. Röchelt, als würde die Luft, die es einzieht, ein hochviskoser Brei sein, der, um ihn in seine Lunge zu befördern, seiner ganzen Kraft bedarf. Die trockene Zunge hängt dem Tier zwischen den schwarzen Lippen hervor und berührt den Boden. Über seine Augen hat sich ein milchiger Schleier gelegt, der ihm den Blick in die Welt Diesseits bereits genommen hat und ihm vielleicht bereits als Spiegel dient, um sein Innerstes, sein Leben betrachten zu können, während dieses Revue passiert. Auf sein Streicheln reagiert das Tier nicht mehr. Es ist so weit. Zeit, Lebewohl zu sagen. Er zieht sein Messer mit der einen und streichelt mit der anderen Hand weiter über den Kopf des Tieres. Setzt sein scharfes Messer sanft an die Kehle des Tieres und hadert abermals mit sich selbst. Zögert zu lange. Der Mut, den er zu dieser Tat aufbringen muss, hat sich schon wieder verflüchtigt. Wieder legt er seine Hand, mit der tödlichen Klinge darin, auf dem Boden ab.

Sein Mitgefühl hindert ihn am Notwendigen. Er will seinem teuersten Freund nicht das Leben nehmen. Er kann nicht, wie ein Krieger mit seinem hasserfüllten Herzen, auf seine Feinde einschlagen und ihnen ihren Tod bringen. Aber kann er es vielleicht aus einem anderen Beweggrund? Denn nicht Hass ist sein Motiv, seine Triebfeder, sondern Barmherzigkeit. Die Liebe, der Respekt und die Dankbarkeit, die das Tier verdient, verpflichten ihn geradezu, seinem Freund den Dienst des gnädigen Tods zu erweisen.

Der Mut ist wiedergekommen und er setzt erneut sanft an. Sieht seinem Freund abermals in die trockenen und wild zuckenden, trüben Augen. Flüstert ihm:

„Lebewohl",

in sein Ohr und zieht mit festem Druck durch. Das Kamel springt in einem letzten erschrockenen Aufbäumen hoch, klappt aber genauso schnell wieder zusammen, weil dessen Beine es einfach nicht mehr tragen können, und fällt auf die Seite. So wie das Blut in einem starken Schwall aus dem Hals fließt, versiegt auch das Zucken des Körpers, bis das Tier gänzlich regungslos und schlaff zur zurückgebliebenen Hülle eines gegangenen Gefährten geworden ist.

Ra'hab verweilt noch ein wenig neben dem Leichnam. Setzt sich zu ihm und hält an ihn gelehnt die Totenwache. Mit einer Hand streichelt er noch immer unentwegt über dessen Kopf. Nun nicht mehr dem Tier, sondern ihm zum Trost. Mit der anderen Hand macht er sich gedankenverloren daran, das Messer zu reinigen. Seinen Mantel sauber zu halten kommt ihm nicht in den Sinn, als er die Klinge immer und immer wieder über seinen Umhang zieht. Unnötig oft. Unnötig lang. Wie zuvor auch das Schärfen.

Er hat es wirklich getan. Traurig ist er sich gewiss, dass er dieses Werkzeug noch einige Male auf dieser, seiner letzten Reise durch die Wüste, gebrauchen wird. Außerdem sinniert er darüber, dass er sich seiner exponierten Stellung in der Welt, in dieser Wüste, sonst immer so sicher war. Und jetzt? Seine Gedanken und sein überschwänglicher Hochmut haben eine bittere Lektion in Demut erhalten. Haben Einhalt darin erlangt, dass er kein unabdingbarer Teil, kein Herr der Wüste, sondern nur ein allzu sterbliches Lebewesen in der dem Leben abgewandten Gegend ist, die ehrfürchtig Sona genannt wird.

Ernüchtert steckt er das Messer wieder zurück in die Scheide und steht auf, um sich in naher Entfernung wieder hinzulegen, um zu schlafen. Sein Schlaf kommt, behindert durch sein Gewissen, welches bedauert, und sein Gemüt, welches trauert, nur langsam und auf leisen Sohlen. Er ist so in Gedanken darüber vertieft, wie es nun weitergehen soll und ob er doch noch auf irgendeine Art und Weise das Unabwendbare abwenden kann, dass er gar nicht bemerkt, wie ihn der Schlaf in traumloses Dunkel entführt. Heute Nacht schreckt er weder hoch, noch hört er die flüsternde Stimme. Alles, was er im Schlaf vernahm, war ein fernes und süßes Vogelgezwitscher. Zu leicht und flüchtig, als dass es Ra'habs Gedächtnis länger als die erste Minute des Morgens behalten könnte.

13

Erst als die Sonne erneut zugange ist, Ra'hab mit ihren glühenden Nadeln ins Gesicht zu stechen, erwacht er. Ihm ist bewusst, dass er am erwarteten Ende seines freien Falls angelangt und am imaginären Abhang aufgeschlagen ist. Nun wird er sich auf diesem überschlagen und sein Körper und

Geist solange geschliffen bis von beiden vermutlich nichts mehr existiert. Dies zu überleben scheint ihm unmöglich. Insgeheim hofft er sogar, dass es für sie alle ein jähes Ende geben wird. Denn das noch immer währende Glimmen des restlichen Funkens Hoffnung, dass alles doch noch gut wird, macht die Situation nur noch schmerzlicher. Darum verleugnet er die Existenz dieses Gedankens in seinem aktiven Bewusstsein, will er sich doch keinen Wunsch zugestehen. Auch wenn er mit dieser Taktik nicht verhindern kann, dass ein solcher im Verborgenen weiter lodert.

Es ist jetzt über einen Tag her, dass er zum letzten Mal Flüssigkeit zu sich genommen hat. Als er sich das nötige Maß an Überwindung abringen kann um endlich aufzustehen – seinen Körper zu aktivieren – bringt ihm dies keine Linderung. Er fühlt sich nur noch elender. Dröhnende Kopf- und stechende Gelenkschmerzen bestimmen seine Gedanken. Die unerbittlich an ihm zehrende Sonne und die vergangene lange Etappe ohne einen einzigen Tropfen Wasser sind wohl Grund genug dafür.

Bereits leicht taumelnd geht er durch die Reihen seiner nun um ein Tier kleiner gewordenen Herde Kamele umher, um sie zum Aufstehen zu animieren. Schließlich gelangt er auch so zu dem toten Tier. Das Blut ist schon lange getrocknet, die Flüssigkeit versiegt. Auf dem festen weißen Boden ist ein großer, gleichmäßig eingefärbter, dunkelroter Fleck entstanden. In dem Kamelfell hat das Blut die Haare, wie alte Farbe die Borsten eines Pinsels, verklebt. In seinem Hals sieht man die aufklaffende Wunde, den Schnitt, welchen er mit dem Messer gesetzt hat.

Weder Geier noch Insekten werden sich seiner annehmen. Aber die Sonne wird den Kadaver solange traktieren und die verbliebene Flüssigkeit aus dem Körper saugen, bis er schließlich zu Staub zerfällt. Was ein Gedanke ist, welcher immerhin eine tröstliche Facette hat. Denn so könnte das

Tier möglicherweise ihrer aller Weg, vom Wind getragen, weiterverfolgen. Könnte ihnen gar, nicht nur als Wegbegleiter, sondern als Vorreiter, an der Spitze der todgeweihten Karawane, als Pionier in die andere Welt dienen – die Nachzügler dirigieren, wie er es zu Lebtagen getan hat. Aber es ist nur ein Gedanke. Ein Gedanke, der, je mehr er diesen spinnt, immer lächerlicher wird.

Auf dem Weg durch die Herde zurück muss er inzwischen die Tiere sogar an ihren Halftern hochziehen, da sie sich sonst von sich aus, um ihrem Herrn zu gefallen, nicht mehr freiwillig erheben würden. Darum tut er richtig, indem er sich von dem restlichen Proviant, der noch auf den Rücken der Kamele lastend transportiert wird, trennt. Mit einem kurzen Ruck schneidet er die Riemen der Säcke entzwei und lässt diese unberührt dort liegen, wo sie von der Schwerkraft angezogen aufprallen. Das ist nur unnützer Ballast. Denn bevor sie verhungert sein werden, sind sie schon lange verdurstet. Ra'hab begibt sich wieder an die Spitze des Zuges und versetzt mit langsam beginnenden Schritten die unter Gleichgewichtsstörungen leidende Karawane, in eine langsame, asynchron hin und her gondelnde Gangart.

Ra'hab spürt, wie sich seine Poren unaufhaltsam weiten und so den Weg für seine letzten Flüssigkeitsreserven – Schweiß – sperrangelweit auf machen. Kann dessen Perlen nicht am Fortsetzen ihrer Marschroute hindern. Diese suchen einen Steig, den sie – durch die Tunnel und Gräben der Haut hervorquellend – auch mit Leichtigkeit finden. Sein Speichel ist zäh geworden, weshalb sich zwischen seinen Lippen kleine Speichelblasen bilden, die, wenn er den Mund zum Ausatmen öffnet, platzen und zu langen Fäden gezogen werden.

Er späht um sich, und so weit er sehen kann erblickt er nichts anderes als ein waagrechtes Profil. Weder Dünen noch andere Erhebungen sind auszumachen. Nur die weiße, aufgerissene Sandkruste mit ihrem glasig blauen Himmel, welcher als passgenauer Deckel über der flachen Pfanne fungiert, die sie alle im eigenen Saft schmoren lässt.

Mit seinem stumpfer werdenden, sonst so scharfen Blick betrachtet er weiter den Himmel, auf dass er etwas findet und sich nicht nur in ihm verliert. In einiger Entfernung sieht er einen schwarzen Punkt im Äther schweben, der sich von ihrer Position rasch entfernend bewegt. Das muss der Vogel sein, der das Schicksal der gesamten Karawane und nicht zuletzt sein eigenes besiegelt hat:

„Verfluchtes Tier.“,

knurrt Ra´hab und wendet sein verhülltes Gesicht schnell wieder ab. Verbitterte Racheschwüre sind ihm Luxus, für den ihm keine Zeit bleibt, weshalb er sich wieder darauf besinnt, dem Norden, seinem unerreichbaren Ziel, stur entgegen zu blicken.

Der Marsch zieht sich. Schritt für Schritt, Stunde um Stunde, und der Fluss dieser Schritte wird immer zäher und holpriger. Er hat den Zustand seiner Herde und seiner selbst völlig falsch eingeschätzt. Der Wassermangel macht sich durch die vergangenen anstrengenden Tage der Entbehrungen doch deutlich schneller bemerkbar, als er sich es mit dem Fünkchen stiller Hoffnung gewünscht hatte. Niemand von ihnen hat noch verbleibende Reserven, von denen er hätte zehren können. Niemand verspürt mehr den Rhythmus in den Schritten, der sich unterschiedlich schnell bewegenden Beine, pochen.

Im gleichen Moment, als ihm das klar wird, gerät die Leine ins Stocken. Die Karawane steht still. Er dreht sich um und sieht, dass alle Seile zwischen den Tieren straff gespannt sind, und erspäht gegen Ende der schlanken Linie den Grund dafür. Eines seiner Tiere hat sich gesetzt. Er lässt den Zug locker, indem er das Seil einfach aus seiner Hand gleiten lässt, damit die Kamele ihre langgereckten Hälse wieder bewegen können. Dann macht er sich auf – begibt sich langsam und mit schweren Gedanken an das Ende der Herde. Bei dem Tier angekommen, bleibt er stehen und spricht mit sanfter Stimme zu ihm:

„Komm, steh auf, mein alter Freund. Tu mir doch bitte den Gefallen."

Aber das Kamel bleibt sitzen und sieht stattdessen reumütig in eine andere Richtung. Ra´hab zieht am Halfter, um es dennoch auf die Beine zu bringen. Doch außer dem sich lang reckenden Hals geht nichts von seiner Hand geführt in die Höhe.

Er spürt in sich ein zunehmend einschnürendes Gefühl, das langsam in seiner Brust emporsteigt. Eine Emotion, die mit ihrem verwurzelten Ursprung die Tiefen seines Herzens fest umschlungen in sich birgt und sich ihren Weg beständig weiter nach oben bahnt. Dieses beinahe parasitär anmutende Gefühl, welches in Ra´hab seinen Wirt gefunden hat, ist ihm völlig fremd. Er fühlt sich hilflos und zugleich unendlich zornig. Wie ein Vulkan, der unmittelbar vor dem Ausbruch steht, aber es einfach nicht vermag, die Erdkruste zu durchbrechen, damit er sich des in ihm tobenden Drucks langsam entledigen kann. So vermag sich der Druck unaufhörlich weiter zu steigern bis er nur noch in Form einer gewalttätigen Explosion freigegeben werden könnte. Er würde am liebsten seinen Stock in die Hand nehmen, dem widerwilligen Tier blutige Striemen in seine, unter der Kraft aufplatzende, Haut schlagen. Es beschimpfen, was ihm einfällt die ganze Gruppe aufzuhalten. Es antreiben, es über den Boden schleifen bis seine Knie blutig sind und es aufschreit vor Schmerz! Und falls das immer noch nicht ausreichen würde, könnte er sich noch der tiefen Trickkiste seines Einfallsreichtums bedienen. Irgendwann würde das verflucht widerspenstige Tier schon mit seinen wackeligen Beinen aufstehen und ihm hörig sein! Dem alleinigen Willen seines Fürsten – treu Untertan – folgen!

Es folgt Schweigen. Stille zieht in seine Gedanken. Zitternd atmet er durch.

»Was würde es schon bringen.«,

weiß er doch, dass das Kamel sogleich wieder umfallen würde. Er hat dieses ihm fremde Gefühl in sich wieder gebändigt und streicht dem Tier, anfangs noch mit großer Überwindung verbunden, zärtlich, mit einem verständnisvollen Lächeln im Gesicht, über den Kopf. Es sieht ihn daraufhin mit einem bereuenden und sich schämenden Blick in die Augen. Ra´hab weiß, dass ihm das Tier im Grunde doch nur dienen will.

Mit seiner Hand gleitet er unauffällig unter seinen Umhang und zieht das Messer. Nimmt es fest in die Hand, bevor er es zügig und ohne Zögern hervorholt, und dem Tier die Kehle durchschneidet. Das Tier kämpft nicht mehr um sein Leben. Sein leicht erhobener Hals sackt leblos zum Grund. Den abrupt schwer gewordenen Kopf des Tieres lässt er, an sich gedrückt, mit den Händen stützend, sanft hinunter auf den Boden gleiten, dessen weißer Sand bereits mit dickem Blut getränkt wird, was dieser, gierig wie ein trockener Schwamm, in sich aufsaugt. Ra´hab streicht dem Tier unentwegt über den Kopf. Steht ihm Spalier an der letzten Schwelle, über die hinaus er es noch nicht begleiten kann. Hört nicht auf, ihm bei seinem Hinübersegeln in eine hoffentlich bessere Welt, ohne Durst und Leid, Mut und Zuversicht zuzusprechen. Wobei er sich schon wieder wie ein erbärmlicher Lügner vorkommt. Weiß er doch nicht was jenseits dieser Schwelle wartet. Aber egal was oder wer dort ist – das Tier ist auf dem Weg.

Er hat die Kehle der letzten personifizierten Erinnerung und Verbindung an seinen Vater durchtrennt. Die Vergangenheit ist vergangen, die im Sterben liegende Gegenwart eilt ihr bald hinterher und die Zukunft ist schon lange tot.

Ra´hab erhebt sich aus seiner gebückten Haltung und zieht sein Messer mehrmals flach über das Seil, welches von diesem zum nächsten Tier reicht, bevor er es durchschneidet, und die grob gereinigte Klinge, wieder unter seinen Mantel, in dessen Scheide beiseite steckt. Schweren Herzens begibt er sich sogleich wieder an die Spitze der Karawane und nimmt das Seil mit dem umlederten Ende wieder entschlossen in seine Rechte.

Sein Zug besteht nur noch aus sieben Tieren, und es sollten an diesem Tag noch weniger werden, denn kurz darauf gerät dieser schon wieder ins Stocken.

Nun verzögern zwei junge Tiere, die er erst kurz vor Aufbruch zu dieser Reise erstanden hat, den Fortschritt des Marsches. Diese beiden sind ihm noch nicht ans Herz gewachsen. Ihr Gemüt, ihr Charakter, von dem er sicher ist, dass jedes Tier einen solchen besitzt, ist ihm noch nicht sonderlich vertraut. So zögert er nicht und zückt umgehend sein Messer. Trennt sie aus der Einheit des Zuges der Wüstenschiffe, bei welchem sie die vorletzte und vorvorletzte Position innehatten, indem er eilig die Führungsleinen zerschneidet. Das zornige Gefühl, nicht mehr Herr der Lage zu sein, verleitet ihn dazu, das vordere Kamel recht ruppig am Unterkiefer zu packen und an seinem Kopf zu zerren. Hält es an, dass es mit dem zweiten Tier im Schlepptau ihm zu folgen habe. Dass sie mit ihm nach hinten, an das Ende der Karawane gehen sollen. Dort angekommen rammt er sogleich – ohne einen Moment des Zögerns – mit einem groben Stich sein Messer in dessen Kehle. Das Kamel bricht zusammen, aber versucht sogleich mit seinen wackeligen Beinen noch aufzuspringen, um vor seinem Richter und Henker zugleich fortzulaufen. Aber die zitternden Stelzen können ihm nicht weiter als nur noch ein paar Meter Folge leisten. Es fällt zuerst auf die Seite, bevor es die Beine in die Luft reckt, um noch wenige Momente weiter zu strampeln, bis es letztendlich schlaff auf eine seiner Seiten niedersackt.

Mit bluttriefendem Messer geht Ra´hab zum zweiten Kamel, um dort dieselbe Prozedur mit der routinierten Art eines Schlächters zu verrichten. Er packt das Vieh und setzt die Klinge an. Doch seine rücksichtslose, ruppige Art verschreckt das Tier sofort, weshalb es, gepackt von einem letzten Funken Überlebenswillen, wild aufspringt. Dabei wird Ra'hab durch dessen Huf am Knie getroffen.

Schlagartig verdunkelt sich sein Blick vor Schmerz. So, als ob mit einem Ruck vor sein Bewusstsein, wie vor das Sonnenantlitz, ein schwarzer Vorhang gezogen worden wäre. Ein Vorhang wie eine Leinwand, auf der jetzt kurze, lichte, in verschiedenen Farben getauchte Blitze zucken. Als sich der Schleier langsam vor seinen Augen lichtet, sieht er sich ausgestreckt auf dem Boden liegen. Bereits einen Moment später ist er schon wieder ausgenüchtert von der kurzen Ohnmacht, denn sein linkes Knie tobt auf entsetzliche Weise. Sein Schmerz gleicht wohl dem, als würde ihm jemand mit exakter Präzision eine zur Weißglut gebrachte Nadel im Bereich unter seiner Kniescheibe setzen.

Das Tier konnte sich inzwischen von dem Kadaver des anderen losreißen und sucht mit letzten Kräften das Weite. Lässt Ra'hab, vor Schmerz gekrümmt, hinter sich am Boden liegen. In Gedanken spricht er mit dem Tier:

»Flieh! Ich verstehe dich, ich habe selbst Angst vor mir.«

Er hebt den Umhang an und legt sein Knie frei. Dort hat sich unter der dunklen Haut eine intensiv pochende, ausgeprägte Blutblase gebildet. Nach mehreren Flüchen seiner Dummheit wegen, kriecht er rückwärts, auf die Ellbogen gestützt, weiter bis zum nächsten Kamel, an dem er sich mit schmerzerfüllter Miene nach oben zieht.

Beim ersten Versuch wieder aufzustehen merkt Ra'hab sofort, dass er sein wackeliges, intensiv schmerzendes Knie nicht mehr belasten kann. Es fühlt sich an, als reibe sein Unterschenkel als Stößel im spröden Mörser der verrutschten Kniescheibe grob hin und her, während er in diesem Gelenk jede Unebenheit der Kontaktfläche spürt, welche unter dem Druck wie Porzellan zu zerspringen droht. Ein entsetzlicher Schmerz.

Trotzdem hangelt er sich an den Kamelen haltend und auf den Stock stützend, wieder bis an die Spitze. Dort angekommen, fasst er sich nach einer Weile ein Herz, nimmt seinen ganzen Stolz zusammen und setzt die Reise humpelnd mit verzerrter Miene fort.

Er hat unsäglich heftige Schmerzen. So arg, dass sie ihm Übelkeit und Schwindel bereiten, weshalb er letztendlich beschließt, sich weiter an einem Kamel festzuhalten, indem er ein großes Büschel Haare fest in die Hand nimmt und mit diesem gemeinsam los zieht. Jeden Schritt tätigt er bewusst und mit Widerwillen, da ihm als Lohn für jede Überwindung nichts als heftiger Schmerz zuteilwird.

Seine Schritte sind langsam und schwer. Die strohigen Kamelhaare hält er fest umklammert. Seine ausgetrockneten, spröden Lippen machen es dem aufgerissenen Wüstenboden gleich und springen auf. Vereinzelte Tropfen Blut wandern zu seinem Kinn, wo sie alsbald zu roter Kruste verdorren. Sein gesamter Mund und die in ihm beheimatete Zunge muten Ra´hab inzwischen ledern und ähnlich staubig an wie der Boden unter seinen Füßen. Sein Rachen schmerzt vom vergebens trockenen Schlucken.

Nach einer gefühlten Ewigkeit hält er kurz inne und blickt nach hinten an das Ende der Karawane. Dort sieht er, dass das Tier, welches er nicht mehr angebunden hatte, verschwunden ist. Wenn auch nur kurz. Denn in einiger Entfernung hinter ihnen sieht er es als kleinen Buckel auf der sonst konturlosen, planen Ebene liegen.

Er wendet den Blick von diesem traurig verendeten Geschöpf ab und sieht in einer anderen Richtung, wie das Kamel, welches er erlösen wollte, und ihm zum Dank das Knie zerschmettert hat, ihnen noch weiterhin in einiger Entfernung erschöpft und in der glühend flimmernden Hitze taumelnd folgt, um den Anschluss nicht zu verpassen. Letztendlich fällt es aber doch, völlig ausgelaugt, hart auf den Boden. Diesem

Henker, welchem es gerade gegenübersteht, welcher es elend und kläglich sterben lässt, es würgt und am eigenen Erbrochenen ersticken lässt, wird es nun nicht mehr entkommen.

Leichen seiner lieben Geschöpfe säumen Ra'habs Weg. Sie haben ihm vertraut und ihr Leben in seine Obhut gegeben. Er war verantwortlich – und nun ihres Todes schuldig. Aber dennoch kann er nichts anderes tun als seinen Blick wieder nach vorne zu richten und den aussichtslosen, aus dem Takt gekommenen Marsch wieder anzutreten.

Nach wenigen Schritten erfasst ihn erneut eine Woge großen Schwindels und Übelkeit, die ihn letztlich überwältigt. Ihn verlässt seine Kraft und Beherrschung. So entweichen ihm die Haare in seiner Rechten und er bricht, das Gleichgewicht verlierend, in sich zusammen. Kniend, auf allen Vieren, beginnt er sich qualvoll zu übergeben.

Es ist ein trockenes Würgen, das seinen Körper unkontrolliert zucken und verspannen lässt. Unter schwerem Husten quälen sich ein paar Tropfen stark konzentrierter Galle seine Speiseröhre empor, welche in einzelnen zähen Fäden zum Boden reichen und noch weitere Tropfen die an ihnen wie funkelnde Perlen herabrinnen. Sein Magen ist leer, doch dieser versucht trotzdem mit einem Pressen und Würgen unentwegt weitere Tropfen Flüssigkeit seine peinlich brennende Speiseröhre hoch zu befördern. Das Atmen, welches immer mehr zum Röcheln verkommt, fällt ihm zusehends schwerer.

Ra'hab liegt in kaltem Schweiß gebadet, trotz des heißen Antlitzes der Sonne fröstelnd und zitternd am Boden, während sich seine Glieder immer mehr verkrampfen. Seine zuckenden Arme und Beine sind steif und angewinkelt an den Körper gezogen. Wie ein schwerkrankes Kind, das sich so in dieser embryonalen Stellung seiner Mutter hingibt, in der sicheren Gewissheit, dass nur sie ihm zu helfen vermag. Ja, so fühlt er sich – klein, krank, schwach und hilflos. Nur ohne Mutter oder irgendjemanden, der ihn behüten, schützen oder ihm tröstend über den Kopf hätte streicheln können. Er ist alleine und nicht der Sohn der Wüste, als der er sich lange Zeit gesehen hatte. Er ist alleine, eine Waise, nichtiger Staub in der Unendlichkeit. Wenn er noch genügend Flüssigkeit in seinem Körper hätte um bittere Tränen zu nähren, so würde er jetzt über seine Situation verzweifelt schluchzen und weinen.

Mit einem bitteren Geschmack in seinem Mund und mit brennenden, trüb stumpfen Augen, die er jetzt schließt, lässt er sich von seiner Erschöpfung forttragen und folgt dem in seinen Ohren schmerzenden und immer lauter werdenden Pfeifton, bis sein Geist gänzlich aus dem Bewusstsein getilgt, erfolgreich in ein unbestimmtes Dunkel hinüber gewandert ist.

14

Ra´hab hört die bekannte Stimme aus seinen Träumen, wie sie ihn dazu anhält ihr zu folgen. Er entspricht ihrem Befehl und nach einer Weile, als er sich angekommen fühlt, öffnet er erneut die Augen und stellt fest, dass er sich an einem anderen, ihm gänzlich fremden Ort befindet. Über ihm ist das lichte blaue Himmelszelt einem düsteren Gemäuer aus fein gemeißelten und geschliffenen grauen Steinen gewichen. Es ist kein rauer Sand mehr unter ihm. Stattdessen liegt er auf glatten und kühlen Trost spendenden Steinplatten. Die unsäglichen Schmerzen und die Erschöpfung sind weg. Er fühlt sich erholt und beinahe schon quickfidel, als ob er sofort aufspringen könnte, um etwas Großes anzugehen.

War es das? Ist er gestorben? Hatte er sich, wie auch viele andere, über die Beschaffenheit des Lebens nach dem Tod so getäuscht?

Er liegt am Grunde einer großen Halle aus grauem Stein, die hoch über ihm zu einer gigantischen Kuppel zusammenläuft. An der höchsten Stelle ist eine große Steinplatte als Schlussstein angebracht, die mit rohen Werkzeugen nachträglich bearbeitet wurde, wie um ein eingemeißeltes Siegel zu entfernen. Am Rande dieser Steinplatte ist eine Öffnung, durch welche eine Treppe hinaufführt, die sich zuvor auf dem innenliegenden Balkon in vielen weiten und enger werdenden Kreisen spiralförmig an der Kuppel aufwärts windet. In Bodennähe hat der riesige Saal ringsum viele Torbögen in den Wänden, Öffnungen, in denen der mit schweren grauen Wolken behangene Himmel erscheint.

Ra´hab öffnet seine Hände und richtet sich ohne lästige Begleiterscheinung von Schmerz auf, indem er mit seinen Handflächen gegen den glatten, kalten Boden drückt. Auch das anschließende Abwinkeln seiner Beine um aufzustehen, beschert ihm keine böse Überraschung. Er steht nun aufrecht und ganz alleine in dieser Halle, die so groß ist, dass nach seinen Maßstäben ein ganzes Dorf leicht darin Platz gefunden hätte.

Der Saal ist leer. Nur ein fein bearbeiteter Thron aus Stein, der den Anschein macht, als würde er direkt aus dem Boden wachsen, steht, um einige Stufen erhöht und erhaben im Zentrum der Halle.

Als er sich nun gemächlichen Schrittes in Bewegung setzt, um an den Rand, an eine Seite mit den großen offenen Bögen zu gelangen, hört er, wie der feine Laut eines jeden einzelnen Schritts in der großen Stille von den Wänden einige Male reflektiert wird. Die ungewohnt angeschwollene Akustik eines solch großen geschlossenen Raumes ängstigt ihn. Er bekommt das beklemmende Gefühl, in diesem Kessel, der gefüllt mit Echo ist, zu ertrinken. Immer wieder strömen und schlagen ihn schließlich die Wellen des oft hallenden und aufaddierten Lautwirrwarrs von jeder Seite ins Gesicht. Aus einer Angstreaktion heraus beginnt er zu laufen. In das Meer der Geräusche fegt augenblicklich ein Sturm, der es regelrecht aufwühlt. Die Gischt, das Rauschen der gebrochenen Wogen, liegt ihm laut in den Ohren. Wieder knallt ihn ein mächtiger Kaventsmann gegen eines seiner Trommelfelle. Er läuft und läuft durch das Unwetter.

Seine staunend umherschwirrenden Blicke geleiten ihn, ohne ihr Ziel aus den Augen zu verlieren, zuverlässig zu einer dieser Öffnungen im Mauerwerk, durch welche das fahle Licht von außerhalb eindringen kann. Seine Füße stoppen als er am Torbogen, an der Schwelle zu dem sich um die Halle erstreckenden ringförmigen Balkon, angekommen ist. Er atmet tief ein, froh darüber endlich dem leeren und doch so erdrückenden Raum entflohen zu sein.

Ra´hab sieht über den Rand des Balkons hinaus, an dem sich keine Brüstung befindet. Was der Grund ist, weshalb er sich nur langsam und zögerlich der Kante dieser uneingeschränkt offen und weit in die Luft ragenden Plattform nähert. Schließlich, dort angekommen, lässt er seinen Blick über die Kante hinuntergleiten, opfert ihn dem freien Fall. Der Blick versucht panisch, sich an ihm festzuhalten. Er kann regelrecht spüren, wie es ihn ebenfalls nach unten zieht. Sein Körper über seinen wackligen Knien wird schwer und steif. Dessen Gewicht mutet ihm so schwer an, als könne der Untergrund deswegen jeden Moment unter der Last seines Körpers zusammenbrechen. Er zuckt zurück. Zwingt sich aber bereits nach einem Moment erneut dazu, seinen Blick endlich loszulassen und hinunter zu sehen.

Er sieht unter sich eine aschfahle und seltsam ausgebleichte Stadt, in welcher Farben nur noch schwach, lediglich als zarte Tönungen vorhanden sind. Die feinen Häuser und die bepflasterten Straßen vermitteln einen sehr ordentlichen, beinahe schon pedantischen, gleichsam wohlhabenden aber auch konfusen Eindruck. Denn die vielen üppig verzierten Stelen und prachtvollen Skulpturen welche die Straßen der Stadt säumen, wirken kindlich gegenüber den, auf Plätzen freistehenden, Obelisken, die durch ihre klaren Formen pure Dominanz ausstrahlen.

Was aber am deutlichsten aus dieser merkwürdigen Stadt dringt, ist etwas, was geradezu untypisch für eine Siedlung dieser gigantischen Größe ist. Nichts. Es ist still, totenstill. Kein Lachen, kein Singen, kein Weinen, kein zu einem Lautgemenge angewachsenes, aus der Stadt schwebendes Knäuel Gebrabbel liegt über ihr.

Er sieht in den versiegten Aderkanälen der Stadt, auf den sauber bepflasterten Gassen und Straßen zwischen den mit in verschiedenen Grautönen gebranntem Tonziegel eingedeckten Hausdächern, keine Menschen, keine Tiere, kein Leben sich dort befinden, tummeln und fließen. So weit sein scharfes Augenlicht reicht, sieht er nichts als graue, vereinsamte, öde Weite, die wie ein Totentuch auf der Gegend liegt. Hier und da grau verblasste Baumskelette und weitere verdorrte Pflanzen, die als stumme Zeugen einer besseren und fruchtbareren Zeit stehen.

Ra'hab spürt nun, dass er nicht alleine ist, dass er beobachtet wird. Doch zu keiner Seite kann er jemanden ausmachen. Stattdessen hört er jetzt deutlich die Stimme aus seinen Träumen aus dem Saal klingen. Nicht mehr vorsichtig und leise flüsternd, sondern majestätisch dröhnend, und durch das Volumen des großen Raums noch mächtiger anmutend:

> „Brich auf, mein Wüstenwanderer, brich auf. Trotze Schmerz, Durst und Erschöpfung. Gehe deinen Weg bis zu unserem Ziel, und dein größter Lohn wird unser Bündnis sein."

Als der Nachklang der martialisch anmutenden Stimme in seinem Kopf verklungen ist, befindet er sich in der tiefsten

Nacht, im schwärzesten Schwarz, im Schwebeflug im Nichts.

15

Ein rauer und trockener Lappen fährt ihm über das Gesicht. Seine vom Schlaf verklebten Augen, auf den zweiten Versuch geöffnet, sehen, das vorderste Kamel seiner Herde aufgerichtet, sehen, wie es sich zu ihm hinunter beugt und erneut über sein Gesicht leckt. Ra´hab streicht dem Kamel die mit kurzem Fell bedeckten Wangen entlang und lächelt es mit neuem Mut in den Augen an. Steht dann auf und spürt sogleich wieder die schmerzenden Beine und sein laut pochendes Knie. Auch fühlt er den Durst und das Brennen der konzentrierten Magensäure in sich, welches ihn beinahe erneut auf die Knie zwingt. Doch all den widrigen Verhältnissen zum Trotz bleibt er tapfer, von einem neuen Willen eingenommen standhaft stehen.

Er will die Tiere seiner Karawane, die sich scheinbar noch im tiefen Schlaf befinden, erwecken, doch sie bleiben steif und ohne Regung liegen. Seine ganze restliche Herde ist, bis auf ein Tier, während seines seltsamen Traumes gestorben. Und so ward ein Festtagsmahl für die unersättlich hungrige Sonne über ihnen aufgetischt.

Wie lange hat er wohl auf dem harten Boden, mit dem Gesicht in seinem Erbrochenen geschlafen? Er weiß es nicht. Ra´hab reibt sich sein Gesicht ab, das durch den getrockneten Magensaft, zusammen mit dem Blut seiner Lippen einen verkrusteten Überzug bekommen hat. Welch erbärmlichen Eindruck würde er gerade auf einen Menschen machen, sollte ihn entgegen aller Erwartung doch jemand finden. Er muss kurz lächeln. Ein Lächeln, welches ihm aber sogleich wieder aus dem Gesicht weicht, als ihm erneut die tödliche Lage bewusst wird, in der er sich befindet. Dass dieser erste äußere Eindruck lediglich sein inneres Gefühl und seine tatsächliche Verfassung nach außen hin abbildet.

Er wendet seinen Blick von diesem Friedhof ab, und beginnt auf ein Neues, ohne das letzte verbliebene Tier noch angebunden zu haben, einen Fuß vor den anderen zu setzen. Doch etwas hat sich verändert. Er braucht eine Weile bis es ihm bewusst wird, doch er hat einen gänzlich anderen Schrittrhythmus, der nicht sein eigener ist, in den Beinen stecken.

Seine Schritte werden von vielen Gedanken über den Traum begleitet.

»War es überhaupt ein Traum?«

So etwas ist ihm noch nie widerfahren. Oder war es eine Vision eines alten erschöpften Mannes, der dem Tod näher als dem Leben steht. Von einem, der in dieser Nacht genauso gut hätte sterben können? Er hatte gefühlt, und er ist sich beinahe sicher, sogar bewusst gehandelt und gedacht zu haben, als er sich in diesem Traum befunden hatte. Und somit kann es doch kein solcher gewesen sein?

Die angebrachte Trauer über seine nun in der Wüste verdorrenden Weggefährten unterbricht die Gedanken über den Traum nur für kurze Zeit.

»Kann es ein Traum gewesen sein?«

Er fühlt sich besser als am Tag zuvor, zwar immer noch von ständigen Schmerzen im und am Körper gepeinigt, doch im Herzen irgendwie erholt und ernüchtert, sein Geist erfrischt.

Diese Gedanken beschäftigen ihn sehr und so bemerkt er erst spät, dass es schon lange Zeit ist, endlich Rast zu machen, das Nachtlager, welches nur aus einer staubigen Decke und einem Kissen besteht, aufzuschlagen. Als dies erledigt ist, geht er zu seinem letzten Begleiter und streicht ihm liebevoll über die Schnauze. Doch etwas ist anders an seinem letzten Kamel, welches immer noch tapfer und scheinbar unerschöpflich die Steine trägt. Sein Blick ist absonderlich leer, und auf seine fürsorglichen Liebkosungen reagiert es nur mit einem starren, desinteressierten Blick, als würde es diese gar nicht mehr mit klarem Verstand wahrnehmen.

Ra'hab lässt von dem ihm unheimlich gewordenen Tier ab und begibt sich stattdessen, zusammen mit seinen allgegenwärtigen Fragen, auf die er keine Antwort zu finden weiß, auf seine Decke.

16

Dunkles Schwarz, schwärzer als die Nacht, umgibt ihn. Die eindringliche Stimme, die ihn seit mehreren Nächten heimsucht, beginnt erneut mit ihren sanften und bestimmenden Worten zu sprechen. Die Stimme erscheint ihm aber heute aufgrund des Traumerlebnisses sehr viel realer und auch vertrauter als die Nächte zuvor. Hatte die Stimme vor dem Traum lediglich den Gehalt einer flüchtigen Halluzination gleich eines Hauchs, so hat diese nun mit ihrem Einzug in die stoffliche Welt markante Formen ausgebildet. Oder mit anderen Worten, wäre die Stimme eine süße Frucht, hätte er vorher nur daran riechen, und jetzt laut schmatzend in das saftige Fleisch beißen können.

„Ra'hab, Ra'hab, –“

Ein ohrenbetäubend grelles Kreischen unterbricht aus dem Nichts die herrlich einschläfernde Stimme, die beinahe so effektiv wirkte als wäre sie ein hoch potentes Sedativum. Er wacht auf und sieht den mit seinem und dem Schicksal seines

Gefolges behafteten Vogel neben sich, wie er ihm, nach Antworten suchend, tief in die Augen blickt. Ra'hab greift im Reflex nach seinem noch in der Scheide steckenden Messer, reißt durch diesen unkontrollierten Ruck die dünne Lederschnalle der Scheide von seinem Gürtel los, und wirft sie nach dem sich sofort in die Lüfte erhebenden Vogel.

Er erschrickt abermals vor sich selbst, da er erneut so einen unbändigen Zorn und Hass tief in seinem Herzen spürt, während er zeitgleich vor seinem geistigen Auge sieht, was er am liebsten mit dem Vogel machen würde. In einer völlig neuen Dimension der Brutalität aus Spaß, nicht wie das unschuldige Töten eines Raubtiers, das töten muss um selbst zu leben, seziert er den Vogel bei lebendigem Leib und treibt allerhand Unfug mit ihm. Das Werkzeug der Wahl ist hierfür eine spitze Nadel.

Sein Herz rast inzwischen, weshalb er die Erwartung auf ein paar Stunden erholsamen Schlaf beiseiteschiebt. Er hatte sogar die Hoffnung, heute wieder einen solch vitalisierenden Traum zu haben. Doch daraus wird nichts. Mit einem vorwiegend selbstbemitleidenden Blick sieht er auf den letzten Rest seiner einst so stolzen Karawane. Sieht dabei, wie das letzte Kamel, wie am Tag zuvor auch, seine dunklen Augen immer noch, wie von Apathie ergriffen, wie hypnotisiert, weit aufgerissen hat. Es schläft nicht mehr.

Ra'hab steht auf, und sein verbliebenes Kamel erhebt sich, scheinbar willenlos, ohne Anzeichen von jeglicher Aversion, automatisiert von alleine. Unheimlich wie ein mechanisches Uhrwerk aus begabter Hrŏhmerhand, dessen Zahnräder von einer in ihr verborgen liegenden Feder, durch eine in ihm liegende Kraft angetrieben werden. So fragt er sich in diesem Moment, welche Triebfeder wohl in dem Kamel steckt.

Sein Zorn, Hass und Schmerz schlägt bei jedem Schritt Funken in ihm. Es sind so viele davon, dass er bis zum Morgengrauen lichterloh brennt. Der Schlaf konnte vergangene

Nacht nicht seine Arbeit an seinem Körper verrichten, und so spürt er wieder die schon bis ins Unermessliche angeschwollene Erschöpfung in sich. Seine Beine gehen den Weg von alleine, seine Wahrnehmung, sein Bewusstsein, sowie auch sein Wille scheinen im Dämmerzustand, im Verborgenen zu liegen. Ähnlich wie ein Stück lebloses Eisen, das von einem entfernten Ziel, einem starken Pol magnetisiert angezogen wird, und ihm so in dessen Sog verfällt. Er wird geleitet vom gleichmäßig pochenden, hasserfüllten Muskel in seiner Brust, während seine weit aufgerissenen Augen nur teilnahmslos auf den Boden vor ihm starren.

Seine Schritte stoppen abrupt und er hält inne. Er hat hinter sich ein Geräusch, wie jenes, wenn ein nasser Sack auf den Boden fällt, gehört. Er zögert damit, sich zu wenden, bis er es letztendlich, von einer traurigen Gewissheit erschlagen, doch fertigbringt.

Dort sieht er nun auch seinen letzten Begleiter tot vor sich liegen. Die Lebensgeister haben ihn bereits komplett verlassen. Kein flehender Blick. Kein Zucken und kein Röcheln. Vermutlich ist er schon im Stehen, ehe sein Körper den Boden berührte, gestorben. Der trockene Mund des Tieres ist an vielen Stellen aufgerissen und blutig. Seine matten, trockenen Augen ohne Glanz sind immer noch starr und weit geöffnet. Ihn wundert es, dass das Kamel trotz seines offensichtlich schlechten Zustandes dennoch so lange durchgehalten hat.

Ra´hab hadert mit sich selbst, fragt sich, was er nun mit dem etwa einen halben Zentner schweren Paket machen soll, das noch auf der Schulter des Tieres und auf seiner Seele lastet. Er beschließt, da er es selbst nicht tragen kann, später, falls er es wirklich schaffen sollte, noch einmal zurückzukommen, um es dann zu holen. Aber er weiß auch, falls es tatsächlich ein Später für ihn geben sollte, so wird er kein Geld für eine neue Karawane haben. Aber irgendwie wird er das Geld schon auftreiben können, besänftigt er seine Gedanken. Traurig blickt er auf die schwarzen Edelsteine, die seine Vergangenheit darstellen, seine Gegenwart bestimmen und seine Zukunft für immer besiegeln.

Er blickt auf das Tier, das ihm, auf der Tafel der Wüste dargeboten, zu Füßen liegt. Begierig und durch Verlangen verrückt blickt er auf den Hals, in dessen Adern sich noch Flüssigkeit, zum Stillstand gekommenes Blut befindet. Mit einem Hauch von gierigem Wahnsinn in den Augen sieht er sich um, wie um sicherzustellen, dass ihn niemand beobachtet.

Seine Hand greift mit einer spastisch zuckenden Bewegung nach dem Dolch, der sogleich bei der Kehle des verendeten Tieres ist und diese mit einem tiefen Schnitt entzwei spaltet. Aus der aufklaffenden Wunde strömt ein reger Fluss von Blut, der sich auf den ebenfalls dürstenden Boden ergießt. Ra´hab hält seine Finger in den herausquellenden roten Lebenssaft und steckt sie sich anschließend in den Mund, wo sie von seiner Zunge wild empfangen werden, als ob er ein Connaisseur wäre, welcher vor dem Hauptgang etwas Wein kostet. Anschließend presst er seinen Mund energisch an die ihn nun nährende Wunde, wie ein Kind an die Brust seiner Mutter. Er ähnelt einem wilden Tier, das über seinem Opfer kniet und sich in wilder Leidenschaft in seiner Beute verbeißt.

Nach wenigen Schlücken wendet er sein blutverschmiertes Gesicht ab und übergibt sich. Der schwere Geschmack und die hohe Viskosität des Fluidums in seinem Mund erregen seinen Ekel, den er würgend versucht von sich zu geben. Angewidert von seiner selbst, weiß er nicht, wieso er das getan hat. Aber nach kurzem Überlegen weiß er was, oder wer ihn da geritten, ja, wer ihn dazu angestiftet hat. Ein innerer Wille, der über einen klaren Verstand, über die Fähigkeit bewusst zu handeln, hinausgeht, der das Gefühl in sich birgt, noch etwas erledigen zu müssen, wofür es gilt, um jeden Preis zu überleben.

Ihm kommt die erste Strophe aus einem Kinderabzählreim in den Sinn. Nicht dass er in seiner Jugend oft die Gelegenheit gehabt hätte, ihn mit anderen Kindern aufzusagen, da er nur selten welche traf. Aber wenn die Karawane seines Vaters doch für ein oder zwei Tage in Ine Rast machte und er dann die ihm kostbare Möglichkeit hatte, Kind mit anderen tollenden Kindern zu sein, konnte er ihn doch mehrmals nutzen. Und so weiß er diesen tief in sich verinnerlicht noch. Er hört ihn sich mit weiteren süß klingenden Kinderstimmen aufsagen:

Ene, mene, Dorn,
bist nur ein Sandkorn.
Wüste bringt kein Wasser und Brot,
und du bist tot.

Ja, das ist er sicher bald. Der einsame Tod eines abgekapselten Eremiten in der verwaisten Wüste Sona wird ihn ereilen – und niemand weiteren interessieren. Er hält diese Erinnerung, diese Szene aus seiner Kindheit, noch einen Moment wie ein Juwel vor seinem geistigen Auge. Sieht sich herumtollen, lachen und singen. Doch da erblickt er noch etwas. Etwas, wofür er damals noch keinen Sinn hatte. Den traurigen Blick seines Vaters. Er hatte ihn beobachtet, so als ob er damals schon gewusst hätte, dass dies die schönste Zeit seines Lebens sein sollte. Schon gewusst hätte, dass dieses Gefühl nicht wiederkehren würde, bis auch sein Sohn einmal beim Anblick seines spielenden Kindes daran erinnert werden sollte. Was eine Begebenheit ist, die er falsch prophezeit hat, war es auch nur eine Hoffnung, dass sein Sohn eine liebe Frau finden würde, die ihm sein Kind gebar. Denn nicht beim Anblick des Lebens sollte er daran erinnert werden, sondern nun im Angesicht des Todes.

17

Ra'hab wendet seinen Blick von der sich schließenden Szenerie ab und beginnt sich mit seinen letzten langsamen, schleppenden Schritten zu entfernen.

Er spürt, wie die Erschöpfung in seine Glieder fährt. Spürt, dass er ein eingefallener, trockener und restlos ausgezehrter Schwamm ist. Beim Blick auf seine Hände sieht er, wie sich auf ihrer Haut die darunterliegenden einzelnen Sehnen und Bänder abzeichnen, da nichts mehr von der heute verblassten Stärke in ihnen ist, mit der er einst junge Kamele gezähmt und ihm hörig Untertan gemacht hat. Mit einer Hand zieht er eine Falte auf dem Rücken der anderen, und sieht, dass diese – als sicheres Zeichen dafür, nun endlich die höchste Form von Austrocknung erreicht zu haben – starr stehen bleibt.

Von lethargischer Schläfrig- und Teilnahmslosigkeit erfasst, weiß er, dass es mit ihm bald aus sein wird, dass sich seine Reise unaufhaltsam ihrem Ende nähert. Doch er fühlt sich auf eine seltsame Art und Weise befreit und erleichtert, als ob er eine schwere Last, die ihm aufgebürdet worden war, hinter sich gelassen hätte. Fühlt sich wieder aufrecht und stolz stehend, obwohl ihn doch der drückende Schmerz in seinem Kopf beinahe auf den Boden und damit in eine Haltung drängt, in welcher er, nach dem Willen der Pein, seinen Weg, auf den Knien kriechend, vollenden soll.

Sein Rachen, der so trocken ist, dass er aus diesem nicht mehr sprechen könnte, selbst wenn er es wollte, ist taub und schmerzt zugleich. Er greift sich in die Mundhöhle, deren Furchen in der trockenen Schleimhaut aufreißen und wenige Tropfen Blut freigeben. Der zähe Lebenssaft in seinem Mund versiegt aber alsbald, als die feinen Risse aus denen er rinnt, wieder verstopft sind.

Er weiß, dass er genauso erbärmlich aussieht und im gleichen desolaten, traurig vereinsamten Zustand ist, wie das ausgezehrte Kamel, welches er hinter seinem Rücken zurückgelassen hat.

Unter dem Gewicht der Sonne, das auf seinen Schultern lastet und alles Lebendige unerbittlich zu Boden drückt, verweigern ihm schließlich die Beine den sicheren Gang und er stolpert über selbige. Er fällt, schlägt auf und läutet damit die letzte Runde seines Kampfs ein.

Ra´hab spürt die aufgerissene Haut der Sandkruste, die seiner gleicht, und erfühlt sie noch einmal innig, als er liebevoll mit seiner Hand über die Oberfläche der Wüste streicht. Tut dies auf eine zärtliche Weise, als ob er sich von einer alten Geliebten für immer verabschieden würde. Eine Flamme, die sich während der letzten Tage aber weder liebevoll noch fürsorglich gezeigt hat. Statt sein werben zu erwidern, hat sie sogar die Arena für seinen letzten Kampf dargestellt. Ein Kampf der nun beinahe sein Ende gefunden hat – spürt er sich doch bereits angezählt. Er wird als Verlierer aus ihm hervorgehen – seine Gegner der Durst und die Entfernung zur Zivilisation sind stärker und größer gewesen. Es ist schade, aber keine Schande. Weshalb er die Sona jetzt wieder in ihrem alten Licht der stillen Bewunderung glänzen lassen kann.

Er fühlt die salzig schmeckende Wüste in seinen offenen Wunden brennen. Sein Körper bäumt sich auf, will abermals erbrechen, um sich seiner Übelkeit zu entledigen. Doch es ergibt sich keine Linderung. Denn die Galle, welche mit Blut vermischt auf seinen Lippen einen gelbroten Schaum bildet, kann den Brechreiz nicht an sich gebunden nach außerhalb seines Körpers übergeben.

Scharfes Adrenalin schießt ihm plötzlich durch die Adern – er will nicht sterben. Er fühlt sich wie ein zum Tode verurteilter Delinquent, der sich auf den letzten Metern vor seinem Hinrichtungsplatz befindet, der für ihn die ganze

Wüste, so weit sein Auge reicht, darstellt. Nur mit dem Unterschied, dass ihn kein gnädiger Schnitt oder Hieb erwartet, sondern ein qualvoller Tod. Ra'hab spürt bereits wie ihm der Henker die Klinge fest an die Kehle setzt, welche ihm das Schlucken und das Atmen noch mehr erschwert. Ra'hab hat Angst – er will nicht sterben. Stattdessen will er sich ein letztes Mal aufbäumend erheben, dem Schicksal entsagen, sich von den Fesseln befreien, dem Weg des Todes, den das Leben für ihn vorgesehen hat, ein lautes Nein entgegen schreien! Aber als die brennenden Beine des stolzen Beduinen ihm zuletzt jeglichen Dienst versagen, fällt er doch wieder verkrampft auf seinen Rücken und auf die ihn außerdem noch stark schmerzenden Nieren.

Seine Muskeln beginnen mit einem unkontrollierbaren Zucken, welches er bereits bei den tragisch verendenden Tieren wenige Minuten vor ihrem Tod beobachten konnte. Seine Konzentration lässt ihn wieder im Stich. So stellt er sich jetzt vor, dass dieses Zittern seiner Muskeln dem Wabern der heißen, flimmernd aufsteigenden Luft ähneln muss, in die seine Seele nun bald übergehen wird.

Sämtliche Muskeln entspannen sich, das verkrampfte Zittern in seinen Gliedern versiegt allmählich und er verliert jegliche Kontrolle über manche Funktionen seines Körpers. In seiner Harnröhre strömt der stark konzentrierte, brennende Urin an die Oberfläche, wo er sogleich scharf zu riechen beginnt.

Sein Gesichtsschutz hat sich gelöst, weshalb er mit entblößtem Gesicht und halbgeöffneten, flatternden Augen dem Himmel entgegenblickt. Er fühlt sich in schwere Ketten gelegt und an den Boden genagelt. Unfähig sich zu bewegen. Unfähig aufzustehen, um wegzulaufen. Er will dem Tod, den er bereits in seinen Gliedern wie betäubendes Gift leise näherkommen spürt, entkommen, sich ihm nicht ergeben. Er will kämpfen! Seine Anstrengungen, die ihm die letzte Kraft kosten, ihn schnell nach Leben röchelnd, keuchend atmen lassen, sollen Früchte tragen! Die letzte Runde ist noch nicht vorbei! Er hat Angst vor dem Sterben, vor der Ungewissheit, was kommt. Falls überhaupt etwas kommt. Und nicht schlicht das Stück des Lebens endet sowie der Vorhang aus fleischlichen Lidern herabfällt und sich betäubende Dunkelheit ausbreitet bis nichts mehr bleibt. Eine Möglichkeit die keine Hoffnung zulässt.

Die Agonie, die den stets mutig Entschlossenen in wenigen Minuten wankelmütig macht, schreitet unentwegt fort. Er wird sterben und schließt bereitwillig mit der Unwilligkeit zu diesem Akt ab. Zwingt sich nicht mehr, die Augen offen und sich wach zu halten. Erlaubt sich loszulassen. Bereit, der Hoffnung, einem Glauben, der ihn schon lange verlassen hat, zu dessen Ursprung zu folgen – Nichts zu werden.

Seine Fäuste, eben noch zum Kampf gegen den Tod geballt und durch seinen Willen geschlossen, öffnen sich. Sie haben sich seit Beginn des Kampfes, welcher währt, seit der letzte Tropfen Wasser versiegt und nun beendet ist, redlich geschlagen. Er verspürt weder Trauer über seinen Tod, noch ein Gefühl, irgendetwas zu vermissen. Auch hegt er keine Pläne mehr, die er noch gerne erledigt gewusst hätte. Es ist in Ordnung.

Das dröhnende Schweigen der Wüste in seinem Kopf verstummt. Die Welt um ihn herum wird blasser und blasser, verschwimmt zu sanften Tönungen, schließlich zu reinem Weiß. Seine Wimpern fügen sich schmiegsam den sich schließenden Augen an – Atmung und Herzschlag versiegen gemeinsam im willenlosen Sein. Er hat sich dem Tod ergeben. Er ist geborgen in unendlicher Ruhe.

Ra´hab spürt, wie er aus seinem Körper gehoben wird. Als wäre seine Seele ein reifes Küken das aus der Schale schlüpft, in der es sich für so lange Zeit schon befunden hatte. Er streift seinen Körper wie zu eng gewordene alte Kleidung ab und ihm ist, als würde er erst jetzt, auf eine ihm neue Art, richtig geboren werden. Er fühlt sich zwar nackt, dies aber nicht mit einem Gefühl von Scham oder Lust begleitet, sondern mit einem von tiefer Vertrautheit. Nicht nur ein Ort, sondern der Intensität des Gefühls nach ein Zuhause, welches einfach schon immer war, ist und sein wird. Ein Ort, der ihm die Anwesenheit einer wartenden Entität vermittelt, ein Ort, der selbst diese Entität ist, welche ihn ihrerseits mit schlichtem und allumfassendem Verständnis durchflutet. Viel mehr noch gibt sie ihm, viel mehr als einem die eigenen Eltern fähig gewesen wären zu geben.

Mit einem Bein noch in der alten Welt – Nichts. Er fühlt – Nichts. Sieht – Nichts. Hört – Nichts. Keine Stimme, die ihm zum Aufwachen und Aufstehen antreibt. Nichts. Ein leerer, schwarzer Raum, dessen Wände, Boden und Decke sich dem Augenlicht verwehren. Nichts. Taub, blind und stumm im Schwebeflug über den bodenlosen Abyssus, in den unergründlichen Tiefen seines Seins, im unendlichen Sein – Nichts.

Er spürt, wie ein Teil von ihm, der bereits in einer anderen, noch ungewissen, aber glücklicheren Welt verweilt, versucht, ihn aus dieser Zwischenwelt zu ziehen, versucht seinen Geist mit Schwung an sich zu reißen. Wie um bei seiner schwierigen Geburt in eine neue Existenz etwas nachzuhelfen, wie um ihn, so ist er sich sicher, endlich in eine bessere Welt zu erretten. Merkwürdigerweise existiert hier ein weiterer Pol, der versucht seine geradlinige Bewegung auf das Unabwendbare hin abzulenken. Einer, der ihn nicht zu seiner Bestimmung gelangen lassen will. Denn dieser zieht ihn ebenfalls mit großer Kraft zu sich, um ihn abzugreifen, ihn an sich zu binden. Es ist ein Pol, der ihm unendlich bösartig, hier nicht natürlich, hier nicht hin gehörig, aber doch vertraut vorkommt.

Während des Ringens der Kräfte um ihn, zu welchem er mit seinem eigenen Vermögen keinen Beitrag leisten kann, spürt er, wie auf dem zu bemitleidenden Teil von ihm, zu dem er keine direkte Beziehung mehr hegt, unentwegt etwas pickt. Dabei kann er nun erhaben schmunzeln, wenn er sich vorstellt, dass in diesem Augenblick der Vogel auf ihm sitzt und an ihm frisst. Nein, er hegt keinen Groll mehr gegen das Tier. Er sieht in ihm nur noch ein freundliches Wesen, welches nichts anderes macht als sich und seinen Platz im Naturkreislauf, in dem das simple und einfache Gesetz des Rechts des Stärkeren gilt, zu behaupten.

Er befindet sich immer noch in einem Raum, wo er jetzt, erst ganz leise und aus weiter Entfernung, ein Geräusch vernimmt, das immer näher kommt. Ein Rauschen, welches immer näher und näher rückt und dabei auch immer lauter wird. Hunderte Stimmen klingen auf ihn ein, die nach und nach immer klarer und synchroner werden, bis sie zu einer einzigen verschmelzen. Den Sinn ihrer Worte versteht er trotzdem nicht. Sein Mund beginnt erneut trocken zu werden, und er spürt sogleich wieder den Durst in sich. Spürt Wasser, welches ihm in unvorstellbarer Menge in den Mund sprudelt. Es ist ein Ozean um ihn herum entstanden, unter dessen Oberfläche er sich nun befindet und welcher ihn zu allen Seiten umgibt. Sonnenstrahlen dringen durch die Decke des Raums, welche die gewellte Meeresoberfläche, die sie zuvor durchqueren, als lichte Linien auf seiner bleichen Haut abzeichnen. Plötzlich bekommt er keine Luft mehr und atmet stattdessen Wasser. Spürt, wie aberhunderte Tropfen davon seine Kehle hinunter strömen. Spürt, wie diese sich dort in dem Körper auf der anderen Seite wie eine Flut des Lebens ergießen, wo zuvor nur staubiger Tod war.

Er merkt, wie er von Neuem müde wird, die Erschöpfung wieder in seine Glieder zieht. Er spürt, wie er abermals auf die andere Seite des Raumes hinübergehoben, von den fremden Kräften freigegeben wird. Denn eine dritte – stärker als die anderen – setzt sich ins Zentrum ihres Zerrens und zieht ihn zu sich. Mit dem letzten Rest Luft in seiner Lunge versucht er durch das ihn erstickende Wasser:

„Nein! Nicht! Ich will nicht zurück!“,

zu rufen, aber es verlassen nur stumme Luftblasen seinen Mund. Seine Schreie stoßen kugelige, mit Luft gefüllte Hohlräume im flüssigen Stoff aus, deren Inhalt – auch wenn sie Worte mit sich nehmen könnten – an der Oberfläche niemand als Ruf, sondern lediglich als Gluckern, zu verstehen in der Lage wäre. Es ist zu spät. Ra´hab spürt erneut den harten Boden, den entsetzlichen Schmerz in seinem, ihn einengenden Körper, in welchem er nahe daran geht Platzangst zu bekommen. Er spürt, die brennende Sonne, und schmeckt den bitteren Geschmack von Erbrochenem. Wiedergekommen in schnödem Fleisch und Blut. Geboren in eine Welt aus Dreck, eingepresst in einen Körper aus Scheiße. Dinge, denen er unbedingt entfliehen wollte. Denn der Ort, an dessen Existenz er bisher nur mehr schlecht als recht glauben konnte, ist zur Gewissheit geworden – der Tod ist nicht das Ende sondern der Anfang.

Um ihn herum ist es noch immer dunkel, aber durch seine Lider hindurch kann er bereits das Licht in einem kräftigem rot leuchten sehen. Langsam und bedächtig öffnet Ra´hab seine fragenden Augen. Wer ihn wohl errettet, oder besser gesagt ihn in diese Welt gegen seinen Willen zurück gezerrt hat? Im Blick gegen die Sonne kann er nur die schwarze Silhouette eines Menschen auf hellblauem Hintergrund, auf welchem ein Vogel schwebt, erkennen. Ein Schatten, der über ihm kniet und so die brennenden Sonnenstrahlen der hochstehenden Mittagssonne mit dessen Kopf und einer breiten Hutkrempe abhält.

Seine sich sogleich wieder schließenden Augen sind erschöpft. Er lässt sich bedingungslos in die Obhut dieses ihm fremden Menschen fallen, ohne zu wissen welche Pläne dieser für ihn hegt.

In diesen Dämmerzustand entschwunden, kommen ihm jetzt die zweite und dritte Strophe des Kinderreims in den Sinn:

Tot bist du noch lange nicht,
noch viel zu tun, du armer Wicht.
Verlier das Ziel nicht aus der Sicht,
bist auf den Fersen ihm ganz dicht.

Ist es auch nicht heiter,
doch das Spiel geht weiter.
Hol dir neue Schuh,
und dran bist du.

Er fällt und fällt immer tiefer in sein Unterbewusstsein zurück, welches ihn sanft auffängt, beherbergt und tröstet, während der Körper um das Leben auf dem Schlachtfeld, welches die Nahtoderfahrung mit sich gebracht hat, kämpft. Leben strömt durch seine Aorta, seine Arterien und Kapillare. Beginnt damit, bereits abgestorbenes Gewebe zu reanimieren. Und jedes Stück erobertes Terrain saugt der Körper begierig in sich auf, verinnerlicht und verleibt es sich ein, baut es zu einer Festung, zu einer Bastion des Lebens aus. Macht seinen Körper stärker als er jemals gewesen ist. Rüstet ihn für die nächsten Grabenkämpfe. Es herrscht Krieg.

Der schwarz gemantelte Fremde

1

Wellen von schreiendem Widerhall, der aus allen Richtungen zu kommen scheint, werden in zwei oval geschwungenen Muscheltrichtern gefangen und letztendlich durch die auf ihnen befindlichen Rutschen in zwei dunkle, gewundene Tunnel, die ins Schwarz reichen, gespült. Werden nicht mehr nur vergebens von grauer Felswand zu Felswand, von links nach rechts, vom Boden aus zum hinter ihm liegenden Felshang reflektiert. Oder wie andere, welche nach oben in den blauen Himmel oder nach vorne in die weite und gleißende Wüste geworfen werden, und dort als fehlgeleitete Wellen einen schnellen Tod sterben. Nein, dieses Schicksal droht dem Rufen nicht. Denn im Ohr dieses unfreiwilligen Zeugen angekommen, wird der Schall dieser Schreie, die einen unbändigen Überlebenswillen in sich bergen – gierig nach Leben lechzen und flehen – erstmalig wahrgenommen. Schreie, die, wie jetzt noch reichlich vorhandenes, bald verderbendes Saatgut, wild hinausgeschleudert werden und bisweilen nur tauben, trockenen Fels berührten, werden gehört und darüber hinaus sogar erhört, da sie im Zuhörer einen Drang auslösen. Ein Verlangen – dass der Mann nicht nur als stummer Zeuge walten, sondern diese schrillen und wimmernden Töne der Angst zu lindern versuchen will. So hat der aus der Not heraus willkürlich gesäte Samen, welcher verheißungsvolle Hilfe als Frucht tragen soll, binnen eines kurzen Augenschlags in dem Hörer den ideal bereiteten Nährboden für Hilfe gefunden. Ein Samen, der den Willen seines Wirts augenblicklich in Besitz genommen hat, als jener zum Spross gekeimt war und mit seinem tief gebohrten Wurzelwerk dessen Herz erreicht hatte. Hier hat das Geflecht einen geräumigen Ort vorgefunden um sich zu verankern. Eine Geräumigkeit deren Dimension der Wirt sicher verleugnet hätte, wenn ihm eine Wahl dazu geblieben wäre.

Der Zeuge dieses Überlebenskampfes des ihm unbekannten Menschen, der weiblicher Natur zu sein scheint, sucht fieberhaft mit seinen Augen das unwegsame Gelände ab. Dieses hat der Wind über die Zeit hinweg, mit feinem Sand, statt ehernem Meißel, in seine jetzige Form gebracht. Dieser diente dabei nicht sich selbst, indem er, wie ein Bildhauer, dem Stein eine Gestalt aufzwang. Nein, das tat er wirklich nicht. Er förderte nur dessen runde Formen, Nischen, Tunnel und Säulen – welche bereits seit Anbeginn der Zeit im Fels verborgen liegen – zu Tage, befreite sie aus ihrer beklemmenden Hülle.

Dieser Umstand macht es dem Menschen unmöglich, einen klaren Weg oder wenigstens einen Pfad in diesem verwundenen Irrgarten zu erkennen. Wirr läuft er umher. Späht hier, späht dort. Versucht trotz des Umstands, keine konkrete Strömung der Schallwellen ermitteln zu können, sich dem Ursprung des schrillen Plärrens zu nähern. Will die Fährte des Geräuschs aufnehmen, welche mäandernd dem Weg des geringsten Widerstands folgt und sich in strömenden, rauschenden, und sich gegenseitig überlagernden Geräuschrinnsalen ansammelt, bis sie sich immer weiter, bis zum Strom verbunden hat. In dieses Flussbett des Schalls, in welchem es sich dieser, in Form von ringsum geschliffenen Läufen, bequem gemacht hat, könnte er sich zwar stellen, könnte sich auch direkt gegen den Strom richten, um diesen noch intensiver zu spüren – aber eine eindeutigere Richtung würde er in diesem Gebilde, welches ihn mit seinen Windungen an ein menschliches Ohr erinnert, auch so nicht zu deuten vermögen. Denn schließlich kann man die Quelle eines Flusses nicht bestimmen, indem man sich lediglich in diesen stellt. Aber trotzdem hört sich die Stimme allmählich voller an. Kommt entweder näher, oder wird durch den Schall zunehmend in die Irre geführt. Der schwarz gemantelte Fremde beginnt zu laufen.

Nach wenigen Momenten hat er schließlich den laut sprudelnden Quell erreicht. Unter einer herausgespülten Felsnische sieht er zwei nackte Menschen. Einen dunkelhäutigen Mann, der wütend und hektisch, sichtlich überfordert versucht, eine weiße, unter ihm verzweifelt nach Luft röchèlnde Frau, zum Schweigen zu bringen. Er würgt sie und schlägt ihren Kopf immer wieder gegen die scharfen Kanten eines ausgebrochenen Steins unter ihr, der bereits mit einer klebrigen Schicht aus Blut und Haaren überzogen ist. Während dieser Betrachtung, hört der Zeuge dieses leidvollen Schauspiels nicht damit auf, eilig näher, aber trotzdem zu spät zu kommen. Langsam verstummt das Gurgeln.

Sie kommen zusammen. Ihr Tod und sein Orgasmus. Für den Schwarzen legt sich ein samtenes Tuch der Ruhe über diesen Schauplatz. Befindet sich am Höhepunkt seiner Euphorie, welche ihn taumelnd vor Erregung macht. Ihm kommt es so vor, als hätte er sein ganzes Leben auf diesen Augenblick gewartet. Sein Keuchen und das aufgeregte Pochen seines Herzens in den Ohren, in dessen Rhythmus er eben die Frau grob penetriert hat, überdecken die näherkommenden Schritte.

Der laufende Mann zögert nicht, routiniert seinen Dolch zu ziehen und diesen ebenso gekonnt dem Schwarzen von hinten, geradewegs ins Herz zu rammen. Einen kurzen Augenblick stellt er sich vor, wie die Spitze seines Dolchs den Weg durch dessen Körper verspürt haben muss. Führt sich das einen Bruchteil einer Sekunde dauernde Bild vor Augen, wie die Klinge auf der Haut auftrifft, diese Hülle erst durchbricht, bevor die Epidermis, vorbei an Schichten, in denen Drüsen und verankerte Haarwurzeln sitzen, durchquert wird. Der Dolch sich seinen Pfad immer weiter und tiefer durch Arterien, Bindegewebe und Nervenbahnen hindurch schneidet, bis er jede einzelne Hautschicht durchdrungen hat und sich jetzt geschickt, mit der Kraft, die ihm sein Führer auf seine Scheiden gibt, sich einen Weg zwischen den Rippen hindurch bahnt. Die Klinge dringt immer tiefer ins Fleisch vor. Durch Fett und Muskelgewebe und vorbei an Mark und Gebein. Solange bis endlich die letzte Haltestelle, der Herzbeutel, in Sichtweite kommt. Die Scheidewand zwischen rechter und linker Herzkammer ist im gleichen Ruck schnell durchtrennt. Weshalb er sich endlich an seiner vollends todbringenden Endbestimmung einfinden kann. An seinem Ziel, genau inmitten des Redukts eines zurückgeführten, sterbenden und in diesem Zustand jetzt wieder geschlechtslos gewordenen Menschen, angekommen. So das Erreichen der letzten Station seines Mörderlebens, mit der tief bis zum Heft eingeführten Klinge, im Zentrum seiner beiden Kammern, einläutet.

Der rege Kreislauf des Blutes im Körper des nackten Mannes stagniert auf einem Male. Dessen Blut will nun vielmehr nach außen in die Freiheit dringen und sich sprudelnd auf den Fels ergießen. Der Muskel, der eben noch den mit Sauerstoff angereicherten Lebenssaft durch seine Aorta, Venen und Arterien gepumpt hat, hängt erschlafft in der Brust. Der nun selbst dem Tod geweihte Mörder verspürt hingegen nur einen kurzen, ihn am ganzen Körper betäubenden Stich in seinem Rücken, der ihn sogleich sämtlicher Kräfte beraubt, und einen letzten, besonders starken Herzschlag in seinem Inneren, der so stark ist, dass er glaubt, dieser Muskel wolle seine Brust durchbrechen. Dies war der Moment, als der Dolch an der Innenseite einer Rippe aufschlug. Den Blick seiner weit geöffneten, aber für die Außenwelt bereits blind gewordenen Augen, richtet er nach innen auf sein Leben, während dies zeitlos Revue passiert. Ein Vorgang, der ihm seine Taten wieder ins Gedächtnis rufen soll, bevor aufgrund dieser ein Urteil über ihn gesprochen wird. Er macht sich langsam auf, über die in sein Seelenheim eingebrochene Klinge, die sich in dem warmen Fluss aus Blut wohl fühlt, wie über eine Antenne zu entweichen.

Nun herrscht wirklich Ruhe über dem Schauplatz der menschlichen Abgründe. Aus dem blutüberströmten Gesicht der Frau, aus dem durch Gewalt schrecklich deformierten Schädel, blicken die offenen Augen, welche vom Schimmer des Lebens bereits verlassen sind, in die leer stehenden ihres nun ebenso toten Mörders. So hat keiner der Beiden ihren zu einer Person gebündelten Richter, Henker und Rächer gesehen.

Der Mann zieht seinen Dolch aus dem Körper des toten Mannes und hievt diesen von dem der Frau. Danach macht er einen Schritt zurück und betrachtet das Stillleben blutüberströmter Nackter. Mit analytischer Sorgfalt beginnt er mit seinem Blick den Tatort abzutasten. An den Kanten des abgebrochenen Steines, in dem deutlich scharfe Muscheln auszumachen sind, sieht er vereinzelt die blutverklebten schwarzen Haarbüschel und abgeschabte Hautfetzen der Frau kleben. Sieht, dass der Körper der Frau an vielen Stellen Striemen und Narben aufweist und unter ihren Fingernägeln sich Blut und Haar von der Brust des Mannes angesammelt hat. Um ihren Hals trägt sie einen unschicklichen Reif zur Zierde. Dieser in Form von vielen dunkelblauen Hämatomen, angeordnet zum deutlichen Würgemal der fest umschlossenen Männerhände, waren ihr Ende. Oberhalb ihrer Hand- und Fußgelenke kann man deutlich die Spuren von Fesseln ausmachen. Sie war ohne Zweifel eine Frau, die durch Krieg, Verfolgung und Verschleppung zur Sklavin geworden ist. Ihr hübsches Äußeres – Dank ihres stark vernarbten Genitalbereich unschwer zu erkennen – ihr Verhängnis. Das war der Tribut, den sie für ihre sicher schon oft verwunschene

Schönheit zahlen musste. Ein derber Blutzoll, aufgewogen mit einer Vielzahl gröbster Vergewaltigungen.

In dem Körper des blutenden Mannes, der eben – oder vielleicht auch schon vor langer Zeit – zum Mörder geworden war, ist der Fluss des Blutes nun endgültig zum Stillstand gekommen. Die anfangs noch ihm entgegen gereckte Erektion ist nur noch ein schlaffes Etwas eines alten Mannes. Der Gerichtete mit faltigem Gesicht und grauem Bart hat schon viele Jahre in seinem nun vergangenen Leben gezählt. Sein Mund, mit den teils fehlenden und faulen Zähnen, hätte bestimmt vieles zu erzählen gewusst. Hätte vielleicht gerne erzählt, wie er zu dem wurde, was er gewesen war und wieso es mit ihm so enden musste, wie es nun auch geschehen ist. Hätte vielleicht gerne in alten Geschichten zu schwelgen vermocht, die ihm als einziges aus einer besseren Zeit geblieben sind. Und hätte ihm vielleicht auch gerne gesagt, dass er einer der letzten ihrer Dynastie ist, oder treffender – war.

Der schwarz gemantelte Fremde setzt sich neben die beiden auf einen Steinsockel und blickt gen Westen. Dorthin, wo sich nun vor ihm die Sonne daranmacht, ihr leuchtendes Gewand abzulegen und unterzugehen. In seinem Gemüt beginnt die Ruhe sich sanft und zärtlich auf die vergangenen Ereignisse des heutigen Tages zu legen. Er weiß, welche Gegend er jetzt im Begriff ist zu betreten. Gerade deswegen hat er doch nicht gleich zu Beginn mit so etwas gerechnet. Es war zwar nicht viel, was er über die Menschen in dieser Senke gelernt hatte, doch dies Wenige ließ ihn ein anderes Bild erwarten, als jenes, welches er jetzt als erstes ihm vorgebracht fand. Ihm wurde während seiner Studien ein Bild vermittelt, das die Menschen als scheu, bedacht und sehr vorsichtig darstellt. Es Wesen sind, die als soziales Gegenstück der erbarmungslosen Wüste fungieren müssen, um in ihr existieren zu können.

Erst später, infolge der Summe neuer Eindrücke, sollte ihm klar werden, dass dieses Wissen nicht gänzlich falsch, doch schon damals verjährt gewesen ist. Denn auch hier herrscht die Zeit, welche die Welt in Umbruch setzen will. Bewährtes Miteinander ist einem zersetzenden Egoismus gewichen. Befallen von derselben Krankheit, von der auch andere Kulturen betroffen und an ihr untergegangen sind. Süchtig nach irgendeiner Art von Befriedigung, welche sich aber einfach – egal was man tut – nicht dauerhaft einstellen will. Ihr Dasein für ein paar wenige Augenblicke des Glücks fristen. Die meisten von ihnen derart Entzug leidend, dass sie ständig und ohne zu zögern dazu bereit sind, sich gegenüber anderen zu erhöhen. Im übertragenen Sinn das brutale, vernichtende Antlitz der Sonne jederzeit zu imitieren fähig sind. Um wie diese mit einer gnadenlosen Härte auf Schwächere einzuschlagen – wollen sie doch noch mehr als lediglich existieren, wollen über andere dominieren und aus der Masse hervorragen. Aber davon, dass bereits Ausläufer der zersetzenden Kräfte in der Welt schon bis hier vorgedrungen sind, weiß er noch nichts. Darum bleibt er über diesen ersten Kontakt zwar verwundert, ist aber nicht alarmiert.

Wieder im Hier und Jetzt, sieht er auf einem kleinen Plateau unweit von dieser Felsnische entfernt, viele aneinander gebundene Tiere stehen, zu denen er sich nun aufmacht. Dort stellt er als erstes fest, dass diesem schönen Vieh sicherlich mehr Pflege zuteilwurde, als dem verwahrlosten Gebiss ihres ehemaligen Führers. Die Kamele, welche er bis zum heutigen Tag nur von Zeichnungen her kannte, die, da sie mit Gelassenheit auf ihn reagieren, wohl die Gesellschaft von Menschen gewohnt sind, sehen ordentlich gestriegelt und bepackt aus. Wäre er fähig, solch einen Treck zu führen? Er weiß es nicht.

Danach begibt er sich auf der zuvor sorgfältig ausgebreiteten Decke zur Ruhe. Mit der sich erhebenden Dunkelheit steigt allmählich auch ein anderer markanter Duft aus dem vor ihm ausgebreiteten Tal auf. Dieser Atem der

Nacht, der aus vielen hauchzarten, für die Sonne viel zu schwachen und sich nun erst öffnenden Kakteenblüten strömt, ist ein an sich schwerer, aber durch seine ganz schwach konzentrierte, beinahe homöopathische Dosierung leicht wirkender, fast schon subtiler Geruch nach Moschus, der ihn von seinen erdrückenden Gedanken befreit und ihn bald darauf in den Schlaf wiegt.

2

Am Morgen, an dem sich die Luft – um den abendlichen Tanz der Düfte wieder ernüchtert – klar gibt, beschließt der Mann seinen Weg gefasst fortzusetzen und sich nicht durch die jüngsten Geschehnisse verunsichern oder gar abschrecken zu lassen.

Noch einmal begibt er sich zu den zwei mittlerweile ergrauten Leichnamen, die bereits von einer Kolonie auf ihnen tänzelnden Fliegen besiedelt sind. Diese scheinen die Körper auf den ersten Blick mit ihren feinen, aber mit scharfen Schneidwerkzeugen bestückten Rüsseln zu küssen, vermögen dabei aber dennoch winzige Teile ihrer Haut und später auch des Fleisches zu entfernen. Brechen so langsam die Körper auf, um sich anschließend an den offenen Wunden der verwesenden Leiber laben zu können und um ihre Brut in deren süßlich faulendem Fleisch abzulegen. Sie schrecken und schwirren sofort aufgeregt mit einem stark surrenden Geräusch auf, als der für sie in ihren Facettenaugen multioktogonal und nur schemenhaft dargestellte fremde Mensch, in seinen schwarzen Umhang gehüllt, ohne aber dass dieser auf sie einen bedrohlichen Eindruck macht, auf ihre beiden Futtertröge zukommt. Sie fliegen und tanzen wirr umher. Schlagen ihre Flügel, die über ihren gut gefetteten Achseln liegen, blitzschnell und jagen um ihn herum. Betrachten ihn zuerst von einer, dann von der anderen Seite. Fliegen nah zu ihm hin und wieder weg. Setzen sich immer wieder für Bruchteile einer Sekunde auf ihn, um auch ihn zu kosten. Kitzeln ihn so mit ihren langen Haaren, zwischen denen sich allerlei Unrat gesammelt hat, auf den entblößten Stellen seiner Hand, auf seinen Lippen und den Lidwinkeln seines Gesichts. Dringen sogar in seine beiden Nasenlöcher und in die Ohrmuscheln ein, wo er sie hektisch surren hört und spürt, bis er sie wieder und immer wieder aufs Neue verscheucht. Leider immer nur für einen schrecklich kurz währenden Augenblick, in dem er aber immerhin ausreichend Möglichkeit bekommt, in kurzen Stößen, angewidert von den tausenden Fliegen – den Überträgern von Krankheiten und sonstiger Pestilenz – atmen zu können. Er greift sich die abseits von ihm liegende Kleidung des toten Beduinen und verlässt fluchtartig den Ort.

Wieder bei der Karawane angekommen, legt der Mann den im kräftigen Blau erstrahlenden Umhang an und verstaut anschließend seine Habseligkeiten, die er bis dato alle in nur einem ledernen Umhängebeutel am Rücken untergebracht oder am Körper getragen hatte, in den Taschen der vielen Sattel. Sein großes geschwungenes Schwert versteckt er so, dass es im ersten Augenblick nicht sichtbar, aber in genau in einem solchen zu ziehen ist, unter einer der großen Taschen.

Er will weiter und nicht zurück. Darum bleibt ihm auch gar nichts anderes übrig, als die frei gewordene Stelle als Karawanenführer an- und einzunehmen. Die gestrige Frage, ob er fähig sein würde solche Tiere zu führen, kann er sich trotz aller Theorie noch immer nicht ohne Zweifel beantworten. Es wird sich zeigen. Um sich die zweite Frage, jene nach der Verpflegung, wie viel sie trinken und was sie essen, beantworten zu können, muss er lediglich die Tiere, deren mitgeführte Taschen und natürlich deren Hinterlassenschaften mustern und durchsuchen. Dies Kontrollieren macht er aber nicht mit der wühlenden Hektik eines Räubers, sondern eher mit der wissbegierigen Gründlichkeit eines Forschers. Einer, die der pflichteifrigen Natur des Mannes gerecht wird. Denn dieser sucht stets nach Hinweisen, die auf ein Mehr – ein Wurzelwerk – schließen lassen, welches durch das Geflecht vordergründiger Offensichtlichkeit dringt um Wahrheit zu fördern, die bestehende Fragen oder zumindest sein gewecktes Interesse befriedigt. Zunächst muss er jedoch die Aufgabe, geeignete Verpflegung für die Kamele finden, lösen.

Acht Schläuche, prall gefüllt mit Wasser, und noch einiges an Proviant, der aus reichlich altbackenem Brot und Dörrobst besteht, kann er dem Register in seinem Kopf zu Gute schreiben. Auch kann er damit den ersten Eindruck über den wahren Charakter des Beduinen, des Wüstenreisenden, des ersten Einheimischen dieser Gegend, den er traf und damit tötete, als bestätigt erachten. Denn die Frau wurde nicht wegen potentieller Knappheit der Vorräte umgebracht. Nicht, um ihr aus Barmherzigkeit bevorstehende Not und daraus resultierendes Leid zu ersparen. Sondern anscheinend einzig und allein aus purem und unverhehltem Wohlgefallen daran, ihr Leid zuzufügen. Dem geilen Verlangen wegen, ihr die perversen Triebe aus den dunkelsten Ecken seiner Phantasie zu offenbaren, wo sie auch besser geblieben wären, anstatt diese an ihr in blutige, unheilvolle Wirklichkeit umzusetzen. Aber Schluss damit.

Der Mann inspiziert die Halfter und stellt fest, dass diese nicht ganz unähnlich denen von Pferden sind, was ihm ein gutes Omen ist. Zuversichtlich nimmt er das Seil, welches am Halfter des Zugtiers, dem ersten Kamel der Reihe, befestigt ist, in die Hand und hofft, dass es so einfach, oder besser gesagt, so wie gewohnt, wie das Führen von Pferden funktioniert. Denn darin hat er in der Vergangenheit schon viel Erfahrung sammeln können. Wenn auch nicht gerade mit einer zehnköpfigen Kolonne.

Ein letztes Mal lässt sein Blick ihn wenden. Mit gemischten Gefühlen macht er seine Augen von dem stark zerklüfteten Berghang los und spricht mit leisen Worten in den Raum flüchtiger Gedanken:

»Was wird mir die Zukunft wohl noch bringen?«

Ohne auf eine Antwort in dieser Stille zu warten, richtet er seinen Blick wieder nach vorne. Lichtet so den Anker, welcher ihn noch gerne vor der Ungewissheit geschützt hätte. Seinen schwarzen Filzhut, den er mit der breiten Krempe als Sonnenschutz aufgelassen hat, zieht er sich verdrossen noch weiter ins Gesicht. Bald wird er den am Gebirgskamm herabfallenden Schatten verlassen und geradewegs in die Wüste gehen – wird sich dann nur noch selbst den einzigen Schatten weit und breit werfen.

Von dem Plateau aus führt ein kleiner verwinkelter Pfad nach unten in die Talsenke des mutmaßlichen Sedimentbeckens, an dessen Ende sie bald, etwa gegen die Mittagsstunde, angekommen sein werden. Der steile Abstieg gelingt den Tieren trotz ihres neuen Führers überraschend gut und findet wie vermutet auch wenige Stunden später seine Mündung in der Wüste. Dort, am Fuße des Gebirges angekommen, wie auch auf den ersten Metern in der Wüste, stehen kleine Felder kakteenartiger Pflanzen wie etwa der Hoodia, welche die einzigen Gewächse sind, die er mit einem Namen versehen kann. Diese locken mit ihren handtellergroßen, roten Blüten – welche es wirklich verstehen, den Geruch von verdorbenem Fleisch zu imitieren – eine Unzahl Fliegen an. Dort tummeln sich diese dann in ihnen und sichern auf diese Weise gemeinsam ihren jeweiligen Fortbestand in einer fast symbiotischen Beziehung in einer sonst lebensfeindlichen Umgebung.

Mit bloßem Auge sieht er, wie sich die scharfe Kante des

kühlenden Gebirgsschattens unaufhaltsam auf ihn zu bewegt. Was ein eindrucksvolles, weil bedeutendes Schauspiel ist, welches ihn sogleich innehalten lässt. Mit gemischten Gefühlen blickt er über diese Kante hinaus, weiter nach vorne ins Licht, und sieht auf dem Grund der ihn blendenden Wüste, wie die spärliche Feuchtigkeit der Nacht, sobald diese erhellt wird, sofort zu verdampfen scheint. Ungeachtet der bleiernen drohenden Hitze, geht er ihr mit trotzigem Stolz entgegen. Nun, über das Negativ der dunkel projizierten Silhouette des Bergrückens hinaus, mit der alles versengenden Himmelsglut im Rücken, sind seine Schritte, die er ansetzt, unverändert voller Elan und Pflichtbewusstsein. Der gebotenen Eile, vorwärts zu kommen, endlich zur Tat schreiten zu können, absolut bewusst. Nicht wissend oder zumindest ahnend, was er sucht, noch was ihn hier erwartet. Sich lediglich darüber im Klaren, dass es hinter ihm, neben seinen bereits wieder von der vergangenen Zeit verwaschenen Spuren, nicht gelegen hat.

Die Gegend dieser ersten Meter wird bestimmt von vielen Felsresten, die riesigen Pilzskulpturen ähneln, welche wie von Geisterhand angetrieben aus dieser Landschaft empor geschossen sind. Natürlich ist ihm die Theorie, welche hinter diesen Formen steht, bekannt. Er weiß, dass ihnen ihr Gesicht schleichend durch die vergangenen Zeitalter verpasst wurde. Viel Zeit, während der langsam Feuchtigkeit in die Ritzen der äußeren Schicht vordringen konnte, die schließlich, angetrieben von dem hohen Temperaturunterschied von Tag zu Nacht in diesen Gefilden, die Hülle der Findlinge platzen ließ. Sie Stück für Stück weggesprengt haben. Ihren schlanken Stiel hingegen haben sie von dem dicht über den Boden hinwegfegenden Wind bekommen, welcher hier oftmals sehr stark sein soll. Denn dieser trägt grobe und schleifende Sandkörner in sich gebunden. Wie mit Zähnen wurde so der Abraum dieser Felsen durch den Wind über Generationen hinweg bearbeitet, abgetragen und sich einverleibt, um ihn später anderenorts wieder auszuscheiden.

So wurden Felsskulpturen, riesige, in ihrer Form und Farbe unterschiedliche Pilzgebilde erschaffen, an denen unentwegt weiter die Bildhauer namens Wind, Erosion und Verfall wie nimmersattes Ungeziefer nagen. Gebilde, die mit ihrem schlanken Stiel und der breiten Krempe eine mystische Anmut erhalten haben. Eine, die trotz des Wissens um die Entstehung der Plastiken – sind diese im richtigen zeitlichen Maßstab doch nur beliebige Zufälle statt Kunstwerke – keinesfalls zunichtegemacht wird.

3

So geht er mehrere Tage ungeachtet der eigenen und der Tiere Erschöpfung, immer wieder bis tief in die Nacht hinein. Zeit zu ruhen gewährt er ihnen allen nur wenige Stunden. Denn noch in der Nacht beginnt der Marsch von neuem. Agiert bereits als souveräner Hirte, trotz des Umstands, wie eine Jungfrau zum Kinde berufen worden zu sein, und geleitet seine Herde aus der Finsternis.

Die Nächte haben ihm der Tage sehr gefallen, da diese genau die richtige Temperatur haben, um sich mit einem Marsch warm laufen zu können. Aber es gibt noch einen schöneren, wenn auch nur wenige Minuten andauernden Moment des Tages. Und zwar jenen kurz vor dem Sonnenaufgang. Die kurze Zeitspanne, in welcher sich das Firmament über dem Horizont leicht erhellt und ihm so am meisten Erholung von der sengenden Hitze des Tages und der fröstelnden Kühle der Nacht beschert. In dieser befindet sich die Temperatur in einem empfindlichen Gleichgewicht. Ein

Zeitpunkt, welcher täglich Grund genug dafür ist, kurz innezuhalten und sich bedächtig mit geschlossenen Augen nur auf diesen einen Augenblick zu konzentrieren. Bis schließlich jene Minute anschlägt, in der täglich ein leichtes Lüftchen zu wehen beginnt, welches in ihm immer wieder den Eindruck auslöst, als sei es ein Parfümhauch, angereichert mit vielen verschiedenen leichten, für sich beinahe subtil wirkenden Duftnoten. Der fein zerstäubte Nebel aus Luftfeuchtigkeit, der Basis für die Lösung, welche durchtränkt mit sonst nur flüchtigen Düften von Pflanzen ist. Er weiß es nicht und kann daher nur vermuten. Aber die Erklärung für dieses zum Phänomen resultierende Ereignis, könnte sein, dass die Sender der verschiedenen Aromen, tagtäglich unter der Kruste verharrend, sehnsüchtigst auf genau diesen einen kurzen Moment warten, in welchem sie ihre Notiz für andere in den Wind legen können. Dieses kurzwährende ideale Mischungsverhältnis zwischen Temperatur und Feuchtigkeit müssen die Pflanzen nutzen, denn nur zu diesem Zeitpunkt können sie es endlich wagen, diese Barriere aus totem Staub über ihnen zu durchbrechen, um sich für kurze Zeit zu öffnen, völlig zu entfalten. Als wäre dies die Form ihrer Kommunikation, mit der sie ihre Existenz preisgeben und sich allesamt laut plappernd mitteilen wollen. Sie wollen von sich erzählen. Wollen sich in ihr schönstes Kleid aus olfaktorischem Wohlgefallen legen, um als feiner Duft wahrgenommen zu werden. Die angenehme Wirkung ihres Odeurs auf einen Sinn der Menschen ist vielleicht nur ein willkürliches Nebenprodukt.

Dieser Eindruck wurde aber von Tag zu Tag immer dünner und flüchtiger. Schwand immer mehr, desto später der Morgen, und umso weiter sie in die Wüste gelangten. Der Stolz dieser Blüten, mit dem sie über andere glänzen und sich gegenüber diesen Rivalen profilieren wollen, wurde immer zerbrechlicher und vorsichtiger, bis schließlich der Hauch dieses stolzen Scheins gar nicht mehr vorhanden war, weil sich deren Träger nicht so weit vorwagte.

4

Seit Anbeginn dieses weiteren Tags hat er das Gefühl, bei jedem seiner Schritte beobachtet zu werden. Letztlich wird dieses Gefühl so stark, dass er sich des Öfteren in einem Ruck um die eigene Achse dreht. Seine Augen heftet er sofort an den umlaufenden Horizont, um sich entlang diesem umzublicken. Doch er sieht nichts die gleichmäßig ebene Linie durchbrechen. Weshalb er jedes Mal aufs Neue nur kurz im Stillstand verweilt, bevor er das stete Tempo wieder aufnimmt. Wieder Schritt an Schritt heftet, ohne den Grund woraus sein Empfinden resultiert erfahren zu haben, ohne Linderung seines ihn ständig alarmierenden Instinkts zu bekommen.

Inzwischen spürt er den wahrgenommenen Blick sogar noch intensiver auf sich, genauer in seinem Rücken, präzise in seinem Genick wie ein bedrohlich schweres Gewicht liegen. Noch einmal dreht er sich schnell, intuitiv und unvermittelt ohne etwaige Vorankündigung durch seine Körpersprache um, und blickt in die Richtung, aus welcher der störende Eindruck zu kommen scheint, geradewegs gegen die Sonne. Geblendet sieht er, wie sich auf dem, in seinen Augen schmerzenden, gleißend hellen Punkt ein kontrastreicher Schatten, ein dunkler Sonnenfleck in der Form eines Vogels abhebt. Nach kurzem Betrachten, welches aus reinem Entdecken besteht, muss er seine brennenden Augen abwenden und blickt wieder nach vorne, in das leere Areal, in dem sich seine Marschroute fortsetzen muss. Aber diese gedachte Linie, ihm Leitfaden zur

Navigation, will sich vor seinem geistigen Auge nicht mehr ausbilden. Denn im Zentrum seines Blickfelds, dort wo der imaginäre Pfad sein sollte, befindet sich noch immer ein dunkler, blinder und alles andere dominierender Brandfleck der Sonne. Nur inmitten dieses beißenden Relikts kann er durch eine Öffnung, in Form eines Vogels mit ausgebreiteten Schwingen, in die Welt hinaus lugen. Die restliche Umgebung ist ausgefüllt mit bunten und umherschwirrenden Lichtpunkten, an denen er sich weder halten, um seinem Schwindel Herr zu werden, geschweige denn orientieren kann, um sein weiteres Ziel zu markieren.

So verharrt er kurz, statt kopflos umher zu irren. Beginnt an vergangene Zeiten zu denken, in denen, als diese noch Gegenwart waren, seine Welt, mit ihren ehrwürdigen Traditionen und ihren starren Regeln, noch einen festen Grundstock aus steter Beständigkeit hatte. Einem so, wie ein Anker, in stürmischer und schwieriger Zeit den nötigen Halt geben konnte. Seine Welt nicht nur aus schleierhaftem, okkultem Nebel bestand, der, hätte man den Mut gehabt ihn zu greifen, sich den Händen verwehrt, ihnen nichts als Nichts eingebracht hätte. Nebel wie aufgezogene Rauchschwaden eines bereits im Verborgenen schwelenden Bürgerkriegs, welche schon damals sichtbar gewesen wären, hätte man sie sehen wollen. Ein Nebel, aus dem sich ein surrealer aber trotzdem konzentrierter schwarzer Schatten gebündelt als eine Person heraus getan hat. Ein Nebel, welcher umso mehr Realität besitzt, wenn man dessen Hunger, wenn man sein alles Leben verzehrendes Schlingen erlebt hat. Gesehen hat, wie er sich gierig eine Existenz nach der anderen einverleibt hat. Einem so, eifrig wie auch gekonnt, das Fürchten gelehrt hat.

Der Mann denkt an die Zeit zurück, in der er sich als Schüler, vom Kleinkind bis zum Mannesalter, die ganzen Stadien seiner Studienjahre, Stufe für Stufe, sich seiner selbst und anderen stets durch verschiedene Prüfungen beweisen musste, um die Berechtigung für sein Dasein zu bestätigen. Aber um seine Vergangenheit im vollen Umfang in seinen Gedanken Revue passieren zu lassen, muss er noch weiter zurück und gelangt schließlich zu seiner Geburt und Zeugung.

Seine Eltern sind ihm bekannt, doch stellen sie in seinem Gefühlsleben keine derart erhöhte Position seiner Bekanntschaften dar, wie es in beinahe allen anderen Kulturen der Fall ist. Er hegt und pflegt keine Beziehung zu ihnen, waren sie doch nur seine Erzeuger. Mittels einer aktiv betriebenen Eugenik, in Form ausführlich dokumentierter Stammbücher, wurde anhand dieser von den Weisen beratschlagt und die Wahl getroffen, wer mit wem am besten kombiniert werden sollte, um einen noch besseren Nachkommen zu zeugen, um der Evolution etwas auf die Sprünge zu helfen, ihr etwas vorzugreifen. Seine Mutter, eine selbst in der Kriegerkaste herausragende Athletin mit messerscharfen Sinnen, hatte damals, nach Bestehen der finalen Prüfung, noch zusätzlich für zwei Jahre die Pflicht, eher die Bürde der Versorgerin inne. Eine Bürde wie eine unüberwindbare Kluft zwischen der Aspirantenschaft, der Zeit als Anwärter, und dem tatsächlichen Dasein als vollwertige Repräsentantin der Klingen, wie sich die Kriegerkaste selbst nennt. Eine Aufgabe – wenn er sich heute in ihre Lage versetzt – die schon beinahe einer Strafe ähnelt. Doch sie hatte den Dienst ihrer Mutterrolle mit dem Pflichtbewusstsein einer Klinge mit Bravour erfüllt. Und auch wenn er sie als Säugling am weiteren Voranschreiten hinderte, so hat sie diese Zeit der Aufgabenleere mit weitreichenden Studien gefüllt. Was wohl der Grund dafür ist, weshalb sie ihm nie eine Abneigung gegen ihn hat spüren lassen. Vielleicht empfand sie sogar Liebe für ihren Sohn. Aber für solche Gefühle war kein Platz in der Welt ihrer Kaste. Sein Vater, ein beinahe ebenso talentierter Athlet mit schier unbezwingbarem Willen, ist nach der Prüfung als Klinge ausgesandt worden, und hegte keinen Drang – weder zur Mutter noch zum Kind –

eine emotionale Bindung aufzubauen.

So sind dann bald die Pädagogen und Lehrer, später Magister und Weise in sein Leben des ständigen Lernens eingetreten. Ein Leben, welches sich schrittweise vom unwissenden Novizen zum Eleven – dem Anfänger, welchem zudem die ersten praktischen Inhalte und Übungen, wie das Reiten, in seiner Ausbildung vermittelt wurden – und sich weiter zum Rekrutendasein mit frühen Kampflernzielen vollzogen hat. Dann folgten die ersten aussiebenden Prüfungen, welche er allesamt bestanden hatte. So konnte er seinen Werdegang zum fortgeschrittenen Adepten bis hin zum Gesellen fortsetzen. Ab da an trug er selbst zur Ausbildung und sanften Demütigung von Eleven bei und bekam außerdem zum ersten Mal die Ehre, seine weitere Wissens- und Fertigkeitsfächerung, in gewissen Maßen frei wählen zu dürfen. Er war es gewohnt ein stets aristokratisches Leben zu führen, welches fein säuberlich abgegrenzt von allen anderen, gewöhnlichen Kindern und jungen Erwachsenen stattfand. Einem Dasein verpflichtet, welches seit jeher die Nachkömmlinge der Klingen bis hin zur finalen Prüfung von der restlichen Welt isoliert hält.

Bestand man diese Prüfung, so wurde man in den Rang einer Klinge erhoben und mit dem obersten und ehrenhaftesten Auftrag betraut – dem Schutz des Kaisers und des Kaiserreichs. Dieser mag sich für einen Außenstehenden simpel anhören, doch sind die aus ihm resultierenden Aufgaben sehr viel weitschichtiger und umfassender als die etwa eines Leibwächters, der zum Bewachen einer Person an der Tür abgestellt wird. Auch sind die Aufgaben einer Klinge gänzlich anderer Art als jene eines Gardisten oder Soldaten. Denn während diese mit gebotenen Nachdruck betrunkene Schläger aus Kneipen werfen und überfällige Steuern eintreiben, und die anderen zu einer Summe in ein Heer eingebunden sind, welches lediglich als Objekt mit seiner

Präsenz Grenzen bewacht und somit die territoriale Unversehrtheit garantiert, muss eine Klinge als Subjekt, selbst als Gegenstand des Handelns, agieren und den Schutz des Reichs von innen heraus gewährleisten. Sie sind kein leicht ersetzbares Glied einer Befehlskette, die stur von einem zum nächsten Dienstgrad folgt. Denn sie müssen zumeist auf sich alleine gestellt ihre Aufgabe bewältigen. Weshalb die Klingen auch das Wort des Kaisers mit sich tragen, mit welchem sie die Autorität innehaben, sich jedem mittels eines direkten Befehls zu bedienen, peinliche Befragungen durchzuführen und wenn nötig auch ein Standgericht abzuhalten. Und aufgrund dieser exponierten Stellung erhalten sie folglich auch nur direkt vom Kaiser ihre Befehle. Erfüllen gezielte Aufträge, welche dessen Autorität schützen und reisen durchs Land, um die Wahrung der Integrität ihres Wertesystems zu überwachen. Lösen auf ihrem Weg Komplotte und klären Kapitalverbrechen. Sind in ihrer Position gefürchtete Boten, Geheimpolizisten, jedermanns Richter und Henker zugleich, während sie sich selbst außerhalb der allgemeinen Gerichtsbarkeit befinden und eben nur dem Kaiser Rechenschaft schuldig sind. Später, nach einigen praktischen Jahren, konnte man selbst Lehrer oder sogar Magister für die Nachkömmlinge der Kriegerkaste werden, was sein früheres Ziel darstellte.

Bestand man die Prüfung aber nicht, was meistens mit dem Tod einherging, bedeutete dies – falls man doch überlebt – dass man als Lehrer für die Kinder der Bauern und des restlichen Proletariats eingesetzt wurde. Denn Bildung ist in seiner aufgeklärten Heimat ein kostenloses Gut für jedermann gewesen. Weshalb diese auch für Kinder aus der untersten Schicht angeboten wurde. Aber den Lehrauftrag an diesen Kindern zu erfüllen, galt als höchst frustrierende Aufgabe. Denn dort wurde ein gewisses Allgemeinwissen als nichts Wertvolles erachtet, als nichts angesehen, womit man seinen Bauch hätte füllen können, weswegen ihre Köpfe auch meist leer und ihr geistiger Horizont begrenzt geblieben sind. Somit ist der Unterricht für diese Menschen nicht nur kostenlos, sondern darüber hinaus auch umsonst gewesen. Man wurde dazu verdammt, ein Leben der Nutzlosigkeit zu führen. Ein Leben, in dem man ständig mit seiner Niederlage konfrontiert wird. Was eine lebenslange und tagtägliche Schmach darstellt, mit der sich eine Klinge niemals abfinden kann, da jede Faser des Körpers, jeder Gedanke darauf getrimmt worden ist, ständig besser zu werden.

Doch bereits damals sind die Nebelschwaden langsam aufgezogen. Zerstörten die Wirklichkeit wie auch alsbald seine Träume. Einzig und allein das anerzogene Pflichtbewusstsein und seine allmählich schwindende Hoffnung sind in ihm verblieben.

Seine unbewussten Schritte, die selbstständig immer und immer wieder mit vollem Elan und Hingebung getätigt werden, tragen ihn mit Beharrlichkeit, anhaltend tiefer in die Wüste hinein.

Er sinnt weiter seinen verehrten Magistern nach. Denkt an jene, die ihn lehrten, und auch an diejenigen, welche ihn züchtigten. So erscheint in seinem Kopf als erstes der Magister Wendelyn, ein furchtbar jähzorniger Lehrer, welcher sie in der Kunst des Fernkampfes unterrichtete. Dann der Weise Ayano, welcher sie in der Heil- und Kräuterkunde lehrte und in noch vielen anderen Bereichen als Koryphäe galt. Stetig reihen sich weitere in die Schlange der vielen Gesichter ein, von denen ein jedes Erinnerungen in ihm auslöst. Sie lehrten ihn und seinen Mitschülern so vieles, und doch nichts, was ihm jetzt wirklich helfen könnte. Der einzige, der ihm etwas beibrachte, das er jetzt zur Genüge aufbringen muss, war Magister Anselm. Denn unter dem Deckmantel, Nahkampfkunst mit und ohne Waffen zu unterrichten, hat er ihnen in Wirklichkeit etwas ganz anderes beigebracht. Ja, von diesem Mann hat er so vieles gelernt. Denn nicht nur die Beherrschung verschiedener

Kampfkünste ist es, welche ihn so weit, bis zu diesem Fleck, auf dem er heute steht, gebracht hat. Der alte, im Erscheinungsbild eher klein und hager wirkende Mann mit Glatze brachte ihnen ein Kernelement der Klingen bei – Geduld. Sein konzentriertes Abwarten-können, sein ständiges Gefasst- und Vorbereitet sein, welches eine immense und ständige Selbstdisziplin voraussetzt, beeindruckte ihn ohnegleichen. Diese Fertigkeit zu erlernen, zu jeder Zeit Möglichkeiten zu besitzen, die einen befähigen, selbstständig ohne Anweisungen von Führern zu agieren und dabei trotzdem das Richtige zu tun, wurde ihm oberstes Ziel – und er Magister Anselms bester Schüler.

Begleitet von diesen Erinnerungen wird es allmählich später Abend. Einer, an dem es, wie die vielen Tage zuvor auch, Pflicht ist, die Tiere und sich selbst zu versorgen, sich bald zur Ruhe zu legen, um am frühen Morgen des kommenden Tags wieder zeitig aufbrechen zu können.

Nach Erfüllung dieser leidigen Routine setzt er sich in eiserner Selbstdisziplin etwas abseits der Karawane im Schneidersitz auf eine Decke. So sitzend zelebriert er, was er früher – durch weise Männer geschult – nur unregelmäßig und eher sporadisch, nun aber, durch die viele Zeit mit sich selbst daran erinnert und dadurch gereift, wieder häufig anwendet – die Selbstversenkung. Diese Art der Meditation, welche durch spezielle immer wiederkehrende Sätze, den Mantras, zu erlangen ist, ist ihm ein sehr wichtiges Ritual, beinahe schon Werkzeug geworden. Denn so, in den Wogen der Trance versunken, hat er schon manch Antwort auf ihn im wachen Zustand quälende Frage erhalten. Und wenn nicht, so konnte er wenigstens Kraft aus sich selbst, für sich selbst, schöpfen.

Er sitzt, seine Handflächen nach oben halb geöffnet und seine Augen geschlossen. Er macht sich bereit, um zurück in die vergangenen Tage zu blicken. Seine Stimmbänder, voll Erwartung gespannt, versagen zuerst krächzend, da sie schon mehrere Tage nicht mehr gebraucht worden sind. Doch beim erneuten Beginn der zu sprechenden Worte, die er mit einem tiefen Brummen einleitet, erfüllen sie mit einem seltsamen Gefühl im Hals ihren Dienst:

„Klein sind die Schritte, lang unser Weg.
Klein sind die Schritte, lang unser Weg.
Klein sind die Schritte, lang unser Weg.“

Bedächtig, immer und immer wieder wiederholt er den Satz, auf den er sich mit seiner ganzen Konzentration, wie auf das Zentrum einer Zielscheibe fixiert:

„Klein sind die Schritte, lang unser Weg.
Klein sind die Schritte, lang unser Weg.“

Seine Stimme wird nach außen hin immer leiser, bis am Schluss nur noch ein feines Hauchen, welches die Worte mit sich nimmt, über seine Lippen fährt. Nach innen werden die Worte allmählich weniger und simultan dazu lauter. Letztlich wird der Vers zu einem Wort, welches aber allen Sinn in sich gebündelt trägt:

„Klein .... Schritte, lang ..... Weg.
.... Schritte, ... Weg.
...., ... Weg.
...“

Der Zauber dieser alten Verse fängt langsam und behutsam an zu wirken. Sein Herzschlag beginnt in seinem Ohr laut und kraftvoll zu pochen, während die Atmung flacher wird. Vor seinem geistigen Auge sieht er einen langen geschwungenen Weg im leeren Raum entstehen, der sich in alle Richtungen windet und schlängelt. Schließlich wird dieser zu einer sich bewegenden Schlange. Eine Schlange, auf welcher er einen winzig kleinen Mann sieht der sich verbissen festhält. Wie als wollte dieser die Schlange – den Weg, das Schicksal der Zeit – zureiten. Auf dass diese ihm doch endlich hörig werden will.

Seine Träume tragen ihn weit über das nächtliche Himmelszelt hinaus. Sind losgelöst von endlos quälenden Gedanken und Fragen. Sind davon befreit, aus den sich mannigfach ergebenden Antworten weitere Optionen und Möglichkeiten zu suchen. Denn diese sind allesamt mit ihrem weltlichen Gewicht am Boden der Tatsachen geblieben. Dort, wo sie hingehören.

Fliegend schwimmt er in den mondlichten Fluten des nächtlichen Äthers mit einem unvorstellbar beglückenden Freiheitsgefühl.

5

Am Morgen, wieder fest in seinem Körper gebunden, erwacht sein Geist. Bald darauf folgt ihm die Sonne. Sein Traum ist verschwunden. Aber das Gefühl, von einem seltsamen Wohlbehagen in Besitz genommen worden zu sein, ist ihm geblieben. Eines, welches er sich trotz Bemühung um eine Herleitung nicht erklären kann. Aber es ist gut, weswegen er es auch gut sein lässt.

Die Reise geht weiter. Der einstige Heeresstreiter nun als einsamer Vorreiter. Geduldig den Tieren Leiter, so gut es ihm gegeben ist, Arbeiter.

Der schwarze Punkt, welchen er am Vortag zuerst nur als Schatten auf der Sonne identifizieren konnte, ist inzwischen zu einem Vogel herangewachsen, der unentwegt über ihm seine weiten Kreise im hellblauen Azur des Himmels zieht. Dieser gleitet im windstillen Raum scheinbar bewegungslos dahin. So als würden einzig seine nun wieder heraufziehenden schweren Gedanken dem Vogel genügend Auftrieb bescheren, das dieser mit einer Leichtigkeit, ohne jegliche Mühe, auf ihnen treiben kann. Nur wenige Male beobachten sie sich gegenseitig. Denn meist dringt der stierende Blick, welcher den ganzen Tag über währt, nur einseitig vom Vogel aus auf ihn hinunter.

Der Unbekannte, der auf diesem Boden unvermittelt zum Fremden geworden ist, macht sich bedrückende Gedanken darüber, ob das Tier ein Zeichen dafür ist, dass die ersten Ausläufer des dunklen Schattens bereits den weiten Weg hierher gefunden haben. Ob dies ein Späher aus seiner Heimat ist, aus der er auf- beziehungsweise ausgebrochen ist? Einer, der seine Fährte aufnehmen und ihm bis in die Einöde der Wüste Sona hatte folgen können? Aber um ihn bereits jetzt einzuholen, hätte der Schatten ordentlich an Fahrt aufnehmen müssen.

Nach fortwährenden Überlegungen den ganzen Tag über, beantwortet er sich schließlich selbst die Frage nach der Natur des Vogels, wenn auch noch immer skeptisch, mit den Worten:

»Der Vogel ist weder Zeichen, noch Vorbote, noch Gefahr.« Was eine Folgerung ist, die hauptsächlich aus dem Umstand resultiert, dass in dieser Gegend kein Leben existiert. Weswegen dieser Landstrich Vakuum statt Köder für den Schatten darstellt. Es gibt an diesem Ort nichts, was ihn hergelockt haben könnte. Nichts, was es gilt, unbedingt zu haben. Nichts, was es lohnt, zu erdrücken, um es sich später

einzuverleiben.

Nach der täglichen Versorgung seiner Gefolgschaft begibt er sich wieder auf die über den harten Boden ausgebreitete Decke. Die offenen Augen zwar noch in das nächtliche Himmelszelt gerichtet, hat er seinen Blick aber schon tief in sich gekehrt und beginnt erneut über den Vogel zu sinnieren. Dieser lässt sich nicht lange darum bitten, um in seinen Gedanken Einkehr zu halten. Mit vielen konzentrierten Überlegungen kann er ihn wie mit Nägeln die Flügel fixieren, ihn dingfest machen. Doch ein akustischer Eindruck neben sich reißt ihn wieder in die reale Welt, lässt die Nägel sich in Luft auflösen, den Vogel sich abschütteln und erheben. Erschrocken und zum Angriff bereit, richtet er seinen Augenschein auf das ihm fremde Geräusch und sieht, dass es ein, falsch, dass es der besagte, eben noch rein gedanklich gewesene Vogel ist. Dieser steht mit völliger Selbstverständlichkeit neben ihm und pickt mit seinem Schnabel im Takt auf den harten Boden. Ganz so, als wolle er ganz sicher sein, von dem Menschen gesehen zu werden. Ein unterstelltes Verlangen, welches demzufolge auch einzig mit einem an ihn verschenkten Blick gestillt werden kann. Der Vogel, welcher viel kleiner als vermutet ist, zögert weder, das Präsent anzunehmen, noch geizt er mit seinem Mitbringsel. Denn seine Augen erscheinen plötzlich so scharf, als könnte er mit diesen nicht nur Fleisch und Blut, Haut und Knochen durchdringen, sondern auch jenen Ort erreichen, von dem Poeten und Philosophen behaupten, in ihm wohne die Seele.

Aber bereits ein kurzer Kontakt reicht aus, um die Fronten zu klären, was die gegenseitige Scheu und das Misstrauen von beiden abgleiten lässt. Mit kurzen Hopsern bewegt sich der Vogel um ihn herum und blickt ihn dabei wiederholt an. Doch dies nicht mehr prüfend, sondern seltsam wohlwollend und billigend. Die vor wenigen Minuten gezogene Schlussfolgerung über die wahre Natur des Vogels, welche noch viel Raum für

Unsicherheit gelassen hat, kann er nun mit einer Sicherheit füllen, und mit dem Wissen über seine Gutartigkeit, in seinem Denken endgültig ad acta legen. Das Tier kann kein geistloses Wesen, nicht nur bewegte Materie des Schattens sein. Denn dafür hat dieses etwas viel zu Sanftes, Gutmütiges und sublim Wissendes an sich haften, was ihm das Vorhandensein einer Seele – ja mehr noch – das eines bestimmten Charakters übermittelt.

Beruhigt kann sich der Mann, welcher jetzt vermag wieder die Augen zu schließen, ohne dass ihm im nächsten Moment ein Vogel in seinen Gedanken um die Ohren fliegt, der ihn davon abhält zur Ruhe zu kommen, wieder in die Gebetshaltung im Schneidersitz mit geöffneten Händen begeben. Seine Ohren hören nur noch ein kurzes Flattern, als sich das Tier wieder in den nächtlichen Himmel erhebt und der Stille dabei hilft sich auszubreiten.

Da nun ein weiterer Tag sein Ende erblickt, macht er sich daran ein Mantra zu sprechen, bei dem es ihm erneut so ergeht wie bei dem tags zuvor:

„Lang ist unser Weg, kurz die Distanz.
Lang ist unser Weg, kurz die Distanz.
Lang ... unser Weg, kurz die Distanz.
Lang ... . Weg, kurz ... Distanz.
.... Weg, ... Distanz.
...., ... Distanz.
...“

Kaum dass sich sein Geist der Versenkung hingegeben hat, beginnt von Neuem ein Traum, der jeweils zur Hälfte von seinem Bewusst- und Unterbewusstsein gesponnen wird. Erneut sieht er das Bild von einem nicht enden wollenden

Weg. Kreuz und quer breitet sich dieser ohne System aus, und ergibt das Abbild eines im Wirrwarr eilig zusammengeknüllten Fadenbauschs. Aber heute sieht er mehr.

Dieses Gewühl, diese geballte Ansammlung von Chaos, schwebt in etwas, das er nur mit dem Herzen sehen kann. Er fühlt deutlich eine Bestimmung, welche wie ein Medium jede einzelne Faser des Wegs umgibt. Beginnt und endet dieser doch im gleichen Nichts. Fühlt, dass man auf diesem Weg nur einmal von seiner geplanten Route abkommen müsste, um dann automatisch in einem Ziel anzugelangen. Spürt die Anwesenheit von etwas, das wie eine vierte Dimension im dreidimensionalen Raum der Welt liegt. Aber da er als Teil dieser Welt, als räumliches Wesen, sich eine solche Dimension nicht vorstellen kann, verringert er dieses imaginäre Bild mittels einer Projektion auf eine reine Flächendarstellung.

So abgebildet würde das Knäuel ein verflochtenes Labyrinth in Kreisform ergeben. In diesem liegt das eine Ende des Wegs, an der Ausgangsstelle am Rand, auf der Position, welche sein Suchen markiert. Das andere Ende, sein eigentliches Ziel – das Finden – ist am gegenüberliegenden Stück des Randes beheimatet. Dieses ist somit so weit vom Anfang entfernt wie es nur sein kann. Viel zu weit, als dass es einfach mit strebendem Fleiß erreicht werden könnte. Seine eigentliche Bestimmung, aus der sein Suchen entspringt und in die sein Finden mündet, jene, welche er nur mit seinem Herzen zu erkennen vermag, werden hier zu den trennenden, fein verästelten Äderchen, welche das ganze Bild wie Barrieren durchziehen und die er unfähig ist zu überwinden. Doch faltet man diese Kreisform in der Hälfte, so bringt man die beiden Enden von Beginn und Ziel, von Suchen und Finden deckungsgleich übereinander. Und da die Positionen mit keiner räumlichen Komponente versehen sind, noch nicht einmal mit einer, welche dieser eingebildeten Form einen Boden hätte geben können, werden Anfang und Ende absolut identisch. Würden infolgedessen mitnichten auf den Kopf gestellt werden, da es bei einer bloßen Fläche weder ein Oben noch ein Unten gibt. Der offensichtlichste Weg – zur Bewältigung eines fernen Ziels – welcher sich mit dem Vorwand ´der einzig mögliche zu sein´ geradezu anbiedert, ist somit immer der längste. Auch wenn einem der innere Schweinehund mit seiner Denkfaulheit etwas anderes glauben machen will.

Diese Idee beschäftigt jene Hälfte seines Bewusstseins, die wach geblieben ist. Vor allem die Frage, wer oder was wohl die Fähigkeit besitzen könnte, die Welt wie ein Blatt zu falten. Könnte diese Entität das Schicksal oder jenes Wesen sein, welches manche Völker schlicht Gott nennen? Jenes Wesen, welches in seiner Welt mit der Zeit des Überflusses, im monotonen Treiben ohne Ziel gestorben ist? Er weiß es nicht und kennt niemanden der ihm eine solche Frage beantworten könnte. Denn er bezweifelt, dass selbst einer seiner früheren Philosophiemagister dazu in der Lage gewesen wäre.

Somit erkennt er in Summe drei Methoden um sein Ziel zu erreichen. Die des Fleißes, welche ihn zwar kontinuierlich näher, aber nie ganz ankommen lassen wird. Die der Erkenntnis, von der er nicht weiß, wodurch diese zu erlangen ist. Und jene durch Eingriff einer höheren Gewalt, welche aber bisher seinen Bitten nur taub gegenüberstand.

Die Antworten wie auch die Frage verlieren nun sehr schnell an Bedeutung, verbinden sich und werden eins – unwichtig. Sein Traum macht sich dazu bereit, wie ein Phönix aus der Asche der kurz zuvor noch lodernden Gedankenwelt zu steigen. All die denkbaren Antworten und die daraus resultierenden Möglichkeiten würden sich auf seiner beschwingten Reise nur zu einem unnützen Ballast entwickeln und werden deshalb abgeschüttelt, werden in einer strikt räumlich stofflichen Welt zurückgelassen. Sein Blick wandert gen Himmel und er beginnt seine Flügel zu schwingen. Eine

Erinnerung drängt sich nun in sein Gedächtnis. Ein Nachhall der jüngsten Vergangenheit, dass er in der Nacht zuvor auch schon in luftiger Höhe gewesen ist. Was ein Gedanke ist, welcher aber als ebenso unnütz am Boden zurückbleibt.

Er hebt ab und sieht sich flink und zügig, wie ein losschnellender Funke über einem flackernd tanzenden Feuer aufsteigen. Beim Blick zurück kann er seinen Körper sehen, wie dieser unverändert im Schneidersitz verharrt. Auch sieht er seine Karawane – unverändert in strikter Reihe geordnet – auf dem Wüstenboden schlummern. Sieht, wie die Gestalten klein, kleiner und nichtiger werden, bis sie sich schließlich dem bewussten Augenschein ganz verwehren. Bis nur noch der, durch den Mond erhellte, in ein kühl weißes Licht mit hellblauem Schimmer getauchte, Hintergrund bleibt. Mit hoher Geschwindigkeit durchfliegt er die Nacht. Scheinbar dem Mond, mit seinen vielen Kratern und Narben im Gesicht, näher als dem fernen Boden unter sich. Denn die aufklaffenden Risse der Wüste sind verschwunden. Die Sona somit nur noch eine durchgängig eintönige und konturlose Ebene. Ihm wird klar, in welcher Höhe er sich in etwa befinden muss, um jetzt am Horizont den sich über einen weiten Bogen um ihn herum erstreckenden und die Wüste begrenzenden Hügelzug im diffusen Halbdunkel zu erkennen. Dieses Wissen löst in ihm ein Gefühl aus, welches ihm für einen kurzen Moment ein flaues Grummeln in der Magengegend beschert. Auch spürt er eine Angst – wie eiskalte Finger am Genick – ihn packen und versuchend, ihn zu Fall zu bringen. Hört eine Stimme, welche ihn zu überreden versucht doch endlich loszulassen. Aber so plötzlich diese Furcht in ihm aufgekeimt ist, so schnell hat sich auch ein Balsam, ein Gefühl von geborgener Sicherheit, über sein Herz gelegt, welcher die Angst darin sofort ersticken kann.

Allmählich verliert er ohne sein Zutun wieder an Höhe und es beginnt sich eine andere Karawane auf dem Boden unter ihm abzuzeichnen. Diese Tiere sind im Gegensatz zu den seinen aber ungebunden über ein ganzes Areal verteilt, um je nach ihrer Façon sitzen oder liegen zu können. Er beginnt nun sich um das zur Achse verlängerte Zentrum der auf dem Boden verteilten Herde nach unten zu schrauben. Dabei stellt er fest, dass er keinen Handlungsspielraum besitzt, dass er lediglich stiller Beobachter ist. Dass er nur Begleiter eines anderen Willens ist, der im Vergleich zu dem seinen – der noch gerne weiter im Himmel geblieben wäre – um ein vielfaches stärker ist. Dies ist für ihn ein äußerst unangenehmes Gefühl, welches ihn derart einschnürt, als ob er die festesten Knoten am ganzen Körper angelegt bekommen hätte. Aber bereits einen Moment später wird ihm ein weiteres Gefühl zuteil. Dieses vermittelt ihm in einer selten empfundenen Glaubwürdigkeit, dass er trotz der Unfreiheit keine Angst zu haben braucht. Dass seine Ziele, und die Ziele des führenden Willens identisch sind. Und so lässt er es einfach mit sich geschehen. Lässt die fiktiven, bereits lose hängenden Zügel aus seinen Händen gleiten. Beginnt den Umstand, einmal nicht unter Zugzwang zu sein, ständig agieren zu müssen, sogar zu genießen. Empfindet überdies auch eine Art körperlich Stimulation, resultierend aus dieser fixierten Unfreiheit.

Nun am Boden angekommen sieht er die Lebewesen aus der Perspektive eines hopsenden Tieres. Sieht, wie die Kamele zufrieden schnaubend schlafen. Sieht einen Menschen, der eingehüllt in eine Decke, ebenfalls schläft. Sieht sich schnurstracks hin zu einem gefüllten Ledersack laufen und dort sein Blickfeld immer und immer wieder ruckartig von dem Sack, mit seinen prall gefüllten Rundungen, sich hin und wieder weg bewegen. Nach kurzer Zeit kann er zwischen den immer und immer wiederkehrenden pochenden Bewegungszyklen, feine Rinnsale aus den Beuteln fließen sehen. Nach diesem ersten geht es weiter zum nächsten, und nach diesem wieder weiter. So lange bis all die gefüllten Säcke ihre kostbare Ladung auf den dürstenden Boden vergossen haben. Zum Abschied, nach getaner Arbeit, passiert der Vogel zusammen mit seinem Blick noch einmal den schlafenden Menschen. Dieser bleibt unentdeckt weshalb sie gemeinsam und ungestört dessen Gesicht betrachten können, welches deutlich anzeigt, dass der alte Mann in unruhigen Träumen liegt.

Danach steigt der Blick wieder auf und schwimmt erneut friedlich im Äther des nächtlichen Firmaments. Aus dieser Höhe kann er sehen, wie sich geradeaus, im Osten, die Sonne daranmacht den fernen Horizont in zarte Farben zu legen. Kann beobachten, wie sie sich bereits etwas später anschickt, die ersten feinen Sonnenstrahlen des Tages in das Becken der Sona zu schütten, wodurch ihm schon von weitem seine Karawane preisgegeben wird.

Bei seiner Herde angelangt ist es Zeit für die Sonne, ihr volles Gestirn zu zeigen, und für den Mann, von einem unweit entfernten Vogelschrei zu erwachen. Er öffnet seine Augen und sieht sich noch immer im Schneidersitz verharrend. Seinen Körper, mit dessen steifen Gelenken und schweren Gliedern, empfindet er anfangs noch wie ein fremdes Werkzeug, mit welchem er den Umgang noch erlernen muss. Aber als sich sein Wille erneut in jeder Extremität eingefunden hat, fühlt er sich wieder dazu befähigt, diesen kraftvoll und gezielt bedienen zu können. Wieder aufrecht stehend widmet er die erste Zeit den Gedanken über seinen Traum, den er noch schwach erkennt. Doch je näher er diesem mit seinen konzentrierten Gedanken rückt, desto weiter entzieht sich das Gespinst seinen aufkeimenden, nach etwas Konkretem stochernd stoßenden Gedanken. Aber an etwas kann er sich doch erinnern. An ein Fadenknäuel und an einen Kreis. Doch was es mit diesen Gedankenfetzen auf sich hat, kann er sich nicht beantworten. Aber er fühlt sich gut, weswegen er es auch gut sein lässt.

6

Der Mann schließt mit seinen flüchtigen Gedanken ab und macht sich stattdessen daran, sein Tagwerk mit Taten in der Wirklichkeit zu eröffnen. Beginnt damit, die Tiere für den Aufbruch fertig zu machen. Diese erheben sich heute aber nur widerwillig und einige reagieren sogar gereizt oder gar scheu auf ihn, als er sich nähert. Lassen sich nur schwer beruhigen, was schon an sich ein Vorgang ist, der ihm äußerst schwerfällt. Denn die Fähigkeit sich einzufühlen und darüber hinaus Anteil an anderer Schmerz zu nehmen, wurde in der Schule der Klingen nicht vermittelt. In deren Gesellschaft war hierfür kein Platz. Und auch in der Schule des Lebens bekam er nie Gelegenheit dazu, darin ein Mindestmaß an Erfahrung zu sammeln, um etwa ein Bauchgefühl dafür zu bekommen wie man Trost spendet. Aber genau diese Reife bräuchte er jetzt, um baldigst weiterzukommen, wenn man schon nicht auf das Vorhandensein von wenigstens einem Quäntchen an Empathie zurückgreifen kann. Aus diesem Grund verzögert sich der Aufbruch noch um eine nicht absehbare Dauer, weswegen der Vogel seine Kreise weiter um das stillstehende Zentrum ziehen muss, anstatt die Verfolgung aufnehmen zu können.

Nach wie vor spürt er die Blicke des Vogels auf sich, aber heute stören sie ihn nicht mehr. Er kann sogar einen gewissen Trost für sich aus diesen ziehen. Denn die wachsende Unruhe aus fehlendem Wissen über, und seine Ungeduld wegen seiner Tiere empfindet er als besänftigt. Vermutlich hat dieser Blick sogar den gleichen Effekt auf die Kamele. Denn auch diese werden augenblicklich ruhiger und reihen sich darüber hinaus noch ohne Gezerr und Gezeter von alleine ein, weshalb der Zug nun endlich sein unbekanntes Ziel weiterverfolgen könnte.

Lediglich könnte, weil der Mann zuvor zu einer seiner Taschen geht, um dort noch einen kurzen, sich vergewissernden Blick auf ein herausgezogenes, vergilbtes Stück Papier, das ihm den Weg weisen soll, zu werfen.

Dieser beschließt, weit genug in die Sona eingedrungen zu sein, und dass es jetzt Zeit ist, weiter nach Norden in die Stadt Ine zu gehen. Denn er will in einer fremden Gegend, mit fremden Tieren, ihren verbleibenden Wasservorrat bis Ine nicht auf null kalkulieren. Es lässt sich nicht vermeiden, dass er ausreichend Sicherheit in die Berechnung der nötigen Reserve mit einfließen lassen muss. Außerdem geht er nicht davon aus, dass er in der Unwirklichkeit dieser Wüste – in einer beinahe surrealen Tristesse – noch irgendetwas zu finden vermag, was seinen weiteren Weg bereichern, geschweige denn beeinflussen kann.

Darum setzt er nun mit einer symbolhaften Geste einen Fuß, für den Anfangsschritt seiner täglichen Marschetappe, im lotrechten Winkel unter dem Bogen der Sonnenlinie versetzt an. Diesen einen Schritt tätigt er ganz bewusst und mit jeder Muskelfaser, da auf ihn viele unbewusste folgen werden.

Der Vogel zieht während der ganzen Stunden des Tages unentwegt seine Kreise über ihnen, und der Wanderer bemerkt erst spät, erst sehr spät, dass die Linie, die er am Morgen nach Norden angeschlagen hatte, zu einem halbkreisförmigen Bogen geworden ist. Er als Pfeil dieses Bogens anstatt nach Norden erneut in den Süden – wieder auf die Grenze der bekannten Welt, auf das unheimlich reizende Unbekannte – beschleunigt worden ist. Er hat sich zu sehr auf flüchtig wechselnde Gedanken statt auf seinen Weg konzentriert. Hat sich selbst als das feste Zentrum der Flugkreise des Vogels gesehen. Doch stattdessen war er nur das frei bewegliche Zirkelstichzentrum, dessen geradliniges Voranschreiten – durch die um ihn rotierende Flugbahn des Vogels bestimmt – zu einer Kreisbahn abgelenkt wurde. Aber dies fällt ihm erst auf, als er bemerkt, dass die Sonne jetzt auf seiner rechten Seite untergeht, obwohl sie doch – als er seinen heutigen Marsch begonnen hat – schon auf der gleichen Seite aufgegangen ist. Er hat aus Unachtsamkeit die Sonne, deren Lauf tagsüber die einzige Orientierung ist, völlig außer Acht gelassen. Denn etwaige Fixpunkte am Horizont sucht man hier vergebens. Was hat ihn nur so abgelenkt? Zornig über seine Unaufmerksamkeit, die einfach nicht dem entspricht, was er gelernt hat und zu tun vermag, bleibt er stehen. Atmet stattdessen durch und entspannt seinen Körper und sein verkrampftes Denken.

Vielleicht soll es so sein? Vielleicht sollte er einmal ausprobieren, die Zügel etwas lockerer zu lassen, um den Dingen ihren freien Lauf zu geben? Vielleicht muss er einmal von seinem Weg abkommen, um einen neuen verfolgen zu können? Vielleicht jenen, welchen der merkwürdige Vogel anscheinend für ihn vorgesehen hat. Vielleicht kann er so, nicht entgegen der Strömung seiner Umwelt, sondern vielmehr auf ihr treibend, sogar effektiver wirken. Kurzerhand beschließt er es zu wagen und überprüft zu diesem Zweck nochmals die Wasserreserven. Er trifft Annahmen bezüglich der Tiere, nimmt Wahrscheinlichkeiten zu verschiedenen Szenarien an und errechnet anhand dieser Daten eine verbleibende Etappenanzahl. Mit diesem Ergebnis ausgestattet, welches im Grunde nur auf Vermutungen basiert, sind diese auch nicht durch eine zu optimistisch hoffnungsvolle Natur geprägt, was ein verheerendes Resultat mit sich bringen würde, entscheidet er, jetzt beinahe auf null kalkuliert, noch weitere zweieinhalb Tage in den Süden zu marschieren. Erst dann muss er zwingend seinen Rückweg, das heißt seinen Weg zurück in die Zivilisation, antreten.

Am späten Abend, nach seinen täglichen, ihm immer lästiger werdenden Routinearbeiten an der Karawane, widmet er sich wieder seinen Sprechgesängen. Das tiefe Brummen, mit dem er sich in die richtige Stimmung versetzt, ist mittlerweile so geübt, dass es beinahe augenblicklich die Zügel seines Herzschlags zieht – den Puls verlangsamt:

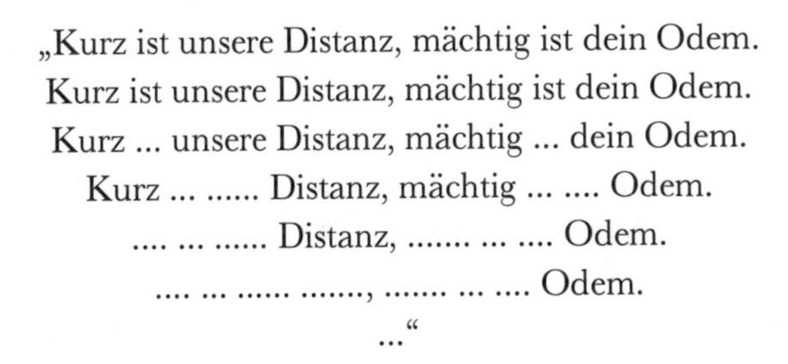

„Kurz ist unsere Distanz, mächtig ist dein Odem.
Kurz ist unsere Distanz, mächtig ist dein Odem.
Kurz ... unsere Distanz, mächtig ... dein Odem.
Kurz ... . Distanz, mächtig ... . Odem.
.... Distanz, ... Odem.
...., ... Odem.
...“

Es dauert nicht lange, bis er überall um sich herum sein Ziel spürt und plötzlich eine klare Vorstellung von diesem Odem bekommt, der aus seinem erzogenen Trieb, aus verantwortungsvollem Pflichtbewusstsein gegenüber der Vergangenheit, aus seinem konzentrierten Suchen in der Gegenwart und aus seinen Wünschen für die Zukunft besteht. In diesem Traum treibt er solange umher, bis er sich zuerst wieder in der Luft, und alsbald wieder bei dem schlafenden Beduinen befindet.

Dort angekommen sieht er heute nur noch einen letzten, bis zur Hälfte gefüllten Lederbeutel, an dem sich sogleich wieder die kurzen, ruckartigen Stoßbewegungen vollziehen. Wenig später rinnt erneut Wasser an vielen Stellen aus diesem hervor. Danach hopst er zu dem, just in diesem Augenblick erwachenden und sofort aufschreckenden Beduinen. Er beobachtet den Mann, wie dieser zu dem schlaffen Sack hechtet und ihn mit einer grenzenlosen Leere in seinem Blick betrachtet, den letzten Schluck Wasser aus dem Beutel zu sich nimmt und sich nach kurzer Zeit benommen auf den Boden setzt. Der Beduine beginnt mit ihm zu sprechen. Doch auch wenn ihm die Laute der zu Sätzen gebildeten Worte an sich fremd sind, kann er den Sinn doch auf eine ihm befremdliche Art und Weise verstehen, als kämen diese, aufgrund ihres Dialekts, aus seiner Heimat. Mit Pausen zwischen den Sätzen versehen, sagt dieser zu ihm und zu sich selbst:

„Ich weiß nicht, ob dir bewusst ist, dass du soeben das Todesurteil für uns alle ausgesprochen hast."

–

„Ach, was solls, jetzt spreche ich schon mit einem Vogel. Du kommst wirklich nicht viel unter Menschen, Ra´hab."

–

„Ra´hab, das hast du nun davon. Bleib immer schön weit weg von dem ganzen Pack, dass sie nicht da sind, um dir in die Quere zu kommen. Auf so was kannst ja auch nur du kommen! Du armer, in dich gekehrter Irrer!"

–

Der Gesichtsausdruck des heimgesuchten Beduinen, sein Blick und seine Mimik befinden sich vor, während und nach diesen Sätzen in einem regen Wandel. Denn auf den anfänglich niedergeschlagenen mit bitterer Gewissheit im Blick, folgt der beseelte eines großartigen Glücksgefühls, welches aber bald schon wieder verblasst und ihn mit den zitternden Wangen eines angsterfüllten Geschöpfs zurücklässt, welches einfach nur leben will. Sein anfangs schwachsinniges Lachen, wie das eines Irren, wird jäh zu dem schluchzenden Weinen eines Kindes.

Er spürt den Hass, den der Beduine gegen ihn, gegen seinen Blick hegt. Es ist die gleiche Art und Intensität an Hass, die ihm im jetzigen Augenblick entgegengebracht wird, wie jener aus früherer Zeit. Aus einer früheren Zeit, die stummer Zeuge war, als das Reich zugrunde und die Heimat verloren ging. Weswegen ihm, aus berechtigtem Grund, zeitgleich ein schmerzlicher, wie auch angsterfüllter Schauer eiskalt über den Rücken läuft.

Seine Augen lassen den erschlagen wirkenden, völlig in sich

zusammengebrochenen Mann zurück, und erheben sich sang- und klanglos in die Lüfte. Er fliegt wieder durch tiefschwarze Nacht, auf mondlichten Wolkenwellen, welche das Licht perlmuttfarben glitzernd und glänzend brechen und mit einem schimmernden Funkeln in sanfter Tönung auf ihn projizieren. Er fühlt sich auf ihnen schwimmend, sie atmend und sich an ihnen als eingeladener Gast ausgiebig labend bis zum Erwachen. Aber kein schweres Völlegefühl ist ihm von dieser üppigen Kost geblieben, war sie doch nur willkommene Labsal.

7

Im Osten erhebt sich in diesem Moment langsam die Sonne. Von der Kraft des Fortschritts angezogen, dem tagtäglichen, dröhnendem Ruf der Zukunft treu Untertan, von ihrem süßen Stillleben des Nachts wiedererweckt und zum ständigen Fortwähren, auf ewig ihre Bahnen als ihr beständig monotones Tagwerk zu ziehen, verflucht, beginnt diese zu strahlen. So wie auch der Mann, zu Lebzeiten zum Funktionieren verdammt, sich erhebt und damit anfängt die Tiere zu versorgen.

Heute, da er um seine Existenz am Rande der bekannten Welt weiß, fühlt er sich alleine und unbehaglich. Ein Gefühl, das in seinem Gemüt zugleich eine erregende Stimmung auslöst. Fühlt er sich doch, aufgrund seiner exponierten Stellung, auch wie ein waghalsiger Entdecker. Ausgezogen, um Fremdes vertraut zu machen, Licht ins Dunkel zu bringen. Obwohl er davon ausgeht, dass er geografisch nichts findet, was er in seine Karte einpflegen könnte, außer natürlich, dass er die

Grenze der bekannten zur unbekannten Welt, diese feine Schraffur weiter nach unten korrigieren könnte, will er es wissen, und nicht nur stillschweigend voraussetzen.

So steuert er mit einem erhabenen Gefühl behaftet auf das in seinem Geist verschleierte Unbekannte zu. Lässt diese – eine imaginäre Markierung körperlich geworden – über den südlichen Horizont der Hemisphäre schweben. Dort kann er sie fixiert im Fokus behalten. Wo er sie verbissen – wie ein hungriger Hund den Knochen – nicht locker lässt. Als wäre der Führer der Kamele ein sturer Esel, nähert er sich während der weiteren zwei Tage beständig.

8

Von keinem weiteren Traum mehr besucht, findet sich der Mann nach Tagen des Marsches zur Mittagsstunde an einem Punkt ein, der sein tiefstes Eindringen ins Unbekannte kennzeichnen sollte. Er beschließt jetzt zu wenden, und auch der Vogel, der schon seit heute Morgen versucht hatte, ihn, als sein bewegliches Zentrum gesehen, scharf nach Westen abzulenken, befindet sich wieder über ihm – zufrieden seine Kreise ziehend.

Aber auch wenn er seine Füße nicht weiter ins Unbekannte eindringen lässt, so schickt er doch ein letztes Mal seinen Blick hinaus. Und diesmal werden seine begierig suchenden Augen nicht enttäuscht, etwas zu finden. Zwar finden sie im ersten Augenblick nichts wonach sie begehren, doch erspähen sie immerhin einen Kontrast auf der weißen Scheibe: ein kleiner Hügel im Westen. Einer, der beim Näherkommen den Anschein wahrt, ein friedlich schlummerndes Kamel mit weißem Fell und zu ihnen gewandtem Rücken zu sein. Erst als er fast bei ihm angekommen ist, kann er das scheinbar so friedlich schlafende als totes Kamel identifizieren. Denn das Tier ist so mager, dass dieser Zustand nicht mit dem Leben vereinbar ist. So mager, dass sogar der Eindruck erweckt wird, als wäre seine Haut nicht die eigene. Als wäre diese über einen zu großen Brustkorb gezogen worden, aufgrund dessen sich auch jede einzelne darunterliegende Rippe deutlich abzeichnen kann. Fast Ton in Ton geht das Äußere des Tiers, sein mit ausgebleichten Haaren geschmücktes Leder, in seine Totenbarre über.

Als er bei dem Kadaver angekommen ist und einen Bogen um diesen dreht, entpuppt sich dessen abgekehrte Flanke als Schattenseite, als Kehrseite eines nur scheinbar friedlich entschlafenen Tieres. Denn dessen weißes Fell ist hier nicht nur etwas mit Blut beschmutzt oder ein wenig mehr damit besudelt. Dieses hat den Lebenssaft aus der geöffneten Kehle schier aufgesogen, als hätte man das Tier wie einen Schwamm mitten durch ein blutiges Schlachtfeld gezogen. Das entsetzlich ausgemergelte Kamel, welches wohl aufgrund der Scheuermale unter dem auf seinem Rücken lastenden Gewicht zusammengebrochen zu sein scheint, zeugt von einem weiteren tragischen Schauspiel, das in dieser weiten Wüste stattgefunden und genau hier geendet haben muss. Die offenen und leeren Augen des Tieres sind ausdruckslos über den endlich gefundenen Frieden. Wie gebannt stehen sie starr und steif offen – sind auf einen in dieser Dimension nicht existierenden, frei schwebenden Punkt inmitten des Raums über der Wüste gerichtet. Vor dem Kamel hat sich, als das getränkte Fell kein weiteres Blut mehr aufnehmen konnte, eine inzwischen getrocknete Lache gebildet. Unweit davon entfernt befindet sich ein weiterer und deutlich kleinerer Blutfleck, von dem er aber nicht so recht weiß, wie er diesen deuten soll.

Dabei widerstrebt ihm im Allgemeinen und hier an diesem

Exempel im Besonderen die Tatsache, dass ein Ereignis augenscheinlich viele komplett verschiedene Betrachtungswinkel besitzen kann – einen mannigfachen Schein innehaben, von dem ein jeder auf eine andere Ursache schließen lässt. Je nachdem, wie nah oder aus welcher Richtung man es betrachtet. Sodass, je umfassender man etwas zu charakterisieren versucht, immer weniger, aufgrund widersprüchlicher und einander ausschließenden Indizien, miteinander konkurrierende Möglichkeiten mit den tatsächlichen Gegebenheiten übereinstimmen. Eben solange nicht in Einklang gebracht werden wollen, bis man die richtige Denkweise, das passende Zahnrad findet, welches die geschehenen Vorgänge synchronisiert zu rekonstruieren vermag. Wobei er durch seine vielen und vor allem schmerzlichen Erfahrungen auf seiner Wanderschaft schon vieles über den Schlüssel zur Wahrheit gelernt hat. Wie er etwas, ohne alles darüber zu wissen, zu interpretieren hat, um einer Tatsache am nächsten zu kommen. Um damit wie mit einem Dietrich das Schloss dieser Wahrheit zu knacken. Zum Beispiel weiß er, dass die dreckige meist auch die einzig ehrlich wahrhaftige Seite der Realität ist. Ist diese doch überzogen mit einem schmierig klebrigen Schmutz, aus Gier. Denn das Leben der Menschen ist bestimmt durch das Streben nach mehr Macht, mehr Sex und mehr Geld. Weswegen die saubere, fein friedliche Seite schlichtweg falsch ist, da sie nur aufgrund einer gesellschaftlichen Illusion eine saubere Oberfläche imitiert. Eine hauchdünne Oberfläche über einem schwer zu durchdringendem Dickicht aus Lügen.

Bei dem Stichwort Illusion kommt ihm sofort seine Heimat in den Sinn. Denn in ihr ist auch für zu lange Zeit der Kehricht eines faulen Systems auf eine nicht sichtbare, nicht als Waagschale vermutete Seite gescharrt worden. Eben solange, bis das kam, was kommen musste – sie kippte. Und damit das nur in den Köpfen der Menschen vorhandene herrschende

Gleichgewicht aus dem Ruder brachte, um es bald darauf sogar völlig zu zerstören. Sie alle drohten in den summierten Problemen der Vergangenheit, die sie eingeholt hatten, zu ertrinken. Und es war keine leere Drohung, die vom Schicksal über sie alle ausgesprochen wurde, als vielmehr ein Omen. Denn nahezu alle Einwohner sind während des entstandenen Chaos, oder vielmehr aufgrund der aus diesem Durcheinander resultierenden Gegenmaßnahmen, umgekommen. Sind ohne Aussicht auf Hoffnung in einen schwarzen Strudel gezogen worden, der sie fest an sich bindet. Ein Sog, dem sich niemand verwehren, geschweige denn entrinnen kann, kommt man ihm auch nur so nahe, dass einen die entferntesten Ausläufer berühren können.

Beeindruckt von dem toten Tier, dessen Anblick vieles so gut widerspiegeln kann, betrachtet er es noch eine kurze Weile. Doch auf eine seltsame Art und Weise fühlt er sich dabei massiv beobachtet. Noch weitere Augen gesellen sich zu denen der Tiere aus seiner Karawane und denen des Greifs. Ein böswilliger, von Hass gänzlich erfüllter, gierender Blick, der ihn zu durchbohren und verletzlich zu treffen versucht.

Nicht entsetzt von dem Bild, das sich ihm darbietet, aber nüchtern wegen seines neuen Eindrucks besorgt, wendet er Blick und Schritte ab. Sein Rücken ist nun dem vergehenden Tier zugewandt.

Er spürt noch immer den wie brennende Nadelstiche in seine Seele drückenden Blick im Nacken, dessen Ursprung, aber nicht dessen Urheber, das tote Kamel ist. Denn diesen Blick weiß er eindeutig zu identifizieren. Kann sich aber nicht um alles in der Welt erklären, wie ihn dieser hier in der am weitest entlegenen Gegend erreichen konnte.

Er ist sehr besorgt und tut Recht damit. Der Vogel über ihm scheint ebenfalls unruhig zu werden. Zuerst werden seine gezogenen Kreise nur immer enger. Doch wenig später verschwinden diese ganz, sodass lediglich noch der geradewegs beschleunigte Vogel als Punkt auf dem Vektor gleitet, der direkt auf ein Ziel gerichtet ist.

Bald darauf erblickt der schwarz gemantelte Fremde eine zweite, noch weit entfernte und kleinere Erhebung in der konturlosen Ebene liegen, die ihn auf den ersten flüchtigen Blick, eher durch eine Ahnung als durch konkretes Sehen, an jemand Bekannten erinnert. Der Mann erhöht das Tempo und kann diesen Hügel bald als Mensch, bald als eine ihm tatsächlich bekannte Person identifizieren. Denn auch wenn er von ihm noch ein anderes Bild im Kopf hat, als jenes, was sich jetzt stark mitgenommen und tot wiedergibt, kennt er diesen Beduinen. Fragt sich nur woher? Denn zu den Bildern in seinem Kopf fehlt jeglicher Zusammenhang. Er denkt nach und der nebulöse Schleier über seiner Erinnerung beginnt sich zügig zu lichten, entsinnt sich an seine Träume, in denen er geflogen ist. Ja, er kennt diesen Mann wirklich, weshalb ihm ein seltsames Gefühl durch die Adern schießt. Wie, als ob er als Bote des Schicksals agieren würde. Wie, als ob er endlich auf einen Weg gelangt wäre, der ihn an sein Ziel zu bringen vermag.

Einsame Zweisamkeit

1

In einen blutverschmierten Umhang gehüllt; mit aufgerissenen Lippen auf einem eingefallenen, mit einer Kruste aus getrocknetem Blut und Erbrochenem überzogenen Gesicht; den leeren Blick mit trüben Augen der spottenden Sonne entgegen gerichtet; der Brustkorb kaum noch durch die schwächer werdenden, gänzlich zu versiegen drohenden Atemzüge bewegt; der Außenwelt entrückt, tief in sich gekehrt, wie um sich für immer zu verabschieden; näher dem Tod als dem Leben.

So findet ein schwarz gemantelter Mann aus fernen Landen den in der Wüste vergehenden, wie eine Blume verwelkenden und bald zu Staub werdenden Wüstenwanderer vor.

Mit den von ihm abfallenden Schatten hüllt er das Gesicht des vor ihm liegenden Mannes in kühlendes Halblicht. Betrachtet ihn mit einem gemischten Gefühl, bestehend aus vorsichtigem Mitleid und allgemeinem Pflichtbewusstsein gegenüber dem Leben, das es zu schützen gilt. Denn sein selbsterteilter Auftrag, mit dem er ausgezogen ist, geht über die früheren Aufgaben einer Klinge, über das Leben zu wachen und zu richten hinaus. Darum hat er auch sein Grundprinzip, um den Inhalt, das Leben als kostbarstes Gut anzusehen, erweitert. Verrinnt es doch dieser Tage allzu schnell.

Aber was, wenn es dafür schon zu spät ist, und ihm als letzter Dienst für sein Leben, ihm nur noch einen gnädigen Tod zu bringen bleibt? Er überschlägt erneut seine

Wasserreserven und entscheidet sich dafür, ihn zu tränken. Will wenigstens versuchen, dessen Leben zu retten. Denn noch hat er die stille Hoffnung, dass das Wasser, welches ebenfalls pures Leben darstellt, nicht umsonst in den Rachen des Vergehens, in den Schlund des Todes, vergossen wird. Vielleicht schafft er es, dem Beduinen den Weg zurück ins Leben zu zeigen. Wo dieser, dort angekommen, es erneut zu schätzen lernt und womöglich als Dank sogar seine künftigen Entscheidungen nicht ihm, sondern dem Leben im Allgemeinen untergeben widmen wird.

Diesen Wunsch tut sein Bewusstsein aber sofort, so schnell dieser gekeimt war, auch wieder als sinnloses Gewäsch eines Samariters ab, welcher glaubt, mit guten Taten eine Lawine von diesen loszutreten. Was er nicht bemerkt ist, dass sein Unterbewusstsein die flüchtige Kalkulation der Wasservorräte manipuliert hat. Denn schon zu lange befindet er sich auf einsamer Wanderschaft auf dem ihm auferlegten Weg, als dass sich dieses um etwas Gesellschaft, die ihn endlich vom Alleinsein befreit, verwehren würde.

Er greift unter seinen Mantel, holt einen kleinen Behälter hervor und kniet sich über den Mann. In einem dünnen Rinnsal lässt er das Leben in sich beherbergende Wasser in seinen, einen kleinen Spalt weit geöffneten Mund fließen.

Auf eine Regung des ausgelaugten Menschen braucht er nicht lange zu warten. Schon beginnt dieser zu husten und zu würgen, bevor der Mann reflexartig nach Luft zu schnappen beginnt und seinen Kopf gezielt in das Rinnsal bewegt. Kann in diesem Augenblick sogar seine fleißig flatternden Augenlider sich öffnen sehen, bevor er diese nun für eine lange Zeit schließt.

Der athletisch gebaute Fremde trägt den Beduinen, was für ihn wegen dessen magerer Figur kein Problem ist, und zurrt ihn an einem seiner Kamele, in aufrechter Haltung, mit dem Oberkörper nach vorne, an einen der Höcker gelehnt, fest.

Der unerwartete Zwischenstopp ist für ihn hiermit beendet. Nun kann er sein hinter dem nördlichen Horizont noch verborgen liegendes, ihm nur aus Erzählungen bekanntes nächstes Etappenziel, das Ine heißt und in welches er rasch gelangen will, weiterverfolgen.

2

Der Mann, der den einsamen Wüstenwanderer vor dem unmittelbar bevorstehenden Tod bewahrt hatte, trägt auf seinem mit langen schwarzen Haaren bewachsenen Kopf einen schwarzen Hut mit ausgeprägter Krempe. Der Rest seines stattlichen Körpers ist in einen schmucklosen blauen Leinenumhang gehüllt, der nicht den Anschein erweckt, dass ihm dieser schon immer gehört, da er ihm doch etwas zu kurz ist.

Er macht sich Gedanken darüber, was wohl einen Menschen dazu bewegen könnte, ohne Tiere, ohne Wasser, und somit ohne Aussicht auf ein Überleben, in diese leere Einöde zu gehen. War es vielleicht sogar sein inniger Wunsch gewesen, nicht errettet zu werden? Und handle er jetzt mit der ihm entgegengebrachten Hilfe zuwider seines Willen und gegen das, was er mit dem ihm gegebenen Leben anfangen – besser beenden – wollte?

Er hält inne, dreht sich um und betrachtet den Mann, der gekrümmt, ohne Regung von Argwohn und Freudigkeit über sein Schicksal, leblos auf dem Kamel sitzt. Betrachtet ihn und weiß auf eine mysteriöse Art und Weise, dass er sicher des Lebens würdig und für dieses sogar außerordentlich wichtig ist. Vielleicht hatte jener Unbekannte auch einen Grund, ja sogar ein Ziel für seine Reise in die Einöde der Sona. Womit ihm dieser deutlich etwas vorausgehabt hätte. Denn es ist von unglaublichem Wert, nicht nur wie er den Ursprung, sondern vielmehr das Ziel zu kennen oder zumindest den Weg als sich selbst rechtfertigenden Zweck identifiziert zu haben.

Sein Marsch, sein fortwährendes Suchen, das ihn bis an die südlichste Grenze der allgemein bekannten Welt und etwas darüber hinaus gebracht hat, dauert jetzt schon Monate an. Oder sind es bereits Jahre? Er weiß es nicht mehr. Die Zeit schlägt einem merkwürdige Schnippchen, wenn man alleine reist. Ohne genau zu wissen, was er sucht, nur mit der traurigen Gewissheit ausgestattet, dass er unbedingt etwas wie eine Lösung finden muss, tätigt er jetzt schon seit geraumer Zeit einen frustrierenden Schritt nach dem anderen. Immer sorgsam darauf bedacht, das Etwas zu finden, wenn es nur einmal da ist.

Der Tag neigt sich dem Ende, wie die untergehende Sonne dem Horizont zu. Er holt ein paar Scheite Holz, welche ein Kamel auf seinem Rücken transportiert, und schichtet diese fein geordnet, mit einem wachsumhüllten Spanpaket aus den persönlichen Vorräten des Karawanenvorbesitzers in dessen Zentrum, auf. Dann nimmt er ein anderes Päckchen seiner persönlichen Habe, das auf einem weiteren Kamel transportiert wird, und öffnet es. In diesem großen Umschlag liegen viele kleine und unregelmäßig zerteilte Kienspäne mit einer zusätzlich dünnen gelblichen Glasur an einem der Enden versehen. Eines dieser dünnen Hölzer nimmt er sich und reibt es mit einem kurzen Ruck über einen flachen, an der Innenseite dieses Etuis eingenähten, rauen Stein. Feuer. Den Span muss er direkt nach der Zündung erst etwas beiseite halten, um nicht den in den Augen penetrant stechenden und in der Lunge stark brennenden Schwefelrauch abzubekommen, bevor er ihn anschließend zu dem Zunderpaket im Zentrum seiner kleinen Feuerstelle legen kann. Das Feuer beginnt sofort unter lautem Knacken und Krachen zu brennen.

Der Mann legt den Beduinen auf eine zuvor auf dem Boden ausgebreitete Decke, gibt den Tieren schnell noch zu trinken, um dann wieder zügig zu ihm zurückzukehren. Zuvor beschafft er sich noch zwei Schüsseln von der Karawane, befüllt eine mit Wasser und stellt diese sogleich auf das Feuer. Seinen Rucksack nimmt er auch mit zu dem Verletzten. Jetzt kann er damit beginnen, die gebrochene männliche Gestalt vor sich genauer anzusehen, diese eingehend zu untersuchen. Hört auf seinen Atem, prüft den Puls und öffnet danach dessen Mantel und entkleidet ihn vollständig, um beurteilen zu können, ob ihm noch mehr für seinen weiteren, eh schon schwer genug anmutenden Rückweg ins Leben fehlt.

Mustert sein dick geschwollenes, stark mit Blut unterlaufenes Knie. Sieht der gesamten hageren Erscheinung, vor allem seinem dürren Oberkörper, an dem man die Rippen einzeln abzählen kann, an, dass es ihm außer an Wasser, welches er ihm in ausreichender Menge geben will, auch an Nahrung fehlt. Aber auch an dieser soll es ihm nicht mangeln. Sein Gesicht reinigt er mit einem feuchten Tuch, welches er sanft über die Kruste aus getrocknetem Auswurfschaum und Blut tupft. Weiterhin versorgt er in fachmännischer Manier sein Knie, reinigt es, bestreicht die offenen Stellen mit antiseptischem Johanniskrautöl und trägt auf die Schwellung kühlendes und beruhigendes Pfefferminzöl auf.

Auch Leinenwickel und verschiedenes Arzneikraut, welche in einem separaten kleinen Beutel seines großen Rucksacks verstaut sind, holt er hervor und legt sie behutsam neben sich ab. Aus den Kräutern erstellt er in einem Mörser eine Mischung aus Arnika und Steinklee, die er in das bereits dampfende Wasser gibt und darin kurz ziehen lässt, damit die getrockneten Heilpflanzen wieder ihr volles Potential an Wirkung – ihre ätherischen Öle wieder aktiviert – entfalten können, um sie später über der zweiten Schüssel, die er mit einem Leinentuch überspannt hat, abzugießen. Mit größter Sorgfalt legt er ihm nun dieses Tuch mit der Kräuterpaste akkurat als Wickel an. Dieser Umschlag soll dem Risiko einer eventuell entstehenden Entzündung entgegenwirken und außerdem den Bluterguss lindern, der wie ein Beutel unter der Haut liegt. Den abgegossenen starken Kräutersud, auf dessen Oberfläche ein öliger Film schwimmt, füllt er anschließend in den kleinen Trinkbehälter, den er immer am Körper trägt. Von diesem wird er dem Beduinen in nächster Zeit zu trinken geben, damit ihn dessen Körper bei seiner Genesung von innen heraus unterstützen kann. Abschließend klopft er ihm noch seine staubige Kleidung so gut es geht aus und legt sie ihm danach wieder fürsorglich an.

Das grob geschmiedete Messer, das er als einzigen Gegenstand bei ihm fand, behält er ein und verstaut es in einer seiner Taschen am Sattel. In diesem Zug entnimmt er aus selbiger auch ein kleines Päckchen.

Dann setzt sich die mysteriöse Gestalt, ihren schwarzen Hut tief ins Gesicht gezogen, leicht ins Abseits, auf eine noch zusammengewickelte Decke, breitet das Päckchen – ein gefaltetes Etui – vor sich aus und fängt an, mit größter Muse und behutsamer Ruhe die sich darin befundene Pfeife bedächtig mit Tabak zu stopfen. Die speckig gewordene Pfeife in seiner Hand ist aus hartem, ursprünglich weißem Holz gefertigt. Wegen der feinen Risse ihrer filigranen Maserung, in welchen sich über die Jahre hinweg der hauchfeine schwarze Staub von zerbröselter Asche angesammelt hat, ähnelt sie wegen dieser Marmorierung sogar edlem Stein. Doch ihr Gewicht würde sie auf Anhieb verraten. Sie hat einen etwa ellenlangen, leicht geschwungenen schlanken Holm, auf dem ein dezenter Kopf sitzt, der die angenehme Größe des sich bildenden Ovals vom Zeigefinger bis zum Daumen hat, wenn diese in entspanntem Zustand sind. Er nimmt nun einen glühenden Stock, der mit einem Ende noch aus dem Feuer ragt, in die Hand und führt ihn anschließend dicht über den Pfeifenkopf. Als die Flamme nur noch klein und ruhig am glühenden Stock züngelt, führt er sie noch etwas näher heran und zieht sie durch den Sog seines Atems in den Kolben der Pfeife hinein, wo sich sogleich der Tabak in ein knisterndes Glühen hüllt. Langsam und bedächtig zieht er den Rauch in sich ein – inhaliert ihn – während der Blick seiner starren Miene auf die, mit jedem Zug sein Gesicht in zartes Orange tauchende Glut fixiert ist.

Wie in Trance sitzt er auf seiner Decke und blickt gebannt, der Welt entrückt, mit seinen starken Augen ins physische Nichts, in seine weite, in diesem Zustand beinahe grenzenlose Psyche. Wohin wird ihn seine Suche noch führen? Was wird er noch finden? Wo wird noch glückliches und fideles Leben herrschen, das diesem einzig ergeben frönt? Wo wird wohl bereits das elende Sterben herrschen, um dessen beständiges Ausbreiten er jeden Tag weiß? Und wird er die Gelegenheit bekommen und falls ja, dann den Mut aufbringen, dem von seiner Heimat aus begehrenden, weltumarmenden Tod Einhalt, oder ihm zumindest die Stirn bieten zu können?

Er weiß, dass er sich, wenn er auch schon Tag um Tag, Woche um Woche und Monat um Monat unterwegs ist, trotzdem noch am Anfang seiner Suche befindet. Da er noch keinen Schritt getätigt hat, der ihm seinem Ziel wirklich näher gebracht hätte, seit er vor langer Zeit sein Zuhause, in dem der Tod umgeht, verlassen hat.

Viele dieser in ihm herrschenden Fragen gelten auch seinem neuen Begleiter: Wer ist er? Woher kommt er? Wohin wollte er? Und welche Seite wohl gewichtiger sein würde, wäre sein Streben eine aufrecht auf dem Münzrand stehende Medaille. Das Streben nach guten oder nach eigennützigen und selbsterhebenden Dingen, die seinen Charakter so aus dem Gleichgewicht kommen lassen, und ihn deshalb früher oder später aus einem Taumeln heraus, zu Fall bringen würden? Und welche Seite dieser Münze, seines Charakters somit verdeckt und welche Seite offen auf seinem Geist liegen würde? Denn nach seiner Überzeugung steckt in jedem Wesen potentiell Gutes so wie auch Schlechtes – besitzt Tugenden und ebenfalls deren Schattenseiten. Und wäre es nicht sogar besser, wenn ihm die schlechte Seite gezeigt würde? Denn so muss doch unter dieser noch ein guter Kern stecken. Würde er einem im Gegenteil stets nur seine gute und mit seinem Willen dafür bemühte Seite zeigen, so hätte das Böse, das er tief unter seiner Schale beherbergen muss, die unterdrückten Emotionen und deren damit versäumten Handlungen, genügend Zeit, um seine schlechten Wurzeln bis tief hinein in seinen Geist zu graben, um diesen zu umwinden und auf ewig zu verderben.

Ja, er ist sich sicher, dass es weitaus besser wäre, wenn dieser Beduine gleich von Beginn an seine schlechte Seite zeigen würde, denn dann, vorausgesetzt seine Geduld reicht ihm dafür aus, hätte er die Möglichkeit, diese zu schleifen, die Gelegenheit, mit den richtigen Fragen, gezielt wie mit einem Meißel, diese Seite zu bearbeiten, bis jene von alleine, durch die Erschütterungen, die das Leben mit sich bringt, von ihm abfallen würde. Und wenn ihm die Formung seiner Seele doch nicht gelingen sollte, so hätte er immer noch die stets zur Verfügung stehende Option, dieses von Schlechtigkeit erfüllte Leben, das von einem gefestigten Charakter geführt wird, mit einem Streich zu beenden.

Er beschließt, diesen sehr interessanten Gedanken der Seelenerosion auf seine Stichhaltigkeit und seinen Bestand in der Realität – hin auf den Beduinen übertragen – zu testen. Nur fehlt ihm bis jetzt noch das passende Werkzeug für diese Arbeit in Form von richtigen Fragen. Außerdem ist er im Zweifel darüber, ob manche Charakterzüge nur in gut und böse, in schwarz und weiß eingeteilt werden können, und ob ihm ein Urteil jeglicher Art darüber überhaupt zusteht. Denn wer ist er, um darüber urteilen zu dürfen? Und wo würde er selbst mit seinen eigens angesetzten Maßstäben stehen? Auch kann man niemals mit Sicherheit sagen, was einen Menschen zu dem gemacht hat, was er ist, welche Merkmale ureigen sind, und welche sich einfach als hilfreiche Lebensbewältigung gebildet haben.

Fragen über Fragen. Und von einer Antwort fehlt wie sooft jegliche Spur. Die Glut seiner Pfeife ist inzwischen erloschen. Der warme Schimmer in seinem Gesicht der frischen Kühle gewichen. Weshalb sich die blaue Tönung einer sternklaren Nacht nun behutsam und sanft auf seine Haut niederlegen kann. Zärtlich bedacht deponiert er seine Pfeife, nach dem gleichermaßen behutsamen Reinigen wie vorher das Stopfen, in das ausgebreitete, faltbare Ledertuch zurück und legt das eingenähte Lederband nach dem Zusammenrollen darum.

Mit einem fürsorglichen Blick mustert er vor dem sich zur Ruhe legen noch einmal den Mann, den er als Obolus für die Sonne auf dem silbernen Tablett, auf dem weißen Wüstenboden dargereicht fand, und versucht damit seine heutigen Gedanken über ihn abzuschließen.

Denn das letzte Mantra aus dem Zyklus des Reisenden will heute noch gesprochen werden und durchbricht mit dem anfänglichen Brummen die Stille:

„Mächtig ist dein Odem, Kraft in meinem Rücken.
Mächtig ist dein Odem, Kraft in meinem Rücken.
Mächtig ... dein Odem, Kraft .. meinem Rücken.
Mächtig ... . Odem, Kraft .. .. Rücken.
.... Odem, Kraft .. ..
...., Kraft .. ..
...“

Ihm ist, als spüre er jetzt förmlich die Kraft in seinem Rücken, die ihn anschiebt und dadurch weitermachen lässt, ihn aber doch nicht wirklich weiterbringt, da zwar eine steife Brise in seinen geblähten Segeln liegt, ihm aber kein Steuermann beisteht, der das Ruder gezielt ausrichten kann.

Seit er in diesem menschenleeren Areal ist, ist sein gewohnt dünner Schlaf, wenn auch nicht länger, doch aber tiefer geworden. Denn die lauernden Gefahren von jedweder äußerlichen Gewalteinwirkung, die zur ständigen Wachsamkeit mahnen, scheinen ihm hier, genau wie andere Menschen, von denen Gewalt ausgeht, noch weit entfernt. Obgleich die heraufziehende Bedrohung in seinen Gedanken allgegenwärtig vorhanden ist.

Die konkreten und greifbaren Gedanken, die sich in seinem Geist wie in einer Schüssel gesammelt haben, werden vom Erschwachen seiner bewusst handelnden geistigen Hand, durch den betäubenden Dämmerzustand, in dem er sich befindet, fallen gelassen. All die haltbaren Eindrücke, Ideen und Pläne, die sich eben noch geborgen in dieser geistigen Hand befanden, versiegen nun wie ein Dutzend verschütteter Tropfen im schwammigen Fundament des gedankenlosen Einschlafens. Nicht aber, ohne vorher noch einen Hauch ihres Wesens sublimieren zu lassen, deren Odem als feiner Gedankennebel um ihn weht und ihm im Schlafe als durch seinen Geist ziehende feine Traumschwaden erscheinen.

3

Mit unruhigen und verwirrenden Träumen am Morgen angelangt, geht er seinen Aufgaben widerwillig, doch gewohnt pflichtbewusst, wie ein vorbildlicher, gegenüber seinen Tieren fürsorglicher, Wüstenwanderer nach.

Sie brechen auf und hinterlassen die Spur eines Lagers, dessen Anzeichen zwar keine Kuhlen und Spuren im nicht existenten Sand sind, welche von dem ebenfalls nicht vorhandenen verwischendem Wüstenwind getilgt werden könnten, sondern die Reste einer ausgebrannten Feuerstelle. Deren Überbleibsel jedermann als Leuchtfeuer dienen könnte, um die Verfolgung aufnehmen zu können.

4

Große Dunkelheit umschließt seinen erschöpften Geist. Keine Stimme, kein Empfinden. Weder ein Gefühl, noch ein Gedanke regt sich in seinem Inneren. Er schwebt sediert im Vakuum, in dem sich nichts befindet, aber in diesem beherbergt, er auch nichts benötigt. Seine fehlende Anteilnahme an dieser Welt, an seiner Lage, sinkt jedoch mit der Zeit, ohne dass aber die Selbige, mit ihren unterschiedlich eingeteilten Einheiten, hier irgendeine Bedeutung gehabt hätte.

Inzwischen spürt er in seinem Körper, wie sich in dessen Gliedern erneut sein erstarkender Lebenswille daran macht wieder Fuß zu fassen und den Anker auswirft, um so das ungewollte Abtreiben oder ein bewusstes Hinwegsegeln des noch schwachen, wankelmütigen Geistes vielleicht verhindern zu können.

Das noch frisch wieder mit sich selbst vermählte Paar aus Fleisch und Geist zu Mensch spürt, wie ihr Körper von einer gleichmäßigen Woge getragen wird. Dutzende Eindrücke wirken auf den Wiedergeborenen ein, und die Aufnahmefähigkeit seines Geists, welcher wie ein Schwamm, der durch das Treiben im schonenden Nichts gänzlich ausgetrocknet worden ist und so durch dieses Urlöschen eine neue Qualität an Durst erreicht hat, saugt alles begehrend und nichts verschüttend in sich auf, was ihm die neuen geschärften Sinne seines Körpers liefern.

Und so entsteht auf diese Weise um ihn herum ein Bild in seinem Geiste, das durch seine Sinne – namentlich durch Haptik und Akustik – ausgefüllt wird. Mit seinen Fingerspitzen spürt er allmählich wieder das raue Fell dieser Woge. So, wie er mit seiner Nase auch deren Geruch wahrnehmen und einem tierischen Ursprung zuordnen kann. Versteht, wegen des sich gleichmäßigen Hebens und Senkens dieser Welle, dass er sich auf dem Rücken eines schaukelnden Tieres befinden muss, das ihn aufrecht sitzend und an einen seiner Höcker gelehnt in stoischer Ruhe (er-)trägt. Gutes Tier. Ein Lüftchen, angereichert mit feinen Staubpartikeln, weht streichelnd um seine, in Summe wenigen, entblößten Körperstellen.

In diesem, seinem nun aufs Neue entstehenden Weltenbild, welches detailgetreu die Sinnesrealität ausgenommen der visuellen Reize zeichnet, durchstreift er wie mit seinem Zeigefinger weißes, faltiges, wie ehemals zerknülltes und anschließend wieder glatt gestrichenes, Papier von links nach rechts. Vor sich hört er leise, aber noch immer gut wahrnehmbare Schritte, aus dem gedämpften Gang der Schwielensohler als menschliche, als welche mit festem Stiefelabsatz herausstechen. Diese werden in seinem, sehr einem Aquarell aus zu flüssiger Farbe ähnelnden Bild im Kopf, als aufrechter und länglich schwarzer Klecks dargestellt. Ein Mann ohne Gesicht, der mit einer Leine verschmolzen und mit dieser wiederum mit mehreren gelbbraunen Farbtupfen verbunden ist, und die Kamele damit führt. Diese sich bewegende und dadurch wabernde Szenerie findet im Vordergrund einer Kulisse aus sich über das ganze Bild erstreckenden und fein gezackten Bleistiftlinien statt.

Er fühlt sich nüchterner, sich tiefer atmender, sein Ich und das allgemeine Sein viel intensiver und realer als jemals zuvor. Langsam beginnt er, seine vom Schlaf verklebten und unmittelbar geblendeten Augen zu öffnen, welche das Tier, auf dem er sitzt, bisweilen nur verschwommen abzeichnen können. Er spürt seine steif gewordenen Gelenke, die ihm anfangs jegliche Herrschaft über sich verwehren. Mit der Zeit beugen sich diese aber seiner souveränen Leitung. Bis auf eines seiner Knie, das ihn als Antwort auf die vorangegangenen und allesamt gescheiterten Bewegungsversuche obendrein noch mit einem starken Schmerz entlohnt.

Sein tief im Schatten der Augenhöhlen liegendes, durch die Wimpern hindurch lauernd wartendes Augenlicht gewöhnt sich allmählich wieder an die Helligkeit, die ihm forsch vom Wüstenboden entgegengeworfen wird. An der feiner gewordenen Maserung des Bodens kann er sehen, dass er inzwischen den inneren Teil der wüsten Ebene verlassen hat, oder besser gesagt, er ihn nicht aktiv verlassen hat, sondern er errettet wurde, da ihm seine eigenen Füße dabei nicht sonderlich behilflich waren – andere mussten ihm diesen wertvollen Dienst erweisen.

Die ersten vorsichtigen Regungen von Ra´hab al Shari bleiben für den Suchenden, der ihn gefunden hat, nicht ungesehen. Trotzdem hält er das anhaltende Tempo seiner Schritte bis zum Abend gleich. Er will den für ihn noch namenlosen Beduinen beim erneuten Geborenwerden nicht stören, ihn nicht mit den vielen Fragen, die sich ihm fortwährend über ihn stellen, überwältigen und sogleich wieder niederstrecken. Außerdem hat er sich mit seinem neuen Gast einen noch straffer gewordenen Zeitplan auferlegt, den es aufgrund der begrenzten und wie durch eine Sanduhr ständig verrinnenden Wasservorräte unbedingt zu erfüllen gilt. Denn mit jeder Sekunde verschütten sie und verlieren damit, eine unbestimmte Wassermenge aus ihren Poren. Es wird sich ergeben, ihm diese ganzen Fragen zu stellen. Dessen ist er sich sicher. Auch wenn der Zeitpunkt erst kommen mag, wenn der Geburtsprozess einmal vollendet ist oder sie in Ine ankommen werden.

5

Als die Karawane ihr Tagesziel, einen Fleck wie jeder andere in der Wüste, erreicht hatte, richtet sich Ra´hab demonstrativ auf – will er doch gesehen werden. Löst die um ihn gelegten Schlaufen und verlässt aus eigener Kraft den Sattel, der ihn die letzten Tage – deren genaue Anzahl er nicht hätte nennen können – als Krankenbett gedient hatte und bedankt sich mit einem tiefen Blick in die Augen des Kamels bei diesem, das ihm freundlich mit seinem Kopf zunickt.

Beeindruckt von dieser Courage gegenüber dem Tier und seiner Wirkung auf das selbige, begibt sich der nach Antworten auf seine zahlreichen Fragen lechzende Mann, dessen Name Meridin Benaris ist, mit kleinen Schritten und mit der wohl überall in der Welt gleichbedeutenden Geste der leeren Hände an ausgestreckt offenen Armen, behutsam in die Nähe des ihn jetzt eingehend begutachtenden Menschen. Nähert sich mit ähnlichem Gang, mit dem man an ein scheues Tier herantritt, das durch die in ihm sicherlich lodernde Angst, die nahe daran geht zu explodieren um in Panik aufzugehen, nicht verschreckt werden soll.

In respektgebietender Entfernung von mehreren Schritten zueinander, der sich gänzlich in Herkunft, Kultur und Sprache Fremden, hält Meridin inne, um selbst besser zu mustern, wie auch um eingehend gemustert zu werden. Jeder der beiden ist gefüllt mit Fragen, mit denen sie aufeinander, jedoch in keiner bösen Absicht, werfen wollen. Daher stehen die Zwei wenige Minuten wortlos mit einem auf Gegenseitigkeit bestehenden Misstrauen, aber zugleich auch mit einem gewissen Maß an Wohlwollen, einander gegenüber. So lange bis Ra'hab endlich beschließt, diese peinliche Hürde, diese Distanz aus Schweigen mit einem naiv einfachen und schlichtweg ehrlichen Danke, zusammen mit nur einem Schritt vorwärts, vollends zu überwinden:

„Danke“

Ein Laut, der ebenfalls wie das Näherkommen jedoch keinerlei Effekt im Gebaren des hochgewachsenen hellhäutigen Mannes erzielt. Erschrocken wegen der ausbleibenden Reaktion seines Gegenübers hat Ra´hab sofort das Gefühl, um einige Meilen von seinem Ziel entrückt worden zu sein.

Meridin, der viele Sprachen beherrscht und noch mehr kennt, die er zu identifizieren gewusst hätte, ist diese, mit der sein Gegenüber – der am anderen Ufer der für sie beide wahrnehmbaren Barriere steht – zu ihm spricht, völlig fremd. Er weiß nicht, was er sagen soll, da jedes Wort, das er in dieser Situation zu sprechen vermag, für den Beduinen eine andere Bedeutung haben könnte. Überdies hinaus weiß er nicht, was er zu ihm gesagt hatte, war es ein Warum, ein Name, ein Vorwurf, eine Floskel oder ein dankendes Wort? Dieses Wort hätte noch viele Bedeutungen haben können. Aus diesem Grunde beschließt er, nicht weiter nach Parallelen zu einer anderen Sprache zu suchen, da dies eine lange Zeit der peinlichen Stille zur Folge gehabt hätte, was ihn von seinem Ziel, ihn kennenzulernen, weiter entfernt hätte. Stattdessen begibt er sich, mit der freundlichen, aristokratisch anmutenden Miene eines Diplomaten und einer ihm offen, zum Gruße entgegengestreckten Hand, ebenfalls einen Schritt voraus ins Unbekannte. Will die Hürde durchbrechen, welche die Möglichkeit besitzt, binnen weniger Momente zur heiß umkämpften Front zu werden.

Sichtlich erleichtert durch diese Geste, welche auch Ra'hab vertraut ist, fühlt er sich seinem Gegenüber plötzlich wieder um Längen nähergebracht. Ra'hab macht es ihm gleich, um nicht wieder auf der Schaukel der gefühlten Nähe zu ihm, auf der er sich weiß, zurück zu schaukeln, was ein längeres Warten definitiv zur Folge gehabt hätte. So finden sich die beiden Hände alsbald in einem festen Händedruck, im Zentrum der bis vor wenigen Augenblicken allgegenwärtigen Barriere zusammen und bilden so eine Brücke.

Der Händedruck ist intensiv, und beide vermögen jeweilig ihre vorläufigen Schlüsse daraus zu ziehen. Meridin spürt die auf der Handfläche glatt geriebene Haut seines Pendants, die wohl vom ständigen Führen der Kamele mit deren Zugleine herrührt. Ra'hab liest indessen aus der großen, kräftigen und durch die in ihrer Art bestimmt greifenden Hand, in welcher seine fast zu verschwinden droht, dass diese die Hand eines Kämpfers sein muss. Und durch die weitere Interpretation seiner Eindrücke wird ihm vermeintlich klar, dass durch diese ihm zum Friedensgruß dargereichte Hand wohl schon viele Menschen und andere Wesen gestorben sind, weshalb er im Augenblick dieser Erkenntnis auch kurz zurückschreckt. Der Händedruck hält noch lange an, weil jeder den anderen noch weiter erforschen und entdecken will, da beide wissen, dass ein einziger Händedruck mehr als tausend Worte – die sie nicht befähigt sind miteinander zu sprechen – sagen kann.

Nach diesem Austausch begibt sich Ra'hab, dessen Körper

derweilen noch sehr schwach ist, auf den Boden hinab, um erneut etwas zu ruhen. Beobachtet still den Lauf der Sonne, bis sich diese gänzlich vom sich verdunkelnden Himmelszelt verabschiedet hat. Meridin, der währenddessen augenscheinlich seiner täglichen Versenkung oder ebenfalls dem Nichtstun frönt, steht nach Minuten in nur einem Zug wieder auf und begibt sich, zielsicher wie nach einer erfolgreichen Entscheidungsfindung, zu einer seiner Taschen. Dort holt er das Messer seines ihm noch namentlich unbekannten Wegbegleiters hervor und bietet es diesem mit einer darreichenden Geste, verbunden mit der Mimik von wohlüberlegtem Vertrauen an.

Ra´hab erschrickt, als Meridin mit gezogenem Messer, großen Schritten und ihn als anvisiertes Ziel in den Augen näherkommt. Erst als der Mann ihm die Klinge anbietet, erkennt er diese als die seine. Da er aber deren Fehlen noch gar nicht bemerkt hat, fühlt er sein Herz darin bestätigt, dass es kein großer Verlust wäre, würde er die Vernunft kurz vergessen und die Klinge einfach hier und jetzt wegwerfen. Denn er will mit dem Messer – will mit der Macht Leben mit nur einem Stich zu beenden – nichts mehr zu tun haben. Das handeln des Mannes, das darreichen des Messers, wirft in ihm eine zornige Überlegung auf:

»Wieso will er mir das verfluchte Ding wiedergeben?!«

»Ich will es nicht wiederhaben!«

Hat er doch mit dieser Klinge das Leben vieler, ihm lieben Lebewesen beendet. Mit dem Wissen, das Richtige zu tun, schließt Ra´hab mit seinen alten und knochig dünnen Fingern sanft Meridins Hände um das schartige Eisen. Denn dort, in diesen Händen geborgen, gehört es hin. Haftet doch beiden dasselbe an. Tod zu Tod.

Meridin, der sich nun wegen seines Vertrauensvorschusses Ra´hab gegenüber bestätigt fühlt, lächelt ihm mit freundlich zufriedenen Augen in die seinigen. Sein neuer Begleiter hat die erhoffte Reaktion erbracht.

Mit großem Interesse beobachtet Ra'hab den fleißig ans Werk gehenden Meridin, der in diesem Moment damit beginnt, sich um seine Tiere zu kümmern. Und wegen der steifen Art, mit der er dies tut, weiß er sofort, dass dieser Mann unmöglich ein Beduine sein kann. Automatisiert und ohne jegliche widmende Zuneigung in Wort oder Tat gegenüber den Tieren gibt er ihnen zu trinken und zu essen. Behandelt die Kamele so, als wären sie seelenlose Maschinen der Hrŏhmer, die nichts außer etwas Fett in den Gelenken und Dampf im Kessel benötigen, um zu funktionieren.

Ra'hab kann sich das Trauerspiel, welches langsam Züge einer Posse bekommt, nicht weiter mit anschauen und steht auf. Er begibt sich an Meridins Seite, wo er sich zuerst mit einer liebevollen Geste an seine Brust fasst und anschließend mit der gleichen Hand den Tieren über das Gesicht bis hinunter zu ihren Schnauzen streicht, so ihre Verfassung prüft und ihnen, zusätzlich zu Brot und Wasser noch dankendes Wohlwollen für ihre Dienste darreicht. Des Weiteren kontrolliert Ra'hab die Halfter und die Sattel und wirft dem Führer dieser Karawane einen strengen Blick zu. Denn viele der Kamele sind unter den Tragegeschirren bereits wundgescheuert. Manche der offenen Stellen beginnen sich sogar schon zu entzünden.

Meridin folgt fasziniert, wie auch im gleichen Maß beschämt, dieser Lektion. Es gleicht schon einer lautlosen Kommunikation, wie jedes Tier auf Ra'habs Liebkosungen reagiert und diese schon lange nicht mehr empfundenen Aufmerksamkeiten zutiefst dankbar erwidert. Mit der gleichen stummen Gestik wie eben mit den Tieren, lehrt Ra'hab Meridin, dass ein jedes der Kamele anders ist, und dass ein jedes dieser wertvollen Geschöpfe zu der täglichen materiellen Versorgung, bestehend aus Wasser und hartem Brot, auch ein Mindestmaß an empathischer Hingabe benötigt. Zeigt ihm, wie ein Sattel richtig mit Decken und Schaffellen darunter befestigt wird, sodass ein solcher für das Tier am angenehmsten zu tragen, beziehungsweise zu ertragen ist. Lehrt ihn an dem heutigen Abend noch vieles mehr, was es Wichtiges zu wissen gibt, wenn man erfolgreich eine Karawane durch die Sona, die Königin aller Wüsten, führen will. Bringt ihm bei, was es dazu braucht, ein guter Beduine zu sein. Obgleich dies nicht Meridins erklärtes Ziel ist. Ihm sind die Tiere, ebenso wie Menschen, nur Werkzeug, nur Mittel zum Zweck. Doch trotzdem sieht er sich alles interessiert an. Wenn auch nur, um sich ein besseres Bild von seinem Lehrer machen zu können.

Dies war nun die erste Lehrstunde, die Meridin seit langem wieder in seinem Leben erhalten hat. Und er freut sich bereits auf das, was er noch alles erfahren wird. Denn schon am Ende dieser aufschlussreichen Lektion ist er sich über eines gewiss: Das überlebenswichtige Wasser, dies Leben, das er dem Mann damit geschenkt hat, ist nicht vergeudet gewesen. Er ist sich sicher, dass er keinen Tropfen – den er ihm bereitwillig gespendet hat, und welchen er auch künftig entbehren, vielleicht sogar teuer bezahlen muss – niemals nie bereuen wird. Er weiß, für jeden einzelnen Tropfen wird nicht er persönlich, sondern das Leben im Allgemeinen eine vielfache Belohnung von ihm erhalten, ohne aber diese jemals von ihm einfordern zu müssen. Der irrwitzige Wunsch eines Samariters in ihm, hat Luft zum Atmen bekommen.

Die beiden, die auf eine für sie noch neue und seltsam unbekannte Art und Weise verbunden sind, spüren etwas, das für sie noch fremd ist, nämlich eine Art rein geistiger und seelischer Anziehung und Zuneigung zueinander, die sich auf gleicher Augenhöhe befindet. Ein noch hauchdünnes, nur für sie wahrnehmbares Band zwischen zwei sonst in der Einsamkeit um sich selbst rotierenden Welten, denen als einzig bekannte Anziehung bis heute nur die Gravitation zu ihrem Zentralgestirn, bestehend aus großer Pflicht und

Verantwortung bekannt war. So kreisen sie als Trabanten seit jeher um das Zentrum dieses verkörperten Diktats, dem sie obliegen, welches sie durch ihre immense Masse an potentiellen *was-wäre-wenn* Fragen, die sie zwanghaft zu tilgen versuchten, zum weitermachen bannt – konstant auf ihrer Umlaufbahn hält. Doch nun sind zwei Welten zusammen mit ihren Sonnen aufeinander getroffen und haben so ihre seit jeher ursprüngliche Richtung wie auch Form gewechselt. Diese neue Flugbahn ist aber bei weitem noch nicht stabil. Denn mal kreisen sie harmonisch um den anderen, aber kurz darauf drohen sie schon wieder miteinander zu kollidieren. Die neue Kraft, deren schnöde aneinander gereihten Buchstaben in der jeweiligen Sprache sie durchaus kennen, ebenfalls die Bedeutung und deren Sinn, aber keiner von beiden hat das Gefühl von Vertrauen, das auf gleichem Niveau basiert, jemals so deutlich und innig in sich gespürt. Als ob dem Wortlaut plötzlich, mit nur einer steifen Böe, Leben eingehaucht worden wäre.

Ra´hab trinkt beständig den kalten Sud der Kräuterwickel, der ihm zwar gar nicht schmecken will, er aber wohl dessen sanft heilende Wirkung auf sich ausüben spürt. Zusätzlich zum Kräutersud reicht Meridin dem Beduinen jetzt eine Salbe mit kühlendem Beinwell, die gegen die Schwellung und den Schmerz wirken soll, und dies bereits nach wenigen Minuten auch tatsächlich vollbringt, was für Ra´hab beinahe an ein Wunder grenzt.

Die beiden langsam miteinander vertraut werdenden Menschen machen sich ihre auf Gegenseitigkeit beruhenden Gedanken übereinander:

»Was will ein Mensch, der weder Wüstenreisender ist, noch Händler zu sein scheint, in der Sona?«

»Und was vermochte ein Wüstenreisender gemacht zu haben, der einsam sterbend am Rande der bekannten Welt auf seinen Tod wartete?«

»Einer, der alleine und ohne Tiere auf dem Boden lag, als ob er vom Himmel herabgefallen wäre.«
Aber auf keinen ihrer fragenden Gedanken sollen sie heute noch eine Antwort finden.

In der inzwischen heraufgezogenen, wie gewohnt sternenklaren Nacht findet sich heute auch eine leichte Brise ein. Eine, die zärtlich und nur sanft spürbar über die sich auf dem Wüstenboden ausgebreitete kleine Karawane streicht. Den sanften Schlaf nicht bemerkend, da er sich ihnen auf leisen Sohlen, ohne Spuren zu hinterlassen, genähert hat, umhüllt er ihren Geist und entlässt die beiden erst wieder vom unbewussten Wandeln in der scheinbar bewussten Realität, als er von den ersten Sonnenstrahlen, die den Horizont im Osten erklommen haben, verscheucht wird.

6

Der sanfte Wind ist über Nacht stärker geworden und hat an den Flanken der schlafenden Menschen und Tiere eine Hohlkehle aus feinem Staub gebildet. Ra´hab blickt besorgt in alle Himmelsrichtungen und sieht, dass der Wind im Norden noch vieles an Stärke hinzugewinnen wird. Eine dunkle, auf dem Boden aufsitzende Wolke, die ihre Distanz zu ihnen stetig verringert, kommt lautlos an sie heran gewalzt. Meridin, der dieses beeindruckende Schauspiel mit besorgter Erregtheit wahrnimmt, blickt ratsuchend zu Ra´hab. Sieht, wie sich dieser sofort erhebt, die unruhigen Tiere einholt und eilig zusammenpackt.

Meridin, der durch die tatkräftige Unterstützung seines Begleiters sichtlich erleichtert ist, reiht sich ohne Widerspruch als einfaches Glied in die Kette der von Ra'habs erfahrenen Hand geleiteten Karawane. Für Flucht ist es scheinbar schon zu spät. Darum hält Meridin die Leine fest und macht es Ra'hab gleich, indem er sein Gesicht und seine Gliedmaßen verhüllt, und tapfer dem Sturm entgegen marschiert.

Ra'hab ist sehr verwundert über den heraufgezogenen Sandsturm, weil er weiß, wo genau und in etwa zu welcher Zeit er sich hier und heute befindet. Denn in dieser Gegend und zusätzlich in dieser Jahreszeit hat er noch nie etwas von Sandstürmen gehört. Und er muss es wissen. Denn er, wie auch schon seine Sippe zuvor, war bereits oft hier in diesem Teil der Wüste. Ein Gebiet, welches er darum so genau zu identifizieren weiß, da er hier die kobaltblau leuchtenden Marmorgebilde sieht, die aus dem Sand wie abgenutzte, abgekaute Zahnstumpen aus ihrem geschwollenen Zahnfleisch ragen, welches ihrerseits das Gebiss mit weichen Rundungen zärtlich umrahmt. Der Marmor stellte für seine Familie, und ebenso für ihn, vor langer Zeit noch ein wichtiges Handelsgut und zugleich die bekannte Grenze ins Nichts dar, bevor er, auf einen stummen Ruf hin, aus einer Ahnung größter Entlohnung, noch weiter in die Wüste ging und dort tatsächlich auch etwas noch Wertvolleres finden sollte.

Meridin sieht sich im Vorbeigehen auch den ihn faszinierenden, in den Augen fast schon brennenden, blauen Marmor an. Splitter von diesem Stein konnte er schon in einer Mosaikbordüre um den Kaiserthron sehen. Er ist wunderschön und so selten, dass er, anhand dessen gehandelten Preises vermutet, hier bei seinem einzigen Vorkommen angelangt zu sein.

Die Distanz zu dem Sturm verringert sich schneller als erwartet, denn dieser hat, wie ein Raubtier kurz vor dem Moment, in dem es seine Beute erreicht und anspringt, nochmals etwas an Geschwindigkeit zugelegt. Die bewegte Wand, das Bollwerk dieses geistlosen Geschöpfes des aufsummierten Wüstenwindes, walzt immer weiter und unaufhaltsam, durch nichts bezwingbar, über den feinen Wüstensand. Es stechen sogar einzelne Strömungen aus diesem komplexen Gebilde hervor. Diese ergeben Formen, die man mit etwas Phantasie für Mienenzüge eines Charakters halten könnte, während diese sich majestätisch erheben und so einige hundert Meter nach oben getragen werden, bevor sie sich im vollen Ausmaß darbieten können. Dieses macht den seltsamen Anschein auf die – dem zunehmend lauter werdenden Knistern, das zu einem mächtigen Rauschen anschwillt – lauschenden Wanderer, als würde der Sturm auf eine mysteriöse Art und Weise geführt.

Meridin blickt wie gebannt auf Ra'hab, dessen hinkender Schritt sich in Form von erhöhtem Tempo und einer anderen Gangart nun deutlich gewandelt hat. Die Tiere, mit ihren großen tellerförmigen Zehen, welche mit ihrer zusätzlich mit Schwielen bestückten Sohle perfekt gegen das Einsinken in den sandigen Niederschlag gewappnet sind, bewegen sich unbeeindruckt weiter. Als erstes verschwindet Ra'hab vor ihm, und nach ihm ein Kamel nach dem anderen. Werden allesamt von der über sie hinweg ziehenden Decke verschluckt.

Lautes Prasseln von größeren, und zugleich ein helles Knistern von kleineren Sandkörnern erfüllt ihre Ohren, während sie die Augen fest verschlossen halten. Meridin bewegt sich unentwegt an der ihn leitenden Leine, die er fest wie ein Nichtschwimmer im offenen Meer umklammert hält, weiter. Blind in einer ihm völlig fremden und beängstigenden Suppe aus beschleunigten, kleinen und großen, beim Auftreffen wie viele Nadelstiche schmerzende Sandkörner. Der Sturm ist sehr stark geworden. Er spürt, wie dieser seinen Umhang an ihn presst und zerrt. Hört, wie dessen Stoff hinter ihm laut flatternd knallt. Sein Mund wird von den Feuchtigkeit bindenden Partikeln, welche über die Nase eingeatmete Luft einen Weg in ihn gefunden haben, furchtbar trocken. Statt

Speichel sammelt sich ein matschig, fein körniger Schlamm in seinem Mund an.

Die Karawane, die blind und unbeirrt Ra'habs vertrauenspendender Hand folgt, die wiederum in diesem blind und stumm machenden Sturm nicht von seinen Sinnen, sondern lediglich von seinem Willen geführt wird, setzt unentwegt ihren Schritt fort.

Meridin, der zunehmend Schwierigkeiten mit dem Atmen bekommt, öffnet seine nach Hoffnung gierenden Augen. Aber anstatt der Helligkeit eines lichten Tages, herrscht Trübe, die ihn nur wenige Handbreit sehen lässt. Sieht nur seinen Körper unter dem Hals im gelblichen Sandnebel verschwinden, sonst nichts. Ihm wird dadurch das seltsame Gefühl vermittelt, als hätte er gar keinen Körper, sondern nur einen in der Luft schwebenden Kopf, den der hungrige Sturm als einziges von ihm übriggelassen hat. Die sofort peinlich brennenden Augen mit ihrem schnell trüb gewordenen Blick kann er nicht lange offenhalten. Weshalb er sie jetzt wieder, von starkem Schmerz begleitet, zu schließen versucht. Er spürt, wie eine körnige Paste unter seinen Lidern über die Augen schleift und ihn daran hindert, diese vollends zu schließen.

Nach geraumer Zeit nimmt die Intensität des Rauschens endlich wieder ab, und nun erst öffnet auch Ra'hab seine Augen. Seine Füße sieht er noch in der Strömung der größeren, knapp über den Boden fegenden Partikel. Die höheren Lagen sind noch eingetaucht in die dünne Suppe aus feinem Staub, in der man aber bereits wieder wenige Meter sehen kann.

Ra'hab sieht Meridin, wie er sich leicht taumelnd nicht mehr an der Leine, sondern an einem Tier festhält. Er stoppt umgehend den Zug und begibt sich eilig zu dem nun seiner Hilfe Bedürftigen, dessen Augen mit einer braunen verkrusteten Paste verschlossen sind. Ra'hab löst Meridins verkrampfte Hand von dem Kamel und hält ihn an, sich schnell auf den Boden zu legen. Dort angekommen wirft er seinen weiten Umhang über dessen zusammengekauerten Körper und schlüpft mit seinem Gesicht tiefer in den Burnus, ebenfalls unter die Kopföffnung seines Mantels, sodass sich dieser wie ein Zelt über die beiden wirft. Schnappt sich dann den kleinen Trinkbehälter von Meridin und lässt ihm sofort ein feines Rinnsal Kräutersud über seine Augen fließen.

Meridin erschrickt, als die ersten Tropfen auf sein Gesicht fallen, lässt sich aber sogleich und bedingungslos in die Obhut des Mannes fallen, der ihm sanft den verklebten Schlamm, das Gemisch aus feinem Sand und Tränenflüssigkeit, aus seinen Augen nimmt. Schon bald kann er die brennenden Augen wieder öffnen und hofft, dass diese keinen dauerhaften Schaden genommen haben. Verwundert findet er sich in einem kleinen improvisierten Zelt wieder, durch dessen Ritzen im grob gewebten Stoff ein rötliches Licht dringt, welches Ra´habs fürsorgliche Gesichtskontur sanft abzeichnet.

Der Wind legt sich nun beinahe schlagartig mit all seinem gebundenen Niederschlag zu Boden, als ob ihn plötzlich jemand abgestellt hätte. Die beiden erheben sich aus ihrem Zelt und sehen, wie ihre Haut, mit deren, mit feinem Staub aufgefüllten Falten, eine neue Farbpigmentierung erhalten hat. Meridin sieht, wie das Wasser aus Ra´habs eifrigen Tränendrüsen zu Anfang seiner Reise noch schnell und durch das Licht glitzernd ist, schon bald aber zu langsamen, matt rötlich und später braun verfärbten Tränen wird. Diese bahnen sich kullernd ihren Pfad über seine Wangen hinweg, werden aber auf dem sandigen Untergrund seines Gesichts mit jeder zurückgelegten Wegstrecke langsamer. Alsbald stagnieren sie gänzlich in ihrem Fortschritt und beginnen, noch bevor sie zu Boden fallen können, jeweils in einem zähen Schlammtropfen zu versiegen. Letztendlich haben die Tränen hinter sich eine Vielzahl sauberer Spuren – in Summe ein weit verästeltes Flussdelta – auf dem dreckigen Gesicht hinterlassen. Denn sie haben den ganzen Kehricht, den Schmutz von einem nun vermeintlich jungfräulichen Teil mit auf die Kehrseite genommen, wo er in gebündelter Form weiter existieren kann.

Ein Anblick, der Meridin sofort wieder an die Schattenseite erinnert, die jede großartige und begnadete Begebenheit oder Institution wie die seiner Heimat mit sich bringt. Denn der Kehricht, der anfällt, wenn man auf einem Teil eines Ganzen eine saubere Utopie erschaffen und diese am Leben erhalten will, ist keinesfalls verschwunden, nur weil man ihn von der einen Seite entfernt hat. Denn man hat den Dreck lediglich auf einem anderen Teil angehäuft oder irgendwo zu verscharren versucht. Trübsinnig denkt er an seine Heimat. In dieser ist auch ein an und für sich guter Wille wie ein reiner und glitzernder Tropfen Wasser gestartet, der sich aber zunehmend beschmutzt hat, bevor er später zu purem Blut und Verderben wurde. Der gute Wille und das Bemühen um den steten Fortschritt, welcher als Bindemittel für die Gesellschaft fungieren sollte, hat sich so lange mit Exkrementen und dem Ausfluss einer Gemeinschaft aus Egomanen vollgesogen, bis dieser stehen geblieben und in dieser Endposition zum Gegenteil verkehrt worden ist. So ist der inzwischen eingetrocknete infiltrierte gute Wille, zu einer sämtliche unbeantwortete Bosheiten in sich vereinenden und aus abertausenden Menschen wie Dreckpartikeln verschmolzenen Halde herangewachsen, welche nichts und niemanden zurückgelassen hat.

Meridin lässt von diesen Gedanken ab. Denn heute würden diese ihn in etwa genauso weit bringen wie die vielen Male zuvor auch – kein bisschen weit. Stattdessen beobachtet er, froh darüber, wieder sehen zu können, die Tiere. Es sind schon wirklich bemerkenswerte Geschöpfe, welche die Evolution hier hervorgebracht hat. Mit ihren schlitzförmigen, nun stark verengten Nüstern und ihren langen Augenbrauen sind sie geradezu perfekt an ihre Umwelt angepasst. Sind von Natur aus für die Wüste gemacht. So wie auch er für sein natürliches

Habitat – den Kampf – geschaffen worden ist. Wenn auch nicht durch natürliche Selektion und Evolution.

Unbeeindruckt und geduldig warten die Kamele auf ihren Führer, der nicht Meridin ist. Dieser auch noch nie gewesen war. Denn er war lediglich Antreiber und darin ein Tyrann.

Ein Vogelschrei ertönt und die letzten Ausläufer des Staubnebels werden binnen weniger Sekunden durch mehrere leichte Böen zerrissen, sodass diese abrupt aufgelöst werden. Die feindliche Kraft hat ihre Bestandteile, welche diese erst zu einer solchen machten, restlos verloren. Ihre mitreißende Energie, welche wie mit Propaganda die Masse, bestehend aus Abermillionen von Anhängern, in Bewegung gebracht hat, ist verpufft. So zerfetzt in mehrere kleine Fahnen, verflüchtigt sich schnell die Energie der Bedrohung und lässt anschließend ihre Masse nur noch als rieselnden Niederschlag auf sie hinunter regnen. Die Bedrohung ist gebannt.

So kommt bald der friedlich blaue Himmel wieder zum Vorschein, und in ihm ein Vogel, der um die beiden kreist und sie stetig beobachtet. Ein friedlicher Anblick, der Meridin gelassen lächeln lässt, während dieser eine entgegengesetzte Wirkung auf Ra´hab auslöst. Denn sich vom Regen in die Traufe gekommen fühlend, lässt der Schreck und die Angst die Mienenzüge seines Gesichts versteinern.

Vor Entsetzen wie gelähmt, lässt sich Ra´hab erschrocken auf den Boden fallen und deutet mit angsterfüllten Augen und zitterndem Finger auf das erhaben über ihnen schwebende Tier. Dieses zieht dessen ungeachtet weiterhin gelassen seine Kreise. In dem Vogel sieht Ra´hab sein mächtiges Schicksal, dem er trotz Hilfe eines starken Menschen, eines Kriegers, einfach nicht zu entkommen scheint.

Meridin versteht die Worte nicht, die ihm sein Begleiter mit flatternd aufgeschreckter Stimme immer wieder mitteilen will:

„Der Vogel! Der Vogel! Der Vogel! ....“

Immer und immer wieder spricht er die Worte von Neuem.

Und Meridin, der anfangs nichts mit den Lauten der ihm völlig fremden Sprache anzufangen wusste, begreift bald, dass einer dieser Laute für das Wort Vogel stehen muss, und der andere der zugehörige Artikel ist.

Meridin, der seinen aufgebrachten Begleiter beruhigen will, beginnt damit, diesen Wortlaut für Vogel in der ihm fremden Sprache der Wüstenwanderer nachzuahmen. Dann deutet er zuerst mit einem Finger auf den Vogel, dann mit zweien auf seine Augen, und zum Schluss auf seinen Begleiter, bevor er mit zwei Fingern das Gehen anschaulich nachahmt. Ra´hab, der ihn entgeistert anblickt, springt auf und hetzt panisch zu einem Wasserschlauch, wo er, auf das Tier zeigend, das Wort zitternd, immer und immer wieder ausspricht und dabei mit spitzem Finger auf den Schlauch einhämmert. Solange, bis er schließlich mit seinen sich bewegenden Fingern heraus rinnendes Wasser zu imitieren versucht.

Bedrückende Ruhe breitet sich zwischen den beiden jeweils nach einer Antwort Suchenden aus. Eine von der Art, welche an der Grenze zu ihrem Inneren nicht einfach haltmacht. Eine, vor der sich ihr Gemüt weder verschließen, noch sie, in ihren Gefühlen angekommen, am Ausbreiten hindern kann. Sie konfrontieren sich mit ihren fragend bohrenden Blicken und spüren, dass sie sich sogleich wieder im Rückflug der gefühlten Schaukel befinden. Aber mit abnehmendem Drift des Pendels beginnen sie allmählich den anderen verstehen zu wollen. Doch die einander durch Gestik, Mimik und Laute gebildeten Szenen im Kopf, reichen ihnen nur dazu aus, dass in ihnen etwas wie eine Antwort dämmert. Doch um den Nebel, in welchem die Lösung des Problems verborgen liegt zu lichten, um diese klar zu erkennen, bedarf es schlichtweg der Sprache. Etwas, wozu sie noch lange nicht fähig sein werden.

Sie entfernen sich so weit voneinander bis sie erneut eine ihnen angenehme Distanz zwischen sich gebracht haben. Dort schütteln und klopfen sie ihre Kleidung, wie auch die

Kamele mit ihren Beuteln sauber aus. Beide haben sich zu der bedrückenden Ruhe und ihren wirrgehenden Gefühlen zurückgezogen. So beschreiten sie, jeder der beiden tief in Gedanken über den anderen versunken, ihren weiteren Weg zu dem nicht mehr allzu weit entfernt liegenden Ziel ihrer Reise.

Ra´hab, der sich schon jetzt als Führer dieser Karawane etabliert hat, wirft immer wieder einen unverhohlen misstrauischen Blick gegen das Schlussglied ihrer Kette. Seine physischen Augen zwar auf das Ziel nach vorne gerichtet, hält er seinen Begleiter aber doch mit seinen restlichen Sinnen fest im Blick. Fragt sich, ob dieser ihm scheinbar Wohlwollen Entgegenbringende mit dem verfluchten Vogel irgendwie durch Zauber oder sonstige Teufelei einer bösen Macht unter einer Decke stecken mag.

Meridin, der pausenlos über Ra´hab sinniert, spürt deutlich die misstrauischen Blicke auf sich walten. Wieso hat das merkwürdige Geschöpf über ihren Köpfen den Mann nur in die Lage des in der Einsamkeit Sterbenden gebracht? Hatte dieser Vogel, der ihn zeitgleich dazu und ohne offensichtlichen Grund durch die Wüste begleitet, eher schon geleitet hat, wohlberechtigte Gründe dafür gehabt? Und handelte er jetzt, mit seiner dem Beduinen gespendeten Hilfe, zuwider des Vogels Willen? Sollte er besser das Werk des Vogels mit einem schnellen Schnitt durch die Kehle seines Begleiters beenden? Es wäre ihm ein Leichtes, doch ist er sich auch sicher, wie die entschiedene Antwort auf seine letzte, sich selbst gestellte Frage lautet:

„Nein!“

Wieso sonst sollte der Vogel ihn zu dem Sterbenden gebracht haben, außer aus dem Grund, ihm zu helfen. Denn sie beide waren anscheinend fester Bestandteil seines Willens. Vorausgesetzt natürlich, man spricht einem Vogel ein Quäntchen eines solchen – zu dem es bereits eine ordentliche Portion Verstand braucht – überhaupt zu.

Meridin ahnt, dass da noch mehr im Verborgenen liegen muss, als das, was bis jetzt andeutungsweise zum Vorschein gekommen ist. Er weiß es zwar nicht, mutmaßt aber, dass es etwas mit dem Grund für den Aufenthalt des Wüstenreisenden in dieser Einöde zu tun haben muss. Er muss umgehend die Motivation für dessen Reise erfahren, um zu verstehen. Muss lernen, mit ihm zu sprechen, um diesen Hauch einer Spur weiter verfolgen zu können, um vielleicht eine Antwort auf eine der vielen Fragen, auf sein vieles Suchen zu finden.

Meridin fühlt sich, als wäre seiner wirr umher strebenden Seele, die sich im andauernden Konflikt zwischen sachlichen und einander missfallenden emotionalen Beweggründen befindet, durch die brennende Sonne Läuterung widerfahren. Das lange und planlose Umherirren, zwar verbunden mit einem Ziel, aber ohne Spuren eines Weges, scheint vielleicht sein Ende zu finden. Er fühlt sich klar, um innere Konflikte gereinigt und befähigt, den ihm aufgezeigten Pfad fleißig entlang zu streben.

7

Die Abende der nächsten Tage gestalten sich in ihrem Ablauf weitestgehend identisch. Zuerst macht sich Meridin daran, die täglichen, zunehmend lästig werdenden Pflichten eines Kameltreibers abzuarbeiten, von welchen ihn aber der zu neuen Kräften kommende Ra'hab Aufgabe für Aufgabe entbindet. Dann setzen sie sich gegenüber und rücken mit Meißeln aus bloßen Worten der Barriere zwischen ihnen zu Leibe. Nehmen nacheinander verschiedene Gegenstände in die Hand und benennen diese mit Namen in der jeweiligen

Sprache und wiederholen sie mehrere Male in der des anderen. So schleifen sie jeden Abend die Mauer um ein kleines Stückchen weiter. Wort um Wort wird zu Schlag um Schlag.

Dieses gegenseitige Lehren und Lernen im traut werdenden Dialog bewirkt aber nicht nur den vordergründigen Sinn, die Sprache des anderen zu erlernen, sondern schafft es auch, das kurzzeitig zwischen ihnen aufgeflammte Misstrauen im Keim zu ersticken. Schafft es sogar, den Argwohn in beiderseitige, respekterweisende und fürsorgliche Gunst zu wandeln. Sodass sich ein Gefühlsklima, geprägt von sympathischer Nachsicht zwischen ihnen, wie jenes eines Meisters zu seinem Lieblingsschüler und umgekehrt, entwickeln kann.

Außerdem gelingt es Meridin in dieser Zeit auch, Herr über die Schwellung an Ra´habs mittlerweile schwarz blutunterlaufenem Knie zu werden und diese endgültig zu beseitigen. Er hat in seinem Leben schon viele Verletzungen, Schnitte wie auch Brüche gesehen, verursacht und behandelt. Aus dieser Erfahrung heraus weiß er mit Gewissheit, dass ihm ein lahmend hinkender Gang als Erinnerung bleiben wird.

In diesen Nächten kann Ra´hab so gut wie gar nicht schlafen. Denn das Gefühl, unbedingt wachsam bleiben zu müssen, lässt ihn nicht los. So bleibt er stets in der Nähe ihrer Wasserreserven, wo er aufmerksam in die weite Wüste lauscht, während seine Augen in das nächtliche leere Himmelsgewölbe über ihnen blicken.

Seit seinem Erwachen, seiner Wiedergeburt, hat er inzwischen schon oft bemerkt, dass seine Sinne merkwürdig scharf geworden sind. So ist die Nacht für seine Augen heller, sind Entfernungen näher, Geräusche lauter und Gerüche intensiver geworden. Auch die hervorgebrachten Eindrücke seines Tastsinns, haben sich verfeinert. Ra´hab hat das Gefühl, als wären all seine bisherigen Sinneserfahrungen gelöscht worden, und dass er nun die Gelegenheit bekommt, mit schärferen Sinnen die Welt erneut zu erfahren. Wie ein Kind, das alles zum ersten Mal erlebt, saugt er die Eindrücke in sich auf. Diese werden aber nun nicht nur chaotisch in seinem Verstand angehäuft, sondern darin nach Wahrnehmungsart getrennt, analytisch filtriert, katalogisiert und dann in seinem Kopf wieder zu einem konkreten und reinen Bild miteinander verknüpft.

So lauscht und blickt er beharrlich in die tiefe Nacht hinein, welche sich früher am Rande des Feuerscheins wie ein tiefer Abgrund vor ihm aufgetan hat. Mit Befriedigung stellt er fest, dass er heute mit seinem stark vergrößerten und äußerst präzise ausgerichteten Sinneskegel die Unbehagen bereitende Blindheit überwunden hat. Endlich Licht ins Dunkel gebracht hat. Zum ersten Mal wirklich sieht.

8

Ihre gemeinsame Reise neigt sich nun nach Tagen zusehends ihrem baldigen Ende zu. Denn am Horizont gibt sich bereits, schüchtern hinter einem Schleier von aufgewirbeltem Staub, die Stadt Ine zu erkennen. Meridin sieht, wie sie am Grunde eines schroffen Hügelkamms liegt, als wäre sie durch gewaltige Fluten, die vielleicht einst in diesem Sedimentbecken tobten, an die Brandung, an die Felsen gespült worden, und dort am Gestein trockenen Fuß fassen konnte. Am nächsten Tag würden sie in das Gewühl aus Menschen und Tieren eintreten. Darum beschließt Meridin, heute das Ende ihrer vorerst letzten Tagesetappe, schon etwas früher als in seiner strukturierten Planung vorgesehen – in noch nicht allzu unmittelbarer Nähe der Stadt – am frühen

Abend einzuläuten.

Nachdem Ra'hab die Tiere versorgt und Meridin die Decken ausgebreitet hat, setzen sie sich und betrachten die Stadt. Ein jeder für sich, nur von den eigenen gemischten Gefühlen begleitet. Wie versteinert halten sie inne und lassen die Zeit verstreichen. Erst nach etwa einer Stunde bewirken Änderungen von Sinnesimpressionen, dass sie wieder von ihrem gebannten Blick in sich selbst, in die stoffliche Welt zurückkehren. Hier sehen sie die Lichtverhältnisse sich verändern, und spüren, wie auf ihrer linken Gesichtshälfte die letzten Sonnenstrahlen, welche nun deutlich an Energie verloren haben, sich zurückziehen. Denn bis vor wenigen Minuten haben diese als stählerne Gesandte des tyrannischen Herrschers gewirkt, der über ihrer aller Häupter waltet. Aber sie werden schwächer. Verlieren zeitgleich an Dichte wie auch an Beschleunigung, und somit rapide an Gewicht. Werden schließlich binnen weniger Minuten zum flüchtigen Duft einer zärtlichen Geliebten, die sich verabschiedet, vergeht, und der man dabei alles Schlechte großmütig vergibt bis diese schließlich zur Erinnerung wird, welche in sanft warmen Tönen am Firmament gebannt steht.

Sie sehen, einhergehend mit der sich selbst löschenden Sonne, wie mehr und mehr Lichter in der Stadt entzündet werden, so lange bis es Nacht ist.

Bei dem Gedanken, was er überhaupt noch in Ine will, ist es für Ra'hab leichter Trübsal zu blasen, statt sich wirklich eine Antwort darüber abzuringen. Ohne Ware, ohne Kamele, ohne Mittel, mit denen er sich neue Tiere hätte kaufen können, ist sein Aufenthalt zu nichts nütze. Ihm wird bewusst, was er die letzten Tage so erfolgreich zu verdrängen gekonnt hatte – dass sein Leben, so wie er es bisher gelebt oder verlebt hatte, mit den Tieren, die seinen ganzen Besitz, Stolz und Existenzgrundlage darstellten, verendet und somit beendet ist. Er ist dazu verdammt worden, seine letzten Tage als ein Beduine zu fristen, dessen Dasein jeglichen Zwecks entbehrt und von Sinn befreit ist. Mit dieser inneren Leere und der sich darin rasch ausbreitenden Kühle der Nutzlosigkeit in seinem Herzen, welche so frostig ist, dass ihm diese die Haare zu Berge stehen lässt, blickt er weiter ratlos der Stadt entgegen.

Meridin, der ebenfalls darüber sinniert, was er in Ine wohl finden oder zumindest suchen könnte, fällt nichts ein. Aber von einem inneren Kompass geleitet, spürt er, dass es sein muss. Und diesem Gefühl, diesem Willen der Peilnadel in sich, will er folgen.

Meridin holt seine Pfeife, packt sie aus und fängt damit an, diese langsam und bewusst, mit Andacht und Hingabe, wie nach Anleitung zu einem heiligen Ritual zu stopfen. Als er sein Werk, gefallend betrachtend, fertig sieht, zieht er erneut einen schwefelbedeckten Kienspan heraus und entzündet diesen mit einem kurzen Ruck an der inneren Seite des Etuis.

Ra'hab, der von dieser Art Feuer zu machen schon gehört, aber sie zuvor noch nie gesehen hat, betrachtet seinen sympathischen Begleiter mit stolzen und zugleich faszinierten Blicken. Beobachtet ihn, wie er, nachdem der erste beißende Rauch des Spans verflogen ist, diesen in seine Pfeife hält, und paffend den sich darin befindenden Tabak langsam in Brand steckt. Als die Glut den Pfeifenkopf gleichmäßig gefüllt hat, reicht Meridin dem interessiert dreinblickenden Ra´hab die schlanke, langgezogene Pfeife als Angebot dar. Dieser freut sich sichtlich und nimmt diese ebenso behutsam in seine Hände. Er hatte zwar gehofft, es einmal probieren zu dürfen, aber, nachdem er eben gesehen hat mit welcher Vorsicht Meridin die augenscheinliche Kostbarkeit behandelt hat, hätte er niemals zu fragen gewagt. Nachdem sich Ra´hab die Pfeife kurz genauer angesehen hat, steckt er sich das dünne hohle Röhrchen zwischen die Lippen. Meridin gibt ihm daraufhin mit seiner Mimik zu verstehen, dass er jetzt durch den Mund einatmen muss. Ra´hab saugt, wie ihm gedeutet wurde, langsam und voller Vorfreude den Rauch in sich ein und spürt dabei, wie sich in seinem Mundraum nun die warmen und gehaltvollen Schwaden sammeln. Beginnt, diese tiefer und tiefer zu inhalieren, bis er plötzlich ein starkes Stechen in seinem Brustkorb erfährt, dessen sich sein Körper sofort mittels kräftigen Hustens zu entledigen versucht. Mit einem verbliebenen bitteren Geschmack, der seine Mundwinkel unbewusst und angewidert verzerrt, überreicht er mit einem höflich dankenden Nicken dem schmunzelnden und sich erhebenden Meridin wieder dessen Pfeife.

Ehe er sich erneut setzt, holt dieser noch eine braune Tasche aus einer der vielen Satteltaschen hervor. Genüsslich seine Pfeife rauchend und wieder absolut in Ruhe gebannt, bereitet sich Meridin darauf vor, in die eigenen Gedanken zu versinken, in diese hinab zu tauchen. Aus der abgegriffenen Ledermappe, welche eine Sammlung von Karten enthält, zieht er nun gezielt eine ganz bestimmte heraus und betrachtet jene über diese Gegend hier eingehend sinnierend. Nur in Schüben – in einzelnen Momentaufnahmen, in denen er an seiner Pfeife zieht und damit die in ihr beherbergte Glut das zart orangenes Licht auswerfen lässt – ist es ihm möglich einzelne Raster zu betrachten und diese in seinem Geist zu einem Ganzen zusammenzufügen.

Auf der Karte ist etwa das untere Drittel leer und die Grenze der bekannten Welt, zu jener, aus der sie kommen, mit einer blasser werdenden Schraffur angedeutet. Wissend klopft er mit einem Finger inmitten des Bereichs der weiten Leere auf der Karte, welche die Sona ist. Aus deren Herzen muss der einsame Wüstenwanderer an seiner Seite stammen. Dabei wird ihm bewusst, dass dieser Dinge gesehen haben muss, die noch niemand, weder Mensch noch ein anderes Lebewesen vor ihm erblickt hat. Er betrachtet die Karte weiter und überlegt, welchen der Wege er in diesem von Gebirgen oder zumindest Hügeln umrankten Kessel weiter beschreiten will. Welcher

Weg womöglich mehr Antworten auf seine vielen, im leeren Raum stehenden Fragen beherbergen mag. Die Entscheidung fällt ihm leicht – trifft diese beinahe schon durch eine intuitive Automatik. Denn er kommt vom Osten her. Von dort aus ist er in die Sona nach Südwesten eingedrungen, und hat sich später nach Norden aus ihr zurückgezogen. Norden, eine Richtung, die er beibehalten will. Dafür muss er die Hügel überqueren, die sich hinter Ine wie eine steile Küstenbarriere erheben. Dies scheint auf einen Pfad weiter im Westen – groß genug um den Aufstieg mit Tieren zu wagen – möglich zu sein.

Ra'hab erhascht einen flüchtigen Blick auf die Karte, die kläglich versucht, seine Welt – auf einen Fetzen Papier gebannt – zu beherbergen. Er sieht die feinen Linien, die anscheinend Wege darstellen sollen, und muss bei dem Gedanken daran unbewusst schmunzeln.

Meridin bittet ihn mit einem Gemisch aus Lauten und Zeichen, sein abfälliges Lachen zu erklären. Ra'hab, der sich zu dieser Lektion nicht lange bitten lässt, macht mit einem langen Fingernagel einen feinen Strich auf den staubigen Wüstenboden. Anschließend nimmt er eine Handvoll feinen Sand, bläst ihn über die unter ihm verschwindende Linie und zeigt dann auf seinen Kopf. Meridin versteht diese allzu deutliche Geste, gibt aber keine verbale Antwort darauf. Durch die logische Einsicht eines Viehhirten leicht peinlich berührt, packt er seine Karte stillschweigend zu den anderen zurück.

Mit den allmählich erlöschenden Feuern der Stadt schließen sich auch die Augen der Betrachter, sodass leichte Schläfrigkeit sanft und zügig in die beiden eindringen kann. Füllt die Zwei solange mit sich aus, bis sie der Schlaf – wie auch die ausgesperrten Schatten, Heerschar der Finsternis, die dunkler werdende Stadt – vollständig erobert hat.

9

Der Morgen kommt früh und mit ihm ihr Aufbruch. Ein letztes Mal führt Ra´hab einen Konvoi aus Wüstenschiffen in den Hafen der größten Siedlung dieses Gefildes. Traurig ist ihm bewusst, dass, wenn er gleich in Ine angekommen ist, er kein Beduine mehr, sondern nur noch ein Obdachloser sein wird.

Meridin betrachtet die Stadt und tut sich schwer damit, die Siedlung als solche zu sehen. Denn gemessen an den Städten, welche er in seiner Vergangenheit besuchte, ist diese gerade einmal ein Vorort. Aber der Maßstab zur Einteilung von Ortschaften ist nicht universell gültig. Die Siedlung ist zwar groß, aber ihre Größe beruht alleine auf ihrer Fläche. Denn die vielen einzelnen Parzellen sind ähnlich üppig wie bei einem Dorf geschnitten. Rein auf der Einwohnerzahl basierend dürfte Ine wohl kaum über den Rang eines kleinen Städtchens hinauskommen. Aufgrund des Besiedlungsfaktors aus Einwohnerzahl durch Fläche, und wegen des Umstands, dass es keinen Grund für eine Eroberung dieses Fleckens oder Erde gibt, haben die Bewohner keinen Anlass gesehen, einen Schutz in Form einer Mauer oder zumindest einen Holzwall um ihre auf drei Seiten geöffnete Heimat zu ziehen.

Vereinzelt sehen sie Karawanen sich der Stadt steten Schrittes nähern oder entfernen. Eine jede von einem stolzen Beduinen geleitet. Ra´hab, der bei diesem Anblick arg wehmütig wird, sinnt dabei seinen toten Freunden und ehemaligen Begleitern nach, deren Präsenz allesamt von seinen Kamelen gestellt wurde. Er kannte sie alle durch und durch. Angefangen vom Kopf – wie sie denken – bis hin zu ihren Füßen – was sie fähig waren zu leisten. Ihr Fleisch vermochte nicht ihr wahres Wesen vor ihm zu verbergen. Ihr Charakter und das Wissen ihrer individuellen Stärken und Schwächen waren ihm eigen. Er konnte sie auf Anhieb ohne Zweifel voneinander unterscheiden und identifizieren. Und das, obwohl doch keines von ihnen je etwas wie einen Namen besessen hat. Diese namenlosen Geschöpfe waren sonst immer an seiner Seite gewesen, wenn sie gemeinsam, stolz und erhobenen Hauptes, in die Stadt eingezogen sind.

Ra'hab betrachtet die umherziehenden Karawanen in ihrer Gesamtheit und muss dabei traurig feststellen, dass die Anzahl dieser und die Zahl ihrer jeweiligen Tiere von Mal zu Mal, wenn er in die Stadt kommt, kleiner wird. Früher gab es um ein vielfaches mehr an transportierenden und Handel treibenden Nomaden. Einst gab es stolze Herden in der Größe von achtzig bis hundertfünfzig Tieren. Auch regelrechte Familienverbände mit Zelt und komplettem Hausstand, die mit bis zu fünfhundert Kamelen und mit einer zusätzlich Schar von milch- und nahrungsliefernden Ziegen im Schlepptau ausgestattet waren, sind damals gewiss auch kein gewöhnlicher Anblick gewesen, aber heute ganz und gar unvorstellbar.

Denn seit diesem Früher ist zwischenzeitlich der Handel der östlich gelegenen Hrŏhmer mit den nordwestlich gelegenen Menschen aus Ios immer weiter zurückgegangen. Schließlich ist dieser sogar vollends, wegen irgendwelcher politischer Differenzen, welche ihn aber noch nie sonderlich interessiert haben, zum Erliegen gekommen. Aufgrund dieses vermutlich leichtfertig gefällten, aber an Folgen schwer wiegenden Entschlusses jener beiden Länder, muss sein Volk nun leiden. Und dass seine Heimat unter dieser Resolution stärker leidet als die beiden Parteien der einander fremd gewordenen Völker selbst, ist für ihn offensichtlich. Hat diese doch seine Landsleute um ihre Existenzgrundlage beraubt, während sie für die beiden anderen nur einen Verzicht auf bestimmte Luxusgüter bedeutet. Seine Heimat blutet. Tut dies so lange, bis sie einmal gänzlich ausgezehrt, keine Menschen mehr übrig hat die fortziehen können und sie verschwunden sein wird. Denn Ine, die einzige Stadt seiner Heimat, welche als Raststation und Umschlagsplatz auf halber Wegstrecke der kürzesten Verbindung dieser beiden Ländereien entstanden ist, konnte nur durch den früher florierenden Handel so schnell wachsen, und kann auch nur durch stetig betriebenen Handel in dieser Form weiter existieren.

Auch damals wurde einem nichts geschenkt – man konnte jedoch mit harter Arbeit ein Auskommen finden. Etwas, an das heute mit einem Schaffen das einen ehrlichen Menschen des Nachts gut schlafen lässt, nicht einmal mehr zu denken ist. Nun ernährt sich Ine mühsam von den abfallenden Resten ein paar weniger Händler, welche die Beduinen mit ihrer Hehler- und Schmuggelware für einen Hungerlohn auf den Weg zu den jeweils nördlichen Rändern der Wüste im Osten und Westen schicken. So haben die beiden Völker in Wirklichkeit sogar nur eine Preissteigerung von einzelnen Luxusgütern in Kauf genommen, deren verringertes Volumen aber die Existenzgrundlage der verarmten Beduinen langsam verzehrt. Sie verhungern sozusagen an der ausgestreckten Hand, weil die erbrachte Plackerei ihre Reserven nur in einem Maß schwinden lassen, dass es noch Raum für Hoffnung gibt – zum Leben zu wenig, zum Sterben zu viel. Dies hat zur Folge, dass ein Fortziehen der Menschen von hier tagtäglich auf morgen verschoben werden kann.

Traurig, durch diese Gedanken noch weiter verstummt, geht er seinen schmachvollen Weg, der ihm als unendlich große Bürde auf den Schultern lastet, dem Ende entgegen.

10

Ra´hab schlägt mit seinen Gefühlen und Gedanken über die Vergangenheit und Zukunft hart in Ines Gegenwart – seinem Endpunkt – auf. Meridin hingegen befindet sich lediglich auf Durchreise. Hat er doch nur eine weitere Zwischenstation einer Reise ohne Ziel erreicht.

Die Häuser dieser quirligen Siedlung basieren auf reiner Lehmbauweise. Sind in ihrer Form zumeist gewölbten Kegeln ähnlich, welche jeweils nur eine gedrungene Öffnung besitzen, die mit einem schweren Teppich aus Sisalfasern verhängt ist. Was sofort auffällt ist, dass sich diese Stadt mit ihren vielen verlassenen, baufälligen oder bereits eingebrochenen Häusern, direkt auf einem hauchdünnen Vegetationsband befindet. Denn hier können sogar wenige knorrige Dornenbüsche trotzig in der Sonne bestehen, und vermögen ihr so einen dünnen Schatten abzuringen, in welchem spärliche Grasbüschel gedeihen. Zwischen und neben den Häusern, dort wo sich täglich zumindest für ein paar wenige Stunden ein Halbdunkel niederlegen kann, haben Pflanzen ebenfalls ihre Möglichkeit erkannt, zu nutzen gewagt und wachsen. Die Wohnsiedlungen derjenigen, welche anscheinend besser situiert sind, kann man in naher Entfernung auf dem Hügelrücken liegen sehen, der sich hier vom westlichen bis zum östlichen Horizont erstreckt. Dies vermutet zumindest Meridin, wobei Ra´hab weiß, dass in den felsigen Rücken – bis tief hinein, stur der Kühle entgegen – eine Vielzahl Höhlen geschlagen wurden. Hier auf der Ebene hingegen bestimmen überwiegend Märkte und Häuser für das einfache Volk das Bild der Stadt. Mancherorts ziehen Rudel herrenloser Hunde umher, die mit ihren Schnauzen auf der Suche nach Nahrung im Abfall stöbern.

Überall sind Menschen, aber nur noch wenige sind es, welche mit Kamelverbänden im Schlepptau mit eifrigem und lautstarkem Feilschen das akustische Wesen von Ine ausfüllen können. Diesen Beduinen steht ihr Stolz regelrecht auf die Stirn geschrieben. Was kein Wunder ist, führen sie ihn doch für jedermann sichtbar an der Leine. Man sieht auch solche, die einst bestimmt einmal stolz gewesen waren, diesen aber längst verspielt und für immer verloren haben. Weshalb jenen Menschen heute auch nichts anderes mehr übrigbleibt, als sich berauscht in ihren Erinnerungen an die Vergangenheit zu baden und im Stillen darauf zu hoffen, niemals mehr zu ernüchtern.

Die meisten Menschen sind in einfaches, beiges Leinen gehüllt, welches nur vereinzelt blasse Farbstrukturen erkennen lässt. An manchen Stellen sind aus deren Umhängen gleichmäßige Stücke gerissen worden, als wenn dies unter Vorsatz geschehen wäre. Der Grund dafür entzieht sich jedoch Meridins Raum der Nachvollziehbarkeit. Andere sind in prächtige, gänzlich gefärbte Ziegenwolle oder Musselin gehüllt. Tragen Gewänder, welche keine Fehlstellen aufweisen. Dies sind aber allesamt Menschen, die bereits auf den ersten Eindruck durch das lauthalse Anpreisen ihrer Waren als Händler identifiziert werden können.

Meridin und Ra'hab stehen diesen lauten Menschen zwar beklommen, jedoch nicht überwältigt gegenüber. Auch wenn die gedrängte Menschenschar auf Meridin noch überwältigender als auf Ra'hab wirkt, da dieser nur vereinzelte Brocken der Wörter versteht, welche von überall her durch die Gassen auf ihn eindringen. Aber die Neugier zieht ihn weiter durch die Straßen. Er versucht sich sogar, als Meister der Selbstkasteiung, im unauffälligen, betont entspannten Schlendern, und sieht dabei so manchen Händler, der Schmuck oder verschiedene Gewänder feilbietet. Auch Nahrungsmittel, wie Brot und teils noch frisches, mit Fliegen bedecktes, teils zum Trocknen aufgehängtes, bereits markant riechendes Dörrfleisch wird angeboten. Allmählich nehmen sie auch den subtilen Atem von Gewürzen wahr, die in kleinen geöffneten Säckchen präsentiert werden, um so besser ihr Aroma nach Pfeffer, Chili, Kurkuma, Safran, Nelken, Kreuzkümmel und vielem weiteren zu verbreiten. Dieser Duft, der sich wie mit einer Angel gezielt in die Straßen auswerfen lässt, wird durch die Strömung eines leichten Windes, in dem er sich verbissen festhält, als flüchtiger Hauch zu einem effektiven Köder, der Menschen, welche nur unbewusst durch die Straßen bummeln, anlockt. Der Angler muss nur warten. Eine Zeitspanne, die sich am besten mit der Hoffnung auf einen gewichtigen Brocken, der in Form von barer Münze anbeißt, vertreiben lässt. Außerdem findet man verschiedene Gebrauchsgegenstände, Werkzeuge und sogar simpel und grob gefertigte Waffen, die zum Verkauf angeboten werden. Einige von diesen Geschäftsmännern sind knollennasige, stark untersetzte Hrŏhmer, die sowieso überall dort anzutreffen sind, wo gehandelt und gefeilscht wird. Im Grunde eben allerorts, wo Geld pulsiert und fließt.

Zwischen den Wohnhäusern und fahrenden Händlern stehen auch viele offene Zelte, deren Dächer aus dickem, weißem Stoff gefertigt sind und so kleine schattige Flecken spenden. Zwielichtige Inseln entstehen lassen, auf denen sich gestrandete Gruppen bestehend aus Beduinen und Händlern aufhalten, welche auf Sitzkissen lümmeln und sich mit Würfelspielen die Zeit vertreiben, während sie duftenden Tee trinken. Um manche dieser gesellig quasselnden Sitzgruppen herum finden sich unter den Zuschauern auch Musikanten ein, die mit den grell hellen Tönen der in den Ohren laut schallenden Flöten, das Trommelfell spürbar unangenehm zum Schwingen bringen.

Seit geraumer Zeit, gibt Ra´hab mit trauriger Miene zu verstehen, wird sogar unverhohlen mit Menschen gehandelt.

Dabei packt er Meridin an der Hand, um ihn zügig an der besagt verrufenen Straße für dieses schmutzige Geschäft, für diese niederen Dienste vorbei zu führen. Meridin beugt sich aber nicht wie ein Kamel seinem Willen. Lässt sich nicht von etwas abbringen, von dem er selbst noch nicht weiß, was es ist, außer interessant. Seine innere Peilnadel, welche aber nicht wie bei allen anderen Besuchern dieser Straße aus einem Druck in der Leistengegend resultiert, zeigt erigiert in diese Passage. Deshalb packt er kurz entschlossen Ra'habs Hand und geht gemeinsam mit ihm in die Gasse.

Zumeist stehen hier fast nackte Frauen, völlig verschiedenen Alters, die als schüchternes Konfekt auf dem Präsentierteller feilgeboten werden. Sind gezwungen, ihre Freier zu werben, wobei sie, ihrer Körpersprache nach zu urteilen, eben genau dies zu verhindern versuchen. So wie zuvor auf dem großen Marktplatz um Nahrung, Werkzeug und Tier gefeilscht worden ist, wird hier der Preis von Zeit und Praktiken verhandelt. Ein Sachverhalt, der sogar für jemanden, der wie Meridin, noch nicht mehr als erst ein paar Brocken der fremden Sprache beherrscht, offen ersichtlich ist. Denn das, was den Frauen als Martyrium in den kommenden Minuten bevorsteht, kann man bereits jetzt leicht an ihren Augen ablesen. Die Sprache von Angst und Schrecken ist überall gleich. Sie besagt eindeutig, dass erlaubt ist, was gefällt und bezahlt werden kann.

Die angebotenen Menschen sind lediglich mit einem knappen Hemdchen und Lendenschurz bekleidet. Eine Uniform, die jedoch nicht dafür vorgesehen ist, ihre Intimität, ihre Scham zu wahren, sondern einzig und allein des Appetits der einsamen Männer wegen, um diesen zu steigern. Ihre Lust und ihren Trieb, die schlummernd in deren Leistengegend beherbergt liegen, wie durch einen Paukenschlag zu wecken. Auf dass der Heißhunger so groß wird, dass diese nicht mehr länger warten, geschweige denn klar denken können, wenn im

Vorfeld der Preis mit dem Zuhälter ausgehandelt werden muss.

An ihren Extremitäten, an den Händen und Füßen der armen Seelen, sind einschnürende Fesseln angelegt, sodass sich diese nur in einem engen Bereich bewegen können, dessen Radius bereits durch vielsagende Flecken, deren Ursache die Ausscheidung von Exkrementen war, markiert ist. Unzählige Striemen und Hämatome zeigen sich auf ihren geschundenen Körpern und schmutzigen Gesichtern, was auf Meridin keinen sonderlich einladenden Eindruck macht.

Aber diese Sklaven hier werden in einem Land verschachert, in dem man, nach dem Angebot zu urteilen, keinen besonderen Wert auf Exklusivität oder sogar Unversehrtheit dieser Waren legt wie in manch anderen Gegenden, in denen der Markt mit gewöhnlichen Menschen übersättigt ist und nach minderwertigen Exemplaren erst gar keine Nachfrage besteht. Da die Blütezeit der hier angebotenen Lebend-Fleischsortimente bereits vergangen ist oder schon als sprießende Knospe durch Ungeduld zerfetzt wurde, erstreckt sich die Auswahl hier von Dicken, Alten und Kindern hin zu Behinderten und Verkrüppelten mit ganz oder nur teilweise entstellten Körpern. Aber dennoch, trotz des objektiv gesehen schlechten Angebots der erschlafften und mit reichlich Fehlstellen behafteten Körper, ist der Markt gierig genug, dass selbst ein solch welker Apfel – einer, der bereits dunkle Druckstellen aufweist oder gar von Würmern durchzogen ist – einer, den in der Welt des Überflusses niemand mehr kosten würde – hier ein wahres Geschenk für einen Händler im fragwürdigen Gewerbe ist. Ein Geschenk, welches unter Garantie einen großen Gewinn abwerfen wird, bis es endgültig verschlissen ist. Ladenhüter gibt es hier nicht.

Ra´hab kann den vielen hier zur Schau gestellten Menschen noch nicht einmal einen flüchtigen Blick in die Augen werfen. Stur hält er seinen Blick auf den Boden gerichtet. Scham. Eine tiefe Scham empfindet er wegen der vielen einsamen

Wüstenwanderer – seinesgleichen – die sich aus ihrer in der Einsamkeit roh gewucherten Lüsternheit heraus gerne und reichlich der armen Seelen bedienen. Sie passieren einen Menschen nach dem anderen, Schicksal knüpft an Schicksal. Beides lassen Meridin und Ra´hab rechts neben sich liegen. Aber ob das Schicksal es war, welches diese Menschen – und damit sind nicht jene gemeint, denen alle Würde entzogen worden ist – so verkommen hat lassen, ist fraglich. Der Neid war ihre anfängliche Infektion und die Gier ist die Krankheit. Und das Leugnen der Identität wird ihr Tod sein.

So gehen sie an den vielen Menschen vorbei und gelangen schließlich zu einem jüngeren Sklaven, bei dem Meridin abrupt stoppt. Er sieht den Jungen, der wohl kaum siebzehn oder achtzehn Jahre zählen mag, und bereits am ganzen Körper Striemen von dem ihm zeichnenden Leben erhalten hatte auf dem schmutzig fleckigen Boden zusammengekauert sitzen. Noch frische und bereits etwas ältere Wunden, welche schon mit einem Gemisch aus Staub und Blut verkrustet sind, ergeben zusammen mit vielen weiteren, seinen ganzen Körper zierenden und schlecht verheilten Narben und Brandmalen, ein Gesamtbildnis, besser ein statuiertes Exempel, in dessen Lage man niemanden wünscht.

Meridin fragt sich, obwohl er die genaue Antwort eigentlich gar nicht wissen will, da er die Wahrheit bereits ahnt, wie viele Wundmale der Geschändete wohl in seiner Seele mit sich tragen mag. Das Leben hat sich hier an diesem Jungen, in Form eines brutalen Zuhälters, in keiner Weise gnädig erwiesen. Was seine Meinung über das Schicksal nur ein weiteres Mal bestätigt. Gnade scheint ihm lediglich ein hohles Wort ohne Bedeutung zu sein. Aber ungeachtet dessen, ist bei diesem Jungen hier irgendetwas anders. Seine Augen gleichen denen eines eingesperrten wilden Tieres, das schlichtweg nicht versteht, was mit ihm schon alles geschah, und was noch weiter mit ihm geschehen wird.

Der stark schielende Geschäftetreiber sieht, dass sich ein gut gekleideter Mann im blauen Umhang diesen Knaben intensiv ansieht, sich für ihn deutlich zu interessieren scheint und seinen Blick – in seinem Vorstellungsvermögen vielleicht auch schon seine Hand – über ihn gleiten lässt. Neben ihm steht ein weiterer Mann, welcher aber bis jetzt nur schüchtern zu Boden blickt:

»Na warte, ich bekomm dich schon noch angefixt!«,

denkt sich der innerlich laut lachende Händler, der sich durch skrupellose Selbstgefälligkeit, frevelhaften Übermut und der Vermessenheit gegenüber der Menschlichkeit an sich zum vermeintlichen Eigner eines jungen Mannes gemausert hat, der in seinen Augen nur einen austauschbaren Lustknaben darstellt. Zu jemanden geworden ist, der fest davon überzeugt ist, Menschen besitzen zu können. Ein gesellschaftlicher Grundsatz, wie etwa, dass Eigentum verpflichtet, fehlt und kann diese Barbarei somit nicht zur Kultur werden lassen. Doch mit solchen Gedanken hat sich der Händler noch nie beschäftigen müssen. Bei seinem Näherkommen fragt er sich nur:

»Wollen die beide ihn haben? – Ay.«

»Vielleicht auch noch zeitgleich? – Ay.«

»Haha! Die Schweine! Da muss ein guter Preis drin sein.«

Der leprakranke Händler, der mit seinem angeschwollenen Löwengesicht, das mit verklebtem Speichel auf seinen Lippen und begleitet von einem Blick, der frei von sinnesschwangeren Gedanken zu sein scheint, beinahe elend tumb wirkt, zerrt den Jungen mit einem groben Ruck hoch und nennt ihnen aufdringlich und lauthals, in Manier eines Marktschreiers, dessen Preis. Präsentiert ihnen die Muskeln des sehnigen und apathisch wirkenden Knaben, indem er ihnen seine nur leblos an ihm herunterhängenden Arme zeigt.

„Ist ganz frisch reingekommen. Ay. Schwör es.“,

und macht dabei ein ehrfürchtiges Zeichen gen Himmel.

»Als ob das Scheusal an etwas anderes als das Gewicht seines Geldbeutels glauben würde!«,
spricht es in Meridin.

„Ist noch ein unerfahrenes Bürschchen der Kleine. Ay.“,
und zwinkert ihnen neckisch entgegen.

„Glaubt mir! Ay. In dem jungen Mann hier steckt die Wildheit von nem Löwen! Aber zu zweit werdet ihr ihn gebändigt bekommen.“,
greift dem Jungen dabei mit einem offenen Lachen, das seine schwarzen, fauligen Zähne offenbart, in den Schritt und stellt ihnen sein unter seinem groben Griff deformiertes und leidendes Glied in Aussicht. Meridins kräftige blaue Augen sehen nun nicht mehr den Jungen mit einem warmen Schimmer des Mitgefühls an, sondern nur noch den Händler. Sein Blick wird kühl analytisch, eisig hart, stählern. Meridin entwickelt einen unbändigen Hass gegen den Mann, der diesem am liebsten direkt in dessen Augen springen will und denkt bei sich:

»Diesem verfluchten Händler, dessen lüsternes Verlangen nach Geld so viel stärker ist als die Angst, einmal für seine Taten Verantwortung übernehmen zu müssen, dessen Gewissen so viel schwächer als seine perverse Gier mit seinem grob florierten Trieb ist, muss Einhalt geboten werden!«

Ra´hab, der schließlich doch seinen zögerlichen Blick erhebt und auf den Jungen mit dessen Halter wirft, bereut diesen unmittelbar. Denn wegen weiterer obszöner Andeutungen mit Finger und Mund ist er derart durch fehlendes Vorhandensein jeglicher Art von Pietät, dem taktvollen Umgang miteinander und der Rücksichtnahme auf andere Menschen seitens des Händlers angewidert, dass er nicht mehr hinsehen kann. Nur einen abstoßenden Augenblick später, als Ra´hab schon wieder zugegen ist, sein Gesicht dem Boden zuzuwenden, vernimmt er noch ein Zucken und ein Funkeln in seinen äußersten

Augenwinkeln. Dieses Zucken und Funkeln in der nächsten Sekunde konkret ins Bild geführt, sieht er, dass Meridin dem plötzlich von einem auf den anderen Moment merkwürdig rasch verstummten Menschenhändler eine lange, spitz zulaufende, in der Sonne grell aufglänzende Klinge an die Kehle hält. Diese strahlt als wäre sie die Sonne selbst, die mit ihrem scharfen, zu hartem Stahl gewordenen Schein den Hals des Menschen leicht berührt und so die Bartstoppeln des verängstigten Scheusals in den kurzen Impulsen, während es atmet, schabend knistern lässt.

Nur zu gerne würde Meridin diesem den Hals aufschneiden. Nur zu gerne hätte er es mit kleineren blutenden Wunden in eine Höhle hungriger Ratten gestoßen. Nur zu gerne hätte er den Menschenhändler mit einem Knüppel den Schädel eingeschlagen. Hätte dies auch gemacht, wenn sie in der aug- und ohrlosen Sona gewesen wären. Aber er darf seinen Auftrag mit keiner dummen Aktion, von der Art wie diese eine wäre, gefährden. Denn bei dieser Sorte Mensch, welche er mit dem passenden Namen Parasitenmensch klassifiziert, stehen in der Regel viele weitere, teils wieder Parasiten, in der Schuld. Sichert sich so sein Quäntchen Macht, indem er ein, zwei oder drei Handvoll Schläger auf seine Kosten befriedigt hält. Deshalb lässt sich Meridin – statt sein Begehren in die Tat umzusetzen – von Ra'hab übersetzen, wie hoch der Preis des Knaben sei. Ohne um den Preis, um das Leben zu feilschen, greift er mit der freien Hand unter seinen Mantel, holt eine kleine goldene Münze hervor und wirft sie dem Scheusal vor die Füße und senkt dabei seine Klinge. Der Parasitenmensch wirft sich auf den Boden und umschlingt mit seinen Fingern die Münze:

»So was Schönes hat sich ja schon lange nicht mehr hierher verirrt. Ay.«

Nur zu gerne hätte Meridin in dieses Ekel, das nun vor ihm auf dem Boden kniet, hineingetreten. Wenige Tritte hätten gereicht, um ihn Blut spucken zu lassen. Ein paar mehr würden reichen, um seine Organe zu Brei zu stampfen. Er mag keine Zuhälter. Konnte sie noch nie leiden. Aber das Scheusal, auf allen vieren, gleicht nun mehr einem bemitleidenswerten Geschöpf, das, nach Größe seiner Lepraschwellungen, seinem sicher qualvollem Ende, seiner gerechten Strafe nicht mehr allzu fern scheint. Weshalb sich auf Meridins Lippen auch ein selten zufriedenes Lächeln formt, während er dem jungen Mann die einschnürenden Fesseln an seinen aufgescheuerten Gelenken an Händen und Füßen durchschneidet.

Erst jetzt erwacht der Junge aus seinem lethargischen Zustand. Man kann förmlich zusehen, wie seine Glieder lebendig werden. Aber plötzlich, während der Junge den Kopf hebt, erschrickt dieser ganz fürchterlich. Wovor? Ungewiss. Aber er fährt regelrecht zusammen. Wie von einem Schlag auf die Brust getroffen, beginnt sein Herz darunter binnen Sekunden um ein Mehrfaches beschleunigt zu schlagen. Ra´hab kommt es beinahe so vor, als könne er sehen und hören wie seine Brust fast schon vibriert und seine Halsschlagader pocht. Dem Blick nach zu urteilen ist sich der junge Mann nur einer kurzen Freiheit gewiss, bevor er wieder neue Fesseln angelegt bekommt. Deshalb macht er das seiner Meinung nach einzig Richtige, was aber zugleich das Falscheste ist, wie es Ra´hab später feststellen soll. Der Knabe läuft los. Er schnappt sich einen Wasserbeutel und flüchtet wie ein junger Hase in weiten Sätzen und scharfen Haken von diesem Ort, der ihn aber ungeachtet der räumlichen Entfernung für immer begleiten wird.

Grunzend und schnaubend bricht ein kurzes schallendes Gelächter aus dem Händler heraus, bevor ihn die kühl blauen Augen, der starre, von Entschlossenheit erfüllte Blick von Meridin wieder das Schweigen, das rasche Verstecken der Zunge in seinem geschlossenen Mund lehrt.

Die beiden werden der Stadt mit ihren vielen Menschen,

zusammen mit ihrer unangenehmen Lautstärke und ihren reichlichen Gerüchen, furchtbar überdrüssig. Ra'hab und Meridin fühlen sich ohnmächtig im Knäuel dieser rücksichtslosen Lebewesen gefangen und in die Decke, die aus lautem, in der Summe unverständlich gewordenem Gebrabbel besteht, das drückend über der Stadt liegt, regelrecht eingesponnen. Fast schon fluchtartig holen sie aus dem zentral gelegenen Stadtbrunnen neues Wasser, ehe sie wieder vor der Stadt, in gewohnter Ruhe gewiegt, zu sich selbst finden können.

11

Wie die Natur nach einem Sturm, wie der Boden, nachdem eine Herde wütender Elefanten über ihn getrampelt ist, so fühlen Ra'hab und Meridin jetzt wieder die langsam in sie einkehrende Ruhe, die vor der Stadt auf sie gewartet hat, um sie behutsam und geborgen willkommen zu heißen. Sie sind froh, dass sie den Moloch, den Sumpf der menschlichen, vor allem der männlichen Abgründe, verlassen haben. Sind hier in der stillen Einsamkeit, gemäß ihrer Misanthropenader, auf Gold gestoßen, da sie doch beide Menschen nur in wohldosierter Menge ertragen.

Ra'hab schämt sich zutiefst vor Meridin für sein Volk, für ihre Art zu leben. Denn zu seinem Volk, dem er zwar über die Jahre fremd geworden ist, zu dem er auch früher nie richtig gehörte, hat er doch noch eine Verbindung, wenn es sich auch nur um eine gemeinsame Vergangenheit handelt. Aber gerade diese Verbindung ist es, wegen der er sich schämt. So sehr, dass er aus tiefer Scham darüber, Meridin nicht einmal in die

Augen sehen kann. Er schämt sich für den fehlenden Respekt gegenüber dem Leben. Er schämt sich für die mangelnde Distanz gegenüber der individuellen Persönlichkeit. Er schämt sich für die Raffsucht, aus allem und allen sein eigenes, erzwungenes Kapital zu schlagen. Er schämt sich als ein Angehöriger für die anderen Vertreter des männlichen Geschlechts, die gänzlich ihren Trieben, ihren Phantasien verfallen sind.

Meridin, dessen empathische Fühler zwar bei weitem nicht so scharf sind wie die seines Begleiters, kann die peinliche Stille zwischen ihnen und das beschämte zu Boden blicken von Ra'hab jedoch mit Hilfe der Logik nachvollziehen. Es ist hart, seine Heimat zu verlieren. Das weiß er nur zu gut. Es ist der Superlativ des Einsam-Seins. Nicht nur alleine zu sein, sondern auch nirgends dazuzugehören oder zurückkehren zu können. Aber diesen Kampf kann er für Ra'hab nicht schlagen. Jeder muss diesen in und für sich alleine austragen. Er kann nur versuchen ihm beizustehen, indem er Ra'hab einen Strohhalm zur Rettung zuwirft. Meridin klopft ihm auf die Schulter und spricht ihn damit von jeglicher Schuld frei. Zeigt ihm, mit einer eindeutigen Gestik, dass die Stadt zusammen mit den Menschen, welche diese ausmachen, und er alleine für sich, zwei völlig verschiedene Dinge sind. Macht ihm klar, dass er hier bei ihm, an seiner Seite ist, während der Moloch Ine hinter ihnen liegt. Und dass er über diese beiden Tatsachen wirklich froh ist. Gerne hätte Meridin noch gesagt, dass ihn keine Schuld trifft, dass er keine Verantwortung für das Handeln anderer trägt. Aber mit dem ihm bis jetzt zur Verfügung stehenden Wortschatz hätte er dies noch nicht auszudrücken vermocht. Vielleicht war Ra'hab dies auch schon Hilfe genug für das Gefecht in seiner Brust. Denn sein gesenktes Haupt wirkt vom Ballast sorgenschwerer Wackersteingedanken erleichtert, kann dieses wieder heben, um ihm ins Gesicht zu sehen. Mit starken Augen treffen sich jetzt die um sich werbenden Blicke. Beide klopfen sich gegenseitig auf die Schulter. Der eine zum Dank, der andere um wortlos „sei tapfer“ zu sagen. Denn Meridin weiß von sich selbst, dass man mit nur einem Gefecht diesen Konflikt nicht gewinnen kann. Immer wieder werden flüchtige, gleich einem Überfall erscheinende, Erinnerungen versuchen, den Glauben an die Zukunft zu rauben.

Meridin ist bewusst, dass Ra'hab, nun da seine Karawane verendet ist, keine Verwendung mehr für sein ihm anvertrautes Leben weiß. Weswegen er wohl dieses zukünftig, wegen des Fehlens jeglicher Art von Perspektive, ohne auch nur einem einzigen anstrebenswerten Ziel im Blickfeld seiner Existenz, auf das er seinen Fokus hätte richten können, mit hoher Wahrscheinlichkeit verschwenden würde als gäbe es kein morgen. Ein Morgen, dass es auch sicher, so wie es in seiner bisherigen Form, seine ganze Vergangenheit lang, Stunde um Stunde, währte, auch nicht mehr geben wird, bis es jäh zu Ende, der Krug in vollen Zügen geleert wäre. Meridin hat außerdem darüber nachgedacht, was ihm Ra'hab über die Nutzlosigkeit seiner Karten aufgeführt hat und wie sich dieser Wüstenwanderer insgeheim, aber trotzdem noch offenkundig genug, angeboten hat, da sich das Wissen um die Lage und den Verlauf der Wege in seinem Kopf befindet, ihm als Wegführer zu dienen. Meridin hat darüber nachgedacht und sich nun entschieden, auf seine Eigenbrötlerei, die ihm ach so lieb und vertraut ist, zu verzichten. Für das Wohl seines Begleiters, der ein Freund werden könnte. Aber allen voran wird ihm dieser zum Wohl seines Auftrags dienen. Denn die praktischen Aspekte eines Begleiters in der Wüste, der ein ortskundiger Beduine ist, sind nicht von der Hand zu weisen. Zusätzlich ist Ra'hab ebenfalls die äußerst attraktive Fähigkeit zu Teil, tagelang schweigen zu können. Darum wird er vorerst mit ihm zusammenbleiben. Darum wird er mit einem anderen einsamen Wanderer, für den eine ständige Anwesenheit eines anderen ebenfalls ungewohnt ist, eine Gemeinschaft eingehen, um vielleicht so einen Weg zu finden, der ihm bis dato verborgen geblieben ist.

Meridin deutet mit einem Arm den schwer zu erkennenden Weg entlang, in den der Ihrige, jener der sie aus der Stadt geführt hat gemündet ist. Von hier, bis zu einer Stelle, wo er sich in unweiter Entfernung in zwei Pfade gabelt, welche durch weite Verwehungen stark fragmentiert sind. Dann deutet er mit der Hand links und rechts, und überlässt es mit einem Schulterzucken seinem Karawanenführer, die anstehende Entscheidung zu treffen.

Ra'hab weiß, was dies zu bedeuten hat. Seine Hoffnung, eine Gelegenheit zu bekommen, mit der er seinen Lebensunterhalt mit seinem letzten ihm gebliebenen Kapital bestreiten kann, scheint sich zu erfüllen. Es hat doch tatsächlich jemand Interesse an seinem detaillierten Wissen über die hiesige Gegend. Meridin ist dazu bereit, eine Vernunftsbeziehung, vielleicht sogar ein Bündnis, mit ihm einzugehen, in dem er selbst Kenntnisse darbietet und von Meridin im Gegenzug Verpflegung und vor allem Sinnerfüllung erhält, da er doch selbst nichts Materielles mehr besitzt, außer dem einen staubigen Umhang, der seine Blöße verbirgt.

»Aber woher soll ich wissen wo er hin will?«

schießt es Ra'hab, seinen Optimismus erodierend, in den Kopf. Erst dann fällt ihm wieder ein, welche Route Meridins Finger gestern auf seiner Karte genommen hatte. Vom Osten aus, vermutlich dem Zentralgebirge, ist er mit dem Finger weiter nach Süd-Westen an einen Punkt vorgedrungen, auf den er geistesabwesend getippelt hat, um ihn dann weiter nach Norden, nach Ine, zu ziehen. Von dort aus konnte er seinen konkreten Blick ausmachen wie dieser zuerst weiter nach Westen und dann nach Norden gewandert ist.

Es ist entschieden.

Mit einer zufriedenen und nun erleichtert strahlenden Miene im Gesicht blickt er in das selbstbewusste Lächeln auf Meridins Maske, und weist höflich ergeben auf den rechten Weg.

Beide, glücklich und sich ihrer jeweiligen Stellung in dieser frischen Beziehung bewusst, beginnen sie den Marsch auf dem nur in Ra´habs Geiste vollständig vorhandenen Weg, der in eine allmählich gewandelte Wüste führt. Denn hier pflastern weder Sandtafeln den Boden, noch ist dieser mit feinem Sand bedeckt. Der Untergrund in dieser Gegend ist übersät von stummen Zeugen der ständig werkenden Gesteinserosion nebenan. So liegen hier immer wieder größere und kleinere Felsen auf gröberem Sand und Kiesel, durch welche sich die Karawane schlängeln muss. Ihr Weg führt in eine Gegend des ariden Klimas, in der die Verdunstung den Niederschlag zwar überwiegt, dieser aber dennoch an wenigen Tagen im Jahr vorhanden ist. Welcher immerhin dazu ausreicht, eine karge Vegetation am Leben zu erhalten.

12

Mehrere Tage gehen sie, Tag ein, Tag aus, geradeaus – voraus. Ra´hab wieder zurück in der Rolle des stolzen Karawanenführers, der sich beflissen und stolz um die Bedürfnisse der Tiere kümmert, während Meridin unentwegt die Augen offenhalten kann, um irgendetwas zu suchen, von dem er selbst nicht einmal weiß, was es ist.

Bei einem dieser gewohnt endlosen Märsche macht sich Ra´hab erneut Gedanken über die Vertreter seines Geschlechts in diesen Gefilden. Mit jeder weiteren Sekunde, die er darüber nachdenkt, spürt er wie sich seine Scham aufgrund des lüstern und triebhaften männlichen Geschlechts wieder intensiviert. Er kommt sich erneut, ihnen und zugleich auch seinem gesamten Volk gegenüber so anders, so fremdartig vor, als käme er aus einem gänzlich anderen Fleckchen Materra, oder wäre statt ein Mann eine Frau. Zwar fühlte er sich auch früher schon, vielleicht sogar seit Kindertagen, nie wirklich der Gesellschaft zugehörig, aber nun ist er sich langsam sicher, dass er unmöglich zu ihnen gehören kann.

»Wie viele Beweise brauche ich wohl noch dafür, um endlich die Nabelschnur kappen zu können!?«

Er fühlt sich ihnen gegenüber entfremdet und ist dadurch heimatlos geworden. Ein Gefühl welches ihm jetzt wieder mit kalter Wehmut klar wird. Ra´hab will sich endlich eingestehen können, dass er anders ist. Dass er seinem Volk, auf das er früher einmal stolz gewesen ist, nun nicht nur schrecklich befangen gegenübersteht, sondern schlimmer noch sich dessen schämt.

»Steht ihm gegenüber.«,

trifft es wirklich gut, fällt ihm dabei auf. Denn auch wenn er sich früher, zwar noch nie ganz inmitten, aber doch neben der Gemeinschaft sah, hat er sich in letzter Zeit, widerwärtig abgestoßen, immer weiter von ihr entfernt. Wären da nicht die wenigen, aber dafür sehr intensiven Gefühle aus seiner Kindheit, die ihn an seinem Vorhaben hindern – in dem wohligen Stoff von Heimat eingewoben – auszubrechen.

Eine Heimat, die er in seinen Urgefühlen nicht loslassen kann, obwohl er doch genau dies will. Zumal ihm auch bewusst ist, dass die Gesellschaft dieser Heimat ihn seit geraumer Zeit doch ebenfalls verwünscht. Ihn wie einen Spieß im Fleisch sitzen spürt, welcher sich einfach nicht auseitern lassen will, da sich dieser wie verbissen festhält. Denn er hat die argwöhnischen Blicke und auf ihn zeigenden Finger der anderen Menschen, welche einmal seine Brüder und

Schwestern im Geiste waren, stets wahrgenommen. Hat gesehen, wie Kinder, die beeindruckt von seiner Erscheinung waren, von ihren Eltern hektisch beiseite gezerrt wurden, als diese auf sein hageres, eingefallenes, in der Stadt stets mit einer finsteren Miene behaftetes Gesicht blickten und zeigten. So, als wäre er ein Aussätziger mit widerwärtigen prall gefüllten Pusteln voll milchig gelbem Eiter. Sie zeigten aber nicht deswegen auf ihn. Sondern wegen etwas in seinem Gesicht, genauer in seinen Augen, was sie bei anderen Menschen, ihren Eltern wie deren Umfeld, nicht mehr sehen konnten – Stolz.

Er konnte schon oft beobachten, wie er abstoßend und teilweise sogar ekelerregend auf andere Wüstenmenschen wirkte, als würde ihm ein Makel anhaften. Im Nachhinein, von dieser Warte aus betrachtet, drängt sich sogar der Gedanke auf, dass es wohl nicht mehr lange gedauert hätte bis sie sich diesen Spieß, bis sie sich Ra´hab mit einem Dolch herausgeschnitten hätten. Von daher wäre es ebenfalls besser, wenn er endlich loslassen könnte.

Aber dass der Grund für seine finstere Miene, stets wegen ihnen gewesen ist, waren, sind und werden sie auch niemals in der Lage sein zu verstehen. Im Stillen hat er zwar stets gehofft, dass sich wenigstens noch die schwindende Zahl der letzten wahren Vertreter seines Volkes irgendwelche weiteren Gedanken, die nichts mit Begierde, Reichtum oder Macht zu tun haben, machen; Gedanken über Freiheit, Ehrlichkeit und Brüderlichkeit; doch die Realität hat seine Hoffnung schon jäh eingeholt. Nicht sie waren es, die das sesshafte Volk anstecken konnten, aber jene, welche angesteckt wurden. So blieb ihm nur sein kleinerer Wunsch, dass in ihren Adern zumindest eine kleine Brise Wehmut geflossen ist, während sie ihn verstohlen angestarrt haben. Wenn sie doch nur verstehen würden, dass das, was er in Leib und Seele noch verkörpert, die Geschichte ihres Volkes ist. Er ist das Volk wie es sein sollte, rein und sich eins mit der Wüste fühlend, in der es nur so existieren kann.

Damit hätten sie bereits völlig genug, um sich komplett als Beduinen fühlen zu können.

Er würde sich für sein Volk wünschen, dass es nicht alles, was es durch die mit den Händlern einströmenden und verunreinigenden Einflüsse aus der ganzen Welt erzählt bekommt, annehmen würde. Denn das ist alles nur Dreck. Dreck auf der Seele. Dreck im Kopf. Dreck, der die Vermessenheit hat, einem zu sagen, was man nur zu tun hätte, um endlich dieses Gefühl der wachsenden Leere in sich zu füllen. Dreck, der eine Lösung propagiert, welche in Summe besagt, dass man nur blind zu konsumieren und dabei natürlich aufzuhören hätte, man selbst zu sein. Sie verstehen nicht, dass bei jedem ihrer Versuche, hin zu ihrer angestrebten materiellen Komplettierung, zu ihrer persönlichen vollständigen Erfüllung, sie nur immer mehr verunreinigt werden und sie sich durch dieses Gift nur noch weniger ganz fühlen. Durch diesen imaginären Mangel, den sie leiden und dem sie sich ständig ausgeliefert fühlen, kommen sie immer wieder auf neue Ideen. Ideen, welche deutlich besagen, was ihnen an Materiellem zur endgültigen Erfüllung oder an Körperlichem für die ultimative sexuelle Befriedigung fehlt. Sie werden es erst verstehen, wenn es zu spät sein wird. Denn wenn sie sich immer weiter in den Teufelskreis begeben, sich in dem spiralförmigen Trichternetz immer weiter hinab bewegen, werden sie ihr Ende in einem für sie gewaltigen Kollaps, in ihrer aller Vernichtung, finden.

Sie müssten, anstatt immer weiterzugehen, umkehren und viele Schritte zurückmachen. Sich besinnen und besonnen reduzieren, um ihren Wunsch, der schlichten Zufriedenheit, wirklich näher zu kommen. Sie müssten verstehen, dass ihnen nicht ein mehr an Mehr sondern ein mehr an Weniger fehlt. Denn ihnen, so ist er sich sicher, muss etwas in ihrem Leben fehlen. Etwas, wofür es sich lohnt, einen nächsten Schritt zu wagen und diesen einfach und ohne Zweifel zu gehen. Sei es auch anfangs nur aus schlichtem Pflichtbewusstsein gegenüber ihrer Verantwortung. Wo könnte sich sonst ein Sinn in ihrem kurzatmigen Dasein verbergen?

So sinniert er noch weitere Minuten über ihre Art zu leben, ihre Art zu sterben. Ohne aber einen etwaigen Weg zu finden, auf dem man, wie auf einer von Meridins Karten, zumindest theoretisch das Ziel erreichen könnte. Diesen einen Weg trägt er nicht in seinem Kopf. Er wäre lediglich ein Wegweiser ins Nichts, wenn er ihnen als Führer dienen wollte. Vielleicht ist er auch nur zu betrübt, zu tief im Nebel der Gefühle, um den Weg klar zu sehen. Jedenfalls weiß er nicht, wie man beginnen könnte, die Lösung in die Wirklichkeit umzusetzen. Seiner Meinung nach gibt es für sie auch keine universelle Antwort mehr. Denn dafür ist es bereits zu spät – das in der Mitte ihrer Gesellschaft gewucherte Geschwür zu groß.

Und so verbleibt zuletzt nur noch ein stiller und zugleich drastischer Ruf nach einer Radikalkur am offenen Herzen. Er ruft den Sandboden an, dass er sich doch endlich unter ihren Füßen öffnet, sich um die wunden Stellen der Tugend, wie die Habgier und die Wollust, kümmert, sich jedes Leben einverleibt und damit alle schlechten Eigenschaften tilgt. Damit die Menschen zum Schluss wieder zu dem Boden rückgeführt werden, in dem ihre Wurzeln früher lagen, welche ihre Vorfahren einst mühsam in den kargen Boden treiben mussten, bis diese eines Tages doch Fuß fassen konnten. Es geschafft haben, einen kräftigen Stamm, genährt durch ihren Schweiß, auszubilden, welcher letztendlich stark genug war, sie alle zu nähren und ihnen den nötigen Halt für die Zukunft zu geben. Aber an ihren Spitzen hat sich degeneriertes Erbgut aus wild gewucherten Sprossen gebildet, die fehlgeleitet glauben, sie könnten ohne Wurzeln und Stamm, die sie aus Mangel an Verständnis nicht mehr pflegen wollten, dem Himmel entgegen streben und dennoch überleben.

13

Der Konvoi schlängelt sich weiter an der zu ihrer rechten Seite schroffen roten Felswand entlang, zu deren Grund sogar einzelne Sträucher, Köcherbäume und Akazien es geschafft haben, zu fußen. Ra'hab kennt in dieser zerklüfteten Felswand einige Wasserlöcher, die in schattigen Kuhlen vor Verdunstung geschützt sind. Dieses Wissen über die im schattigen Fels spärlich gesäten Pfützen ist ein großes Gut, welches in vergleichbarer Ausprägung nur noch wenige Beduinen, so wenige, dass er sie allesamt namentlich in nur einem Atemzug nennen könnte, besitzen. Was auch ein Grund dafür ist, wieso Ra'hab auf seinen Schatz sehr stolz ist. Ebenso froh ist er aber auch darüber, dass die Flecken über Generationen seiner Ahnen hinweg keine Anstalten gemacht haben, sich fortzubewegen. Weshalb er die Karawane dieser Tage zum Großteil aus diesen Wasserlöchern versorgen kann. Es schadet nichts, ihre eigenen Vorräte noch ein paar Tage zu schonen.

In den wenigen kurzen Pausen, die Ra'habs Knie geschuldet sind, beginnt Meridin umgehend damit, die vorgeblich interessante Gegend zu erkunden. Doch eigentlich ist er nur auf der Suche nach etwas Abgeschiedenheit. Um dem innerlichen Zwang des Lernens, der steten Wissensmehrung, die ihm zumindest etwas Zufriedenheit über seine Nützlichkeit verschafft, gütlich nachzugeben, untersucht er das Neue um sich herum mit akribischer Sorgfalt. Er entdeckt, mit auf den Boden gesenktem Blick, für ihn völlig neue Pflanzengattungen. Kleine Dickblattgewächse, die eine fette silbergrau reflektierende Wachsschicht zwischen ihren vielen dünnen weißen Härchen besitzen. Oder auch kleine, lediglich vermeintliche, Steine, die er eher zufällig entdeckt hat, da sie nur anhand ihrer kleinen farbigen Blüte als lebendig zu entlarven sind. So findet er in diesen Pausen noch allerhand weiteres Leben, welches ihn mit dem Wissen über seine Existenz gütlich dafür entlohnt, sich keine Ruhe zu gönnen.

14

An den Abenden beweist sich der Karawanenführer, durch einen frischen, noch ungetragenen Stolz angetrieben, jeden Tag aufs Neue, als vorbildlich sorgsamer Führer. Mit einem schier unzähmbaren Eifer sammelt er fleißig die verstreut unter Sträuchern liegenden, verdorrten Äste auf. Deren gekrümmtes Aussehen und ihre wirre Lage zueinander, erinnern ihn intuitiv an dahingeraffte Menschen, die Opfer der unheilbaren Seuche namens Dürre geworden sind. Früher hat er nie Zweige für ein kleines Feuer gesammelt. Denn im Zentrum der Wüste, in der er sich zumeist aufgehalten hat, gab es weder Bedarf noch brennbares Material, um ein Feuer für die Nacht anzustecken. Denn diese für seine Maßstäbe mittlerweile weit entfernte Gegend, hat doch etwas mehr Wärme gespeichert. Vielleicht ist es auch die Kälte der Heimatlosigkeit, welche ihn der Abende mit ihren kalten Gefühlen heimsucht und ihn frösteln lässt. Jedenfalls wird er später einen Teil dieses Geästs für ein Feuer aufhäufen und das restliche, als Vorrat für folgende Tage, auf ein Tier packen. Niemals würde er Holz von lebenden Sträuchern nehmen, da doch ein jeder höchst seltenes Gut, Schatten für Mensch und Tier, um sich sät.

Ra´hab folgt während seiner Suche einem Pfad, den ihm ein stiller Ruf in seinem Herzen zuträgt. Ein Ruf, den er erst spät mit einem bewussten Sinn wahrnimmt. Aber welcher Sinn es ist, der ihm diesen Eindruck liefert, kann er nicht benennen. Er weiß nur, dass der Ruf, als er am Fuß eines stattlichen Kameldornbaumes angekommen ist, wieder verstummt ist. Er die Fährte verloren hat, oder er vielmehr nicht mehr Opfer seiner Sinnestäuschung ist.

Ra'hab ist etwas außer Atem gekommen und stützt sich an dem Baum ab. Dabei fällt ihm auf, dass sich dessen Rinde unerwartet gut und richtig anfühlt. Auf wunderbare Weise schmeichelt sie mit ihrer groben, regelrecht räumlichen Ausprägung seiner Hand. Was ihm Grund genug ist, auf keinen Fall mit dieser Albernheit aufzuhören und weiter sorgsam über die Borke zu streichen. Er schließt dabei sogar andächtig seine Augen, um die Oberfläche in ihrer Gesamtheit noch intensiver zu erfahren. Denn seine Hände übermitteln ihm Reize, die ein wahres Feuerwerk in ihm auslösen. So, als würde er die samtige Haut einer nackten Schönheit, die sich ihm bereitwillig darbietet, be- und damit erfahren. Eine, die ihm zuvorkommend ihre Kurven für seinen persönlichen Genuss schenkt.

Ra'hab erschrickt, als er bemerkt, dass er in dem Raum seines Vorstellungsvermögens nicht alleine ist. Aber die Neugier wiegt schwerer als die Angst bei einer spontanen Abwägung. Ihm ist, als spürte er wie sich seine Sinne mit denen des Baumes zaghaft austauschen. Sich diese kurz darauf schon verbunden haben, und sich die Seelen der beiden daranmachen anhand dieses Flechtwerks ineinander überzuwandern. Die zwei Lebewesen fühlen, wie ihr jeweiliger Geist in die Hülle, auf den Kern des anderen projiziert wird. Sie dabei, irgendwie weder hier noch dort sind – einen illuminierten Aggregatszustand angenommen haben. Nur wenig später werden sie bereits von der jeweiligen Projektionsfläche förmlich aufgesaugt, solange, bis sie vollends auf der anderen Seite angelangt sind. Erst dann fallen sie wieder zurück in den geistigen Zustand. Sind aber jetzt im Körper des anderen eingepflanzt.

Ra'hab spürt, wie seine raschelnde Lunge ein riesiges Volumen angenommen hat. Wobei Volumen ein völlig falscher, ein nur allzu menschlicher Begriff für das empfinden dieses Organs ist. Besser trifft es jener der Fläche – die Lunge ist seine Haut. Eine, mit der er vermag anhaltend tief, und ohne abzusetzen ein- und zeitgleich ausatmen kann. Er spürt sein riesiges, in feinen Fächern um einen Pfahl weit verzweigtes Wurzelwerk. Dieser dringt tief in den Boden ein, durchbricht auf seinem Weg mehrere Lehm- und Erdschichten, bis er im Nassen steht. Durch diesen kann er das Wasser wie durch einen Halm, Tropfen für Tropfen, mit dem von ihm ausgehenden Sog immer näher heranziehen, bis er seinen ständigen Durst auf ein erträgliches Niveau gestillt hat.

Ra'hab steht fester als je zuvor. Kein Sturm könnte ihn umwerfen. Er steht. Was vermutlich auch der Grund ist, weshalb nun ein sehr beklemmendes Gefühl auf ihn einströmt. Es ist seine Unfähigkeit, sich zu regen oder gar sich zu bewegen. Es ist die Angst, für alle Zeit statisch an einen bestimmten und einzigen Fleck der Erde gebunden, in seiner eigenen kleinen Welt gefangen und eingesperrt zu sein, welche man bereits mit sich selbst gänzlich ausfüllt.

Aber bald, als die Panik verflogen ist und sich auch deren Ausläufer in Form einer inneren Unruhe gelegt haben, erkennt er, was er zuvor in seinem Gefühlschaos über seine neue Existenzform nicht fähig war zu begreifen. Dass aus genau dieser Untätigkeit heraus, noch eine weitere Stimmung resultiert. Und zwar eine unglaubliche, beinahe narkotisierende Ruhe. Eine absolut erhabene Gewissheit darüber, dass egal was alles in der schier endlosen Zeit geschehen mag, dies für ihn nicht von geringster Bedeutung ist. Denn selbst wenn in ihm einmal das Verlangen aufgeflammt wäre, in den Verlauf der Geschichte einzugreifen, hätte er diesen Wunsch aber niemals, nicht einmal im Ansatz gegen die Natur erfolgreich durchzusetzen vermocht. Denn genauso wenig wie ein Mensch, der von einer Klippe springt und darauf vertraut, er bräuchte nur seine Arme von sich zu strecken, um zu fliegen, könnte es ihm gelingen sich aus seinem Bett zu erheben.

Außerdem ist schon alleine der Versuch, die Strömung der verrinnenden Zeit zu beeinflussen, bereits von Anfang an zum Scheitern verurteilt. Denn kein Wesen, egal ob statischer oder dynamischer Natur, egal ob Baum oder Mensch, kann diese je greifen, geschweige denn den Lauf der Zeit begreifen. Einmal in die Tat umgesetzt, einmal verschüttet, entgeht schlichtweg jeder Tropfen – wegen seines flüchtigen Wesens als niedrigstviskose, schon bald nebulöse Flüssigkeit – dem bewussten Griff. Folgt einzig und stur dem Fluss der Zeit. In dieser Wirklichkeit der vollständigen Untätigkeit gekeimt, vermag man nicht zu irgendwelchen großen Taten berufen zu sein, oder sogar solche zu vollbringen. Nein, man existiert lediglich, um das Leben fortwährend geschehen zu lassen. Zu wachsen und zu gedeihen, um darauf zu vertrauen, in ihm ewig verweilen zu können und sich daran zu erfreuen, Früchte aus seinem eigenen Leibe zu gebären.

Plötzlich ist ihm, als könne er sein Geäst auf wundersame Art bewegen. Doch beim Versuch dies gezielt zu tun, werden seine Äste jetzt wieder zu lediglich zwei Armen, an deren Ende jeweils nur eine Hand, aus welchen wiederum, pro Knotenpunkt, nur kümmerliche fünf weiter verzweigte Finger sprießen.

Wieder von dem Baum getrennt verbleiben in ihm Gedanken darüber, wie sich wohl dieser bei der Vielzahl an Möglichkeiten gefühlt haben muss, die ihm für die Gestaltung eines individuellen Lebens offenstanden. Bedauert dieser es, seine Seele wieder in seinem engen Körper gefangen zu finden? Oder ist er froh, einfach existieren zu können und sich nicht ständig mit den verunsichernden Entscheidungen martern zu müssen, welche handelnde Individuen nun mal ständig begleiten?

Tief beeindruckt durch dieses Erlebnis begibt sich der stillschweigende Ra'hab wieder zurück in ihr improvisiertes Lager, setzt sich auf den weichen Boden und fährt mit seiner Arbeit fort. Häuft das Geäst auf und reibt geduldig einen Stock in der Kuhle eines anderen hin und her. Hält trockene Gräser und ein zuvor abgerissenes Stückchen seines Umhangs bereit, um beim ersten Anzeichen von Rauch das Feuer zu entfachen.

Dies ist für Meridin ein Moment, in dem er eine weitere Sache begreift. Denn der Grund für die zerfledderten Beduinenumhänge, hat in Ine einige Fragen aufgeworfen. Meridin liebt es, wenn sich eine Unklarheit auflöst, wenn sich eine Antwort passgenau in eine offene Frage fügt. Ist sie auch noch so unbedeutend. Auch wenn sie sich nur um Umhänge dreht, die sich schließlich als Zunder offenbaren. Kann man doch mit dieser Antwort nun auch einen Beduinen auf den ersten Blick erkennen. Meridin schmunzelt. Seine Erkenntnisse waren aber wirklich schon mal gewichtiger.

»Wird Zeit, dass ich weiterkomme.«,

und schiebt sich seinen Hut dabei tiefer ins Gesicht. Ra'hab hat es indes geschafft, ein kleines Feuer zu entzünden, welches es mit seiner kleinen Flamme zumindest schaffen wird, ihre Herzen zu wärmen, wenn sie es in der langsam heraufziehenden Nacht, im Zentrum ihrer Karawane, ihre Rücken der aufkommenden Kühle zugewandt, wie gebannt anstarren werden.

15

Wenig später, als die Nacht bereits ihr Gewand aus dunkler Kühle über sie geworfen hat, beginnt Ra'hab mit einer Mischung aus Worten und Zeichen, Meridin zu fragen, ob man sich denn wirklich endgültig von der Heimat abnabeln kann. Denn Ra'hab glaubt, dass, wenn es jemanden gibt, der ihm diese Frage beantworten kann, das nur sein Begleiter sein kann. Meridins rastlose und getriebene Art verrät ihm, dass er schon Ähnliches erlebt hat. Sie ein gleiches Schicksal haben; nicht mehr in die Heimat zurückkehren zu können. Meridin, der zuerst den Anschein macht, als hätte er die Frage entweder nicht verstanden oder gar gehört, zeigt Ra'hab, als sich dieser anschickt, seine Frage zu wiederholen, dass er noch Zeit zum überlegen benötigt. Und schließlich, nach Minuten des Schweigens, beginnt er damit, sich eine Antwort zu diesem komplexen Thema abzumühen, die Ra'hab, trotz ihrer bisher recht kargen und eingeschränkten Kommunikation, fähig ist zu verstehen.

Meridin beginnt damit, die Begriffe für Heimat und Mutter gleichzusetzen. Denn so wie die Mutter das Ungeborene wachsen und gedeihen lässt, trägt auch die Heimat dazu bei, dem Fundament der Seele den nötigen Halt zu geben, dass darauf allmählich ein Zuhause entstehen kann. Die Verbindung kann man nicht geringreden oder gar verleugnen, denn sie ist elementar. Aber ein durch diese Verbindung zum Gefangenen gewordener Mensch, wird immer ein anderes Bild der Wirklichkeit haben. Da ihn der wohlige Zauber der Heimat etwas anderes sehen lässt als das, was sie ist. Nur anfangs löst das Wissen um die Heuchelei noch schmerzende Gewissensbisse aus. Denn es dauert gar nicht lang, bis man aus mangelndem Kritikwillen an der Mutter deren Gaukeleien zu

Wahrheiten und deren Lügen zu Tatsachen werden lässt. Aber irgendwann, wenn einen ständige Gewissensbisse zum Hinsehen zwingen, bekommen diese einen Maulkorb angelegt, indem die Wirklichkeit in zweierlei Maß gemessen wird. Und schließlich, wenn auch diese Maßnahme nicht mehr ausreicht, gewöhnt man sich entweder daran, die eigene Sicht der Dinge den wechselnden Begebenheit anzupassen um die ständig an der Moral nagenden Skrupel zu verdrängen, oder man findet sich einfach damit ab und sieht schlichtweg nicht mehr hin, bevor man in die Verlegenheit kommt Mutters Schoß für andere zu erklären.

„Sich in etwa so verhält wie du, als du mich an der Fleischstraße vorbeiziehen wolltest."

Worauf Ra´hab peinlich berührt zu Boden blickt. Denn in Meridins Worten hat er viel Wahrheit erkannt.

„Die Mutter ist eben die Mutter.",

spricht Meridin in versöhnlichem Ton, bevor er weiter erklärt. Die Mutter ist ein unfehlbares Wesen, deren Scheitern für die eigene Existenz den Exodus bedeutet. Doch irgendwann ist man reif genug und dazu gezwungen, die Verbindung zu kappen. Irgendwann muss das Kind geboren, die Nabelschnur durchtrennt werden. In einem Wesen können auf Dauer keine zwei Herzen schlagen, ohne dass dabei eines von beiden verrückt wird. Aber eine auf den ersten Blick nicht ersichtliche Verbindung bleibt trotzdem bestehen. Und diese Narbe, dieses Geburtsmal, wird dich immer an die schöne Zeit erinnern und die Hoffnung auf ewig währen lassen, dass es einmal doch wieder so wie früher werden kann. So, als ob nichts geschehen, man nie fort gewesen wäre. Als hätte man alles nur geträumt.

Nichts als Stille in ihrer ganzen Wucht folgt auf Meridins Worte. Nur das leise Knistern der Feuerstelle und das ruhige Schnauben der Tiere schleichen sich in diese Kulisse.

Bereits nach wenigen Minuten befindet sich Meridin im Halbschlaf, wo er auf Pfaden irgendwo zwischen Realität und

Traumwelt herumwandert. Nur in Ra´habs Gedanken will sich noch keine Ruhe einfinden, und er beginnt erneut, über sein Volk und die sie repräsentierende Stadt Ine nachzudenken.

Sieht nur er die rapide wachsende Veränderung, die ständig und ohne erkennbaren Richtungssinn fortschreitet? Es beginnt bei kleinen Dingen wie etwa, dass die Musikinstrumente, die er in seiner Kindheit gerne gehört hatte, immer mehr von neuen, lauteren und aufdringlicheren Gerätschaften zur Tonschaffung verdrängt werden. Die traditionellen Instrumente, die gestern noch vor allem aus unterschiedlichen Klanghölzern, verschiedenen Trommeln und kleinen Flöten bestanden, zu denen er sich auch heute noch häufig zurücksehnt und abends gerne vor seinem geistigen Gehör erklingen lässt, werden schon morgen sang- und klanglos ausgestorben sein. Aber nicht nur in der Musik sieht er eine starke Tendenz hin zur kompletten Transformation, sondern auch in der allgemeinen Pflege der Traditionen, Sitten und Bräuche, die seinem Volk Identität gaben und Stolz schenkten. Denn diese werden immer mehr durch Strömungen von außen, welche fremden Ländern und Völkern entstammen, verwaschen. Neue Wünsche, Sehnsüchte und Begierden sind vor einiger Zeit an der Oberfläche der Menschenströme als Treibgut mitgeschwommen. Und Dinge wie etwa andere Klänge wurden als Schwebstoffe in diesem Fluss mitgetragen. Dort in Ine, am Umschlagplatz der Waren, sind diese dann an Land gespült worden, wo sie in den Köpfen der Wüstenwanderer liegenblieben und für ihren Zweck, den Drang nach Veränderung, sofort fruchtbaren Boden fanden und leicht Fuß fassen konnten.

All das ist in den Köpfen der Beduinen geblieben, auch als die Menschen, die den Unrat wie anhaftende Pilzsporen brachten, schon lange wieder gegangen waren. Der Pilz hat sie angefallen, ist geblieben und schlägt immer tiefere Wurzeln, die seitdem unentwegt an ihrer Substanz, ihrer Identität nagen. Ra´hab sieht sein Volk wie einen Fels, der von der ständigen

Erosion, dem nagenden und mahlenden Zahn der Zeit, zerrieben und so neu geformt wird. Und er weiß nicht, ob ihm dieses neue, für ihn beängstigende und entartete Bild, diese neue abstrakte Form – diese Fratze – gefallen soll. Aber er weiß, dass er nicht vermag, es aufzuhalten. Denn die turmhohe freistehende Felsnadel, die Identität seines Volkes wird irgendwann kippen und aus den Trümmern, den Ruinen ihrer Existenz, wird vielleicht wieder etwas Neues entstehen. Denn der stets während Fortschritt beinhaltet immer, dass das Bestehende mit der Zeit beständig an Gültigkeit verliert. Darum muss er auf Meridin hören. Er ist reif genug, um nicht länger festhalten zu müssen. Er kann auf eigenen Beinen stehen. Die Veränderung muss geschehen. Ra'hab möchte nicht als ein den Stillstand preisender Heuchler enden.

Seine konkreten Gedanken verlieren sich allmählich im Traum und er beginnt damit, schwermütig im dunklen, gedankenlosen Nichts zu schweben. Plötzlich sieht er einen grell silbernen Blitz als drohende Gewitterwarnung auf dem Firmament des dunklen Traumvorhangs aufleuchten. Dieses Licht erfasst ihn, umfängt ihn, und dringt in ihn ein. Setzt ihn unter Spannung, welche ihn aufschrecken und erwachen lässt.

Mit wachen Augen sieht Ra'hab das Feuer noch mit sanften Flammen über die rot glimmende Glut züngeln. Unter diesem schweren und beißenden Geruch des Feuers liegt aber auch eine Nuance eines anderen Dufts eingebettet. Eine frische und sanfte Leichtigkeit:

»Wasser!«,

schießt es ihm klar mit diesem einen Wort in den Kopf. Sofort springt er auf und eilt direkt und so schnell wie ihm irgend möglich ist, auf die Guerbas, auf ihre Wasserschläuche zu. Bei diesen nach wenigen Schritten angekommen, kann er Wasser in wenigen reflektierenden Tropfen auf dem Boden und am Verschluss sehen. Ra'hab kontrolliert die Öffnung und blickt danach energisch, den Vogel suchend, dem schwarzen Himmel entgegen. Kann ihn aber wider Erwarten nicht ausmachen.

Nach erfolglosen Minuten bricht er die Suche ab, worauf ihm ein enttäuschtes Seufzen entkommt. Alles, was er daraufhin als vorbildlicher Führer noch machen kann, ist die Schläuche, emsig, einen nach dem anderen mit zu sich ans Feuer zu nehmen, wo er nach längerer Zeit unruhig einschlafen kann.

16

Während der nächsten drei Tage verläuft ihr Weg stets parallel zu dem Hügelkamm neben ihnen. Vor ihnen hat sich in dieser Zeit ebenfalls eine Gebirgskette erhoben, welche inzwischen den gesamten westlichen Horizont einnimmt und sich schließlich sogar mit dem sich an ihnen längs entlang erstreckenden Höhenzugschenkel vereint. Die beiden Flanken werden zu einem Trichter, zu einer Bucht, dessen östlichen Scheitelpunkt sie in diesem Augenblick tangieren und weiter wie in ein Becken eindringen.

Am Ende ihres sogenannten Wegs, beginnt ein klar ersichtlicher Pfad, der sich steil in das zerklüftete Terrain erhebt. Der Karawanenführer beschließt, heute schon um die brotlose Mittagsstunde herum Rast zu machen, um am nächsten Tag früh und mit neuen, regenerierten Kräften bestückt aufzubrechen. Denn er will den sich vor und über ihnen erstreckenden Bergpass in nur einem Tag, von ganz unten nach oben an den Gipfel durchschreiten können. Ohne Widerworte ordnet Meridin sein ungeduldiges Streben der Erfahrung von Ra´hab unter.

Die beiden Männer, welche das Schicksal zu einem

eigenschaftsergänzenden Gefüge gegossen hat, gehen täglich ihren noch immer andauernden Lerneinheiten nach und haben so allmählich die Erkenntnis erlangt, dass Ra'hab sogar geläufige Floskeln der Hrŏhmersprache benutzen kann, welche Meridin fließend beherrscht. In Form dieser haben die beiden einen gemeinsamen Nenner in ihrer Kommunikation gefunden, von deren Basis aus sie weitere Expeditionen in fremdes Vokabular antreten können. Meridin, der viele Sprachen kennt, beginnt über diese ihm völlig neue Sprache der Wüstenwanderer linguistische Forschungen zu betreiben. Er sucht nach Universalien und Verwandtschaften, nach Worten, welche in vielen Sprachen gleich oder zumindest ähnlich sind. Hofft, durch synchrones Vergleichen der ihm geläufigen Sprachen Funktionen und Eigenschaften in diesen zu finden. Hofft, nicht nur Vokabeln zu identifizieren, sondern darüber hinaus, anhand diesen, auch erste Rückschlüsse auf die kognitive Linguistik, der Beeinflussung des Sprechens auf das Denken, gewinnen zu können. Wie lange dieser Vorgang dauert hängt zu großen Teilen vom Zufall ab, weswegen er hofft, dass das Glück ihm hold ist. Er will wissen, ob diese neue Sprache einen guten und ausgeglichenen Kern mit schönen Wörtern besitzt, und zugleich auch Wörter in ihrem Schatz führt, mit denen man negative Eigenschaften ohne Umschreibungen direkt benennen kann. Er will wissen, ob die Sprache bereits ein fauler, gänzlich von Schlechtigkeit erfüllter Samen ohne schöne Seiten, oder nur bespickt mit solchen ist. Denn er weiß, dass die Sprache, die Fähigkeit sich auszudrücken, einen ganz und gar nicht zu verachtenden Einfluss auf den Träger der Sprache hat.

So können sie sich allmählich wohltuend aus einem kleinen Repertoire an Worten im Baukastenprinzip austauschen. Aber auf ihre Körpersprache, Mimik und Gestik, auf die Art und Weise, wie sie den Pinsel der anderen Sprache schwingen, können sie bei weitem noch nicht verzichten. Da das rein gesprochene Wort beidseitig noch viel Raum für Interpretation lässt, weshalb sie noch lange nicht vor Missverständnissen wegen der Mehrdeutigkeit vieler Worte gefeit sind. Meridin hat inzwischen so viel zwischen den Wörtern, die er nicht versteht, und welche Ra´hab auch weder mit Worten noch durch seine Mimik und Gestik zu erklären gewusst hatte, verstanden, dass dieser in der Vergangenheit wohl Steine gesucht haben muss. Denn zwischen den vielen Wörtern, welche für ihn noch meist unidentifizierbare Laute darstellen, hat Ra´hab seinen Blick gebannt auf einen Steinbrocken gerichtet.

Ra´hab hat von seinem Begleiter hingegen nur so viel erfahren, dass dieser anscheinend nicht weiß, was er hier genau will. Dieser nur die Augen offenhält, um irgendetwas zu finden. Einen Weg zu einer Lösung. Oder den Weg zu seiner Heimat. Auf jeden Fall schafft es diese Sache aus seiner Vergangenheit, ihn jedes Mal aufs Neue regelrecht niederzuschlagen und zu bedrücken, wenn ihn diese, aus seiner Erinnerung heraus, in die aktuellen Gedanken anspringt. Als wäre diese Sache ein unersättliches Raubtier, vor dem er seit langem auf der Flucht ist. Und er weder eine Waffe noch Wissen besitzt, welches es töten könnte. Ein Raubtier, welches es von Zeit zu Zeit schafft, ihn einzuholen und anzufallen. Wenn auch nur in seinen Gedanken. Ra´hab merkt es immer recht schnell, wenn Meridin zurückblickt und es zulässt, dass ihn die Gedanken darüber erreichen. Seine Mimik, sein stolzer und erhabener Blick, gleich dem eines Fürsten, wird in solchen Momenten binnen Sekunden zu dem einer erst kürzlich zur Witwe gewordenen, zu dem einer hilf- und hoffnungslosen Person getrübt. Er wird zu einem Menschen, der nicht weiß, wie es nur weitergehen soll. Wird zu einer Waise, die sich verstoßen von ihrem Heim und ihren Erziehern, unendlich alleine und verlassen fühlt. Wird zu einem Meridin, der einem Ra´hab verdammt ähnlich ist. Auch wenn Meridin diesen Umstand niemals zugeben würde, und Ra´hab dieses Zugeständnis auch niemals von ihm verlangen wird. Denn Meridin ist wirklich ein sehr stolzer Mann.

17

Ra´hab, der seinen Blick, wie bei einem Abschied, weit in der Ferne hinter sich schweifen lässt, sieht dort etwas, was ihn sichtbar zusammenschrecken lässt. Um Meridin den Grund für seinen Schreck zu zeigen, markiert er ihm mit seiner Hand die Richtung. Aber trotzdem kann Meridin nichts Fassbares mit seinen Augen dingfest machen. Das Ziel bleibt ein leerer Fleck Wüste wie jeder andere auch. Ra´hab konzentriert sich intensiv und zieht das in der Ferne beruhende Bild mit seiner geistigen Hand vor seine Augen. Kann darauf einen vor Erschöpfung taumelnden Menschen erkennen. Hurtig beginnt er im hinkenden Laufschritt, zu dem sich in arger Not befindenden Menschen zu laufen. Bei jedem der vielen Schritte wird ihm laut und gellend ins Bewusstsein gerufen, dass er niemals wieder richtig laufen, lediglich humpeln können wird. Er ist zu einem Krüppel geworden. Dies ist zwar in diesem Moment nicht von Belang, aber deutlich zu spüren.

Seine Augen, während seiner Schritte unentwegt auf den unebenen Boden gerichtet, sehen erst jetzt, als er sich nach vielen Minuten vor dem liegenden Menschen eingefunden hat, dass diese Person erst ein Knabe ist. Dass es zu allem Überfluss sogar genau der Knabe ist, den Meridin in Ine, im Anflug von gütigem Samaritertum, aus seiner Sklaverei teuer ausgelöst, und ihn somit aus der Qual in den sicheren Tod geschickt hat.

Sein Anblick ist erbärmlich und erinnert ihn zwangsläufig an sich selbst. Denn es ist erst wenige Tage her, dass er sich in gleicher Lage befunden hat. Die Erinnerung ist noch frisch. Hat nicht nur noch die Bilder, sondern auch den Schmerz und die passenden Gefühle dazu gespeichert. Das Gesicht des Jungen trägt eingefallene Wangen, die mit Erbrochenem und Blut befleckt sind. Seine Haut am ganzen Körper, nur geschützt durch einen knappen Lendenschurz um die Hüften, ist von der Sonne versengt worden, ist bereit, sich vom Körper zu pellen. Seine Knie und Ellenbogen sind von vielen Stürzen blutig geschlagen. Denn der Junge hatte keine Tiere, an denen er sich, wie er einst, hätte halten können. Diese Merkmale, in Verbindung mit den aus seiner Gefangenschaft stammenden Wunden und Narben, übermitteln ihm das qualvolle Wissen, dass es dem Jungen noch viel schlechter geht als ihm damals. Löst in ihm ein Gefühl aus, welches ihm eine Frage aufdrängt. Eine Frage, auf die es augenscheinlich nur eine einzige schlüssige Antwort gibt. Eine Frage, bei der ihm sofort wieder die vielen Tiere in den Sinn kommen, welche durch seine Hand gestorben sind. Eine Frage nach der nötigen Hilfe. Eine Frage, auf die es nur eine Antwort gibt und die lautet, dass der Junge – wenn es sich bei ihm um ein Tier handeln würde – dieses sofort von seinem Leiden erlöst werden würde.

Ra´hab fasst dem Jungen fest an den Hals, um noch etwas wie einen schwachen Puls zu fühlen, da hat ihn schon dessen Hand, wie aus einem Reflex heraus, an der eigenen Gurgel gepackt. Weit aufgerissene Augen starren ihm regungslos, mit einem tief in ihnen verborgen liegenden Ausdruck von schierer Angst, in die seinen. Ra´hab nimmt die verkrampfte Hand mit einem Ruck von seinem Hals und führt dessen Arm – immer noch steif gelähmt – auf den Boden neben seinen Körper zurück. Der alte Wüstenwanderer lächelt ihm gütig ins Gesicht, bekommt aber von der Mimik des Jungen keinerlei Antwort. Wie in Stein gemeißelt oder mit Öl auf Leinwand gebannt, stehen dessen nussbraune Augen, welche seinem Antlitz nicht folgen wollen, weit offen. Blicken auf einen Punkt im leeren

Raum, der sich über seinem Kopf befindet.

Ra'hab fühlt, dass der Junge in seinen wenigen Jahren, die er zählt, sollen es vielleicht sechzehn oder doch schon siebzehn sein, wohl schon so vieles erlebt hat, das man nur jemanden wünschen würde, welcher sich an der eigenen Familie auf schändlichste Weise vergangen hat. Erneut erfasst ihn eine Woge tiefer Scham. Heute jedoch nicht wegen seines Volks, sondern wegen seines Geschlechts. Es ist aber nur eine einzige Woge, die über ihn rollt, denn für mehr Selbstmitleid fehlen ihm jetzt Zeit und Muße. Er versteht, dass die Reaktion des Jungen gleich der eines Tieres ist, welches den simplen Urtrieb des Überlebens in seinem Herzen birgt und von diesem geleitet auch blind folgt. Er versteht, dass der Knabe die Welt aus Dreck, in die er vermutlich brutal und sicher gegen seinen Willen, ohne seine Zustimmung geworfen wurde, in der er gezwungen ist zu verweilen und zu dienen, nicht versteht.

Meridin, der erst viel später losgerannt und nun auch bei der am Boden liegenden Person angelangt ist, zückt ohne zu überlegen seinen immer am Mann getragenen Wasserbeutel und bringt die Öffnung an den Mund des Knaben.

Schon wenige Tropfen sollten genügen, um die Verkrampfungen in ihm zu lösen und um dessen Augen zu schließen, welche dieser erst mehrere Stunden später wieder öffnen wird.

Rohes Fleisch

1

Gleißendes Blau erstreckt sich über das gewaltige Himmelszelt. Nur wenige lichtdurchtränkte Wolken treiben langsam, segeln schwerelos, stetig ihren Weg entlang, weiter voran. Haben keine andere Wahl als, eingebunden in der leichten Strömung zu folgen.

Zögernd überlegt ein Knabe, welchen weiteren Weg er wohl einschlagen, welches der hinter dem Horizont liegenden Ziele er anstreben soll. In die Tristesse und ruhige Gelassenheit einer menschenleeren Einöde, wie sie bar vor ihm liegt? Eigenschaften, die ihn locken und zugleich abstoßen. Oder weiter über die nördlich gelegenen Berge? Weiter über Steingeröll, Eisfelder und Schneeverwehungen. Aber egal wie er sich entscheidet, hinter jedem Ziel steckt neues Land, mit einem fremden Horizont und weiteren unbekannten Wegen.

Unschlüssig bei dieser Frage, überspringt er sie einfach und beschäftigt sich stattdessen mit einer anderen. Es kommt ihm vor, als könnte er dies endlos machen – sich einfach eine neue stellen, wenn ihm von der vorherigen das Ergebnis nicht gefällt. Denn mit der Taktik des Aufschiebens, werden ihm die Fragen gewiss nicht ausgehen. Die Aufgeschobenen reihen sich schlicht wieder in die lange Schlange der weiteren ein. Eine Schlange, die wirklich eine solche ist. Denn mit jeder Frage die er sich mit einem Hauch geistigen Atmen stellt;

»Wie lange wird meine Flucht noch andauern?«,
oder:

»Werde ich je wieder in Sicherheit sein?«,
verengt sie ihren Griff – seine Psyche umschlungen – wie eine Würgeschlange den ihrigen um ihr Opfer wenn es ausatmet. Immer enger und enger – macht sie sein inneres mürbe. Dass all die Fragen nur Ableitungen einer anderen, der einzigen wahren, sind, ist er noch nicht in der Lage zu verstehen. Genau so wenig, wie dass sich das Gefühl aus seiner Kindheit, diese behütete Geborgenheit, die er sucht, nie wieder in seinem Gemüt einstellen wird. Er will sich nicht eingestehen, dass er auf ewig dazu verdammt ist, diesem Phantom aus seinen frühen Jahren hinterher zu jagen. Vielleicht hindert ihn aber auch nur sein jugendliches Alter daran, etwas zu akzeptieren, das man nicht ändern kann. Hindert ihn daran, etwas anzunehmen, was man nicht bestellt hat. Hindert ihn daran, zu verstehen, dass man das Stück des sauren Apfels, in den einen das Schicksal gezwungen hat zu beißen, auch schlucken muss, um nicht daran zu ersticken.

Solche Fragen will er sich nicht beantworten. Ja, will sich noch nicht einmal Gedanken dazu machen. Was ihm auch Grund genug ist, diese im Keim zu ersticken. Stattdessen holt er lieber seine kleine Knochenflöte hervor und beginnt auf ihr ein leises Lied, nur sich zur Freude, zu spielen. Füllt seinen Kopf mit sanften Tönen aus einer anderen Zeit. Schickt alle erschwerenden Gedanken in die Versenkung.

Der Junge blickt erneut hinauf in den Himmel. Sein Blick wird sehnsüchtig beim Betrachten der in einer sanften Trift fließenden Wolken. Eine solche Strömung wünscht er sich auch in seinem Leben. Eine, die ihn mit auf ihren Weg nimmt und ihm fast schon von alleine zu seinem Ziel, seiner Bestimmung, führt. Eine, die ihn von seiner schrecklichen Freiheit, seiner verdammten Einsamkeit und ständiger Eigenverantwortung befreit.

So begleitet er, wenn schon nicht mit seinem Körper, dann zumindest mit seinen Augen, eine Weile lang ihren gleitenden

Federflug und genießt den kühlen Schatten eines grünen Palmenhains über sich, der sich langsam im Wind wiegt.

In dieses idyllische Bild dringt plötzlich eine dunkle, der Sonne abgewandte Faust ein, die seinen Blick abrupt verdunkelt und seine Augen schließt.

2

Sein schlafender Geist erwacht langsam aus seiner Ohnmacht und spürt so wieder seinen Körper, der auf hartem Untergrund ruppig auf und ab gestoßen wird. Der Junge öffnet seine Augen und findet sich in einer engen hölzernen Kiste wieder. Sieht seinen Körper von den grellen, durch die Spalten dringenden Lichtstrahlen in Scheiben geschnitten, und die Welt, aus der er stümperhaft und grob gerissen wurde, von dort draußen nach hier drinnen projiziert. Pure Angst und allumfassendes Unverständnis sitzen ihm im Nacken.

Die ihn beherbergende Kiste ist so eng, dass er unfähig ist, sich selbst etwa um die eigene Achse zu drehen. Dabei hat er doch noch die Schultern eines Knaben, statt jene eines Mannes. Und es ist heiß, die Luft steht förmlich, während in seinem Kopf ein dröhnender Schmerz herrscht, der noch von dem festen Schlag herrührt. Vorsichtig berührt er die pochende Stelle auf seiner Stirn und spürt auf der Haut eine Schicht frisch getrockneten Bluts, die seine Finger, als er sie wegzuwischen versucht, mit einem feucht klebrigen Film benetzt. Seine blutverschmierte Hand beschert ihm noch zusätzlichen Schrecken.

Draußen hört er Stimmen. Er lauscht ihrem fröhlichen Tratschen, Lachen und Kichern. Sie sind gut gelaunt und bestimmt keine schlechten Menschen. Der Junge hat sogar die Hoffnung, schon beinahe eine an Sicherheit grenzende Zuversicht, dass, wenn es ihm gelingt, mit den Männern außerhalb der Kiste zu kommunizieren, ihnen klarmachen kann, dass hier eine Verwechslung, ein schwerer Irrtum vorliegt, diese ihn unverzüglich freilassen und sich obendrein noch entschuldigen werden. Er muss aktiv an ihrem Gespräch teilnehmen können, ihnen zu verstehen geben, dass er nichts verbrochen hat, dass sie den falschen haben, er nicht derjenige sein kann, der bestraft werden muss. Deshalb versucht er, die von ihnen vernommenen Laute zu imitieren. Ein Vorhaben, das ihm auf Anhieb erfolgreich gelingt und schnell zur Folge hat, dass einer der fremden und dunkelhäutigen Menschen fest gegen die Kiste tritt, in der er gefangen liegt. Den lauten, hölzernen Klang in seinem Ohr, in Verbindung mit dem Stoß und dem ausgeübten Impuls auf die enge Kiste, spürt er bis weit in seine Knochen. Was er aber nur als unbedeutenden Rückschlag deutet, der ihn nicht davon abhält, ihrem Plappern, dem schnellen Aneinanderreihen von verschiedenen Lauten in keiner ihm bekannten Reihenfolge zu folgen:

„Du, kennst das Weib von Kazim? Die sieht aus, als hätten hungrige Schakale mit ihr gespielt!“,

worauf mehrstimmiges Lachen folgt. Sofort als das Gelächter verstummt ist, wiederholt er das eben gehörte, um erneut auf sich aufmerksam zu machen. Aber auch diesmal hat es nur wieder zur Folge, dass unvermittelt, ohne Vorwarnung, gegen sein Gefängnis, seinen Zwinger, geschlagen wird. Den Käfig nicht weiter beachtend geht das Gespräch lustig weiter:

„Du, wollen wir den Kleinen nicht schon mal ausprobieren? Was meint ihr? Zappelt bestimmt noch, die kleine Sau. Schreit laut um Hilfe, wenn wir ihn alle hart rannehmen. Also ich hätte gute Lust, ihn richtig zu ficken!“

In seiner kindlichen Naivität, noch unwissend ob der bodenlosen Schlechtigkeit der Welt, wiederholt der Junge auch diese Aneinanderreihung von Worten, ohne deren fatale Aussage überhaupt im Ansatz zu verstehen. Was nur erneut einen Schlag und das Eintreten eines weiteren Mannes in dieses Gespräch zur Folge hat. Dem Klang seiner ruhigen und tiefen Stimme nach, ihr Anführer:

„Nein, Nein. Die Ware bleibt verschlossen. Es gibt einen fetten Bonus, wenn sie noch heil und grün hinter den Ohren sind. Je mehr sie schreien, wenn sie einmal wissen, was sie erwartet und verstanden haben, dass ihre Welt zerbrochen ist, umso besser für das Geschäft. Und für den da bekommen wir bestimmt eine richtig fette Auslöse. Mit seinen jungen Jahren und dem fremden Aussehen werden ihm allein die ganzen Blicke gehören. Genau wie er eure jetzt schon hat."

Worauf ihn noch einmal ein anderer mit einer hellen, fast schon piepsigen Stimme anstachelt:

„Dein Weib will dir nicht mehr ihre Möse geben, weil sie sich vor deinem Schwanz ekelt! Man sagt, du bist ihr zu lasch geworden. Nicht mehr Manns genug! Bringst es einfach nicht mehr."

Der Junge kann den Lauten entnehmen, dass sie sich im Moment über ihn unterhalten. Jetzt haben sie bestimmt ihren Fehler eingesehen. Weshalb er erneut – diesmal in besonders freudiger Tonfärbung – das Gesprochene nachschwätzt. Das Gemüt des Anführers schäumt geradezu über wegen dieser Dreistigkeit, dieser Respektlosigkeit:

„Machen sich jetzt wohl schon die Ratten über mich lustig, hä!?"

Und auch das wiederholt der Knabe in freudiger Aufregung, was schließlich der eine Tropfen ist, welcher das Fass zum Überlaufen bringt, sodass der Mann lauthals losbrüllt:

„Jetzt reicht es, du lausige Ratte! Holt ihn raus, dem zeigen wir es!"

Mit einem kräftigen Schlag wird der Riegel der stirnseitigen

Käfigtüre gelöst und diese wie wild aufgerissen. Im nächsten Augenblick haben ihn schon kräftige Hände an den Füßen gepackt, die ihn mit nur einem Ruck aus der Kiste ziehen und ihn danach aus etwa zwei Metern Höhe ungebremst auf den harten Boden aufschlagen lassen. Desorientiert, weder wissend noch ahnend wie ihm geschieht, reißt ihm ein anderer sofort seinen Lendenschurz vom Leib. Wieder ein anderer packt ihn an seinen langen Haaren und schleift ihn daran noch ein paar Meter weiter.

Viele Hände greifen nach ihm, unzählige Finger tasten und erhaschen ihn. Er sieht in den schwarzen und gierig erregten Gesichtern, wie ihnen bereits bei seinem Anblick einzelne Tropfen Speichel aus den Mundwinkeln laufen und auf ihn herabrinnen. Der nackte Junge hört, trotz der Tatsache, dass er auf jede Gegenwehr heftig geschlagen und getreten wird, nicht auf, sich energisch zu wehren. Lachend, Scherze reißend, wechseln sie sich damit ab, ihn festzuhalten, damit die anderen schnell ihre Umhänge ablegen können.

Routiniert und ohne ein weiteres Wort teilt sich die Gruppe auf. Einer kniet vor ihm nieder, spuckt auf seinen Unterleib und verteilt dort den Speichel ausgiebig. Ein anderer hält ihm die Schenkel gespreizt, und wieder ein anderer hält seinen Oberkörper fixiert, indem er auf den Handgelenken des Jungen kniet und dabei sein prall werdendes Glied ins knabenhafte Gesicht baumeln lässt. Das schwere Atmen des Ersteren signalisiert ihm, dass die Vorbereitungen beendet sind, das Mahl, bestehend aus ihm von der Vorspeise bis zum Nachtisch, verzehrfertig angerichtet ist.

Sofort dringt ihr Anführer mit seinem Besteck rücksichtslos und grob in ihn ein. Heftiges Brennen, als ob ein stumpfer Knüppel – binnen Sekunden zum glühenden Dolch geworden – immer und immer wieder in ihn gerammt werden würde, durchfährt seinen Körper. Eine Klinge, der ihn laut um sein Leben schreien lässt und ihm Tränen in die Augen treibt.

Ein Dolch beherrscht seine Schreie. Schreie, die bei den nächsten Impulsen immer mehr zum kläglichen Winseln verklingen, während die Laute dieser fremden Männer zunehmend lauter, lustvoller, ekstatischer und schließlich zum Stöhnen werden. Der, welcher ihn festhält, steckt ihm sein stinkendes, seit vielen Tagen nicht gewaschenes Glied in den Mund und stößt es tief und rabiat bis in seinen Rachen. Der Junge würgt, hat Angst zu ersticken und erbricht. Was den Mann nicht daran hindert, sein Schaffen fortzusetzen.

Die Männer beschimpfen und schlagen ihn, packen ihn an seiner Gurgel und drücken ihm die Luft ab. Wechseln sich an seinen Körperöffnungen ab und verrichten dazwischen ihre Notdurft auf ihm. Urinieren ihm ins Gesicht und koten auf seinen Oberkörper. Ohne Hemmungen und Erbarmen leben sie all ihre grässlichen, brutal selbstsüchtigen Phantasien aus, die sie aus Angst vor Strafe nie an einem freien Menschen zu vollziehen wagen würden.

Zum feuchten Gemisch aus Speichel und Ejakulat zwischen seinen Pobacken gesellt sich schließlich noch sein Blut. Aber dessen völlig ungeachtet nimmt die Vergewaltigung weiter ihren Lauf. Wie durch sein Schreien, Geheul und Gejammer angetrieben, werden die im Gegenlicht nur noch schemenhaft abgezeichneten Männer, deren Anzahl er nun nicht mehr genau ausmachen könnte, immer grober.

Schließlich versucht er, keinen Schrei mehr durch seine Kehle entkommen zu lassen. Schließt die Augen und kämpft nicht mehr dagegen an. Löst sein Verkrampfen und lässt es geschehen. Lässt sie über seinen Körper verfügen, als wäre dieser ein Spielzeug. Seine zum Wimmern verkommenen Schreie verstummen allmählich komplett. Nach außen hin lautlos, wirft er sein Wehgeschrei ganz tief in sich, in seine Seele hinein. Hat mit seinem Herzen bald den passenden Behälter gefunden, in den er seine Schreie schütten kann. Niemand außer ihm selbst kann sie mehr hören. Ungeachtet dessen, dass sein Schmerz dort verheerenden Schaden anrichten kann, es wie Säure zersetzen oder gar auffressen kann, fährt er mit der Strategie fort. Denn im Augenblick zählt nur, dass er die Männer nicht noch weiter antreibt.

Der Schmerz, den er in sich aufsaugt, schwillt immer mehr zu etwas an, das er noch nie gefühlt hat. Dieser ist wie eine über ihn gekommene Flut in einem Meer aus Pein und Hilflosigkeit, die steigt und steigt, während er immer tiefer und tiefer sinkt. Durch seine geschlossenen Lider sieht er nur noch die rote Sonne, als stille Beobachterin dieser widerlichen Szenerie schimmern.

Als die Fluten schließlich über seinem Kopf zusammenschlagen und dennoch weiter steigen, als er so tief gesunken ist, dass die Sonne ihren roten Glanz verloren und sich sogar ganz verdunkelt hat, versucht sich seine Seele zu retten, indem sie seinem Körper das Bewusstsein raubt. Sie will es nicht mehr wie etwas bewahren, worauf man besonders gut aufpassen müsste. Sie gibt es gerne her, sodass sie sich endlich in einen alles betäubenden Traum fallen lassen kann. Sie einen Körper, eine leblose Puppe für das Vergnügen der fremden Männer zurücklassen kann.

3

Zeitlose Dunkelheit, wie die, die vor dem Anbeginn der Zeit geherrscht haben muss, umschließt seinen in diesem Zustand unendlichen Geist. Aber ein Eindruck, wenig später als Brennen identifiziert, schafft es dennoch, sich langsam und stetig, immer dominanter, in den Vordergrund zu schieben, bis es ihn schließlich wieder in die grausame Realität eines brutal vergewaltigten Opfers zurückreißt.

Der Junge ist wieder in seinem geschändeten Körper, und dieser erneut in der länglichen engen Kiste liegend, angekommen. Er beginnt, als ihm klar wird, dass diese befremdliche Welt die Realität ist, verbittert zu weinen. Tränen nicht nur aus Schmerz sondern auch aus bitterer Enttäuschung darüber, dass er noch nicht einmal dem innigsten Bedürfnis in sich nachgehen kann – will er sich doch lediglich zusammenrollen können. Will, wie ein Igel, als Schutz vor weiteren Übergriffen, seine Stacheln abspreizen. Will sich wie ein Neugeborenes fühlen, welches in friedlicher Sicherheit an die Brust seiner Mutter geschmiegt verweilen kann. Will wieder ein Kind sein, das noch keine Ängste, sondern nur das instinktive Vertrauen an den ihm bekannten Duft der Brust kennt, während die wärmende und schützende Mutterhand um ihn gelegt ist.

Doch stattdessen liegt er längs ausgebreitet, unverändert weiter in dieser beengenden Kiste. Eine Kiste, die ihm umso schmerzlicher und demütigender erscheint, da er seinen Körper in dieser Haltung, seine offenen und ungeschützten Flanken, ständig von allen Seiten feindselig gierigen Blicken und Emotionen ausgesetzt fühlt. Eindrücke, die er, wie die Welt, aus der diese herrühren, einfach nicht vermag auszuschließen, da er in dieser Höhle, dieser hölzernen Hölle, eingeschlossen ist.

Seine sich in ihm aufheizende Unruhe über die beengende Truhe wächst, während die Kiste auf ihn sogar den Anschein macht, immer kleiner zu werden, immer mehr an Größe, immer mehr an Raum für seinen Körper zu verlieren. Die Unruhe steigt immer weiter an, steht ihm schon bis zum Halse und fängt an zu kochen, wird zur Angst. Er empfindet eine Gewissheit, die einer logischen Erklärung entbehrt, dass, wenn er nicht sofort aus diesem Behälter entkommen kann, ihn dieser, wie eine kräftige Hand eine faule Frucht, zerquetschen wird. Die Wogen seiner Angst schlagen jetzt hoch über seinem Kopf zusammen und gipfeln in schäumender Panik. Er beginnt zu hyperventilieren, bekommt unvermittelt Schweißausbrüche und fängt an, energisch, mit aller Kraft gegen die Bretter zu schlagen und aus voller Lunge zu schreien.

Ein dumpfer Knall auf der Höhe seines Kopfes, der vom Schlag einer kräftigen Hand herrührt, bringt ihn wieder zur peinlichen Räson. Die begründete Angst davor, erneut herausgezerrt zu werden, erneut mit einem brennenden Knüppel penetriert zu werden, ist größer als jene vor dem Tod. Soll dieser doch kommen. Seinen Schrecken hat er jedenfalls verloren. Aber die Angst davor erneut ...,

»Was war das, wie heißt das Geschehene?«,

sitzt ihm als mit Worten nicht zu beschreibender Schrecken tief in den Knochen. Darum verbietet er es sich, auffällig zu werden, aufmüpfig zu sein. Versteift sich stattdessen ganz still, beißt sich auf seine zitternden Lippen und unterdrückt seine Schreie, deren ganze Kraft jetzt nur noch durch seine wimmernde Mimik zum Ausdruck kommen kann. Seine Augenlider kneift er ganz eng zusammen, und versucht so, der bösartigen Außenwelt zu entfliehen.

Nach Minuten – als er sich schließlich etwas beruhigt hat – gleitet sein verstörter Blick aus den Ritzen des Gefängnisses hinaus und erblickt weitere Kisten. Viele Käfige, über, unter und links neben ihm sind um ihn herum gestapelt. Kisten, deren Inhalt jeweils immer ein an Zuversicht armes und verbittertes Wesen ist. Er versucht, die Summe der auf- und nebeneinander platzierten Zwingerreihen zu überschauen, doch das gelingt ihm nur zum Teil.

Schräg über sich sieht er etwa einen Mann in blutverschmierter Uniform liegen, dessen Atmung und Herzschlag wohl schon lange zum Stillstand gekommen sind. Bei dessen Anblick nimmt er auch zum ersten Mal den um ihn herrschenden und ihn vollends umschließenden Gestank wahr.

Dieser tote Mensch, mit seinem typischen Geruch von bereits leicht faulendem Fleisch, liegt eingebettet in seinen und den Exkrementen anderer, die durch die Schlitze der oberen in die unteren Zwinger – wo auch er sich befindet – vordringen. Voller Ekel wendet er seinen Blick von dem Mann ab und lässt die Augen weiter durch die Welt gleiten, welche für ihn nur noch aus schmalen sichtbaren Scheiben besteht. So sieht er, dass sich neben ihm ein junges Mädchen befindet, deren hübsches Gesicht, welches ihr zweifelsohne zum Verhängnis geworden ist, ihn wie versteinert anstarrt. Er kann nicht anders und macht es ihr gleich. Aus Gründen, die er nicht erklären oder benennen könnte, zieht ihn ihr Blick regelrecht in einen Bann. Löst in ihm eine angenehme und stark beruhigende Wirkung aus, ganz so, als würde schier sein ganzes Herz in ihre Augen fallen.

Allmählich fühlt er sich zwar wieder klarer und beruhigter als wenige Minuten zuvor, aber auch um dasselbe Maß trauriger, da er diesen Abscheulichkeiten nun mit einem Gefühl von gelähmter Ohnmacht entgegensehen muss.

Den Versuch, den heutigen Tag zu bestimmen, muss er bereits nach kurzem Überlegen aufgeben – diese offengebliebene Antwort ebenfalls auf den Stapel der ungeklärten Fragen legen.

Der Junge weiß nicht, wie viel Zeit bereits verstrichen ist, seit durch eine Faust das Ende seiner traurigen Einsamkeit und der Beginn seiner tragischen Gefangenschaft eingeläutet wurde. Was auch daran liegt, dass dieser Arrest bereits jetzt so tiefe Furchen in seine Persönlichkeit gezogen hat, dass ihm das Einsehen in eine andere und glücklichere Vergangenheit nur noch schwer, und wenn doch, dann nur als flüchtige Traumfetzen, möglich ist. Denn der an den Ereignissen der Gegenwart abfallende Schatten, das Dunkel, in dem er sich befindet, lässt seine hinter ihm liegende Vergangenheit nur noch nebulös erscheinen.

4

Der Konvoi des Schreckens verfolgt immer weiter seinen Weg. Und jeden, auch noch so kleinen Stein unter den Rädern des fortwährend holprigen Weges in seine noch verborgen liegende Zukunft, spürt er als schmerzlichen Tritt in seinen Rücken. Aber er kann nichts anderes machen, als die endlosen Stöße über sich ergehen zu lassen. Denn der Junge – als Ware in einer Kiste verstaut – ist all seiner Alternativen beraubt und dem Willen der Männer ausgeliefert.

Schließlich, nach gefühlten Stunden, stoppt die Karawane und es enden die Tritte in seinen Rücken. Die Männer, deren Anzahl er jetzt auf drei bestimmen kann, beziehen ihr Nachtlager und entfachen in unweiter Entfernung zu ihm ein Feuer. Anfangs empfindet er die aufziehende Kälte der Nacht noch als wohltuend und schmerzlindernd gegenüber der drückenden Hitze des Tages. Doch bald erscheint sie ihm unangenehm und offenbart sich als das, was sie ist – furchtbar eisig.

Der Junge beobachtet das Treiben der Männer, wie diese ihr Lager für die hereinbrechende Nacht halbwegs gemütlich machen und eine duftende Speise über dem Feuer braten. Schließlich sieht er zu seinem Schreck, dass einer der Dreien auf den Wagen zusteuert. Eine Situation, die unmittelbar eine so große Angst in ihm auslöst, dass diese ihm den Atem ins Stocken und seine Muskeln zum Verkrampfen bringt. Ihm ist, als würde er mittels einem durch den Wagen huschenden leichten Ruck, auch das Krampfen der anderen Insassen spüren, welche, wie er, unter keinen Umständen irgendwie auffällig werden wollen. Erleichtert, und zugleich beschämt über sich, sieht er, dass zu seinem Glück ein anderer Käfig geöffnet wird. Jener, welcher links neben dem Mädchen ist.

Jener, welcher statt ihm, eine Frau mittleren Alters mit schönen, langen schwarzen Haaren beherbergt. Er bezweifelt zwar, dass die Wahl der Männer auf einem Zufallsprinzip beruht, aber dennoch ist er unendlich froh, dass nicht ihm dieses Los zuteilgeworden ist. Die Frau wird nicht an den Füßen oder Haaren herausgezerrt, sondern ihr lediglich die Luke geöffnet. Dies ist ihr Zeichen genug dafür, scheinbar freiwillig und aus eigener Kraft aus ihrem Loch, ihrem Hauptgewinn entgegen zu kriechen. Mit einem sanften Lächeln auf den Lippen streichelt sie noch kurz die Hand des Mädchens, welches neben ihm liegt und spricht ihr so mit Blicken Mut und mit einem Nicken eine gute Nacht zu. Danach geht sie selbstständig zu ihren Peinigern, welche bereits mit ihren vollständig entblößten Körpern und erigierten Gliedern auf sie warten. Wie rohes Fleisch, welches für den Verzehr weich gemacht werden muss, misshandeln und schlagen sie die Frau, bevor sie sie anschließend vergewaltigen.

Das durch das kleine Feuer nur schemenhaft ausgeleuchtete Bild dieser brutalen Vergewaltigung kann er nicht ertragen. Er dreht sich weg und kann so nur noch das Schreigemenge der hinter ihm geschehenden Abscheulichkeiten hören. Leider kann er seinem geistigen Auge nicht verbieten, sich selbst ein Bild auszumalen. Auf diesem ist ein Knäuel aus drei roten Schlangen abgebildet, welche sich um einen weißen Hasen winden und ranken. Die boshaft gierigen Schreie der Männer werden zu spitzigen Fang- und scharfen Reißzähnen, welche sich in das warme Fleisch ihres Opfers graben, während dieses mit einem schwachen Weinen nur noch fiepende Töne von sich gibt.

In diesem Moment ist einzig ein Wunsch in ihm verblieben. Er will seine Ohren verschließen können, wie er es auch mit seinen Augen vermag. Aber das funktioniert trotz der fest auf die Ohren angepressten Handflächen nicht. Er kann sich nicht aus der Zeugen- und Beobachterrolle ziehen. Niemandem aus dem ganzen Treck gelingt es, sich von dem Schauplatz dieses Dramas zu entfernen. Erst recht nicht der Person, der er es am meisten wünschen würde. Dem Mädchen mit dem schönen Gesicht, das vermutlich die Tochter der Frau ist.

Als der Lärm versiegt und die abscheuliche Prozedur endlich beendet ist, merkt er, dass die Frau, die nicht mehr im Stande ist eigenständig zu gehen, von zwei Männern getragen und vor ihr Gefängnis auf den harten Boden geworfen wird. Diese wollen sich in ihrem von Befriedigung berauschten Zustand noch nicht einmal die Mühe machen, die Frau zurück in ihren Käfig zu hieven. Aber die Frau ist stark. Stärker als er es ist und wahrscheinlich je sein wird. Unter großen Schmerzen, welche man aus ihrem leisen Stöhnen hören kann, schafft sie es von selbst. Nachdem der metallische Riegel ihrer Käfigtüre gefallen ist, gilt der erste Blick der Frau ihrer Tochter, die sich mit geschlossenen Augen schlafend stellt. Dankbar darüber, dass sie anscheinend von all dem nichts mitbekommen hat wird sie, aller widrigen Umstände zum Trotz, von einer Woge der Erleichterung erfasst.

Endlich kann sich die Stille der Nacht ungehindert ausbreiten. Sich über die Lagerstelle der drei Männer niederlegen und in die Käfige vordringen. Stille, die dem von Schuldgefühlen geplagten Jungen peinlich zusetzt. Denn er fühlt sich schuldig, da er aus Angst noch nicht einmal den Mut aufbringen kann, die Frau zu trösten. Wenngleich dieser Versuch ohnehin zum Scheitern verurteilt wäre. Denn kein Wort, kein Satz könnte der Frau oder ihm selbst ausreichend Trost spenden, um damit beruhigt einschlafen zu können. Es folgt nichts als weitere Stille und ein leises, durch – auch auf ihn – herabrinnenden Urin ausgelöstes Plätschern hier und da. Seine Blase ist ebenfalls bis zum Bersten gefüllt, aber er kann doch nicht, er will doch nicht einfach im Liegen beginnen, sich und andere noch weiter einzunässen. Doch nach wenigen Minuten muss er sich eingestehen, dass es nicht anders geht, als dem Druck nachzugeben, der Natur ihren freien Lauf- und loszulassen. Er spürt, wie die konzentrierte Brühe aus seinem Körper fließt, wie diese als warmer Strom inmitten seiner Oberschenkel brandet, zwischen diesen hindurch rinnt, und er hört, wie sie sich auf seinen Untermann ergießt. Ein Vorgang, der ihm unendlich peinlich ist.

Stille und wohltuende Tränen, die zuerst den Anschein machen, als hätten sie seinen ganzen Schmerz an sich gebunden, bahnen sich ihren Weg aus seinen Augen und lassen ihn so, durch diese kurze Linderung, mehrmals in der Nacht zur empfindlichen Ruhe kommen. Eine Ruhe, welche aber bereits beim kleinsten Räuspern ihrer Schlepper, und so in Summe mehrmals unterbrochen wird.

5

Der Morgen kommt früh und die Odyssee der Gepeinigten geht, als sich der Wagen in Bewegung setzt, unter quietschenden und krachenden Geräuschen weiter. Die Sonne steigt und mit ihr die Temperatur. Entlockt der nach Verwesung und Unrat riechenden Karawane so immer weiter fortschreitende Gär- und Verwesungsgerüche. Diese zwingen die lediglich zu Kreaturen verkümmerten Menschen dazu, keuchend an den Ritzen ihrer Kisten zu hängen – ausharrend nach Frischluft röchelnd, um nicht zu ersticken.

6

So vollzieht der Marsch, der einfach kein Ende finden will, für die unfreiwilligen Passagiere unklare Wege. Sein Ziel, von dem sie nicht wissen, ob sie es sich herbeisehnen oder es in unerreichbare Ferne wünschen sollen, lässt er für die Gefangenen verschleiert.

Durch die Ritzen seiner Hölle beobachtet der Junge mit scheuen und verstörten Augen die Außenwelt. So sieht er, dass einer seiner Peiniger das Schmuckstück trägt, welches ihm als letzte Erinnerung an seine Vergangenheit geblieben ist. Ein Schmuckstück, das im eigentlichen Sinne ein Werkzeug, ein schwarzer Rochenstachel ist, der an einem feinen Lederband baumelt. Es gehörte dem Schamanen, der mit diesem Rüstzeug die schmerzhafte Prozedur des Sehens vollzogen hat. Eine Technik, die daraus bestand, sich diesen Dorn mit seinen vielen kleinen Zähnen in die eigene Zunge zu bohren und ihn anschließend so lange durch diese zu treiben, bis man vor Schmerzen zusammenbricht. Einen Kollaps erleidet, der nur augenscheinlich ist. Denn dieses Versagen von Muskeln, Bewusstsein und jeglicher Kontrolle, versetzt den Seher stattdessen in einen Zustand, in welchem er befähigt ist, in dieser Ohnmacht, mit dem inneren Auge so weit zu sehen, wie es niemand sonst mit den wachen aus Fleisch und Blut hätte tun können. Über Meilen, Tage und Monate hinweg. Vielleicht wusste ihr Schamane sogar vom bevorstehenden Ende und hat deswegen den Zeitraum für seine Mannbarkeitsprüfung und die der anderen derart vorgezogen.

Aber das ist lange her. Er bedauert es sehr, dass er auf dieses Erinnerungsstück, welches ihm hätte helfen können, als Anker zu seiner Vergangenheit zu dienen, die sich nun ohne Halt immer weiter von ihm entfernt, verzichten muss. Hatte er doch noch niemals den Mumm, es nach seinem eigentlichen Zweck als Werkzeug zu nutzen. Hätte er doch den Mut aufbringen können. Dann hätte er vielleicht das ihm drohende Ende gesehen. Hätte gehandelt statt geschwiegen und gewartet.

»Ach. Hätte, hätte, hätte.«

Allesamt Wege in die Vergangenheit.

Er wendet sein inneres Auge von den Gedanken ab, lässt das Echo von längst Geschehenen endgültig verklingen, macht kehrt in den Moment und sieht zu der Hügelkette, an der sie sich seit zwei Tagen entlang bewegen. Dort erspäht er ein mächtiges Raubtier, welches ihn mit seinem erhabenen Blick, der ohne Mühe durch die Ritzen dringt, unvermittelt am Herzen trifft. Es ist eine Löwin. Er stellt sich die Frage, wovon sie wohl in dieser kargen Wüste leben mag. Vielleicht existiert sie davon, dass sie ab und an eine solche Karawane, wie diese in der er sich befindet, überfällt und alles Leben in sich vereinnahmt.

»Ja, so muss es sein.«

Er beginnt zu hoffen, dass sie die Verfolgung aufnimmt und ihre Peiniger dahinrafft. Dass sie die Männer zerfleischen, massakrieren und, im Spiel mit ihnen, Gliedmaße um Gliedmaße abreißen würde. Von dieser Szene würde er seinen Blick nicht abwenden müssen. Würde er sich doch prächtig an dem komischen Schauspiel amüsieren. Würde sogar mit laut schallendem Gelächter der Komödie folgen.

»Ach. Würde, würde, würde.«

Allesamt Träume für die Zukunft.

Aber bereits kurze Zeit später, als die Löwin wieder aus seinem Blickfeld verschwunden ist, ist auch diese Hoffnung gestorben.

7

Die nächsten Tage verlaufen nahezu identisch, außer den unheilvollen Tatsachen, dass der Gestank immer beißender und unausstehlicher, die Hitze immer drückender und der Durst und der Schmerz in ihrer Intensität immer stärker werden.

Um den modernden Körper des dahingerafften Soldaten, dessen verweste Haut inzwischen an einigen pilzbefallenen Stellen aufgebrochen ist und so das faulende Innere, welches sich unaufhörlich seit dessen Tod zersetzt hat, preisgibt und einen mit nichts Anderem zu vergleichenden Geruch von totem Mensch verströmt, ist eine kleine und emsig schaffende Aasfauna entstanden. Fliegen, deren Maden und wiederum junge Fliegen benutzen den Körper vielseitig als Futtertrog, Brut- und Niststätte und zugleich auch als ihren Misthaufen. Die brütende Hitze tut das Ihrige, um diesen Prozess zügig weiter voranzutreiben.

Außer diesem liegt auch noch ein weiterer streng übler Geruch von Harnstoffen in der Luft, welcher als bitterer Geschmack nach Ammoniak auf der Zunge kondensiert. Aber mit der Zeit ist er sogar dankbar über jeden einzelnen, kräftig gelben Tropfen, der von der niedrigen Decke trieft, bevor er auf ihn herabregnet, da er so großen Durst wie noch nie in seinem Leben verspürt.

8

Dies alles währt fortan noch so lange, bis der Marsch schließlich in eine Schritt für Schritt stetig lauter werdende Gegend stößt, die durch ihre immensen akustischen Reize überschwemmt mit Menschen zu sein scheint. Dort hat der Treck seine Zielstation erreicht und stoppt.

Bereits nach kurzer Zeit hat sich ein gesellig lachender Menschenpulk rings um die Kisten – ihre Käfige – gescharrt, der, so macht es zumindest auf ihn den Anschein, schon freudig auf ihre Ankunft gewartet hat. Zusätzlich zu dem Menschengebrabbel hört er noch blökende Schafe, Ziegen und Kamele, wie auch knurrende und bellende Hunde. Er hört, wie Hände laut und deutlich besitzanzeigend auf die Kisten klopfen und sieht, wie sie dadurch das grelle Licht, das in seinen dunklen Käfig dringt, durch ihre sich schnell bewegenden Schatten in seinen geblendeten Augen blitzen lassen. Erblickt Schemen von Menschen, die auch ganz nah an seine Zelle herandringen. Menschen, von denen manche sogar versuchen, die engen Ritzen zwischen den einzelnen Brettern der Kiste etwas aufzubiegen, um mit ihren gierigen Blicken, dunklen Augen entstammend, welche in fremden und schmutzigen Gesichtern sitzen, noch weiter, noch tiefer in sie eindringen zu können. Schwer atmende Menschen, die, wie sehnsüchtige Bestien, schon vorab einen flüchtigen Blick erhaschen wollen, um der in ihnen tobenden Begierde bereits ein Bild des Objekts liefern zu können, mit dem sie später ihre Lust befriedigen werden. Alle ohne Ausnahme Bestien, mit vor Vorfreude funkelnen Augen, welche die vor Geilheit strotzende Anspannung in ihrem inneren nicht mehr länger ertragen wollen. Die angsterfüllten Schreie der Verschleppten zusammen mit den freudig schrillen Stimmen der Händler fügen sich in den Rhythmus der metallisch scheppernden Perkussion, welche vom Lösen der Bolzen aus ihren Verriegelungen herrührt, und ergeben in ihrer Verbindung eine überwältigende emotionale wie akustische Komposition. Eine, die in ihrem progressiven Stil, die anschwellende Spannung und die Angst des bis zum bersten bebenden Gefäßes welches beides beinhaltet, gekonnt zum Ausdruck bringt.

Er spürt die steigende Unruhe in der Welt da draußen regelrecht durch die engen Spalten seines Gefängnisses quellen und in sein einsames Herz eindringen, wo diese eine bereits hell lodernde Verzweiflung zu wilder Panik befeuert. Schon so oft hat er diesen Käfig Tag für Tag verwunschen, aber trotzdem würde er in diesem Augenblick nichts lieber tun, als fortan für alle Ewigkeit in dieser Umgebung zu verweilen. Jegliche Beherrschung verlierend beginnt er, mit zitternden Mundwinkeln – unter Tränen und ohne Scham – verzweifelt zu weinen, zu schluchzen und zu jammern. Die stille Hoffnung, dass ihm irgendjemand, der ihm gut gesonnen ist, zur Hilfe eilt, bricht laut schallend aus ihm heraus. Er schreit ein Gefühl in diese Welt, das in verständliche Worte gefasst lauten müsste:

> „Bitte! Es muss doch irgendjemanden geben, der mir helfen kann! Bitte! Es muss doch jemanden geben. Komm schnell. Bitte komm! Hilf mir!“

Zu seinem Entsetzen stellt er fest, dass inzwischen der Takt der gelöst werdenden Verriegelungen bei ihm angekommen ist. Und nur einen Augenblick später wird jetzt auch die Türe bei seinen Füßen mit einem Ruck geöffnet, worauf sich sofort das aggressiv helle Licht in seinen Käfig ergießt. Er versucht sich mit den Resten seiner geschwundenen Kraft an dem Ort seines Leidens festzuhalten, um nicht in eine ungewisse Welt mit womöglich noch mehr Demütigungen und Schmerz gezogen zu werden. Mit seinen Fingern krallt er sich fest in die Spalten, macht einen Buckel und spannt jeden Muskel und jede Sehne seines Körpers, um sich zwischen den ungehobelten Brettern einzuklemmen. Doch seine Kraft kann dem von mehreren Männern ruckartig an seinen Füßen ausgeübten Impuls nicht einmal ansatzweise standhalten. Von seinen Fingernägeln – die er als viele kleine Anker in die Spalten zwischen den Brettern gegraben hat – hebt sich einer im Moment des Überwältigtwerdens von dessen Bett ab. Der Junge wird aus seiner Schachtel gezerrt und reißt sich am ganzen Körper eine Unzahl kleiner Spieße in die Haut, bevor er längs auf den Boden knallt, wo schon viele andere seiner Leidensgenossen ausgebreitet daliegen. Eine unsägliche Helligkeit blendet, schmerzt und sticht ihm in die Augen.

Dem Licht zum Trotz erkennt er sofort den dominantesten der vielen dunklen Blicke, welche zuvor durch die Ritzen gedrungen sind. Einer, der nicht heißblütig geil, sondern kühl musternd ist. Das angeschwollene Gesicht dieses in bunten Stoff gehüllten Mannes ist anscheinend durch irgendeine ihm unbekannte Krankheit deutlich entstellt. Dieser Mann, der mit seinem ausgiebig prüfenden Blick vor der aufgebarten Auslage von Menschen entlang schreitet, wird von zwei anderen Männern flankiert. Einer der beiden ist der Anführer seiner bisherigen Peiniger. Dieser redet unaufhörlich auf den entstellten Mann ein. Die Aufgabe des Dritten, der sich dezent im Hintergrund hält, besteht scheinbar lediglich darin, das, was ihm der Mann in ihrer Mitte in ungleichmäßigen Abständen zuflüstert, auf einen Fetzen ihm gänzlich unbekannten Materials zu bannen. Der dünnen um seinen Hals reichenden Schnur, welche nicht nur das Brett mit dem Notizzettel, sondern auch noch das auf ihm notierte schwerwiegend Zeugnis tragen muss, ist selbiges gleichgültig.

Schließlich ist der Hässliche bei ihm angelangt. Dessen Blick verändert sich plötzlich, wird warm und heiß. Wird zu einem gierig tastenden Blick, den der Junge auf sich als wandernde heiße und zugleich drückende Stelle zu spüren glaubt. Spürt den Fokus angefangen von seinem Gesicht weiter über seinen Hals, über die Brust abwärts und sich weiter zu seiner Scham bewegen, wo er im Schattenbereich seines Lendenschurzes etwas verharrt, bevor er weiter über seine Oberschenkel gleitet, bis er schließlich wieder zurück bei seinen durch das grelle Licht schmerzenden Augen angelangt ist.

Der Blick, die Mimik dieser abscheulichen Fratze, hat sich nun gänzlich von der einer sachlich handelnden Person zu einer von Vorfreude erfüllten Bestie gewandelt. Eine, die ihm mit grässlichem Grinsen und verheißungsvollen Gedanken in seiner Phantasie, welche sein angeschwollenes Gesicht unnatürlich verzerren lassen, in die Augen blickt. Mit einem weiteren Gesichtsausdruck, den er zwar wegen dessen Krankheit nicht mit Sicherheit bestimmen kann, aber als einen äußerst zufriedenen interpretiert, dreht sich der Hässliche zu dem im Hintergrund stehenden Mann um.

Nachdem dieser etwas notiert hat, zieht der Tross zu der reizenden Frau mit ihrem hübsch anzusehenden, mit schwarzen Locken behangenen Haupt und anschließend zu dem schlicht kindlich schönen Mädchen weiter. Zu dem Mädchen, welches ihn in den vergangenen Tagen lange, scheinbar endlos mit beredter stummer und ausdrucksloser Miene angeblickt hat.

Am Ende der Reihe angelangt macht er zu dem ständig auf ihn einredenden Mann eine für sie beide eindeutige Handbewegung, welche Ersterer mit einem Nicken bestätigt. Jäger und Händler haben sich geeinigt. Ohne weitere Verzögerung werden sie an einem Platz in der Ortschaft zusammengetrieben, wo einzelne eiserne Ösen aus dem Boden ragen, an denen sie mit Stricken angeleint werden.

Einen Gedanken an Flucht hat niemand auch nur für eine Sekunde verschwenden müssen, dafür haben die Menschenjäger zu Genüge gesorgt. Haben ihnen allen schon viel zu oft ihre Gewaltbereitschaft und triebhafte Brutalität, ihren Dämon, der in ihnen lauernd wohnt, offenbart. Der Junge beobachtet, wie sich seine Fänger noch freudig mit dem Händler unterhalten, wie noch einige glitzernde Scheiben den Besitzer wechseln, wie sie immer wieder mit ihren Händen in Richtung des Hügelwalls entlang deuten.

Danach geht der Tag – hier angekettet – allmählich zur Neige und die kühle Nacht, der sie beinahe komplett nackt ausgeliefert sind, zieht herauf.

Seine hier in der Stille und Ruhe dämmernde Panik macht Platz für aufblühend tiefe, existenzielle Angst, die, gepaart mit Ratlosigkeit und offenen Fragen über ihre weitere Verwendung, ihren einsamen Höhepunkt in sehnlichster und schluchzender Verzweiflung findet. Rat oder zumindest Trost suchend, blickt er um sich, sieht aber auch nur die offenen und an Zuversicht gähnend leeren Augen der anderen, die wie seine mit purer Angst vor dem Einschlafen gefüllt sind. Sieht, dass die letzten Reste ihrer versiegten Tränen schon lange getrocknet sind. Erkennt die Tatsache, dass sie sich schon damit abgefunden haben, nur zu funktionieren statt zu leben. Denn ihr – ihm gleichergangenes – Leiden hatte schon mehr Zeit in ihre Seele zu wirken, sich dort auszubreiten.

Seinen Blick nun nach innen gerichtet, breitet sich der Junge auf dem harten Boden aus und empfängt in dieser Pose zum ersten Mal seit dem Tag seiner Entführung, der ihm schon unerreichbar fern zurückzuliegen scheint, einen kurzen Augenblick der Glückseligkeit. Dieser, unvermittelt ausgelöst, und mit der Geschwindigkeit eines explodierenden Feuerwerks gewachsen, resultiert aus der Erkenntnis, sich wieder zusammenrollen zu können. Vollkommene Zufriedenheit über, und tiefste Dankbarkeit an diesen einen Moment, strömen aus jeder Pore seines Seins. Dadurch schafft es der Junge, den Wachzustand endlich loszulassen, lässt sich sogar bereitwillig in das flaumige Bett der Müdigkeit fallen, in welchem er wie ein junger gesättigter Igel freudig empfangen wird. Zusammengerollt und von der stillen und simplen Bitte erfüllt, dass die Nacht – diese Ruhe – ewig währen soll, kann er einschlafen.

Der junge Mann, der aus fernen Ländern vertrieben, gefangen und verschleppt wurde – der nun in diesem kurzen Moment des Einschlafens von seinem Schicksal sein für lange Zeit letztes Lächeln geschenkt bekommen hat, heißt Hań.

9

Unter seinen geschlossenen Lidern tut sich ein heller, rotglühend heißer Punkt auf, der sogleich, als er die sich langsam öffnenden Lider aufgetan hat, in seine geblendeten Augen kullert.

Hań wendet seinen Blick von der Sonne ab und sieht den hässlichen Mann in seinem offenen Zelt, wie er schon in den Morgenstunden emsig einer ihm sinnverborgenen Tätigkeit nachgeht. Es gleicht einem Spiel, das ihm größtmöglichen Spaß zu bereiten scheint. Fein säuberlich sortiert und schichtet er auf einem Tisch verschieden große Scheiben aus Metall zu unterschiedlich hohen Türmen auf. Und wäre dies nicht schon der Unsinnigkeit genug, schüttet er all die Scheiben, als der Beutel, aus dem er sie geholt hatte, endlich geleert ist, wieder in diesen zusammen. Ein derart sinnfreies Treiben würde unter seinen Leuten Sansara genannt werden. Erst nach diesem ihm lieben Zeitvertreib bemüht er sich in gebückter Haltung mit Schüsseln – halbvoll mit irgendeiner nach nichts schmeckenden Grütze – zu ihnen und zerrt einen nach dem anderen vom Boden hoch. Wie leblose Requisiten drapiert er sie so in einer Reihe vor seinem Stand, ohne auch nur im Geringsten auf sie einzugehen. Außer natürlich, man will nicht so wie er. Denn in diesem Falle widmet er sich eingehend der eigenwilligen Person. Hat für diesen Anlass sogar eine dünne und flexible Rute an seinem Gürtel baumeln, mit der er seinen Worten, seinem Willen augenblicklich, ohne vorher mit dieser gedroht zu haben, Nachdruck verleihen kann.

Vor diesem Stand verläuft eine breite Promenade, auf der mit aufsteigender Sonne immer mehr und mehr Menschen – eigentlich nur Männer – verkehren. Manche dieser ausnahmslos einsamen Seelen blicken mit einem scheuen und furchtbar unbeholfenen Blick auf die gefesselten Menschen, wenn sie versuchen, ihre in sich lauernde Lust und Begierde hinter einem beschäftigten Gesicht zu verbergen, während sie zugleich ihr Gefühl für Recht und Unrecht zu überhören versuchen. Diese werden zumeist schrecklich nervös und manche von ihnen sogar hektisch, wenn der Hässliche sie anspricht, worauf sie, wieder von Mann zu Mann verschieden reagieren. Entweder sie kehren dem Händler mit empört erwischter und peinlich berührter Miene unter lauten zornigen Rufen den Rücken zu, oder sie treten langsam, mit einem aufkommenden Lächeln und sogleich verdrängten Gewissensbissen, näher. Am ehrlichsten scheinen ihm immer noch die zu sein, die zielstrebig nach dem verlangen, wonach sie begehren – ihren Körpern.

Eine Art von Begierde, die ihm bereits heute am eigenen Leibe demonstriert wird, kurz nachdem er von zwei Männern in eine etwas abgelegene und bereits leicht verfallene Lehmhütte geführt wird. Einer der beiden ist die Hässlichkeit in Person – sein Eigner – derjenige, der Anspruch nach Besitz seiner Freiheit erhebt, und ein weiterer – ein Jemand – der sich eine imaginär legitime Berechtigung auf zeitlich begrenzte Nutzung seines Körpers erworben hat.

Bei der Hütte angekommen werfen sie Hań auf den in ihr ausgebreiteten Teppich, woraufhin sich die Hässlichkeit zurückzieht und sein Gut mit dem Jemand, der zu der zielstrebigen Sorte Mann gehört, alleine lässt. Die Türe wird sofort geschlossen und dem Klang nach mit einem schweren Riegel gesichert. Ohne auch nur ein Wort zu verschwenden legt der fremde Mann seinen leuchtend blauen Umhang nieder und schreitet nackt, mit bereits erigiertem Glied und einem fixen Blick – gebannt auf den Knaben gerichtet – auf diesen zu. Hań weiß, was ihm droht, ahnte er es doch schon vorher. Seine letzte Hoffnung; ein kleiner Mauerdurchbruch auf der anderen Seite des Raums.

Er springt auf, schafft es, dem Mann mit einem gekonnt geschlagenen Haken auszuweichen und der Öffnung entgegen zu hechten. Diese ist aber in der Realität viel kleiner als ihm seine Zuversicht glaubend gemacht hat und er stößt sich seine Schultern an der viel zu engen Öffnung. Dies ist der Moment, in dem die Panik hart in ihm aufschlägt und explosionsartig eine Staubwolke aus verschiedenen Gefühlspartikeln sein wirr gewordenes Wesen erfüllt. Verstört, desorientiert und dabei laut keuchend, hört er aber nicht auf, weiter nach einer Fluchtmöglichkeit zu suchen, um dem, was da kommt, entfliehen zu können. Aber er findet nichts. Kein Entkommen. Keine Hoffnung.

Durch einen kraftvollen Schubs wird Hań zu Fall gebracht. Wird auf den verdichteten Lehmboden geschickt, in dessen aufklaffenden Ritzen er sich nur kurz und vergeblich festzukrallen versucht. Denn dieser kann ihm keinen Halt geben, löst ihm stattdessen sogar nur seinen bereits angehobenen Fingernagel komplett von dessen Bett. Der Jemand reißt ihm indes ruppig seinen Lendenschurz herunter und erfasst erregt, vor Geilheit grobmotorisch tatschend, sogleich sein Glied. Hań versucht unentwegt, sich zu wehren und stößt sich mit seinen beiden Händen an dessen Brust und

Gesicht ab. Als Reaktion auf seine Gegenwehr bekommt er unverzüglich einen harten Schlag auf Wange und Ohr. Lautes Piepen und Klirren erfüllt seinen Kopf, in welchen die nur leise und gedämpft wahrnehmbare, von außerhalb kommende Stimme des gereizten Hässlichen eindringt:

> „Ach, hör doch auf dich zu wehren und zu quieken, du Sau. Lass ihn endlich ran. Hast doch eh keine Chance. Sind erfahrene Hände. Ist mein bester Kunde. Lass ihn ran, sonst breche ich dir gleich jeden Knochen in deinem verfluchten Körper!"

Dessen völlig ungeachtet streicht ihm der Jemand – ein fremder schwarzer Mann – ungehindert weiter über den Unterleib. Mit seinem zur Realität werdenden sehnsüchtigen Traum vor Augen durchfließt den Jemand größte Vorfreude, als er diesen mit seinen gierig agierenden Fingern nun verwirklicht sieht, und er jetzt, nach mehrmaligem Spucken auf den Anus des Jungen, mit seinen Fingern in selbigen eindringt. Durch den harten Schlag ist Hańs Bewusstsein zwar benommen, was aber seinen führerlosen Körper nicht daran hindert, wegen dieser unnatürlichen Berührung einen Adrenalinschub freizusetzen, welcher nicht nur den Schwindel überwindet sondern auch den Geist augenblicklich wieder in die Situation zurückwirft, damit dieser als Regent des Fleisches seiner Rolle gerecht werden kann – umgehend Sehnen, Bänder und Muskeln wie lose Zügel strafft.

Wieder bei Sinnen, will Hań nicht Teil der Verwirklichung dieses verstörenden Traumes des anderen werden und schlägt ihm mit vor Angst zitternder Faust mit seiner ganzen Kraft ins Gesicht. Die Reaktion in Form eines erneut unglaublich harten Schlags gegen seinen Kopf lässt nicht lange auf sich warten. Dieser ist so heftig, dass sich sein Wangenknochen geborsten und taub pochend anfühlt. Der starke und beinahe betäubende Schmerz, welcher ihn leider nur kurz besinnungslos werden lässt, übertönt für einen nur allzu kurzen Moment den anhaltenden Stich, als seine verkrustete Wunde von dem vorhergegangenen Missbrauch wieder aufbricht, da in diesem Augenblick sein Peiniger mit dessen hartem und vor Geilheit triefendem Gemächt brutal in ihn eindringt, was dieser gepaart mit lautem Stöhnen einhergehen lässt. Weder Hańs brennende Schreie, noch sein Schluchzen und Flehen oder seine nur noch leichten Abwehrversuche, können den überlegenen Täter stören geschweige denn abbringen. Niemand hindert diesen in irgendeiner Weise am Ausleben seiner in ihm wild gewucherten Lustphantasie.

Nach an und für sich endlicher, aber für ihn schier endlos erlebter Zeit, nach einem kurzen, in der Kehle des Schinders erstarrten Stöhnlaut, erhebt sich dieser rasch von ihm. Sein Interesse rein sexueller Art an ihm ist plötzlich und mit nur einem Atemzug ausgehaucht. Der Mann bekleidet sich wieder, klopft gegen die Tür und empfindet keine Reue, als er, dem von ihm geschändeten jungen Mann keine Beachtung schenkend, wieder die Türschwelle übertritt. Der Junge bleibt hingegen schluchzend und weinend in einer vor Unrat klebenden Kissenecke liegend zurück. Die brennenden Augen hält er gedemütigt und gepeinigt geschlossen. Weder wissend noch nicht einmal vermutend, wie er mit dem in ihm tobend brennenden Schmerz, dem ihn würgenden Ekel und der hundertäugigen Scham, welche stierend mit dem Finger auf ihn zeigt, fertig werden soll. Hat er doch kaum Erfahrung und auch keine Ahnung davon, wie er sich gegen den ganzen Müll, wie Demütigung und Verwirrung, den der Mann in ihm, genau wie sein Ejakulat, zurückgelassen hat, behaupten oder sich zumindest wehren könnte.

Vor der Türe hört er seine beiden Peiniger, wie sie miteinander schäkern und beinahe wiehernd lachen. Ein hämisches Lachen, das begleitet wird von einem hintergründlichen Klimpern von Metallscheiben, deren Sinn oder deren Wert ihm anfangs im Verborgenen blieb und anscheinend Ausdruck von Handel, ein Zeugnis von Schmerz und Demütigung sind. Ein gewöhnlicher Handel über irgendeine marginale Ware. Ebenso fühlt er sich. Seine Existenz nur noch als Dasein einer unwichtigen Ware und nicht mehr über das Menschsein definiert. Jede diesen Handel abschließenden Münzen hätte auch eine seiner schweren Tränen sein können, welche inzwischen langsam über seine Wangen rinnen, wären sie nur aus dem kostbaren Metall und nicht aus allzu lebendigem Wasser. So könnten diese klimpern statt plätschern, was lediglich Ausdruck reiner Emotion ist. Er könnte sich mit diesen die Freiheit erkaufen. Wenn er nicht zuvor – wie schon mit seiner Freiheit und der Hoffnung geschehen – auch um diese beraubt werden würde.

Die Geräusche vor der Tür verklingen, worauf bald wieder die dunkle Silhouette des Hässlichen im Türstock erscheint. Eine, die, als sie sich auf ihn zubewegt, zwar räumliche, aber keinesfalls menschliche Form annimmt. Denn diese, bei ihm angelangt, packt ihn ruppig am Schopf, um ihn zurück auf seine wackeligen Beine zu zwingen. Und als diese ihm mehrmals versagen, schleift er ihn kurzerhand an seinen Haaren wie einen räudigen Köter bis vor die Hütte, und zerrt ihn von dort noch weiter bis hin zur Straße. Dort lässt er ihn wie einen Sack voll roher Fleischstücke, welche ohne Eigenspannung nur durch die äußere Hülle zusammengehalten werden, fallen. Wie frisch geschlachtetes Vieh bleibt der Junge, des Lebenswillens beraubt, einfach liegen. Dabei ist er noch viel weniger wert. Denn das Fleisch des Viehs bekommt die wohlwollende Aufmerksamkeit des Metzgers und Verzehrers. Sein Fleisch hingegen ist nicht geschächtet, sondern nur geschändet worden.

Der Hässliche, etwas aus der Puste gekommen, mit Schweißperlen auf der Stirn, setzt sich in sein schattiges Zelt.

»Wie schwer der kleine Scheißer doch ist, wenn er gar nicht dazu hilft!«

In seiner selbstgerechten unendlichen Güte gewährt er dem Jungen – in seinen Gedanken einen kleinen Scheißer genannt – jedoch ein paar Minuten Zeit, um sich zu erholen.

»Soll doch wieder zu Kräften kommen. Hat heut noch viel vor.«

Er kann sich ein breites Grinsen nicht verkneifen, wenn er an das viele Geld denkt, welches er bis heute Abend noch verdienen wird.

In das Gesamtbildnis von Hans Schmerzen fügen sich nun auch noch seine wegen der vielen Holzspieße – die er sich von der Kiste zugezogen hat – brennenden Hände, gegen die sich sein Körper eifrig und eitrig zur Wehr setzt. Keine Regung zeigt sich in seiner Miene, wenn er sich wortlos wünscht, auch nur irgendeine Kraft zu besitzen, mit der er sich ähnlich gegen die männlichen Eindringlinge zur Wehr setzen könnte.

10

Noch viele Male muss er eine solche Prozedur an dem heutigen Tag – und noch dutzende Tage mehr sollte er diese, an jedem einzelnen von ihnen – über sich ergehen lassen. Manche von seinen Freiern waren brutal zielstrebig, mit konkreten Vorstellungen und Wünschen in ihrer Begierde, andere hingegen waren schüchtern und unentschlossen. Jene wurden eher von einem Gefühl der Zuneigung zu ihm geleitet, wollten Nähe, wollten Wärme, wollten Liebe. Übersäten ihn mit Liebkosungen und sanft zärtlichem Streicheln. Erst als der Trieb dieser Männer so stark war, dass sie sich die nächsten Schritte trauten – anfingen sich an ihm zu reiben, sich, an seine Hüften geklammert, leidenschaftlich an sein Hinterteil zu pressen bis sie vorsichtig an seine hintere Pforte klopften – aber die erhoffte Reaktion der gegenseitigen Liebkosung ausblieb, wurden manche von ihnen grob, andere wiederum so bedrückt, dass das Gewicht ihres schwer wie Wackerstein gewordenen Gewissens ihre Erektion brach, worauf sie das Trauerspiel schamhaft und peinlich ertappt beendeten. Diese trennten sich nach kurzen streitsamen Lauten mit dem Hässlichen, ohne dass dieser dem Klang der dünnen Scheiben frönen durfte.

11

Als eines Tages nach wiederholtem Male das Klangspiel der kleinen Metallscheiben ausgeblieben ist, wird sein Herr – den Hań inzwischen schon als einen solchen, und dessen Souveränität über ihn absolut anerkennt – sehr laut und zornig. Vor der Türe hört er ihn noch einem einsamen Wüstenwanderer, der den Knüppel zwischen seinen Beinen einfach nicht benutzen wollte, hinterher wettern. Danach wird es still. Die sprichwörtliche Ruhe vor dem Sturm hat sich ausgebreitet. Ein Schweigen, in welchem der Hässliche seine ganze Wut auf einen Punkt konzentriert.

Das Rumpeln und Quietschen vom Lösen der Türverriegelung, ist das Grollen, welches die Ruhe zu dutzenden Scherben zerbricht. Die Augen auf einen Punkt fixiert, schießt der Hässliche schnurstracks dem Ziel, dem Objekt, welchem er seine ganze Wut widmet entgegen. So gelangt er binnen weniger Schritte zu Hań. Er packt dessen widerstandslosen knabenhaften Körper und zerrt ihn unter boshaften Flüchen zu einem Kamel. Kein Hadern, kein Zweifeln, kein Zögern durchzieht mit einem leichten Zittern den stur agierenden Mann. Dieser bewegt sich klar und geradlinig.

Bei dem Tier angelangt wirft er den Jungen auf den mit vielen kleinen und spitzen Steinen besäten Boden und bindet ihm sogleich ein Seilende um die Hände. Das andere Ende des Stricks knotet der erbarmungslose Diktator des Jungen am Sattel des Tieres fest, dessen Zügel er fest entschlossen in die Hand nimmt. Unermüdlich, seiner Krankheit zum Trotz erneut aufgeblüht, beschimpft ihn der Hässliche mit vorwurfsvollen und undeutlich verzerrten Lauten:

„Du schmutzige Sau bringst mich um mein Geld. Dir werde ich zeigen was richtige Schmerzen sind!"

Mit nur noch einem steifen, statt beinahe gelähmten Gang beschleunigt er immer weiter. Hań spürt indessen schmerzlich die vielen kleinen spitzen Steine, die ihn in seine Brust drücken und stechen. Doch plötzlich, als das Seil mit einem Ruck gespannt ist und ihn mitreißt, die Steine seine Haare ausrupfen und seine Brust zerschneiden, wird ihm durch dieses noch nie empfundene Ausmaß an Schmerz ein neuer Horizont eröffnet. In wenigen Sekunden – gefühlten Minuten – spürt er, wie Haare herausgerissen und seine Haut vom Fleisch gelöst und abgeschabt wird. Die akustischen Reize um ihn herum, das zornige Wettern seines Peinigers, das laute Blöken des aufgescheuchten Kamels mit einer peitschenden Rute im Buckel wie auch seine eigenen Schreie rücken als erstes fernab. Danach folgt die optische Welt und verschwimmt mit ihren vielen Farben und runden Formen vor seinen Augen. Dann befördert ihn der Schmerz über diesen Horizont hinweg, in eine andere Dimension, in eine, durch körpereigene Säfte ausgelöst, sedierte Trancewelt, wo sein Schmerz keine Rolle mehr spielt. Aus diesem entrückten Blickfeld beobachtet er, wie das Geschliffenwerden endet und sein Körper angehoben wird. Aber der weitere Schmerz, der erwartungsgemäß kommen sollte, da er wie eine Puppe ohne sein Zutun an den Haaren hochzogen wird, bleibt völlig aus. Die Welt erscheint ihm hier sogar – als der erste verschwommene Schleier des Rausches gefallen ist – durch den exponentiell gestiegenen Kontrast viel klarer und durch die scharfen Kanten und Strukturen so viel einfacher, sodass er jetzt endlich versteht, was hier geschieht. Er versteht die Laute des Menschen, der ihn mit krächzend, heiserer Stimme anschreit, als eigenes System einer Sprache agieren, die er zwar nicht versteht, aber jetzt zumindest als eine solche zu identifizieren weiß:

> „Na! Wirst du endlich machen, was man von dir verlangt!? Du beschissenes Stück Dreck! Sieh dich doch nur mal an, du elender Wurm, wie du in deinem eigenen Haufen liegst und fast verreckst. Sei nur froh, dass ich dich nutzloses Vieh durchfüttere! Dir werde ich den fehlenden Respekt schon noch einbläuen!"

Erst allmählich bekommen die scharfen Kanten wieder ihre Radien, Kurven und Wölbungen zurück und verlieren sich darin. So wie auch der Schmerz wieder in seinen Körper heimkehrt, worauf sich sein Denken in diesem verliert. Hań spürt die offenen Stellen auf seiner Brust wie hell zum Glühen gebrachte Glutsplitter, die sich immer tiefer einbrennen wollen. Wie Scherben aus einem ätzenden Material, welche er weder abschütteln noch abstreifen kann, da sie mit Widerhaken tief in ihm verborgen stecken. Jede, auch nur noch so vorsichtige Berührung der gerissenen Wunden, schmerzt auf eine Weise die ihn verzweifeln lässt. Einzig der leichte Wind vermag Linderung zu bringen, weil dieser es zumindest schafft, die Säume der Schürfwunden, Schnitte und Kerben, die seinen Oberkörper überziehen, zu kühlen.

Auf wankenden und Schmerz trunkenen Füßen wird er an der Leine wieder zu seinen Leidensgenossen geführt. Dort angekommen legt er sich mit keiner einzigen in ihm verbliebenen, noch lebendigen Träne in sich auf eine Seite und wünscht sich innig, von seinem schon seit langer Zeit dünn gewordenen Schlaf nicht mehr von der Sonne erweckt zu werden. Denn er hat traurige Erkenntnis über seine aussichtslose Lage erlangt und weiß nur zu gut, dass sein Leid und sein Schmerz, genauso wie der der anderen, ewig, nein, nicht ewig, sondern nur bis zu ihrer aller Tod währen wird. Er hat durch dieses Erlebnis den einzigen Ausweg zur Flucht für sich erkannt. Er will sterben, um sich endlich aus dem Leben, welches ihm nur noch Schmerz und Einsamkeit bietet, davonzustehlen.

12

Sein allabendliches Bitten nach Erlösung, nach seinem Tod, den er sich allmählich so sehnlich wie nichts anderes wünscht, bleibt von seinem Körper jeden Morgen aufs Neue unerhört. Noch immer bedienen sich die Männer an seinem und den Körpern der anderen Verdammten. Es geht schier immer weiter.

Auch das tägliche Engagement der Frau, die schon auf dem Weg in die Stadt bereitwillig ihren Körper gegeben hat, um etwaigen Schaden von dem Mädchen mit dem schönen Gesicht – ihrer Tochter – fernzuhalten. Sie tut dies weiterhin, auch wenn ihre Anstrengungen nicht immer mit Erfolg gekrönt sind.

Aber ihre beherzte und posenreiche Einflussnahme während der Auswahl der Freier findet schließlich ihr Ende. Denn eines Tages kommt ein ihnen nur allzu gut bekannter Mann, einer jener zielstrebigen Sorte, deren Hauptmerkmal ihre unsägliche Rohheit, und dessen Erkennungszeichen im speziellen, ein leuchtend blauer Umhang und die schlechtesten jemals gesehenen Zähne sind. Das kurze feilschen um den

Preis, verrät Hań, dass der Mann eben erst in die Stadt gekommen ist. Denn die vielen Möglichkeiten, die in ihm die letzten Wochen gegärt haben – sich nun kurz vor Erfüllung seiner Sehnsüchte sehend – haben eine Vorfreude in ihm angestaut, deren überschäumender Druck ihn sogar etwas zittrig werden lässt. Unter lauten mütterlich fürsorglichen Schreien und kindlichem Geheul – ein jedes für sich in solcher emotionalen Intensität, dass es allen Menschen mit einem Herz selbiges zerreißen könnte – nimmt er die Frau für immer mit sich.

In der folgenden Nacht beobachtet er das Mädchen, wie es erneut lernt zu weinen. Die Anzahl ihrer Tränen ist zwar nicht groß, aber deren Bedeutung, deren unendliche Bitterkeit in den tiefen Augen um ein vielfaches gewaltiger als die zahlreichen Tränen, die über dicke Pausbacken von Kindern rinnen, wenn ihnen ein lieb gewordenes Spielzeug kaputtgeht. Hań ist trotz der erhaltenen Lektionen in Brutalität und Willkür noch zu sehr Mensch geblieben, als dass er diesem Bild emotions- und tatenlos gegenüberstehen könnte. Er versucht, dem Mädchen Trost zu spenden, sich ihrer mütterlich anzunehmen, indem er ihr zärtlich über das Haar streicht. Eine Geste, die sie auf Anhieb richtig und keineswegs als geschlechtliche Annäherung deutet, dankbar annimmt und die Hand, die sie streichelt sogar fest umklammert.

In jenen kühlen Nächten spürt er etwas, dass er hier keinesfalls zu finden erwartet hat; ein warmes Gefühl. Ausgehend von seinem Zentrum strahlt es in seinen restlichen Körper und pflanzt sich dort fort. Diesen Fund hätte er für schier unmöglich gehalten, weshalb es ihn auch gar so unvermittelt und grausam trifft. Die höchste Qualität der Liebe. Die fürsorgliche und gleichsam verantwortungsvolle Liebe zu einem zerbrechlichen Kind. Und grausam deswegen, da dieses seines Schutzes so sehr bedarf, er ihr diesen aber durch seine Schwäche nicht geben kann.

Hań bedauert es so sehr, dass er ihr nicht das spenden kann, was sie wie in der Art einer jungen Pflanze – die sie gewissermaßen auch darstellt – braucht. Einen behüteten Platz auf fruchtbarem Boden, sodass sich ihre Wurzeln in Ruhe ausbreiten könnten, um ihr Kraft für die Zukunft zu geben, um wachsen und gedeihen zu können. Um nicht in einer Welt, die ihr nichts bieten kann, dahinvegetieren zu müssen. Um nicht in einer Welt ihr Dasein zu fristen, die ihr lediglich einen Platz auf steinigen Untergrund, und keinen Spielraum für etwaige Entwicklung im Schattenreich anderer zur Verfügung stellt. Umgeben von Gewächsen, welche, mit scharfen, giftigen Dornen bewaffnet, sie ewig daran hindern würden, zu wachsen, auf dass sie immer das zarte Pflänzchen bleibt, auf welches sie herabblicken können. Ein solch trauriges Dasein könnte man noch nicht einmal Leben, sondern nur Existenz nennen.

Aber sie muss wachsen und gedeihen. Denn er erkennt großes Potential in ihr. Verheißungsvolle Möglichkeiten, welche die meisten Kinder noch funkelnd in den Augen tragen. Ein erkannter Schimmer resultierend aus der eigenen Hoffnung, welche erst mit zunehmendem Alter, voran-geschrittener Erziehung und Desillusionierung zunichte gemacht wird. Er ist sich sicher, sie würde bald zuerst über sich und bald darauf auch über andere hinauswachsen. Aber um diese Möglichkeiten, ihre Blüten vollends zu entfalten, auf dass diese mit einem Sinn bestäubt Früchte tragen, wird ihr wohl keine Gelegenheit bleiben. Denn sie hat weder eine Perspektive – ein gutes Licht, nach dem sie sich ausrichten, dem sie entgegen streben hätte können – noch den Raum und die Freiheit, diesen mit ihren Vorstellungen und ihrer selbst auszufüllen. Denn die ersten Blüten und Triebe ihres Wesens würden immer sofort beschnitten und ausgemerzt werden. So lange, bis ihr Wachstum an geistiger und empathischer Größe völlig zum Stagnieren käme. Was folglich einen Menschen hervorbringen würde, dessen Körper nur von einem tumben

Geist und einer unterentwickelten Seele ausgefüllt wird. Das Mädchen hat keinen Hüter, Beschützer, oder Gönner, noch nicht einmal mehr Eltern, die sich seiner annehmen, und in der Lage wären, ihr einen guten Weg ins Leben zu ebnen. Sie könnten ihr die Hilfestellung geben, zu der er nicht fähig ist. Hań bedauert es. Ihr Schicksal ist besiegelt. Außer natürlich, sie würde die Einladung, ihn bei seiner Flucht zu begleiten, annehmen. Aber so weit wird es nicht kommen. Er brächte es niemals übers Herz einem Kind Selbstmord als Ausweg zu offerieren. Dies ist eine stille Entscheidung die jeder für sich selbst treffen muss.

Hań beginnt eine Ahnung davon zu bekommen, was die Mutter tagtäglich durchlebt haben musste und wohl immer noch – getrennt von ihrem eignen Fleisch und Blute – alleine mit ihren quälenden Gedanken und zusammen mit ihrem grausigen Vorstellungsvermögen – das Produkt dadurch potenziert – erleidet. Welche Sorgen und Ängste, die ihr als einziges von ihrer Tochter geblieben sind, sie sich in der Ferne bereiten muss. Welch einen Schmerz, einem die unter solch unwirtlichen Bedingungen gediehene Liebe bereiten kann, war ihm vor seiner Begegnung mit diesem höchst begehrenswerten und berauschenden Gewächs noch nicht bekannt. Doch nun spürt er dies in seiner eigenen Brust als unumstößliche Tatsache, als deutliches Faktum einer lieblichen Grausamkeit. Er liebt dieses Mädchen.

13

In den Morgenstunden des nächsten Tages – jenes Tages, an dem Hań um eine weitere belastende Erkenntnis reicher ist – schlendert der Hässliche gut gelaunt mit den Worten:

„Mal schauen, ob dich heute wer haben will, du Ratte. Wenn ich dich nicht ständig für einen so guten Preis verkaufen könnte, würde ich dich glatt selbst behalten. Dich und das Gör. Ha!“,

an ihm vorbei.

Von diesem Tag an beginnt für Hań die Aufgabe, welche die Mutter des jungen Mädchens für sie nicht mehr erfüllen kann. Unter allen Umständen mit Blicken und Gesten die Aufmerksamkeit wie mit einem Trichter auf sich zu richten. Das gelingt ihm oft, aber beileibe – bei ihrem Leibe – wahrlich nicht immer. Zumal er sich hierbei – tief in sich hinein gehorcht – auch keine Anzahl nennen kann, was eine vertretbare Häufigkeit des Schrecklichen wäre. Jedes Mal, ist einmal zu oft.

Wie etwa das eine Mal, als er aufgrund seiner vulgären Aufdringlichkeit und dem damit einhergehenden Verlust seiner unschuldig jungfräulich wirkenden Kinderseele, welche die Schüchternen unter den Interessenten erwarten, potentielle Freier verschreckt hat. Was für seine Position eine ungeheure Handlung – nach der Art wie er am Abend bestraft wurde; mit der Rute auf den Boden geschlagen, mit den Füßen weiter getreten und am Abend hungrig gelassen – ein regelrechtes Verbrechen war. Trotzdem tut er es immer und immer wieder. Wird dabei aber immer und immer wieder, wenn es ihm misslingt, mit dem Anblick bestraft, wie ein erwachsener Mann das kleine, bei weitem nicht einmal im Ansatz weibliche, das noch nicht sexuelle, das nur kindliche Wesen an seiner Hand wie eine leblose Puppe mit sich reißt. Immer und immer wieder fühlt er sich schamvoll schuldig, wenn er ihr des Abends zärtlich über das Haar streicht und sich fragt, wieso er nicht unter Einsatz seines Lebens versucht hat das Geschehene zu verhindern.

Hań schämt sich schon beinahe für das immer noch pochende Herz in seiner Brust. Aber vielleicht ist der Dienst, den er dem Mädchen leisten kann – es am Abend in den Arm zu nehmen und am Tag zu versuchen, die Aufmerksamkeit auf sich zu richten – als bedeutender zu betrachten, als lediglich eines der täglich immer wiederkehrenden schrecklichen Ereignisse zwar verhindert, aber mit seinem Leben bezahlt zu haben. Denn tot könnte er ihr gar nicht mehr helfen.

Er hat dieser Tage einen völlig neuen Sinn für sein Leben entdeckt, und zwar; dieses Leben einer Person zu widmen, die ihm wichtiger ist als die eigene.

14

Nach Wochen vieler geschlagener Kämpfe darum, die Lust der Betrachter auf sich zu lenken, hat Hań mittlerweile ein Gespür dafür entwickelt, in den Augen der Freier zu erkennen, wonach sich ein jeder einzelne von ihnen verzehrt. Wünschen sie einen jungen Mann mit ihrem Werben, mit sauberem Wasser und süßen Früchten zu erobern, um von diesem ein Imitat von Zuneigung zu erhalten, welches Hań damit bekundet, aus scheinbar freien Stücken Hand an ihnen anzulegen, oder wollen sie einfach Sex. Brutal, roh und abartig. Er hat gelernt, ihnen alles zu geben.

Doch heute hat er verloren. Sein Gegner, ein Mann, der

eindeutig der zielstrebigen Sorte zuzuordnen ist, war gefangen von seinem Trieb, der gierig mit stierendem Blick nur Augen für das Mädchen gehabt hat. Hań musste tatenlos mit ansehen, wie der Mann das ihm ausgehändigte Mädchen, fest mit seinen Fängen umschlungen, zu der baufälligen Behausung gebracht hat.

Er bleibt zurück und setzt sich niedergeschlagen auf den harten Boden der Realität. Seinem Bewusstsein mit dessen vorwurfsvollen Gedanken und glühender Phantasie versucht er zu entfliehen. Ob er wieder zurückfindet – ihm einerlei. In ihm tobt ein quälendes, ihn würgendes, ein beinahe ihn zu ersticken versuchendes Schuldgefühl, das ihm so sehr auf dem Herzen liegt, dass es seine Atmung wirklich zu erdrücken scheint.

So in seinem elenden Dasein gefangen und dahinvegetierend, sieht er auch nicht die beiden Männer, welche in diesem Moment an der hiesigen Auslage des lebenden Fleischsortiments vorbeischlendern. Einer mit einem hilflos angewiderten und zugleich beschämten, der andere hingegen mit einem nüchtern analytischen Ausdruck in seinem ungewöhnlich hellen, fremdländischen Gesicht. Der Händler, der die Blicke mit den schüchternen, interessierten Blicken von brünstigen Nomaden verwechselt, beginnt sofort ein Verkaufsgespräch mit den beiden und zerrt dabei den Jungen auf die Beine. Greift ihm wie gewohnt unverhohlen, ohne Vorhandensein jeglichen Schamgefühls in den Schritt und preist ihnen seine junge, wörtlich, noch unerfahrene Männlichkeit an. Schwört, dass der Junge noch ganz frisch, erst seit kurzem da ist. Wie inzwischen gewohnt lässt er dies alles ohne Anteilnahme geschehen.

Doch plötzlich verstummt der Händler. Eine glänzende Klinge an der Kehle hindert ihn am weitersprechen. Eine Klinge, die zusammen mit dem Schweigen jenes Mannes, der sie führt, mehr als tausend Worte spricht und ihm deutet, was er zu tun hat, wenn er nur überleben will: Einen Preis nennen. Kein weiteres Wort begleitet den Handel. Das einzige Geräusch ist das einsilbige Flüstern der goldenen Münze, die auf den staubigen Boden fällt:

„Klock"

Hań, der beim Öffnen seiner Fessel wie durch einen Weckruf aus seiner tranceähnlichen Apathie erwacht, blickt um sich und sieht, wie das Seil von einem fremden Mann durchtrennt wird. Ein Mann, dessen Anblick ihn zusammenzucken lässt. Den leuchtend blauen Umhang erkennt er eindeutig. Hań übt sich aber in Selbstbeherrschung um in sich keine ablenkenden Fragen darüber aufkommen zu lassen und spürt indes, wie sein Herz zu rasen beginnt, spürt, wie es anfängt, von innen hart gegen seinen Brustkorb zu hämmern. Es ist sich bewusst, dass es nach zu langer Zeit von einer viel zu kurzen Leine gelassen wird. Hań spürt die Fasern in seinem Körper, als wäre er ein Bogen, dessen eben aufgezogene Sehne ihn unter Grundspannung setzt und ihn ungestüm weiter mit potentieller Energie auflädt.

Er hört das Rauschen seines Bluts in den Ohren anschwellen. Spürt, wie sich seine Beine mit Kraft füllen, welche ihm förmlich in die Muskeln schießt, sodass sie vor Überschuss geradezu überlaufen und sogar leicht zu zittern beginnen. Spürt die ihn reizende, ihn neckende Luft, die lasziv erregte Freiheit in der Nase und in der sich weit öffnenden Lunge kitzeln. Spürt, wie sein Herz von einem Punkt, der weit außerhalb vor den Toren der Stadt liegt – welchen er als pure plastinierte Freiheit identifiziert – zwanghaft angezogen wird. Sein Körper ist mittlerweile so mit Energie aufgeladen, wie es nur ein Bogen in dem kurzen Moment bevor der Pfeil losschnellt sein kann. Seine Konzentration ist so scharf wie vor dem wichtigsten Schuss seines Lebens.

Hań atmet ein, atmet aus. Der kurze Moment ist vorbei. Er hält seinen Körper nicht mehr zurück, lässt ihn fliegen, läuft los und schnappt sich geistesgegenwärtig noch den Wasserbeutel des Hässlichen. Danach freuen sich seine eifrigen Beine, sich endlich einmal wieder ungebunden bewegen, ihn immer weiter beschleunigen zu können. Hań verliert keine Geschwindigkeit, wenn er im weiten Bogen durch die Gassen zwischen den Hüttenreihen, weiter durch die Viertel und schließlich durch die ganze Siedlung huscht. Hań fühlt sich so schnell, beinahe fliegend, wie noch nie zuvor. Er ist hellwach, die Augen vom berauschenden Adrenalin in seinen Adern weit aufgerissen. Seine Sinne hochkonzentriert und nur auf den Weg vor ihm fixiert, welcher zu einem Tunnel verschwimmt, der ihn auf bestem Wege nach außerhalb, in die Freiheit leitet. Dem Mienenspiel der vielen Menschen widmet er keine Beachtung. Nimmt deren Körper nur noch als geometrische Gegenstände, lediglich als Hindernisse wahr, denen er nur auszuweichen hat. Dass die einen vor Schreck zu steinernen Stelen werden, während andere sich ihm in den Weg werfen, um ihn zu Fall zu bringen, hat keine Bedeutung. Mit den schnell geschlagenen Haken und flinken Sprüngen eines jungen Hasen, kann er intuitiv allen Hindernissen erfolgreich ausweichen. Beinahe so, als wäre er ihnen in der Zeit, in ihrer Bewegung voraus.

Hań läuft und läuft scheinbar schier unerschöpflich weiter. Sein Drang nach Freiheit, sein Verlangen nach dem Leben pumpt ihm unvermindert Kraft in seine Beine. Sein Wille stellt sich in diesem Moment über alles andere, über den Schmerz und über nun gänzlich nebensächliche Dinge wie Angst und Erschöpfung. Der kühlende Wind, den er beim Laufen spürt, schürt seine in ihm wild lodernde Feuersbrunst nur noch weiter an. Er läuft und läuft.

15

Vor der Stadt, an dem angestrebten Punkt in der Wüste angekommen, verlässt Hań schnell die Kraft in den binnen weniger Augenblicke plötzlich unendlich schwer gewordenen Beinen. Seinen brennenden Körper, den er jetzt nur noch intensiv als schweren Ballast wahrnimmt, lässt er auf den Boden fallen und schickt seinen Geist, mit einem unermesslichen, vom Adrenalin berauschten Glücksgefühl, dem blauen Himmel entgegen. In diesen würde er sich am liebsten erheben. Einfach seine Flügel öffnen und abheben. In ihm schwerelos dahingleiten, sich zu dem einzigen Vogel am Himmelszelt gesellen und mit ihm in endlosen Weiten schwimmen.

Über sein Augenlicht legt sich ein hauchdünnes, glitzerndes und flimmerndes Tuch aus sanften Rot- und Grüntönen nieder, bevor sich kurz darauf der angenehm dunkle Stoff, aus welchem auch die Nacht mit ihren Sternen zu sein scheint, ebenfalls darüber legt und ihn alsbald seine Augen schließen lässt. Mit seinen jetzt geschlossenen, und die Außenwelt aussperrenden Augen scheint er jede einzelne seiner Adern und seiner Nervenbahnen wahrzunehmen. Er spürt, wie es ihm unter den Fingernägeln kribbelt und seine Hände taub werden. In seinen Ohren erhebt sich ein Rauschen aus der Stille und wenig später wird in ihnen ein kraftvoll und schnell pochender Puls laut, dessen Bassschläge er sogar auf dem Trommelfell zu fühlen glaubt. Ein Bass, der ihn durch dessen monotonen Rhythmus noch weiter zu beruhigen vermag. Das Blut, das in seinen Beinen pulsiert, fühlt sich an wie flüssiges Gestein, wie strömende Lava, die zäh und heiß durch jede einzelne seiner Arterien fließt. Kapillare und Poren – beide weit geöffnet – tun ihr Bestes um der tobenden Feuersbrunst Herr zu werden. Es mutet ihm an als würde er schmelzen und in den gierig nach ihn haschenden Rissen der Wüste versinken. Seine ganze Aufmerksamkeit verschiebt sich nun auf die Atmung. Spürt, wie er die mit Feuchtigkeit angereicherten, heißen Abgase durch seinen Hals wie durch einen viel zu engen Schlot zwängt. Das Atmen fällt ihm schwer, gerät ins Stocken und schmerzt schließlich, denn sein Rachen ist staubtrocken. Völlig außer Atem überkommt ihn auch noch heftiges Seitenstechen. Aber dieser Schmerz ist einfach nur unwichtig. Gelassen schwebt er weiter mit seinen Augen im azurnen Firmament.

Plötzlich durchfährt Hań ein Schreck. Einer, der ihn sofort, ungeachtet jeglicher Erschöpfung, aufspringen lässt und aus seiner intensiven Körperwahrnehmung reißt. Er hat in der Siedlung etwas vergessen! Sein liebes Mädchen, seine ihm ach so teure Prinzessin, der er durch seine Gesten auf ewig seine treue Fürsorge versprochen hatte. Hań blickt gegen die Stadt und beginnt diese hilf- und ratlos, wutentbrannt in ihrer Sprache zu beschimpfen:

> „Na! Wirst du endlich machen, was man von dir verlangt!? Du beschissenes Stück Dreck! Sieh dich doch nur mal an, du elender Wurm, wie du in deinem eigenen Haufen liegst und fast verreckst. Sei nur froh, dass ich dich nutzloses Vieh durchfüttere! Dir werde ich den fehlenden Respekt schon noch einbläuen!"

Er sieht die Siedlung ganz klar vor sich liegen und beginnt in seiner Vorstellung zurück durch die Gassen zu fliegen, in denen immer noch der aufgewirbelte Staub und die Unruhe von seiner Flucht in der Luft liegen. Am Ziel, am Ursprung seines Ausbruchs angekommen, sieht er seine Prinzessin, wie sie gerade von der baufälligen Hütte zurückgeführt wird. Sieht ihre suchenden Augen und wie sie die herrschende Aufregung um zwei fremde Männer durch das in ihr verborgen liegende Potential – sei es Klugheit oder Feinfühligkeit – auf Anhieb richtig deuten und verstehen kann. Sieht, schon einen

Augenblick später, wie eine einzelne Träne über eine ihrer schmutzigen Backen rinnt, und damit den Wust an irrgehenden Gefühlen wie Enttäuschung, Angst und Einsamkeit zum Ausdruck bringt. Sieht, wie sich zu dem Schmerz – ausgelöst durch ihren letzten Freier – noch der viel gewaltigere durch den erlittenen Verlust gesellt.

Hań hatte die Wahl und hat sich dazu entschieden ihr aus freien Stücken so sehr weh zu tun, wie es kein Freier, seit der Verschleppung ihrer Mutter, jemals mehr gekonnt hätte. Er spürt seine fürsorgliche Liebe im Herzen pochen, aber zugleich auch den Schmerz seiner Peinigung, seiner Demütigung, spürt seine unverhüllte und schreckliche Angst vor diesem grauenhaften Ort der lüsternen Gräueltaten.

Hań denkt nach. Daran, was er tun kann, soll und will. Nein, von konzentrierten, zielorientierten Gedanken fehlt jede Spur. Nur flüchtige Gedanken – eher Gefühle – blitzen vor seinem geistigen Auge auf. Aber keinen von ihnen hätte er je zu greifen vermocht. Sie sind einfach zu rasend schnell. In ihrer Masse schier überwältigend. Er kann jeweils nur einen kurzen Moment ihren feinen Schweif sehen, bevor sie ihn wie heiß glühende Nadeln in seinem Gemüt treffen.

Hań befindet sich inmitten eines grausamen Zweikampfs seiner Gefühle. Die Liebe und die Angst beim ausgeglichenen Kampf auf dem feinen Grat der Messerschneide des Zwiespalts. Gefühle, die ihn – an ihn gebunden und entgegengesetzt an ihm zerrend – bis zum Zerreißen gespannt halten. Kurze Zeit darauf, als er begreift, dass seine unbewussten Schritte während des geistigen Ringens schon die direkte Richtung entgegengesetzt der Siedlung eingeschlagen haben, merkt er, dass die Angst seiner Psyche noch einen Helfer – den Selbstschutz seiner Physis – erhalten hat. So ist das Band aus kostbarstem Geschmeide – der Liebe zu dem Mädchen – durch des Messers Schneide getrennt worden. Deshalb bleibt seinem Herz, im Angesicht zweier so starker

Gegenspieler, nichts anderes übrig als zu kapitulieren.

Die endgültige Entscheidung kommt ihm zwar so etwas leichter – da nicht direkt von ihm getätigt – aber deshalb nicht weniger schmerzhaft vor. Denn sein Gewissen kann er nicht damit belügen, dass er die Entscheidung, welche für ihn getroffen worden war, bereits einige Meter hinter sich sieht, hätte er doch trotzdem jederzeit noch die Möglichkeit umzudrehen. Auch kann er sich nicht mit dem Eingeständnis, dass er schlicht und einfach ein feiges Aas ist, vor sich selbst verstecken. Trotzdem geht Hań den eingeschlagenen Weg weiter, aber die Liebe soll noch den ganzen Tag, wie auch sein restliches Leben lang, flehend ihrem Ursprung nachtrauern. Sein inzwischen restlos verdorrtes Glücksgefühl über die endlich wieder zurück erhaltene Freiheit – von der er jetzt nicht weiß, was damit anzufangen sei – hatte aber in den wenigen Minuten seiner Existenz genügend Zeit aufzublühen, befruchtet zu werden und ein Saatgut zu entwickeln. So strebt im Verborgenen ein kleiner Keim in ihm vorwärts, der ihn dazu anspornt nach vorne zu sehen. Und die Angst davor, dass ihn die schrecklichen Tage seiner Vergangenheit einholen und nochmals die Möglichkeit bekommen könnten, wieder zu seiner Zukunft zu werden, ist die konsequente Energiequelle, aus der er jeden einzelnen der vielen und schnellen Schritte nähren kann die ihn vorwärts treiben.

16

Die mit der sinkenden Sonne unerbittlich steigende Erschöpfung in Hańs Gliedern lässt die schwindende Temperatur des Abends in seinem Körper Einkehr halten und tief in sein Herz vordringen, wo sie ihn schon bald darauf fröstelnd und ihn sehr einsam fühlend macht. Sie hat aber zudem auch die Kraft, die Wunden seiner Seele zu kühlen, und es nun langsam auch in seinen Kopf Stille spendende Nacht werden zu lassen.

So liegt er auf dem steinigen Boden und sieht der Stadt, die nur noch als entfernter, erleuchteter Punkt kurz vor dem Horizont zu erkennen ist, entgegen. Neben ihr sieht er den Hügelrücken liegen, der sich bis zu ihm und noch weiter erstreckt. Beim Betrachten der Berge hat er seit langem einmal wieder einen Blick für das nächtliche Firmament übrig, das mit vielen hellen Punkten bespickt ist, als ob diese von einer höheren Macht wie Körner ausgesät worden wären. Hań fühlt sich von den Sternen, die für ihn Ahnen darstellen, gestreng beobachtet, wegen seiner Entscheidung von ihnen sogar angeklagt. Hań will aber nicht ohne ein Wort der Verteidigung über sich urteilen lassen und richtet ehrfürchtig seine Fragen an das ihm höchste Gericht, was denn sie an seiner Stelle getan hätten. Doch alle Fragen werden von dem schlechten Gewissen durch ideologisch hochtrabende, ihn schmähende Antworten niedergeschmettert, deren vibrierendes Echo in ihm, seine Mundwinkel zitternd macht. Schluchzend bittet er sie, doch nicht so hart mit ihm zu sein, von ihrer hohen Warte zu ihm herunter zu kommen, um ihn wahrhaftig zu fühlen. Worauf er sein Herz der ihn umgebenden Leere öffnet und diese tief in sich eindringen lässt. Aber als auch nach Minuten der fällige Richterspruch noch ausgeblieben ist, sagt ihm dieser Umstand, dass sie ihn schamvoll verstanden haben und versuchen werden ihm zu verzeihen. Dass die Entscheidung über seine Schuld vertagt worden ist.

Die Nacht wird kälter und Hań friert auf seiner nackten und zitternden Haut, die nur mit einem knappen Lendenschurz aus Leder über seiner Scham bedeckt ist. Sein Hals beginnt vom trockenen Schlucken erneut zu schmerzen. Doch nun intensiver und stechender als nach der Flucht. Was der Grund ist, weshalb er sich wieder einen kleinen Schluck aus dem erbeuteten Lederbeutel gönnt. Aber augenblicklich als sein rauer Hals aus der akuten Wahrnehmung verschwunden ist, drängt sich schon wieder die Prinzessin in seine Gedanken. Wie gerne würde er ihr jetzt über ihre Wangen streicheln und sie behüten, was eine Zärtlichkeit wäre, die ihm mit Sicherheit ein zufriedeneres Gefühl bescheren würde, als jenes, seiner neugewonnenen Freiheit wegen. Hań schämt sich peinlich dafür, wenn er daran denkt, wie das junge zerbrechliche Wesen nun einsam und alleine angekettet auf dem Boden liegt. Wie es seine weit geöffneten, runden Augen, mit Fragen behaftet, auf die es keine Antworten finden kann, ins Leere richtet:

»Wo bist du?«

»Wieso hast du mich nicht mitgenommen?«

»Wieso nur?«

Hań ekelt sich vor sich selbst, wenn er sich vorstellt, was seine Prinzessin ohne absehbares Ende noch alles erleiden wird müssen.

Bei dieser Frage an sich selbst, aber eigentlich doch mehr an die Ahnen, ob es das Mädchen jetzt bei ihm wohl wirklich besser hätte, beginnen ihm die Mundwinkel erneut zu flattern und es schießen ihm unvermittelt einzelne Tropfen Wasser in die Augen. Hätte sie es bei ihm, der in einer Lage ist, derer er sich erst jetzt im ganzen Ausmaß bewusst wird, wirklich besser? Was eine Frage ist, worauf ihm sogleich die ersten Tränen über die Wangen rinnen. Ihm steht nun die gleiche Ausweglosigkeit bevor, mit der noch hinzukommenden Marter des Dursts, welche ihn bald quälen wird. In einer fragwürdigen Freiheit gefangen, die nicht wirklich eine ist, weil er dem dringenden Zwang unterlegen ist, für sein Leben, das ihm nicht mehr wert ist als die quälende Liebe zu dem Mädchen, sorgen und kämpfen zu müssen:

»Wieso hab ich dich nur zurückgelassen?! Wieso hab ich nicht die Kraft, ja nicht den Mut gehabt dich zu befreien?!«
Hań verliert jegliche Beherrschung, lässt seinen Gefühlen freien Lauf und beginnt jämmerlich zu schluchzen. Er hasst sich. Ist seiner ständigen selbstgerechten Ausflüchte, mit denen er seine Feigheit vor sich selbst zu vertuschen versucht, überdrüssig.

Auf dem harten Boden zusammengekauert liegend, beginnt er sich selbst ganz sanft mit seinen Fingerspitzen über das Gesicht, über seine Wangen und über die Lippen zu streicheln. Gibt sich ganz der Illusion hin, sein Mädchen läge neben ihm, um ihn zu trösten. Seine Gewissensbisse kommen nicht mehr dazu, ihn zu fragen, ob er sich das auch verdient hat. Denn diese, als Resultat von Gedanken, schlafen bereits. Nur noch simple Emotionen verbleiben in ihm.

Mit dem Gefühl von Liebe im Herzen und unter den richtenden Blicken seiner über ihm, aber nicht über ihn wachenden und ach so tatenlosen Ahnen schläft er schließlich ein.

Was Hań nicht ahnt, ist, dass ihm sein Schatten gefolgt und in diesem Moment in der Stadt hinter ihm angelangt ist.

17

Nach einem kurzen, für Hań kaum wahrnehmbaren Moment zerschneidet ihm schon wieder die Sonne mit erbarmungsloser Brutalität das verdunkelnde Tuch, welches der Schlaf hinter seinen Augen ausgebreitet hat, ebenso wie die fein verwobenen Traumbänder, in denen sein Geist gewiegt wurde, in Fetzen entzwei und stößt ihn so in den und das Morgen. Treibt ihn an, in seine stetig zur Vergangenheit werdende Zukunft einzutreten. Befiehlt ihn, sich der Prüfung im Zeitpunkt der hauchdünnen Gegenwart zu stellen. Muss er doch beweisen, ob er des Lebens, welches er in dieser Welt weder leben noch beendet haben will, wert ist.

Hań steht auf und entscheidet, sich fortan an der Hügelkette zu seiner Rechten zu orientieren. Er will sich ihrem Verlauf, immer entlang in Richtung von der Stadt weg, anschließen. Durst ist dabei sein ständiger, anfangs lästiger, alsbald das Mädchen aus dem Mittelpunkt verdrängender, und bald darauf allein dominierender und dadurch etwas angenehmerer Begleiter. Doch trotzdem, vielleicht auch gerade deswegen, gönnt er sich nur selten einen Schluck aus der kleinen Trinkblase.

Seine jungen Füße bringen ihn schnell vorwärts, da sie bis jetzt noch jede einzelne seiner vielen Bewegungen als Wohltat nach dem langen Stillstand empfinden. Ungeachtet des Taktes seiner zahllosen Schritte, setzt die Sonne ebenfalls ihre Laufbahn fort. Diese aber nicht wie er in einzelnen Schritten, sondern analog zu der Zeit, mit welcher sie den Tag verstreichen, ihn zu seinem Ende gehen und so die Dämmerung beginnen lässt.

Erst am Abend kommt er an seinem Etappenziel, der mit Gebüschen versehenen Flanke der Hügelkette, an und heißt dort auf seiner roten und schmerzenden Haut die ersten sanften Schatten der Pflanzen willkommen, die sich wie ein kühlender Balsam auf sie legen. Allmählich breitet sich das unschärfer werdende, von den Pflanzen abfallende Dunkel immer mehr aus, verliert zusehend an Kontrast und verschwimmt auf diese Weise zuerst mit sich selbst, bevor es sich später völlig in die heraufziehende Nacht ergießt und eins mit ihr wird.

Bei Anbruch der Dunkelheit sieht er in unweiter Entfernung zu sich ein kleines Feuer lodern, das ihm bei dessen Anblick zugleich seinen dünnen Geruch von Rauch preisgibt. Hoffnung und Angst treibt ihn um. Zwei Gefühle, die Wünsche gebären, welche nicht miteinander vereinbar sind. Leben und sterben wollen. Dass er sich zu dem Feuer begibt, steht außer Frage, doch die Intention hinter seinem Handeln bleibt ihm vorerst verborgen. Darum wartet Hań und begibt sich erst bei ihn komplett umschließender Dunkelheit und in gebückter Haltung zu der Lagerstelle.

Ein lang verschüttet geglaubtes Gefühl kommt wieder in ihm empor. Das Gefühl des konzentrierten Jägers, der sich langsam und vorsichtig, mit gespannten Sehnen und Muskeln auf seine noch unbekannten Opfer vorwagt, von denen er Wasser als Beute erhofft. Nach Minuten gelangt er zu schlafenden Kamelen, durch deren lichte Reihen er sich bis hin in die nahe Umgebung von zwei Beduinen schleicht, die dösend an einem kleinen Feuer sitzen. Hań beobachtet die beiden Menschen geduldig, solange bis sie sich hinlegen, und noch darüber hinaus. Er muss seine Gier, sein einzig und allein auf die Taschen – viel mehr noch auf die Lederschläuche – gerichtetes Interesse, zügeln.

Aber schließlich, als ihm sein Verlangen zugesichert hat, lange genug gewartet zu haben, ist es endlich soweit. Er traut sich näher zu kommen, gelangt zu den neben den Tieren liegenden Schläuchen und kann deren prall ausgefüllte Oberfläche berühren. Bereits beim ersten zaghaften Betasten des Schlauchs formen sich flach rollende Wellen auf ihm ab, die mit einem leise gluckernden Geräusch seine Hoffnung Wasser zu finden erfüllen. Vorsichtig öffnet er den Wasserschlauch der beiden, löscht seinen Durst und füllt seinen eigenen Beutel auf. Ohne etwas verschüttet zu haben, bringt er sein Melken zu Ende und schließt – tunlichst darauf bedacht nichts zu verändern – den Lederschlauch wieder.

Hań hat für heute genug von den beiden Beduinen genommen und zieht sich nach kurzem Warten wieder in einige Entfernung zurück. Dort angekommen beschließt er, sich fort an, am Tag an ihre Fersen, und des Nachts an ihren Proviant zu heften. Seit langer Zeit kann er sich erstmals wieder ein Schema zurechtlegen, kann einen realisierbaren Plan ausarbeiten, welcher ihm Hoffnung für eine greifbare Zukunft gibt. Hań genießt das Denken an ein Morgen, welches ihm das selten beruhigende Gefühl beschert, sein Leben wieder im Griff zu haben.

18

Am nächsten Morgen beginnt Hań den beiden Männern mit gebührendem Abstand zu folgen. Lässt seine Blicke weit vorauseilen, gestattet der Leine ihrer Verbindung sich weit zu entfalten. Hält sie aber trotzdem, während all der nächsten Tage, straff und achtet tunlichst darauf, dass sie ihm nicht abreißt – sich nicht von dem Ankerpunkt seines Sehnervs löst.

Bereits gegen Ende des ersten Tags hat sein Bewegungsapparat seinen Elan, den Drang zum Fortschreiten verloren. Einen weiteren Tag später hat sich schon bleierne Erschöpfung in seinen Beinen breitgemacht. Hat ihm ein Gewicht angehängt, welches ihn aber noch nicht fesseln, noch nicht davon abhalten kann, auch diese Nacht wieder zuzuschlagen. Bleibt ihm doch gar keine andere Wahl, wenn er der erdrückenden Sonne einen weiteren Tag widerstehen will. Vielleicht fällt ihm sogar ein Umhang in den Schoß, denn von Tag zu Tag brennt seine schmerzende und anhaltend röter werdende Haut mehr. Aber er weiß, dass dies ein Wunsch ist, der dazu verdammt ist, auf ewig ein solcher zu bleiben.

Doch er hat einen Plan, an den er sich verbissen klammert. Ein Vorsatz, der ihm Grund zur Hoffnung gibt und seinen

Willen zum Durchhalten befiehlt. Dass das gesamte Gerüst, welches seine Absicht einfasst, und an welchem er seine Hoffnung wie auch sein Leben aufhängt, nur aus einem einzigen Halm besteht, ist Hań nicht bewusst. Den Sachverhalt, dass bereits eine kleine Schwachstelle in seinem Plan genügt, dass dieser unter dem enormen Gewicht einknickt, ihn abwirft, um sich danach in Luft aufzulösen, will er nicht erkennen. Kann es auch nicht erkennen, da ihn die blauäugige Zuversicht eines unerfahrenen Wüstenwanderers daran hindert.

19

Schließlich ist er am Abend des vierten Jagdtages angelangt. Seine Haut fühlt sich inzwischen beinahe so an als würde sie ihm bei lebendigem Leib abgezogen, als würde er ihrer auf schmerzlichste Art und Weise, mithilfe eines scharfen glühenden Eisens, beraubt. Doch die Tatsache, dass die rettende Nacht naht, kann ihn auch heute trösten. Sie wird ihn in einen dunklen und kühlen Mantel hüllen, in dessen Schutz er zu den Beduinen vordringen kann.

Hań hat Durst, unsäglichen Durst, und zählt die Minuten bis die Sonne endlich aufgehört hat ihr Licht auf die Welt zu schütten. Die kleine Trinkblase, welche er allnächtlich auffüllt, reicht ihm von Tag zu Tag weniger lange. Heute war der letzte Tropfen schon geleert, als die Sonne gerade einmal ihren Zenit erklommen hatte. Also vor langer Zeit. Doch ihm bleibt nichts anderes übrig als untätig zu warten.

Dann ist es endlich so weit. Hań bricht auf und findet sich bald an seinem Ziel ein. Ohne danach suchen zu müssen, findet er sofort das Objekt seiner Begierde nackt auf dem

Wüstenboden liegen. Kennt er doch inzwischen den Aufbau ihres Lagers gut. Nur ein kurzes Stück trennt ihn noch von dem Lederschlauch. Sein Durst wird beinahe unerträglich. Das Bild der prallen Rundungen des Beutels befeuert sein Verlangen und lässt ihm als Vorgeschmack bereits das Wasser im Mund zusammenlaufen. Aus Ungeduld reicht ihm heute bereits ein flüchtiger Blick aus seiner Deckung, hinter einem schlafenden Kamel hervor, um sich zu vergewissern, dass beide Beduinen tief und fest schlummern. Gebückt schleichend huscht er zu dem Lederschlauch, öffnet ihn und saugt das Wasser gierig, fast schon jegliche Vorsicht verlierend, in sich ein. Beinahe als sinnlich empfindet er die Situation als wenige Tropfen Wasser, erst zaghaft, dann zärtlich seine Mundwinkel verlassen und elektrisierend einen Weg über seinen Bartflaum, hin zum Kinn beschreiten. Dort sammeln sich erst zwei, dann drei, vier und fünf Tropfen bis diese schließlich die Masse haben sich von seiner Haut zu trennen, hinabfallen und verschüttet werden.

Unvermittelt hört er ein Rascheln von den beiden am Feuer liegenden Wüstenmenschen zu ihm dringen. Einer von ihnen bewegt sich, scheint aufzuwachen. Schnell verschließt Hań den Beutel, legt ihn sorgfältig an dessen Ursprungsplatz zurück und verschwindet hinter einem etwas abseits liegenden Tier. Von dort aus lugt er ganz gespannt und mit nur einem Auge hervor.

Hań sieht, dass sich einer der beiden zügig erhebt, sich umsieht und dann zielstrebig zu den Lederschläuchen geht. Im hellen Mondlicht kann er erkennen, wie sich dieser über die Schläuche kniet, alle kontrolliert, um schließlich eine der Blasen – jene welche er hatte – erneut zu verschließen. Aber damit nicht genug. Hań durchfährt ein Schauder, als der Mann dazu übergeht gründlich den Boden abzutasten und sogar vereinzelt kleine Proben des Wüstenstaubs zwischen den Fingern unter seiner Nase zerreibt. Danach beginnt der Mann damit seinen Blick in den nächtlichen Himmel zu richten, statt hinter den Kamelen, wo ihn dieser schnell gefunden hätte, nachzusehen. Bangend ziehen sich die Minuten, als wollten diese sich gegen ihr Verstreichen wehren. Langsam dreht sich der Mann immer wieder um die eigene Achse, nach irgendetwas Bestimmten forschend. Schließlich beendet dieser mit einem hörbaren Seufzer die Suche und nimmt stattdessen einen Beutel nach dem anderen mit zu sich ans Feuer. Bitter wird Hań klar, dass seine Wasserquelle nun versiegt ist.

»Besser ich zeige mich gleich.«,

lautet sein Entschluss. Er zögert aber noch weitere Zeit mit dessen Umsetzung. Zeit, in welcher mit jeder Sekunde sein Mut, sich zu offenbaren, schwindet. Wartet so lange, bis er wie ein Junge, der er auch ist, hinter einem Tier kauert und der Blick des tollkühnen Jägers, welcher er eben noch war, restlos aus seinen Augen verschwindet.

Für heute ist Hańs Vorhaben gescheitert und nur der Verdruss darüber sein Eigen. Im Stillen beginnt er zu fluchen, weil er noch keine Gelegenheit gehabt hat, seine kleine Trinkblase zu füllen. Eine Gelegenheit verpasst hat, zu welcher er heute keine zweite Chance mehr bekommen wird. Er weiß, dass es sinnlos wäre zu warten und macht kehrt.

Das Dilemma, unsäglichen Durst aber gleichzeitig zu viel Angst zu haben, um einfach nach Wasser zu fragen, lässt ihn während seines gesamten Rückzugs nicht damit aufhören zu fluchen. Denn schon jetzt spürt er den Durst wieder kratzend in seiner Kehle sitzen.

20

Von Atemnot wachgerissen, überkommt Hań ein Hustenanfall. Panisch kämpft er gegen das zuschnürende Strangulationsgefühl an. Mit lautem Bellen und gerade noch rechtzeitig, bevor er mit geschwollenem Gesicht bewusstlos zu Boden gegangen wäre, schafft er es, zumindest einen einzigen der Knoten aus Dornengebüsch, die ihm in der Kehle sitzen, zu lösen. Schafft es mit einem gierigen nach dem Leben Röcheln, Luft in seine Lunge zu pressen.

Nur langsam verbessert sich sein Zustand. Er spürt, wie das gestrig abendliche Kratzen Klingen bekommen hat und ihm voller Eifer den Rachen zerschneidet. Spürt seinen inzwischen krampfenden Bauch vom trockenen Husten schmerzen. Er fühlt sich erbärmlich – doch auch glücklich, dass er noch am Leben ist.

Auch dass er vergangene Nacht kaum Wasser auf- und keines mit sich nehmen konnte, hindert ihn nicht daran noch zu hoffen. Eine Hoffnung, dass er nur diesen einen Tag überstehen muss, um sich dann wieder am Beutel laben zu können. Eine Hoffnung, die ihm in diesem Augenblick befiehlt, wieder langsam aufzustehen, um ihn auf seinem Weg weiter voranprügeln zu können.

Der Marsch beginnt.

Sekunden werden zu Minuten.

Minuten zu Stunden.

Stunden zu Tagen.

Tagelang setzt er einen Fuß vor den anderen.

Tagelang gibt es weder eine Nacht noch Schlaf.

Tage voller Durst.

Tage voller Leid.

Tage voller gleißendem Licht.

Tage, die solange währen, bis sich das Himmelszelt anschickt sich endlich rötlich zu färben. Sein Geist, während dieser Zeit durch eine Art Dämmerzustand geschützt, wird allmählich wieder wach. Spürt seinen Körper wieder schmerzen, dursten, leben. Nicht nur mehr als Dinggebilde empfunden, welches lediglich dazu bestimmt ist, einen dösenden Geist zu befördern.

Sein Verstand – wieder in der Gegenwart angekommen – lässt den Abstand des Körpers zu seiner Beute geringer werden. In schleierhaften Dämmer gehüllt nähert er sich die letzten Meter in gebückter Haltung und harrt schließlich liegend – auf den spitzigen Steinen geduldig wartend – bis tief in die Nacht hinein aus, bevor er die letzten – ihn von den beiden Männern trennenden – Meter, noch zwischen Dornensträuchern hindurch, hinter sich liegen lässt.

Hańs Herz, wegen der bevorstehenden Aufgabe wild aufgeregt, wird herb enttäuscht, als seine Augen sehen, dass der Dunkelhäutige der beiden Beduinen alle Wasserreserven direkt neben sich angehäuft hat. Ein Bild – wie ein Schlag ins Gesicht. Ein Schlag, so heftig, dass ihn dieser betäubt. Denn die kindliche Hoffnung ließ ihn alle Befürchtungen zuvor ignorieren. Aus diesem Grund konnte ihn die Wucht ungemindert treffen. Gedanken, Gefühle und Schmerzen werden ausgeblendet. Weshalb sich der Körper, nur gesteuert durch das Unterbewusstsein, zurückzieht. Reagiert weder auf die spitzen Steine unter seinen Knien, noch zuckt er zurück, als ihm einer der Dornenbüsche seine leuchtend rote Haut beim unvorsichtigen Vorbeigehen einritzt.

Erst als Hań wieder an dem Punkt angekommen ist, von welchem aus er zu seinem letzten Besuch aufgebrochen ist, kommt er – wie durch ein Fingerschnipsen geweckt – zu sich. Erst jetzt realisiert er wieder, wo er sich befindet und was geschehen ist. Spürt, wie seine bereits an einigen Stellen taub werdende und zugleich brennende Haut an einer Schulter aufgerissen ist, weshalb ihm Blut den Arm hinunter rinnt. Das gezielte Hören in sein Herz, um der darin beheimateten zuversichtlichen Stimme zu lauschen, findet nur taube Stille. Spürt sein Herz entsetzlich leer geworden. Dessen Bewohner, die Hoffnung auf das süße Wasser als treibendes Mittel zum Zweck des Überlebens, ist gestorben. Hört seine Gedanken eine Trauerrede anstimmen, die zu allem Überfluss in masochistischer Weise ihr Übriges tun, um selbst noch die sterblichen Überreste des Optimismus mit Hohn über dessen Naivität zu massakrieren, damit ihm noch nicht einmal aus diesen, nach Möglichkeit Trost zuteilwerden kann. Unaufhörlich sagen sie ihm, welch jämmerliches Exemplar eines Menschen er doch ist. Eines, das es noch nicht einmal schafft, den liebsten Menschen auf der Welt zu beschützen.

Hań fühlt sich feige, durch die Angst fremdbestimmt und unfähig seine Stellung zu vertreten. So wie sich etwa ein exponierter dunkler Fleck im Schwarz, ein Schatten in der Nacht sehen muss. Er empfindet sich als überflüssig, des Lebens überdrüssig. Spürt, dass seine Wünsche, Hoffnungen und er selbst in Summe seiner Existenz nur allzu nichtig sind, um von dem Leben, von welchem er nichts mehr zu erwarten hat, eine Daseinsberechtigung zu erhalten.

Mit diesen Gedanken in seinem Geist, die ihm mit einer derartigen Wucht auf das Gemüt geschlagen haben, dass diese den Boden, auf welchem er seinen emotionalen Tiefpunkt sann, sogar noch durchschlagen haben, schafft er es nur dank seiner Erschöpfung binnen weniger Momente einzuschlafen. Aber trotz der äußerst widrigen Ereignisse hegt er noch immer das kleine irrationale Quäntchen kindlicher Hoffnung eines Jungen in sich, welches ihm mit beinah stummer Miene flüstert:

»Wird schon gut werden.«

21

Die Morgensonne geht auf und versucht vorerst vergeblich Hań zu malträtieren, ihm seinen Schlaf zu stehlen. Denn dieser Schlaf, von dem sein Körper gerade versucht einigen nachzuholen, ist heute besonders tief, beinahe einem Koma gleich. Zu viel der Erschöpfung hat sich seit Beginn der Gefangenschaft als wachsender Ballast in ihm angehäuft. Zu oft hat er jeden Tag aufs Neue, aus schlichter Notwendigkeit abermals seine letzten Kraftreserven mobilisiert. Zu lange hat er damit gewartet, hat es schlichtweg versäumt, seinem Körper das Pfand für die vorgestreckte Energie durch Erholung zu zollen. So kommt es, dass er heute verschläft.

Allmählich wandert der unbeachtete Schatten eines Dornenbusches mit der Zeit und Lage des Sonnenlaufs langsam zu Hań hin und über ihn hinweg. Streicht ihm – wie zum Erwachen – zärtlich wie eine traute Geliebte über seine Lider und über die Striemen, die er sich am Vorabend aus Unachtsamkeit zugefügt hatte. Die Sonne steht inzwischen schon hoch, weshalb sie ihm wieder grell blendend in seine sich jetzt langsam aus der zärtlichen Dunkelheit erhebenden Sinne kreischen kann. Grelle Schreie, die als quälende Hebammen seinen Geist mit aller Gewalt aus der Schlummerblase schneiden und an die Oberfläche zerren wollen.

Plötzlich, wie neben einem lauten Glockenschlag erwacht, springt Hań erschrocken hoch und blickt zum leeren Horizont vor sich. In einem undefinierten Zustand zwischen Panik und betäubender Schlappheit macht er sich unverzüglich, ohne weiter nachzudenken, auf. Er darf den Abstand, zu der brauchbare Spuren hinterlassenden Karawane, nicht noch größer werden lassen. Er darf dem Wind keine Möglichkeit geben, an den frischen Fährten sein verwischendes Tagwerk zu vollrichten.

Die Sonne gibt Hańs Körper während des restlichen Tags über mit ihrer sich ihm bietenden Stirn ausreichend Contra auf sein Äußeres. Lässt auf diesem schmerzende Blasen wachsen und bremst sein Vorankommen beinahe bis zum Stillstand aus. Die inzwischen längst vergangene Wasseraufnahme ist schon lange in seinem schlicht nach Mehr gierenden Körper versiegt. Von plötzlichem Zorn befallen wirft er die kleine Trinkblase des Zuhälters im hohen Bogen von sich, ist diese doch eh nur noch unnützer und scheuernder Ballast geworden. Sein schmerzlich dröhnender Kopf, lässt den beherbergten Geist kurz ohnmächtig einnicken, versagt ihm einen kurzen Moment die Präsenz. Auf diese Weise verliert sein Geist den Taktstock, mit welchem dieser die Beine dirigiert, weshalb er, nur einen ausgebliebenen Takt später, mit plötzlich angewurzelten Füßen, hart mit seinen Knien auf spitzigen Steinen aufschlägt. Der Schmerz dieses Aufpralls kann ihn erneut, wenn auch nur für einen kurzen Moment, wachrütteln. Denn bereits wenig später, nach erneutem Stolpern und mehreren kleinen Stürzen, bleibt er liegen und beginnt sich mehrmals zu übergeben.

Als Hańs Magen schon lange von bitterer Galle geleert und sein ausgezehrter Körper völlig erschöpft vom trockenen Würgen ist, flüchtet sich sein Geist in taube Dunkelheit, welche ihn freudig aufnimmt und erst wieder in der beinahe kontrastlosen Nacht entlässt. Orientierungslos kann er im ersten Moment nicht mit Sicherheit bestimmen, ob er bewusstlos oder bei Bewusstsein ist. Er erwägt sogar die Möglichkeit gestorben zu sein, und ist im ersten Augenblick enttäuscht, nicht in das nächtliche Firmament aufgefahren zu sein.

22

Langsam kehrt Hańs Geist wieder in seinen Körper heim. Findet sich in selbigem, im Raum und der Zeit aber nur schwer zurecht. Benommen greift er nach der dünn gewordenen Leine seiner gedanklichen Richtschnur und zieht sich an diese geklammert nach oben. Taumelnd ist er auf seinen Füßen angekommen und begibt sich, einmal in Gang versetzt, stur, aber mehr stolpernd als marschierend, weiter vorwärts. Nicht mehr einer etwaigen Fährte folgend, sondern nur noch der letzten kindlichen Hoffnung nach Wasser hinterher.

So beginnt nach wenigen Stunden der letzte seiner Tage in diesem Zustand. Und als wüsste der Himmel bereits, dass ein feierlicher Anlass bevorsteht, legt sich dieser sein schönstes Morgenkleid an. Eine feierliche Robe dem Ende zur Ehre. Ein Festtagsgewand, welches aber von Hań völlig unbeachtet bleibt. Denn sein pendelndes Schwanken, gegen das er sich konzentriert zu wehren versucht, wird bei stetem Fortgang nur noch intensiver. Dafür stumpft die Fähigkeit Schmerz zu spüren, trotz der sich mehrenden Gelegenheiten dafür, völlig ab. Ein Umstand, den er dankend begrüßen würde, könnte er ihn bei seinen häufigen Stürzen oder der ihn ständig zu pellen versuchenden Sonne nur wahrnehmen.

Als diese schließlich ihren Gipfel erklommen hat, bricht Hań während seines Taumelns unter ihrem gewaltigen Gewicht ein letztes Mal zusammen. Verdrossen beschließt er, nun endgültig liegen zu bleiben. Hań hasst den Boden unter seinem Körper, sich selbst und die ganze Welt. Einzig und alleine seine Prinzessin liebt er noch, und diese dafür mit ganzem Herzen. Seine Lippen – von Rissen überzogen – fühlen sich beim Berühren dieser, wie zwei eingefallene Hügel mit tief eingeschnittenen Gräben und Furchen an. Sein Rachen schmerzt, sein Kopf dröhnt und seine Haut steht in Flammen. Bald wird von ihm nur noch ein kleines Häufchen Asche übrig sein. Gerade noch so groß, um wie ein Kind mit beiden Händen hoch in die Luft geworfen zu werden, und flüchtig genug, um nie wieder auf den Boden der Tatsachen zurückkehren zu müssen.

Hań schließt seine Augen mit dem Bewusstsein, diese niemals wieder zu öffnen. Betrachtet diesen Umstand nur noch als kleines Detail wegen dem er aufgehört hat, sich zu grämen oder gar traurig zu sein. Zufriedenheit breitet sich in ihm wie ein gleißend helles Licht aus

Aber in dieser Unendlichkeit, nur einen äußerst kurz empfundenen Moment später, wird er von einem von fern her klingenden Gebrabbel geweckt. Ist durch die Neugier gezwungen seine inzwischen nur noch verschwommen und schemenhaft sehenden und dabei furchtbar schmerzenden Augen abermals zu öffnen. Ein friedliches Entschlafen ist ihm schlicht nicht vergönnt. Aber um zornig darüber zu werden, weil er doch so müde ist, bleibt ihm keine Zeit. Denn sein bereits reflexartig zuckender Körper, den er nach Luft ringend, würgend und erstickend vorfindet, schreit nach augenblicklicher Führung. Ein erster Gedanke durchfährt ihn, wie der Schock beim Sprung ins kalte Wasser. Jemand lebt eine abscheuliche Perversion an ihm aus und will ihn in der Wüste ertränken. Dass diese Angst blanker Unsinn ist, kann er in diesem Zustand nicht erkennen. Zu oft und zu tief hatte er bereits Einblick in die bodenlos gewordenen menschlichen Abgründe, um aus einer Intuition heraus eine halbwegs logische Begründung für diese Situation herzuleiten.

Hań bemüht sich redlich, das Wasser, das in flutenden Strömen in ihn einzudringen versucht, abzuwehren und spuckt es energisch wieder aus. Setzt sich mit Händen und Füßen zur Wehr, schlägt wie wild um sich. So lange, bis seine Augen es schließlich schaffen zu fokussieren. Es schaffen, die vor ihm kniende Person mit einem Bild zu belegen.

»Der hässliche Bastard!«,

schießt es ihm in den Kopf und von dort aus als hochdosiertes Adrenalin in den Körper. Hań bekommt die Gelegenheit Rache zu üben. Bekommt die Gelegenheit das zerstörte Bild einer gerechten Welt, wie es einmal vor langer Zeit in seinem Kopf vorherrschte, mit wenigen Handgriffen instandzusetzen. Eine Gelegenheit, die er sofort – mit beiden Händen an der Kehle des Hässlichen – am Schopfe packt. Er will den Beduinen, dessen Fratze ihn hämisch angeifert, umbringen. Ihm seine Grimasse zerschneiden. Will ihm alles, was dieser ihm antat in Summe als geballten Hass heimzahlen.

Inzwischen versucht der Aggressor ihn sogar mit drei und vier Händen zu fixieren. Aber vergeblich. Hań schafft es trotzdem, mit beiden Händen den Hals des Mistkerls zu umklammern und seine Daumen tief in dessen Kehlkopf zu graben. Vor Schmerz oder Atemnot quellen diesem lachenden Bastard bereits die Augen aus seinem unnatürlich verzerrten Gesicht hervor. Doch genauso verbissen wie er ihn würgt, versucht dieser ihn zu ertränken, will dieser doch sein grausames Werk an ihm endlich vollendet wissen. Aber nicht jetzt! Nein! Er wird sich wehren, er wird gewinnen, ihn töten und verstümmeln.

»Nein, zuerst verstümmeln und dann töten.«

Er soll leiden. Hań drückt seine Daumen bei diesem Gedanken noch tiefer und fester in dessen Hals. Wie besessen blickt er in das durch irgendeine Krankheit angeschwollene Löwengesicht, das so oft zugesehen hat, als ihm wehgetan wurde, ihn so oft gedemütigt hat. Der Dreckskerl muss mit einem glühenden Dolch in seinem Hinterteil Buße tun, bevor er ihn wie ein Tier ausweiden und dann seine Prinzessin befreien wird. Nur noch dieser eine Mann steht zwischen ihm und dem Mädchen.

Doch plötzlich gerät das Bild in Wandlung. Hań sieht

nicht mehr das verhasste Gesicht ihn anstarren, sondern sich stattdessen unter einer welligen Wasseroberfläche herausgreifen. Sein Blick folgt den Armen aufwärts zu seinen die Kehle seiner Prinzessin zusammendrückenden Händen. Unverzüglich lässt er den Würgegriff locker und seine Hände neben sich zurückfallen.

Die Röte weicht ihr augenblicklich aus dem Gesicht und lässt auf ihm die blauen Flecken, die blutigen Striemen und die unverändert versteinerte Miene einsam zurück. Ein Blick, der es Hań leicht macht, ihre Gedanken aus ihrem Antlitz aufzuklauben. Kennt er doch ihre Mienenzüge – jedes Grübchen, jede Falte – deren Verlauf er oft mit seiner Fingerspitze zärtlich berührt hat, und damit jeden Ausdruck nur zu gut. So gut, um darin sogar intuitiv lesen zu können.

Sie blickt ihn nicht mehr wie beim ersten Mal mit leeren, runden und antwortlosen Augen fragend an. Vielmehr trägt sie vermutlich den Blick, gleich dem, als sie verstand, dass er geflohen war und sie alleine unter Wölfen gelassen hatte. Verstanden hatte, dass es keine Hoffnung mehr gibt, nicht einmal die auf Trost. Gleicht dem Blick von jemanden, der sein Urteil gefällt hat.

Mit einem Gefühl, dass sie an ihm das einzig wahrhaftige Recht sprechen mag, lässt er sie in ihrem Tun walten und schließt die Augen, lässt bereitwillig das die Luft zum Atmen verdrängende Wasser in sich eindringen. Hań ist erneut zu sterben bereit. Und weiß, dass er sich dies wegen seiner Feigheit auch redlich verdient hat.

Reise Reise

1

Ein lauter Schrei, einer, der Hań mit grell heißer Klinge durch Mark und Bein fährt, weckt ihn ruckartig aus einem Zustand, welcher sich jeder Beschreibung entzieht. Noch viele Male mehr muss sich dieser wiederholen, bis er endlich wach genug ist, um sich selbst nicht als tot und diesen Schrei als lautes Blöken eines Kamels zu identifizieren.

Langsam wieder zu Bewusstsein kommend, liefern ihm seine Sinne weitere Reize, an denen er sich orientieren kann. So bestimmt er seinen Untergrund, anfangs als verfilzten Teppich empfunden, allmählich doch als hin und her wankendes Tier, welches er in liegender Position fest umklammert hält. Als sich nach Minuten dann auch noch zaghaft seine verklebten Augen öffnen, findet er sich in einer Umgebung wieder, welche gänzlich verändert zu jener ist, in der er sich noch befand, als er seine Lider vor einer unbestimmten Zeit schloss. Hier umgeben ihn schroffe, rote Felswände und mit feinem Sand bepuderte Geröllbrocken zu allen Seiten.

»Wo bin ich?«

»Wann bin ich?«,

schnellt es ihm in den Kopf. Die mit diesen unbeantwortbaren Fragen geschlagenen Funken, keimen bald und werden zu wild lodernden Brandherden der Angst. Binnen Sekunden fühlt er sich inmitten sengender Emotion gefangen, welche ihn ansteckt, überwältigt und als Geisel nimmt. Ihn dazu zwingt sofort zu fliehen.

Erst jetzt bemerkt er, dass seine Füße an das Tier festgebunden sind, welches ihn durch diese enge Passage auf den stetig ansteigenden und holprigen Pfad durch zerklüftete Felswände hinaufträgt. Da seine Hände frei sind, können sie die Knoten ohne Schwierigkeiten lösen. Was Hań im Hier und Jetzt, in einem beschränkten Modus seit Inkrafttreten des Überlebensprotokolls – welches ausgelöst durch den ersten panischen Moment – nicht begreift, ist der Umstand, dass die diversen Knoten und Schlaufen lediglich dazu dienen, ihn zu fixieren, ihn vor einem Sturz vom Rücken des Kamels zu bewahren. Und keinesfalls etwa dazu, ihn an das Kamel gefesselt zu binden.

Hań ist von Grund auf klar, dass er diesen Moment, in dem ihm keine Aufmerksamkeit geschenkt wird, nicht ungenutzt lassen darf. Er muss sofort fliehen. Der Plan dafür so klar wie auch einfach; hinunterspringen und schnell das Weite suchen. In gewohnt behänder Manier schwingt er ein Bein über das Tier, doch will ihm dieses zu der spontanen Anstrengung, auf den intuitiv gefassten Befehl nicht gehorchen. Weshalb sein Schwung, welcher ihm eigentlich helfen sollte, sicher in einem gezielten Satz von dem Kamel herunterzukommen, sich ins Gegenteil verkehrt, seinen beschleunigten Oberkörper wanken, und ihn unsanft vom Kamel aus auf den harten Boden fallen lässt.

Mit lautem Blöcken schlägt das Kamel, welches ihn die letzte Zeit über getragen hatte, Alarm. Meridin, der sich am Anfang der Karawane befindet, blickt zurück und sieht den beinahe nackten Knaben mit einer kleinen Platzwunde am Kopf auf dem Boden liegen. Ihm ist bewusst, was dies zu bedeuten hat. Kann er doch auf eine Gabe zurückgreifen, welche in seinem früheren Leben zur Klinge geschärft wurde; momentane Situationen in Sekundenbruchteilen korrekt zu interpretieren. Meridin weiß, weshalb der Junge – dessen versengte Haut sich bereits in großen Fetzen ablöst – mit blutiger Stirn und wild suchendem Blick auf dem Boden liegt. Er sieht die wahnsinnige Angst schier aus dessen Augen funkeln. Ihm ist bewusst, dass die folgenden Augenblicke – flüchtige Momente, in der Dauer kleinster Zeitbruchstücke – entscheidend dafür sind eine Vertrauensbasis zu bilden. Kleine Zeitfragmente einer Einheit, welche damit beschrieben werden könnten, wie lange Staub in einer Sanduhr benötigt, die Enge um die einzelnen Körner herum verrinnend zu passieren. Eine Größe, welche aber noch ungleich kleiner ist, da das Verhältnis von Staub zu Sand in Wirklichkeit die Relation von Sand zu regelrechten Brocken ist. Brocken, welche immer länger brauchen, da sie sich wechselseitig blockieren und ausbremsen. Denn eben diese Weile ist die Dauer des ersten Eindrucks. Ein Moment, welcher nicht nur dafür ausreicht, die feinsten Mienenspiele des anderen, wie ständig ins gegenseitige Gesinnungsbeet hinausgeschleudert gestreute Samen, in einem selbst gedeihen zu lassen. Sondern auch noch dafür, die Frucht dieser schnell aufkeimenden Pflanze aus der Kategorie der Meinungsbildner als Ver- oder Misstrauen zu ernten.

Meridin reicht dem Jungen die offene Hand in das starre Blickfeld seiner verstört verängstigten Augen. Er spürt, wie sich diese an seinem nun exponiert empfundenen Arm, halb klammernd, halb abgestoßen, nach oben in sein lächelndes Gesicht ziehen. Diese, dort angekommen und ihn nur eines kurzen Anschauens würdigend, negieren seine Miene in dem Augenblick auf kühlste Weise. Sagen ihm damit, dass der junge Mann mit dieser Geste absolut nichts anfangen kann. Sich plötzlich nur noch fehl am Platze fühlend, zieht Meridin die massiv blickbehaftete Hand zurück und reicht dem Jungen stattdessen seine kleine Flasche mit Wasser, welche ihm dieser beinahe gierig entreißt. Verwundert muss Hań aber feststellen, dass sein größter Durst bereits gestillt ist.

Meridin lässt den Jungen wieder alleine. Hat ihm dieser

doch unmissverständlich mitgeteilt, dass ihm dies das Liebste wäre. Vorbei an dem am Wegesrand sitzenden jungen Mann, setzt die Karawane ihren Weg durch das unwegsame Gelände fort. Dem Zurückbleibenden bleibt nichts anderes übrig, als den Tieren und dem Menschen lediglich stumm hinterher zu blicken.

Das Ende der Karawane bildet Ra´hab, der dem Jungen lediglich einen flüchtigen Blick widmet. Aber dieser Blick wirkt auf den Knaben sehr sympathisch, freundlich und gütig. Wie der Blick eines Vaters auf seinen Sohn erscheint er ihm. Einen solchen, und dessen Wirkung auf ihn, hätte Hań nicht von einem Vertreter der schwarzen Männer erwartet. Haben diese doch unvergessliche Eindrücke, tiefe Abdrücke in seiner Seele hinterlassen. Doch als dieser, bei Hańs Augen angelangt, nicht Halt macht, sondern mit einer Leichtigkeit immer tiefer bohrt, bis er ihn mitten ins Herz trifft, tritt dieser damit, gewollt oder nicht, einen Gefühlsrutsch los.

Eine Gerölllawine aus vielen einzelnen Gefühlen, welche ihn innerhalb kürzester Zeit gänzlich unter sich verschüttet. Schwere Brocken der Einsamkeit und des Schmerzes begraben ihn. Trümmer aus Heimweh und Splitter, resultierend aus dem Wissen niemals wieder dorthin zurückkehren zu können, füllen die Spalten. Der Niederschlag von feinem Sand und Staub – lähmend stummer Ohnmacht, empfunden wegen seiner Unfähigkeit zu agieren – rieselt abschließend noch in die letzten Freiräume der nun über ihm hermetisch isolierenden entstandene Kuppel. Die abgegangenen Gefühle lassen eine Hülle entstehen, die keinen seiner in ihm beherbergten und kreischenden Schreie nach außen dringen lässt. Diese sogar alle noch im Keim erstickt. Ein Effekt, der ihm seine Anders- und Fremdheit ganz deutlich vor Augen führt. So separiert ihn diese immer weiter von der wärmenden Welt anderer Menschen und dämmt überdies hinaus den unter ihr herrschenden eisigen Hauch ab.

Verzweifelt blickt er dem Zug so lange hinterher, bis dieser auf seinem Weg zwischen den zerklüfteten Felsen hindurch vor seinen Augen, hinter einer Kurve verschwunden ist. Und noch länger, bis das unregelmäßige Klappern der Hufe, immer leiser werdend, in seinen Ohren ganz verstummt ist, hört er ihm hinterher. Und sogar noch länger sitzt er in unveränderter Haltung an den Felsen gelehnt. Inzwischen ist er zusammen mit einem leisen verlorenen Windhauch, der sich an den vielen Kanten des Gesteins mit einem leisen Pfeifen selbst entzweischneidet wieder alleine.

Plötzlich, ganz unverhofft, schlägt ein innerer Überlebenswille mit kräftig pochendem Herzen in seiner Brust mit aller Gewalt gegen diese Hülle der miteinander verklemmten, verkeilten und sich gegenseitig behindernden Gefühle. Das Zwangsgefüge aus Emotionen wie etwa Neugier auf ein anderes Leben, mit der Angst davor von diesem enttäuscht zu werden, Vertrauen und Liebe suchend, aber Einsamkeit und Enttäuschung fürchtend, bekommt Risse und bricht an einer kleinen Stelle. Schlägt ein Leck, durch welches ein kleiner Lichtkegel in die einsame Kuppel seines Selbst einfallen kann. Dieser, wie eine Kostprobe wirkend, genügt bereits, dass sein Herz Appetit auf mehr, schier Heißhunger auf das Leben bekommt und eifrig zu rasen beginnt. Mit jedem Pumpen schlägt es wie mit einem Hammer dumpf gegen diese lethargische Schale, welche seinen Lebenswillen eben noch zu ersticken drohte.

Babam. Babam. Babam. Babam.

So verwundert es nicht – mit einem Willen ausgestattet, der verstanden hat, dass dies seine letzte Chance ist – dass er im Handumdrehen die undichte Stelle in der Schale zum Schacht aufbrechen konnte. Binnen Sekunden ein Loch schuf, welches groß genug ist, um aus der Hülle flüchten, um wie ein neuer Mensch aus ihr schlüpfen zu können. Von den Trümmern der Kruste, von all den schlechten Gefühlen und Gedanken, will er nicht einmal ein Andenken in der Größe eines Steinchens mitnehmen. Ahnt er doch bereits, dass dieses Steinchen zu einem, ihn schon bald wieder beschwerenden Brocken Ballast heranwachsen würde. Hań will alles hinter sich lassen.

Ungeachtet seiner Schmerzen steht er behände auf und folgt ohne zu zögern der Karawane. Denn das Echo des Hufklanges ist schon lange im grenzenlosen Äther versiegt. Im Laufschritt – um nicht den gesuchten Anschluss zu verpassen – eilt er ihnen hinterher. Hań fühlt sich zum ersten Mal seit langem wieder frei genug, selbst eine Entscheidung über sein Leben zu treffen. Sich im vollen Ausmaß seiner Freiheit und – daraus folgernd – auch seiner Eigenverantwortung bewusst, weiß er, dass er die Karawane finden muss, da ihm sonst diese neu erlangte Freiheit mit Sicherheit den Tod einbringen wird. Dies sieht er aber nicht als wiederholten Zwang, als Beschneidung oder Einschnürung seiner Freiheit, sein Leben, das schon lange aufgehört hat ihm etwas zu bedeuten, zu retten, sondern als letzte Gelegenheit, dies endlich auch wieder zu wollen.

2

So folgt Hań den spärlich gesäten Spuren, welche die Karawane hinterlassen hat, immer fort. Folgt den Abriebspuren auf dem mit einer hauchdünnen Staubschicht bedeckten Stein. Folgt aufmerksam den Hinweisen, auch wenn er diese Art der Fährtensuche gar nicht so intensiv betreiben müsste, da es offensichtlich nur diesen einen Pfad geben kann. Aber trotzdem – nun, da er sich für einen Weg entschieden hat – will er keinesfalls das Risiko eingehen, dessen

Bestimmung zu verfehlen. Er muss nicht sehr lange – die Augen dabei stets auf den Boden gerichtet – der für ihn leicht auszumachenden Fährte folgen, bis er die ersten Geräusche von deren Urhebern vor sich ausmacht.

Die starke Steigung des Weges, welcher direkt auf die Kuppel des Berges führt, verliert zunehmend an zu bewältigender Anstrengung. Fast angekommen verbleibt Hań vorerst in gebückter Haltung, um dem Treiben der Menschen, der beiden Karawanenführer, noch etwas beizuwohnen. Beobachtet diese gründlich, will er sie doch wenigstens etwas beurteilen können um sein weiteres Vorgehen zu bestimmen. So sieht er etwa, wie sich einer der beiden liebevoll um die Tiere kümmert, während der andere ein einladendes Nachtlager in einer Felsnische bereitet. Aber eine Hierarchie, eine etwaige Rangordnung unter ihnen, welche ihm den Anführer, denjenigen, an welchen er ein Bittgesuch stellen kann, offenbart, mag er auch nach Minuten nicht erkennen.

Als sich nach weiteren Minuten noch immer kein Grund zeigen will, der gegen eine Kontaktaufnahme spricht, wird es schließlich Zeit, den nächsten Schritt zu wagen. Beinahe noch im gleichen Augenblick setzt er den Entschluss in die Tat um, steht demonstrativ auf, nähert sich bedächtig um weitere Meter, bis er ebenfalls auf der Kuppel angelangt ist. Während er auf die Reaktion der beiden wartet, sind die Sehnen seines Körpers erneut so gespannt wie die eines Bogens im kurzen Augenblick, bevor der Pfeil in die weite Ferne losschnellt. Bereit, den auf der Sehne liegenden Körper zu beschleunigen. Bereit, eine Flucht anzutreten. Bereit, um abgefeuert auf ewig in der Wüste verloren zu gehen, nie mehr gefunden zu werden. Doch will er heute keinem intuitiv erkannten Startsignal Folge leisten. Vor Tagen war ihm diese Spannung die Rettung, aber heute wäre diese sein Untergang.

Ra´hab glaubt, gut daran zu tun, den Jungen nicht mit Worten zu belästigen. Stattdessen gibt er ihm wortlos und frei von Mimik eine Decke in die Hände, lediglich mit der andeutenden Gebärde, dass er diese neben den ihrigen ausbreiten soll. Böse ernüchtert, sieht der Knabe, der nicht weiß, wie er auf diese Geste reagieren soll, den dunklen Mann mit einem überraschten Blick an. Schienen ihm dessen Augen eben noch so voller Güte, gibt ihm seine Erfahrung mit diesem Schlag Männern sofort zu wissen, so etwas wie schüchterne, verliebte Zuneigung in selbigen entdeckt zu haben. Hatte er doch praktische Lektionen zur Genüge gehabt, um die jeweilige Gattung der unterschiedlich motivierten Männer zu erkennen. Brachte ihm die Erprobung zwar auch des Öfteren Schläge ein, erwarb er sich aber auch eine gute Menschenkenntnis, mit welcher er vorhersagen konnte, wann es sich lohnen würde, sich zu wehren, und wann es besser wäre, einfach still zu halten. Weshalb er sich nun sicher ist, dass sein Leidensweg der letzten Monate – oder waren es bereits Jahre? – fortgesetzt wird; dass er weiterhin seinen Körper den Trieben lüsterner, meist älterer Herren hingeben muss, um existieren zu dürfen. Er weiß nicht, was er machen soll. Soll er den – gemäß seiner, aus leidlicher Erfahrung resultierenden Einschätzung – bestimmt anfangs noch neugierig, dann bald gierig grabschenden und später roh greifenden Händen ausweichen und flüchten, oder soll er sich damit abfinden und ihn oder auch sie gewähren lassen? Denn dies scheint eben der bittere Preis zu sein, den man in dieser, in ihrer grässlichen Welt für eine Daseinsberechtigung zu zahlen hat.

Hań lässt einer brennenden Träne ihren freien Lauf. Hindert sie nicht daran, auf seiner staubigen Wange hinunter zu rinnen. Hindert sie nicht daran, seine junge, zarte Haut wie auch seine Verletzlichkeit preis zu geben. Zu lange hatte er diese schon nicht mehr zugelassen. Denn seit er gelernt hatte, die peinliche Demütigung, seine Gefangenschaft, seine Drittklassigkeit zu akzeptieren und die auf ihr beruhenden Geschehnisse erinnerungslos auszublenden, blieben seine

Augen trocken.

Hań will die beiden Männer bezahlen und er wird sie bezahlen. Am besten sofort. Am besten beide zugleich. Am besten so ausreichend, dass ihnen ihr gänzlicher Trieb für Tage aus den Leisten gefegt wird. Entschlossen greift er sich an die Hüften, löst den Knoten seines Lendenschurzes und steht nackt, tapfer, wie ein Krieger, der einer Schlacht entgegensieht, die auf Dauer nicht gewonnen werden kann, vor dem gegnerischen Heer und wartet ab.

Hań sieht wie dem Dunklen der beiden Beduinen die Gesichtszüge entgleisen. So wechseln diese nach einer kurzen Starre zu scheuem Schamgefühl. Welches scheinbar so überwältigend für ihn ist, dass er es, trotz seines sichtlich schmerzenden Knies schafft, sich flink zu bücken, um nach seinem am Boden liegenden Kleidungsstück zu greifen. Als würde sein Anblick dem Beduinen Ekel oder sogar Angst statt Freude bereiten, hält ihm dieser mit abgewendetem Blick sogar den Lendenschurz entgegen. Und als würde dieses Verhalten nicht schon genug irritieren, fängt der Beduine auch noch an, ihn laut – mit ihm nicht verständlichen Lauten – zu beschimpfen.

Meridin, der das Schauspiel dieser aufeinander folgenden und einander jagenden Missverständnisse gespannt beobachtet hat, eilt nun behände mit großen Schritten zu den beiden, um eine weitere Steigerung dieses Irrtums zu vermeiden. Rücksichtsvoll drängt er Ra'hab beiseite, deutet ihm mit eindeutiger Gestik an, endlich ruhig zu sein und sich stattdessen weiter um die Tiere zu kümmern. Dem inzwischen unverhohlen weinenden Knaben reicht Meridin Wasser und ein paar Stücke süßes Dörrobst. Der Knabe lässt sich auf diese Weise in kurzer Zeit von ihm beruhigen, und an der Hand genommen, sogar zu dem kleinen Felsunterschlupf leiten, in welchem bereits ihr Nachtlager aufgeschlagen ist. Ohne erkennbaren Widerwillen folgt dieser Meridins Hand, welche ihm anzeigt, sich auf die dort ausgebreiteten Decken niederzulassen, und wehrt ihn auch dann nicht ab, als er beginnt, zärtlich über sein Haar zu streichen. Ganz so, als würde er diese Annäherung gar nicht wahrnehmen, da seine ganzes Interesse auf ein paar seltsamen Früchten liegt, die er nach eingehender Begutachtung, zuerst vorsichtig und bald laut schmatzend zu essen beginnt. Mit ähnlich neugieriger Leidenschaft, wie der Junge das Dörrobst musterte, sieht sich Meridin die geschundene und vor Aufregung bebende Gestalt zu seiner Rechten an. Sieht die unzähligen Male aus deren Vergangenheit, welche den missbrauchten Körper überquellend zieren. Sie zeugen von den kläglich gescheiterten, täglich geschehenen brutalen Domestizierungsversuchen – den Versuchen, den jungen Wilden willenlos und gefügig zu machen. Meridin fährt dem Jungen daraufhin noch einmal fester, noch einmal inniger durch sein Haar, als wollte er ihm damit sagen, dass er jetzt in Sicherheit ist.

Der Knabe überlegt indes, ob er versuchen soll, sich bei diesem Mann, der kein Wüstenwanderer so wie er sie kennt ist, zu revanchieren. Ob er ihm mit seinem Mund Gutes tun soll. Aber ein sogleich höflich ablehnender Blick von Meridin, der seine Gedanken anscheinend von seiner unsicheren Miene ablesen kann, sagt ihm, dass es gut ist, so wie es ist, und es auf gar keinen Fall anders sein soll und darf.

Nach weiteren Minuten steht Meridin wieder auf, während der Junge mit seinem Dörrobst sitzen bleibt. Aber obwohl sich Meridin jetzt wieder von ihm gelöst hat, bleibt ihnen etwas gemein. Beide haben ein ausgesprochen gutes Gefühl in ihrer Magengegend ruhen. Bei einem von ihnen entspringt es auch wirklich dort, denn dieser, der den Proviant so verschlingt, als hätte er seit Tagen nichts gegessen, hatte auch wirklich seit Tagen nichts mehr zu beißen gehabt. Bei dem anderem resultiert das warme Gefühl unter seinem Herzen eher aus dem Wissen, die Wogen geglättet, dem Jungen geholfen zu haben.

Eine aus Gedanken resultierende Emotion, wie sie Hań erst als Nachspeise beschert wird, als ihm plötzlich bewusst wird, dass er sich seit langem einmal wieder als ein menschliches Individuum sehen kann. Ihm bewusst wird, dass er tatsächlich eine zweite Chance erhalten hat. Ihm bewusst wird, dass er vielleicht sogar wieder Hoffnungen, Wünsche und Pläne für sein Leben zulassen darf. Weshalb er genau in diesem Moment, zwar still, aber voller Hingabe, daran glaubt, dass diese neuen Möglichkeiten nicht nur sein Leben fortführen, sondern dieses auch wieder zu einem solchen werden lassen.

Nicht nur alleine, sondern überdies gänzlich von Zuversicht verlassen findet Meridin seinen Weggefährten Ra´hab an der Kante zum Abhang stehend. Meridin füllt diese Leere, gesellt sich an seine Seite und blickt mit ihm in die ausgebreitete Senke gen Süden, in die weite Ebene. Ra´habs zurückliegende Heimat, in der viel für sie beide geschehen ist. Tut dies, ohne das Schweigen, das es schlichtweg bedarf, zu brechen. In Anbetracht der abendlichen Tageszeit, ist der Ausblick über das Sedimentbecken heute erstaunlich klar. Nur vereinzelte Böen huschen sanft über den Boden, tragen etwas Staub mit sich und werden erst dadurch sichtbar. Ohne seinen Blick von der fabelhaften Aussicht abzuwenden, beginnt Ra´hab in Fragmenten Meridins Sprache zu sprechen. Gibt ihm mit Nachdruck zu verstehen, dass der Junge ihn – und keinesfalls umgekehrt – aufgefordert hat, mit ihm zu schlafen. Kurz sind die Atemzüge, die Ra´habs schweres Herz passieren:

„Armes Mensch, der Junge."

Für Meridin ist es ein Leichtes, aus Ra´habs Stimme herauszuhören, dass er die Beschimpfungen, die er dem Jungen an den Kopf geworfen hat, bereut. Entstammten die zornigen Flüche, mit denen er ihn belegt, und die wüsten Bezeichnungen, die er ihn geheißen hat, nur der eigenen Unsicherheit, mit der er nicht umzugehen wusste. Meridin hingegen klopft ihm nur mit den Worten:

„Wird schon werden, Freund.“,
auf die Schulter. Die Blicke der beiden wandern allmählich weiter nach links, dem sich im Osten erstreckenden Gebirgskamm entgegen, wo einer die weit entfernt liegende Stadt Ine erahnen und der andere sogar noch erkennen kann. Während dieser Bewegung macht es den Anschein als ziehe ihr Haupt den restlichen Körper weiter um die eigene Achse in Richtung Norden nach. Den Blick noch immer auf die rote Wüste vor ihnen geworfen, die ihr weiteres Ziel beinhaltet, hören ihre Augen nicht auf – sich an den Horizont geklammert – diesem weiter nach Westen, in die tief stehende Sonne, zu folgen. Geblendet schließen sie die Augen und Ra′hab beginnt langsam Luft durch seine Nase zu ziehen, welche ihm der Wind in einer frischen Brise entgegenbringt. Ihm ist es, als ob er zwischen dem ganzen neutralen, geruchbindenden Staub noch etwas Salziges riecht, etwas, das er nicht zu identifizieren weiß. Eine Nuance eines neuen Geruchs, der den weiten Weg aus seiner Wiege bis zu ihnen gefunden hat.

Bereits nach Minuten geht die Sonne unter. Ohne deren Strahlen wird die angenehme Kühle auf dem Gipfel schnell unliebsam kalt. Sie spüren ihre Körper im frischen Wind zittern, was eine seltene, eine zum letzten Mal vor langer Zeit gefühlte Empfindung darstellt. Ra′hab deutet Meridin mit einem Nicken an, auf den zitternden Jungen zu blicken und zupft dabei an seinem und Meridins Umhang. Meridin versteht, was ihn Ra′hab fragt und beantwortet es ihm ebenfalls mit einem stummen Nicken. Die beiden machen sich sofort daran, ihre eigenen Umhänge auf Knielänge zu kürzen um mit weiteren überflüssigen Stofffetzen einen behelfsmäßigen Umhang für Hań zu schneidern. Meridins Ausrüstung umfasst auch Nähzeug bestehend aus verschiedenen Utensilien: Filigrane Knochennadeln zum Nähen, unterschiedlich dickes Garn und Ersatzknöpfe für ein Gewand, welches Ra′hab aber noch nicht an seinem Begleiter gesehen hat. Meridin verbindet den grobmaschigen Stoff von Ra'habs Umhang mit dem feinen blauen seines eigenen und dem der bereits leeren Proviantsäcke. So gelingt es – zu Ra'habs Überraschung – Meridins Händen erstaunlich gut und schnell die Nadel zu führen, wie auch eine zusammenhängende Stoffbahn entstehen zu lassen. Eine Arbeit, die er den für Größeres und Gröberes bestimmten Händen gar nicht zugetraut hätte.

Später steht Ra'hab auf und bringt seinen Wegbegleitern noch zusätzlich jene Decken, die ansonsten zwischen Kamel und Sattel liegen und deshalb den intensiven Geruch der Tiere angenommen haben. Aber weder dies, noch der Umstand, dass diese ganz rau von dem in ihnen angereicherten Sand geworden sind, ist wichtig. Denn sie wärmen gut, und nur das ist in diesem Moment wirklich von Relevanz. Dank dem vollstehenden Mond und Meridins gesenkten Anspruch, nur eine Übergangslösung herzustellen, kommt dieser schnell voran. Weshalb er nach getaner Arbeit auch noch wenige, aber ausreichend viele Stunden Schlaf für sich einstreichen kann.

3

Die zwei Gefährten und der Junge erwachen jäh durch die ungewohnt zugige Kälte hier oben. Denn diese schafft es immer wieder unter ihre dünnen Decken zu kriechen bis sie die drei vollends aus ihrem ebenso dünnen Schlaf geweckt hat. Ein jeder der Dreien freut sich auf die nahende Sonne, welche bereits das Himmelszelt – das die Welt vor ihrer Felsnische umspannt – farbig erhellt, und heißen diese, ein jeder auf seine eigene Weise, willkommen.

Ra'hab zwinkert langsam mit seinen Augenlidern, lässt mit dieser spielerischen Methode das Sonnenlicht sich an den Wimpern in Farben wie an ehernen Stangen in Scherben brechen, welche das Licht schimmernd blitzen lassen. Hań hält seine Hand wie ein lichtscheues Wesen in Abwehrhaltung mit ausgestrecktem Arm und abgespreizten Fingern gegen die Sonne, welche ihm dafür einen Schatten auf sein Gesicht wirft. Mit diesem und der Sonne beginnt er aber schon nach kurzer Zeit, sich wieder als unschuldiges Kind fühlend, zu spielen. So lässt er die Projektion seiner Hände zuerst als imaginäre Fabelwesen an die Felswand hinter sich werfen, bevor er wenig später, direkt auf seine zu Tierköpfen geformten Hände blickt. Diese Kreaturen haben sogar die göttliche Macht inne, die rote Sonne in einem Happen zu verschlingen und diese wenig später wieder hochgewürgt, als ihr alles durchdringendes, magisches Augenlicht zu nutzen. Er lässt seine Hände ein regelrechtes Lustspiel aufführen, welches einzig für ihn bestimmt ist. Denn bereits bei einer nur wenig veränderten Perspektive wäre dieses nicht nur jeglicher Komik, sondern auch grundsätzlich der Erkennbarkeit für einen zweiten Beobachter beraubt. Dieser Zweite könnte lediglich sehen, wie die abfallenden Schatten allmählich auf dem glücklichen Gesicht des Jungen einen lustigen Reigen zu tanzen beginnen.

Meridin hingegen, der sich wohl noch nie mit einem Spiel zum bloßen Zeitvertreib beschäftigt, oder sich aus reinem Wohlgefallen daran aufgehalten hat – waren doch all seine Spiele Wettkämpfe gewesen – würde niemals auf eine solche Idee kommen. Er hält seine Augen in diesem Moment, der ihm Ruhe und auch Kraft verleiht, einfach entspannt geschlossen. Beschränkt sich darauf, statt irgendeiner aktiven Teilnahme, sich hingebungsvoll seine Wangen und Augenlider von den sanften Strahlen streicheln, diese wach küssen und sein sich regendes, schon beinahe erregtes Gemüt erwecken zu lassen.

Jeder von ihnen dreht und wendet sich noch einige Male

um die eigene Achse, wie um das unausweichlich bevorstehende Aufstehen noch etwas hinaus zu zögern. Doch immer hat dies die Folge, dass der frische Wind, der hier über die Bergkuppe fegt und sich pfeifend in ihrem kleinen Felsvorsprung verfängt, unter die wärmende und intensiv nach Kamel riechende Decke dringt, welchen es mit einem ständigen Zupfen an dieser hier-und-da umgehend auszusperren gilt. Aber all das Zaudern, als fester Bestandteil ihrer Strategie der Verzögerungstaktik ihres inneren Schweinehunds, kann sie nicht davor bewahren, irgendwann doch einmal aufstehen zu müssen. Endlich, anfangs lediglich auf ihre Ellenbogen gestützt, beginnen die Menschen schließlich doch, sich aus ihrem Nachtlager zu erheben. Ganz langsam, nur nach und nach, strecken sie ihre durch die Kälte etwas steif gewordenen Gliedmaßen aus, bis sie letztendlich aber doch wieder auf den Füßen angekommen sind.

Sofort spürt Ra´hab sein Knie derart intensiv schmerzen, als hätte ihn das Kamel erst am vorigen Tag getreten. Der steile, zum Glück bereits hinter ihnen liegende Anstieg hat sein Gelenk ganz offensichtlich zu sehr belastet. Hat ihm eine Anstrengung zum Erreichen des Gipfels abverlangt, mit deren Folgen der Berg sich an ihm für seine Bewältigung rächen kann, um auf diese Weise wenigstens noch so etwas wie ein Remis zu erlangen. Aber statt sich seiner Pein hinzugeben, überreicht Ra´hab – seinen Schmerz beharrlich ignorierend – dem fröstelnden Hań den etwa knielangen Umhang den Meridin die letzte Nacht für ihn angefertigt hat. Dieser mustert das aus beigen und blauen Lumpen unterschiedlicher Güte und Größe zusammengesetzte Flickwerk und befindet es mit einem zufrieden dankenden Lachen als mindestens ausreichend, um seine verbrannte Haut vor weiterer Sonnenstrahlung zu schützen. Als Meridin seine beiden Begleiter so vor sich stehen sieht, drängt sich ihm jäh der Eindruck auf, dass sie jetzt eher drei vagabundierenden Witzfiguren im

Nachthemd ähneln, als ehrbaren Männern, die auf der Suche nach der Lösung des Weltenschmerzes sind.

In den ersten morgendlichen Minuten des Tages lösen sich die Mitglieder körperlich sowie auch in Gedanken von der Gruppe ab. So stehen sie getrennt voneinander auf der Kuppe verteilt und sinnen ein jeder für sich der persönlichen Gedankenwelt nach.

Ra´hab freut sich bereits auf ihr nächstes Etappenziel, eine einsame Oase weit in der Wüste vor ihnen. Schickt seine gedanklichen Schritte den Abdrücken hinterher, welche ein Traum in seinem Kopf hinterlassen hat, als dieser sich in der vergangenen Nacht bereits auf den Weg dorthin aufgemacht hatte. Vielleicht hat dieser die Spuren aber nicht gesät, sondern lediglich durch ein unterbewusstes Erinnern freigelegt. Denn er ist diesen Weg schon einmal gegangen. Auch wenn es lange, sehr lange her ist, als er diesen wandelbaren Pfad zwischen den Dünen hindurch, ein einziges Mal und damals noch mit seinem Vater zusammen, beschritten hat. So ist die Fährte, wenn auch nicht mehr im Sand, aber doch noch irgendwo in seinem Kopf vorhanden. Und diesen Spuren, die in seiner Erinnerung eine aufblitzende Route ergeben, wird er mit wachem Geist folgen und über sie hinaus schreiten. Er wird den Weg von Punkt zu Punkt, von Merkmal zu Merkmal verbinden, um deren entlegenes Ende zu finden.

So komplett in seine Gedankenwelt eingetaucht, über die Absicht von Träumen nachdenkend, kommt ihm auch in den Sinn, dass er schon lange keinen Alptraum mehr gehabt hatte. Noch nicht einmal mehr Stimmen gehört hatte, die er wie immer weder nachvollziehen noch einordnen konnte. Aber dieses Kapitel seines Lebens, diese Etappe seiner Reise, scheint ihm nun bereits so unendlich weit entfernt gelegen, als sei diese Zeit schon seit einer Ewigkeit vergangen.

Meridin hingegen, bestückt mit einer wachsenden Unruhe in seinem Gemüt – einer Unruhe, die aus Neugier, Rat- und

Rastlosigkeit besteht – überlegt, welches in der weiten Ferne befindliche Reiseziel er anstreben soll. Aber kein geographisches Ziel, nach dem er konkret suchen oder dessen Weg er planen hätte können, tut sich ihm auf. Er kann sich nur, strikt zuwider seiner Ausbildung, treiben lassen und hoffen, dass ihn irgendeine schicksalsträchtige Strömung zu einem Ziel oder zu seinem Ende, vielleicht sogar zu beidem bringt. Was immerhin akzeptabel wäre, könnte er damit seine Aufgabe erfüllen. Auch überlegt er weiter, was mit dem jungen Mann geschehen soll, der ihnen inzwischen, binnen weniger Stunden, an die Fersen gewachsen scheint, so fest und wacker wie sich dieser hält. Eine Frage, welche sich Ra'hab noch nicht stellen will, ist er es doch gewohnt, Sachverhalte einfach anzunehmen, statt solche aktiv zu gestalten. Aber das restlose Ausblenden von Fragen will ihm heute nicht gelingen. Weshalb er, stumm auf der kleinen Anhöhe verweilend, dazu gezwungen ist, mit wildem Aktionismus im Fleisch, der ratlosen Gedankenarbeit gegenüber zu stehen.

Auch Hańs Gefühlswelt besteht aus einem Sud, der mit verschiedensten Ingredienzien im Bottich seines Herzens angerührt ist. Setzt sich aus einer Emotionsauswahl zusammen, die sich liest, als wären sie Zutaten, um nach Rezept eine gebrochene, mit allem hadernde Person zu formen. Man nehme die Unfähigkeit die persönliche Situation zu erkennen, wie auch das Unvermögen, sich selbst aus ungewisser Lage zu befreien, mische eine Prise Heimweh darunter und zerstampft diese zu einem Brei. Aber trotz aller Bitterkeit überwindet er sich gegenüber seinen Begleitern zu einem lieblichen Lächeln und zeigt ihnen mit den lauten und stark akzenthaltigen Worten seines Peinigers seine Aufbruchsstimmung an:

„Mal schauen, ob dich heute wer haben will, du Ratte. Wenn ich dich nicht ständig für einen so guten Preis verkaufen könnte, würde ich dich glatt selbst behalten. Dich und das Gör. Ha!“

Ra´hab, der die Worte zwar rein akustisch wie auch verbal verstehen, aber ihren Sinn in dieser Situation nicht einordnen kann, beschließt diese einfach zu überhören und beginnt, statt sich von dem Unfug beirren zu lassen, von neuem die Tiere zu bepacken. Was klar in seinem, von Meridin dankbar abgegebenen Aufgabenbereich liegt.

Meridin hört die Worte nicht, denn er ist bereits in einiger Entfernung bei einem der Kamele und streichelt diesem über das Gesicht bis hin zur Schnauze. Pflegt und kontrolliert alle Tiere eben in der Weise, wie er es von Ra´hab gelernt hatte. Nach Minuten, voll mit jenen Achtung erweisenden Liebkosungen der Tiere, die wohl ihm ebenso gut taten wie ihnen, greift er bei einem Kamel tief unter die am Sattel baumelnden Gebrauchsgegenstände, welche von Ra´hab bereits wieder auf den Tieren befestigt worden waren. Dringt mit seiner Hand weit unter eine der vielen Decken und zieht einen in einer langen ledernen Scheide steckenden, schlank geschwungenen Säbel hervor. Ra´habs fragenden Blick, welchen dieser offen gegen Meridin richtet, beantwortet er unbeeindruckt mit gefasst sicherer wie auch ernster Miene, hebt seinen Mantel und legt den Säbel an seinem Gürtel an. Ra´hab sattelt, dessen demonstrativ nicht weiter Beachtung schenkend, die Kamele und packt ihr Quartier in die restlichen Taschen zusammen.

Als die Karawane nun nach weiteren Minuten fertig gesattelt und in langer Reihe bereitsteht, nimmt Ra´hab, ohne sich darüber Gedanken zu machen, die Position an der Spitze des Zugs ein. Ebenso anstandslos fügt sich Meridin, der weiß, dass er jener Führerrolle nicht gerecht werden könnte, ohne zu murren als Schlussglied an. Gerne hätte der junge Mann ähnlich selbstverständlich einen Platz in der Gemeinschaft jener beiden Männer eingenommen, aber seinen Platz, seine Aufgabe, noch immer suchend, bleibt er stumm bei der Felsnische zurück. Doch nicht lange, denn mit einer kurzer

Geste winkt ihn Ra'hab zu sich an seine Seite, auf den Platz des Lehrlings. Eine Aufgabe, die Hań dankbar annimmt.

4

Das lederne Ende der Führungsleine fest in der Hand, setzt Hań auf Ra'habs Geheiß die Karawane auf dem etwas abfälligen Gelände in Bewegung. Der Weg auf dieser Flanke des Bergs ist heute um ein Vielfaches kürzer und weist kein derartiges Gefälle wie am Vortag auf. So ist der Abstieg, statt nach einem Tag, schon jetzt nach einer geschätzten Stunde beendet. In der roten Wüste angekommen, ist die Hitze inzwischen nicht mehr nur das laue Lüftchen, welches ihnen heute Morgen sanft über die Haut wehte, sondern wieder zu ihrem vollen Ausmaß angeschwollen, zu alter Kraft gelangt.

Ra'hab sieht die gewandelte Wüste, in der sie sich befinden, als das, was wohl am ehesten dem entspricht, was sich die meisten Menschen unter einer solchen vorstellen. Von den letzten Ausläufern der aus dem Sand hinausragenden Felsscharten aus, welche man auch als Brandung bezeichnen könnte, sieht er auf das gigantische Sandmeer hinaus, wie es sich vor ihnen in einer unglaublichen Weite bis zum Horizont und wahrscheinlich noch darüber hinaus erstreckt. Die Oberfläche dieses bar vor ihnen ausgebreitet liegenden Meeres, welches das einzige Meer ist, das er kennt, wird durch den Wind in einen sich ständig erneuernden und welligen Überzug gehüllt. So sieht er die mannigfache Ansammlung großer Wellen mit ihren haushohen Dünen, die an ihrem Gipfelkamm jeweils einen scharfen Grat aufweisen, während auf ihren Flanken wiederum kleine und sich gleichmäßig auf ihnen kräuselnde Linien in Form von Mäandern und Fächern Kaskaden bilden, als ob der Wind diese mit abertausend sanften Fingern verteilt und geformt hätte. Diese sich von der Grundfläche klar abzeichnenden reliefartigen Linien, von denen eine jede für sich einen feinen Schatten wirft, befinden sich auf jeder Düne und lassen so ein Bild der Wüste entstehen, welches mit schwarzen Adern durchzogen ist. Unberührt liegt sie da, als wäre noch nie ein Fuß, noch nie ein Huf in sie getreten. Als hätte noch niemand vermocht ihre gleichmäßige Fassade zu verformen. Als hätte sich die Wüste – ihnen zu Ehren – aufgespart. Es ist ein majestätischer Anblick.

Sein Blick wandert weiter auf den Grund zu seinen Füßen, wo er die ganz feine Fährte eines Käfers sieht. Viele winzige Verwerfungen, Abdrücke, die vielleicht das letzte Indiz für seine Existenz darstellen. Denn er sieht auch noch eine weitere Spur, diesmal in Form einer geschwungenen Rille einer kleinen Schlange, welche sich schon lange im Voraus angeschickt hat, sich derer des Käfers tangential zu nähern, diese schließlich zu kreuzen, und somit letztendlich die Spur des Käfers in ihrem Graben abreißen, das Zeugnis seiner Existenz verschwinden zu lassen.

Das Leben des Käfers ist als einzelner Tropfen in ein nächst größeres Rinnsal gemündet, welches auch einmal in einen übergeordneten Fluss in Form eines Mungos fließen wird. Ewig strebt es weiter, bis sich das Leben schließlich in den Strom eines Leoparden ergießt. Dieser fortwährende, auf den ersten Blick lediglich linear und recht simpel verkettete Reigen, der entweder zum nächst größeren Raubtier und damit in den nächst mächtigeren Strom mündet, oder aber auch in einer toten Verästelung dieses Flusses verdurstet und somit in der Leere verendet, fasziniert ihn sehr. Denn am Schluss des Lebens steht immer der Tod, und am Anfang des Todes steht immer das Leben. So ist es und so wird es immer sein. Das Leben bleibt beim Tod nicht stehen. Des einen Ende, ist des anderen Anfang. Und so kommt es, dass an diesem Berührungspunkt von Leben und Tod eine ständige Reinkarnation des Lebens stattfindet, einen Ort der Wandlung schafft, an welchem das Leben wirklich ewig währt.

Den Beginn dieser Verwandlung, dieser essentielle aber doch so winzige Fleck, an welchem sich Anfang und Ende so nahe wie nirgends sonst kommen, repräsentieren Maden, Fliegen und all das sonstige Insektengeschmeiß einer gesunden Aasfauna. Diese sind die treibende Kraft, das Gefälle im Sinnbild des Flusses, welches er vor seinem geistigen Auge sieht. Sie sind diejenigen, welche es vermögen die Metamorphose, den Gestaltenwechsel vom Ende zum Anfang zu bewerkstelligen.

Denn am Schluss, wenn sich der mächtigste aller Ströme, vielleicht ein Löwe, vielleicht ein Mensch, ins Meer des Lebens ergießt, bleibt nur noch der selbst Gebirge zermalmende Zahn der Zeit, dem er sich beugen muss. Dieser ist der einzige der ihn bändigen, zersetzen und verdunsten lassen kann. Von ihm lässt es sich gerne aus dem Totenbette erheben, vom materiellen in den geistförmigen Zustand sublimieren. Aufsteigen, kondensieren, sich erneut sammeln, um bald darauf wieder als Niederschlag, als einzelne Tropfen, überall zurück aufs Land geschüttet und verteilt zu werden. Allein mit der Hoffnung, von diesem Fleck aus, auf den er zu Boden geht, wieder seinen Weg finden zu können. Dem Plan des Lebens von Neuem folgen zu können. Niemals endgültig sein, sondern stets werden. In keinem Gefäß, in keiner Form ewig zu währen. Will das Leben doch tanzen, will pulsieren. Will sich weiter mit einer Schrittfolge bewegen, die, aus ausreichender Distanz betrachtet, nicht etwa einer strikt linearen, sondern eher der Form eines Kreislaufs ähnelt. Will im Rhythmus der Zeit einen Reigen tanzen, der immer und immer wieder von Neuem beginnt.

Später, in den Minuten des Einschlafens, wird ihm sein

Beinahe-sterben, sein Nahtoderlebnis in die Gedanken springen. Er wird über die beiden Pole nachdenken, die ihn zu sich ziehen wollten. Pole, deren Intention er deutlich spüren konnte. Er weiß, dass ihn einer auflösen, ihn zu Freiheit verflüchtigen lassen wollte, während er die Absicht des anderen dahingehend deutet, dass dieser vorhatte, ihn zu bergen und ewig an sich zu binden. Ra'hab wird in jenen Minuten noch weiter über die beiden Pole nachdenken, schließlich darüber einschlafen und vergessen, aber so weit ist es noch nicht.

Es gibt hier etwas, das es in seiner ursprünglichen Heimat – dem toten Süden – nicht gibt. Etwas, das ihm die Szenerie, des letzten Akts des Käfers, nur zu gut präsentiert hat, weshalb er mit größter Zufriedenheit seinen Blick noch länger auf dessen Spuren verweilen lässt. Das Vorhandensein dieses Etwas verleitet ihn dazu, es mit seinem, auf ihn beinahe mystisch wirkenden Namen zu benennen. So fährt es ihm ganz sanft und auch nur für ihn hörbar beim Ausatmen aus dem Mund:

„Leben"

Als ihm dieses Wort über seine Lippen streift und bald darauf wieder sanft über seine Ohren wie in einem Kreislauf in ihn eindringt, sticht ihn diese Offenbarung bis tief ins Mark hinein und sorgt dafür, dass sich jedes einzelne seiner Haare aufstellt.

Ra'hab ist, als würde er die gesamte Energie der Wüste, Tropfen für Tropfen, Leben für Leben, in seinen Adern pulsierend pochen fühlen. Er spürt die Liebe in seinem Herzen und die Erregung in seinem Blut, wenn er ihre nackte Schönheit vor sich ausgebreitet sieht. Ihm ist, als wären ihm auf einen Schlag die Augen geöffnet worden. Als wären ihm die Scheuklappen, die seinen Blick auf das vermeintlich Wichtige beschränkt hatten, entfernt worden. Wie ein Blinder, der bisher vom Aussehen der Welt nur gehört hat, und nun feststellt, als er zum ersten Mal versucht, die Augen wirklich zu öffnen, dass er gar nicht blind ist. Dem die Erkenntnis zuteilgeworden ist, sehend zu sein. Und er will mit einer schier sagenhaften

Neugier sehen! Bis auf Weiteres fühlt sich Ra´hab in diesem unendlichen Kreislauf des Lebens und der Veränderung und im besonderen Maße in der Wüste, in welcher er sich zwar als ebenso flüchtigen, aber im Moment seiner Existenz als festen Bestandteil weiß, eingebettet. Er versteht, weil er nun zum ersten Mal sieht, dass die Wüste lebt, dass sie sich in einem steten Wandel befindet, dass sie – einer fortwährenden Dynamik Untertan – auf ihrem eigenen Weg wandert.

So sieht er die vielen kleinen roten Sandwirbel, welche sich an den Schneiden der abfallenden Flanken der Wüstenwellen bilden. Sieht, wie die Partikel durch einen sanften, liebevollen Windhauch erst ab-, und dann weitergetragen werden. Ihnen damit hilft, ihre Reise durch den Ozean aus Staub, im Wind gebunden, mal fortsetzen, mal sich legen und ruhen zu lassen. Um auf diese Weise mit ihrem Ruhelager aufs Neue Dünen mit einem scharfen Grat entstehen zu lassen. Auf diesen werden sie schließlich irgendwann weiter zu deren Gipfel getrieben, von wo aus sie wieder und immer wieder abheben, um ewig weiter zu ziehen. Aber diese vom Wind weit getragene Gischt fängt sich in der zerklüfteten Brandung hier. Sie hindert den staubigen Sprühnebel daran weiter nach Süden, in die sich weit erstreckende Ebene vorzudringen. Es wird noch lange dauern bis die Wellen endlich über den Rand des Hügelkamms hinaus schwappen werden.

Ra´hab erkennt, dass dies Meer einer vom Wind aufgepeitschten See gleichen muss, wenn man nur den zeitlichen Maßstab größer wählt. Könnte er Jahre wie Sekunden empfinden, würde er sehen, in welcher Unruhe das Sandmeer ist. Wie die rollenden Wellenberge über die Ebene wandern. Wie die Gischt die steigenden Flanken hinauf zieht und spritzt. Ja, er kann sogar Strömungen in diesem Meer ausmachen. Denn zwischen den Dünungswellen haben sich Moränen, erkennbare Ablagerungsformationen aus der Gesamtheit des transportierten und angehäuften Materials gebildet, welche anhand etwas größerer Körner, die das Licht geringfügig anders reflektieren, ausgemacht werden können.

Aber trotz aller Bewegung hat die Wüste auch feste Bestandteile und Inhalte, welche die Zeit zu überdauern scheinen. So haben sich zum Beispiel manch seltene Dünen gebildet, denen man sich seit jeher zur Orientierung bedienen kann, da diese einen bleibenden Bestand haben. Über Generationen hinweg stehen diese unverändert und haben deshalb einen – ihre Form trefflich beschreibenden – Namen wie etwa Hyänenkamm bekommen.

Seit jeher wurden Lieder oder Gedichtverse geschmiedet, welche in der nur in den Köpfen der Beduinen vorhandenen Karte, anhand von markanten Wegweisern, einen konkret definierten Weg beschreiben.

Die Herde fest in der Hand,
von nackter Schönheit schon gebannt.
So ziehen wir bergab über Staub und Stein,
im großen Anblick ganz klein.

Des Tags gerade weg vom begrenzenden Damm,
des Nachts dem hellsten Stern entlang.
So traben wir über Wellen, schwimmen im Meer,
zwei Märsche bis zum Raubtier ins Leer.

Endlich zu ihren Füßen angelangt, geh ins frühe Morgenrot.
Ist es wieder schwarz, nimm den Löwen als Lot.
Vorbei an singenden Bergen,
zu des Erhalters ewgen Tränen.

… … … … … …

Weiter fällt es ihm nicht mehr ein. Es ist einfach zu lange her, dass sein Vater ihm dies Gedicht mit der einfachen Melodie und dem Rhythmus eines Kinderreims während ihres damaligen Marsches immer und immer wieder wie ein Spiel leise im Singsang vorgesprochen hat. Auch als er die Melodie, an die er sich noch erinnern kann, leise vor sich hin summt, bleibt der dazugehörige Text weiter entschwunden.

Ra´hab verweilt noch so lange in seinen Gefühlen und Gedanken, bis sich die Karawane allmählich wieder komplett auf der Ebene eingefunden hat. Erst dann setzt er seine Schrittfolge weiter fort. Dabei nimmt er zwar geschwungene Wege – links und rechts um die Dünen herum – doch die Zielrichtung bleibt – weg vom begrenzenden Damm – stets im Lot. Er verfolgt strikt den Weg, welcher in seiner Karte beschrieben wird.

Er ist diesen Weg, wie er im Lied *´zum Land aus Gold´* beschrieben wird, noch nie ganz, geschweige denn alleine gegangen. Dennoch weiß er aus den Männerrunden, von denen er als Junge wohl beinahe alle Informationen wie ein unersättlicher Schwamm aufgesogen hat, dass man die Kamele behutsam und diagonal über die Sandberge führen muss, denn sie mögen den weichen Boden in Verbindung mit dessen Steigung nicht. Damals zeigte ihm sein Vater diesen Weg zu einer, in seiner kindlichen Erinnerung wie ein funkelndes Juwel verbliebenen Oase. Dort haben damals noch viele Beduinen Waren, die zum Transport durch die südliche Wüste bestimmt waren, in Empfang genommen. Und dies ist nun auch ihr Weg.

Jeder einzelne der vielen Schritte durchdringt die weiche Oberfläche, hofft vergebens auf eine festere Schicht darunter und versinkt ein wenig im Sand. Die Schritte werden zäher, kürzer und anstrengender, denn der Boden besteht nur aus einer gigantischen Ansammlung von haltlosen Partikeln. Ständig muss er den Blick auf den Boden richten, um ihn auf

Risse zu kontrollieren. Denn falls man sich auf einer parallel zum eigenen Weg verlaufenden Flanke einer Düne befindet, kann die oberste Schicht unter dem Gewicht des eigenen Körpers und dem der ganzen Karawane wegrutschen und wie eine Lawine abgehen. Sie würde es zwar nicht schaffen einen unter sich zu begraben, wohl aber doch genügen, um ein Kamel stürzen und sich überschlagen zu lassen, was diesem vermutlich die Stelzen gebrochen hätte. Was der Grund dafür ist, weshalb die nächsten Tage die Gefahr ein ständiger Begleiter sein wird. Diese Erschwernis stellte für Ra´hab aber bis jetzt kein Problem sondern nur eine abwechslungsreiche Herausforderung dar.

Als die erste Tagesetappe schließlich gemeistert ist und sie selbst einschließlich der Tiere versorgt sind, macht sich Ra´hab beflissentlich an die letzte Arbeit, welche hier von ihm verlangt wird. Dem Navigationslied strikt Folge leistend sucht er das Himmelszelt nach dem hellsten Stern ab und kann diesen auch schnell finden. Um dessen Lage auch am Tag nachvollziehen zu können, markiert er mit einer Kuhle seine jetzige Position und geht einige Meter dem Stern entgegen, um dort einen weiteren Platz zu markieren. Zufrieden darüber, sich an diese Methode zur zweifelsfreien Bestimmung der morgigen Marschrichtung erinnert zu haben, spürt er das Gewicht der Verantwortung augenblicklich weniger auf seinen Schultern lasten, weshalb er alsbald einschlafen kann.

5

Am Abend des darauffolgenden Tages angekommen, errichten sie ihr Nachtlager an einer Stelle, derer Gleichen es noch gen unendlich viele gibt; in einer kleinen Senke zwischen Dünen. So wie sie es auch am darauffolgenden Abend machen. Dann nur mit dem Unterschied, dass sie sich im nächtlichen Schatten der vom Kamm der schlafenden Hyäne abfallenden Schwärze befinden. Dort begeben sie sich zur Ruhe. Die Deutlichkeit, mit welcher man das schlafende Raubtier in dem Gebilde verkrusteten Sands ausmachen kann, verblüfft Ra´hab abermals.

Die drei Männer, welche aufgrund ihres unterschiedlichen Alters auch drei Generationen derselben Familie verkörpern könnten, sitzen und liegen ruhig in ihre jeweiligen Gedanken eingehüllt vor dem Feuer. In die einzig vom Knistern des brennenden Holzes erfüllte Stille dringt plötzlich ein Geräusch, das die meditative Wirkung der Flammen, mit der Ra´hab bisweilen erfolglos nach den verlorengegangenen Zeilen der Wegbeschreibung sinnt und forscht, zunichtemacht, da es augenblicklich seine Neugier weckt. Es hört sich an wie geschlagene Glocken, die ganz klein und mit hellem Ton in seinen Ohren erklingen, und dem unbehelligten Ausdruck in den Gesichtern seiner Wegbegleiter zufolge, auch wirklich nur in seinen. Mit der Zeit scheinen die Glöckchen immer mehr und vermutlich auch immer größer zu werden. Weshalb er abermals in die inzwischen irritierten Gesichter seiner Gefährten blickt. Er begrüßt ihn sehr, diesen Ausdruck von beunruhigter Verwirrung. Denn dadurch kann er erleichtert ausschließen, dass er sich die Geräusche nur einbildet. Aber soviel ist sicher; auch die anderen vermögen jetzt das zu hören, was ihm seit Minuten zu Ohren kommt und ihn damit ganz und gar einnimmt.

Intuitiv erheben sie sich allesamt und blicken stehend, die Rücken einander zugewandt und sich dabei langsam im Kreis drehend, um. Keiner von ihnen kann die Ursache dieser Geräusche erahnen. Keiner kann sich einen möglichen Urheber vorstellen, welchen er suchen, erkennen und passgenau in die Schablone des Rätsels Lösung fügen könnte. Sie hören alle ganz klar das Läuten dieser Glöckchen und schaffen es nun, deren klangvolle Quelle hinter der nächsten Düne zu lokalisieren. Die seltsame Geräuschkulisse unterliegt einem langsamen Wandel, weil sie nun nicht mehr nur aus rein metallischen Klängen besteht. Schließen sich jetzt doch hinter einer weiteren Düne zudem noch Stimmen zu einem Chor zusammen, welcher in einem sanften Singen und Summen ertönt.

Die ratsuchenden Blicke von Ra´habs Weggefährten, welche den ortskundigen Wüstenreisenden treffen, sind verunsichert, jedoch noch nicht verängstigt. Er kann die Fragen zwar nicht beantworten, gleichwohl vermag er ihnen aber mit seinem schlichten und sicheren Wesen eine gewisse Gelassenheit als Resonanz statt einer Antwort zu übermitteln. Ra´hab hat von diesem Mysterium der singenden Dünen bereits mehrmals gehört und weiß, dass keinem von denen, die ihm mit beseelter Miene davon berichtet haben, etwas zugestoßen ist.

Sogleich besteigen sie die Düne, hinter welcher die Musik mit einem leisen Läuten von Glöckchen ihren Anfang genommen hat. In ihren Köpfen kursieren bereits die wildesten Phantasien darüber, wer diese seltsame Musik wohl erklingen lassen mag. Aber als sie endlich auf dem Kamm der Düne angelangt sind, sehen sie hinter diesem nichts als noch mehr leere Ödnis. Ra´hab blickt und hört gezielt um sich, so als würde er versuchen in das Dunkel einer nächtlichen Wüste mit einer gigantischen Fackel – welche die Summe seiner Sinne darstellt – etwas Licht zu bringen. Durch seine zurückerlangte

Fassung steigt allmählich auch wieder seine Konzentration, mit welcher er zu Recht darauf hofft, eine erste Ahnung von dem zu bekommen was hier passiert. Er blickt um sich und wandert mit seinen energisch forschenden Augen den Geräuschen nach, bis sein Blick an deren Ursprungsort am Boden – wenige Meter von seinen Füßen entfernt – angekommen ist.

Die merkwürdigen Geräusche, zu denen sich mittlerweile auch noch ein leises und bis auf weiteres anhaltendes Knurren gesellt hat, müssen aus dem Boden kommen! Was in der Summe dieser einzelnen Fragmente entsteht, könnte man durchaus Musik nennen. Und die einzelnen Teile von hier und dort könnte man auch als ein in sich geschlossenes Stück bezeichnen, da diese einem andauernden, stets gleichmäßigen Rhythmus unterliegen. Nach und nach setzen immer mehr Geräuschtypen ein. So kommt zum Läuten, Singen, Summen und Knurren jetzt noch – in einer nah verwandten Tonlage – ein Stöhnen, Surren, Quietschen und Dröhnen im tiefen Bassbereich hinzu. Die Perkussion beginnt mit wilden Trommeleinlagen, der Bläsersatz schmettert Trompetenstöße laut schallend in das nächtliche Himmelszelt. Aber das am meisten Ehrfurcht erweckende Geräusch ist ein zum Grollen herangewachsenes Kollern, welches derart überzeugend den gigantisch dröhnenden, über allem anderen erhaben stehenden Ruf eines Raubtieres imitiert, als stünde es ausgehungert direkt hinter einer der nächsten Dünen.

Ra´hab beobachtet weiterhin konzentriert Teilbereiche des Sandes und sieht jetzt auf der Oberfläche etwas, was wohl noch nie zuvor von einem Menschenauge wahrgenommenen wurde. Er sieht sich mit seinen Gefährten ganz klein im Auge eines Sturmes des großen Ganzen. In dessen Zentrum sie in die Rolle von stillstehenden, lediglich passiv agierenden Figuren geschlüpft sind, da sie nichts Weiteres machen als zu beobachten.

Ra´hab nimmt die Unzahl feiner Sandkörner wahr, die

leicht vibrieren, hüpfen und rollen, sich zu kleinen, abbrechenden Lawinen zusammenschließen, welche sich Hals über Kopf die Flanken hinunterstürzen und dabei ihren knisternden, in der Summe Meeresrauschen imitierenden Ton von sich geben. Ra´hab deutet hier und da und dann doch wieder dort auf den Boden und versucht so – allerdings mit wenig Erfolg – das ablaufende Spektakel für die Augen des hochkonzentrierten Meridin und den beeindruckten Hań sichtbar zu machen. Die Sandkörner müssen schier darauf gewartet haben, von irgendwelchen Geräuschen oder anderen Beweggründen – froh, endlich ihre jauchzende Reaktion freizugeben – in Gang, in Klang versetzt zu werden. Er sieht, dass diese Sandkörner in ihrer irrwitzigen Summe dieser Abermillionen unterschiedlich großer Partikel, welche sich alle wieder in ihre neue Idealposition bewegen, die Töne erzeugen. Was aber die Initialzündung dieser voneinander abhängigen Wechselgrößenreaktion gewesen ist, was diese ausgelöst hat, kann er nicht begreifen.

»War es die Temperatur?«

»War es die Feuchtigkeit?«

»War es die Geräuschkulisse ihrer Karawane?«

»War es ein Zusammenspiel all dieser Faktoren?«

»War es keine dieser Möglichkeiten?«

Er weiß es nicht. Sieht er die Reaktion doch nur unnachgiebig fortschreiten, sieht eine weite Oberfläche unter knackenden, dann dröhnenden Geräuschen, einen, vielleicht zwei Millimeter absacken. Schließlich endet die Darbietung mit einem gewaltigen Donnerschlag, als sich auf einer Nachbardüne eine große etwa zweihundert Meter lange Platte von gut einer Fingerdicke ablöst.

Nun herrscht erneut Stille. Es ist die gleiche Art von Stille in die sie plötzlich entlassen werden, wie jene, aus der sie gekommen waren. Einkehrende Stille, die so abrupt an Ort und Stelle tritt, dass die körpereigenen Geräusche im Ohr aufgrund der immer noch hoch konzentrierten Sinne zu einem unangenehmen Rauschen anschwellen.

Nach einer kurzen stillschweigenden Zeit, in welcher die Zuschauer noch immer gebannt und regungslos am selben Fleck stehen, schildert Ra´hab schließlich Meridin, so gut wie es ihm sein Kauderwelsch zulässt, die Vielzahl der Eindrücke. Dieser folgt mit gespanntem Blick und später mit funkelnden Augen seinen Ausführungen. Der junge Hań lauscht ebenfalls Ra´habs eifrigen Worten, kann diese aber offensichtlich nicht richtig verstehen, da dessen Blick nicht die erwartete Reaktion widerspiegelt. Ra´hab vermag ihn anscheinend mit seiner Begeisterung, mit der er selbst Meridin zum lächeln bringen kann, nicht anzustecken. Was Hańs Blick aber nicht verraten hat, ist die Tatsache, dass er sehr wohl etwas verstanden hat. Auch wenn es nicht dies und jenes gewesen ist, welches Ra´hab explizit zu übermitteln versucht hat. Aber durch die zuerst leisen, beinahe flüsternden Worte von Ra´hab, die immer lauter und aufgeregt schneller wurden, Silben, welche Hań nur als beliebige Laute intuitiv aneinandergereiht fand, vermochte er in etwa dasselbe zu fühlen wie Ra´hab in jenem Moment. Fühlte die freudig quirlige Unruhe und die Faszination, die sich nun auch in seinem befriedigten, erhabenen Gemüt so lange ausbreitete, bis sie ihn jetzt schließlich vollends packt und er ein breites und langanhaltendes Lächeln zu Ra´hab zurückwerfen kann.

Nach weiteren Minuten, als dieser mit seinen aufgeregten Ausführungen fertig ist und die meisten von Meridins Fragen beantwortet sind, geht die Gruppe wieder zu ihrem offenen Nachtquartier zurück, wo noch immer ein schwaches Feuer flackert. Den weichen Sand, der ihnen tagsüber sämtliche ihrer vielen Schritte erschwert, beginnt Ra´hab jeden Abend mehr und mehr zu schätzen, da er sich einfach jeder individuellen Körperkontur willenlos anpasst, diese weich bettet und den erschöpften Geist hervorragend schlafen lässt.

Ra´hab bleibt in dieser Nacht noch lange wach und denkt darüber nach, was früher über diese Gegend in den privilegierten Männerrunden der Wüstenwanderer, denen er als absolutes Novum bereits als Kind beiwohnen durfte, über die singenden Dünen gesprochen wurde. Er erinnert sich, mit welch demütiger Ehrfurcht sie über mächtige Götter sprachen, denen alleine diese mysteriöse Fähigkeit nachgesagt wurde, leblosem Sand eine, oder vielleicht auch ihre Stimme zu verleihen und ihn sogar zum Singen bringen zu können. Dies war Auslöser und Anlass genug für unzählige Mythen die sein Volk von einer Generation zur nächsten weitergab, deren universelle Bedeutung für ihn, ihm erst jetzt wieder richtig gewahr wird. Denn sie haben den bisherigen Ra´hab beizeiten das Fürchten, aber auch das Träumen, Hoffen und Glauben gelehrt. Und dies alles ist nun, mit nur einem kurzen Augenblick des Gewiss-werdens, in nur einem unvermittelten und lichten Moment des Sehens und Verstehens, eliminiert worden. Alles Vorangegangene ist mit einem Streich ausgelöscht worden, da ihm das Wissen darüber erteilt worden ist. Und wer um die Macht von Wissen weiß, der weiß auch, dass das Wissen so etwas wie Glauben an seiner Seite unmöglich tolerieren kann. Denn Glaube und Wissen sind konkurrierende Ziele, die sich gegenseitig ausschließen. Ob man will oder nicht. Ob es besser oder schlechter ist zu wissen. Er weiß nicht, ob es gut ist alles zu sehen, oder ob es nicht einfach besser wäre die Augen verschlossen zu halten, blind zu sein, gänzlich von Unwissenheit umgeben, von Glauben erfüllt zu sein. Sich in einem Raum zu befinden, dessen gesamtes Volumina nur aus Dunkelheit besteht. Denn somit besäße dieser die Möglichkeit, mehr zu sein als das, was er ist. Gefüllt mit allem, was man sich nur vorstellen kann. Sogar mit mehr noch als dem, was man sich vorstellen kann. Er wäre ein Raum voller Mysterien, voller Träume, voll ungeahntem Potential. Aber diese Tatsache – letztendlich das Wissen aus dieser

Erfahrung – lässt sich weder vergessen noch verdrängen. Sein ganz eigener dunkler Raum, sein Weltentraum war plötzlich und rücksichtslos mit der Realität entfacht worden. Realität und Wahrheit, die in ihm wüten und auch bereits seine Traumvorhänge, welche stets und treu die Illusion wahrten, Feuer fangen ließ. Weshalb so, mit jedem weiteren Stück, das von ihnen als Asche abfällt, auch mehr und mehr die Wirklichkeit eindringen kann. Wirklichkeit, die ständig vor unseren Fenstern lauert. Wirklichkeit, die stets bereit zur Invasion steht. Traumeland ist abgebrannt.

6

Über die Route, welche die frühe Morgenröte angezeigt hat, an einem Ort angelangt, wo sie ihr Nachtlager aufschlagen, sucht Ra´hab in der aufgezogenen Karte des nächtlichen Firmaments das Sternbild des Löwen als weiteren Wegweiser. Er kann sich aber nicht erinnern, wie dieses aussieht. Auch findet er nichts, was dem Abbild dieses majestätischen Tieres auch nur im Ansatz ähnelt. Aber trotz seines Unwissens ist er gezwungen, eine Entscheidung zu treffen. Eine intuitive Entscheidung, einzig beruhend auf dem Gefühl in seiner Magengegend. Ein Gefühl, von dem er nicht weiß, ob es unterbewusst aus der frühkindlichen Erinnerung resultierend zu ihm spricht, oder ob es die abendlichen Hülsenfrüchte verursachen, welche den Weg ins Jetzt gefunden haben.

Erneut wiederholt sich an diesem Abend das Hörspiel der singenden Dünen. Eine Aufführung, welche auch die nächsten Nächte, mal mehr, mal weniger intensiv zum Besten gegeben wird. Ein Bühnenstück, bei dem Ra´hab es jedes Mal aufs

Neue schafft, von der flammenden Essenz der Wirklichkeit zu kosten, welche allmählich seine Traumwelt restlos niedergebrannt hat. Aber ungeachtet dieses Umstands sammelt der Beduine unnachgiebig bei seiner Suche nach mehr Aufklärung immer weitere identifizierte Fragmente ein, welche ihn allesamt, zusätzlich zu der Orientierungslosigkeit, noch weiter belasten. Handelt mit seiner Begierde nach Klarheit, wie ein Süchtiger auf der Suche nach Vernebelung. Wie einer, der sich nicht von dem etwas losreißen kann, obwohl er sehr wohl weiß, dass dies, was er begehrt, sein Untergang ist. So kann auch er nicht aufhören, nicht genug bekommen. Wie ein erbrechend Satter, der nach Brot, wie ein Ertrinkender, der nach Wasser schreit, begehrt auch er beinahe manisch jene Sache, von der er weiß, dass er daran zugrunde gehen wird.

So häuft Ra'hab immer mehr Eindrücke, immer mehr Wissen in sich an, welches er nun sogar schon meist in die richtigen Register einzuordnen vermag. Dies gesammelte Wissen, resultierend aus seinen Beobachtungen, welches über das ihm übermittelte Grund- und Gesamtwissen seiner Vorfahren und auch über die Ruinen des gestorbenen Mythos seines Volkes bereits weit hinausreicht, soll ihm dabei helfen, endlich die vermeintliche Tatsache zu entdecken, der er sich schon so nahe vermutet. Er will den Ursprung dieser existenziellen Kettenreaktion bei seinem Wirken auf frischer Tat ertappen. Vieles kann er inzwischen schon verstehen. So weiß er, dass eine geringe Menge Sand offenbar recht klare, und größere Sandplatten hingegen dröhnende Töne von sich geben. Andererseits vermögen die Dünen sogar zu singen, wenn die Sandkörner glatt sind. Selbst die Einflussgröße des Feuchtigkeitsgrads des Sandes ist an dessen Orchestrierung beteiligt.

Ra'hab beobachtet die Wüste nun am Tag ähnlich intensiv wie er dies auch bei den nächtlichen Spektakeln macht. Mit höchst gesteigertem Interesse – da er weiß, dass es noch vieles zu verstehen und zu wissen gibt, was er noch nicht einmal ahnt – dringt er tief mit seinen wühlenden Sinnen ein. So studiert er etwa wie sich die spärlichen Ansätze von künftigen Wüstenbergen bilden, oder auch wie Luftstöße einzelne Körner zuerst bis auf Hüfthöhe aufwirbeln, sie dann eine kurze Strecke durch die Luft weiter vorantreiben, bevor die wieder zurückfallenden Partikel und Körner in einer Art Spritzeffekt neuen Sand herausschleudern und so vorwärtsstoßen. Ra'hab beginnt allmählich die Funktion, den scheinbar strikt linear verlaufenden Mechanismus der Wüste zu verstehen, welcher ihm an diesem Exempel eine Ahnung davon übermittelt, wie vermutlich alle Geschehnisse in einer vielfach verketteten Reaktion über mehrere Ebenen miteinander verbunden sein müssen.

Um vielleicht anhand dieses Prinzips auch sein Leben besser verstehen zu können, zieht er für seine Existenz auch den Gedanken des rein logisch ablaufenden Mechanismus in Betracht. Stellt sich sein Leben als eine Kugel auf einer gewellten Oberfläche vor, welche zusammen mit anderen Kugeln nur den strikten Wechselwirkungen dieser Mehrfachverkettung unterlegen ist. Er spricht dieser Theorie mittlerweile sogar einen höheren Grad an Wahrscheinlichkeit zu, als jenen, die entweder den Glauben an eine höhere Entität oder an das sogenannte Schicksal vertreten. Denn diese hat eine klare Wertigkeit. Eine, welche er bei den anderen Theorien nicht im Ansatz feststellen kann. Und wenn er nun gezwungen wäre, eine Vorhersage für die Zukunft, resultierend aus seiner jüngsten Vergangenheit, zu diagnostizieren, wäre diese düster. Denn seine Kugel ist in Bewegung, gewinnt ständig an Fahrt. Erhöht damit einhergehend die Wahrscheinlichkeit zu kollidieren, zu zerbersten. Getrieben von einem Impuls, angezogen von einem Pol, oder ausgelöst durch ein Gefälle, ist die Richtung ungewiss. Wie selig war er doch früher gewesen. Zu Zeiten, als er noch bequem nach Kinderart glauben konnte.

Außerdem überkommen Ra´hab jeden weiteren Tag mehr Zweifel an seiner Wahl des Weges. Vielleicht könnten sie schon dort sein. Er muss sich inzwischen eingestehen, dass er sich vielleicht etwas überschätzt hatte, als er Meridin sich selbst als kundigen Führer in dieser Wüste vorgeschlagen hat. War er doch das einzige und zugleich auch letzte Mal, damals noch als Kind bei der Oase gewesen. War dort an einem Fleck angelangt, der zugleich auch das nördliche Ende seiner geografischen Erinnerungen markiert – welche, wenn ihm das Alter keinen Strich durch die Rechnung machen würde, zusammengefügt eine detailreiche Karte ergäbe. Und eben dieses Fleckchen Land, dieses kleine Eiland im Sandmeer, dieses verschollene Schmuckstück erneut zu finden ist ihm die oberste Aufgabe. Dort könnten sie lange ruhen und ihre Reserven, so ist er sich gewiss, für die nahende Rückreise erneuern, um von dort aus wieder gestärkt gen Süden ziehen zu können.

Ra´hab fällt es zunehmend schwerer sich zu orientieren. Denn das benötigte Sternbild will sich einfach nicht mehr am tief schwarzen Firmament seiner Erinnerung abzeichnen. Dies alleine wäre der benötigte Fixpunkt, welcher sie in den sicheren Hafen geleiten kann. Hier gibt es keine markanten Erhebungen mehr, zumindest keine, die genügend Beständigkeit hätten, um früher als Wegweiser in einem Lied aufgenommen worden zu sein. Auch würde man mit diesen die wichtige Kenntnis für die absolvierten Distanzen einer Tagesetappe, an denen man sich in einer wie dieser zwar nicht konturlosen, aber sich immer wiederholenden Ebene orientiert, behalten. Seine Befürchtung, dieser vermeintlichen Sicherheit aus einer frühkindlichen Erinnerung heraus auf den Leim gegangen zu sein, begleitet ihn bei jedem seiner ungewissen Schritte. Vielleicht ist seine alte Erinnerung trübe geworden? Vielleicht sind mit der Zeit die vielen Eindrücke dieser einstigen Wanderung immer mehr zu einzelnen Sequenzen komprimiert worden? Ein Bündel gesammelter Lichtpausen, welches mit jedem vergangenen Jahr dünner geworden ist. Diese einzelnen Bilder würden so, alle vor sich ausgebreitet betrachtet, immer weniger Auskunft über die Summe geben. Ganze Etappen wären simultan zu den verfliegenden Erinnerungen erst kürzer geworden, um dann ganz zu verschwinden. Hätten sich letztendlich nur noch auf ihr finales Ziel reduziert, welches direkt hinter der Bergkuppe nach der Sona auf sie wartet. Dies wäre eine Erinnerung, welche zwar kostbar – da wunderschön – aber auch wertlos wäre, da sie für die Orientierung unbrauchbar ist. Denn alleine mit einem Ort – sei es auch die Oase, das wundervolle Kleinod aus seiner Kindheit, das in der Erinnerung stets als Paradies, mehr Zustand als räumlich gelagerter Platz, verankert geblieben ist – kann man nicht navigieren. Man benötigt immer zwei Punkte, um einen Kurs anzuschlagen.

Eine zusätzliche Belastung stellt für Ra´hab dar, dass er als Führer eine stets sichere Miene im Gesicht wahren muss, um das Vertrauen, welches ihm, ohne einen alternativen Plan zu haben, geliehen wurde, nicht zu verlieren. Dieses ist ihm sehr kostbares Gut geworden. Hat dieses doch den mickrigen Keimling von Stolz in seiner Brust, zu etwas gedeihen lassen, das er ebenfalls nicht mehr missen möchte. Auch dann nicht, sollte sich herausstellen, dass er dieser Auszeichnung nicht würdig ist. Denn es fühlt sich schlicht so gut und so richtig an, die Achtung innezuhaben, welche nur einem Karawanenführer zuteil ist.

So setzt er anhaltend und unentwegt stets einen Fuß vor den anderen, nicht bemerkend, dass er bereits als reine Zugmaschine auf unbewusst gelegten Gleisen fungiert, welche bis ins Ziel reichen. Auf Schienen, aus welchen er unmöglich entgleisen, auf denen er unmöglich sein Ziel verfehlen könnte. Auch wenn das Ziel, weiterhin unsichtbar für seine Augen, noch irgendwo hinter dem Horizont liegt. Aber trotz der Entfernung kann er es mit seinen Sinnen erfassen. Nicht bewusst, aber dennoch wirklich.

Während der Pausen überprüft Meridin vermehrt Ra'habs Blick. Bohrt durch die dünnwandige Fassade seiner geheuchelten Sicherheit und findet dahinter nur eine zusehends marode werdende Zuversicht. Denn die Substanz dieser Zuversicht resultiert bei ihm nicht aus einem fundierten Wissen, sondern lediglich aus schwammiger Hoffnung. Einer Hoffnung endlich hinter der nächsten Düne, irgendein Merkmal zu finden, welches nur darauf wartet, in ihm weitere Fragmente seiner geschwundenen Erinnerung loszutreten. Eine Hoffnung, welche auf jedem Dünenscheitel mehr, hinter dem sich einfach nichts Weiteres als bloßer Sand anschließt, enttäuscht wird. Eine Hoffnung, die mit jeder Stunde altert und immer brüchiger wird. So muss es sein, denn nur so kann es sich Meridin erklären, dass der Stolz von Ra'hab immer weiter welkt. Aber trotzdem wird er ihn nicht mit dieser Einsicht behelligen, ihn nicht weiter unter Druck setzen. Sie haben noch genügend Vorräte und er beschränkt sich deswegen auf beschwichtigendes Lächeln gegenüber Ra'hab. Denn dies ist oft das Beste. Eine Weisheit, welche er bereits von Ra'hab, durch dessen Art wie er mit den Kamelen umgeht, lernen konnte.

7

Je näher sie ihrem Ziel an den folgenden beiden Tagen kommen, desto zuversichtlicher wird Ra'hab, dass er sich doch auf dem richtigen Weg befindet. Die vor wenigen Tagen noch kaum vorhandene Hoffnung ist seither zu einem ausgeprägten Glauben herangewachsen, welcher ihn bis hierher sicher durch die Wüste geleitet hat. Aber eben dieser Glaube löst sich nun unerwartet und binnen Sekunden, innerhalb weniger Wehen auf. Denn der Glaube gebärt im Moment seines Todes Wissen. Ra'hab bemerkt, bestimmt und begreift den wahren Grund für seine ständig gewachsene Zuversicht. Anfangs muss es nur ein dünner Faden, später wohl schon eine Schnur gewesen sein, welche ihn nun als Seil und bald wohl als starkes Tau mit ihrem Ziel verbindet. Denn ein klarer, selbst für ihn kaum bewusst wahrnehmbarer Duft windet sich – von ihm eingeatmet – durch seine Nase und weiter in seine Stirn hinauf, bis er ihn dort endlich angenehm und anregend kitzelnd bemerkt. Es ist der betörende Duft, wie ihn nur ein Stoff haben kann. Der flüchtige Stoff aus dem das Leben ist. Wasser.

Ra'hab bleibt stehen, hält inne, und schließt andächtig seine Augen. Wie ein witterndes Tier beginnt er unentwegt Luft durch die Nase zu ziehen und lässt so vor seinen geschlossenen Augen ein deutliches Bild entstehen. Der weiche klare Duft, der ihn inzwischen vollends eingenommen hat, erscheint ihm zuerst als eine gewundene, im Wind segelnd treibende, milchig weiße Fahne im schwarzen Raum. Sogleich drängen sich aber auch andere und weitaus intensivere Düfte aus seiner direkten Umgebung in dieses Bild und stören so das geschmeidig zärtlich wirkende Band. So sieht er sich bald in ein rot rauschendes Gewand eingehüllt, welches aus markantem Geruchsgeschmeide besteht. Ein beklemmender Stoff, verwebt aus tausend borstigen Fäden, von denen jeder einzelne als eine Ausscheidung seiner Schweißdrüsen, jenen seiner Kameraden oder seiner Kamele entwachsen ist. Aber nicht nur dieser Stoff stört seine Nase. Denn es peitschen raue Riemen durch die Luft, welche zusätzlich noch mit Dornen besetzt sind. Diese Riemen aus messerscharfem Geruch mit einer auf Nasen geradezu fesselnden Wirkung, entspringen den mit Kot und Genitalausscheidungen verklebten

Kamelhinterteilen. Dieses wilde Knäuel droht erst gar nicht, sondern beginnt sofort damit, dieses schöne Band, welches sich wie eine endlose und extrem leichte Fahne durch die Wüste zieht, zu ersticken und mit Schlägen der mit Dornen besetzen Peitschenschnüre zu verstümmeln. Ra´hab muss seine Sinne erneut ausrichten. Er muss es schaffen, die Störeinflüsse auf ein Maß gedrosselt zu bekommen, mit dem sie sich dezent und nicht wie ein eifersüchtiger Rivale, der alles außer sich zu verdrängen versucht, in dieses Bild einfügen lassen.

Als Ra´hab dies geschafft hat, kann er dem Sand, welchen er hier stets als neutral, in seiner Heimat aber eher als salzig empfunden hat, weitere Geheimnisse entlocken. Er sieht ihn in diesem, seinem geistigen Bild der näheren Umgebung als eine feine Matte, die an manchen Stellen ein einzelnes Sandkorn aufweist, welches ihn anders als die anderen in einer bestimmten Farbe anblitzt und ihn anfunkelt als wäre es ein Edelstein mit geschliffenen Facetten. Diese tragen jeweils einen zarten, jedoch exakt bestimmten Riechstoff an sich, deren Herkunft und Urheber ihm jedoch unbekannt ist. Wie mit betörenden Parfum bestäubt, heben sich diese von der Gesamtheit ab und wecken eine Begehrlichkeit. Allesamt sind dies Fremde, weit Gereiste, welche Kunde von fernen Landen bringen. Sind Ton für Ton Nachrichten, welche die wachsende Neugierde auf die Welt aufgeregt in seiner Brust pochen lässt. Ra´hab atmet nochmals, nochmals gezielter, nochmals konzentrierter ein, um das Bild weiter zu intensivieren und auszuschmücken. Und mit jedem Atemzug wird das Bild aus Gerüchen um ihn herum voller, noch funkelnder, noch prächtiger. Lässt auf dem anfangs noch bodenlosen Grund einen vollen und funkelnden Mosaikteppich entstehen, der von der schwarzen Basis, der darunterliegenden haltlos neutralen Oberfläche, scheinbar mühelos getragen wird. Lässt ihn sich weiter entfalten, ohne absehbares Ende ausrollen. Lässt sich auf eine seltsame Weise von den vielen funkelnden Edelsteinen, mit denen er bespickt ist, welche allesamt olfaktorische Sprenkel – Sinneswahrnehmungen – darstellen, verführerisch zuzwinkern. Mit dieser Verkörperung, welche die Düfte gewonnen haben, können sie Ra´hab den nötigen Halt geben, welcher ihn daran hindert, in dieser ihm unbekannten Welt der Gerüche ins bodenlose Nichts zu fallen, um sich auf ewig in ihm zu verlieren. So sieht er sich inzwischen in ein zart rotes Licht eingehüllt, durch welches sich ein sanft geschwungenes milchig weißes Band zieht.

Nur zaghaft öffnet Ra´hab wieder seine Augen. Denn bereits beim ersten zwinkernden Blick ist er geblendet von der gleißend hellen Sonne, die über ihnen gemächlich gleitend ihre tägliche Bahn zieht. Und als sich seine Augen an die Helligkeit gewöhnt haben, ist es ihnen, als würden sie zum ersten Mal die volle Farbgewalt der hellblauen Hemisphäre über-, und dem roten Wüstensand unter ihnen sehen. Seine Lippen formen sich zu einem sanften, überglücklichen und erleichterten Lächeln, das auch dann noch anhält, als er – die Richtung klar vor Augen – wieder mit seinen fortwährenden Schritten beginnt. Den Geruch von Wasser, den in seiner Vorstellung zum weißen Band gewandelte Sinneseindruck, stets im Blick.

Während der Weile einer kurzen Pause wird Ra´hab eingehend von Meridin betrachtet, weshalb sein ohne erkennbaren Grund schlagartig geändertes Mienenspiel nicht unentdeckt bleibt. Noch bis vor einem Moment war sich Meridin sicher, dass Ra´hab die Orientierung auf dem Weg, auf welchem er sie führen wollte und sollte, mit der Zeit, während er so sehr damit bemüht war, ihnen eine Sicherheit vorzugaukeln, gänzlich verloren hat. Er hatte sogar bereits beschlossen am heutigen Abend endlich wieder Klarheit mit Fakten zu schaffen, indem er dieses laienhafte Schauspiel von Ra´hab beendet. Denn seine Stümperhaftigkeit beim Lügen, sein Unvermögen, eine derartige Scharade aufzuführen, welche seiner Einfältigkeit beim Umgang mit Menschen geschuldet ist, macht ihn für jedermann leicht zu durchschauen. Was eine Eigenschaft ist, welche durchaus liebenswert wäre, wenn nicht gerade sein Leben davon abhinge. Aber nun wirkt Ra'hab wie verändert. Plötzlich strahlt er eine Souveränität aus, welche schier aus jeder Pore seiner ganzen Erscheinung zu dringen scheint. Umgeben von einer Dunstglocke aus gefestigter Sicherheit, ist diese glaubhaft wie auch absolut hieb- und stichfest. Jeden Einspruch könnte er mit einem Lächeln in Luft auflösen, jedem Anfechten mit verletzenden Worten könnte er mit stoischer Gelassenheit den Schneid nehmen.

Gereizt und betört durch den lasziven Duft in seiner Nase, der ihn lauthals zu dessen Ursprungsort ruft, erhöht Ra'hab das Tempo, stur den entfliehenden Fahnen entgegen. Er ist sich jetzt ganz gewiss, dass hinter der nächsten Düne die ersehnte Oase liegen muss. So erhöht er abermals das Tempo zu einem Laufschritt und hält seinen Blick geradeaus auf den feinen Dünengrat geheftet. Er will diesen jetzt nicht mehr langwierig umgehen, sondern direkt über ihn hinweg, will jenen über den Dünenkamm schwappenden Duftschwaden entgegen laufen. Auf ihm angekommen blickt er in das Tal, in das nasse Loch inmitten von Sandbergen, welches bereits in den abendlichen langen Schatten der umgebenden Dünen und in denen der um sie gesäumten Vegetation liegt. Sein Atem kommt mit tiefen und langsamen Zügen wieder zur Ruhe. Ihm ist, als könnte er mit geschlossenen Augen die einzelnen Fäden der Duftfahnen, welche sich langsam aus ihrem feuchten Bett erheben, regelrecht sehen. Als könnte er ihrem ständigen, nicht abreißenden Geburtsmoment, welcher bereits mit ihrem jeweilig noch mehrere Tage entfernt liegenden Sterbemoment verbunden ist, beiwohnen. Dankbar stellt er erneut fest, dass nicht er die Oase, sondern diese ihn gefunden hat. Einmal am Haken des letzten hauchfeinen Duftfadens konnte er ihren Ursprung gar nicht mehr verfehlen. Diese Fahnen haben ihn und sein Gefolge – von ihnen beabsichtigt und er ihnen unbewusst gehorcht – immer näher und näher an sich herangezogen. Haben sie aus der Trockenheit geborgen und gerettet.

Ra'hab setzt seine Schritte fort, führt die Karawane über den Grat, sodass auch Hań und zuletzt Meridin den Ausblick genießen können. Auf dem Weg zum Fuß der Düne, zu deren nassen Oasengrund, umgibt die ganze Karawane, eingewoben im Duft von Wasser, eine selten heitere Stimmung.

8

Im blauen Abendlicht, das sich im schichtweisen Verlauf in verschiedenen sanften Tönungen am Firmament aufgemalt zeigt, scheint das Wasser tief blau, beinahe schon schwarz zu sein.

Auf Ra'hab hat die Aura des Wassers, die ihn völlig umgibt, eine beinahe magische Wirkung. Er nimmt es mit all seinen aufgeweckten, ihm zur Verfügung stehenden Sinnen auf. Riecht es deutlich – als dessen Duft von seinem Atem in seine Nase hinauf gesogen wird und die kühle Frische bis hoch in seine dadurch kribbelnde Stirn fährt. Sieht es – wie es sein Ebenbild auf der welligen Oberfläche eine verschwommene Fratze schneiden lässt. Spürt es – als er mit seinen Händen tief in das kühle Nass fährt. Schmeckt es – als er den Teich, der in seinen zu einer Schüssel geformten Handflächen liegt, in seinen Mund fließen lässt. Und hört es – wie es von seinen nassen Händen zurück in das Reservoir tropft. Seine Mimik, dominiert von meist kühlen, kritisch beobachtenden Blicken, formt sich zu einem Lächeln wie es zufriedener, wie es beeindruckter und ganzheitlicher nicht sein kann. Er fühlt sich glücklich wie ein

Kind. Genauso wie damals, als er noch ein solches und das letzte Mal bei dieser Oase war.

Hań überkommt ein mächtiges Gefühl, gegen das er sich nicht wehren will, geschweige denn könnte. Ein Gefühl, welches ihn mitten hinein, in das Zentrum des Nasses zieht. Ohne sich zu weigern folgt er dem inneren Diktat, entkleidet sich kurzerhand, nimmt etwas Anlauf und springt mit aller Kraft, mit völliger Hingabe vom Ufer ab. Gestreckter Länge nach befindet er sich im Freiflug über den abendlich schwarzen Fluten. Den Äther über dem Gewässer langsam durchfliegend, spürt er ein in diesem ruhendes Gefühl von absoluter und ewig zeitloser Freiheit, als würde jemand mit aller Kraft versuchen das Rad der Zeit anzuhalten. Der Aufprall, das schlagartige Eindringen in das Wasser, schmerzt für einen kurzen und sehr intensiven Moment seine rot gereizte Haut, aber in diesem Element völlig eingedrungen, in ihm komplett untergetaucht und umhüllt, kühlt und absorbiert es jeglichen Schmerz. Ernüchtert ihn sozusagen aus dem Zustand der ständigen Pein. Seine Augen öffnen sich unter Wasser, sehen aber deswegen auch nicht mehr als zuvor, als diese noch geschlossen waren. Er befindet sich im Schwarz – spürt oder sieht weder Boden, Ufer noch Wasseroberfläche, die ihm eine greifbare oder sichtbare Grenze aufweisen und so helfen würden, seine Position zu bestimmen. Er fühlt sich der Welt und deren Schmerz entrannt, entschwunden, schwerelos in einer anderen untergetaucht und darüber äußerst glücklich. In dem reinen, kalten Medium mit weiten Armschlägen tauchend, spürt er nur sich. Sein Geist und sein Herz – vereint zu einem Körper – im Einklang pochend. Beim Auftauchen gleitet er durch die dünne, lediglich handtiefe Warmwasserschicht direkt unter der Oberfläche und genießt deren Wärme auf seiner Haut. Atmet aus, atmet ein. Treibt mit seiner tief mit Luft gefüllten Lunge im Anblick des gemächlich aufgehenden Mondes auf dem Rücken. Seinen Blick auf das Nachtgestirn gerichtet, driftet er in ein Meer aus beglückenden Emotionen ab.

Meridin, der zwar die Oase auch von ganzem Herzen begrüßt, wird von ihr bei seinem Ankommen aber trotzdem nicht in ein ähnlich emotionales Hochgefühl von Wohlbehagen und Glück gehüllt, wie es seine Begleiter von ihr empfangen dürfen. Er beschränkt sich darauf, mit diesem Wasser seinen Durst zu stillen und sich zu reinigen. Er kann in diesem nicht mehr oder weniger sehen als das, was es ist: Wasser. So wird er sogleich wieder geschäftig, sammelt zwischen den grünen Gräsern einige vertrocknete Stauden ein und bricht mit lautem Knacken dürre Äste von Sträuchern und kleinen Bäumen ab. Häuft sie in mehreren Schichten nach einer strikten Reihenfolge aufeinander, entzündet einen seiner Schwefelspäne und schiebt diesen anschließend sorgfältig in das Zentrum des Bauwerks. Er betrachtet die kleine züngelnde Flamme, wie sie sich zärtlich um das Brennmaterial legt und dieses, in der gleichen Reihenfolge wie in jener, in welcher es zuvor aufgehäuft wurde, mit sich ansteckt. Gebannt und ebenfalls völlig von ihm angesteckt blickt er in die Flammen und kann Ra´hab und Hań nur versetzt und am Rande wahrnehmen, als sie sich ebenfalls in die erhellte Aura des Feuers setzen.

Hań ist völlig in Gedanken über sich selbst, über sein ganz persönliches Ich versunken. Er ruft sich seinen Freiflug von eben ins Gedächtnis und kann auf der wellenüberzogenen Wasseroberfläche des Tümpels nun sein Spiegelbild erkennen. Sieht, wie er – scheinbar schwerelos – den Raum über dem bodenlosen Wasser durchquert. Rückblickend kommt es ihm sogar vor, als hätte er sein Ebenbild, so wie es vor wenigen Jahren ausgesehen hatte, erblickt. Zu einer Zeit, welche vor der intensiven und jüngsten Vergangenheit, vor den allen anderen Erinnerungen an eine glückliche Zeit vertilgenden Ereignissen stattfand. Aber nun, mit seinem früheren Abbild vor Augen, beginnt er sich, wenn auch nur bruchstückhaft, wieder an die Zeit, als er noch glücklich, noch kindlich an der Schwelle zum

Mann-Sein stand und sich noch frei fühlen konnte, zu erinnern. Gegen Ende seines Flugs wandelte sich die Spiegelung auf der Wasseroberfläche zu dem durch die grausamen Wogen des Schicksals verzerrten, traurigen Ebenbild aus dem Jetzt. Zu einem völlig gewandelten Gesicht, das zu schnell erwachsen und zu früh vom Leben und von sich selbst enttäuscht wurde. Zu einem Gesicht, welches das Gefühl von Freiheit nur noch aus einer schwach lodernden Erinnerung her kennt und welche Gefahr läuft, auf ewig zu verglimmen. Einen winzigen Bruchteil der Zeitspanne seines Flugs – im Moment bevor er auf der Oberfläche aufgeprallt ist – glaubt er sogar sich selbst, wie in einer etwaigen Zukunft mit vielen Tieren in seinem Gefolge, als Hirten umherziehend gesehen zu haben. Letztlich spürt er nochmals den heftigen Aufprall am ganzen Körper, mit welchem sich seine Gedanken auf einen Schlag verflüchtigen, sodass jetzt nur noch das wärmende Feuer auf seinem fröstelnden Körper präsent ist.

Ra´hab überlegt indes, wie er all das Geschehene aus seiner nahen Vergangenheit deuten, geschweige denn ordnen soll. Denn in seinem eigentlich schlichten und einfachen Leben gab es noch nie recht viel zu interpretieren oder einzuordnen. Alles schien immer so klar und nicht verworren zu sein. Nicht einfach, aber er wusste dennoch stets, was zu tun war. Wusste, welche und wie viele Schritte nötig waren, um ein Ziel zu erreichen. Sein Geist brauchte sich nie als dermaßen misstrauisch, kritisch, scharfsinnig und hinterfragend zu erweisen wie der von Meridin. Auch hatte er kein Ziel oder gar eine Mission, die ihn suchend und bedrückt machte. Er hatte zwar durchaus seinen Teil des Weltenschmerzes und den Verdruss darüber, der auf seinen Schultern lastet, inne, jedoch keine Eile. Ra´hab denkt weiter nach und stößt nun bei seinem Stöbern wieder auf den Traum, den er damals so intensiv erlebte, und den er jetzt schon viele Male erfolglos zu interpretieren versucht hat. Aber mit seinen bisherigen Fragen, ob Traum oder Realität, wieso und warum, kam er schlichtweg nicht weiter. Womöglich, kommt es ihm in den Sinn, waren es bisher nur die falschen Fragen. Mit dieser Hypothese kommt ihm ein Reim über die wortgewordenen Eindrücke aus seinem Traum in den Sinn, an welchem er bei seinen vielen Deutungsversuchen gefeilt hat:

Fenster starr im leeren Rahmen gebunden,
Grauer Himmel, in grauem Stein umwunden.
Der Körper, die Seele herausgewrungen,
brennender Schmerz im Fleisch geschwunden.

Augen gingen die feine Stadt erkunden,
sanken nieder zu tiefen Grunden,
fanden sie fahl, leer, tot geschunden.

Waren es kurze Sekunden,
oder gar lange Stunden?
Ungeachtet ihrer Ordnung, gleich empfunden.

Stimme klang nun aus fremder Munden,
fordert auf, und ward verschwunden.
Ließ mich zweifelnd, ob es stattgefunden.

Mit immer noch unbändig suchenden, tief grabenden und schürfenden Gedanken quält sich Ra'hab, mit gebanntem Blick ins Feuer, noch weiter. Versucht auf ein Neues, diese Oberfläche, welche für ihn die Ordnung seiner Realität darstellt, zu durchdringen. Tut dies, auch wenn er darum weiß, dass jedes neue Stück Erkenntnis mehr, die gleiche Menge an alter Ordnung zerstört.

Hań fühlt sich allmählich wieder annähernd frei. Das

kalte, klare Wasser hat ihn von seiner Scham und seinem Schuldgefühl zwar nicht befreit, aber ihn dazu befähigt, all das Geschehene aus einer gewissen Distanz heraus und hinter sich liegend betrachten zu können. Dieses Erlebnis – dieses Wasser – hat in seinem Gedächtnis einen deutlichen Schnitt als Abgrenzung vorgenommen. Sein Auftauchen kommt so beinahe der Geburt einer reinkarnierten Seele gleich. Einer Seele, welche sich mit dieser erneuten Geburt aber nicht frei von Schuld waschen konnte. Denn seine Prinzessin immer noch in gräuelhafter Existenz wissend, bedauert er seine Feigheit immer noch unvermindert arg. Hań sehnt sich nach dem Mädchen, würde es gerne unter den Schirm seines Schutzes stellen. Ein Schirm, der aber einzig, trotz aller Liebe, aus dieser alleine nicht wachsen kann. Er kann ihr nichts als seine Wünsche für sie bieten. Kann aktiv nichts Konkretes gegen ihr Martyrium ausrichten. Er selbst ist viel zu klein, zu schwach, zu alleine, um das Übel gezielt an der richtigen Stelle anpacken und ausreißen zu können. Zornig denkt er sich:

»Ich könnte der entstellten Fratze die Stirn bieten. Ihm seine Kehle durchschneiden und ihm vielleicht noch einen oder zwei seiner abscheulichen Kunden hinterher schicken. Könnte mich solange rächen, bis auch ich ihnen ins Ungewisse folgen würde.«

Aber ihm wird bitter klar, dass die Sonne, die diesen kläglichen Versuch mit ansehen würde, noch nicht einmal wieder untergehen müsste, bis andere an ihre Stellen gerückt wären. Hunderte und tausende Prinzessinnen, Frauen und Knaben, allesamt verletzliche Gewächse, werden noch malträtiert werden und daran eingehen, bis eine Flut kommt, die stark und mächtig genug ist, den ganzen Dreck in sich zu verschlucken und hinweg zu spülen.

Gedankenverloren wirft Hań seinen Blick ins wärmende Feuer vor ihm, wo sich dieser sichtlich wohl fühlt. Denn dort – von Wärme eingenommen – schaffen es dessen durchdringende Strahlen Frühling in die Eiswüste zu bringen. Diese versprechen ihm sogar, alle durch Frost verursachten, eigentlich irreparablen Schäden einmal zu heilen. Können ihm die Hoffnung vermitteln, dass jeder Winter einmal gebrochen und morgen ein neuer Tag beginnen wird. Ein Tag, an dem er jede Gelegenheit ergreifen will, um seine Retter kennenzulernen. Er will erneut einen Schritt nach vorne gehen.

Meridin betrachtet seine zwei Gefährten, wie jeder für sich seinen eigenen Gedanken nachsinnt. Wie sie die gesamte Wahrnehmungsfähigkeit ihres Sinneskegels auf und in die eigene Person gerichtet halten. Er sieht in ihrer Gruppe, sich selbst eingeschlossen, drei individuelle Kreaturen, drei gänzlich verschiedene Charaktere, von denen ein jeder seinen Schmerz einsam mit sich trägt, weshalb sie so, trotz aller Verschiedenheit, einen gemeinsamen Nenner gefunden haben. Einen, der sie verbindet, einen, der sie beinahe zu Brüdern im Geiste macht. So steht über diesem Nenner das Gewicht des Beduinen, der seiner geliebten Heimat, seinen Wurzeln entwachsen und so ihr gegenüber verfremdet worden ist. Wie auch ein Lustknabe, der zur Prostitution gezwungen wurde, dessen Schmerz und ganze Wahrheit, wie auch die Bedeutung seiner Rolle, noch im Verborgenen liegen. Die Wertigkeit seiner selbst, des gelehrten Kriegers mit Taschen voller Ratlosigkeit, vermag er in dieser Gleichung nicht zu bestimmen. Eine Gleichung bestehend aus vier Termen. Der Lösung des Ziels einerseits, und den drei illustren Gestalten andrerseits. Drei Objekte unbekannter Größe, welche auf der Suche nach dem extrem empfindlichen, da nur exakt zustande kommenden Gleichgewicht der Welten sind und bisher lediglich einen gleichen Nenner gefunden haben. Vielleicht ist der richtige Lösungsansatz auch der, aus der Funktion ihrer Rechenoperationen, ihrer Fähigkeiten, den passenden Schlüssel für des Rätsels Lösung zu entwickeln. Die Frage bei diesem Ansatz ist nur: welche Grundrechenart ist die korrekte

Operation?

Sicher ist er sich aber darin, dass, wenn sie es nicht bald schaffen sollten miteinander zu kommunizieren, ihr Bündnis so schnell zerbrechen wird, wie es zustande gekommen ist. Ein Gedanke, von dem er auf Anhieb nicht weiß, ob er dessen Verwirklichung im Grunde nicht sogar will und beschleunigt herbeiführen sollte. Vielleicht sind die beiden nur eine Behinderung für ihn auf seinem unbestimmten Weg. Denn er weiß nicht, wohin ihn dieser noch führen will. Er weiß auch nicht, ob ihn Ra´habs eingeschränkte Bewegungsfreiheit durch sein lädiertes Knie bei der Wahl des Weges durch einen unterbewussten Schonungswillen zu sehr einschränkt. Aber bereits einen Moment später muss er feststellen, dass zurzeit er der Klotz an Ra´habs Bein ist. Dass der, den er bis vor einem Moment lediglich als Krüppel abgetan hat, durch ihn, den gebildeten und athletischen Krieger behindert wird. Er denkt bei sich, welch seltsame Züge ein gewendetes Blatt doch annehmen kann. So will er dieser Gruppe, der er durchaus einen Vorteil beim Finden seiner Ziele zutraut, unter Vorbehalt eine Bewährungsprobe zusprechen. Aber all dem vorausgesetzt, sie schaffen es, innerhalb einer gewissen Weile kommunizieren zu können. Andernfalls ist er gezwungen, die Gruppe zu verlassen. Mit dem Gefühl eines verständnisvollen aber strengen Vaters blickt er auf seine beiden Gefährten, welche nichts von dem Kalkül, seiner nüchtern berechnenden Überlegungen ahnen. Der jüngere von ihnen hat sich bereits zur Ruhe gelegt, und Ra´hab scheint inzwischen sogar im Sitzen eingeschlafen zu sein.

Das kleine Feuer züngelt noch immer ein wenig zwischen der roten, mit schwarzen Aschestreifen durchsetzten Glut. Im gleichen Moment, als sich eine Flamme sanft und anschmiegsam über ein Stück geborstene Glut legt, legen sich auch Meridins Lider über seine Augen. Er gesellt sich schnell zu den ebenfalls schweren und distanzierten Träumen seiner

Gefährten. So schafft es sein geistiges Auge von einer erhabenen Warte aus auf den in einiger Entfernung vor Bosheit nur so strotzenden Nebel zu blicken. Ein Nebel, der sich zwar langsam, aber dafür beständig fortbewegt und alles unter sich erdrückt.

9

Mit den ersten grauenden Sonnenstrahlen am Firmament, wird die nächtliche Oase zuerst sichtbar und wenig später – die Sonne den Horizont gänzlich erklommen – lichterloh in bunte Farbe getaucht. Ein Licht, welches die Sträucher wie auch die vereinzelt stehenden Palmen plötzlich grün werden lässt und diesen dabei hilft, auf die unter ihrem Blätterdach wachsende Vegetation einen noch kontrastarmen Schatten auszuwerfen.

Die Gesellschaft erwacht, steht bald auf, streckt sich die Glieder, will diese bewegen und zerteilt sich. Meridin und Hań schlendern alleine mit sich um die Oase herum. Erneut wollen die beiden diese mit ihren Sinnen wirklich erfassen. Denn zu surreal ist ein solches Kleinod inmitten einer Wüste dieses grenzenlosen Ausmaßes. Ra´hab geht unterdessen zu den Kamelen und seiner Pflicht nach, die Tiere mit alldem zu versorgen, was diese benötigen: Wasser, etwas Futter und ein wohlwollendes:

„Guten Morgen, Mädchen."

Ohne Widerwillen fügen diese sich den sicheren Händen, welche zuvor ihre morgendliche Verpflegung erledigt haben, um sich von ihnen wieder angeleint in Reih und Glied bringen zu lassen. Die Kamele genießen die Prozedur, in welcher er ihnen über die Schnauze fährt und ihnen so seine Liebe und seinen Respekt spüren lässt. Ein Akt, bei welchem sogar Meridin, der mit keiner großen Einbildungskraft gesegnet ist, immer wieder meint, ein zufriedenes Lächeln auf ihren fleischigen Lippen zu sehen.

Ohne weiter darüber nachgedacht zu haben, richtet Ra'hab die Tiere, zurück gen Süden, in Richtung seiner Heimat aus. Ein Landstrich, welcher aber dieser höchsten Bezeichnung von Wohlbehagen nicht mehr würdig ist. Denn er sieht diesen Fleck nur noch als Land seiner Herkunft und nicht mehr als sein Zuhause. Zwar kann er dort Meridin wieder als absolut wegesicherer Führer dienen, aber selbst dieses Gefühl vermag ihm kaum mit seinem Wert dorthin zurück zu locken. Gerne würde er die Schwelle zum schon immer Unbekannten geradewegs überschreiten und in das aufregend frische Neue eintreten. Aber ein weitaus stärkeres Gefühl dominiert sogleich diesen jungen Trieb sprießender Emotionen. Das Gefühl, den Anspruch auf seinen Platz in der Welt für immer zu verlieren, sobald er es wagen sollte, diesen zu verlassen. Das Gefühl, auch noch mit der letzten Seitenwurzel, der letzten Verbindung zu seinen Ahnen, aus jener Erde, welche mit Sicherheit und Wohlbehagen spendender Tradition durchsetzt ist, ausgewurzelt zu werden. Er will nicht aus den Fußstapfen ausbrechen, in welchen er sich bis heute zumeist wohl gefühlt hat. Dieses Gefühl wird immer stärker und scheint dadurch auf sonderbare Weise nicht wirklich, sondern nur ein Trugbild zu sein, welches von einem Zwang ausgeht, es seinen vor langer Zeit verstorbenen Eltern noch irgendwie Recht machen zu müssen. Ein Gefühl, das Ra'hab in seinen Bann zieht, als wäre er ständiger Trunkenheit verfallen, eine Sucht, die ihn, da sie nur in der Wüste gestillt werden kann, nach Hause an ihren ausgezehrten, schlaff schrumpeligen Busen ruft. Ein Ruf, dem er sich hörig ergeben wie ein artiges Kind beugt.

Als Meridin nach Minuten von seiner kurzen Runde um die kleine Oase mit ihren lichten Palmenhainen zurückkommt, sieht er, wie Ra'hab die Karawane bereits exakt wie eine Kompassnadel, wie eine gerade Richtschnur, entgegen ihrem Reiseursprung im Süden ausgerichtet hat und diese bereit für den Aufbruch steht. Mit großen Schritten, wachsender Ungeduld und lauten Worten eilt Meridin zu Ra'hab:

„Was machst du?! Wo willst du hin?!“

Ra'hab antwortet leise, den Sinn der Frage offensichtlich nicht verstehend:

„Zurück. Wohin sonst?“

Zornig geworden, da dieser Beduine einfach nicht verstehen will, wirft er ihm harsch entgegen:

„Geh einfach weiter, egal wohin, nur nicht zurück. Wir wollen auf keinen Fleck zweimal treten. Du bist unser Führer! Also führe uns auch mit Sinn!“

Als Ra'hab nach Sekunden eine Ahnung bekommt und diese durch Meridins eindringliche Mimik nach weiteren Sekunden bestätigt sieht und versteht, was dieser von ihm verlangt, ist er von der Tragweite dieses Auftrags – ohne Sinn – beinahe wie erschlagen.

Seine beiden Gefühle von gerade eben – der Drang nach Veränderung und der Durst nach Beständigkeit – von denen er sich vorhin für eines entschieden und damit die Richtung gewählt hatte, sind wieder präsent – stehen erneut zur Auswahl bereit. Die Gefühle kommen aber nicht mehr alleine daher, denn nun werden beide von einer beengenden, im Augenblick sogar als einschnürend empfundenen Angst begleitet, sich in diesem wenige Sekunden währenden Moment für einen ewig geltenden und ihn immer bindenden Entschluss zu entscheiden. Er fürchtet, dass, egal für welches von beiden er sich entscheiden mag, nachdem er Zeit hatte, in Ruhe über deren individuelle Folgen zu urteilen – Wirkungen bei denen es zwar immer etwas zu gewinnen, aber zugleich auch etwas zu verlieren gibt – die Folgen des Verlusts immer überwiegen werden. Denn die Endgültigkeit dieser Entscheidung schränkt die Perspektive auf Möglichkeiten, und sei es auch nur die Freiheit, die richtungsweisende Wahl auf morgen verschieben zu können, auf ewig ein. Womöglich verliert er sogar, in Folge des gewucherten Gefühls der Nutzlosigkeit in sich, seinen Platz in der Welt. Denn wie sollte er als Führer dienen können, wenn er weder den Weg noch das Ziel, sondern nur jene Richtung kennt, welche er nicht mehr einschlagen darf? Wie sollte er etwas finden können? Wie könnte er seiner Pflicht als Führer nachkommen und dem auf ihm lastenden Vertrauen gerecht werden? Ein Gewicht, welches, resultierend aus ihrem Vertrauen ihm gegenüber, ihren konkreten Erwartungen, ihren verborgenen Hoffnungen, oder aber auch ihres Gesuchs nach Obhut wegen, stetig weiter vermehrt würde. Ra'hab bekommt in diesem Augenblick einen bitteren Vorgeschmack des auf seinen Schultern lastenden Drucks und fragt sich, ob er dieser Kraft überhaupt stand halten könnte, geschweige denn wollte.

Die Zeit des stillschweigenden Gegenüberstehens verstreicht immer weiter. So lange, bis Meridin Worte in deutlich ruhigerem Ton anschlägt:

„Begleite uns einfach und kümmere dich um die Tiere. Nichts anderes verlange ich von dir. Ra'hab, um nichts anderes bitte ich dich."

Mit diesen Worten von einer schier erdrückenden Last befreit, überlegt Ra'hab weiter. Wenn seine Aufgabe wirklich nur die Pflege der Tiere umfasst, so könnte er sich womöglich trauen diese anzunehmen und der Neugier in ihm freien Lauf zu lassen. Die unter dem Druck der Erwartungen eingefallene, zuvor bereits brüchig gewesene Hülle der Blase, welche Ra'habs Selbstbewusstsein umspannt, aus deren Risse schon mancherorts gehaltvolle Bestimmung entweichen und leere Ratlosigkeit eindringen konnte, kann schnell heilen. Binnen weniger Augenblicke ist diese empfindliche Blase sogar mit einer solchen Menge potentiellen Glücksgefühls – auch genannt Hoffnung – geflutet worden, dass Ra'hab mit zuversichtlichem, erneut straff gewordenen Herzen der Zukunft entgegenblicken kann. Und als ihm Meridin dies noch einmal aufrichtig bestätigt, kann sich langsam ein leichtes Lächeln auf den dunklen Lippen Ra´habs formen.

„Einfach nur gehen.“,
sagt ihm der lächelnde Meridin abermals ins Gesicht, während er mit einem Arm einen groben Bereich im Norden markiert.

Den Sinn hinter dieser Aufgabe zwar noch immer nicht verstehend, auch die Vernunft noch immer nicht sehend, versucht Ra´hab erst gar nicht mehr, diese zu finden und zu ergründen.

»Meridin wird seine Gründe haben.«,
so hofft er zumindest und nickt Meridin ergeben zu. Zeigt ihm damit seinen Willen, die Aufgabe so zu bewerkstelligen wie ihm aufgetragen wurde. Gemäß dieser füllt er zügig die Lederbeutel mit Wasser auf, wendet die Karawane und bricht ohne weitere Verzögerungen auf. Dem Norden entgegen.

10

Durch diese Aussprache, diese klare Verteilung von Aufgaben, und dem sich einstellenden Gefühl, ins große Unbekannte aufzubrechen, ist der Weg zu ihrem Ziel, welches sie während der heutigen Wegstrecke erreichen wollen – ihre Kommunikation zu verbessern, durch den gegenseitigen Willen, sich besser kennenzulernen – eingeebnet worden. So liegt den ganzen Tag über der Geist des wechselseitigen Interesses in und auch zwischen den Zeilen ihrer derart angereicherten Verständigung. Meridin und Ra´hab, die Spitze der Karawane bildend, setzen beherzt ihren Unterricht, um die

Sprache des anderen zu erlernen, Lektion um Lektion fort. Währenddessen werden sie unermüdlich von Hań, der ihnen mit stets freundlich verschmitztem Gesicht etwas abseits folgt, beobachtet. Ab und an wirft aber auch er einige eingefangene Sprachfetzen des Beduinenvolks dazwischen, welche ihm passend erscheinen. Diese vermitteln Meridin und Ra´hab einen Gewissheit gebärenden Eindruck, dass der Junge zwar die Worte in einem sehr guten, sogar dialektischen Wortlaut wiedergeben kann, aber ihren Wert, ihre individuelle Bedeutung mit keiner Silbe erfassen kann. Denn freudig erregt gibt er Sachen wie:

„Wollen wir den Kleinen nicht schon mal ausprobieren? Was meint ihr?“

oder:

„Zappelt bestimmt noch, die kleine Sau. Schreit laut um Hilfe, wenn wir ihn alle hart rannehmen. Also ich hätte gute Lust ihn richtig zu ficken!“,

von sich. Sachen, bei denen es mehrere Anläufe bedarf bis es Meridin schafft, den individuellen Satzinhalt komplett in ihrer Kommunikation auszublenden. Denn die Bedeutung der Worte hat für Hań keinen Wert. Aber trotzdem malen diese das Bild seines Leidenswegs für Meridin auf detaillierte wie auch effektvolle Weise auf. Denn die letzten Sätze gibt diese sogar mit zweierlei Tonlagen und Akzenten wieder.

Hań lauscht ebenfalls aufmerksam ihren Worten. Wechselnden Worten, die jeweils von einem der beiden wiederholt vorgegeben werden, während der andere diese langsam, bei ganz gezieltem Lippenbewegen, versucht, genauso zu artikulieren. Die Laute wechseln in ihrer Art, mal hören sie sich hart, brutal und derb an, wenn sie von dem dunklen Menschen gesprochen werden, dann werden sie plötzlich wieder sanft, zärtlich und fein – fast schon verspielt – wenn der hellhäutige Mensch etwas von sich gibt. Laute, die der dunkle Mann wiederholt, werden bei diesem Versuch von dem

Akzent des Schwarzen – welcher leider immer mitschwingt – in ihrer Anmut verschmutzt. So kommt ihm das Geräusch:

„sch“,

das oft wiederkehrende:

„sch, sch, sch“,

allmählich so vor, als sei es die Gischt auf einer Klangwelle, welche entsteht, wenn die Zunge den Raum für die ausströmende Luft verengt und sie den Speichel im Mund vibrierend gegen Gaumen und Zähne schleudern lässt. Der Klang gleicht damit dem zischenden Reibgeräusch einer Welle, welche sich gleichmäßig auf einem Sandstrand abrollt.

Während ihrer vielen Schritte werden sie weder langsamer noch müde sich weiter zu unterhalten. Selbst Hań gibt, ungeachtet ihrer anfangs beinahe erschreckenden Reaktion, immer wieder ein paar aneinandergereihte Lautfolgen von sich. Laute, die ihm nach wie vor der Situation angemessen erscheinen, da die Männer, welche ihn verschleppt hatten, von diesen oft während ihrer Reise zum Lachen gebracht wurden:

„Du, kennst das Weib von Kazim? Die sieht aus als hätten hungrige Schakale mit ihr gespielt!“

Dass die Sätze zum Großteil aus Schimpfwörtern, Flüchen und zu Wort gewordenen grausigen Lustphantasien bestehen, ist ihm nicht bewusst.

Meridin macht sich in den Pausen zwischen den Lerneinheiten mit Ra´hab einige Gedanken darüber, wie die verschiedenen Sprachen in der Welt funktionieren und welchen individuellen Klang sie gesprochen versprühen. Die Sprache der Hrőhmer analysiert er in Bezug auf ihre individuelle Klangfarbe zuerst. Diese wirkt mit ihrer Betonung scheinbar jedes einzelnen Buchstabens zusammen mit dem abgehakten Satzbau einzelner Silben und Worte sehr militärisch. Als krasses Gegenteil dazu kommt ihm die melodiöse Sprache der Elder in den Sinn, wie sie einerseits fröhlich und liebevoll zu einem Geschmeide verwaschen, dann verspielt aber zugleich auch edel und präzise wie eine ihrer gefertigten Schneiden klingen kann. Die der Nordmänner hat er zwar noch nie selbst gehört, doch beschreiben andere deren akustisches Kolorit als ein tief aus dem Halse klingendes Gurgeln, welches jeden Versuch dieses nachzuahmen ins lächerliche Abseits verbannt. Meridin kann sich sogar an das hektisch quirlige Sprechen eines indigenen Volks erinnern, welches sie damals zu einem Studienzweck besucht hatten. Ein Rückblick, welcher erneut eine Faszination in ihm aufkommen lässt, die er noch nie bei der schnellen und derb unharmonisch wirkenden Sprache der Menschen aus Ios empfunden hatte. Aber ungeachtet seines Empfindens stand jene auf seinem Studienplan.

Es gibt noch so viele andere Sprachen, die allesamt anders klingen und funktionieren. Meridin versucht zu verstehen, wie er in die Kommunikationswelt ihres jungen Begleiters vorstoßen könnte, aber bisher ohne Idee, die ihm irgendeine Aussicht auf Erfolg verschaffen könnte.

Abrupt werden seine Gedanken erneut von Hańs Worten unterbrochen. Abrupt deshalb, da dessen Worte Meridins gesamte Aufmerksamkeit beanspruchen, welche sofort auf den jungen Mann umschwenkt:

> „Mal schauen, ob dich heute wer haben will, du Ratte. Wenn ich dich nicht ständig für einen so guten Preis verkaufen könnte, würde ich dich glatt selbst behalten. Dich und das Gör. Ha!“

Lediglich ein weiterer derber Kommentar unter vielen, aber einer, mit dem Meridins Zuversicht, einmal aus Hańs Gebrabbel schlau zu werden, etwas einknickt.

11

Am Abend entzündet Ra´hab als hervorragend beispielhafter Gastgeber – als der er sich in der Wüste zweifelsohne fühlt – ein kleines Feuer. Er selbst kann wohl auch ohne wärmende Glut den kühlen Abend genießen und weiß sich vor der kalten Nacht zu schützen, aber für seine Gäste – vor allem für sich selbst – will er sich als nützlich beweisen. Denn auch wenn das gefürchtete Gefühl der Leere und der Nutzlosigkeit heute zwar ausgeblieben ist, so soll es doch weiterhin so bleiben. Wider Erwarten hat sich inzwischen, seit sie auf neuem Grund und Boden unterwegs sind, sogar ein weiteres Gefühl in ihm ausgebreitet, welches er als überaus angenehm beruhigend empfindet. So durchflutet ihn ein leichtes und beschwingtes Gefühl von Freiheit, welches wohl daraus resultiert, sich endlich die Zeit genommen zu haben, einige Pflichten hinter sich zu lassen. Außerdem, die Gewissheit, auf dem Weg hin zu seinen Träumen zu sein, in denen die unbekannte Welt mit ihrem fabelhaft schimmernden Kleid – von dem er sich endlich mit eigenen Augen ein Bild machen will – auf sie wartet.

Bei dieser rückblickenden Betrachtung seines früheren Wesens, schießt ihm ein Paradoxon in den Kopf:

»Wer ständig versucht Zeit zu sparen, wird niemals Zeit haben, sie sich einfach zu nehmen.«

Denn Zeit besteht weder aus einer Materie, noch stellt sie ein bestimmtes Volumen im dreidimensionalen Raum dar, welches man anhäufen könnte. Auch scheint sie weder Kraft noch eine bestimmte Geschwindigkeit zu haben, gegen die man vermag sich zur Wehr zu setzen um diese zumindest etwas auszubremsen. Die Zeit scheint relativ vom Betrachter wegzufließen und entzieht sich so dem menschlichen

Vorstellungsvermögen für Ordnung. Denn je fester man sie zu klammern versucht, desto mehr quillt sie zwischen den Fingern hervor, um wieder in die Unendlichkeit, aus der sie stammt, zu (ver-)rinnen. Man kann sie nicht einfach sparen wie etwa Geld, welches man durchaus gebündelt für einen großen Zweck ausgeben kann. Er ist davon überzeugt, dass jemand, der sich die Endlichkeit seiner individuellen Zeit eingesteht und aufhört dieser einen gesonderten Wert zu schenken – ihr sämtliche Priorität aberkennt – so am meisten von ihr hat. Sie offen wie ein Häufchen Sand auf der Handfläche vor sich herträgt. Dabei kommt ihm nochmals eine treffende Zeile in den Sinn:

»Selig sind die Kinder. Sie wissen nicht, was es heißt, das die Zeit vergeht.«

Ra'hab ist froh, in dieser ihm neuen und fremden Gegend, von der sich Meridin einfach nicht abbringen lassen wollte, nicht mehr als Navigator dienen zu können. Er ist Meridin sogar dankbar dafür, dass er ihn durch leichten Druck aus seinen Zwängen befreit hat. Denn diese ihm zwar nicht neue, aber plötzlich vollends ausgereifte Fähigkeit, den Duft von Wasser wahrnehmen zu können, macht das unverzichtbare Wissen über einen bestimmten Pfad, der über verschiedene Wasserreservate führt, plötzlich entbehrlich.

Zufrieden darüber, sich keine quälenden Gedanken mehr über einen etwaigen Weg machen zu müssen, kann er anderen Dingen nachsinnen. Etwa der Frage, wie er den Umstand, seine Umgebung mit völlig anderer Wahrnehmung registrieren zu können, deuten soll. Ständig und intuitiv kann er die um ihn herum geschehenden Zusammenhänge, betreffend der Abfolge der aufeinander folgenden Ereignisse und Zustände, ablaufen sehen. Das ewige Zusammenspiel zwischen Ursache und Wirkung ist sichtbar geworden. Vorgänge, welche, augenscheinlich in einer festen zeitlichen Reihenfolge – immer von der Ursache ausgehen und auf die Wirkung abzielen – meist indirekt – selten auch unmittelbar – abfolgen. Ständig kann er den Wandel von potentieller zu kinetischer Energie stattfinden sehen und somit eine Reaktion gleichzeitig auch als Ursache für eine nächste Wirkung identifizieren. Kann das nie zur Ruhe kommende System erkennen, welchem eine stetige Erneuerung der Ausgangszustände widerfährt, weil aus Prinzip nichts beständiger als die Unbeständigkeit ist.

Aber trotz dieser ersten Erkenntnis, auf die noch viele weitere folgen sollen, kann Ra´hab mit seinem Verstand bis jetzt nur die Logik kurzer Episoden in der Dauer weniger Augenblicke erfassen und diese auch lediglich annähernd verstehen. Denn sobald er versucht, alles in allem, das große Ganze, die Kausalität der Sandkörner, wie auch deren Zusammenspiel mit dem Wind zu verstehen, stößt er immer wieder an die Grenzen seines dafür viel zu kleinen Verstands. Denn deren beider Funktion, und die Auswirkungen durch den mickrigen Faktor seiner selbst auf beide, stellen wiederum nur verschwindend kleine Sandkörner in der Gesamtheit der Welt dar. Durch diese Suche entdeckt er die Grundmauern seiner eigenen kleinen Gefängniszelle, in der er sich befindet. Wände im Kopf, deren Beschränkungen er weder durch seinen bloßen Willen zum Einsturz bringen, noch diese bewältigen, und schon gar nicht darüber hinauswachsen kann. Aber Ra´hab kann nun kleine, eher sporadisch angeordnete Löcher in dieser seiner eigenen Außenmauer erkennen, welche wohl seine Talente, seine ausgeprägten Fähigkeiten hinein getrieben haben, mittels derer er in wenigen lichten Augenblicken durch diese Mauer hindurch in ein Meer gleißenden Lichts blicken kann. Und er sieht, dass alles in allem ein umfassend gigantisches und ständig fortschreitendes Regelwerk eines monumentalen Kausalereignisses ist. Ein Vorgang, bei dem jede Wirkung Anlass genug ist, wieder zur Ursache für eine neue Kausalität zu werden. Aber um diesen bewussten Moment zu halten, dafür reicht sein – und er ist sich sicher – reicht kein Geist auf der ganzen Welt aus. Denn dieses allumfassende Verstehen ist den Göttern vorbehalten, welche das Geschehen seit Anbeginn, seitdem sie den Stein zum Rollen gebracht haben, von ihrer sublimen Warte aus beobachten und womöglich von Zeit zu Zeit beeinflussen. Auch wenn er für deren Existenz noch kein Indiz, geschweige denn einen Beweis hat erkennen können, ist er sich sicher, dass es so ist. Denn es muss für ein göttliches Wesen einfach zu verlockend sein, auch einmal mit den Spielsachen, das es schuf, zu spielen, anstatt diese lediglich bei ihrem Handeln – ihrem sinnfreien Nonsens – zu beobachten.

Es muss, wenn man es ganz genau betrachtet, eine kausale Ordnung bestehen, welche über die gesamte Menge der ursächlichen Abhängigkeiten über eine definierte Menge von Ereignissen gilt. Wie etwa ein Fußtritt in den Sand eine strikte Monokausalität auslösen kann, weil alle diese Sandkörner, auf die diese eine Kraft wirkt, vom Fuß wegstreben möchten. Ra'hab weiß so auch, dass es zu dieser strikten Monoreaktion auch ein Gegenstück gibt. Es wandert zwar nicht etwa von der Wirkung zur Ursache zurück, sondern vertritt die Möglichkeit, dass viele einzelne Folgen zu einer Multikausalität anschwellen. Dann erst in einem Zustand sind, in welchem sie genügend potentielle Energie gesammelt haben, und damit befähigt sind kinetisch auf größere Körner, Steine, Felsen oder sogar ganze Berge wirken zu können, um diese in Bewegung zu versetzen. Er versteht, dass bei jeder Entstehung eines solchen Ereignisses, einer solchen Veränderung und Entwicklung von materiellen Dingen, welche durch direkten Einfluss von Prozessen und Systemen entstehen, äußere und innere Ursachen in diesem Prinzip stets zusammenwirken. Diese stehen sozusagen in einer Beziehung physikalisch definierter Wechselwirkungen. Ergeben eine Einheit, welche die von außerhalb einwirkende Energie – durch inneres Streben nach Veränderung weiterhin begünstigt – verstärkt oder – durch den Drang zum Phlegma dämpft – im Stillstand versiegen lässt. Er versteht inzwischen auch, dass das räumliche Innen und Außen eines solchen Systems absolut relativ zueinander stehen. Ihre Positionen nur aus der jeweiligen Kommunikation zueinander aus einer veränderbaren Gleichung heraus entstehen. Was so viel heißt wie, dass die momentane Istposition, die augenblickliche Idealposition, nur allzu empfindlich ist. Denn ihre Stellung, ihr Ergebnis, strebt stets dem absoluten Gleichgewicht, dem Kräftenull, dem Nullpunkt entgegen. Auch wenn in diesen ständig neue Terme einfließen, muss ihr Ergebnis, die Summe ihrer Additionen, Subtraktionen, Multiplikationen und Divisionen, in dieser einen Urgleichung, immer Null ergeben.

In einer Gedankenpause drücken sich die drei Gefährten erneut mit ihrem Rücken und ihrem Gesäß eine Kuhle im feinen Sand zurecht, in der sie sogleich – ein jeder für sich – wieder zu ihren eigenen Gedanken zurückkehren.

Meridin hat in seinen Studienjahren vieles von seinen Magistern über verschiedene Völker und indigene Stämme gelernt. So fällt ihm jetzt auch ein, wonach er schon seit geraumer Zeit in seinem Kopf stöbert, und zwar welchem Volk er wohl diesen jungen Knaben, von dem er immer noch nicht weiß, wie er ihn überhaupt nennen soll, zuordnen könnte. Dieser stammt vermutlich aus den großen Wäldern, welche an die Südgrenze seiner früheren Heimat anschließen. Dort leben, oder besser gesagt lebten, bis vor wenigen Jahren diese *'ewigen Kinder im Wald'* genannten Menschen, in kleinen Gemeinschaften, die aus wenigen Großsippschaften bestanden, für seine Verhältnisse in äußerst primitiven Zuständen. Doch trotzdem zwang sie weder ein besonders trockener Sommer, noch ein harter Winter in die Knie. Mehr als das Wissen um ihre Existenz, und später jenes um ihr Fehlen, konnte man aber nicht über sie in Erfahrung bringen. Denn man bekam nur äußerst selten Mitglieder aus einer dieser raren Sippschaften zu Gesicht, da sie äußerst scheu und mit herausragenden Kenntnissen in den Fertigkeiten des Tarnens, des Fährtenlesens und des Schleichens ausgestattet waren, und dadurch bestechend gute Jäger darstellten, die im perfekten Einklang mit der Natur lebten. Das herausragendste von dem wenigen, was man über die *'ewigen Kinder im Wald'* zu wissen glaubte, war, dass sie scheinbar keine klar definierte Sprache miteinander zu sprechen pflegten. Nur einzelne Laute wie Klicken, Brummen und noch viele andere, wie das Imitieren von verschiedenen Naturgeräuschen – den Wind in den Blättern oder die Balzlaute von Vögeln – konnte man aus ihren Mündern erklingen hören.

Meridin fühlt sich geradezu von seinem Ehrgeiz herausgefordert, das zu schaffen, was viele vor ihm nicht zu schaffen vermochten – einem Vertreter dieses Volks eine Form von Sprache oder eine andere Kommunikationsform abzugewinnen und diese auch noch zu erlernen. Was ein hehres Ziel ist, da als zusätzliche Erschwernis hinzukommt, dass ihre Sprache anscheinend keine Regeln wie Grammatik und Semantik kennt. Weswegen behauptet wird, dass dieses Gebrabbel nicht einmal einen Funken Logik beinhaltet. Es galt bisher bei ihnen sogar als Tatsache, dass eine Kommunikation mit diesen Menschen, denen nachgesagt wurde, nur eine oder zwei Evolutionsstufen mehr als Affen erklommen zu haben, nicht möglich ist. Aber er war noch nie Freund von Aussagen, welche Anspruch auf allgemeine Gültigkeit verlangen und eine Alternativlosigkeit propagieren. Er will mit ihm sprechen können, denn er muss endlich erfahren, wieso die Waldkinder so plötzlich und scheinbar gänzlich verschwunden sind.

Meridin überlegt weiter, was er denn noch alles über andere Völker gelernt hatte, das ihm möglicherweise bald nützlich sein könnte. Wie etwa, dass – wenn Ra'hab weiter dieser Richtung treu bleibt – sie bald geradewegs in das glühende Land Ios kommen. Ihnen wurde gelehrt, dass man dort noch viel vorsichtiger als anderswo damit sein muss, den entgegengebrachten Worten Glauben zu schenken. Jedes einzelne Wort müsse mit einem gewissen Abstand und einem wachen Verstand betrachtet werden, um halbwegs die Wahrheit daraus separieren zu können. Denn die Bürger aus dem *'Reich der Sonne'* – wie sie es selber gerne zu nennen pflegen – sind dem zuerst nur angeordneten, aber später völlig etablierten Euphemismus verfallen, welcher immer wieder neue grässlich blühende Facetten hervorbringt. In diesem politisch verseuchten Klima, in dieser Art von Sprache, in der ihr offener Krieg und die unzähligen zuvor getätigten Scharmützel gegen das nördlich von ihnen gelegene Valdir – unsägliche Gräueltaten – die nur das alleinige Ziel der Demütigung, der Vertreibung und das des Völkermordes hatten, wurden diese Taten mit positiven, bestenfalls mit neutralen Wörtern und Floskeln wie 'Umsiedlung' oder 'dem Ziel dienlicher Schaden' verkleidet. Aber wohin die Menschen aus Valdir umgesiedelt werden sollten, und wessen Ziel der Schaden dient, ist weder gesagt noch gefragt worden. Wo solch essentielle Informationen von niemandem eingefordert werden, dort – so ist er sich sicher – wird er auch keinen fruchtbaren Boden, kein offenes Ohr mehr für seine Warnung finden. Obwohl doch gerade Ios, mit einer gigantischen Heerschar Soldaten ausgestattet, so wichtig im Kampf für das Leben wäre. Er denkt sich, dass man an diesem hier statuiertem Exempel sehr aufschlussreich sieht, was blindes Folgen in einem Milieu, in dem keine Aufklärung herrscht und diese auch von niemandem gewünscht wird, da man sich selbst als alleinigen Mittelpunkt der Welt, im Schoß eines starken Reichs sieht, zur Folge hat.

Traurig erinnert sich Meridin an seine Heimat. Denn anhand dieser kann man seiner Meinung nach sehen, was zu viel Aufklärung und Liberalität wiederum zur Folge haben kann. Nämlich den Verdruss darüber, die ständige Wahl zu haben. Es gab keine feste und mächtige Institution in Form eines starken Führers – ähnlich eines allmächtigen

Gottkaisers – an den man einfach hingebungsvoll glauben, ihn offen verherrlichen oder im Stillen hassen kann. Stattdessen waren die Vertreter des gemeinen Volks ständig gezwungen, individuelle Entscheidungen, eben ganz so wie sie es für richtig hielten, zu treffen. Doch was ist, wenn man nicht weiß, was man will. Das eigene undefinierte Wollen kann schnell beeinflusst werden. Dies, so glaubt er, war die Ursache weshalb in seiner Heimat, die Menschenschar förmlich nach einem starken Führer und nicht nur nach einem Repräsentanten unter vielen gerufen hat. Das Volk schrie nach einem Herrscher, einer starken Hand, die auch nicht lange auf sich warten ließ.

Mit seinen Gedanken zurück in Ios, dringt er tiefer in die Doktrin des dortigen Herrschers ein. Der kindliche Gottkaiser Josua ist in die goldene Kette der Junggötter erhoben worden, welche seit jeher das durch Bodenschätze privilegierte Land regierten und auch weiterhin führen werden. Die Aussagen dieser höchsten Gewalt, müssen blind hingenommen werden. Das Volk darf noch nicht einmal den Versuch wagen – ja, wünscht sich diese Möglichkeit noch nicht einmal – die tatsächliche Wirklichkeit für sich selbst zu interpretieren.

Während Meridin diese Gedanken hegt, schaut Ra´hab mit halboffenen Augen – immer tiefer in sich versinkend – in das Feuer und dichtet schlaftrunkene Verse in seinem Kopf. Zeilen, welche seine anstrengenden Überlegungen mit einem Wiegen besänftigen, beginnen ihn an sich zu binden und in den Schlaf zu führen. Zeilen, die seinen Geist in Fesseln legen, aus welchen sich dieser aber nach Stunden wieder selbst befreien können wird, um am nächsten Tag, ohne Erinnerung an diese, hervorzutreten:

So süß und fein,
Juwel, ganz klein.
Aneinandergereihte Perlentränen,
wie zerfallene Strähnen.

Glitzernd .....,
klein ....,
ganz fein ...,
..,

Noch weitere Verse folgen, doch kann er diese im Unterbewusstsein nicht mehr sinngemäß aneinanderreihen. Die Feuersbrunst die in Ra'habs Gedanken gewütet hat, ist zu einer schwelenden Glut geworden, von der nur noch gelegentlich ein Funke aufsteigt. Die Erschöpfung siegt und lässt die traumlose Nacht sich über den Einschlafenden ergießen.

12

Bereits nach den ersten Metern der heutigen Etappe beginnt Meridin mit seinen Versuchen, dem jungen Mann eine Kommunikation abzuringen. Dieser gibt ihm aber, all seiner Bemühungen zum Trotz, nur ein unverändertes Lächeln und keinerlei Antwort auf die vielen Fragen zurück. Doch getreu seinem Wesen bleibt Meridin zäh und kann dem Jungen so, nach einer schier ewigen und erfolglosen Zeitspanne, in der er unbewusst, als Konsequenz seiner steigenden Ungeduld, immer energischer geworden ist, endlich eine Resonanz abzwingen. Eine Antwort, die aus einer Art chaotischen Mischung aus Ra´habs und Meridins Sprache besteht. Es sind Worte – wahllos aus einem überquellenden Silbenreservoir geschöpft – die keinem definierten Wortschatz entspringen. Dieser Speicher aus Wortteilen – die Hań früher schon gehört und an ihrem trennenden Klang erkannt, aus deren bestehender Ordnung gelöst und behalten hatte – lässt ihn aus dem Vollen schöpfen wenn er spielerisch Bruchstücke der einen mit denen der anderen vermengt. Er gibt einst gesprochene Wörter wieder, die, so angeordnet, aber keinen Sinn ergeben. Aber durch diese erste Reaktion in seinem Tun bestärkt, versucht es Meridin fortan noch den ganzen Tag, Stunde um Stunde, immer und immer wieder aufs Neue. Doch nie erhält er eine Antwort, aus der man zumindest eine – wenn auch nicht zufriedenstellende – Kommunikation ableiten kann.

Dem jungen Mann, dem durchaus bewusst ist, dass er mit keinem Laut verstanden wird, wird durch diesen Umstand ebenfalls immer ungeduldiger zumute. Eine Anspannung, welche schließlich derart in ihm angestiegen ist, dass sogar eine impulsive Äußerung des Menschenhändlers aus ihm herausbricht, als dieser ebenfalls ganz offenkundig ungeduldig war:

> „Ach, hör doch auf dich zu wehren und zu quieken, du Sau. Lass ihn endlich ran. Hast doch eh keine Chance. Sind erfahrene Hände. Ist mein bester Kunde. Lass ihn ran, sonst breche ich dir gleich jeden Knochen in deinem verfluchten Körper!“

Meridin, an den diese energischen Worte gerichtet sind, lässt sichtlich erschrocken sogleich von ihm ab. Wirft ihm so nur noch einen verdutzten Blick statt Fragen zu. Hań ist beinahe ebenso erstaunt wie Meridin, aber er ist es aufgrund der deutlichen Wirkung der Worte auf sein Gegenüber. Er hatte damals anders reagiert, als er die Worte hörte. Womöglich hat dieser Mann jetzt die Reaktion erbracht, welche sein Schänder damals von ihm erwartet hätte. Hań tut es leid, den Mann neben sich dermaßen erschreckt zu haben. Weshalb er, in Anbetracht und Rücksicht auf die Situation – aus Vorsicht diese nicht noch weiter zu verkomplizieren – beschließt, den restlich verbleibenden Tag über nichts mehr zu sagen. Hań weiß nicht, was er dem Gesagten noch hätte hinterherschicken können, mit dem es ihm gelungen wäre, die Reaktion seines Gegenübers etwas zu lindern. Aber trotzdem ist es für Hań gut zu wissen, was er künftig sagen muss, um genau diese Reaktion zu erhalten. Somit hat er den ersten Satz gefunden, der ihn dazu befähigt eine bestimmte Reaktion auszulösen. Diese Lernmethode frustriert ihn aber dennoch, verärgert ihn sogar, da er lediglich untätig – aus Angst davor, es schlimmer zu machen – abwarten kann. Er will keine weiteren, auf seine Begleiter unangebracht wirkenden Kommentare mehr laut machen. Denn offensichtlich wissen diese nicht, wie sie damit umgehen müssen.

So staut sich in ihm sein Bedürfnis nach Kommunikation, seine Gier nach Informationsaustausch, während der nächsten Stunden schmerzlich drückend auf. Es will ihm mittlerweile nicht mehr genügen, die Emotionen der anderen lediglich über sekundäre Informationskanäle zu lesen und daraus frei zu interpretieren. Er will endlich Bestimmtheit, denn er bezweifelt, dass seine Gefühle von ihnen ebenfalls so effektiv über Mimik und Gestik gelesen werden können, wie er fähig ist, die ihren zu lesen. Frustriert darüber und sich völlig im Abseits fühlend ist nun alle Spannung aus seinem Körper gewichen. Niedergeschlagen und in sich gekehrt lässt Hań die Schultern hängen. Stumm und unbewusst artikuliert sein Körper klar sprechende Gebärden einer Sprache, deren Vokabular allen Menschen zu Grunde liegt. Doch das Offensichtliche wird mit keiner Silbe, keiner Geste, wahrgenommen, da auch der Blick von Hańs Begleitern völlig abwesend wirkt.

Erst am späten Abend gelingt es ihnen – jedem für sich –

diese mühsame Etappe, die über und über bespickt mit peinlichen Missverständnissen gewesen ist, im Augenblick als sich ihre Lider für Stunden über die Augen schmiegen, abzuschließen.

Am nächsten Tag, nach der Vielzahl morgendlicher Aufgaben wieder beim täglichen Trott angelangt, will Meridin die Suche nach einer Kommunikation mit ihrem jungen Begleiter wiederaufnehmen. Aber heute vorsichtiger. Eine erneute Eskalation, wie jene, die es am Vortag gegeben hatte, gilt es unter allen Umständen zu vermeiden.

Dann plötzlich, bereits nach den ersten anfänglichen Versuchen, ist es ihm auf einmal so, als hätte er endlich einen Schimmer von einer Ahnung bekommen. Einen, den er aber noch nicht greifen, noch nicht begreifen und konkret hätte bestimmen können. Wie ein Fährtenhund, der eine feine Brise an Witterung aufgenommen hat, setzt er seine inzwischen konkret zielgerichteten Monologe, seine Suche nach einem Dialog, weiter fort. Und mit der Zeit will sich sogar ein feiner Umriss aus den vielen unterschiedlichen Antworten abzeichnen. Eine erste Kontur, welche sich schon wenig später zu einer Prägung herausbilden will. Meridin achtet mittlerweile nicht mehr auf die bloßen Wörter, was eine große und konkret bewusste Anstrengung für ihn darstellt. Intuitiv versucht er nur noch den Klang von Hańs Stimme, die Melodie aus Höhen und Tiefen zu erfassen. Denn diese Verknüpfungen sind die Basis des Klangteppichs, welcher das Grundgefühl des Jungen transportiert. Meridin versteht, dass diese Verbindungen einzelner Silben, welche manchmal sanft, manchmal hart, schnell oder langsam akzentuiert werden, in Verbindung mit seiner ausgeprägten Körpersprache tatsächlich eine reproduzierbare Ausdrucksform ergeben. Denn diese treten im Empfänger – vorausgesetzt dieser weiß um die Art der Signale und öffnet sich diesen – gezielt winzige Gefühlsfragmente los. Bestätigt sich diese kühne Annahme, würde sich ihm ein

System, eine bisweilen völlig unbekannte Möglichkeit zur Kommunikation offenbaren.

Als Meridin glaubt, es allmählich verstanden zu haben, entsteht für ihn ein komplexes Klangkonstrukt. Er kann dieses zwar noch nicht in seiner Gänze überblicken – kann noch nicht jeder Strebe oder jeder Welle zweifelsfrei eine Bedeutung zuordnen – aber in ihm wird trotzdem die Gewissheit geboren es geschafft zu haben. Auch weiß er die Zeit auf seiner Seite. Denn mit Hilfe dieser wird es ihm gelingen, nach und nach tiefer in das Geflecht einzudringen. Aber die grundlegende Funktion dieser Sprache, dieser völlig andersartigen Kommunikationsform, ist verstanden. Zum Glück hatte er in seiner vorangegangenen Ausbildung ein wenig Phonetik, die Lehre der Laute, auf seinem Tagesplan, auch wenn ihm diese damals wie reine Zeitverschwendung vorkam. Denn heute ist ihm das Wissen um sie ein ungeheurer Vorteil. Dieses wird ihm nicht nur bei der weiteren Autopsie von dessen Sprache helfen, sondern ihm auch die Arbeit bei der folgenden Montage erleichtern, wenn er versucht, die zerlegten Teile als Bruchstücke eines Ganzen zu verstehen und selbst zu formulieren. Was Meridin nicht ahnt ist, dass dieses Wissen nutzlos wäre, hätte ihn ein anderer Lehrer nicht die wortlose Kommunikation mit Kamelen beigebracht.

Das Gefühl, welches der Satz transportiert, hat einzig einen Wert. Hingegen ist die jeweilige Sprache, wie auch die Bedeutung der einzelnen Wörter, völlig egal. Aus diesem Grund wiederholt Hań auch ständig die Worte seines Peinigers, dessen von Krankheit geprägter Lepraakzent deutlich in den Worten wiederzufinden ist.

»Faszinierend«,

sagt er – sprachlos geworden – zu sich selbst.

Mit dieser Erkenntnis versehen, lässt Meridin endlich von ihm ab. Gönnt ihnen beiden eine wohlverdiente Pause, in welche er den jungen Mann mit einem offensichtlich zufriedenen Lächeln entlässt. Ein Lächeln von der Art, welches diesem zu wissen gibt, dass ihm sein Suchen geglückt ist. Hań deutet seine Mimik auf Anhieb richtig. Benötigt keine weitere Erklärung, um sich von dessen Emotionen ein verlegen stolzes Lächeln in sein Gesicht zaubern zu lassen.

Ra´hab kümmert sich tagsüber, während die beiden ihren Übungen nachgehen, kein bisschen um sie. Er beschränkt sich stattdessen darauf, während seiner vielen Schritte die Augen zu schließen und mit den restlichen Sinnen dem steten Monolog der Wüste zu lauschen. Denn diese Sprache, diese geflüsterten Sätze von denen er, aufmerksam lauschend, inzwischen beinahe jedes Wort in sich aufnehmen kann, wird immer deutlicher. Wie auch die Fährte der wehenden Fahnen des Wasserdufts immer lesbarer wird.

Am Abend setzt Meridin Ra´hab über seinen Fortschritt mit ihrem Begleiter ins Bild. Will damit ein Gespräch zwischen ihnen darüber entfachen, wie sie wohl am besten in diese Klangwelt einzutreten vermögen. Nach kurzer, wortloser aber zielgerichteter Überlegung legt Ra´hab diese beiseite und wendet sein Gesicht intuitiv dem jungen Mann zu, der sie beide eingehend beobachtet. Unverzüglich schreitet Ra´hab von seinen Gedanken zur Tat, blickt dem Jungen konzentriert, aber gepaart mit einem freundlichen Lächeln im Gesicht, in die Augen und sagt dabei ganz langsam, in einer tiefen, brummenden, beruhigend wirkenden Tonlage, welche ähnlich der ist, mit welcher er auch die Kamele anspricht:

„Ra´hab“,

wobei er den Mittelteil des Wortes erhöht wiedergibt und sich dabei selbst über die Brust streicht. Meridin braucht keine Worte, um zu verstehen, keine Aufforderung, um das Gesehene unverzüglich auch mit seinem Namen nachzuahmen. So wie auch der junge Mann versteht, dass nun er an der Reihe ist, den fragenden Augen und den lauschenden Ohren von Meridin und Ra´hab das zu geben, wonach diese begehren.

Mit einem Lächeln auf den Lippen steht er auf, streicht sich über die Brust und offenbart den beiden seinen Namen:

„Hań"

Ein kurzes und einfaches Wort, welches aber so viel mehr als nur einen Namen besagt. Denn dies besiegelt ihre bisherige Vermutung: Sie können kommunizieren. Aber trotz aller aufkommenden Euphorie lassen sie es am heutigen Tag darauf beruhen. Tauschen statt Worte nur noch glückliche Blicke aus und ziehen sich zu ihrer persönlichen Kuhle im Sand zurück. Rutschen dorthin, wo sie zufrieden die Augen schließen können.

Auch am nächsten Tag beginnt Meridin schon früh, aufs Neue weitere Nachforschungen über Hańs Vergangenheit anzustellen, welche aber anfangs allesamt im haltlosen Sand verlaufen. Deswegen greift er auf die Mittel der Zeichensprache zurück, wird diese doch in allen Winkeln der Welt gleich gesprochen. So fährt er Hań mit einem Finger über die großen und schlecht verheilten Narben auf seiner Brust und blickt ihm dabei fragend und zugleich auffordernd in die Augen. Hań versteht sofort und beginnt zu erzählen. Tut dies zuerst aber nicht in Meridins oder irgendeiner Phantasiesprache sondern in der des Menschenhändlers, und zwar im gleichen schmutzigen Wortlaut und durch dessen Krankheit verzerrten Akzent, wie dieser sie damals von sich gegeben hat:

„Na! Wirst du endlich machen, was man von dir verlangt!? Du beschissenes Stück Dreck! Sieh dich doch nur mal an, du elender Wurm, wie du in deinem eigenen Haufen liegst und fast verreckst. Sei nur froh, dass ich dich nutzloses Vieh durchfüttere! Dir werde ich den fehlenden Respekt schon noch einbläuen!",

und beginnt zu weinen, als der Satz beendet ist, um in hoher, wimmernder Tonlage seine Erzählung fortzusetzen:

„wihno wa ulgur Hań anui."

Meridin kann erkennen, wie sich Hań langsam in Rage redet,

wie seine Stimme lauter, kraftvoll und zornig wird. Der Junge gibt Worte von sich, deren knatternd scheppernden Klang er mit einer zur Faust geballten Hand, mit der er kräftig in die flache Hand schlägt, in seiner Wirkung unterstreicht:

„Klott Plottot Schuzz Zet tott takki!“

Aufmerksam lauscht Meridin der Geschichte seines Leidenswegs. Dringt dabei immer tiefer in das Sprachgefühl von Hań ein, sodass er inzwischen sogar Betonungsnuancen richtig zu deuten versteht. Aber nicht nur das versteht er. Ihm ist, als könne er wahrhaft mit ihm fühlen. Meridin spürt, dass sich Hań seit langer Zeit kraftlos und verloren fühlt. Spürt, dass es genau diese Tatsache ist, die ihn so unendlich zornig macht.

Trotz seiner Anteilnahme, welche er Hań auch offenkundig wissen lässt, fühlt sich Meridin aber gleichzeitig auch zutiefst bestätigt und deswegen regelrecht erhaben. Er hat es geschafft, das Geheimnis der Sprache des Jungen zu lüften. Diese Feierlichkeit seiner Gefühle ist es aber nun, welche ihm die Kommunikation mit Hań deutlich erschwert, weswegen er auch umgehend versucht, sich zur Raison zu rufen. Er darf das glückliche Lächeln über seinen Erfolg nicht zum Vorschein kommen lassen. Er darf keinesfalls riskieren, dass sich Hań nicht mehr verstanden fühlt. Er darf ihn nicht durch seine für ihn nicht stimmige Mimik verstören. Dies ist ihm im Moment sein wichtigstes Anliegen, welches ihm nach wenigen Sekunden, in denen Hańs Blicke zum Glück nicht seinen flatternden, seinen mit sich selber ringenden Mundwinkeln gegolten haben, auch gelingt.

Im Laufe des restlichen Tages bekommt Meridin noch zu verstehen, dass jedes Gefühl, sei es angenehm oder auch abstoßend, mit neuen Wörtern – eher mit Lauten, die an sich keine Bedeutung haben – so in eine jeweilig absolut individuelle Klangfarbe getaucht werden kann. Begreift, dass Hań Silben in einer Form spielerischer Imitation zu einer ganz neuen Verbindung, zu einem neuen Gemisch aus Ra'habs und der seinigen Sprache vermengt. So erschafft er Wörter, deren Silben im Klang je nach Bedarf sanft wellig oder scharf gezackt anmuten. Ein Klang, dessen Verlauf oftmals erst systematische Scheitel und Flanken aufweist, um wenig später wieder völlig chaotisch aufzutreten. Mit dieser Einflussnahme kann er maßgeblich den Sinn des gesprochenen Wortes prägen und damit gezielt die Resonanz im Gegenüber steuern.

Des Weiteren wiederholt Hań zu Zeiten auch ganze Satzblöcke aus vergangenen Situationen, welche ihm gemäß der aktuellen Lage angemessen erscheinen. Mit einem solchen Block versucht er, gezielt eine spezielle Stimmung zu simulieren, oder eine damit verbundene Reaktion erneut auszulösen. Es wird noch Tage dauern bis Hań endlich versteht, dass diese Taktik nur selten Erfolg haben kann. Bis er begreift, dass für seine beiden Begleiter bereits die einzelnen Laute an sich und nicht nur der Klang eine Bedeutung haben.

13

An den nächsten Tagen schöpfen sie bei jeder der kleinen Oasen, welche auf Meridins Karte Wüstentränen gleichen, immer wieder Kraft und ziehen, stets treu auf Ra´habs Sinne vertrauend, welche zielbewusst von einer für Meridin und Hań nicht existenten Kraft angezogen werden, weiter. So folgen sie Ra´habs Nase, welche sie, im Bann dieser Anziehungskraft, auf einem flüchtigen Weg entlang der Duftsträhnen des Wasserdampfs wieder und immer wieder sicher zur nächsten Oase geleitet.

Als wären sie Himmelskörper, Asteroiden, beschreiten sie ihren Weg auf einer unbestimmten und leicht beeinflussbaren

Bahn. Verhalten sich wie beharrliche Geschosse, welche erst in jenem Augenblick zu glühend heiß angefachten Meteoriten werden, in dem sie die Atmosphäre, den Dunstkreis einer Oase durchbrechen. Denn dann entwickeln sie eine Leidenschaft, welche strikt auf das nasse Zentrum abzielt, in das sie sich stürzen, in dem sie sich tränken wollen. Dort angekommen – und ihr Durst gelöscht – lässt sie ihr Streben aber nicht lange verweilen, zwingt sie wieder dazu aufzubrechen, wieder zu beschleunigen. So schreiten sie weiter. Erneut auf ein bestimmtes Gestirn in diesem System fixiert, schafft es dieses nur kurz, sie wie gemächliche Trabanten auf einer festen Umlaufbahn zu führen.

Der Gravitation stur Untertan, folgen sie dessen Diktat fortan so lange, bis ihre in ihnen angestaute potentielle Fliehkraft, der Drang des Weiter-ziehen-wollens, sich daran macht dieses Gleichungssystem zu verlassen, den kritischen Wert der Radialkraft zu überschreiten. Erst dann haben sie das nötige Pensum an Willen erreicht, um sie aus dem Orbit der vergangenen Oase abdriften zu lassen. Erst dann haben sie die nötige Ration an Energie, um von dieser auch zehren zu können.

Dieser Punkt, an dem eine Flucht gelingen kann, ist dann erreicht, wenn die Kraft des Weiter-ziehen-wollens größer als jene des Hier-bleiben-wollens ist. Eine Ungleichung ergibt, in welcher die Kraft des Willens mit dem Faktor seiner selbst vervielfacht wird. Welche somit das wichtigste Glied des größten Einflusses ist. Denn der Wille ist es, der einem die nötige Fahrt gibt, etwas zu vollbringen. Dieser Operant wird mit der proportional gestiegenen, auf sie übergegangenen Masse an absorbiertem Wasser multipliziert. Doch um dem Endprodukt der Gleichung die Möglichkeit, die Kraft geben zu können, um nicht mehr länger von einer vergangenen Oase gehalten zu werden, muss das vorangegangene Produkt aus Wasser – also Verpflegung – und dem Willen noch mit dem

Radius ihrer Neugierde – der Reichweite ihrer Gedanken – verstärkt werden. Erst dann können sie ausbrechen, freigegeben und hinaus in fremde Gefilde katapultiert werden.

Sie streben solange hinfort, durchqueren solange das Nichts, bis ihre Bahn erneut abgelenkt wird. Sie in den Sog der Masse, in den der flüssigen Materie Wasser, in den des Lebens verfallen. Sich schließlich in deren Umlaufbahn ergießen, um sich erneut an ihrem Zentrum zu nähren, um von dort aus wieder und immer wieder weiter beschleunigt zu werden.

14

Mit diesem Hangeln von einer Oase zur nächsten, bringen sich die drei Gefährten über viele Tage hinweg so weit voran, dass sie schließlich in einer Gegend stranden, welche die Grenze des Reiches von Ios markiert. Wie wankelmütige Trabanten, welche täglich ihr Zentralgestirn für ein neues verlassen haben, sind sie – nur sich selbst treu – immer weiter vorgedrungen. Haben auf diese Weise aber nicht nur eine große Distanz hinter sich gebracht, sondern sich dabei auch konstant gegenseitig angenähert.

Die Grenze ist nicht etwa durch einen Zaun oder eine Mauer ersichtlich. Auch wurde keine Barriere oder dergleichen errichtet, mit welcher man zwei Teile eines Ganzen voneinander separieren könnte. Denn der Kläglichkeit, mit welcher dieser Versuch scheitern würde, ist sich Ra'hab bewusst, wird wohl selbst den verblendeten Ignoranten weiter nordwärts klar sein. Eine solche würde in ihrem Vorhaben auf ganzer Länge fehlschlagen. Wie könnte sie auch anders. Denn in beiden Teilen herrscht die gleiche Sonne, in beiden Räumen befindet sich die gleiche Luft, und auch der Sandboden weist für Ra'hab keine plötzlich geänderte Farbe auf, so wie es auf einer von Meridins Karten illustriert ist.

Jedoch hätten diese offensichtlichen Gründe einen Ignoranten nicht davon abgehalten, es trotzdem zu versuchen. Deshalb wird dieser die optionslose freie Zugänglichkeit des eigenen Reichs durch taktische Gründe erkannt haben. Denn was brächte eine Grenzmauer, wenn diese so gigantisch lang ist, dass kein Heer sie hätte bewachen können. Und außerdem, vor wem hätten die Grenzsoldaten hier ihr Reich beschützen sollen? Von den südlich existieren Beduinen, deren Sorge einzig darin besteht ihren täglichen Lebensunterhalt zu bestreiten, geht sicherlich keine Gefahr aus. Zumal diese nicht einmal zu einem Volk einer abgesteckten Region organisiert sind. Haben sie doch weder Soldaten, welche die Interessen eines nicht existenten Volks vertreten, noch Wachmänner, welche auf die Einhaltung nicht existierender Gesetze achten. Deshalb wurde Ra'hab dahingehend erzogen, dass sich in einem rechtsfreien Gefilde jeder selbst der Nächste ist.

Aber dennoch ist die Grenze für jedermann klar ersichtlich. Eine etwa fünf Meter hohe und reichlich verzierte Holzstange, die mit roher Gewalt in den Boden getrieben wurde, um einen Gebietsanspruch geltend zu machen, ist ausreichend Grund dafür. Auf der Spitze des Pfostens ist eine große, golden glänzende Scheibe angebracht, auf der das seit Generationen hinweg unverändert bestehende Wappen und Symbol des Gottkaiserhauses von Ios geprägt ist. Dieses ist die Sonne mit langen stilisiert geschwungenen Flammen, welche aufgrund der polierten und deshalb stark reflektierenden Scheibe – ähnlich wie ihr Vorbild – beim Betrachten in den Augen schmerzt. An einer Tafel dieser Stange ist ein Dokument angebracht, welches das Sonnenwappen von Ios als offiziellen Siegelstempel in roter Tinte aufweist. Es ist klar ersichtlich, dass jeder, der die Grenze zu diesem Reich übertritt, den Text lesen soll.

Unter dem Wappensiegel sind viele Zeichen in schwarzer Tinte nebeneinander aufgereiht. Satzblöcke, die in vielen Sprachen untereinander aufgeführt sind. Während Hań mit diesen filigranen Schriftzeichen nichts anderes anzufangen weiß, als sie fasziniert zu betrachten, beginnt Ra'hab ein paar Brocken der gemalten Laute, die er seiner Sprache zuordnen kann, eher schlecht als recht zu entschlüsseln. Auf diese Bemühung hin ergreift Meridin das Wort und liest das Schriftstück in der ersten aufgelisteten Fassung laut vor. Versäumt aber währenddessen nicht, simultan zu seinen Worten, mit einem Finger Ra'hab die einzelnen Worte anzuzeigen.

SEID GEGRÜSST, KRANKE, SIECHENDE,
TODGEWEIHTE AUS ALLEN HERRENLÄNDERN.
WERDET GESUND IN SOLIDUS. SEHET UND STAUNET
ÜBER DIE KUNST UND KUNDE UNSERER HEILER.
SAGT ES ALLEN KRANKEN, DENEN HILFE BISWEILEN
VERWEHRT GEBLIEBEN IST, UND LEBT.

Nach seinen Worten untersucht Meridin mit analytischer Faszination die Keilschrift von Ra'habs Sprache und lässt sich jene Formationen, die Ra'hab erkennt, benennen.

Danach bringen sie die heutige Etappe am letzten in Meridins Karte eingezeichneten Wasserloch bald zu Ende. Dort beschließt die Gruppe, einen zusätzlichen Tag vor dem Eintritt in die Wüstensavannen ähnliche Gegend zu verweilen. Dort wollen sie sich von der bewältigten Wegstrecke erholen, und für die noch im Verborgenen liegenden Pfade, Kraft schöpfen. Denn allesamt haben sie eines gemein: sie wissen, dass sie nicht wissen, was sie in dieser Gegend erwarten wird.

Ihr weiterer Weg erstreckt sich über eine große Lücke bis zu einem Punkt, wo die Ahnung von Ra´hab und das theoretische Wissen von Meridin wieder beginnen.

Ra´hab hofft im Stillen, dass auf Meridins Karte die Gegend mangelhaft kartographiert wurde, dass dieses flüssige Kleinod nicht das letzte auf ihrem Weg sein wird. Eine Hoffnung der er aber nicht einmal selbst genügend Raum zum entfalten gibt, ist die Wahrscheinlichkeit eines so gravierenden Fehlers bei so guten Karten doch annähernd bei null.

15

In der ersten Nacht bleiben sie wie gewohnt unter sich. Doch am frühen Abend des nächsten Tages, welchen sie ausschließlich zum Rasten genutzt haben, und dazu, ihren Gedanken und Sprachübungen nachzugehen, nähert sich eine weitere Karawane dem Wasserloch.

Schon von fern bewundert Ra´hab die stetig näherkommenden, schön und edel anmutenden Kamele. Wenig später kann er diese Exemplare bereits als gezüchtete Kreuzungen der leistungsstärksten und leidensfähigsten Rassen identifizieren. Schöne Geschöpfe, die gut genährt und mit aufwendig gestalteten Satteln versehen sind. Deren Führer sind in Umhänge aus teurem Stoff gehüllt, welche jeweils ein markantes Sonnenemblem auf der Brust aufgenäht tragen. So gekleidet, stehen sie ihren Tieren an äußerlich gepflegtem Edelmut in nichts nach. Wegen ihrer im Vergleich zu seiner deutlich helleren, aber immer noch braunen Hauttönung, ordnet Ra´hab die Menschen einem anderen Herkunftsland zu. Vermutlich entstammen sie Ios, dem reichen Land des

Nordens. Sind ihrem Wappen nach Soldaten oder in der Gunst ihres Herrschers stehende reiche Händler, welche es sich schlichtweg leisten können, so viele, zweifelsohne teure Tiere ohne Ladung zu führen. Denn die Tiere gehen, abgesehen von den vielen Wasserschläuchen und den Säcken, vermutlich über und über voll mit Proviant, allesamt leer. Was ihm auf den zweiten Blick ins Auge sticht, ist der Umgang der Führer mit ihren Tieren. Dieser wirkt auf ihn, anhand der hektischen Handgriffe, welche obendrein auch noch unsauber ausgeführt sind, befremdlich und ganz sicher nicht routiniert.

Als die Karawane an der Oase, und weiter noch, vor ihnen angekommen ist, beginnt einer deren Gemeinschaft – vermutlich ihr Anführer – sofort mit ihnen zu sprechen. Ra'hab kann aber keines der vielen, viel zu schnell ausgesprochenen Worte verstehen. Für Meridin scheint diese hereinbrechende Flut an Lauten jedoch kein Problem darzustellen. Denn dieser kann bereits nach einer kurzen Pause, und anscheinend ohne jegliche Mühen, auf die förmlich gestellte Frage:

„Seid gegrüßt Wanderer aus dem Süden. Gewiss ist hier noch ein Platz für unsere müden Knochen frei, oder?“,

antworten. Eine kurze Pause, die deshalb zustande kommt, weil Meridin anfangs etwas irritiert wegen der Frage ist. Denn jene stellt für den Anführer wohl nur eine rhetorische Höflichkeitsfloskel dar. Ist ein Gehabe, mit welchem er den Flair aristokratischer Zivilisation verbreiten will. Aber da andere Mitglieder der Karawane bereits, ohne die Antwort abzuwarten, nach dem am besten für sie geeigneten Platz suchen und wieder andere bereits im Begriff sind, ein Lager zu errichten, will sich noch nicht einmal die Grundform der angestrebten Stimmung – ein Mindestmaß an gegenseitigem Respekt – zwischen den beiden Gruppen bilden. Mit dieser Geste der vorgeschobenen Höflichkeit, welche aus einer unter vielen konditionierten Benimmregeln resultiert, wird Meridins

Vorurteil, einem Vertreter der durchweg heuchlerischen Bande mit Lügensprache gegenüberzustehen, mit Nachdruck bekräftigt. So hat er durch diesen ersten Eindruck eine Prägung erhalten, welche seine ihnen entgegengebrachte Hoffnung, vielleicht sogar auf vernünftige Menschen zu treffen, zunichte gemacht hat. Aber ungeachtet ihrer klar ersichtlichen Taktlosigkeit bleibt Meridin – in höfischer Etikette mindestens ähnlich geschult – in Wort und Mimik höflich und antwortet auch so:

„Tretet nur näher. Dies Gestade vermag unser aller Gewicht zu tragen. Sein Wasser wird uns allen genügen.“,

verbeugt sich tief und kümmert sich nur noch in seinen Augenwinkeln um die Neuankömmlinge. Beschränkt sich darauf, diese nur in vielen kurzen Multimomentaufnahmen zu betrachten, um den Vorwurf des neugierigen Starrens zu vermeiden. Die Menschen und deren Absichten sind nicht nur für Ra´hab, sondern auch für Meridin völlig unklar. Deshalb beschließt Meridin zu später Stunde, doch noch ein Gespräch mit ihnen zu beginnen.

Als nach einer Stunde die Zehnerschaft ihre Zeltlager errichtet und sie selber auch ihre Kamele versorgt haben, sucht Meridin ihren Anführer auf. Gegenüber diesem gibt er sich als weit gereister Händler aus, der stets auf der Suche nach neuen lukrativen Handelskontakten ist. Auf Meridins herausfordernde Frage, mit was sie denn handeln, antwortet ihm der Wortführer der Gruppe sogar leicht gekränkt:

„Für was hältst du uns? Sehen wir etwa auch wie Herumtreiber, wie unsaubere Beduinen aus, die sich ihr Haar mit Käfern teilen und ihre Nahrung unter ihren Fingernägeln horten? Nein. Mein Name ist Bernardo Galan. Wir sind Gesandte des kindlichen Kaisers, der in unferner Zeit zu einem über allem anderen erhabenen Gott aufsteigen wird. Jawohl! Seht uns an! Denn wir, wie wir vor euch sitzen, werden ihm dabei persönlich dienen können.

Sein Dank ist unser. Bis in alle Ewigkeit werden wir in seiner unendlichen Gnade und seinem Wohlwollen schwelgen. Wir gehen direkt in die Wüste Sona – durchbrechen die Barriere, welche noch nie zuvor durchbrochen wurde. Denn uns wurde durch die große Weisheit Josuas der Auftrag erteilt, dort etwas zu holen. Etwas, das nur darauf wartet, von uns gefunden zu werden. Von uns, den göttlich Auserwählten!"

Meridin muss sich angestrengt ein Lächeln verkneifen, welches ihm beinahe und völlig unerwartet auf die Lippen gesprungen wäre. Mit fast allem hat er gerechnet. Selbst damit, dass sie versuchen werden, ihn anzugreifen. Aber damit, wie leicht es ihm gelingen sollte, den geltungshungrigen Stallburschen, Kriegern und dem wohl in Ungnade gefallenen, zu seiner letzten Bewährungsprobe ausgeschickten dienstältesten Anführer den Sinn ihrer Mission zu entlocken, nicht. Es bereitet ihm große Freude, welche er aber gekonnt schafft, unersichtlich zu lassen. Wobei es aber fraglich bleibt, ob der Kommandant dieser Karawanendekurie – dieser Zehnergruppe – der noch vieles über die Herrlichkeit seines Reiches Ios zu sagen gehabt hat, die Mimik überhaupt korrekt hätte deuten können.

Nichtssagend spricht dieser Bernardo der Worte viel. Den ganzen weiteren Abend kann Meridin dessen Aussagen keine wirkliche Bedeutung mehr beimessen. Bestehen seine Worte doch allesamt nur aus einer leeren Hülle ohne Eingeweide. Er kann keine weiteren Bestandteile mehr bergen, welche sich vielleicht noch passgenau in die vielen leeren Stellen seines mannigfaltigen Weltbildes gefügt hätten. So wie er auch keine weiteren Details mehr freilegen kann, welche ihm das ständige Ringen für eine wahrhaftige und lückenlose Einsicht auf dieses erleichtern würde. Handelt er doch bei seinem Anhäufen an Wissen immer unter dem Aspekt, die Strömungen der Vorgänge in der Welt zu erkennen und deren individuelle

Gewichtung und die dahinter stehende Ideologie zu verstehen. Aber die Götter haben derzeit einfach zu viel über die Menschen ausgespien, als dass die Wirklichkeit – übersät mit Pfützen und Sprenkeln aus Erbrochenem – noch erkannt werden könnte.

Da nichts Weiteres als hohle Lobgesänge auf das eigene Reich von diesem Mann zu erwarten sind, zieht sich Meridin unter dem Vorwand, müde zu sein, was er aber tatsächlich nur gegenüber weiteren Ausführungen ist, nach höflichster Verabschiedung wieder zu seinen, in angenehmes Schweigen gehüllten Gefährten zurück. Dort überlegt er, ob er dem Offizier sagen soll, dass sie auf eine Reise, eine Mission nur mit der Aussicht auf den sicheren Tod geschickt worden waren. Oder ob es besser ist, den Lauf der Dinge nicht zu beeinflussen.

Dabei schlagen plötzlich ganz unerwartet bedrückende Zweifel in ihm auf. Hatte deren Mission womöglich sogar doch einen Sinn und ist somit gar keine Bestrafung? Vielleicht ist diese Aufgabe sogar Ausdruck größten Vertrauens. Ist vielleicht sogar wirklich, wie ihm gesagt wurde, eine hohe Auszeichnung. Die Frage, ob diese Dekurie eine wichtige Rolle in dem Spiel, das er kläglich zu verstehen versucht, darstellt, treibt ihn regelrecht um.

»Ist diese Truppe im Inbegriff etwas zu holen, was ich nicht gesehen habe?«

Ein kalter Schauder läuft Meridin den Rücken hinab. Und falls ja, hat ihre Mission wirklich die Tragweite, welche dieser geltungshungrige Offizier Bernardo Galan vorgegeben hatte? Ihm scheint allmählich alles möglich.

Quälende Fragen beschäftigen und verunsichern ihn. Wollen ihn zu unüberlegten Reaktionen drängen, die bestenfalls als tollkühn hätten bezeichnet werden können. Die letzte Überlegung vor dem Einschlafen versucht ihm sogar einzuflüstern, dass es besser wäre, kehrt zu machen, um der

Gruppe um jeden Preis zuvor kommen zu können.

16

In den frühen Morgenstunden erlangt Meridin, beim Anblick des bereits beflissen schaffenden Offiziers, in zweierlei Dingen Gewissheit. Zum einen, dass er selbst und wohl auch sonst niemand dazu im Stande gewesen wäre, diesen Mann mit Worten von seinem Vorhaben abzuhalten. Und zum anderen, dass dieser Bernardo Galan zu pflichtbewusst wirkt, als dass sich dieser in der Vergangenheit etwas zu Schulden hätte kommen lassen können, was rechtfertigen würde, ihn in den sicheren Tod zu schicken. Der Offizier wird bedingungslos von seinem, ihn peitschenden Willen angetrieben, welcher sich ständig den aus dem Hinterhalt dringenden Blicken seines Gottes ausgeliefert fühlt. Der Mann hinter dem Dienstgrad des Dekurios hat definitiv etwas zu verlieren. Vielleicht sogar mehr als nur sein Leben oder seinen Platz im Jenseits. Er verhält sich so, als ob das Leben seiner ganzen Familie auf dem Spiel, auf des Schnitters Schneide stehe. Meridin kann durch dessen Mimik beinahe die ständig auf ihn einredenden Gedanken erkennen. Befehle, die ihm immer und immer wieder sagen, dass er unter keinen Umständen versagen darf. Aber mit trauriger und schlichter Endgültigkeit hofft Meridin, dass jener dies doch wird. Hofft, dass der Mann sein ungewisses Ziel, welches Meridin unsägliches Unbehagen bereitet, nicht erreichen wird. Hofft, dass der Mann seine Aufgabe, jenes zu bergen, wofür er selbst blind gewesen ist, nicht erfüllen wird.

So von Ehrgeiz besessen dauert es nicht lange, bis die Karawane der vielen enthusiastischen Gesichter aufbricht und, lachend Witze reißend, an ihnen vorbeizieht. In beinahe allen Augen dieser Gefolgschaft kann man noch das feurige Funkeln sehen, welches der naiv unbescholtenen Jugend vorbehalten ist. Eines, das den Gesichtern den deutlichen Ausdruck verleiht, dass sie sich nichts sehnlicher als ein echtes Abenteuer wünschen. Sie lechzen schier nach einer Situation, an der sie sich messen und sich an deren Ausgang profilieren können.

Meridin fühlt sich unwohl bei seiner Lüge, als er ihnen eine gute Reise wünscht, wobei er doch inständig hofft, dass das Einzige, was sie finden mögen, ihr aller Tod ist. Denn er kann noch nicht beurteilen, auf welcher Seite das Reich Ios steht. Und bis er dies kann, soll nichts geschehen, was sein eh schon unwirkliches Ziel noch weiter in die Ferne rücken lässt.

Als auch sie sich wenig später von dieser letzten verzeichneten Oase absetzen, trennen sich die Wege der gemeinsam hoffnungsvoll Begehrenden, doch verschiedenes Suchenden, wieder in zwei entgegengesetzt ziehende Karawanen auf. Doch während sich der rastlose Offizier mit seinem Gefolge einig ist, die erfolgreiche Erfüllung ihres utopischen Auftrages herbei zu sehnen, sind die Absichten innerhalb des Dreigestirns, welchen sie im Hinblick auf den Grund ihres Tuns hinterherjagen, unterschiedlich. So bleibt sich Ra´hab bei der einsamen Suche nach seinem Lebenszweck treu; hat bei Hań die vergebliche Suche nach seiner unschuldigen Kindheit Vorrang; befindet sich Meridin weiterhin auf seiner lauernden Suche nach der Erkenntnis, welche ihm die Lösung aller Probleme auf dem silbernen Tablett serviert.

17

So marschieren Meridin, der eine klare Vorstellung besitzt, welche Lande vor ihnen liegen, Ra´hab, der zumindest weiß, wo er sich in Bezug auf seine Heimat aufhält, und Hań, der keinerlei Ahnung, nicht einmal eine Vermutung hat, wo er sich überhaupt befindet, immer weiter in eine Wüste, die allmählich mehr und mehr zu leben beginnt. Betreten der Tage eine weite Gegend, deren flacher Boden zunehmend aus niedrigen und dürren Gräsern besteht. Gewichen sind die Dünen, die mit ihrem Fehlen der trockenen Steppe noch zusätzlichen Raum verschafft haben. Ein Raum, der mit einem ständigen Rascheln und Knistern erfüllt wird, welches – ausgelöst durch deren Schritte – die Reisenden begleitet. Treten in eine Gegend, welche zur Savanne wird. Eine, die schlicht aus mehr besteht, als es ihre Beschreibung – als Landstrich geschlossener Krautdecke mit offenem Gehölz – vermuten lässt. Denn hier ist Leben. So stehen hier Sträucher und Büsche, an denen teilweise sogar Beeren und andere Früchte zu finden sind, welche der gelehrige Meridin zumeist richtig identifizieren kann. Auch stehen immer mehr Palmen in großer Anzahl und Vielfalt in feuchten Senken. Immer mehr Grün reiht sich an anderes Grün, welches hier und da auch Tiere um sich herum hortet.

Die Wanderer sehen Lebewesen, von deren Existenz Meridin aus Illustrationen und Ra´hab lediglich aus Erzählungen weiß. Diese sind in ihrer Leibhaftigkeit aber nicht nur interessant, sondern wirklich aufregend. So sehen sie große Tiere mit langen Hälsen und andere Geschöpfe die sogar noch wuchtiger sind. Diese tragen statt Fell nur graue Haut, haben riesige Ohren, mächtige Stoßzähne und einen langen Rüssel. Ganze Tierrudel, die Meridin als Gazellen und Zebras benennt, scheinen hier zu leben. Sie können hüpfende Tiere mit überdimensionierten Füßen und langem Schwanz beobachten, wie sie sich in der Mittagshitze einen mit Schatten bedeckten Fleck unter einem kleineren Baum suchen. Sich mit dessen großzügig ausladendem Dach aber noch keinesfalls zufriedengeben, tragen diese doch zuerst noch die sandige Oberfläche ab, bevor sie sich niedersetzen und damit beginnen, sich unaufhörlich die Handgelenke zu lecken. Ra'hab ist noch nie auf so viel und verschiedenes Leben auf einmal gestoßen. Die fabelhaften Eindrücke der Hülle und Fülle sind so außergewöhnlich, dass er sich gar nicht satt sehen kann. Er ist unendlich froh darüber, all die vergangenen Mühen, von denen er aber die meisten bereits erfolgreich verdrängen kann, in Kauf genommen zu haben. Denn jene waren es, welche ihm heute all dies sehen lassen. Auch werden ihm die unternommenen Anstrengungen, sich mit Meridin verständigen zu können, reich entlohnt. Denn dieser lässt ihn an dem Halbwissen, welches er über die Gegend besitzt, teilhaben. Dieser kann ihm bis jetzt beinahe jedes Tier mit Namen nennen und weiß auch sonst allerhand Interessantes zu erzählen, was Ra'hab hilft zu verstehen. Vermittelt ihm ein grundlegendes Verständnis, welches ihm dafür unendlich nütze ist, den früheren Erzählungen von der Welt außerhalb seiner Heimat eine Substanz gebären zu lassen, welche durch Farben und Formen bestimmt ist, die er sich bis jetzt nicht vorstellen konnte.

So ziehen sie mehrere Tage immer weiter vorwärts in die Savanne. Ra'hab in der Rolle des beflissenen Schülers, Meridin in der seines bereitwilligen und zufriedenen Lehrers, und Hań in der des – dem Anschein nach meist desinteressierten – Beobachters.

Ra'hab blickt mit seinem riesigen optischen Sinneskegel begierig um sich, bereit alles aufzunehmen, was er erhaschen kann. So sieht er plötzlich, wie sich im Nordosten, hinter einer

Dunstwand gelegen, ein gewaltiges Gebirge erhebt. Eines, welches auf seinem flachen Plateau mit einem weißen Überzug versehen ist. Meridins Ahnung, dass Ra´hab weitaus schärfere Sinne als er besitzt, wird damit zur Gewissheit. Denn auf die neuerliche Bitte, den seltsamen weißen Belag auf dem Berg zu erläutern, kann er, der richtungsweisenden Hand strikt Folge leistend, nur den ebenen Horizont sehen. Weiß aber, dass sich dort die mächtigen Ausläufer des Zentralgebirges befinden müssen. So beginnt er, Ra´hab in der heutigen Unterrichtseinheit die wechselhaften Aggregatszustände in Abhängigkeit von Druck und Temperatur am Beispiel des Wassers zu erklären. Was sich als enorm schwierig herausstellt. Ra´hab weiß zwar, dass heißes Wasser zu Dampf wird, aber dass es sehr kalt, fest und zu Eis und Schnee wird, kann er sich beim besten Willen nicht vorstellen. Fasziniert hofft er darauf, einmal Gelegenheit dazu zu haben, festes Wasser in den Händen zu halten. Die Vorstellung, dass es Wasser gibt, welches nicht verrinnt, gefällt ihm sehr.

Unvermittelt beginnt Ra´hab, Blicke auf sich und auf seinen Gefährten waltend zu spüren. Rasch sieht er sich um und kann die aufmerksamen Augen ihres Beobachters sehen. Augen mit einem Blick, welcher dem des Vogels bestechend ähnelt. Ein erhaben ruhender Ausdruck, der auf das zweite Hinschauen dem des Vogels nicht nur ähnelt, sondern mit diesen sogar absolut identisch ist. Es sind die Augen einer großen und anmutig schönen Raubkatze, einer im Hintergrund stolz folgenden Löwin, die stets versucht, im gleichen Abstand zu ihnen zu bleiben. Aber trotz dieser erwähnenswerten Begebenheit, beschließt Ra´hab genau dies nicht zu tun. Will er doch Meridin wegen eines seltsamen Gefühls nicht stören. Aber dennoch ist er gewarnt, aufmerksam abzuwarten.

18

Je tiefer sie in den nächsten Tagen in das *'Reich der Sonne'* – wie es Ios Bewohner gerne titulieren – eindringen, desto häufiger passieren sie auch markante Stellen, an denen die Pfosten mit den besagten Beschlägen errichtet worden sind.

Ra´hab bemerkt, dass sich der Abstand der Löwin zu ihnen täglich verringert. Inzwischen ist diese so nah gekommen, dass jetzt zuerst Hań und kurz darauf auch Meridin das lauernde Tier mit seinem starren Blick wahrnehmen können. Ra´habs Augen sehen bei ihrem oberflächlichen Schweifen durch die Savanne sogar noch etwas. Etwas, das seine komplette Aufmerksamkeit binnen Sekunden für sich beansprucht. Eine Gruppe weniger Menschen mit einem kleinen Zug von Tieren, welche einen Anhänger voll beladen mit Kisten transportieren. Augenscheinlich sind die ihnen entgegensteuernden Menschen, aufgrund ihrer mit der seinen identischen Hautfarbe, seine Landsleute. Beduinen wie er. Weitgereiste wie er. Sofort durchfährt Ra´hab ein heimeliges Gefühl.

Gewiss erst eine Stunde später können Hań und Meridin seine Entdeckung teilen. So wie sie selber vor der anderen Karawane auch nicht im Verborgenen bleiben. Was der Grund dafür ist, weshalb die entgegenkommende Gefolgschaft ihr Tempo erhöht, ihre Richtung auf direkten Kollisionskurs korrigieren und die Menschen Stricke, wie auch Waffen in die Hände nehmen. Hań drängt sie mit Sätzen wie:

„Du, wollen wir den Kleinen nicht schon mal ausprobieren? Was meint ihr? Zappelt bestimmt noch die kleine Sau.“, oder:

„Schreit laut um Hilfe, wenn wir ihn alle hart rannehmen. Also ich hätte gute Lust ihn richtig zu ficken!“, und:

„Machen sich jetzt wohl schon die Ratten über mich lustig, hä!?“,

einen anderen Weg einzuschlagen. Doch Meridin deutet Ra'hab mit einem Nicken gegen die anderen Menschen an, stur auf ihrer Richtung zu bleiben. Im Augenwinkel sieht Ra'hab sogar, wie Meridin unter seinen Mantel greift und die lederne Sicherungsschlaufe löst, welche um den Knauf seines Säbels gelegt ist.

»Was geschieht hier?«,

denkt sich Ra'hab. Ihm ist, als müsse er Meridin bremsen. Weiß aber auch, dass ihm dies nicht möglich wäre.

»Was haben Meridin und Hań erkannt? Wofür bin ich scheinbar blind?«

Hańs heftiges Drängen ist inzwischen zu regelrechtem Gerangel geworden. Er wirft sich an Meridins Schultern, um ihn zurückzureißen, um ihn damit abzudrängen. Hoffnungslos. Denn ohne erkennbare Mühe, als wäre Hań lediglich ein lästiges Balg, kann Meridin ihn sich abschütteln. Mit sturen Blicken lässt Meridin Ra'hab nicht ausweichen. Gibt ihm nun sogar Anweisung, ihren Kurs ebenfalls um ein paar Grad zu korrigieren. Die Route des direkten Wegs ist gesetzt, eine Kollision ist unausweichlich und steht schon in wenigen Minuten bevor.

Die Löwin hat unterdessen ihren Abstand zu ihnen noch weiter verringert und in einem Versteck in der Nähe des Platzes Stellung bezogen, auf welchem die beiden Karawanen voraussichtlich miteinander kollidieren werden. Dort verharrt sie in geduckter, lauernd angespannter Haltung, welche ihr aber nicht die erhabene Ruhe aus dem Blick nehmen kann.

Die Kisten, welche auf dem Anhänger transportiert werden, entpuppen sich für Ra'hab alsbald als Käfige. Käfige, auf deren Inhalt er, wegen der panischen Reaktion von Hań, logisch eins und eins addierend, schließen kann. Käfige, wegen derer

Existenz er sich bereits für seine Landsleute schämt. Käfige, die ihm die Augen öffnen. Was war er doch für ein Narr, kurzzeitig zu glauben er könnte hier auf Beduinen seines Schlags treffen. Dringt doch nichts anderes mehr als das nackte Grauen aus seiner Heimat.

Meridin, mittlerweile an der Spitze der Karawane, bezieht unvermittelt im Stehenbleiben Stellung. Wortlos gesellt sich Ra´hab neben ihn. In dieser Position versucht der inzwischen rasend gewordene Hań abermals, die beiden an den Armen gepackt, wegzuziehen. Aber als hätten sie Wurzeln geschlagen, verharren sie – ungeachtet seiner Anstrengung – zusammen mit einem gebannten Blick, unverändert in ihrer Stellung. Es gleichsam wie Steinstelen tun, die als Wellenbrecher der heranrollenden See Einhalt gebieten wollen. So warten auch sie in statischer Manier und blicken der durch Gier aufgepeitschten Brandung entgegen, welche über sie hereinbrechen und sie sich einverleiben will. Aber trotz Meridins Gefasstheit findet seine Geduld mit Hań langsam ihr Ende, weshalb er ihn mit Schwung zu Boden schickt. Dort – jammernd zur Raison gekommen – begreift Hań, dass es zur Flucht schlichtweg zu spät ist. Stumm bleibt er sitzen.

Allmählich hören die drei das wüste Gelächter von dem sich nähernden Treck. Sehen, wie sich die Leute ausgelassen unterhalten und mit dem Finger auf Hań zeigen. Kommen so lange immer näher bis wenige Minuten später die beiden sich gegenüberstehenden Gruppen nur noch ein Abstand von etwa zwei Dutzend Schritten trennt. Und obwohl noch kein Wort zwischen ihnen gewechselt wurde, ist jedem die Absicht der jeweils anderen Partei klar. Einer der drei Menschenfänger zeigt auf Hań und beginnt laut zu sprechen:

„Habt da was, das uns gehört."

Meridin lächelt selbstbewusst und erwidert:

„Dann haben wir was gemeinsam."

Irritiert blicken sich die drei Männer fragend an, worauf jener, welcher ihr Anführer zu sein scheint, seinen grobschartigen Säbel zieht, ihnen mit diesem wild entgegen fuchtelt und streitlustig grinsend weiterspricht:

„Musst dich täuschen, Schätzchen! Euren Arsch haben wir noch nicht!"

Dieser – noch nie ein Freund der langen Worte gewesen – schließt mit derb lautem Lachen den Dialog ab und gibt den beiden anderen Zeichen, ihre Knüppel und die Stricke mit den bereits gebundenen Schlaufen in die Hand zu nehmen.

Die folgenden Augenblicke verstreichen in ein paar schnellen Wischen beinahe in einem Zug. Meridin tritt wenige Schritte vor und lässt zwei der Männer bis fast an sich herankommen, bevor er erstaunlich flink mit einer Hand seine lange und schlanke Säbelklinge aus ihrer Scheide und dem Anführer im gleichen Zug mit deren vorderen dezent geschwungenen Bereich glatt durch die Kehle zieht. Diese klafft sofort zu einer großen Wunde auf, aus der sich ein wahrer Quell Blut ergießt. Der andere springt mit zum wuchtigen Schlag ausgeholtem Knüppel einen Schritt vorwärts, dem noch abgewandten Meridin entgegen. Aber bereits einen kurzen Moment nach dessen Absprung hält ihm Meridin seine Klinge mit gestreckten Armen entgegen, sodass sich dieser mit dem eigenen, dem Sprung zugrundeliegenden Schwung durch seine Brust ersticht. Der noch verbliebene Menschenfänger, welcher erst jetzt realisiert, was sich hier in den letzten Sekunden abgespielt hat, verharrt wie gelähmt und beobachtet mit gespanntem Blick das Geschehen. Mit seinen weit aufgerissenen Augen, in denen sich zusehends so lange Angst ausbreitet bis diese wässrig werden, sieht er seinen, kurz zuvor noch überheblichen Blick als flüchtige Nussschale auf den Wogen der eigenen Tränen undeutlich davon verschwimmen. Meridin starrt ihm mit unveränderter Entschlossenheit in die Augen. Schafft es auf diese eindrucksvolle Weise, dem Gegenüber seine Winzigkeit und Sterblichkeit peinlich klar zu machen. Dann zieht Meridin seine Klinge aus der Brust des einen, um mit langsamen bedächtigen Schritten und gesenkter Klinge dem letzten verbliebenen Menschenfänger entgegenzutreten. Dieser lässt sofort seine Stricke fallen und beginnt, um seinem Tod zu entrinnen, so schnell zu laufen, wie er es wohl noch nie zuvor in seinem Leben getan hat, geschweige denn musste.

Seinen Blick von dem flüchtenden Mann wieder abgewandt, begibt sich Meridin wenige Schritte zu dem röchelnden, noch zwanghaft nach Luft schnappenden Mann mit der schweren, ihn langsam krepieren lassenden Wunde in der Brust zurück. Stellt sich über ihn in sein direktes Blickfeld und sieht diesem ebenfalls durchdringend, ihm selbst die Schuld zuweisend, in die Augen. Ra'hab, der dieses Schauspiel nicht mehr länger mit ansehen will, stupst Meridin an und gibt ihm damit ein deutliches Zeichen, dass er dieses dargebotene Drama doch endlich zu Ende bringen soll. Aber Meridin kümmert sich nicht um seinen Willen und sagt ihm mit einer bei ihm bisher noch nie vernommenen Kälte in seiner Stimme:

„Noch nicht."

Verständnislos wendet sich Ra'hab von ihm ab und öffnet indes die Käfige, aus denen sofort die zu Sklaven reduzierten Menschen herauskriechen. Sie haben diese Inszenierung ihrer kühnsten, nun zu Realität gewordenen Träume mit höchster Aufmerksamkeit und größter Genugtuung verfolgt und zeigen deshalb keine Angst vor ihren drei Rettern. Die meisten der Gefangenen sind Frauen, aber selbst Kinder sowie auch wenige Männer, die wohl für irgendeinen anderen schweren Zwangsdienst bestimmt waren, sind unter ihnen.

Hań kann die Gefühle dieser Menschen als einziger wirklich nachvollziehen. Ungläubige Blicke in geblendeten Augen. Ihnen ist der Wunsch erfüllt worden, welcher ihm damals auf dem Weg nach Ine verwehrt geblieben ist. Ach, wäre das Geschehene doch ihm und seinem Mädchen erspart worden.

Das Leben wäre ein anderes.

Die mit ihren in Rage geratenen Gefühlen überforderte Meute macht in ihrem absolut wortlosen Zustand den Anschein, als ob diese ihre Rettung noch nicht glauben kann. Denn dies erschien den Menschen, selbst als sie vor langer Zeit noch träumen konnten, immer so unwahrscheinlich, weswegen sie jetzt noch etwas Zeit benötigen, um die Situation und ihre Wirklichkeit erfassen zu können. Aber bereits nach einer kurzen Zeitspanne kann man die ersten Menschen sehen, deren versteinerte Miene mit einem Lächeln aufgebrochen wird. Ein Lächeln, das so glücklich und zufrieden anmutet, dass sich um die betroffenen Personen beinahe eine göttlich erhabene Aura aufzubauen beginnt. Eine Aura, welche aber nicht aus dem Himmel, sondern direkt aus ihren Herzen heraus geboren wird. Erst dann nähern sie sich langsam Meridin, passieren ihn mit einem Nicken und stoppen erst, als sie bei dem bald sterbenden Menschenfänger angelangt sind. Vor diesem positionieren sie sich in demonstrativ aufrechter Haltung, um triumphierend auf ihn herabzublicken.

Wortlos dreht sich Meridin um und gibt Ra′hab mit einem Nicken Anweisung, ihre Karawane weiterziehen zu lassen. Hań, der nach den ersten Metern nochmals zurückblickt, sieht, wie sich die befreiten Menschen bücken, wie jeder einen Stein in die Hand nimmt und so in diesem Moment den ersten Schritt zur vollwertigen Wieder-Menschwerdung begehen. Einen Schritt, mit dem sie sich selbst wieder bewusst werden; mit dem sie erneut lernen, sich selbst zu verteidigen; mit dem sie sich für die ihnen widerfahrenen Taten rächen; mit dem sie den Mann gemeinsam mit seinen Schreien nach Gnade unter ihren Steinen und Hieben begraben und zu Tode kommen lassen werden.

Doch Hań hegt keinen Wunsch, sich an deren Absicht zu beteiligen. Hat er sich doch dafür entschieden, diese Zeit hinter sich zu lassen, auch wenn sie immer zu ihm gehören wird.

Keine Tat wird das Geschehene ungeschehen machen. Kein Wort kann den Schmerz tilgen. Einzig Verdrängung kann das große Vergessen gedeihen lassen. Etwas, woran ihn die Erinnerung an sein Mädchen aber immer hindern wird. Aber diese Erinnerung ist sein. Eine, die er nie fallen lassen wird – ist ihm doch sonst nichts von ihr geblieben.

Ra´hab hört, wie der erste Mensch stumm einen Stein wirft, oder genauer, hört diesen auftreffen. Weitere folgen sofort, aber nun nicht mehr stumm, sondern unter zornigen und zugleich befreiten Schreien. Das durch den Körper gedämpft anmutende Prasseln der Steine dauert viele Sekunden. Unter den dumpfen Schlägen glaubt er sogar ein Knacken gehört zu haben, welches wohl dem geborstenen, sicherlich bereits stark deformierten Schädel zuzuschreiben ist. Die Geräusche werden allmählich klarer und zu einem Klacken, welches das Ende einläutet, da der zur Bestie gewordene Mensch tot unter den Steinen begraben liegt – alle, die sie um sich herum finden konnten – vom faustgroßen Brocken bis zum Kiesel – geworfen sind.

Schritt für Schritt setzt Meridin einen Fuß vor den anderen. Sie verharren in einer langsamen Gangart, welche es ihm erlaubt in aller Ruhe und mit starrem Gesicht seine Klinge grob zu reinigen. Einer der erneut und nun auch wieder komplett zum Menschen Geborenen läuft ihnen nach – nachdem ihr Werk, einen unidentifizierbaren Haufen Mensch zu hinterlassen vollendet ist – und kniet sich vor Meridin in den Weg:

„Vielen Dank. Danke. Ihr habt uns das Leben gerettet. Danke.“,

beginnt zu weinen und wimmernd Meridins Hand zu küssen:

„Wir sind euch ewig dankbar. Danke! Unser Führer, Danke! Ewig wollen wir euch dienen.“

Meridin entgegnet ihm im harschen Ton:

„Nein, steh auf! Eure Dienste braucht ihr uns nicht

anzubieten. Wohl aber eure Aufrichtigkeit. Denn nicht wir brauchen eure Dienste, ihr aber unsere. Diese können wir euch aber nicht anbieten. Also geht eures Weges!“

Die eben noch beseelte Miene des Befreiten wirkt auf Meridins Worte hin erdrückt und peinlich ertappt:

„Dann sag uns. Wohin sollen wir gehen?“

Meridins Antlitz zeigt noch immer eine starre und schaurig erkaltete Miene, als wäre diese eine Maske. Eine Maske, deren Lippen als Resonanz Worte aus neutralem und absolut wertungsfreiem, beinahe sogar schon gleichgültigem Ton formen:

„Das weiß ich nicht. Vor eurem Schicksal, das ich euch wieder in die eigene Hand gelegt habe, könnt ihr nicht fliehen. Kein Versteck kann dich und deinesgleichen in Sicherheit bergen – ihr werdet alle vom Tod gefunden. Vielleicht morgen, vielleicht erst nach einem langen und erfüllten Leben, wer weiß. Gewiss ist nur, er ist schon unterwegs zu jedem einzelnen. Macht es ihm aber nur nicht zu leicht, indem ihr ihn sucht.“

Dann beginnt Meridin die Himmelsrichtungen ab zu deuten:

„Im Süden wartet eine erbarmungslos brütende Hitze, im Osten lauert der Tod. Vielleicht findet ihr im Norden oder Westen Asyl. Was ich aber nicht denke. Ich kann euch also keine Hilfe sein. Also geht am besten dorthin, wo ihr hergekommen seid. Keiner sonst will euch als Mensch, sondern nur als Sklave haben.“

Meridin, der sein Schwert inzwischen gereinigt hat, lässt es stumm zurück in die Scheide gleiten und setzt seine Schritte fort. Lässt den ratlos ins Stocken gekommenen Mann mit perplexem Gesichtsausdruck zurück. Diesem bleibt nur noch übrig, traurig hinterher zu blicken, anstatt mit ihnen zu gehen. Zurückgelassen in aussichtsloser Lage.

Schritt für Schritt geht die Gruppe weiter. Immer weiter ihren Weg entlang. Kein Wort, kein Summen, noch nicht einmal ein Räuspern durchbricht die Stille. So lange, bis die schreienden Sonnenstrahlen des Tages nur noch flüstern, sie ihr Lager aufschlagen, und es auch allmählich um sie herum still wird. In dieser Ruhe dauert es nicht lange, bis sich ein jeder von ihnen in seinen eigenen Gedanken verfängt. Aber eine letzte Frage will Ra´hab heute noch beantwortet haben:

„Warum du letzte Scheusal fliehen lassen hast?“

Meridin, der erst nicht den Anschein macht, die Frage gehört zu haben, muss nicht lange für seine Antwort überlegen:

„Niemand kann vor seiner Bestimmung fliehen. Vielleicht wird uns das Schicksal seinen Willen noch offenbaren. Vieleicht wird der Tod ihn in Form von Soldaten aus Ios finden. Denn sie haben für Streuner wie ihn in ihrem so schönen und heiligen Reich nichts übrig. Vielleicht hat es andere Pläne und lässt ihn am Leben. So oder so, das traurige Kapitel dieser leidbringenden Gruppe schließt sich von selbst.“

Kaum nachdem diese letzten Worte des Tages in der gleichen Stille verstummt sind aus der diese kamen, haben sie den Beginn vieler weiterer Gedanken eingeläutet, welche sie in der vom Vollmond erhellten Nacht begleiten werden.

19

Unter dem in voller Pracht stehenden Mond, findet Ra´hab schnell wieder zu seinem favorisierten Thema der letzten Zeit zurück, welches die wandernde Wüste allmählich in ihm zum Vorschein gebracht hat. So reiht er die bisweilen noch unsortierten Gedanken und Überlegungen zu einer übergeordneten Frage aneinander, wie sie sich wohl noch niemand seines Nomadenvolks jemals zuvor gestellt hat. Tut dies, auch wenn er keinen Lehrer hatte, welcher ihm ein Fundament in Form von bildenden Grundkenntnissen hätte vermitteln können, welches ihm nun helfen würde, darauf aufzubauen. Tut dies, auch wenn er keine Ahnung, geschweige denn eine Anleitung oder einen Plan hat, wie und in welcher Reihenfolge die einzelnen Bausteine gefügt werden müssen um schließlich schlüssig zu werden, damit ein Sinn dieses Konstrukt ausfüllen kann. Nur dass diese Steine – durch Fragen erkannt, welche sich ihm mittlerweile ganz offensichtlich stellen – ihn am weiterkommen hindern, steht zweifelsohne fest. Doch leider können diese weder durch Verschließen der Augen beiseite geräumt, noch durch weglaufen umgangen werden.

Er fragt sich, ob sämtliche Ereignisse lediglich den Naturgesetzen folgen und somit einem strikten Determinismus, einer linearen Serie von Abfolgen, untergeordnet sind. Und ob als Konsequenz dessen, das Geschehen sogar mit einer, über eine bestimmte Wahrscheinlichkeit hinausragenden Gewissheit vorausgesagt werden kann. Ob, wenn die Voraussetzung für eine Ursache erfüllt ist, es zwingend eine bestimmte Folge haben muss. Oder anders ausgedrückt überlegt sich Ra´hab, ob man an das Leben, mittels aus der Summe der empirisch gesammelten Beobachtungen – erkannter kausaler Abhängigkeiten – in dem Augenblick, in welchem man die eigene Stellung darin erkennt, sogar eine etwaige kausale Erwartung stellen kann.

Führt man die Gedanken zu ihrem Kern zurück, so ergibt sich auch noch eine andere Möglichkeit in Form einer Frage, die es wert ist, in Betracht gezogen zu werden. So überlegt er, ob in der Realität überhaupt Platz für einen Zustand des objektiven Zufalls, der freien Willkür, der Ordnung des unbestimmten Chaos ist. Oder ob jeder Vorgang wirklich nur ein mechanisch fungierendes Glied in einer schier unendlichen verknüpften Kausalkette zwischen Aktoren und Manipulatoren darstellt. Ob seit jeher eine sich abwickelnde Funktion stattfindet, deren jede Sekunde verändertes Resultat die wandelbare Wirklichkeit abbildet. Eine Funktion, welche bereits mit dem ersten Glied dieses Kalküls, mit dem allerersten keimenden Samenkorn in dieser Welt, bereits nur durch seine bloße Existenz sämtlich folgende Ereignisse bis an das unendlich weit entfernte finale Ende dieser Kette, bis in alle Ewigkeit des gesamten Lebens, bestimmt und deren wechselseitige Wirkungen ganz klar definiert hat.

Oder hat sich ein neues Weltbild gebildet, das aus der Mischung einer deterministischen und chaotischen Vorstellung von der Welt resultiert. Dass sozusagen eine Welt der Materie existiert, welche solange im Einklang mit sich selbst funktioniert, bis individuelle Wesen, die darin die Komponente der Unordnung darstellen, Veränderungen bewirken? Diese Welt der Materie wäre, wegen dieser schier unberechenbaren Menschen, welche obendrein auch noch die Macht besitzen ganze Ereignisketten auszulösen oder gar zu verhindern, ständig im Ungleichgewicht. Vielleicht existiert sogar eine Welt, in welcher der Beobachter, bewusst oder nicht, jederzeit und nur anhand seiner eigenen Existenz Einfluss ausüben kann?

Doch ergeben sich bei Annahme einer solchen Mischwelt automatisch weitere Fragen. Wo verläuft die Grenze, besser die Berührungslinie beider Systeme? Und was sind Gedanken? Die der anderen und die eigenen. Denn eigentlich ist der Gedanke die Frucht des Gehirns, welches wiederum lediglich aus schnöder Materie besteht und deshalb womöglich auch deren Gesetzmäßigkeiten unterliegt. Gemäß dieser Annahme würde das bedeuten, dass jeder gedachte Gedanke, jedes gefühlte Gefühl im kurzen Augenblick, als der Urspross die Schale des ersten Samenkorns mit seinem treibenden Willen durchbrochen hat, bereits festgelegt war. In einer Sekunde, in der dieses Korn Alles sein würde, bevor es letztendlich aufbrechen würde, und alles, sich eingeschlossen, mit seinem Treiben in der Welt besiegelt. Die Folge dieser Theorie wäre, dass alles Handeln ein bloßes Abarbeiten eines absolut fehlerfreien Regelwerks darstellt. Doch nicht einmal das, denn ein Regelwerk oder ein Regelkreis entsteht, wenn man noch Wahlmöglichkeiten zur Parametrierung besitzt. Wenn man gezwungen ist, auf Vorgänge zu reagieren. Aber in einer so strikten Abfolge würde man nie entscheiden müssen, geschweige denn können. Ein eigenständiges, zielgerichtetes Handeln, ein freier Wille und das individuelle Bewusstsein wäre ein rein illusionäres Konstrukt. Das Menschenleben wäre nur ein Schnurknäuel, das sich, wenn man es am Boden wegrollt, in der durch Höhen und Tiefen im Terrain vorherbestimmten Bahn abwickelt. So lange, bis die Bewegung, bis das Voranschreiten entsprechend der Schnurlänge, ihr Ende im Stillstand erreicht hat.

Ra´hab ist jetzt im Begriff, die Ausmaße dieser all umschließenden Rinde, der er sich aus dem Zentrum heraus nähert und welche dieses Gesetz und ihn selbst in sich einschließt, zwar nicht zu begreifen, diese aber zumindest zu erkennen. Obwohl er das, was er sieht, nicht wahrhaben will, überlegt er, was, wenn nicht feste Gesetze und Regeln, die man noch irgendwie verstehen kann, den ureigenen Willen denn noch regieren könnte. Überlegt, an welchen Angelpunkten die Achse der geistigen Welt aller Lebewesen aufgehängt ist?

Mögliche Annahmen hierfür wären einerseits die Auffassung, dass alle Ereignisse durch Vorbedingungen eindeutig festgelegt sind, aber auch die göttliche Intervention, den ständigen Eingriff des Schicksals, oder auch einen freien Willen könnte Ra´hab sich vorstellen. Wobei er den Umstand, dass die zweite und dritte Möglichkeit bis auf einen Unterschied identisch sind, sofort erkennt. Beides wären Mächte, die im Ablauf irgendeiner kosmischen Ordnung für einen bestimmten

Verlauf der Ereignisse sorgen. Nur mit dem Unterschied in den kleinen Menschenköpfen, dass man dem Schicksal alle schlechten Ereignisse zuschreibt, da die Menschen Gott als eine personifizierte, moralisch und ethisch wirkende Instanz interpretieren. Aber auch diese beiden Möglichkeiten sprechen dem Menschen – dem einzelnen Individuum an sich, falls es so etwas überhaupt gibt – ebenfalls wie ein starres Regelwerk den freien Willen ab, welchen aber trotzdem ein jeder glaubt inne zu haben. Auch wenn man diesem Beleg nichts entgegensetzen kann, so gilt dessen vermeintlicher Besitz trotzdem als unumstößlicher Fakt. Das Eigentum des freien Willens wird sogar als ein Axiom betrachtet, weil man es als ein unmittelbar einleuchtendes Prinzip versteht, welches sich der Beweisbarkeit zwar entzieht, diesen Beweis für dessen Existenz aber auch nicht bedarf. Es ist die Hoffnung und der Selbstschutz der Existenzberechtigung, die einen auf den logischen Nachweis verzichten lässt, und ein Dogma auf die Stufe des eindeutig einleuchtenden Prinzips erheben. Auf diese Weise, ein ähnliches Dogma entstehen lassen, wie jenes, an welches sich ein Prediger bei strittigen Fragen zu seiner Lehre klammert. Vieles, wie auch dies, klingt so einfach und logisch:

»Ich denke, also bin ich.«

Aber bin ich wirklich ich, wenn ich denke und auch handle? Mit anderen Worten ausgedrückt würde es bedeuten, dass man zwar tun kann, was man will, aber nicht wollen, was man will.

Kann es tatsächlich einen freien Willen auf Basis einer individuellen Seele eines Wesens, ein Chaos, das aus Willkür, Emotionen und vermeidbaren Erfahrungen besteht, geben? Dieses Chaos, diese Existenz des Ungewissen – falls vorhanden – würde aber ihrerseits wiederum dem Schicksal, sei es auf den Zufall oder auf dem Dasein eines göttlich handelnden Wesens begründet, und den sich wie Zahnräder fügenden Naturgesetzen ihre Wirkung aberkennen. Würde ohne der Definition einer Grenze bedeuten, dass man alleine mit dem bloßen Willen Steine zu versetzen, dieses auch tatsächlich zu tun vermag. Was eine Fähigkeit darstellt, welche er lächelnd, so bei sich nicht bestätigen kann.

Oder wird diese hypothetische Seele aus dem bestehenden systematischen Regelwerk der Materie mit den ihr anhaftenden Gesetzen, dem diese zwar entspringt, sich aber ihrerseits jeglicher Beschreibung entzieht, entfernt und alleine für sich betrachtet, da sie ja auch nur für sich alleine eine Gültigkeit besitzt? Was ihm erneut die Frage nach der Schnittlinie eröffnet, welche ihn an einem Weiterkommen hindert. Die Frage, ob sich im Bereich dieser Kante vielleicht eine Mischung eines freien Willens in einem deterministischen System entwickelt hat, um so eine diffundierte Verbindung einzugehen.

Oder besteht womöglich eine ganz persönliche geistige Kausalität, deren Funktion durch unterschiedlich ausgeprägte Archetypen bestimmt ist? Ein nur mutmaßlich freier Wille, auf Basis von Verhaltensmustern, welche, egal in welcher Weltenordnung, egal ob in einer kausal vorherbestimmten, einer freien oder einer durch Gott oder das Schicksal gelenkten, das Wollen bestimmen. Durch Denkmuster, die sich unterbewusst durch empirisch gesammelte Erfahrungen und Informationen, vermeintlicher Evidenz und deren subjektive Interpretation in uns im individuellen Mischungsverhältnis gebildet und manifestiert haben. Die Handlungsweisen, die sich aus so einem aus Verhaltensmustern gebildeten Individuum ergeben, wären nicht irgendwann im vollen Ausmaß bestimmt, sondern würden durch Erfahrung stetig weiter strukturiert und konditioniert werden, und einen so zu individuellem und selbstbestimmtem Handeln befähigen. Durch diese Voraussetzung könnte sich uns auch die Möglichkeit erschlossen haben, eine Ursache mit einem Urteil im Voraus, mit einer kausalen Erwartung zu versehen, die besagt, dass Gleiches immer die gleiche Wirkung haben muss, sodass wir glauben, über eine in der Zukunft liegende Folge die Wirkung vorherzusagen können. So wären wir in der Lage, uns intuitiv eine Meinung zu bilden und vielleicht sogar im Affekt zu handeln, wenn wir ein Ereignis wahrnehmen. Würden uns sogar oft darin bestätigt fühlen, dass ein Vorgang nur eine bestimmte Ursache gehabt haben kann, weshalb wir ständig weiter entgegen der bestehenden Kausalkette prognostizieren, ohne wirklich etwas zu wissen, sondern lediglich zu vermuten. Hätten somit auch die Möglichkeit – die wir Menschen auch haben – uns selbst ständig zu belügen, einfach wegzuschauen, wenn nicht das eintritt, was wir uns vorgestellt haben. Weshalb sich Ra´hab sicher ist, dass diese Denkfalle, dieses Paradigma, ein schwerwiegender Fehler, die schattige Kehrseite im Wesen eines vermeintlich freien, vor Vorurteilen nur so strotzenden Individuums ist. Jene Annahme der Charakterbildung, welche aus vorgeblichen Tatsachen konstruiert wird, bereitet ihm großen Verdruss und bringt sogar einen trotzigen Gedanken hervor, welcher besagt, dass, falls es wirklich so etwas wie einen Gott geben sollte, dieser definitiv und kläglich in seinem Tun versagt hat.

Ra´hab lässt kurz von seinen intensiven und ihn äußerst anstrengenden Gedanken ab, denn sie bereiten ihm bis jetzt nur Schmerz hinter seiner bereits stark verkrampften Stirn.

Hań hängt ebenfalls als kleiner Fisch im Netz seiner Gedanken und Gefühle fest. Doch er kann die einzelnen Stränge des ihn einschnürenden Geflechts nicht einmal erkennen, kann sich selbst nicht erklären und noch nicht mal einordnen, was er denkt und wie er fühlt. Denn das was ihm alles durch den Kopf geht ist einfach zu intensiv und zu viel für ihn – im Produkt schier überwältigend. Er steht vor einem Scherbenhaufen verschiedener Gefühlsfragmente, welche, sortiert und zum Ganzen zurückgeführt, verschiedene Ursprünge haben. Gefühle von Trauer und Schmerz, wenn er an seine kleine Prinzessin denkt. Gefühle von Zuversicht und

Genugtuung, zwei seiner Fänger tot zu wissen. Das Gefühl, dazu verdammt zu sein, sich nie wieder geborgen fühlen zu können. Aber auch das Gefühl, sein Leben gesichert zu wissen.

Doch in seinem Herzen – all diese Gefühle vereint – heben sich diese trotz aller Gegensätzlichkeit nicht auf. Bringen dieses sogar nahe daran durch die an ihm zerrenden Kräfte zu zerbersten. Aber Hań vertraut auf seine beiden Anker, die ihn davor bewahren, in stürmischer See verloren zu gehen oder von aufgebrachten Wogen verschüttet zu werden. Denn eingekeilt zwischen Ra´hab und Meridin konnte er auf dieser Position den Grundstein für eine neue Heimat legen. Ein Stein, der ihm sehr wertvoll ist. Ein Stein, um den er in Sorge ist, dass er ihm einmal gestohlen wird.

Ra´hab kommen die Worte von Meridin in den Sinn, dass man schlichtweg nicht vor seinem Tod fliehen kann, da er einen immer finden wird. Worte, welche die Erinnerung an den Käfer, besser gesagt nur an dessen verbliebene Spur im Sand, auslösen. Denn diese Abdrücke kann er nun mit seinen Gedanken an das Schicksal verknüpfen und interpretieren. Durch diese Gedankenspiele entsteht in ihm das Gefühl, zu wissen, dass dem Schicksal eine wahrhaftige Bestimmung zugrunde liegt, auch wenn er keine Ahnung davon hat, welches Ziel es verfolgt. Ra´hab denkt daran, wie stolz der kleine Käfer seinen Weg, die Summe aus der linearen Abfolge vieler kleiner Schritte, beschritten hat. Stolz deswegen, da ihm, trotz des krabbelnden Körpers, ein Geist mit aufrechtem Gang zuteil war. Denn jeder einzelne Schritt stellte einen bewussten Akt, einen Tropfen seines Lebens dar, einen, der seinen Willen in sich gebunden hatte, der von ihm abfloss, sich verschüttete und so eine Spur hinterließ. Nicht ahnend, dass sein Weg, sein sich abwickelndes Knäuel Lebensschnur, sein von ihm abfallender Willensschauer, bald enden, er den Weg seines zu Fleisch gewordenen Schicksals kreuzen wird. Sich mit seiner Bestimmung in Form einer Schlange vermählen wird. Sich als

Tropfen in das fortstrebende Rinnsal, welches sich unter ihrem für ihn schicksalsträchtigen Gewicht ein Bett in den sandigen Boden gegraben hat, ergießen wird. Der Käfer hatte keine Möglichkeit gehabt, seinem Ende etwas entgegen zu setzen, denn der Tod hatte ihn gefunden. Hatte er doch auf ihn gewartet, seit dem Tag, als er irgendwo aus einem Ei geschlüpft ist.

Ihm fallen erneut wenige Zeilenreime ein, an denen er sich seit einigen Tagen versucht:

Man kann sein Schicksal nicht erkennen,
nur eine Situation –
danach benennen.

Auch gibt es davor kein Versteck,
es einen findet –
an jedem Fleck.

All die Taten ein Leben lang,
Gram getrieben, beseelt gezogen –
ohne Belang.

Mit diesen letzten zu Wort gewordenen Früchten seiner Gedanken, und immer noch mit der offenen Frage behaftet, auf welchen Eckpfeilern die Welt nun letztendlich steht, schließt er seinen Tag ab. Neben sich sieht er Meridin, der auf den ersten Blick scheinbar zurückgezogen schläft. Aber auf den zweiten und zugleich letzten Blick verraten ihm die starre Körperspannung und die unter den Lidern zuckenden Augen, dass er angestrengt nachdenkt.

Meridin – sein Schwert inzwischen minutiös gesäubert und wie einen Kultgegenstand vor sich abgelegt – hält die Augen geschlossen und denkt darüber nach, wieso er die Menschen durch seine spontane und kaltherzige Entscheidung nicht begleitet hat und sie sich ihnen noch nicht einmal anschließen durften. Zwar plagen ihn keine Gewissensbisse, welche er besänftigen will, aber dennoch nagen Zweifel an ihm. Er sagt sich selbst, dass sie seinen Weg nur behindert hätten, dass es so gewesen wäre wie er ihnen gesagt hatte, dass er sie, oder sie ihn, nur in den Tod geführt hätten. Denn auch, wenn er es zwar an keinem bestimmten Merkmal hätte festmachen können, glaubt er ihr nahendes Schicksal bereits an ihnen haften gespürt zu haben. Ihren Tod, der schon seine dürren und kalten Finger nach ihnen ausgestreckt hält, würden sie auch ohne ihn finden.

Er stellt sich vor, wie die Gruppe ohne Führer uneins und jeder für sich ohne Plan durch die Savanne irrt. Wie manche von ihnen jämmerlich verdursten und andere, falls sie den Weg nach Norden gehen, erschlagen werden. Wie wieder andere von ihnen vielleicht erneut von Menschenjägern gefangen werden, und manche vielleicht auch überleben und unter unwahrscheinlichen Umständen sogar in ihre Heimat zurückfinden:

»Ist es das wert, mein Leben und das Leben meiner Gefährten bereitwillig für ein Dasein anderer zu riskieren oder zu opfern, welches bereits verwirkt ist?«

Mit der Frage nach dem Wert kann er sich etwas besänftigen. Denn auf diese Frage weiß er auf Anhieb die Antwort:

»Nein. Dies ist es nicht wert.«

Aber nun ist es eben dieser Umstand, diese Entschlussfestigkeit, die ihn wirklich beschäftigt:

»Wie konnte es nur soweit mit dir kommen?«,

schießt ihm die Anklage entgegen. Und hat damit eine Frage gefunden, auf die ihm keine Antwort einfallen will. Denn er weiß, dass er schon lange jegliche Hoffnung als unnützen Ballast abgelegt hat.

Dabei kommt ihm das letzte Mantra aus der Reihe des Reisenden in den Sinn, welches er nun gezielt langsam, Wort für Wort, so intensiv wie ein Gebet in sich hineinspricht:

„Mächtig dein Odem, Kraft in meinem Rücken.
Mächtig dein Odem, Kraft in meinem Rücken.
Mächtig dein Odem, Kraft in meinem Rücken.
Mächtig dein Odem, Kraft .. meinem Rücken.
.... dein Odem, ... mein.. Rücken.
.... Odem, ...
...“

Das Gemurmel in seinen Sätzen wird immer größer. Wird zu einem flüsternden Brummen, was Zeichen dafür ist, dass sich sein Geist daranmacht, sich vor jedem konkreten Gedanken zu verschließen. Sich loslöst und sich zu flüchtiger, gehaltloser Masse wandelt, auf welche die Energie der fragenden Geschosse nicht mehr wirken kann. Sogleich spürt er die Kraft einer mächtigen Böe in seinem Rücken wie in einem Segel wirken. Eine Kraft die ihn beflügelt, ihn über sich hinauswachsen lässt, ihn in Bewegung versetzt und kontinuierlich vorwärts schiebt. Fühlt sich als losgelöstes Blatt in einer Brise. Fühlt sich in einen Wind gebettet, der ihm die Entscheidung über den weiteren Weg und die damit verbundene Verantwortung abnimmt. Fühlt sich selbst nur noch als die ausführende Gewalt des Schicksals. Fühlt sich nur noch in der Exekutive. Sieht sich rein als Spitze eines Speeres, als Schneide seines Säbels und nicht etwa als die Hand selbst, welche diese Waffe führt, oder als der Geist, welche diese steuert.

20

Am nächsten Morgen erwacht, als wären die offenen Fragen des Vortags durch reges scheuerndes Schaffen des Schlafes weiter bearbeitet worden, fühlt sich jeder der Gefährten mit seinen Gedanken annähernd im Reinen.

Ra´hab ist über Nacht sogar auf das Resultat einer Frage gestoßen, die er sich spät nachts, kurz bevor sich seine Lider für Stunden zur Ruhe legten, als ein flüchtiger Blick Meridin scheinbar schlafend, aber in Wirklichkeit tief in Gedanken verwickelt sah, gestellt hat. Gerne würde er mit ihm darüber sprechen. Ihm, bevor sie wieder aufbrechen, noch die Diagnose und einen universellen Dietrich für das Schloss anbieten, welches ihn von der Lösung seiner Fragen trennt. Doch die Komplexität der Gedanken liegt weit über seiner Fähigkeit, diesen auch Worte verleihen zu können.

Denn gerne würde er seinem Freund helfen und ihm sagen, dass er endlich über seine bewährte Methode der direkten Schlussfolgerung zur Meinungsbildung bezüglich dem Lauf der Dinge hinausgehen soll. Dass er endlich weiter und tiefer graben soll. Dass er endlich die unmittelbare Verursachung dieses Ereignisses, welches ihn ständig so arg quält, hinter sich lassen soll. Nur so kann er verstehen, was die tieferliegende Ursache, deren Basis und wiederum deren Grundvoraussetzung gewesen ist. Er muss damit aufhören, die Substanz von vielen frühen Verknüpfungen im Lauf der Geschichte als willkürlich oder gehaltlos anzusehen.

Gerne würde er Meridin dazu auffordern, an diesen Verknüpfungen, an diesen Punkten mit den richtigen Fragen zu rütteln. Damit dieser anhand der sich ausbreitenden Schwingung die Richtung erkennt, auf welche dieser Prozess, von der Vergangenheit ausgehend, in der Zukunft abzielt.

Auch muss er die Korrelation zwischen seinen Gefühlen und Entscheidungen erkennen, damit er den Umstand ihrer wechselseitigen Beeinflussung gezielt ausklammern und hintanstellen kann. Denn die Anzahl der möglichen Zusammenhänge ist auch mit wachem Verstand und ohne verzerrende Gefühle schon schwer genug zu überblicken.

Gerne würde er Meridin den Rat geben, endlich den Vorstoß, einer Spinne gleich, die in ein fremdes, dick verwobenes und verknotetes Baldachinnetz eindringt, zu wagen, um das Geflecht, der aus allen Richtungen, über- und untereinander dringenden Fäden, von innen heraus zu erkennen. Damit er diese Fäden, diese Intentionen im Geist zu Vektoren wandeln kann, welche zwar in ihrer Gesamtheit undurchschaubar sind, aber doch zaghaft ihre Knotenpunkte andeuten. Damit er das von außen nicht nachvollziehbare Knäuel so lange zerlegen kann, bis er die wahrhaftig wichtigen Fäden finden kann. Denn diese von außen in das grauenhafte Flechtwerk eindringenden Spinnfäden dienen mit einer Vielzahl von Verbindungen nicht nur als Konstruktionsbasis. Jene können einem auch zeigen, an welchen Punkten die Spinne – der planende Geist dahinter – scine Ursprünge gesetzt hat. Eine Erkenntnis, mit der man leicht von ihrem Anfang an – ihrem Bestreben folgend – bis zu ihrem zentralen Ende – dem Ziel – vordringen kann. Erst dann, im Schnittpunkt der einzelnen Bestrebungen angekommen, wird er die Absicht des Baumeisters erkennen können. Erst dann wird er in der Lage sein, mit einem kleinen Schnitt an der richtigen Stelle, das Gebilde zum Einsturz zu bringen.

Aber anstatt dieser gigantischen Informationsmasse ihren freien Lauf zu lassen, wofür ihm der Schlüssel – der Wortschatz von Meridins Sprache – fehlt, sagt er nur:

„Meridin. Schau weit zurück. Erkenne Netz. Benutze Verstand. Finde Weg. Und geh!“

Meridin, der Ra'habs starrem Blick nur stillschweigend

entgegensieht, ist überrascht von dem derart kryptischen Gehalt seiner Aussage. Eine solche Ausprägung, welche auf tiefschürfende Gedanken hindeutet, hätte er bei ihm, einem alten Beduinen, nicht erwartet. Sofort schnellen Fragen wie:

»Was geht in ihm vor?«

»Wer ist er wirklich?«,

und:

»Was will er mir bloß damit sagen?«,

in ihm hoch. Aber auch auf diese Fragen wollen sich keine Antworten finden. Weswegen seinem Unterbewusstsein nichts anderes übrig bleibt, als drei weitere Stränge in das komplex verschlungene Netz in seinem Kopf zu knüpfen.

Auch Ra'hab, auf den Meridins perplexe Reaktion einwirkt, wird ein kurzer lichter Augenblick zuteil. Er ist von den Worten, die ihm eben konkret in die Gedanken gesprungen sind, selbst überrascht, da er doch nicht weiß, was Meridin wirklich bewegt. Um diese Einsicht reicher, wandelt sich seine gehaltvolle doch trübe Gedankensuppe, wie durch die fehlende Zutat ergänzt, zu einer klargewordenen Essenz, durch welche ihm endlich die darin inne liegende Wahrheit dämmern kann. Denn seine seit geraumer Zeit gepflegten Gedanken im Allgemeinen haben sich zu seinen früheren, in denen er sich doch nur um Kamele und Handelsrouten gekümmert hat, so außergewöhnlich entwickelt, dass jeder Versuch diesen Vorgang zu beschreiben eine spottende Untertreibung wäre. So klare Gedanken über irgendwelche abstrakten Theorien können nicht die seinen sein! Er kann Gedanken und Gefühle, die er zwar schon lange in sich hegt und pflegt, wie auch neu hinzugekommene, nun endlich mit Wörtern bekleiden und diese somit für sich und vielleicht auch bald für andere greifbar machen. Doch führt er mittlerweile Wörter in seinem Repertoire, welche er noch nie zuvor gehört hat, geschweige denn, dass ihm jemand ihre Bedeutung erklärt hätte.

Ein kalter Schauer läuft ihm über den Rücken, als ihm

bewusst wird, dass er die Gedanken eines anderen denkt, oder zumindest irgendwie befähigt worden ist, diese denken zu können.

»Wer oder Was macht das mit mir?«

Ein Gefühl sagt ihm, dass es etwas mit der Löwin, die ihnen seit geraumer Zeit folgt, zu tun haben muss. Er steht unter einem sonderbaren Einfluss von irgendjemand anderem. Einem Einfluss, der ihn dazu befähigt, seine Gedanken und Gefühle zu benennen. Einer, der diesen eine Form und damit auch eine Substanz gibt.

Denn Emotionen und Gedanken sind, ihrem flüchtigen Gehalt nach, in ihrem Wesen eigentlich nicht dingfest zu machen. Aber nun, wo diese mit Wörtern greifbar geworden sind, kann man sie entweder auf Papier oder im Gedächtnis fixierend in Ketten legen, oder diese gar teilen. Mit dieser Fähigkeit kann man sich in die Lage versetzen, einen gewissen Abstand zu seiner momentanen Warte zu gewinnen, um endlich aus den einschnürenden Gefühlen und Überlegungen wie aus krampfenden Eingeweiden hervorzubrechen, um diese von außen betrachten zu können. Denn darin eingewickelt kann man diese nur als unüberschaubares Gewirr wahrnehmen. Bleibt unfähig, sie als Ganzes zu erkennen, um den Sinn, die Bewandtnis dahinter zu verstehen.

Er ist dazu befähigt worden, in einer allgemein empfundenen Unzufriedenheit, mit der man eigentlich nichts anzufangen weiß, nicht nur das Problem, sondern zugleich auch einen Ausweg, eine Lösung zu erkennen. Denn anhand einer Stimmung kann einem das Gefühl im Bauch zwar durchaus mitteilen, dass etwas nicht stimmt, aber in diesen unendlichen Verwindungen schwankender Strömungen seiner selbst eingebettet, konnte er weder eine Fluchtmöglichkeit finden, noch eine solche entwirren, geschweige denn ihren Ursprung bestimmen. Doch von außen betrachtet fällt einem diese Betrachtungsweise und Beurteilung sehr viel leichter.

Ra´hab versteht dadurch, dass Sprache nicht nur bei der reinen zwischenmenschlichen Kommunikation unabdingbar ist, sondern auch dazu dient, den Gedanken Ausdruck zu verleihen. Er schlussfolgert daraus, an was es vielen Menschen, zumeist halbwüchsigen Kindern von Fremdstämmigen, fehlen muss. Denn falls die Eltern ihre Muttersprache zuhause nicht ablegen und weder gewillt sind, den nötigen Zeitaufwand in das Erlernen der neue Sprache zu investieren, noch Erfahrungen bei der Anwendung zu sammeln, wird ein Großteil der Kinder nie in der Lage sein, mit einer Tiefe zu denken, wie es ihre Eltern noch konnten. Noch nicht mit einer vollwertigen Sprache ausgestattet, hören und gebrauchen diese halbwüchsigen Zöglinge nur immer die gleichen Wörter aus einem begrenzten, eines von Vater und Mutter eh schon individualisierten Vokabulars. Über das Alter des spielenden Lernens hinaus – die Gelegenheit auf offener Straße mit der fremden Sprache konfrontiert zu werden verpasst – wird der Nachwuchs, mit keiner Basis ausgestattet, meist erfolglos versuchen, auf einem nicht vorhandenen Fundament irgendetwas gedanklich höher Strebendes zu errichten. Die Kinder, welche den elterlichen Fehler in vorgelebter Manier fortführen und entweder bewusst auf dem bequemen Weg verbleiben wollen, oder nicht einmal daran denken von diesem abzuweichen und weiterhin ihre Kommunikationspartner nur aus den jeweiligen Heimatländereien wählen, werden einen unsäglichen Verlust und eine Entbehrung in ihrem Denken erleiden. Eine Entbehrung, von der sie eines Tages wissen werden. Ein Defizit, welches sie immer am Ankommen und sich Glücklich-fühlen hindern wird. Es ist für ihn ein unsäglich großer Vorteil, dass Meridin versucht, ihn an der Hand zu führen und sie beide zumeist erfolgreich versuchen, ihren gemeinsamen Wortschatz zu erweitern.

Plötzlich dringt ein Gefühl in Ra´hab ein, als wolle ihn die Löwin wissen lassen, dass es zwar sie war, die ihm das Wissen über Wortbedeutungen und die Fähigkeit sich auszudrücken gegeben hat, aber zugleich auch, dass die Früchte dieser Gaben, seine Gedanken, davon unbeeinflusst geblieben sind. Außerdem lässt sie ihn wissen, dass es gut ist wie es ist und er nichts zu befürchten hat. Lässt ihn wissen, dass diese Gabe ein Geschenk ist und er keine Gegenleistung erbringen muss. Ra´hab weiß nicht wieso, aber diesem Gefühl kann er ohne Vorbehalte Glauben schenken. Weshalb sich das Misstrauen schließlich sogar zu einer Emotion wandelt, welche das Zweifeln in große Dankbarkeit auflöst.

Die drei brechen auf und schreiten in eine Richtung, welche sie auf einen Weg treffen lässt, der sich erstmals als ein wirklich solcher erweist. Die sandige, durch die leichte Brise wellenförmig gezeichnete Oberfläche des Pfades wirkt auf Meridin, als sei diese eine gekräuselte Wasseroberfläche. Ihm folgend, bringt dieser sie immer weiter voran.

Zusehends wird die Savanne grüner, der Boden fruchtbarer. Auch entwachsen ihr hier immer häufiger weiß getünchte Gebäude. Sie sehen ganze Gehöfte mit vornehm anmutenden Säuleneingängen und hohen, kolbenartig spitzen Bäumen, die Meridin als Zypressen benennen kann. Sehen, wie um die Gebäude, mit silbern glänzenden Strohdächern bedeckt, systematisch Felder angeordnet sind, auf denen feine grüne Linien Reih an Reih aneinander anschließen. Auch stehen dort Palmen in künstlich geordneter Reihenfolge, deren Früchte Ra´hab und Meridin für Hań als Datteln identifizieren können.

Solche Höfe sehen sie heute noch mehrmals, doch treten sie niemals näher. Lassen diese stets vorbeigleiten und folgen dabei immer weiter dem Fluss ihrer Schritte, der auf dem geebneten Bett dieses Wegs schnell strömen kann.

21

Als sie morgens zu einer weiteren Etappe aufbrechen, ahnt noch niemand, dass sich heute die Stille, als ihre treue Wegbegleiterin, von ihnen verabschieden wird. Aber als sie bereits nach einer, vielleicht auch nach zwei Stunden, auf dem Weg eine Patrouille, bestehend aus drei in glänzende Rüstungen gefassten Reitern, auf sich zukommen sehen, ist es gewiss, dass ihre Zeit gekommen ist. Das nächste Etappenziel wird die Stille nicht mehr erreichen und sagt ihnen auf ihre Weise sang- und klanglos Adieu.

Gleich als deren letzter Atem ausgehaucht ist, gibt Meridin seinen beiden Begleitern Anweisungen über das weitere Vorgehen. Jedoch kann Hań keinen Grund für das übertrieben konzentrierte Gehabe von ihm finden:

„Das sind berittene Krieger aus Ios. Habt keine Angst und macht nicht den Anschein, als hätten wir etwas zu verbergen. Lasst mich mit ihnen reden!“

Was mit einem Nicken von Ra´hab und Hań als verstanden gemimt wird.

Ohne den Anschein der Eile zu verbreiten, trotten die Krieger auf ihren Pferden weiter auf sie zu. Schon bald kann man ihre gepflegt rasierten Gesichter, ihre unter den Bronzehelmen hervorlugenden schwarzen Locken, ihre glänzenden Brustpanzer mit einer ziselierten Sonne auf der Brust, wie auch ihre glänzenden Beinschienen mit anderen aufwendig eingetriebenen Symbolen und einem ledernen roten Waffenrock an ihnen sehen. Als sie noch etwas näher gekommen sind, kann Meridin auch ihre Bewaffnung in Form von Speeren ausmachen, die sie, quer über den Sattel gelegt, locker in der Hand halten. Aber nicht nur diese führen sie, um ihren Worten gegebenenfalls Nachdruck verleihen zu können, denn zudem tragen sie noch ein an der Hüfte baumelndes Kurzschwert.

Die Soldaten mustern die drei seltsam gekleideten Vagabunden unverhohlen gründlich und blicken ihnen – die speerführende Hand bereits unter Spannung gesetzt – abschätzig in die Augen. Meridin begegnet der Gruppe mit einem deutlich zur Schau gestellten Lächeln, das sie willkommen heißen soll. Hań, der noch immer still ihre Rüstungen bewundert, wirkt so unvoreingenommen, dass sich in den Sonnenkriegern augenblicklich das Vorurteil bildet, es hier mit einem naiv tumben Geist zu tun zu haben. Nur Ra'hab, der ihre gestrengen Blicke auf sich als penetrant drückend empfindet, werden diese lästig und zunehmend unangenehmer. Weshalb er es auch nur kurz schafft seine gefasste Miene aufrecht zu erhalten. Ra'hab spürt, dass es ihm nicht gelingt seine Gesichtszüge unter Kontrolle zu bringen. Spürt, wie ihm diese entgleisen und beklommen werden, weswegen er sich nach kurzer Zeit von den Soldaten ab- und stattdessen den Kamelen zuwendet. Früher hätte er ihnen ewig in die Augen blicken können. Doch seit diesem Früher ist viel passiert. Das Früher ist zum Heute geworden, wo er sich weder stark noch unschuldig fühlt. Denn das Ringen mit dem Vogel hat ihm seine Schwäche eindrucksvoll demonstriert. Die in sich empfundene Schuld basiert hingegen auf dem zwar unbewussten, sich aber dennoch ständig selbst erweiterten Verständnis.

Meridin, der, aufgrund seiner Sensibilisierung durch Hań, die kippende Stimmung in dieser Situation sofort korrekt deuten und die Gefahr darin erkennen kann, erhebt mit klaren Worten in ihrer Sprache das Wort, um den Fokus ihrer prüfenden Aufmerksamkeit umgehend auf sich zu richten:

„Ich verbeuge mich tief vor den glänzenden Streitern der erleuchteten Sonne.“,

und macht eine, über eine höfische Höflichkeit hinausgehende

Verneigung:

„Wir beabsichtigen in dies gepriesene, von Göttern zu gleißend Licht geküsste Land zu reisen, ohne Schatten zu bringen."

Worauf ihn der vorderste, durch Meridins gewählte Worte sichtlich beeindruckte Reiter, im höflichen Ton erwidert:

„Dein Mund spricht wahr und rein. Aber bedenket bevor ihr eintretet: Sollte euer Anliegen unrichtig sein, so wird euch ein wahrlich gleiches Verwelken blühen wie dem Unglücklichen wegaufwärts."

Ohne weitere Worte, ohne sie auch nur eines weiteren Blickes zu würdigen, ziehen die Krieger gemächlichen Schrittes an ihnen vorbei. Meridin, der glücklich, fast schon überrascht darüber ist, dass er es doch tatsächlich geschafft hat, es ihnen mit ihrem ständigen Verschönen der Realität – ja fast schon Verhöhnung dieser – und dem Dehnen der Wahrheit, bis diese reißt, gleich zu machen, blickt ihnen fasziniert noch eine kurze Weile nach. Ganz ihrem übertrieben höflichen Schick entsprechend, hat er gehandelt, wie ihm gelehrt wurde. Zumindest darin haben seine Magister Recht behalten.

Wenig später sehen die drei Gefährten den Unglücklichen, wie ihn die Krieger genannt hatten, neben ihrem Weg im eigenen Safte liegen. Sehen, dass es der geflohene Menschenfänger ist. Sehen, dass der pulsierende Quell der roten Flüsse aus ihm versiegt ist. Die Mimik des erstarrten Gesichts macht aber nicht den Anschein, als wäre dieser im Augenblick seines Todes unglücklich gewesen. Diese macht auf sie eher den Eindruck, als sei der Mensch, zwar nicht froh aber sicherlich erleichtert darüber gewesen, endlich vom Leben durch den Tod erlöst zu werden. Erleichtert darüber von dem, was ihm und dem, was er anderen gezwungen war tagtäglich anzutun, um die eigene Existenz zu sichern, entfliehen zu können. Sein verstümmelter Körper weist noch frische und unnötig viele Striemen von Peitschenhieben und Stichwunden auf. Ganz so, als hätten die jungen Sonnenkrieger mit ihm gespielt oder abartiges Wissen über verschiedene Foltermethoden am Probanden in die Praxis umgesetzt.

Beim Blick auf den Toten durchfahren sie verschiedene Gedanken. So betrachtet ihn Meridin gänzlich neutral, weder mitleidig noch befriedigt, nur als das, was er ist. Ein toter Mensch.

Hań sieht auf ihn indes mit einem Hauch von salbender Genugtuung herab, da er weiß, was diese Person ihm und noch vielen anderen angetan hatte und sicherlich auch noch weiteren zugefügt hätte. Kurz ist ihm sogar so, als könne er nochmals dessen Knie auf den plötzlich pochenden Handgelenken und seinen steifen, ihn würgenden Prügel im Mund spüren. Durch den Tod dieses Menschen sind dessen potentielle Opfer, auch wenn diese nicht wissen, dass sie zu solchen geworden wären, von ihm befreit worden. Dessen Taten werden durch seinen Tod weder ungeschehen, noch wieder gut gemacht. Die aufgeladene Schuld überwiegt sein Leben. Aber zumindest hat er der offen bleibenden Rechnung sein Leben als geringe Spende beigelegt. Auch wenn diese Beigabe nur für ein Almosen taugt. Nicht mehr ist er wert.

Ra'hab sieht in seinem Tod das Resultat, welches ihm seine Taten zwangsläufig eingebracht haben. Empfindet bei dessen Anblick sogar den Anflug von Befriedigung, weil die Welt von seinem egoistischen Streben nach Reichtum, welches er ungeachtet des Lebens anderer in seiner Heimat ausgeübt hat, um seine Person bereinigt worden ist. Weil er zum ersten Schritt der Sühne seiner Taten – welche aufgrund ihrer Abscheulichkeit nur durch Tilgung der eigenen Existenz erreicht werden kann – gezwungen worden ist. Einen Augenblick lang fühlt er sich sogar dazu hingerissen an die Gerechtigkeit des Schicksals zu glauben. Er will daran glauben, dass die Wirkung der Vorsehung nur eine kausale Summe der guten und der schlechten Taten darstellt. Er will daran glauben, das Schicksal und Gott verstanden zu haben; dass das eine der Wille des anderen ist. Aber bereits einen Wimpernschlag später erscheint ihm dieser Gedanke als zu schön um wahr zu sein. Erscheint ihm nur noch als alberne Vorstellung eines gescheiterten Idealisten. Wieso sonst haben gute Menschen aus heiterem Himmel so schwere Schläge des Schicksals hinzunehmen, während andere, die ganz offensichtlich dem Schlechten frönen, lauthals lachen können? Die Gerechtigkeit ist doch eher ein blindes Huhn, welches es nur ab und an schafft, durch Zufall einen Schädling, einen niederen Wurm am Kragen zu packen, um an ihm ein Exempel zu statuieren, indem es seinen Hunger nach Recht und Ordnung besänftigt. Mehr als dieses magere Federvieh kann es unmöglich sein. Weswegen er trotzig die These aufstellt, dass es keine umgreifende Gerechtigkeit geben kann. Denn wenn dem so wäre, würden die Menschen im Laufe der Zeit schon dahin erzogen worden sein, sich bereits über die Konsequenzen ihrer schlechten Taten – noch bevor sie diese vollbringen würden – im Klaren zu sein. Aus diesem Grund würde man, allein der Angst wegen, niemals vorsätzlich eine Schandtat vollbringen.

Zugleich weiß Ra'hab aber auch, dass dieser Tod unnütz war. Denn der Mensch hinter dem Sklavenhändler war nicht der Auslöser für das ihm befremdliche Verlangen in seiner Heimat. Dieser war lediglich derjenige, der versuchte, die Nachfrage mit seinem Angebot an Waren – welches er aufgrund des reißenden Absatzes und des Verschleißes unaufhörlich gezwungen war aufzufüllen – zu befriedigen. Ein Zwang, der auch aus seinem eigenen Trieb, seinem Hunger nach mehr Lust entsprang. Zu Recht muss sich dieser gefragt haben, wieso er sich nicht an der anderen Gier bereichern sollte, hat er doch auch hungrige Mäuler zu stopfen:

»Also wieso nicht das Notwendige mit dem Schönen verbinden?«

So wurde mit diesem Mann nur eine nährende Wasserader des schlechten Gewächses trockengelegt. Aber so sicher wie ein Regentropfen auf den Boden fällt, wird ein Nachfolger an seine leer gewordene Stelle treten. Und dieser, da das Bett des Rinnsals bereitet und weder die Quelle versiegt, noch der Boden gesättigt ist, wird nicht lange auf sich warten lassen. Denn die Lust schreit laut danach, befriedigt zu werden!

Sie lassen den Mann links liegen und gehen weiter den Weg entlang, auf dem sie immer tiefer ins Reich Ios vordringen. Jeder ihrer Schritte macht sie mehr und mehr zu Fremden – den einen mehr, den anderen weniger.

Dem Weg, der sich in weiten Kurven um die alleinstehenden Gutshäuser schlängelt, immer treu, verweilen sie bei keinem der Grundstücke, welche sie hier und da mit lichten Büschen oder mit schattigen Palmenhainen einladen.

22

Die Ruhe der ersten Morgenstunden wird heute jäh durch einen Tumult aus Kampfeslärm und allgemeiner Geschäftigkeit gebrochen. Eine Unruhe, deren Position Ra'hab unbedingt bestimmen will, um diese weiträumig umgehen zu können. Zu diesem Zweck lässt er die Karawane am Fuß einer kleinen Anhöhe stehen und erklimmt diese zunächst mit seinen Begleitern. Von dort oben gibt der Hügel die großflächige Senke hinter ihm preis. Eine Senke, in welcher sie eine regelrechte Zeltstadt und ganze Heerscharen an Truppen erblicken.

Die drei Gefährten sind beeindruckt von der schieren Unmenge an Soldaten, welche hier an einem riesigen Spektakel teilhaben. Denn beinahe alle Krieger befinden sich im laufenden Manöver. Im Verhältnis nur wenige – vielleicht ein, zwei Hundert von ihnen – stehen separat um konkrete Anweisungen oder auch Einweisungen für den Kampf mit Speer oder Schwert zu erhalten. Vereinzelt dürfen dilettantische Großmäuler eine Lektion in Sachen Zweikampf in Form von Prügeln durch ihre Lehrmeister empfangen. So macht es immerhin auf Meridin den Eindruck, der selbst einmal Teil eines solchen strikt hierarchischen Militärbundes war.

Das Manöver findet etwas links von ihnen statt, dort wo sich gerade zwei gigantisch anmutende Phalangen nahezu in Perfektion aufeinander zubewegen. Meridin beobachtet die Soldaten, die mit Holzwaffen, Helmen mit Wangenklappen und zwei verschieden farbigen Westen ausgerüstet sind, ganz genau. Die Westen der einen sind in rote, die der anderen in weiße Farbe getüncht worden. Die jeweiligen Zenturios, die Offiziere der Legionen, haben zusätzlich auf ihrem Helm noch einen je nach Rang farbigen und mehr oder weniger aufwendig gefertigten Kamm aus Pferdehaar stehen. Die Vordersten von ihnen, welche das Geschehen an der Front zu Pferde überwachen, tragen sogar eine vergoldete Maske, welche sehr eindrucksvoll und effektiv jegliche Emotionsrührung unter sich begräbt.

Durch seine Studienjahre kann Meridin den Rang eines Soldaten anhand seiner Bekleidung und Art der Ausrüstung auf Anhieb erkennen. Weiß darum auch, welche individuellen Aufgaben den verschiedenen Sektionen zukommen. Weshalb dieses Getümmel auf ihn, im Vergleich zu Ra´hab, in seiner Quantität zwar weniger überwältigender, aber dafür aufgrund dessen Qualität faszinierender wirkt. Denn Meridin weiß: damit eine Phalanx dieser Größe funktionieren kann, bedarf es klarer Strukturen, Regeln und blinden Gehorsam. In alten Lehrbüchern wurden solche Phalangen aus Ios oft mit feinen Bleistiftzeichnungen illustriert. Aber die Pracht, wenn sich die Schlachtreihen in ihren farbigen Waffenröcken und schimmernden Rüstungen aufeinander zubewegen und kurz davor stehen zu kämpfen, war anhand der Bilder nicht einmal annähernd zu ermessen.

Jede der beiden Phalangen besteht an ihrer Front aus eng aneinander gereihten Hopliten. Diese führen in der rechten Hand eine knapp vier Meter lange Lanze, und in der linken ein großes rundes Schild mit seitlichen Aussparungen. Auf ein Kommando hin senken sie nun die Lanze und heben das Schild. Eine der Besonderheiten dieser Schlachtordnung besteht darin, dass dieses Schild nicht nur dem jeweiligen Krieger, sondern auch der offenen Flanke ihres linken Nebenmanns Schutz bietet. Dann ist es schließlich soweit, die beiden Verbände kollidieren und bilden eine Front, in welcher sofort ein energisches Stoßen und zugleich abwehrendes Kämpfen beginnt. Der Lärm des durch ihre Übungswaffen verursachten hölzernen Polterns, welches im Ernstfall durch metallisches Scheppern ersetzt wird, dringt bis zu ihnen hoch. Ein Rumpeln und Donnern, welches – je mehr Krieger aufeinandertreffen – zu einem lauten Gewitter anschwillt. Wenn hier ein Krieger getroffen wurde, muss sich dieser im Rahmen der Übung unverzüglich nach hinten absetzen, und sich von dort erneut in die letzte Linie der etwa dreihundert Glieder breiten und zwanzig Maschen tiefen Kette einordnen, um von vorne beginnen zu können.

Meridin ist immer noch fasziniert von der Kampfeskunst und den harmonisch vonstattengehenden Bewegungsabläufen. Wie etwa in dem Kampfstadium, als die Phalangen gerade damit beginnen sich umeinander zu winden, um die ungeschützte Flanke der anderen und deren Rücken zu erobern. Aber vor allem von der Taktik und Perfektion, welche diese multilineare Kampfformation anstrebt. Auch wenn diese Kunst hier noch nicht im vollständigen Maße vorhanden ist. Denn bei diesen Soldaten handelt es sich wohl zumeist um die Rekruten der gutgeschmierten Kriegsmaschinerie. Was einem aber schier den Atem stocken lässt, ist die Befehlskunst, welche diese zwei riesigen Legionen von wohl jeweils sechstausend Mann Stärke zu gigantisch anmutenden Organismen werden lässt. Dieser Anblick verrät somit die höchste Qualifikation der Offiziere, welche mit dieser bestechend klar definierten Melde- und Befehlsfolge, in einer auf Zellen basierenden Mehrstufenhierarchie, die Phalanx wie einen zweiten Körper steuern können. Ihr Erfolg zeigt, dass sie die Systematik einer solchen Formation verinnerlicht haben. Die intelligente Anordnung der steuernden Elemente ist das Fundament, strikter Gehorsam die Grundmauer, und kriegerisches Können, auf welches mit Routine zurückgegriffen werden kann, ist jede weitere Etage. Ein Schema, welches von niemandem im ganzen Heer auch nur im Ansatz angezweifelt wird.

Hinter den kämpfenden Truppen sind Tribünen samt Zelt und Balkon errichtet worden. Auf diesen stehen jeweils sechs Militärtribunen – Schlachtführer in feiner ziviler Gewandung – an einem Tisch und beratschlagen sich mit Blick auf die Phalangen und auf die vor sich ausgebreitete Karte. Zwei der Offiziere – vermutlich kein Adel – sind mit nichts anderem beschäftigt, als ständig die Schlacht zu lesen und diese in stark vereinfachter Form, anhand von Figuren, welche die einzelnen Sektionen darstellen sollen, auf der Karte abzubilden. Die Befehlshaber sind umgeben von Triariern, den geachtetsten und erfahrensten Kriegern des ganzen Heeres, welche hier für den Ernstfall, die Niederlage der Schlacht zu ihrem direkten Schutz abgestellt worden sind. Diese wären zwar hier im Rahmen eines Manövers nicht notwendig gewesen, doch trotzdem füllen sie ihre Position ohne erkennbare Nachlässigkeit aus.

Von den Tribunen gehen nun die Anordnungen ab zu den ebenfalls auf den Plateaus stehenden Fahnenschwingern. Diese füllen nach der Systematik dieser Formation mit gezieltem Wedeln verschiedener Fahnen den Organismus der jeweiligen Legion mit Leben, damit diese ihr todbringendes Handwerk üben kann.

Diese Fahnenschwinger geben nun als erstes Glied in der Meldekette die Anweisung zur jeweiligen Leitung einer der zehn Kohorten weiter. Der berittene Anführer einer Kohorte, welcher einer der ranghöchsten Zenturios ist, lässt die Befehle mittels grell schallenden Trompeten weiter zu den drei ihm unterstehenden Manipelen leiten. Von diesem Manipel, der nächst kleineren Einheit, die jeweils zweihundert Mann zählt, geht die Order über ausdruckstarke Gesten weiter an einen einfachen Zenturio an der Front. Und der Leiter dieser hundert Mann starken Zenturie gibt den Befehl schließlich lautstark an den dienstältesten Soldaten einer Zehnerschaft, der Dekurie, weiter.

Durch diese klare Struktur macht es auf Meridin den Anschein, als wären diese leitenden Offiziere, welche gelassen auf dem Balkon verweilen, dazu fähig, die beiden Legionen ganz gezielt mit scheinbar unsichtbaren Fäden, wie todbringende Marionetten zu steuern. Und das in einer Art und Weise, welche so gut ist, dass sie ihm unheimlich wird und sich die Haare in seinem Nacken aufstellen.

Meridin fällt auf, dass selbst die einzelnen Kampfreihen systematisch angeordnet sind. So standen am Anfang in der ersten Reihe noch die Velites, welche für die ersten Geplänkel einer Schlacht eingesetzt, aber später zurückgezogen werden. Denn diese lediglich mit einer Lederkappe auf ihrem Haupt und einem kleinen Schild gepanzerten Kämpfer aus den untersten Wohlstandsklassen sind nur mit einem Kurzschwert und mehreren Wurfspießen ausgerüstet, um in den ersten Kampfhandlungen die hinter ihnen stehende Phalanx in die bevorzugte Schlachtposition zu bringen. Dann erst treten die voll gepanzerten Principes, auch Hopliten genannt, als schwere

Infanterie in die erste Kampfreihe. Erst diese sind mit der Hasta, ihrer knapp vier Meter langen Stoßlanze als Hauptwaffe, einem Kurzschwert als Reserve und dem großen runden Schild mit seitlichen Aussparungen ausgerüstet. Hinter den voll gepanzerten Principes reihen sich die Hastati ein, welche, nur mit einer Stoßlanze bewaffnet, den mit Lanzen bespickten Wall nach vorne hin verstärken sollen.

Meridin beobachtet genau die Kampfhandlungen, wie sich mehrmals die vorderste geschlossene Front für einen kurzen Moment öffnet und so eine Art Maul entstehen lässt, welches eine Handvoll feindlicher Krieger, die sich zu weit aus ihrer Formation gewagt haben, verschlucken kann. Dort gefangen, schnappt das Gebiss zu und zermalmt mit dessen Zähnen – den stechenden und prügelnden Velites – die Gegner. Oder etwa wie sie in einer Art fliegenden Wechsels auf ein Kommando hin die Frontmänner durchtauschen, sodass möglichst immer frische oder wieder regenerierte Kräfte an der vordersten Front stehen.

Dieses geordnete Kampfgewühl wird ständig überwacht von einem erhaben auf einem Pferd sitzenden Mann, der eingehend die Nuancen der Taktik seiner Offiziere in diesem Manöver analysiert. Meridin weiß, dass er der an Rang und Ansehen höchst dekorierteste Militärtribun ist, den dieses Reich je zu bieten hatte. Sein Name ist Gaius Magnus Aurelian. Vor Monaten hat er Gerüchte darüber gehört, dass dieser Mann zum Imperator, zum obersten Heerführer und Berater des kindlichen Kaisers ernannt worden ist. Somit nicht nur Legat und Stadthalter der Kasernenstadt Solidus ist, sondern auch ernannte Stimme in des Kaisers Ohr. Aber vorwiegend ist er der Feldherr, dem das Kommando über die in Solidus stationierten Truppen obliegt, womit er sieben der in Summe zehn Legionen befehligt. Somit unterstehen knapp dreiviertel der sechzigtausend Mann zählenden Streitkräfte von Ios seinem Befehl. Er ist eine mächtige, nur langsam in die

Jahre gekommene Persönlichkeit. Anscheinend hat der Mann im Krieg seinen Jungbrunnen gefunden.

Meridin kennt ihn – nicht persönlich, aber die Kunde über seine Taten und deren Auswirkungen wurden sogar noch in Meridins weit entfernt liegenden Land rege diskutiert. Dieser Gaius Magnus Aurelian besitzt den Ruf, ein äußerst geschickt und besonnen taktierender Heerführer zu sein. Einer, dessen Strategie nicht nur auf der zahlenmäßigen Überlegenheit der eigenen Truppen basiert, sondern der diese sehr weise und ohne große Verluste einzusetzen weiß, was ihm die Männer mit deren blindem Gehorsam und völligem Vertrauen danken. Es wurde sogar vermutet, dass er die ausschlaggebende Stimme war, die dem damaligen Gottkaiser dieses Reiches davon überzeugen konnte, von einem Frontalangriff gegen Wehrburg, der letzten großen Bastion und Brückenkopf von Valdir abzusehen. Denn diese Festung kann durchaus, entgegen der vorherrschenden Meinung des nördlich gelegenen Valdir, eingenommen werden. Aber der nötige Frontalangriff hätte enorme Verluste in ihren Legionen gefordert. Sicher ist der Imperator auf der Suche nach einer intelligenten Lösung, denn plumpes Draufhauen nach der Art ihres kindlichen Gottkaisers ist nicht die seine Weise eine Schlacht zu gewinnen. Meridin traut dem Mann zu, dass er die Lösung findet. Denn es gibt sie. In seiner Ausbildung spielten sie selbst einige Planszenarien in Gedanken und auf einem Blatt Papier durch, und kamen mehrfach zu der Erkenntnis, dass die letzte Bastion von Valdir nur allzu verwundbar ist.

Gaius Magnus Aurelian prüft mit gestrengem Blick unentwegt das Können seiner Soldaten und vor allem das seiner Offiziere. Greift jedoch zu keinem Zeitpunkt ein. Stattdessen reitet er nach der Inspektion dieses Manövers etwas gen Norden, wo gerade eine zweite Kampfsimulation beginnt.

Die Gefechtsübung dort ist aber eine gänzlich andere. Die einzelnen Manipele dieser Legion bilden dort ganz klar zueinander abgegrenzte Rechtecke, welche acht Mann breit und fünfundzwanzig Mann lang sind. Diese sind jeweils mit einem großen, rechteckigen und leicht gewölbten Schild, dem Scutum, ausgerüstet, mit dem es möglich ist die Testudo, auch Schildkrötenformation genannt, einzunehmen. Zehn dieser Manipele befinden sich Seite an Seite in einem Abstand von etwa dreißig Metern zueinander. Hinter jedem sind nochmals zwei solcher doppelten Hundertschaften, in einer Entfernung von etwa zehn Metern aufgestellt.

Das Verhalten oder die Taktik der Gegner kann Meridin nicht einordnen. Es macht auf ihn sogar den Eindruck, dass diese ohne auch nur einen Hauch irgendeiner geplanten Strategie oder einer erkennbaren Ordnung nur auf die formiert und langsam anrückenden Krieger warten. Wie tollwütig machen sie Lärm, indem sie scheppernd auf ihre Schilde schlagen. Erst als die Schildkröte ungehindert weitere Meter gut machen konnte, beginnen sie damit, Steine gegen diese zu schleudern. Verhalten sich so, als wollten sie lediglich wildes Vieh beeindrucken und bezwecken, es zu verscheuchen statt die besten Formationskrieger von Materra zu bezwingen.

Hier scheint eine ganz spezielle Schlacht erprobt zu werden, da die Manipele zuerst eine unsichtbare Linie mit Planken überwerfen müssen, um diese langsam und in gesicherter Stellung zu überqueren. Nur so können sie zu ihren Gegnern gelangen. Als auf dem sich ganz hinten befindlichen Turm – der Aussichtsplattform mit den Militärtribunen – die Trompeten lauthals das Signal zum Angriff geben, setzen sich die Raupen aus Soldaten sofort in Bewegung, rücken in voller Konzentration vor. Die immer noch wartenden und unvermindert lärmenden Krieger mit den grünen Westen, die hier offenbar keinen ebenbürtigen Gegner, sondern nur einen roh anarchischen Mob imitieren sollen, springen den geordneten Soldaten mit den blauen Westen fest entschlossen entgegen. Versuchen, wenig erfolgreich, sie an der

Überquerung der Planken zu hindern. Versuchen, diese an ihrem bedächtigen aber entschiedenen Vorrücken zu hindern. Nachdem die ersten blauen Soldaten jene unsichtbare Linie überquert haben, bilden sie Sammelpunkte, welche, von ständig nachrückenden Hundertschaften genährt, immer größere und verfestigte Eckpfeiler ergeben. Können anscheinend ohne Probleme die Feinde an ihren Schilden wie die Wellen an der Brandung zerschellen lassen. Können wie ein Kliff die wilde See verdrängen.

Als letztendlich alle Soldaten aufgeschlossen haben, alle Manipele wieder zu ihrer Kohorte vorgerückt sind, sich alle Kohorten der Legion wieder zu einer kompletten und breiten Phalanx verbunden haben, verharren sie so lange in ihrer Standardformation, bis die Trompeten erneut ertönen. Dies ist das Startzeichen, welches die Sequenz ihres eigentlichen und unerbittlichen Vormarsches einleitet.

Binnen weniger Sekunden wird klar, dass dem hartnäckigen Versuch der grün gekleideten Krieger, welche zudem noch in ihrer Anzahl unterlegen sind, die Möglichkeiten fehlen, um die Schlacht zu einem Erfolg in ihrem Sinne werden zu lassen. All ihre Kraft, all ihren Willen werfen sie in wütenden Wogen dem Angreifer entgegen. Aber gegen die tödliche Präzision dieser Phalanx können sie nichts ausrichten. So ist dieses Spektakel bereits wenige Augenblicke später wieder vorüber. Denn die hier ebenfalls mit Übungswaffen ausgerüsteten Soldaten durften sich, einmal getroffen, nicht wieder eingliedern, sondern müssen das Schlachtfeld verlassen, um sich an ihrem jeweiligen Sammelpunkt zu scharen. Das Bild der zwei absolut ungleichen Anhäufungen spricht Bände und lässt für denjenigen, dem dieses eingeübte Szenario gebührt, keinen Spielraum für Hoffnung.

Um den führenden Offizieren und Soldaten zu gratulieren, lässt es sich dieser Gaius Magnus Aurelian nicht nehmen, von seinem Pferd zu steigen, um, sichtlich zufrieden mit dem

Ergebnis, seinen Männern die Hand zu schütteln.

Bald darauf ziehen sich die verschiedenen Truppenverbände aus den beiden Manövern zusammen und bereiten sich gemeinsam auf ihren Abmarsch – vermutlich zurück nach Solidus – vor. Ra´hab drängt Meridin jetzt ebenfalls zum Aufbruch, worauf dieser, immer noch sichtlich beeindruckt, einwilligt. Denn er will es ebenfalls vermeiden, von den durch und durch zu Taten motivierten Soldaten behelligt zu werden.

So beschreiten die Gefährten ihren weiteren Weg auf der stets fester werdenden Straße durch die auslaufende Savanne. Ihre Gedanken sind noch so lange bei den Kampfkünsten, deren Erprobung sie durch Zufall beiwohnen durften, bis sie hinter einem weiteren kleinen Hügel vortreten und endlich die Stadt Solidus vor sich erblicken. Ein Anblick, der Meridin endlich wieder ihre exakte Position auf der Landkarte und damit diese auch in der Welt verrät. Er ist schon weit gekommen.

23

Schon von weitem sehen die Drei große schwarze Flecken an der Stadtmauer zu Solidus, die sich beim Näherkommen als ein Belag von rußigen Brandflecken entpuppen, welche durch die Erosion allmählich von dem Sandsteinmauerwerk abblättert. Die Brandmale auf den Außenmauern setzen sich, als sie diese passiert haben, an den Gebäuden der Stadt weiter fort. Meridin weiß, dass die Stadt von einem schlimmen Feuer heimgesucht wurde. Chronisten umschrieben es als einen prasselnden Feuerregen, welcher, über der Stadt ausgeschüttet, einen in ihr wütenden Feuersturm entfacht hat. Ein Feuer, welches mittels großer Katapulte von Norden an die Stadt herangebracht wurde, um den Großteil der aus dem nördlichen Teil fliehenden Bevölkerung, Soldaten, zumeist aber Zivilisten, vor den südlichen Stadttoren in geschlossener Phalanx und kleineren Brandkörpern zu erwarten. Nach diesem ersten Gemetzel drangen sie weiter in die Stadt ein, um ihren erbarmungslosen Überfall dort fortzusetzen. Den größten Anteil der wenigen, die in der Stadt verblieben waren, stellten Alte, Mütter mit ihren Kindern und Kranke dar. All diejenigen, die es nicht schafften in gebotener Eile die Stadt zu verlassen. Menschen, welchen die Humanität besonderen Schutz zukommen zu lassen befiehlt. Menschen, denen in den nächsten Minuten, durch Ausbleiben jeglicher Menschlichkeit, die vor Angst zugeschnürte Kehle mit einem Schnitt befreit werden sollte. Niemand aus Festwall, wie Solidus früher noch hieß, sollte diese Nacht überleben.

Die straff organisierten Soldaten von Ios konnten Valdirs Krieger, die nur unkoordiniert und eher sporadisch gegen die Heerschar auftraten, ohne weiteres wie einen lästig gewordenen Bauernaufstand niederschlagen. Die Soldaten aus Valdir hatten gegen die konzentrierte Phalanx aus Ios, welche für sie eine unüberwindbar tödliche Mauer darstellte, nicht den Hauch einer Chance. Eine solche ist der Schrecken auf jedem Schlachtfeld. Daran hat sich bis heute nichts Wesentliches geändert. Selbst die Heerführer seiner Heimat Abel, die der Hrõhmer oder auch jene der Elder, zollen dieser gebührenden Respekt.

In den folgenden Tagen setzten sie ihr Zerstörungswerk in Valdir schonungslos fort. Setzten sämtliche umliegende Höfe in Brand, übernahmen die Felder und trieben die wenigen Überlebenden in einer unerbittlichen Hatz solange vor sich her, bis einzelne völlig erschöpft in Wehrburg, ihrer nördlichsten und gesichertsten Grenze ankamen. Dort angelangt konnten die Soldaten aus Ios nicht weiter vorrücken.

Die Jagd – oder die Umsiedlung, wie sie es damals nannten – war beendet. Denn hinter den riesigen Mauern aus hartem Fels – auf denen unzählige Bogenschützen wie auch Katapulte nur darauf warteten, dass endlich Feinde in Reichweite gelangten – konnten sie Schutz und weiter nördlich ein neues Fleckchen Land finden. Nicht umsonst hat Wehrburg den Ruf inne, die festeste Stadt aller Zeiten zu sein.

Das neue Fleckchen Land, welches sie dort über Jahre in blutigen Auseinandersetzungen den im hohen Norden regierenden Dusk abgerungen haben, ist trotz des hohen Preises, den sie dafür zahlen mussten, wohl dazu verdammt niemals ihre Heimat werden zu können. Denn hinter dem gewaltigen Bergmassiv, am Ende des viele Meilen durch Stein geschlagenen Tunnels, herrscht ein gänzlich anderes Klima. Während in ihrer Heimat die Sonne und das milde Wetter eines blauen Himmels dem Leben dazu verhalfen, dass es üppig gedeihen konnte, und wo die nährende Wasserader des Lin, welche sie über Generationen hinweg mit weit verzweigten Kanälen nutzbar gemacht haben, die ganze Gegend ergrünen ließ, bestimmen dort, an ihrem Zufluchtsort, ein karger und morastiger Boden, wie auch ein sich ständig abregnender grauer Himmel das entbehrungsreiche Leben. Ganz so, als begänne nach dem Tunnel eine ganz andere – eine schlechtere – Welt.

Die Meldung von der Besetzung dieser Stadt durch Truppen von Ios und die Vertreibung deren einstiger Brüder und treuester Verbündeter hörte er in den frühen Tagen seiner Jugend, also vor etwa zwanzig Jahren. Schon vorher schlugen Nachrichten über den dortigen Politikumschwung in Folge des letzten Dynastiewechsels hohe Wellen. Denn binnen weniger Monate schaffte es damals der kindliche Kaiser das Reich Ios von einem aufgeklärten, offenen und einigen Land zu einem zu wandeln, in welchem Misstrauen, Gehässigkeit und Arroganz allgegenwärtig waren, immer noch sind. Ließ damit Emotionen gedeihen, welche aus einer Laune leichtsinnigen Übermuts heraus in einem Krieg gipfeln konnten.

Durch seine Präsenz – hier mit beiden Füßen auf einem Stück Land, auf dem Geschichte geschrieben wurde – wird seine Erinnerung an die Vergangenheit so lebhaft als wäre die Kunde der grausigen Ereignisse erst gestern in seiner Heimat angelangt. Rege wurden in seiner Heimat die Gründe diskutiert. Als es aber dann schließlich um die Frage nach der Konsequenz ging, darum wie sich das eigene Reich Abel in der Union vieler Ländereien verhalten solle, bildeten sich im Volk Zwietracht und zwei Lager etwa gleicher Größe. Die einen hätten Abel lieber heute noch als morgen gegenüber anderen Ländern aufbegehren gesehen. Noch heute hört er sie hetzen:

> „Seht euch Ios an! Nehmt euch ein Vorbild! Es ist nur logisch, sich über Schwächere zu erheben, bevor man von deren Unvermögen angesteckt wird. Nach dieser Kur wären wir für alle Zeit immun, würden gestärkt aus dieser hervorgehen."

Dieses Lager stellte offen Überlegungen an, wie man die angrenzenden Ländereien am effektivsten überrennen könnte. Oder auch, wie es gelingen könnte, des Gegners Truppen ohne viel Blutvergießen zu annektieren. Vertreter der anderen Fraktion sahen in dem Vielvölkerverbund, wie er damals gelebt wurde, einen Gewinn, eine Bereicherung, dessen Existenz nicht gefährdet werden dürfte. Sie sahen den ausgleichenden Vorteil einer Politik, die aus Dialog und Kompromissen bestand. Diese Hälfte der Bevölkerung wurde aber von der Vorstellung, dass auch über ihr Leben, geprägt vor heilloser Kontinuität, aus dem Nichts ein Krieg hereinbrechen könnte, vor Angst wie gelähmt. Was ein weiterer Grund dafür war, weshalb sich diese gefährlichen Gedanken trotz der vielen Widerworte – aber ohne auch nur einer Tat der Gegenwehr – so schnell verbreiten konnten.

Auch die Wenigen, welche sich davor scheuten beharrlich

eine Position einzunehmen, ließ dieses Ereignis nicht kalt. Denn selbst, wenn das Zentrum dieses Geschehens weit weg war, hatte jeder die Erschütterung des Bebens in seinen noch zitternden Knochen empfunden.

Folglich war das Resultat dieses neuen Misstrauens in ihrem Bündnis Angst, die sie zur Untätigkeit zwang. Keines der Länder traute sich, seine Reiter nach Valdir auszuschicken. Diese hätten zumindest kurzzeitig intervenieren können und damit beiden Parteien keine andere Wahl gelassen als sich an den Verhandlungstisch zu begeben um dort mit Worten ihre Gefechte fortzuführen. Die Reiter hätten das Morden an Zivilisten beenden können. Denn bei logischer Betrachtung dieser Situation wäre es für die Truppen aus Ios keine Option gewesen, die berittenen Soldaten anzugreifen und damit die unausweichlichen Folgen heraufzubeschwören. Die östlichen Länder, welche damals zumindest noch einen ebenbürtigen Gegner darstellten, wollte man sich unter keinen Umständen zum Feinde machen. Bemühte man sich doch seitens Ios stets darum, schwächere Gegner und einen Grund ausfindig zu machen, welcher den jeweiligen Krieg mit schönen Worten legitimiert.

Doch so kam es nicht. Die Angst trieb mit der Untätigkeit Inzest und gebar in den Herzen der Menschen einen Sohn, welcher es ihnen ermöglichte, die Augen vor jeglichem Unrecht zu verschließen. Auf die reelle Gefahr hin, von einem direkten Nachbarn angegriffen zu werden, wurden weder Reiter, noch nicht einmal Boten, mit der Aufforderung Kriegsrecht einzuhalten und Zivilisten zu schonen, ausgesandt. Mit den bereits mobilisierten Reiterscharen wurden lediglich die offenen Grenzen des eigenen Reichs verstärkt. Man tätigte den ersten Schritt einer Vielzahl weiterer, welche allesamt dazu beitrugen, dass die Heimatgrenzen so dicht gemacht wurden, dass manche das Gefühl bekommen mussten, im eigenen Land zu ersticken.

Infolge dieser Abriegelung – endlich ohne störende Einflüsse von außen – konnte der Boden in den Köpfen der Menschen, für jene Taten, die noch folgen sollten, am effektivsten bereitet werden. Pausenlos düngte man ihn mit Angst, was für das Anfangsstadium der beste Zusatz war, um die Bevölkerung zu einem eigenbrötlerischen Verhalten zu erziehen. Natürlich nicht über Nacht, aber die Veränderung, weg vom offenen Vielvölkerstaat zuvor, war deutlich spürbar. Denn so, wie um das Land eine Mauer gezogen wurde, hat auch jeder darin Eingeschlossene seine ganz Persönliche um sich und seine Familie gezogen. Jeder hat sich nur noch um seine eigenen Angelegenheiten gekümmert. Und darin waren sie gut beraten. Denn die Klingen bekamen damals die Anweisung, Augen und Ohren offen zu halten, um die im Land zersetzend wirkenden Kräfte zu entdecken und zu richten. Und darin waren sie, die Klingen, die Geheimpolizei im Dienste ihres Kaisers Baltram, von jedermann gefürchtet. Und er selbst konnte sich damals abermals als gelehrigster Schüler profilieren. Bereits als Jüngling konnte er so manche Beichte aus gestandenen Männern herausquetschen. Seine Lieblingswerkzeuge hierfür, das Schweigen und der Schlafentzug, wissende Blicke und das Erstellen von Notizen, waren meist effektiver als Kneifzange und Klinge. Denn spätestens am vierten Tag hatte der gefesselte Delinquent diese Phasen der Wahrheitsfindung vollständig durchlaufen.

Anfangs füllte die geballte Anspannung des Beschuldigten noch die Zelle aus. Diese wich nach Stunden einer nur kurz währenden Entspannung. Denn in dieser Stille begehrten schon bald die jedem innewohnenden Zweifel auf. Keine der Fragen, welche alle darauf abzielten, was man denn von ihm wolle, durfte man in dieser kritischen Phase mit nichts als einer weiteren Notiz würdigen. Kein Wort. Er ließ Tage mit Einsamkeit, Schlafentzug und weiterem Schweigen in dem fensterlosen Raum verstreichen. Sehr nützlich war das

Vorführen der Kinder, falls vorhanden. Aus Unsicherheit über die Ursache der verweinten Gesichter begehrte Zorn auf. Und von diesem Punkt war die Verzweiflung – Schreie und Tränen – nur noch Stunden entfernt; das Ziel, das Verlangen zu reden so zu steigern, dass der Gefangene wie ein Verdurstender nach Wasser bittet, bald erreicht. Dann war die Wahrheit soweit herangereift, dass diese leicht gepflückt werden konnte.

Ihm ist beigebracht worden, dass körperliche Foltermethoden nur begrenzt dazu fähig sind, die Wahrheit aus Fleisch und Blut zu bergen, um diese ans Licht zu fördern. Denn ab einem gewissen Punkt sagt jeder Mensch alles, was man hören will, einzig um dem weiteren Schmerz der penibel aufgereihten Instrumente zu entfliehen.

Meridin rückt von seinen Erinnerungen ab, welche ihn immer tiefer mit seinen Gedanken in die Vergangenheit ziehen wollen, befindet er sich doch im Jetzt in Solidus. Er muss sich auf das Hier konzentrieren. Bereits seit fast einer ganzen Generation wird diese Stadt schon von Scharen an Sonnenkriegern besetzt gehalten. Auch machen diese nicht den Anschein, als dass sie vorhätten irgendwann wieder von hier zu verschwinden, wimmelt es doch nur so von den einheitlich gekleideten Kriegern, die allesamt stolz das Wappen der heiß brennenden Sonne auf ihrer Brust tragen. Eine Brust, in welcher das ebenso heiß für ihr Reich glühende Herz schlägt. Was ein Gesamtbild ergibt, in welches sie selbst, durch die eigene Kleidung bereits auf den ersten Blick erkennbar, ganz und gar nicht passen. Sie wirken hier mit ihrer Lumpenkleidung wie bunte Hunde, was das Vorhaben, unauffällig zu bleiben, schier unmöglich macht. Deshalb gehen sie mit offenen Augen weiter durch Solidus, immer auf der Suche nach einem Schneider, welcher sie, dem regionalen Schick entsprechend, angemessen einkleiden kann.

So finden sich hier einige Wirtsstätten und Etablissements,

die allesamt dafür sorgen, dass diese ganze Heerschar bei Laune gehalten wird. Auch sonst gibt es mehrere Schmieden, Ställe und schließlich auch Schneidereien und noch viele andere Betriebe, welche alle dafür Sorge tragen, dass die sorgfältig und straff organisierte Kriegsmaschinerie funktioniert. Die ehemaligen Wohnhäuser finden sie zu Garnisonsunterkünften, und Villen – welche das große Feuer überlebt hatten – zu Offiziersheimen umfunktioniert. Die hängenden Gärten, für welche das frühere Festwall so berühmt gewesen ist, sind heute zu kümmerlichen Trockengestecken verkommen. Nichts erinnert mehr daran, dass diese Stadt früher ein Ort für Schöngeister und Freidenker gewesen ist, welche es sich für einen gepflegten Diskurs auf den begrünten Terrassen, unter Limonenbäumen und mit Blumengerüsten im Rücken, gemütlich gemacht haben. Denn aus Festwall ist eine riesige Kaserne geworden, in der ausschließlich Soldaten leben, die vor Valdirs Toren stationiert sind. Menschen, die keinen Sinn für Literatur, Kunst oder Ästhetik haben. Menschen, die gewohnt sind Befehle stur auszuführen statt Aussagen kritisch zu hinterfragen.

Bei einem Stand verschiedener Textilien bleiben sie schließlich stehen. Die Auswahl ist gering, besteht diese doch nur aus militärischen Einheitsgewändern mit zweckmäßigem Schneid. Doch nach einer Weile finden sie auch Tuniken und Hosen, welche zwar mit gleichem Schnitt, aber doch etwas aufwendiger gefertigt sind und in der Farbwahl eher Zivilisten angedacht sind.

Nachdem sie sich neu eingekleidet haben, gehen sie weiter in die nördlichen Viertel der Stadt. Oder besser gesagt in das, was von ihnen übriggeblieben ist. Denn als sie eine breite Straße queren, welche damals wohl als Schneise für das in ihr tobende Feuer fungiert haben musste, ändert sich das Stadtbild schlagartig. Diese Viertel liegen seither, scheinbar unberührt, verwüstet und Elend in Schutt und Asche. Die ausgebrannten und mit der Zeit eingefallenen Häuser – von denen nur Ruinen geblieben sind – sind umrandet von der wieder instandgesetzten oder stellenweise neu aufgebauten Stadtmauer. Bei diesem Anblick ist Meridin, als wäre er in einem Apfel gefangen, von dem eine Hälfte durch Insekten schon ausgehöhlt wurde, während sie die andere Hälfte – ihre Niststätte – und die Schale nicht anfraßen. Das zentrale, zur Bewahrung des Wichtigsten dienende Kernhaus – der zentral gelegene Burgfried – gleicht so im Kontext der Stadt eher einem verwitterten und ausgehöhlten Grabstein als einer massiven Verkörperung von Kraft und Sicherheit.

Ohne viel Aufmerksamkeit zu erregen, machen sie langsam wieder kehrt, versorgen die Karawane und verlassen die Stadt. Denn Meridin weiß, dass es nur eine Frage der Zeit gewesen wäre, bis es Probleme mit den angetrunkenen, vor patriotischen Tatendrang nur so strotzenden, von Hetztiraden angeheizten Kriegern gegeben hätte.

Sie nehmen jetzt den gepflasterten Weg Richtung Nordwesten, Richtung Sádin, und folgen ihm noch für mehrere Stunden. Angetrieben von dem Verlangen, zügig von hier fort zu kommen, tragen sie ihre Füße schnell.

Erst als die Sonne schon tief steht, suchen sich die drei weit abseits des Weges einen Platz, an dem sie ruhen können.

Blutjagd

1

Tagelang ist er nun bereits, nur mit einem einzigen Ziel in sich, umhergelaufen. Dem Ziel, dem Wunsch, seinen Magen wieder mit Fleisch zu füllen – seinen Hunger, der ihn allmählich von innen heraus aufzuzehren beginnt, endlich zu stillen.

Seit er sich vor wenigen Wochen, wie schon so oft, für eine Weile von seinem Begleiter getrennt hat, konnte er so manchen Hasen oder anderes Wild reißen. Konnte sich genüsslich in ihrem weichen Fleisch verbeißen, sich an ihren warmen Innereien weiden und sich tief und tiefer in ihre Gebeine schneiden, um deren Mark in sich zu bergen. Zornig fletscht er die Zähne, weil ihm diese heißblütigen Gedanken das Wasser im Maul zusammenlaufen lassen und sein vor Hunger schmerzender Magen dadurch nur noch lauter zu knurren beginnt.

In seinen Gedanken tummeln sich junge, weiße Häschen, die hoppelnd Spiele aufführen und just in dem Moment, in dem sie ihn sehen, ein furchtbar erschrockenes Gesicht aufsetzen und mit niedlich wackelnden Stummelschwänzchen sich vergebens bemühen, das Weite zu suchen.

Er tut sich mit den, eigens heraufbeschworenen und grell schneidenden Erinnerungssplittern vergangener Zeiten selbst nichts Gutes. Wird sein Gemüt – mit diesen gepiesackt – doch nur noch unsteter als es bereits ist. Er muss lernen sich zu zügeln. Doch dies Vorhaben – sein Verlangen an das spärliche

Angebot anzupassen – wird erfolglos bleiben.

Sein Waidwerk schon unzählige Male durchgeführt, wird er trotzdem nicht müde jenes Tagein Tagaus mit voller Hingabe zu zelebrieren. Ist es doch nicht nur seine liebste Beschäftigung, sondern auch das einzige wodurch er seinen Magen füllt. Aber nun. Die Zeiten haben sich geändert. In dieser verfluchten Gegend gibt es weder Bäume, auf denen zwitschernde Vögel sitzen, noch gibt es Unterholz, in dem sich Hasen meist erfolglos zu verstecken versuchen. Keine saftigen Weiden mit dicken, weichen und noch saftigeren Schafen bespickt, deren weiße Wolle er im Stande war binnen weniger Sekunden in ein kräftiges, ihnen aus dem eigenen Körper laufendes, Rot zu tauchen. Nein, die gibt es hier nicht. Ebenso wenig wie lockeren Waldboden, in dem sich Mäuse oder andere niedere Nager mehren. Dieser Grund allein reicht ihm aus, um diese Gegend aus ganzem Herzen zu hassen. Denn Hunger ist ihm das Schlimmste. Macht er ihn doch immer schrecklich mürbe und missmutig.

So streift er nun schon seit Tagen zwischen diesen scharfkantigen grauen Felsen umher. Mal bergauf, mal bergab. Aber immer auf der Suche.

2

Am nächsten Tag stößt der Jäger unvermittelt auf eine Fährte. Abrupt, wie durch eine lederne Leine gestoppt hält er inne. In seiner Nase spürt er einen dünnen, in seiner Natur aber scharfen Geruch empor kriechen. Der Jäger kennt den Geruch nur zu gut. Kann er doch die einzelnen Duftfahnen zu einem klaren Bild in seiner Vorstellung verweben. Es ist eine

Ziege. Sie soll es sein. Sie, seine Auserwählte. Sie, die personifizierte Inkarnation seiner plötzlich aufblühenden Hoffnung. Sie, sein nächstes Mahl.

Sofort lässt ihm das Unterbewusstsein, bei diesem Bild vor der Nase, in seine bereits unter erhöhtem Druck stehenden Blutbahnen pochendes Adrenalin ausschütten, welches zischend bis in die feinste Verästelung seiner Adern vordringt, diese sich zusammenschnüren, ihn heiß und seine Haut kalt werden lässt. Versetzt seine Muskeln und Sehnen umgehend in eine gewisse Grundspannung. Bewirkt damit, dass sein mit der Zeit allmählich stumpf und beinahe sediert gewordener Blick auf einmal wieder scharf wird. Die Jagd kann beginnen. Er ist bereit und seine warme Mahlzeit angerichtet. Er hungrig, sie ahnungslos. Ideal.

Auf leisen Pfoten verfolgt der Jäger die fernen Ausläufer der Spur. Huscht wie ein flinker Schatten von einem Gebilde aus hartem elendem Stein weiter zum nächsten. Augenscheinlich so wie bisher auch. Aber nun endlich wieder mit einem fleischgewordenen Ziel vor Augen. In kurzen Schüben atmet er schnell ein und wieder aus. Schnüffelt mit voller Konzentration, um die flüchtige Fährte aus wehenden Duftfahnen klar erkennen und auf keinen Fall verpassen zu können. Der kitzelnde Duft versetzt ihn neckend in Rage, in einen Rausch, in dem er einzig und allein nach Blut dürstet. Die bloße Vorstellung, seinem Opfer näherzukommen, versetzt seinen Speichelfluss in einen solch regen Lauf, dass ihn dieser alsbald zwischen seinen vielen messerscharfen Zähnen, welche wie blitzende Klingen in seinem Maul angeordnet sind, herausrinnt.

Ja, es ist gewiss, er kommt ihr näher. Stetig wird ihr Duft präziser und verursacht dadurch ein schnelles Altern der Ziege vor seinem geistigen Auge. Ein Duft, der die Gestalt des Kitzes, welches eben aus einer ersten intuitiven Hoffnung resultierend gebildet worden ist, um einige Jahre zu einer Geiß reifen lässt.

Denn ihr, in den bunten Duftfahnen getragenes Odeur ist sehr viel ausgeprägter als dieses noch bei Jungtieren der Fall wäre. Was konkret eine Mischung aus markanter Geschlechtsreife und scharfem Urin heißt. Die leichte Enttäuschung darüber kann er schnell beiseitelegen, als er sich eingestehen kann, dass ihm dieser Umstand eigentlich gerade recht kommt. Sind die Alten doch zumeist nicht so flink und er mit leerem Magen eh nicht in bester Verfassung und Laune für lange Hetzjagden. Er hofft, dass sie ein leichtes Opfer abgeben wird. Eines, welches er auch noch imstande sein wird, selbstständig zu schlagen.

Seine Gangart dem intensiver werdenden Geruch angepasst, wird er allmählich so langsam, dass sein Vorwärtskommen nur noch mit einem Schleichen geschieht. Vorsichtig lugt er um jede Ecke, bevor er es wagt, diese ohne Deckung zu passieren. Abermals – der Duft mittlerweile so intensiv geworden, dass er sich kaum noch beherrschen kann loszulaufen – späht er zwischen zwei Felszacken hervor. Und endlich kann er die alte Dame erblicken. Ihm abgewendet lässt sie ihren suchenden Blick über ein zerklüftetes Tal schweifen. Sie ist gut genährt und ein dick geschwollenes Euter verrät ihm, was es zum Nachtisch geben wird. Im engbegrenzten Raum des toten Winkels ihres Blickfelds gebettet, traut er sich langsam, ganz langsam aus seinem Versteck hervorzutreten und sich ihr behutsam von hinten zu nähern. Erhöht doch jeder Meter eines verkürzten Abstands seine Erfolgsaussicht. Denn bei einer Geiß in diesem Gelände bleibt ihm nur ein Versuch.

Der steil zu ihnen heraufwehende Wind ist heute sein gut gesonnener Verbündeter. Hat dieser doch sein Opfer verraten und ihn, ihren Jäger, anscheinend gänzlich unsichtbar gemacht. Denn sie macht sich keine Mühe, die meist neutrale Geruchskulisse des Steins zu lesen. Weshalb sie nicht einmal den leisesten Hauch von ihm wahrnimmt. Ihre volle Aufmerksamkeit gilt jemand anderem.

Schritt für Schritt kann er sich nähern. Schritt für Schritt erhöht sich seine Aussicht auf Erfolg. Schritt für Schritt kommt der Jäger ihr solange näher, bis er die verbliebene Distanz zu ihr mit nur einem Sprung wettmachen kann. Hier hält er kurz inne. Diesen Moment der maximalen Anspannung will er auskosten; das Gefühl, seinen bebenden Körper wieder so intensiv wie schon lange nicht mehr zu spüren, mit jedem Atemzug genießen. Gerade deswegen ist er gut darin beraten wenige Augenblicke zu verharren. Er muss sein Blut beruhigen, seine Gedanken konzentrieren. Will er doch nicht, dass ihn sein laut pochendes Herz in letzter Sekunde noch verrät. Die nötigen Abläufe – deren koordinierte Abfolge schon hunderte Male erprobt – dürfen ihm nicht misslingen. Das Schlagen der Geiß muss glücken. Es bleibt keine Alternative.

3

Endlich hat die Geiß, am Rande eines ausladenden Felsplateaus stehend, einen Platz gefunden, von wo aus sie auf die zerklüftete Gegend vor sich herabblicken kann. Die Sinne hoch konzentriert. Ihre Augen suchen, ihre Ohren sind gespitzt und ihre Nase durchschnüffelt den Windhauch, welcher zu ihrem Glück direkt aus dem Bereich zieht, in dem sie ihre Kinder vermutet:

»Wo sind nur meine Jungen? Haben doch nur, wie sonst auch, auf dem Fels herumgetollt. Sie müssen doch zu finden sein! Vielleicht nur nicht von dieser Stelle aus. Ja. Ich muss sicher nur woanders hin!«

Die Ziege muss eine bessere Plattform für ihre Suche finden. Eine mit einer tieferen Einsicht in die weite Aussicht. Sie muss weiter.

Mit diesem Plan vor Augen dreht sie sich um und sieht als letztes Bild in ihrem Leben, wie ihr ein riesiger schwarzer Wolf mit bösartig stierenden Augen und weit aufgerissenem Maul aus nächster Nähe entgegenspringt. Im Reflex hopst sie beiseite, doch reicht die ihr verbliebene Zeit nicht einmal mehr dafür aus, um erneut Boden unter die Füße zu bekommen.

4

Der Versuch der Ziege bleibt hoffnungslos. Mit einem seiner Fänge kann er sie gut erwischen. Krallt sich mit ihm fest und wirft das aussichtslos unterlegene Tier zu Boden. Sofort drückt er mit einer zweiten starken Pfote ihren Kopf beiseite. So fixiert hat der Wolf freie Bahn auf ihren Hals, welchen er schnell pulsierend sich heben und senken sieht. Genüsslich gräbt er seine Zähne tief und immer tiefer in ihren weichen Hals. Ein warmer Fluss, der ihm wie pures Leben vorkommt, sprudelt ihm eifrig entgegen. Er saugt alles ein, verschüttet nichts. Dieser Saft – wohl eher aber sein sich füllender Magen – schafft es, seinen bereits angeregten Geist weiter zu beschwingen. Mit jedem Tropfen, jener in ihn übergehenden potentiellen Kraft der Geiß, steigt und steigt sein Hochgefühl, und versiegt das Zucken seines Opfers immer mehr. Ihr Puls stagniert – bleibt aus. Sie ist tot.

Der Wolf hat Hunger. Sofort bricht er ihre Bauchdecke auf und reißt einzelne warme Stücke heraus um diese gierig zu verschlingen. Sehnen reißen, Knochen splittern, als er sich mit seinem mächtigen Kiefer energisch immer tiefer in das Tier hinein wühlt. Biss um Biss schreitet sein Mahl fort. Wie ein

Gourmet nimmt er von hier ein Stück und von dort ein Stück, sodass die Geiß, als sein Hunger endlich gestillt ist, überall angeknabbert, meist aber zerfleddert und mancherorts sogar regelrecht zerfleischt ist.

Satt und befriedigt sieht sich das mächtige Tier um. Die graue Steintafel des kleinen Plateaus, auf welcher es so verschwenderisch gefressen hat, ist während seines Schmauses mit einer ungleichmäßig roten Tünche überzogen worden.

Sein voller Magen bewirkt, dass sein beschwingter Geist abheben und sich ein erhabenes Gefühl in ihm ausbreiten kann. Eines von der Sorte, welches er genießen kann wie kein anderes. Eines von der Sorte, das ihm einen magischen Augenblick beschert. Denn ein solcher Augenblick bekräftigt ihn in seinem Denken, dass er gefestigt im Thron am oberen Ende der langen Nahrungskette sitzt.

Gewiss eine Stunde verharrt er in dieser Pose, bevor er allmählich damit beginnt, sich ausgiebig und in aller Ruhe zu reinigen, indem er sich oft und gründlich, immer und immer wieder mit der Zunge über seine blutverschmierte Schnauze leckt. Anschließend kratzt er sich mit größter Zufriedenheit mit seinen Hinterläufen dort am Genick, wo ihn diese verdammten kleinen Blutsauger einen ständigen Juckreiz bescheren. Dort, wo sich die kleinen Käfer am liebsten mehren. Genüsslich fegt er sich mit seinen Krallen immer weiter durch die Nackenhaare. Es wäre ihm eine Wohltat größten Ausmaßes, wenn ihn sein Freund, wie früher eben auch, am ganzen Körper kraulen, ihn ordentlich kratzen und von diesen Biestern befreien könnte. Aber leider ist er nicht da:

»Wo ist er nur geblieben?«

Sein Appetit ist vorerst gestillt, das Essen gesackt und das schwere Völlegefühl einer angenehmen satten Empfindung im Magen gewichen. Auch seinen Juckreiz konnte er durch ausgiebiges Fegen wieder auf ein erträgliches Maß besänftigen. Erhaben und befriedigt lässt er seinen Blick über die ganze

Gegend, sein eigenes Reich schweifen. Sieht er sich hier doch als einziger und unangefochtener Herrscher. Einer, dem zu Recht nachgesagt wird, kein besonders besonnen agierender Fürst, sondern eher ein Tyrann zu sein. Will er seine Untertanen doch nicht hin in eine bessere Zukunft führen. Will er sie doch in der Gegenwart nur zu seinen Gunsten in seinen Magen treiben. Ein Tyrann, der nicht viel davon hält, weit vorausschauend zu handeln. Lebt er doch im Hier und Jetzt. Dort, wo er jede Gelegenheit nutzen will, seine Bürger ausfindig zu machen, damit er sie um ihren Tribut ausbeuten, sie um ihren Körper berauben kann.

Aber nun ist seine Nase endlich befreit von dem unbewussten Zwang, unnachgiebig nach Nahrung suchen zu müssen. Weshalb er jetzt einen flüchtigen, aber vertrauten und ihm sehr lieb gewordenen Duft vernehmen kann. Ein Duft, bei dem ihm erneut sein Wegbegleiter in den Sinn springt:

»Wo ist er nur geblieben?«

Irgendwo hier muss er doch sein. Der, mit dem er im Geist vereint einen weiten Weg zurückgelegt hat. Der, mit dem er des Tags jagen und des Nachts abwechselnd ruhen und wachen konnte. Der, mit dem er so lange zusammengeblieben ist, wie es ihm die verminderte Anzahl an Beute zugelassen hat. Was schließlich auch der Grund dafür gewesen ist, weshalb sie ihr gemeinsames Auskommen verloren haben. Wollten sie doch mit dem Trennen der Bande zwischen ihnen erreichen, dass die Fläche des sie beide versorgenden Ackers deutlich vergrößert wird. Dass jenes Feld derart groß gewählt werden musste, um zwei Jäger ihres Kalibers in dieser kargen Ödnis nähren zu können, war ihnen damals nicht bewusst gewesen. Mittlerweile ist eine lange Zeit verstrichen, in der sie einander nicht mehr begegnet sind. Er möchte ihn aber erneut sehen, riechen und auch mit seinen restlichen Sinnen erfassen, ihn erleben können. Vor allem möchte er sich aber nach dem Essen jene Stellen, an welche er selbst nicht gelangt, fegen und den Bauch kraulen lassen. Der Wolf beschließt, dass die Zeit des Verzichts nun lange genug war. Beschließt kurzerhand, der dünn gesäten Fährte seines Freundes zu folgen.

Über die Dauer eines Tags hinweg kann ihn der Duft so nah an seine Quelle heranführen, dass diese spärlich gesäte Spur zu einem klaren Weg heranwächst, welchen er nicht mehr verfehlen kann.

Einen Weg, auf dem am nächsten Tag seine prophezeite Nachspeise – zwei Zicklein – seinen Weg streift. Diese sind aber in einem erbärmlich mickrigen Zustand. Ganz ausgehungert haben sie keine Reserven mehr, von denen sie zehren und an denen er sich hätte laben können. Der Wolf gestaltet das Ableben der beiden Geschöpfe, mit denen er schon beinahe Mitleid hat, kurz und schnell. Gab sich sogar größte Mühe, sie im Vorfeld nicht zu erschrecken oder sie gar bis zu ihrer absoluten Erschöpfung zu jagen. Verzichtete außerdem darauf, mit ihnen zu spielen, ihnen ihre Schwäche und sich selbst seine Überlegenheit zu demonstrieren, was er, eitel wie er ist, immer sehr genießt. Auch muss er seine Kräfte schonen. Denn diese beiden hier werden seine Energiereserven kaum weiter erhöhen. Er hat es schnell gemacht und beendete ihrer beider Leiden mit jeweils nur einem Biss in ihr schwaches Genick. Fell, Knochen, Sehnen und ein paar unterentwickelte Eingeweide. Mehr ist an ihnen nicht dran. Als Gesamtes taugen sie nur für eine Mahlzeit, deren Genuss zweitrangig ist und der Pflicht zum Essen untersteht.

Der Wolf ist zu ihrem Schicksal geworden. Hat dieses doch schon lange, auf einer der vielen grauen Felszinnen thronend, geduldig abgewartet und lauernd nach einem Anwärter Ausschau gehalten, der sich – als gnädiger Tod verkleidet – dafür opfert, sein Gebiss, voll mit scharfen Zähnen, in ihren zähen Körper zu treiben. Denn sonst hätte es sich selbst als Steinschlag oder elender Hungertod verkleiden müssen. Sie konnten ihrer Bestimmung, sie konnten ihm nicht entrinnen.

Als von den beiden Zicklein nur noch ein ausgehöhlter, mit blutigem Fell verkleideter Lederbeutel übrig ist, spricht er dem Andenken beider Geschöpfe im Geiste Trost zu. Versteht sich aber, als der selbstzentrierte Egoist, der er ist, reichlich schlecht in der Kunst sich in andere einzufühlen. Denn, dass ihr aller Weg, jener der Zicklein sowie auch der ihrer Mutter zuvor, in seinem Magen zu einem, seinem größeren vereint wurde, könnte sie wohl kaum aufheitern.

5

Mehr und mehr werden mit der Zeit die Steine mit Sand umsäumt. An manchen Stellen hat sich sogar eine Schicht gebildet, die dick genug ist, damit auf ihr hin und wieder kleine Pflanzen mit ihrem spärlichen Wurzelwerk Halt finden.

Nach Stunden gelangt er schließlich an einen Platz, bei welchem er sich sicher ist, dass sein früherer Gefährte hier vor gar nicht langer Zeit Rast gemacht haben musste. Denn der feine Sand hat eine eindeutige Spur in Form einer konzentriert nach ihm duftenden Kuhle aufgezeichnet. Sofort platziert dieser Duft in seinem Gemüt Emotionen wie Zuneigung und Geborgenheit, welche er sehr genießt. Zugleich gesellen sich aber auch Gefühle wie Sehnsucht und Angst zu ihnen. Sehnsucht, die ihn traurig stimmt, da jene Person, welche diese angestrebten positiven Gefühle wirklich werden lassen kann, einfach noch nicht in seiner Reichweite ist. Und die Angst davor ihn doch nicht zu finden, oder noch schlimmer, wenn er ihn gefunden hat, festzustellen, dass sie sich auch im Geiste voneinander entfernt haben. Denn dies würde auch die Hoffnung, den Traum einmal zur Wirklichkeit werden zu lassen, zerstören.

Bei seinen nächsten Atemzügen, mit denen er nach dessen Witterung schnuppert, nimmt seine Nase aber noch etwas wahr. Etwas sehr Besorgniserregendes. Hier ist Blut. Mit Sicherheit kein Blut von einer Ziege oder einem anderen Tier in seinem Beuteschema. Nein, dies wäre ihm bekannt. Es muss Menschenblut sein. Vermutlich von seinem Freund:

»Was ist passiert?«

Egal, er muss sofort zu ihm. Die Fährte ist nicht mehr frisch, aber für ihn dennoch ausreichend, um ihr sicher folgen zu können. Sie zielt eindeutig auf die staubige Ebene hinaus, in die sich wohl nur selten ein Schatten wagt, um der scharfen Sonne entgegenzutreten. Nein, dort unten gibt es niemanden, dem ein solcher entwachsen kann. Einzig jener – ohne der Last eines eigenen Körpers – könnte dem Stechen des Fixsterns standhalten. Denn durch die Sonne werden Schatten erst definiert – Dunkelheit erst durch Licht geboren. Und einzig Licht hat die Macht, diese auch wieder durch sich selbst zu zerstören. Keinen Grashalm, welcher unter diesen unwirtlichen Bedingungen dort draußen gedeihen hätte können, kann er entdecken. Folglich gibt es auch keine Tiere, die sich von diesen ernähren und so ihm als Nahrung hätten dienen können. Es musste ein ganzes Rudel an Zweibeinern gewesen sein. Denn alleine für sich können wohl selbst sie die Wüste nicht bestehen. Diese für ihn äußerst gewiefte Theorie wird zudem von der Tatsache gestützt, dass es nur einen – für das Auge zwar nicht sichtbaren – Weg gibt, auf dem für seine Nase aber ein ganzes Bündel aus ähnlichen Fährten achtlos verstreut auf dem Boden liegen. Von nirgendwo sonst können weitere Gerüche auf ihn eindringen. Der Weg ist klar.

Er muss weiter. Er muss ihn finden. Er will sein letztes Rudelmitglied nicht auch noch verlieren, ihn nicht auch noch verraten wie den Rest.

So beginnt der Wolf jetzt eine sehr lang währende

Verfolgungsjagd mit dem ersten Schritt. Den Fuß des Gebirges hat er nach vielen weiteren schnell erreicht. Unbedarft und stolz dringt er nun in die Wüste ein. Nur Minuten müssen vergehen, bevor er sich bei jedem getätigten Schritt beständig zu fragen beginnt, ob dies wirklich geschickt gewesen ist. Eine Frage, auf welche er bei jedem Weiteren ein klares, trotzdem unterbewusstes:

»Nein! - Nein! - Nein! - Nein!«,

als taktierte Antwort erhält. Denn bereits jetzt hat er entsetzlich großen Durst und das einschnürende Gefühl, jämmerlich in seinem schwarzen Pelz zu ersticken. Seine Nase trocknet als erstes aus, was zur Folge hat, dass die Fährte, welche er eben noch präzise verfolgen konnte, zunehmend verblasst. Als nächstes nimmt sein Speichelfluss ab, sodass seine Schnauze und seine Zunge zuerst taub werden, bevor sie zu schmerzen beginnen. So, zweier seiner wichtigsten Sinne beraubt, wird die Welt für ihn an Eindrücken ärmer, trüb und zu einem einheitlichen Brei, in welchem er orientierungslos umherirrt. Er muss sofort umdrehen, zurück in die Berge, bevor es zu spät ist.

Der Weg dorthin ist schmerzlich und er erreicht gerade noch rechtzeitig wieder das Gebirge mit seinen rettenden Schatten, bevor er alsbald zusammengebrochen und jämmerlich krepiert wäre. Er hat den Rückweg aus der Wüste zu lange hinausgezögert, ihn zu spät begonnen. Hat sich zu lange nicht eingestehen können, dass es etwas gibt, das stärker als sein Wille ist.

Nach Minuten sagt ihm seine Intuition – und täuscht ihn dabei nicht – weshalb bald aus einer Ahnung eine Gewissheit wird: In manchen dieser vielen Felsspalten und Ritzen hier muss es Wasser geben! Wasser, das er finden muss. Aber wie soll er es finden können, wenn seine Nase, die ihn sonst zielsicher wie an einer Leine führt, ihm keine Wahrnehmungen als Eindrücke weitergibt.

Seinem Geruchssinn beraubt, gelingt es ihm nur mit Fleiß,

nach dem Kontrollieren vieler kleiner Senken und Durchstöbern weiterer dunkler Löcher unter einem großen Felsvorsprung, endlich ein kleines Reservoir zu finden, welches eben groß genug ist, um seinen ärgsten Durst zu löschen sowie seine Sinne wieder zu aktivieren. Aber er ist zu müde und erschöpft, um weitersuchen zu können. Stattdessen schließen sich, als einzige, ihm noch mögliche Bewegung, die Lider über seine brennenden Augen, um im nächsten Moment einschlafen zu können.

6

Der Wolf brauchte noch nie viel Schlaf, und so erwacht er auch heute pünktlich zu Anbeginn der Nacht. Seine Augen öffnen sich und er spürt hinter diesen, dass sein Erwachen von großem Kopfschmerz begleitet ist. Pochend dröhnt es in seinem Schädel, als säße ein konstant pulsierendes Herz, welches eigens für den Schmerz bestimmt ist, direkt hinter der Stirn. So muss es sich anfühlen, wenn viel zu wenig Platz für viel zu viel Kopf vorhanden ist. Viel zu viel Druck, der einen glauben lässt, die Augen müssten aus ihren Höhlen dringen, wenn der Puls dieses zweiten Herzens zu schlagen beginnt. Genau wie sein Kopf, ist auch sein Magen äußerst missmutig gestimmt.

Bis auf weiteres wird er einer unter vielen tiefschwarzen Schatten der Nacht im zerklüfteten Hügelkamms bleiben. Er will versuchen der Fährte von hier aus weiter zu folgen. Das Risiko, aus der Reichweite des lebensnotwendigen Dunkels und des zwingend erforderlichen Wassers zu gelangen, will er kein zweites Mal eingehen.

So beschreitet der Wolf stumm denselben Weg, welchen auch die Sonne wenige Stunden später gehen wird: Dem Westen entgegen. Einige Zeit und Schritte später ist es dann schließlich auch soweit, dass sich jene hinter seinem Rücken über den Horizont hinausschiebt. Dies nimmt er als Grund, kurz in einer Rast zu schwelgen. Schon immer bewunderte er die immense Stärke der Sonne. Jene muss grenzenlos sein, um den Eindruck dieser schwerelosen Leichtigkeit zu erwecken, mit welcher sie das Gewicht an Verantwortung und ihrer eigenen Person tragen kann.

Der Wolf geht weiter, während die Sonne steigt und steigt. Je höher sie den Himmel erklimmt, desto kleiner machen sich die ihr huldigenden Schatten, bis sie wenig später endgültig im Boden versickern. Auch ihn drücken – ausgelöst durch die steigende Last der Sonne – sein Unwohlsein und sein flau gewordener Magen zu Boden, bis er – als sie ihren höchsten Punkt erreicht hat – erneut aufgibt und beschließt, ihren Untergang im feuchten Dunkel abzuwarten.

So geschieht es, dass er den restlichen Tag untätig bleibt. Statt selbst fortzuschreiten, lässt er nur seinen müden Blick nach außen gerichtet weiterwandern. Der Wolf bleibt dort, wo ihn die Sonne nicht erreichen kann. Dort, in Sicherheit geborgen, wo er es schafft sich die lange Zeit mit mehreren kleinen Schläfchen zwischen den Wartezeiten zu vertreiben. Er wartet so lange, bis sich die länger und länger gen Osten streckenden Schatten schließlich im diffusen Zwielicht verlieren.

»Ich habe Hunger! Was will ich hier?! Wieso sitze ich hier faul herum?!«

Sein Trieb und das Verlangen nach Fleisch hatten heute den Tag über genügend Zeit, um gemeinsam wieder all seine Gedanken in Besitz zu nehmen.

Kurz bevor die letzten Sonnenstrahlen verblassen, verlässt der Wolf die kleine Höhle. Will er doch noch ein paar der wenig verbliebenen Strahlen auf seinem feuchtkalt gewordenen Fell auffangen. Sollen sie ihm doch mit ihrer Energie – warmen Fingern gleich – durch seinen Pelz streichen. Auch die laue Böe, welche zusätzlich zu ihm hinauf fegt, nimmt er dankbar an.

Die Nacht kommt schnell und erscheint ihm heute wegen seines immer noch klammen Pelzes so unangenehm kalt, dass er sogar leicht zu frösteln beginnt. Aber dennoch ist ihm dieses Empfinden viel angenehmer als jenes, bei flimmernder Hitze unter der glühenden Sonne diese auf ihrem Weg zu begleiten. Da gesellt er sich lieber zum Mond. Auch wenn dieser noch ein paar Nächte lang wachsen muss, um voll zu werden, reicht ihm heute schon sein Licht, um mit diesem die ganze Gegend in einen silberblauen Schimmer zu legen. Er schnuppert und kann förmlich die Fährte dort unten im Tal als roten, zu ihm parallel verlaufenden Faden erkennen. Diese verliert aber zunehmend an Präsenz im Bereich seiner ursprünglich animalischen Aufmerksamkeit. Denn er hat wieder Hunger. Ein Zustand, der bei ihm ein noch stärkeres Verlangen als das nach Zuneigung, ja sogar ein stärkeres als den Trieb der Fortpflanzung auslöst. Die Jagd kann beginnen. Doch sein vor Tatendrang nur so strotzendes Blut kann seine Kraft nicht auf ein Ziel konzentrieren. Denn seine Nase ist und bleibt leer. Weder ein irgend Wild, noch argloses Weidevieh will sich von ihm wittern lassen. Er kann nichts anderes tun, als zu warten. Fleißig übt er eine Tätigkeit aus, bei der man per Definition untätig bleibt.

In der Hoffnung, dass andere Wölfe mit in ein Lied einstimmen würden, beginnt er mit dem Gefühl drückender Einsamkeit und Hunger den Mond anzuheulen.

»Vielleicht wissen sie, wo es Essen gibt.«

Im Tonfall kläglichen Jammerns, singt er sich seine Schmerzen von der Seele. Die Pein über jene selbstverschuldete Einsamkeit, weil er so egoistisch und dumm war, sein Rudel zu verlassen, kocht in ihm über. Er hat sie im Stich gelassen, nur weil er sich nicht in die Rolle des Leittiers fügen konnte. Kein würdiger Rivale, kein potentieller Anwärter auf seinen ungewollten Thron war ihm gewachsen. Keiner der ihn endlich aus dieser aufgezwungenen Rolle drängen und ihn damit hätte befreien können. Es gab noch nicht einmal einen, der es gewagt hätte, es wenigstens zu versuchen. Er hätte ihn gewinnen lassen, und damit, ohne starken Führer, sein Rudel ebenfalls im Stich gelassen.

Er singt, heult und jammert, dass es seiner Seele guttut, aber die erhoffte Antwort von einem seinesgleichen bleibt aus. Lediglich eine Woge gewaltiger Lautlosigkeit schlägt ihm mit aller Wucht entgegen. Eine, die ihn so hart trifft, wie ihn wohl noch kein Gegner zuvor getroffen hat. Stille. Kein Echo. Nicht einmal das Säuseln des Windes will ihm die Gewissheit geben, dass er nicht taub geworden ist. Denn dieser hat sich gelegt und offenbar Besseres im Sinn, als sich selbst, heulend an den scharfen Felsen, entzwei zu schneiden.

Der Wolf bricht auf und setzt seinen Weg durch das zerklüftete Terrain fort. Aus Langeweile erhöht er stetig sein Tempo. Da er sonst nichts anderes, außer warten, hätte tun können, läuft er sich warm. Und was bringt das Warten, wenn man niemanden hat, der einen finden will? Außerdem hat das Warten-können noch nie zu den ihm verliehenen Gaben gehört.

Erst als die Sonne erneut über den Horizont bricht und ihre lichten Strahlen – heute als warme Wellen empfunden – über der Welt ausschüttet, zieht sich der Wolf nach einer freudigen Kostprobe wenig später wieder in eine der vielen kleinen Höhlen zurück.

Dort angekommen spricht ihn sogleich eine Nuance eines neuen Geruchs an. Überhaupt nicht schüchtern, bittet ihn dieser förmlich darum, gefunden, geborgen und mit ihm vereint zu werden. Er riecht olfaktorische Worte, wie sie nur von etwas Lebendigem gesprochen werden können. Und da der Geruch wandert – ihn mal von dort, mal von hier, mal auf Bodennähe herumkriechend anspricht – muss es etwas Essbares sein. Soviel ist sicher.

Von Gier gepackt, stöbert er mit seiner Nase unvorsichtig an den scharfen Ecken und Kanten der Höhlenwand umher und spürt an der stetig wachsenden Unruhe in sich, dass er nähergekommen sein muss.

»Moment!«

Jetzt ist es soweit, er kann sein Essen sehen. Es ist eine kleine schwarze Echse. Eine, welche mit ihrem flinken Wesen seinem schnappenden Maul immer wieder und wieder ausweichen kann. Weshalb seine Zähne einmal sogar, anstatt in ihren weichen Körper, auf harten Fels treffen.

Gepeinigt und gedemütigt legt er sich nach einer Weile erfolgloser Hatz zur Ruhe und verfolgt, blamiert vor sich selbst und diesem niederen Kriechtier, dessen Treiben, wie es sich in den Spalten – für ihn unerreichbar – um ihn herumbewegt. Als ob er nicht da wäre, oder noch schlimmer, als wenn er gar keine Gefahr für die Echse darstellt. Der Wolf schließt die Augen und versucht mit dieser Taktik, das ihn hämisch verspottende Tier zu ignorieren. Mit dessen Geruch in der Nase, hat er selbige gestrichen voll, will er sich doch nicht länger beleidigen lassen.

7

Die vor sehnsüchtigen Gedanken geblähten Segel schieben ihn, auf dieser Scholle gefangen, immer weiter über den Ozean der Vergangenheit. Den flüchtigen Blick auf die Zerrbilder zeichnende Oberfläche des Meeres gerichtet, zeigt ihm diese, dass es unter ihr vor Fragmenten seiner Erinnerungen nur so brodelt, dass das Meer die Summe seines Gedächtnisses ist. Interessiert lässt er die Bilder Revue passieren. Achtlos lässt er mit seiner Sehnsucht nach der fernen Heimat sogar einen Sturm aufkommen. Einen Sturm, der ihn schnell in den Heimathafen vergangener Zeiten bringt, ohne zu wissen, was dort mit ihm geschehen kann. Denn die Wahrscheinlichkeit, auf Grund zu laufen, wenn man rückblickend der Meinung ist, dort etwas fundamental Falsches gemacht zu haben, ist sehr hoch. Und die Folgen ebenso dramatisch. Würde doch eine dort havarierte Seele zum Wrack werden, welches dazu verdammt ist, für alle Tage im Priel der Vergangenheit, im Ewiggestrigen, liegen zu bleiben. Diese wäre unfähig dazu, durch ihren Willen eine Flut heraufzubeschwören, welche stark genug ist, um sie näher an ein Morgen zu bringen.

Der Wolf schert sich nicht um solche Abwägungen. Kommen ihm doch solche Gedanken erst gar nicht. Er sinnt sich gern und mit lautem Herzen an jene Tage zurück, an denen er das eigene, und zum Zweck große Tiere zu jagen, auch das benachbarte Rudel organisierte. Denn der Umstand, dass er ein besonders erfolgreich taktierender Jäger ist, war unter allen Wölfen bekannt. War er doch bereits zu Lebzeiten zur Legende geworden.

Fand man sich schließlich wieder zu so einem Zweck zusammen, konnte er stets mit einem Plan aufwarten. So schickte er als erstes seine Späher aus, um eine vielversprechende Spur zu finden. Eine solche aufzustöbern und dieser folgen zu können, stellte für niemanden aus seinem Rudel eine Schwierigkeit dar. Jedoch kam ihm die Entscheidung zu, welcher Meldung man folgen sollte. Hatte er sich entschieden, kam umgehend seine todsichere Taktik zum Einsatz. Das Rudel spaltete er meistens in zwei Gruppen. Der einen Gruppe aus Halbstarken, welche vor Tatkraft nur so strotzen aber noch keine Kampferfahrung ihr eigen nennen konnten, ließ er die Aufgabe zukommen, das Ziel im weiten Bogen, bis zur totalen Erschöpfung, der wartenden Gruppe in die Fänge zu treiben. Denn dieser Trupp bestand aus ihm und den anderen verdingten Jägern. Wenn ihm die Jagdgründe bekannt waren, machte er sich sogar die verschiedenen Geländeeigenschaften zunutze. Am besten geeignet waren hierfür kleine Klippen oder Felswände. Dann ließ er den Treibern die Aufgabe zukommen, das aufgescheuchte Wild einen Abhang hinunter zu hetzen. Beide Vorgehensweisen bedeuteten für ihre Opfer immer dasselbe: den sicheren Tod.

Im Winter ließ er auch Hirsche auf gefrorene Seen hinausjagen. Dort hatten sie leichtes Spiel mit der sonst so wehrhaften Beute. Denn wegen deren Hufe, war es fast schon witzig mit anzusehen, wie sie mit ihren langen Stelzen versuchten, auf dem Eis das Weite zu suchen. Sie selbst, mit ihren krallenbesetzten Pfoten, konnten sich hingegen beinahe ungemindert kontrolliert bewegen. Es erklärt sich von selbst, wer einen solchen Kampf stets gewann.

Über Tage währende Verfolgungen waren nie notwendig gewesen. Es gab genügend Beutetiere. Weder das eigene, noch das Schicksal des ganzen Rudels hing am Fleisch nur eines Tieres. Aber trotz der Fülle galt beim Jagen alleine, immer der Vorsatz, sich unbemerkt anzuschleichen, um das Tier von hinten überrumpeln zu können. Ein Vorsatz, der ihm heute, in Anbetracht der geringen Dichte, in welcher hier potentielle Opfer gesät sind, zur Pflicht geworden ist.

Auf diese Weise unternahmen sie erfolgreiche Jagd auf Hirschverbände oder ganze Wildschweinrotten. Aber auch sehr wehrhafte Beute wie Elche oder Moschusochsen, die sich bei Gefahr sofort ins tiefere Wasser und somit in Sicherheit flüchteten, standen oft auf ihrer üppigen Speiseliste. Gelegentlich – weniger aus Hunger, sondern mehr aus streitlustigem Übermut – wagten sich die Heranwachsenden sogar an Auerochsen oder Wisente. Diese waghalsigen Versuche sich zu profilieren endeten aber nicht selten mit einer Niederlage, die obendrein sogar einem oder mehreren Gruppenmitgliedern das Leben kostete. In den meisten Fällen begnügte sich der Verfolgte, nachdem er die Rollenverteilung klargestellt hatte, jedoch damit, ruhig trabend weiter seines Wegs zu ziehen. Hatten sich die Jungen aber mit einem Bullen angelegt, der sich seiner Stärke und Überlegenheit bewusst war, konnte es auch passieren, dass dieser den Spieß umdrehte und die Jäger zu Gejagten machte.

Die Gedanken an solche Banden aus Halbstarken bewirken, dass der Ozean der Vergangenheit seichter wird, und die schroffen Felsen, an denen er zu zerschellen droht, gefährlich näher rücken. Der Wolf holt diese Gedanken der Vergangenheit so nahe ins Heute, dass er in den sandigen Schlick seiner Erinnerung eintauchen kann. In diesem gelangt er schließlich zu dem Zeitpunkt, an dem sein Leben eine Wendung gigantischen Ausmaßes vollzog. Ein Zeitpunkt, welchen er bis auf den Tag genau bestimmen kann. Ab diesem Tag sollte alles anders werden. Der Tag, an welchem er zum Führer auserkoren wurde. Für eine Stellung ausgewählt wurde, in die er tags darauf wie in leer gewordene Fußstapfen schlüpfte und überrascht feststellte, dass er diese bereits ausfüllte. Auch musste nicht viel Zeit vergehen, bis er diesen – ihrer drückenden Enge wegen – überdrüssig wurde und ihnen endgültig entwuchs.

Alles begann mit dem Vollbringen der Tat der Taten. Eine, welche ihn in seiner Generation zum geachtetsten Wolf unter allen, und bei den Jüngeren sogar zu einem Idol werden ließ, dem alle zielstrebig nachliefen und um sein Wohlwollen buhlten und wetteiferten. Die Liga aus der älteren Ära der Wölfe hingegen spaltete er mit diesem gewaltigen Erfolg entzwei. Denn während die einen väterlichen Stolz für ihn hegten, hatten die anderen nur Neid für ihn übrig. Sie empfanden es als falsch, dass es jemanden unter ihnen gab, der in so jungen Jahren, mit nur einer einzigen Tat, so viel erreicht hatte, wie sie in ihrem ganzen Leben nicht. Ihm genügte eine Aktion, um allen potentiellen Alphamännchen der älteren Riege einen Strich durch die Rechnung zu machen. Sahen sich diese doch schon in nicht mehr allzu ferner Zukunft in der Stellung des Rudelführers. Er fegte sie und ihre Bestrebungen mit nur einem Wisch hinter sich in die zweite Reihe. Wurde ihm doch von einer breiten Mehrheit attestiert, der Stärkste und Geschickteste unter ihnen zu sein. Denn er hatte im Alleingang einen gesunden Bären niedergestreckt. So besagt es zumindest die Geschichte, die sie – ihm in den Mund gelegt – hören wollten.

Den Irrtum, dass die Geschichte nicht das widerspiegelt, was in Wirklichkeit geschehen ist, hat er nicht aufgeklärt. Wollte er doch nicht preisgeben, dass er einem Zweibeiner noch etwas schuldig war und diesem nur half, nicht von dem wild gewordenen Bären tot getrampelt zu werden. Zuerst hatte er den Bären dazu gebracht, ihn statt den Zweibeiner zu verfolgen. Hatte diesem damit die nötige Zeit verschafft, dass der seinen Bogen spannen und mehrere Pfeile schießen konnte. Einer dieser Pfeile traf den Bären schließlich in die Brust und bohrte ihm ein Loch ins Herz, was ihn schnell seiner Kräfte beraubte. Einzig deshalb wagte er es überhaupt, den tödlichen Biss in die Kehle zu setzen. Sie hatten es damals doch tatsächlich geschafft, zu zweit ein solch gewaltiges Tier zu erlegen. Aber nachdem der Junge seine Pfeile wieder an sich genommen hatte, hörten sie ein Rudel Halbstarker sich auf ihrer Patrouille nähern, worauf der Zweibeiner sofort das Weite suchte. Hätte er gewusst, was geschehen wird, wäre er besser auch geflüchtet. Aber weder wusste noch ahnte er etwas. Weshalb er alleine, stolz und dumm bei dem frisch geschlagenen Bären zurückblieb. Hatte er doch keinen Grund zur Flucht, auch wenn er es heute besser wusste.

Wortlos gegenüber den Halbstarken geblieben, schrieb er damit den ersten Satz der Legende über ihn. Denn sie haben die Nachricht als erstes in Umlauf gebracht. Und da diese Tat eben einen so außerordentlichen Akt darstellte, schaffte es diese auch von ganz alleine, sich wie ein Lauffeuer in trockener Steppe zu verbreiten. Jeder wollte Teil dieser Geschichte sein, wollte etwas darüber wissen, was andere nicht wussten. So erfanden sie den Hergang der Jagd, fügten immer weitere Details hinzu, und schrieben damit Zeile um Zeile der Legende.

So dauerte es nicht lange, bis das Rudel ihn zu ihrem Führer machte. Mit seiner stummen Miene, der kräftigen Statur und seinem bereits etliche Male angewandten klugen Taktieren, musste er in ihnen den Eindruck erwecken, dass nur er fähig war, eine solche Tat zu vollbringen. Es kam noch nicht einmal zu Kämpfen um die neue Rangordnung. Sogar das alte Alphamännchen räumte stillschweigend das Feld, verschwand alleine in den Wäldern und ward nie wieder gesehen. Weder die etablierten Erwachsenen, noch die emporstrebenden jungen Wölfe wagten es, seine Dominanz anzutasten. Wollten die allermeisten doch einfach nur folgen und glauben. Waren nicht bereit zu führen, zu entscheiden und die Verantwortung zu tragen. Ob er es war, fragte niemand.

Und wieder huscht die kleine schwarze Echse von einer Spalte zur nächsten. Mittlerweile so nahe, dass er sie hätte packen können, wäre er eben nur bei Sinnen gewesen. Das kleine Tier schafft es auf diese Weise, den Wolf wieder sicher in die Gegenwart zurück zu befördern, wo es den ehemaligen Führer einer Hundertschaft beinahe in den Wahnsinn treibt. In Jähzorn versetzt, unfähig, dem vollen Tatendrang nur untätig gegenüber zu stehen, springt er auf und läuft weg. Flüchtet vor seiner peinlichen Niederlage.

8

So zieht sich die Anzahl der langweiligen Tage zäh, und die der aktiven, viel zu kurzen Nächte weiter hin. An manchen Tagen hat er Glück und kann ein Erdmännchen reißen. Aber auch andere Nager, kleinere und größere, welche, die er kannte und auch welche, die sich bisher an der Spitze der Nahrungskette in dieser Region und damit in Sicherheit wägten, finden in spärlicher Anzahl den Weg in seine leere Magengrube. Jedoch nur eine Menge, welche zum Sterben zu groß, aber um ein Leben leben zu können – eines welches über mehr als die bloße Existenz definiert ist – eben zu klein ist.

Hunger. Hunger beherrscht seinen knurrenden Magen im Körper und sein auf das wesentliche reduzierte Denken im Geist. Beides fließt zusammen, mündet in einer Einsicht, welche ihm seine Abhängigkeit von anderen Lebewesen offenbart. Durch sein Dasein zieht sich ein blutroter Fluss, an dessen Ursprung sein dürstendes Verlangen steht. Er selbst ist der Fluss, welcher darauf angewiesen ist, dass andere Rinnsale in seinen Weg münden, sich in ihn ergießen und ihn damit erhalten und vorantreiben, um nicht Gefahr zu laufen, in der Leere zu versiegen.

Der Wolf erinnert sich an manche seiner zahlreichen Opfer zurück. Welche Tiere es waren, und welche von ihnen sich gewehrt haben. Aber vor allem denkt er daran, wie sie geschmeckt haben. Dabei überkommt ihn die reine Fleischeslust. Warmes Fleisch, in das er eindringt und dessen Saft er schmeckt. Warmes Fleisch, Stück für Stück aus seiner ursprünglicher Form gerissen. Die Gedanken werden zu bildlichen Visionen, zu nächtlichen Tagträumen mit ihren lebendig gewordenen Zoten vor seinem geistigen Auge. Seine Gedanken werden zu quälenden Erscheinungen des kalten

Entzugs, die ihn bereuen lassen, diesen ins Nichts führenden Weg eingeschlagen zu haben. Denn sein Hunger geht nahe daran, ihn wahnsinnig werden zu lassen.

Auch werden diese verflixten Nager von Tag zu Tag schneller. Oder wird er – was wahrscheinlicher ist – von Tag zu Tag unvorsichtiger, ungestümer und langsamer? Denn er spürt, wie seine für eine erfolgreiche Jagd dringend benötigte Konzentration, ebenso wie sein Körper zunehmend an Spannung verliert. Dieser ist inzwischen zu einer eingefallenen Hülle geworden, welcher mit seiner Leere einzig dem Hunger Raum schafft. Sein Kopf beherbergt keine klaren Gedanken mehr. Hegen diese doch keine konkreten Pläne, sondern nur noch schreiende Wünsche nach warmem oder zumindest irgendeiner Form von Fleisch. Seine Ansprüche sinken so sehr ins Bodenlose, dass ihm selbst solches, das bereits in einer Aura charakteristisch süßen, würzigen Dufts und Fliegengetier eingehüllt wäre, genügen würde. Selbst wenn es durchsetzt von im Mund kribbelnden Maden wäre, würde ihn dies nicht davor abschrecken, seine Zähne in selbiges zu bohren.

9

Es ist wieder Abend geworden, weshalb er sich daran macht aufzubrechen um wie in den vergangenen Nächten auch, sich immer weiter durch die zerklüftete Sandsteinlandschaft zu schlagen. Doch heute erblickt er schon bald eine Veränderung, welche spürbar eine realistische Hoffnung zusammen mit der brennenden Galle eines leeren Magens in sich emporsteigen lässt:

»Hier leben Zweibeiner. Und wo Zweibeiner sind, gibt es auch Beute.«

Ungeachtet der ganzen Erschwernisse hat er es doch geschafft. Denn die Fährte, welche er die letzten Nächte lang nur noch unterbewusst verfolgt hat, führt direkt in eine Siedlung. Geplagt von einem unersättlichen Appetit, folgt der Wolf weiter dieser Witterung.

Die einsame, das nächtliche Himmelszelt in einen feinen roten Schimmer versetzende Siedlung ist nahe. Deren äußerste und weitläufige Ausdehnung sollte er eigentlich noch rechtzeitig erreichen, bevor die Sonne seinen nächtlichen Schutzmantel wieder zerreißt. Ohne einen weiteren Augenblick zu verschenken, bricht er auf. Auch hätte er gar nicht mehr länger warten können, denn schon jetzt beginnt sein Speichel in gieriger Vorfreude in langen Fäden von seinem mächtigen Gebiss zu triefen. Er muss schnell machen. Er will schnell machen. Er wird schnell machen. Keine Zeit mehr, sich diese zu nehmen.

Der Hunger, die Erschöpfung sowie die ursprünglich verfolgte Fährte werden durch ein gewachsenes Jagdfieber aus seinem Fokus gedrängt. In diesem steht nur noch einzig und allein ein Ziel: fressen.

Behände nähert er sich und kann alsbald einige flackernde Feuer auf den Pfaden zwischen ihren Bauten erkennen. Aber weit und breit keine Zweibeiner. Nur eine Vielzahl entweder schlafender, sich um Aas streitender oder sich miteinander im Dreck paarender Hunde. Sie schauen nicht so kräftig aus als könnten sie ihre Nahrung, das Aas, gegen ihn verteidigen. Er glaubt sogar, dass sie nicht einmal fähig und kräftig genug sind, sich selbst, ihr eigenes Leben, ihr eigen Fleisch und Blut, nach dem er so giert, zu verteidigen. Ideale, wenn auch mehr dem Zweck als dem Gaumen dienliche Beute.

Sich selbst und dem Fürstenthron, den er in der Nahrungskette bekleidet, bewusst, nähert sich der Wolf stolz einem zwischen mehreren Bauten dösenden Köter. Dieser liegt über einem alten und schmutzigen Haufen Innereien, welcher, dem Geruch nach, wohl vor wenigen Tagen noch einem Schaf zur Verdauung diente. Der Hund bemerkt ihn spät – zu spät, als dass er noch zusammen mit seinem gehorteten Futter hätte flüchten können. So bleibt diesem nur noch erschrocken aufzuspringen und seinem Gegenüber hastig seine fauligen Zähne zu zeigen. Mit stierendem Blick knurrt und keift der Köter den Wolf an. Will ihm offenbar, wenn auch nur wenig überzeugend, damit sagen:

„Verschwinde! Reiß dich sonst in Fetzen!"

Der Wolf, der sich bis jetzt nur statisch und abwartend vor dem Köter positioniert hat, zeigt ihm demonstrativ gelassen, seiner Überlegenheit bewusst, die Zähne und stimmt im Gegensatz zu dem hysterischen Kläffen des Hundes ein tiefes, brummiges Grollen an. Eines, welches aufgrund dessen Volumen dem Gegenüber augenblicklich eine Vorstellung von den Ausmaßen des im Dunkeln Unsichtbaren vermittelt.

Der Wolf gibt der lausigen Töle mit dieser akustischen Kostprobe einen Eindruck, der diese derart verschreckt, dass er sie winseln und sich unterordnend niederknien lässt. Im nächsten Moment erkennt der Hund auch die wahren Absichten des sich bedächtig nähernden Ungetüms. Er weiß, dass dieser nicht auf der Suche nach einem ihm huldigenden Rudel Straßenköter, oder einem schmutzigen Haufen Innereien ist. Der Wolf ist ein Jäger und will lebende Beute. Der Wolf will ihn. Ein Umstand, der ihn sofort aufspringen lässt.

Der taktisch agierende Jäger hat seine Beute inzwischen immer tiefer in eine enge Sackgasse getrieben, in welcher das Opfer, als es diesen Umstand erkannt hat, mit eingezogener Rute panisch umherzuspringen beginnt. Vergebens nach einem Ausgang oder Hilfe schnüffelnd, zieht sich der Hund dabei immer weiter zurück. Denn ebenso wenig wie es hier für ihn einen Ausgang aus der Sackgasse des Unvermeidlichen oder Rettung in Form anderer räudiger Köter gibt, besteht noch Hoffnung auf ein Später oder auf ein Danach.

Aber ungeachtet dessen sucht der Hund trotzdem vergebens weiter, erniedrigt sich damit immer mehr und macht sich zum Gespött in den Gedanken des Monsters. Doch das ist ihm egal. Als er schließlich mit seiner Schnauze am Ende der dunklen Gasse angekommen ist, wird er sich seines allgemeinen und nicht revidierbaren Endes, letztlich wirklich bewusst. Die Vorstellung in wenigen Momenten nicht mehr zu existieren, raubt ihm den Atem und lässt einen kalten Schauer in Form von hundert kleinen Nadelstichen über seinen Rücken laufen. Nach diesem kurzen, aber durch dessen Intensität als lang empfundenen Moment der Angst vor dem Tod, schafft er es sich ein Herz zu fassen. Im Angesicht des Todes empfindet er nun zum ersten Mal so etwas wie Stolz. Einen, mit dem er dem riesigen Tier trotzig entgegenblicken kann. Den Vorsatz gefasst, wenn er das Monster schon nicht besiegen kann, es zumindest verletzen zu wollen, springt er ihm mit aller Kraft entgegen.

Das Raubtier kann den springenden Hund bereits im Flug abfangen, indem es ihm kurzerhand in die Kehle beißt. Noch im gleichen Zug, ohne seine Zähne im Opfer nachzusetzen, wirft der Wolf dieses mit seinem geballt muskulösen Nacken hart gegen eine Mauer. Ohne ein Winseln kommt der leblose Körper an deren Grund zu liegen.

»Mein Biss hat ihm die Kehle geteilt und mein Wurf ihm seinen Hals gebrochen. Sehr schön. Du hast nichts verlernt. Du bist ein Wolf. Du bist das mächtigste aller Wesen.«

Und obwohl er jetzt nur über den Köter herfallen müsste, um seinen Hunger endlich zu stillen, nimmt er sich zusammen und verharrt noch einen Moment. Steigert damit die Vorfreude auf ein Maß, welche ihm den Speichel kitzelnd in den Mund schießen lässt. Vornehm nimmt der Wolf vor seinem Mahl

Platz, und beginnt damit, sich nicht nur an dem in seinem Inneren bis ins Unermessliche zu steigen scheinende Hochgefühl, sondern nun auch tatsächlich an dem Hund selbst zu laben. Zuerst öffnet er die Bauchdecke und nascht von den würzigen Organen wie Leber, Milz und Nieren. Den mit Unrat gefüllten Magen, wie auch den labbrigen Darm, reißt er, ihn keiner weiteren Beachtung würdigend, nur zum Zweck der Entfernung, achtlos aus der Bauchhöhle und wirft das Bündel beiseite.

»Sollen sich die Köter darum streiten.«

Heute will er nur von dem ihm gebührenden Luxus – Fett und Muskelgewebe – satt werden.

Als nach Minuten hinter ihm unvermittelt ein mehrstimmiges Knurren laut wird, lenkt ihn der Akt, seiner Befriedigung zu frönen nicht in dem Maße ab, als dass dieser sein Umdrehen verzögern würde. Doch das, was ihm sein Blick offenbart, ist es nicht wert beunruhigt zu werden. Denn wie erwartet stammen die Laute nur von mehreren dieser räudigen Köter. Gestalten von grotesk zottiger Magerkeit, die ihm seine Beute, ihren ehemaligen Freund, vielleicht auch Bruder oder Vater, vielleicht beides der Inzest verseuchten Bande, streitig machen wollen. Offen im Mondlicht verharrend, kann er sie genau sehen. Kann in ihrem Blick, in ihren Bewegungen, in ihrer Anspannung und in ihren steif aufgerichteten Ruten schiere Angst erkennen, welche sie mit ihrer Überzahl vergeblich zu kompensieren versuchen. Sein Gemüt hingegen bleibt ihrer ungeachtet ruhig und sicher.

Im Dunkel der Häusergasse geborgen, vermögen die Hunde lediglich die großen und grell gelb leuchtenden Augen der Bestie zu sehen. Nur diese, und das entblößt zur Schau gestellte mächtige Gebiss, welches das Mondlicht glänzend zurückwirft, heben sich von der Schwärze ab. Beides ist für sie in beeindruckender Höhe als statisches Bild aufgehängt. Ein Bild, dessen Inhalt zum Großteil durch die Nacht verhüllt ist.

Ein Umstand, weswegen deren Phantasie gezwungen ist, das im Verborgenen liegende fürchterliche Wesen, von dessen Augen und Zähnen ausgehend, selbst zu gestalten. Auf diese Weise entsteht in ihren Köpfen, mit den Farben der Angst koloriert, ein Wesen, welches kurz davor ist, ihnen entgegen zu springen. Diesem Anblick folgt ein aus der Dunkelheit dringendes Grollen, welches zielstrebig den Weg durch ihre Ohren und weiter in ihr Gemüt findet, und dort die Angst befeuert. Weil die Hunde hoffen, dass nicht noch mehr aus der Dunkelheit dringen möge, als das, was bereits aus ihr hervor lugt, hören sie sofort auf provozierend zu kläffen und zu knurren. Aber im Zwiespalt gefangen, weil sie solchen Hunger haben und nur zu gerne zur Tat schreiten würden, beginnen sie Sekunden darauf, statt ihr Vorhaben umzusetzen, nur erbärmlich und nervös zu winseln. Ihr Selbstschutz hindert sie schlicht daran, sich auch nur einen weiteren Schritt zu nähern.

Ihre Angst macht ihn sicher, ihre Schwäche stark. In diesem Augenblick wird er zum mächtigsten Tier der Wüste. Dies ist die Geburtsstunde einer Bestie, die, in der Phantasie anderer, sogar zu einem gefürchteten Gott wird. Zum Gott der Krallen. Ein kurzes Schnauben genügt, um die räudigen Köter in die dunkelsten Winkel der Stadt verschwinden zu lassen. Genüsslich widmet er sich weiter seinem Mahl. Einem Mahl, welches seine Rettung und zugleich das Ritual seiner Initiation, seiner Gottwerdung ist.

Der Mond über der nächtlichen Wüste ist heute etwa zur Hälfte gefüllt und die Feuer der Stadt schon längst erloschen. So kann sich dies typisch bleiche Licht, gepaart mit einer seltsamen Ruhe, über die ganze Stadt legen. Einer Ruhe, die sich keiner der Hunde, mit seinem verbliebenen Urverlangen das weiße Himmelsrund anzuheulen, zu stören traut. Haben sie doch allesamt Angst, sie könnten die Aufmerksamkeit auf sich lenken. Denn es scheint ihnen nach seiner Machtdemonstration so, als würden in jeder dunklen Gasse seine

Augen lauern und seine Zähne gieren.

Der Wolf genießt indessen weiterhin, genüsslich schmatzend, sein Abendmahl. Der mittlerweile direkt über ihm stehende Mond hat alle Schatten aus der Gasse vertrieben. Dessen heiliges Licht lässt auf den weißen Zähnen das Rot des Bluts zum Schwarz von Tinte werden. Die Gebete der Niederen an das Schicksal, sie zu verschonen – deren stumme Worte von überall her in sein Gemüt strömen – versetzen ihn in eine ungeahnte Hochstimmung. In eine, in der er als großzügiger Herrscher, als Gönner – zu gut für die Welt – die Köter heute Nacht ruhen lassen wird.

Nach seinem Schmaus zieht er sich wieder in die nahegelegenen Sandfelsen zurück, von wo er gekommen war. Auf Anhieb kann er dort eine kleine Höhle mit vorgelagertem Plateau finden. Wie geschaffen für einen Herrscher, der mit erhabener Miene auf seine neu erschlossenen Weidegründe blicken will. Zufrieden weiß er, dass er sich hier noch prächtig laben können wird. Der Pöbel da unten hat heute mit ihm seinen neuen Herrscher gefunden. Ein Pöbel, der sich als würdig erwiesen hat, dass sich ein Herrscher ihrer annimmt. Hund um Hund. Ziege um Ziege. Kamel um Kamel.

Der Wolf beginnt den Mond anzuheulen. Denn dieser ist in seiner Vorstellung die übermächtige Vaterfigur, welche ihn bei seiner Tat beobachtet hat. Beinahe aufdringlich befragt ihn der Schwarzpelz, ob er stolz auf das Werk eines seiner Kinder ist. Das immerwährende Schweigen seines Übervaters deutet der Wolf heute als wohlwollenden Segen.

Dies lässt ihn den letzten Rest an Beherrschung verlieren. Übermütig hat er Lust dazu, seine Macht ausgiebig zu demonstrieren. Jedes Lebewesen soll wissen, dass heute sein Meister gekommen ist. Der Wolf wird die restliche Nacht lang nicht müde, die gespenstische Stille mit seinem Geheul zu füllen. Nur er alleine hat die Kraft, diese Ruhe mit seinem Ausgesang zu brechen, da auch er alleine es war, welcher die

Stadt in diese bleierne Stille gelegt hat. Trunken von dem Gefühl der Macht schließt er erst im Morgengrauen – mit sich selbst unendlich zufrieden – seine Augen.

Jeder Hund und jeder Mensch hört den unheimlichen Gesang der Nacht. Später wird man sich sagen, dass die Nacht selbst, in der das Monster erschienen ist, bereits begann um seine Menschenkinder zu weinen. Denn sie wusste bereits, was geschehen wird.

10

So verstreichen die kommenden Tage ähnlich öde wie jene während seiner Wanderschaft. Doch die Nächte zwischen ihnen wachsen zu einer lustvoll aufregenden Schlemmerei, deren Inhalt er voll auskostet. Bis heute hat er schon viele Hunde, Ziegen und auch ein Kamel geschlagen. Aber sein Hunger bleibt – trotz erneut erhaltener Rundungen auf den Rippen und wieder glänzend gewordenem Fell – auf konstant hohem Niveau. Jeden Tag isst der Wolf in etwa den fünften Teil seines eigenen Gewichts – zumeist aber mehr. Wieder in seinem Unterschlupf angekommen, muss er aber das zu viel Gefressene wieder erbrechen, um einschlafen zu können. Auf diese Weise hat er sich mittlerweile schon einen kleinen Fleischvorrat für etwaige schlechte Zeiten anlegen können.

Rastlos, wie eine getriebene Seele, sucht er Nacht für Nacht die Siedlung heim. Als Kind der Dunkelheit bleibt er solange auf den Wegen zwischen den Behausungen, bis sich diese anschickt, dem Tag zu weichen. Als wäre er ein böser Geist, nimmt ihn bei Anbruch des Tages die erlöschende Dunkelheit mit sich und lässt ihn erst in folgender Nacht wieder vom

Geschirr.

Die Zweibeiner reagieren schon bald auf die vielen toten Tiere, deren Überreste seit kurzem jeden Morgen in einer Lache ihres eigenen Bluts auf der Straße liegen. Denn täglich wurden mehr baufällige Wohnhäuser zu provisorischen Ställen umfunktioniert. Die Strategie der Zweibeiner erfüllt ihren Zweck und hat für den Wolf die Folge, dass ihm sein reicher Bestand an Beutetieren entzogen wird.

Dies lässt den Schwarzpelz zwar noch nicht hungrig, doch aber zornig auf sich selbst werden. Mit seinem Überjagen des Reviers hat er die Zweibeiner förmlich zu einer Reaktion auf seine Taten gezwungen. Ein grober Fehler. Solch einer ist ihm damals in seinem Territorium nicht unterlaufen. Denn dort ist er mit seinem Rudel stets gleichmäßig verteilt umhergezogen und sie ernteten dabei gerade so viel, dass das Vieh nicht anfing schreckhaft zu werden, oder die Vielfalt darunter zu leiden begann. Der Wolf muss sich eingestehen, dass er es übertrieben hat. Aber nach einer solch langen – zum Glück hinter ihm liegenden – Durststrecke ist es ihm doch nicht zu verdenken. Das Jagen bereitet ihm zurzeit solch Freude wie noch nie. Was aber auch nichts daran ändert, dass er hier einfach zu schnell zu weit gegangen ist. So bleiben ihm nun nur noch seine erbrochenen Reserven und jene Zweibeiner, welche angekettet unter freiem Himmel stehen. Allesamt Weibchen und Kinder.

Als ihn vor wenigen Nächten sein Völlegefühl, resultierend aus einer vergessenen Ziege, übermütig werden ließ, wollte er eben diese Menschen erschrecken. Doch reagierten jene nicht mit Geschrei und Geheul. Ein Kind – dem Geruch nach ein Mädchen – hatte ihn sogar zu sich gebeten. Hatte ihre Hand nach ihm ausgestreckt. Nach ihm! Hatte den schwarzen Tod wie ihr Schoßhündchen auf seinen Platz neben sich gerufen. Verblüfft konnte er damals nur geringschätzig in ihre Richtung schnauben, bevor er weiter seines Weges marschierte. Diese Menschen – allen voran das Mädchen – sind interessant. Aber sein Essen? Wohl eher nicht. So groß ist sein Hunger noch nicht, als dass er auf eine erquickende Jagd und das anschließende Erfolgsgefühl verzichten wollte.

11

Da ihm all die Tiere weggenommen wurden, ist er seither dazu gezwungen, jede Nacht aufs Neue auf den verlassenen Wegen und Gassen der Siedlung herumzustreunen. Seine Suche nach etwas Essbarem kann er nur selten mit irgendwelchen Abfällen als Erfolg verbuchen. Verächtlich muss er feststellen, dass der Wolf zu einem Köter geworden ist. Ein Köter, der Köterdinge tut.

Aber heute zeigt ihm der in voller Pracht am Firmament stehende Mond unvermittelt einen Ausweg in Form eines stark wankenden Zweibeiners in etwa hundert Meter Entfernung. Ein Anblick, welcher eine noch nie gestellte Frage in ihm zum Vorschein bringt:

»Soll er es wagen einem Zweibeiner, einem ebenbürtigen Jäger gegenüberzutreten?«

Was ihm sein Hunger ohne Umschweife mit:

»Ja!«,

beantwortet. Eine Entscheidung, mit welcher die Nacht endlich wieder zu einer solchen gemacht wird. Die Jagd beginnt.

Vorsichtig fängt er damit an, dem Menschen nachzustellen. Bleibt zunächst im Dunkeln, wo er ihn – sich beständig nähernd – mal von hier, mal von dort beobachtet. Als der Zweibeiner das Gefühl, dass ihn jemand verfolgt, zur Gewissheit befördern und diesen Jemand als Bestie im schwarzen Pelz mit leuchtenden Augen identifizieren kann, erkennt der Wolf, dass von diesem Exemplar keine Gefahr ausgeht. Denn statt anzugreifen, versucht der Mensch zu flüchten. In dessen Witterung – Ausdünstungen von Schweiß und Alkohol – findet der Wolf sogar eine scharfe Note, welche deutlich von großer Angst zeugt. Die Jagd macht ihm Spaß und er beginnt mit einem Vertreter seiner ewigen Konkurrenten zu spielen. Knurrt hier und dann doch wieder da. Huscht – in dessen Augenwinkeln nur als Schatten sichtbar – von einem Hinterhalt zum nächsten. Lässt ihn erschrocken wirr und torkelnd umherlaufen. Scheucht ihn überheblich wie lahmendes Kleinvieh vor sich her.

Inzwischen ist der Zweibeiner – von einer erschreckend geringen Kondition zeugend – bereits mehrmals über die eigenen Füße gestolpert. Schafft es aber noch aufzustehen und sich zu einer Tür zu retten, auf welche er mit beiden Fäusten so heftig einschlägt, dass diese beinahe einbricht. Dort fleht dieser aber vergebens um Einlass, denn sie bleibt ihm verschlossen. Ohne länger vor der Türe auszuharren, läuft er weiter zur nächsten. Doch auch jene verwehrt ihm Einlass und Grund zu weiterer Hoffnung.

Der Zweibeiner läuft und läuft. Fällt auf den Boden. Steht wieder auf, nur um erneut zu stürzen. Das Spiel wiederholt sich so lange bis der Mensch nicht mehr kann. Völlig erschöpft lässt er sich schließlich endgültig zu Boden fallen. Gewährt damit seinem Schicksal freien Lauf. Gibt sein Ja-Wort zur Vermählung mit dem Tod. Um welche sich die Bestie als Teil einer höheren Gewalt auch nicht lange bitten lässt. Der Wolf fällt über ihn her, tötet ihn und lauscht dem in ihn übergehenden Fluss. Erst als dessen pulsende Wogen versiegt sind, zerrt er den leblosen Körper in eine dunkle Gasse, wo er ihn verspeist.

Der Wolf ist enttäuscht. Er hatte die Zweibeiner bisher für ebenbürtige Jäger gehalten, welche es immer galt mit ausreichend Abstand zu umgehen. Wie konnte er sich all die

Jahre lang nur so täuschen. Sie sind ihm klar unterlegen. Ihre abwehrenden Hände, mit denen sie wild und kraftlos herumfuchteln, sie vor ihr Gesicht halten, als könnten sie mit diesen ihren Hals schützen, sind schnell abgetrennt. Seine übertriebene Vorsicht, zu der er all die Jahre erzogen wurde, sie und ihre Werkzeuge zu meiden, war gänzlich unberechtigt.

So geschieht es, dass sich der Mensch, der zudem noch vorzüglich, ähnlich wie zartes Rind mundet, in seine kulinarische Nahrungspalette einfügt. Ihren Platz in der Nahrungskette bestimmt er etwas über einem Reh, aber noch weit unter einem Hirsch, Bison oder anderen ernstzunehmenden Gegnern.

12

Die Tage vergehen und die Nächte sind nicht mehr schwarz, sondern blutrot. Er jagt sie einzeln oder reißt sie im Rudel. Die Fertigkeit, mit der er sein Mahl anrichten kann, wird aufgrund der vielen Exemplare, an denen er eifrig und mit größtem Vergnügen Erfahrung sammeln kann, zur wahren Kunst. Der Wolf hat einen Weg eingeschlagen, auf dem er in einen Zustand gerät, in welchem er völlig befreit von Hemmungen seiner Lust und den lukullischen Genüssen frönen kann. Sein Jagdtrieb wird unverhältnismäßig und dient nicht mehr der Nahrungsbeschaffung sondern existiert nur noch um seines selbst willen. Das Töten eines Raubtiers wird zum Morden. Wird zu einer brutalen Machtdemonstration und peinlichen Demütigung der Opfer.

Der Wolf tötet seine Beute nicht mehr sofort und weitestgehend schmerzfrei. Nein, über solche Barmherzigkeiten ist er hinweg. Viel lieber spielt er mit ihnen. Zuerst erschreckt er die Zweibeiner, taucht mal hier, mal da auf. Füttert sie minutenlang mit Angst, bevor er diese zu Panik werden lässt, indem er sie noch einige Sekunden vor sich her scheucht. Erst dann ist ihr Blut reif, ist es aufgeputscht genug, um aus ihrer Kehle gefördert zu werden. Das Adrenalin, welches sie, durch ihn ausgelöst, als besondere Würze in ihr Blut schütten, sieht er als ihre Huldigung, als Geschenk, welches ihn in einen machtbesessenen Rausch versetzt. Eine Wirkung, nach der er – obwohl er sie anfangs nur beiläufig bemerkte aber dankbar würdigte – mittlerweile süchtig geworden ist.

Die Zweibeiner in diesem Rudel haben große Angst. Kann man sie doch mit der Nase förmlich aus jedem Winkel dringen und damit die gewaltige Dunstglocke nähren sehen, unter welcher diese Siedlung gefangen ist. Es heißt, es geht ein Fluch um. Ein zu Fleisch und Zahn gewordener Schatten. Einer, der nur des Nachts existieren kann, weil dieser direkt aus ihr geboren wird. Einer, der sich aus Schwaden ihrer Dunkelheit so lange zu einem schwarzen Knäuel verdichtet, bis er körperlich geworden, zu einem Monster geformt um die Häuser ziehen kann. Zu richten über die Lebenden – die Schuldigen, wie die Unschuldigen.

Lediglich mit ihren Kindern hat er Mitleid. Diese hat er inzwischen sogar auf eine seltsame Weise lieb gewonnen. Sie scheinen ihm so schön, so zart und zerbrechlich wie keine anderen Lebewesen zu sein. Außerdem wäre von den mageren kleinen Gestalten ohnehin nicht mehr als Haut und Knochen zu holen.

Eines Nachts wird er schließlich sogar dem ihn an seine Seite bittenden Mädchen hörig, welches festgebunden auf freier Flur ihm zum Fraß vorgeworfen scheint. Seit dieser Nacht macht er es sich zur Gewohnheit, sie in den Morgenstunden, zusammen mit einem schweren Völlegefühl im Magen, aufzusuchen. Lässt sich das Kind doch nicht von seiner bluttriefenden Schnauze irritieren, welche von dem Massaker herrührt, das er täglich unter Ihresgleichen anrichtet. Denn jede Nacht aufs Neue krault sie ihm dessen ungeachtet ausgiebig sein Fell und befreit ihn dabei von Läusen. Dies wird ihm ein Abschlussritual, welches einer erfüllten und befriedigenden Nacht die Krone aufsetzt. Ein Abschluss, bei dem die größte Anstrengung jene ist, sich nicht der wohligen Müdigkeit zu ergeben.

Mit der Zeit, als er begreift, welche Ausmaße diese gigantische, nie zu versiegen drohende Quelle hat, hört er auch auf, mehr zu essen als nötig. Zumal er sicher ist, dass es niemals wieder eine Zeit der Entbehrung geben wird, wegen der man gut beraten wäre, sich einen Vorrat zu halten. Denn der Gestank von vergorenem Erbrochenem und verwesendem Fleisch in seiner Höhle hat mittlerweile schon luftabschnürende Ausmaße angenommen. Und lockt damit doch nur noch mehr Fliegen und andere Tiere an, welche ihm mit ihrer Präsenz am verdienten Verdauungsschlaf stören oder gar hindern.

13

In der Nacht, welche seine letzte in dieser Stadt sein wird, bricht er wieder zeitig auf. Sein Herz schon eifrig vor erregter Vorfreude pochend, stellt er sich selbst seine wichtigsten Fragen:

»Wie will ich es heute machen? Welches Fleisch soll ich essen? Will ich heute vielleicht einem Zweibeiner die Beine zerfleischen? Ihn noch eine Zeit lang am Leben und mir bei meinem Werk zusehen lassen? Mich am Stumpen seines

Oberschenkels festbeißen? Kauend, leckend den Saft trinken, welchen mir sein kräftig pochendes Herz in den Rachen spritzt?«

Oh, dies ist ein verruchter Gedanke. Einer, der ihm zwar verboten abartig erscheint, ihn aber andrerseits auch so enorm erregt, dass er das Hindernis der Hemmschwelle leicht bewältigen könnte. So sehr, als würde jener Trieb, welcher der Fortpflanzung dienlich ist, am gleichen Strang mit dem des Jagens ziehen. Sein Verlangen nach mehr Lust, mehr Begierde, lässt diesen Trieb in ihm immer ausschweifendere Bilder malen. Was er will? Ganz klar – mehr! Die Fragen wie er dieses:

»Mehr!«,

erreicht, hat er sich zwar noch nicht beantworten können, lässt diese aber trotzdem ruhen. Denn sogar er selbst, in einem Zustand gefangen, in welchem er jegliches Maß und Ziel aus den Augen verloren hat, erkennt die Gewichtigkeit dieser Fragen als Luxusproblem. Weshalb der Wolf, ohne sich eine unnütze Last aufgebürdet zu haben, aufgeregt sein Tempo erhöht.

»Die Entscheidung wird sich finden.«,

denkt er sich selbstgefällig und läuft weiter der warmen Platte des Festbanketts entgegen, welches einzig und allein ihm zu Ehren bereitet wurde. Ausschließlich der Vorsatz, sich ausgiebig wie bei einem Buffet an den Speisen zu bedienen, ist gesetzt. Was er alles kosten will, ist ihm hingegen einerlei. So wie auch die Frage, welche Würzmischung – die sich aus der Art und Weise seines Vorgehens ergibt – er versuchen will. Am besten etwas hiervon und etwas davon. So beschließt er, von allem ein wenig zu nehmen, oder besser noch, von allem mehr zu nehmen!

Über die Zeit hat er für sich einen guten Weg aus den Hügeln entdeckt, auf welchem er routiniert hinabsteigen und bald in der Siedlung angelangen kann. Doch findet der Wolf diese heute in hellem Aufruhr vor. Schon von weitem kann er Fackelzüge, der mit improvisierten Waffen wie beispielsweise Knüppeln ausgestatteten Grüppchen, durch die nächtlichen Gassen patrouillieren sehen.

»Will sich dieses Geschmeiß wirklich mit mir messen? Ist vielleicht das, wonach mich immer noch so unstillbar dürstet, gar wieder ein Kampf?«

Durch sein mit diesen Gedanken augenblicklich in Wallung geratenes Blut, kann er sich die Frage einsilbig selbst beantworten:

»Ja!«

Aber stets geschickt taktierend wird er ihnen einstweilen noch aus dem Weg gehen. Will er doch noch warten, bis sich ihre Herden wieder zerstreut haben. Dann erst wird er damit beginnen sie zu umkreisen, um sich nach und nach, einen um den anderen zu holen. In großzügiger Gönnerlaune lässt er die Zweibeiner erst noch etwas müde werden. Bis es soweit ist, wird er um die etwas außerhalb liegenden Häuser ziehen.

Minuten später, dort angelangt, findet er eines davon unverschlossen, dessen Tür einen Spalt weit geöffnet, ihn damit freundlich einladend vor. Hätte diese kein leises Knarzen von sich gegeben, wäre er völlig lautlos eigedrungen. Der Lehmboden der Hütte ist bedeckt mit Teppichen. Eine Ecke ist sogar mit einem Kissenberg gepolstert. Auch sieht er einen Tisch, auf dem eine offene Flamme und viele funkelnde Türmchen aus einzelnen Scheiben gestapelt stehen. Und von überall dringt penetranter Geruch von Zweibeinern auf ihn ein, als ob er in ein von ihnen nur so wimmelndes Nest getreten wäre.

Plötzlich, ohne eine Vorankündigung, trifft ihn großer Schmerz im Rücken. Dieser lässt ihn zuerst in die Knie zusammenzucken, bevor es ihm möglich ist sich umzudrehen. Dort hinter ihm kann er einen mit einer Peitsche bewaffneten Zweibeiner mit seltsam verzerrtem Gesicht sehen. Dieser holt erneut mit der Waffe aus, um ihm den ledernen Riemen diesmal über das Gesicht zu schlagen. Doch dazu bleibt dem Zweibeiner keine Zeit mehr. Der Wolf trennt ihm die Hand mit der dieser die Peitsche führt mit zwei beherzten Bissen weitestgehend vom restlichen Arm ab. Mit durchtrennten Knochen hängt ihm diese – blutüberströmt und verstümmelt – so nur noch an einzelnen Hautfetzen und Sehnen herab. Laute Schreie erklingen in seinen Ohren, gefolgt von einem dumpfen Schlag, als der stark blutende, sich schmerzerfüllt selbst verschüttende Mann vor seinen Füßen zusammenbricht.

Es ist ihm egal. Nicht deswegen ist er plötzlich so schrecklich nachdenklich geworden. Derart abgelenkt, vergisst er sogar zu essen. Doch durch irgendetwas ausgelöst, erinnert er sich auf einmal wieder, wieso er überhaupt in diese Stadt gekommen war. Was er suchte und was ihn so weit getrieben hatte. Mit einem verbliebenen Finger im Maul fällt es ihm wieder ein. Denn der Finger riecht nach diesem Grund. Sein Freund! Er ist auf der Suche nach dem verlorengegangenen Zweibeiner!

Durch einen lichten Augenblick zur Raison gerufen, kümmert er sich weder um den blutenden, noch um die ihn suchenden Zweibeiner. Er läuft einfach weg. Läuft und läuft, so lange bis er wieder in seiner Höhle ankommt.

Plötzlich von seinem Blutrausch ernüchtert, ist er endlich wieder zu sich gekommen. Ja, er weiß wieder, was zu tun ist.

»Wie konnte ich ihn nur vergessen?«
Bei diesem Gedanken kommt ihm auch die Frage in den Sinn, ob er ihn überhaupt noch als Freund haben will. Nun da er um die große Schwäche dessen Rasse weiß. Oder würde sein Zweibeinerfreund ihn noch als Gefährten wollen, wenn dieser wüsste, was er an seinesgleichen gerichtet und vollbracht hat. Welchen Gräueltaten er mit purem Genuss verfallen ist.

Schwere Gedanken von der Sorte, welche ihm trotz größter Anstrengung einfach keine Ruhe geben wollen, bestimmen in diesem Augenblick sein Denken. Und da er sie – allgegenwärtig wie diese Gedanken hier sind und bleiben werden – nicht verdrängen kann, ist er gezwungen, selbst diesen Weidegrund zu verlassen. Gedemütigt kommt der Wolf in diesem Moment zum Entschluss, dass er der beinahe völlig verschwundenen Spur, welche stark fragmentiert aus der Siedlung führt, folgen muss. Versucht er doch mit dieser Reaktion seinen sprunghaft kapriziösen Launen, einzig und alleine von seinen Trieben ausgehend, und bisher den maßgeblichen Teil seiner Gedankenwelt bestimmend, entgegenzuwirken und ihnen damit ihre Herrschaft über ihn zu entreißen. Reuig nimmt sich der Wolf vor, sich derartige Kapriolen nicht mehr zuzugestehen. Überdies hinaus will er sogar versuchen, die Berg- und Talfahrt seiner Stimmung in Zukunft zu glätten, die Gipfel flacher und die Scheitel kontinuierlicher werden zu lassen.

Mit eingezogener Rute trollt er sich, verschwindet für immer von diesem Ort seiner Niederlage. Nur zu gerne würde er sich von der Scham trennen, sie wie unnützen Ballast einfach hinter sich lassen, selbst wenn das Herausreißen derer tief reichenden Wurzeln einen Teil von ihm als Preis kosten würde. Aber sie bleibt haften und lässt sich auch nie mehr abschütteln. Diese Schande, sich mit seinen Taten am Rudel seines besten Freundes vergriffen zu haben, bleiben für immer ein Teil von ihm, deren Blut wird in seinem Gedächtnis zu einem ewig währenden Mal werden.

Erneut steht der Mond in voller Blüte, das zweite Mal seit seiner Ankunft. Und sein Übervater, bei dem er sich vor Tagen so intensiv versucht hatte zu profilieren, lässt heute keine Gelegenheit ungenutzt, ihn hämisch und mit unverhüllt stierendem Blick auszulachen. Ist dieser doch sein alleiniger Gesetzgeber, Richter und Vollstrecker.

Gedemütigt und besonnen darauf bedacht, sein Ziel kein weiteres Mal derart aus den Augen zu verlieren, zieht er weiter.

14

Schon bald hat der Wolf seinen Rhythmus in einer steten Routine gefunden. Des Tags verweilt er so lange in dem zerklüfteten Hügelkamm, bis es Abend wird, um von da an in den Schatten der spärlichen Vegetation überzugehen, um sich dort seiner Nahrungssuche zu widmen. Des Nachts bewegt er sich hingegen mit erhöhtem Tempo. Ein Tempo, welches er oft, aufgrund jener Nager, welche nun erst aus ihren Löchern schlüpfen, unterbrechen muss. Denn diese zu ignorieren gelingt ihm nicht, will er sie doch reißen und sie sich einverleiben.

Auf diese Weise erlernt der Wolf aufs Neue das unschuldige Töten eines Raubtiers, so wie es sein soll. Ein Töten, das ihm und seinesgleichen gerecht wird. Ein schnelles Töten aus dem Zwang heraus, selbst zu überleben. Das Demütigen, Verängstigen und Peinigen, all diese verbotenen, wenn auch äußerst schmackhaften Würzmischungen, verbietet er sich – lässt diese nicht mehr in seinen Opfern entstehen und reifen. Denn diese waren es, die ihn vom Raubtier zum vielfachen Lustmörder werden ließen.

15

Sobald die Nacht hereinbricht, zieht der Wolf weiter. Zieht so lange immer weiter und weiter, bis er schließlich in einem Hügeltrichter angelangt ist, an dessen Grund, im Bereich der einander berührenden Flanken, sich eine Kerbe, und in dieser ein zum Gipfel hinaufführender Pass gebildet hat. Dort oben angelangt, findet er auf diesem eine kleine Gruppe laut lachender Kameltreiber mit ihren Tieren.

Der Wolf wartet und beobachtet den steigenden Mond einerseits und die Gruppe andererseits. Ein Versteck benötigt er nicht, um im geringen Abstand zu ihnen zu verweilen. Sein schwarzes Fell in schwarzer Nacht ist Deckmantel genug. Zumindest solange er nicht noch näher ans Feuer tritt, dessen Schimmer seine Tarnung lichterloh verbrennen lassen würde. Aber wenn die Zeitspanne im überschaubaren Rahmen bleibt, kann sogar er warten. Denn mit jeder aus der Glut züngelnden Flamme weniger, rückt er näher. Flamme um Flamme. Schritt für Schritt.

Er sieht ihnen zu, wie sie zuerst singend und lachend am Feuer sitzen, und später, als sie die Dunkelheit bereits völlig umschließt, sich jeder für sich zurückzieht. Einer dieser Zweibeiner erweckt sein Interesse im besonderen Maße. Diesem scheint irgendein eigentümlicher und herausragender Schimmer einer Bestimmung anzuhaften, auf welchen er empfindlich reagiert. Dieser ist der älteste unter ihnen und zugleich auch jener mit dem stolzesten Blick. Der Mann scheint mit besonderen Privilegien wie ein Rudelführer ausgestattet zu sein, da er sich als einziger in eine überdachte Felsnische zurückzieht, während die anderen unter freiem Himmel auf der zugigen Kuppe kampieren müssen.

Langsam, als schließlich auch das letzte Flüstern verstummt ist, kann nun endgültig die Ruhe einkehren. Inzwischen steigen nur noch dünne Rauchfahnen von dem langsam versiegenden Feuer hoch und winken ihn durch leicht seitwärts wehende Böen zu ihrer Glut, ihrem Mutterschoß. Der Wolf folgt ihrer einladenden Geste und steht wenige Schritte später inmitten ihres Lagers. Unbemerkt und befähigt sie allesamt zu töten. Doch es reizt ihn nicht. Denn in seiner neuen Rolle des unsichtbaren Schattens, der unbemerkt im Hintergrund der

Nacht agiert, fühlt er sich erhebend wohl. Er will sie nur beobachten, sich damit begnügen, sich seiner Macht nur wieder für einen kurzen Moment bewusst zu werden. Doch wird ihm dies gesteigerte Lustempfinden, welches er in sich entstehen lassen will, nach wenigen Momenten beinahe peinlich. Denn dem Wolf wird bewusst, dass ihn sein Unterbewusstes bereits jetzt schon wieder lüstern an jener Frucht schnuppern lässt, welche er die letzte Zeit zur Genüge gekostet, welche ihn erst verdorben und schließlich auch vergiftet hat. Dieses mit jener Erkenntnis plötzlich in ihm hochgekommene Schamgefühl kann er aber damit besänftigen, indem er sich immer wieder sagt, dass er seine Macht nicht den Zweibeinern, sondern nur sich selbst demonstrieren will. Seinem Instinkt, seinem Trieb gibt er eine klare Abfuhr:

»Nein«,

er will die Kameltreiber wirklich nur beobachten. Einen nach dem anderen. Will zusehen, wie friedlich diese zerbrechlichen Wesen schlafen können. Will Ausschau nach gefährlichen Untieren in der Gegend halten. Will er sie doch sogar bewachen und vor Unheil behüten.

Der Älteste unter ihnen, jener, dessen Aura dem Wolf schon von Anfang an aufgefallen ist, erwacht plötzlich bei seiner nächtlichen Visite. Augenblicklich sieht der Mensch nur noch die zwei großen gelbbraunen Augen, wie einen zweiten und dritten Mond im nächtlichen Äther vor sich schweben.

In dieser Position verharrend, der Zweibeiner liegend und der Wolf halb über ihm stehend, starren sie sich eine lange Zeit an. Doch der Zweibeiner wirkt keineswegs erschrocken. Dessen Mut und Entschlossenheit bilden gemeinsam ein solch starkes Rückgrat in ihm, welches der Wolf bis jetzt noch nicht in der Lage war, mit seinem Blick zu brechen. Wieso er dies überhaupt versucht, ob er aus Übermut oder aus Gewohnheit seinen Vorsatz vergessen hat, könnte er sich nicht beantworten. Stellt er sich doch noch nicht einmal die Frage danach.

Nichtsdestotrotz kann er in dem Zweibeiner einen Willen lokalisieren, der ihn wie ein Stützpfeiler stur am Einknicken hindert. Verblüfft, weil er einen solchen noch nie bei einem Menschen finden konnte, muss er feststellen, dass ihm dieser die nötige Kraft verleiht, seinem Blick, dem des stumm thronenden Raubtiers, mit aufrechtem Geist zu widerstehen.

Doch ganz allmählich schwindet dieser spezielle Glanz der Tapferkeit in den Augen des Zweibeiners. Der Wolf sieht sie trocken werden und den Mann vermutlich stark zu schmerzen beginnen. Sieht sie zu zwei Glutstücken werden, welche sich unaufhaltsam durch ihre Höhlen weiter in sein Gehirn brennen wollen. Der Zweibeiner kann dem bohrenden Blick nicht länger standhalten. Er stößt die Bestie beiseite, springt auf und greift impulsiv zu dem neben ihm liegenden Reiterdegen – aber der Wolf ward bereits wieder mit seiner Mutter, der Nacht, verschmolzen. Ein Umstand, welcher dem Menschen das Erkennen eines Schattens in der Nacht unmöglich macht.

Ein solches Problem hat der Wolf nicht. Dieser kann seinen Kontrahenten beobachten, wie er – ungeschützt auf freier Flur stehend – alle Richtungen nach ihm absucht. Dabei blickt er auch direkt auf ihn, vermag ihn aber trotzdem nicht zu sehen.

»Welch Schafe die Zweibeiner doch sind.«,
schmäht er von seiner erhabenen Warte aus die Menschen im Allgemeinen.

Der Mann, als hätte er eben den schlechtesten Traum seines Lebens gehabt, wischt sich erst die Schweißperlen von der Stirn und versucht dann, seine Atmung mit tiefem Schnaufen zur Ruhe kommen zu lassen, bevor er sich wieder auf seinem Lager ablegt. Gedemütigt und seiner eigenen Vergänglichkeit, seiner Winzigkeit, seiner, einer Ohnmacht ähnlichen Schwäche, welche er stets so gut hinter einer bestehenden Hierarchie zu verstecken gewusst hatte, bewusst, gleicht sein Blick nun dem eines alten und käsig blassen, durch Weinerlichkeit über sein vergeudetes Leben, gebückten

Greises.

Was noch keiner der beiden Charaktere weiß, ist, dass die Nacht mit ihren schlechten Träumen heute noch zu finsterer Realität werden wird. Denn der Mensch hat nicht irgendeinem beliebigen Wolf in die Augen gesehen, sondern seinem ganz eigenen und persönlichen Schicksal, dem er direkt und zum Greifen nahe gegenüber stand.

Mit dem Degen neben sich und den Dolch mit gefasstem Vorsatz, falls es der Wolf noch einmal wagen sollte ihn zu besuchen, dass er dann dessen Herz von diesem Stahl kosten lassen will, in seiner Hand unter der Decke versteckt, kann er erst nach gewiss einer Stunde und einigem Wenden um die eigene Achse, wieder einschlafen.

Zu späterer Stunde pflanzt der Mond erneut seinen Samen, worauf wenig später die Nacht wiederholt einen Wolf mitten in das Lager gebärt. Mit diesen Eltern zur Seite beginnt sich dieser erneut aus ihrer Schwärze zu extrahieren. Materialisiert sich zu einer Form und lässt einen um den anderen Zahn des sich weitenden Mauls, umrandet von schwarzen Lippen, im Mondlicht aufblitzen.

Der Wolf weiß, dass der Mann stark ist. Er weiß, dass sich dieser schon bald wieder von der heutigen Heimsuchung erholt haben wird. Er weiß, dass dieser Mann alles tun wird, um sein Ziel zu erreichen. Eine Intuition, ein sicheres Gefühl aus der Magengegend, von dort, wo sich der Bote des Schicksals eingenistet hat, sagt ihm, dass er alles tun muss, um jenes zu verhindern. Er selbst ist in diesem Moment das personifizierte Schicksal, dessen Bestimmung er Schlag um Schlag an deren Empfänger weitergeben wird. Doch es liegt ihm nichts an dessen oder an seiner Freunde Tod. Vielmehr muss er nur dafür Sorge tragen, dass ihr Ziel endgültig aus der erreichbaren Nähe ihrer Möglichkeiten schwindet. Sich dieser Erreichbarkeit soweit entzieht, als wolle eine bloße Hand, obwohl von einem großen Willen geführt, direkt nach dem

Mond greifen. Auch wenn ihm das Vorhaben der Gruppe nicht bekannt und auch egal ist, weiß er trotzdem, was er zu tun hat: Er muss eben dieses unmöglich machen. Deshalb sind es nicht die Menschen, sondern die Tiere, die sterben müssen. Der Blutzoll all der vielen Kamele dieser Karawane muss als Tribut eingefordert werden, damit die Zweibeiner passieren dürfen. Da diese in der Überzahl und obendrein bewaffnet sind, muss es schnell gehen. Und da sie vermutlich sogar mit ihren Waffen umzugehen wissen, rücken sie zusammen mit diesen zumindest auf den Rang wehrhafter Schafe, vielleicht sogar auf jenen, auf dem sie mit Böcken gleichzusetzen sind hoch. Weshalb es nicht nur zügig, sondern regelrecht eilig und damit zwangsläufig brutal vonstattengehen muss.

Auf leisen Tatzen schleicht sich der Wolf zu den allesamt friedlich schlummernden oder dösenden Tieren hinüber. Weder wissend, noch ahnend, dass gleich das Schicksal über sie hereinbrechen wird, dass sie gleich Opfer eines größeren Ziels werden müssen. Sogleich wählt das Raubtier den Startpunkt seines tödlichen Laufs, seines lebenstilgenden Wischens aus und beißt dem ersten Tier, das ruhig schnaubend am Boden liegt, mit aller Kraft seines mächtigen Kiefers – welcher sogar Knochen zum Bersten bringen kann – in dessen ungeschützte Kehle und reißt aus ihr ein blutendes Stück heraus. Zu mehr als einem reflexartigen Zucken, bevor das Tier seinen Hals hängen lässt, ist das Kamel nicht mehr fähig. Intuitiv macht er einen Satz auf das Hinterteil eines anderen, bereits flüchtenden Tieres, welches er mit der Wucht seines beschleunigten Gewichts zu Boden reißen kann, um dort einen weiteren tödlichen Biss in die Kehle zu vollziehen. Eines versucht ihn sogar erschrocken tot zu trampeln. Er kann aber ausweichen, und so folgt einmal mehr der tödliche Biss. Ein anderes läuft panisch ins kontrastlose Dunkel der Nacht hinaus – in dem es nichts als Schwarz sehen kann, bis es jäh den Boden unter den Füßen verliert, bevor sie diesen als heftigen

Schlag ins Gesicht wieder findet – und stürzt sich selbst ungewollt auf diese Weise von einer der naheliegenden Klippen zu Tode. Immer wieder der tödliche Biss, Biss, Biss. Erledigt. Es ist getan. Das Werk vollbracht.

Die wenigen Sekunden, welche die plötzlich entfachte Unruhe dafür benötigt, die schlafenden Soldaten zu wecken, waren für den Wolf ausreichend. Weshalb den Menschen, zwar mit gezogenen Waffen und gespannten Muskeln, anstatt zu kämpfen, nichts anderes übrigbleibt, als nur noch ziellos durch die matschige und in dem sandigen Boden versiegende Blutsuppe zwischen den Reihen ihrer toten oder noch jäh zappelnden und noch jämmerlich blökenden Tiere zu waten. Ein Anblick, der in ihren Gesichtern das blanke Entsetzen, hoffnungslose Ratlosigkeit und in Anbetracht des vielen Blutes auch Ekel und vor allem Angst lesbar macht. Ihnen allen ist klar, dass ihre Mission, so wie sie ursprünglich geplant worden war, eben zum Scheitern verurteilt worden ist.

Ihr Anführer, Bernardo Galan, ist sich seiner Schuld durch das Versäumnis, nicht versucht zu haben, dem Monster einen Dolch in dessen schwarzes Herz zu rammen, bewusst. Aber sich nicht länger mit der Schuldfrage beschäftigend, gibt er seinem unter Schock stehenden und dadurch weitestgehend handlungsunfähig gewordenen Gefolge sofort Anweisung, dass jeder so viel Proviant und vor allem Wasser schultern soll, wie er tragen kann. Danach brechen sie auf, sputen sich, bevor sie selbst das nächste Ziel einer Bestie werden, wie sie die Welt wohl noch nicht gesehen hat.

Der Wolf blickt ihnen nach und ist schwer beeindruckt von diesen Zweibeinern. Beeindruckt deswegen, da diese ihr Ziel nicht aus den Augen verloren haben. Und mit einem Anführer wie diesem an ihrer Spitze werden sie es – komme was wolle – wohl auch nie verlieren. Aber trotzdem werden sie ihr Ziel niemals erreichen, denn ein starker Wille alleine reicht nicht. Dafür wird gesorgt werden. Wenn auch nicht mehr durch ihn, dann mit Sicherheit durch jemand anderen.

Mit angenehm befriedigtem Gemüt, seinen Anteil an Schicksalskraft abgegeben zu haben, nährt er sich in aller Ruhe von den daniederliegenden Kamelen. Schließlich, als auch der letzte Freiraum seines Magens gefüllt ist, schlägt der Wolf den entgegengesetzten Weg zu ihnen ein, welcher sich, leicht zu erkennen und nach einem kurzen gemütlichen Abstieg in der Art eines Verdauungsspazierganges, im nicht gebärfreudigen Becken einer weiten Wüstenlandschaft ergießt. Der Morgen graut bereits, weshalb er vor einem weiteren Vorrücken zurückschreckt. Er wird warten müssen, denn nicht noch einmal möchte er den Fehler begehen und sich am helllichten Tage in eine Wüste wagen. In den schartigen Felsgebilden hier kann er auch bald ein geeignetes Dach über dem Kopf finden. Hier in diesem schattigen Plätzchen geborgen wird er die Nacht – bis diese erneut ihren schützenden Umhang über ihn auswirft – in aller Ruhe abwarten können. Der Umstand, dass er heute richtig satt den Tag beginnen kann, verhilft ihm dazu, das Warten auf seinen nächsten Lauf mit einer stoischen Ruhe und mehreren Schläfchen sogar genießen zu können.

16

Bei den letzten, den Himmel durchdringenden Sonnenstrahlen des Tages, die nur noch sanft auf die Wüste herab nieseln, erhebt sich der Wolf wie durch ein eindeutiges Signal – einem Weckruf gleich – alarmiert, und zieht los. Er muss sich tunlichst beeilen, etwas zu finden, was ihm am morgigen Tage Schutz spenden kann. All sein Vertrauen, alle Hoffnung muss er in die schwache Witterung seines Freundes legen. Seine Nase genau auf diesen Duft ausgerichtet, folgt er jenen Partikeln, welche als Träger noch eine Nuance dieses einen Geruchs auswerfen, immer weiter. Seine Gangart hat er inzwischen in die schnellste versetzt, welche ihm durchzuhalten möglich ist.

Nach kurzer Zeit kreuzt ein Tier – eine kleine Schlange – seinen Weg. Diese hat jedoch genauso wenig mit ihm, wie er mit ihr gerechnet. Aus einem Reflex heraus und ungeachtet ihrer womöglich bedrohlichen Giftigkeit tritt er auf ihren Kopf, und hätte deren Rückgrat damit schon alleine mit seinem Gewicht gebrochen, würde der Sand nicht zurückweichen, und beißt ihren Hals direkt hinter seinem Ansatz ab. Er isst sie, obwohl er noch keinen Hunger hat. Er isst sie, obwohl sie ihm so gar nicht schmecken mag. Er isst sie, weil er ein Raubtier ist und ihr Tod nicht vergebens, ihr Fleisch nicht vergeudet gewesen sein soll. Ihr Fleisch soll ihn zumindest ein wenig nähren und ihm damit ihren letzten Dienst erfüllen. Denn mit ihrem ihm geleisteten Tribut – einem, der für sie die ganze Welt einschließlich ihres Lebens dargestellt hat, aber selbiger für ihn in Wirklichkeit nur ein geringer Obolus gewesen ist – lässt auch sie seinen Weg um eine gewisse Strecke länger werden.

Der Wolf hält sich nicht länger als erforderlich auf und läuft entschlossen weiter. Folgt der Spur seines Freundes, welche auf dem neutralen Untergrund wie ein Garn aus rötlichem Licht als Leitfaden erscheint, der es ihm unmöglich macht, ihn zu verfehlen. Der Wolf rennt durch die nächtliche, für ihn hell erleuchtete Dünenlandschaft und wird dabei schneller und schneller. So als ob er von einem unsichtbaren Feind gejagt werden würde. Doch hat er weder Angst, noch gibt es einen Jäger, den er hätte fürchten müssen. Er läuft nur, weil er die schiere Energie dazu hat. Energie, die einfach nicht weniger werden will. Läuft und läuft, inzwischen direkt und ohne jeglichen Umweg, geradewegs über die Dünen hinweg.

Ab und an meint er Geräusche zu hören, es ist aber niemand zu sehen, der diese verursacht haben könnte. So ertönt ein Raubtierbrummen, ein Blätterrascheln im Wind, das Plätschern eines rauschenden Bachs, das Knistern von sich unter seinen Pfoten verdichtenden Pulverschnees und das Poltern einer in den Bergen abgehenden Geröllawine. Unfähig, die Ursache zu identifizieren, aber diese durch eine ausbleibende Konsequenz als ungefährlich interpretiert, interessiert sie ihn nicht weiter. Denn er alleine ist der nächtliche Schatten, der starke Räuber, und nicht etwa das Opfer, welches sich durch Drohgebärden seiner eigenen Ängste in Verbindung mit seiner Phantasie vor dem Unbekannten fürchten muss.

Der Wolf läuft aufwärts, der Wolf läuft abwärts, keinem verborgenen Ziel am Horizont entgegen, dem man in dieser Unendlichkeit hätte näherkommen könnte, sondern lediglich einer Spur folgend, welche aber langsam deutlicher zu werden beginnt. Mit voller Kraft einem Zustand hinterher, welcher ihm momentan als das einzig erstrebenswerte Ziel erscheint. Die Gedanken an das ersehnte Ideal in Verbindung mit dem festen Glauben daran, dieses wirklich erreichen zu können, machen ihn taub dafür, seine brennenden Muskeln zu spüren. Will er doch endlich wieder mit seinem Freund, dem Zweibeiner, vereint sein. Wünscht er sich doch nichts sehnlicher, als wieder in einer Beziehung geborgen zu sein.

Mit jedem Hauch, um welchen die Witterung kräftiger wird, werden weitere Energiereserven ausgeschüttet. Dadurch inzwischen so überquellend erfüllt von Willen und Kraft, geben ihm beide die Sicherheit, für einen langen Sprint bereit zu sein. Auf die größtmögliche Geschwindigkeit eines Wolfs beschleunigt, bringt ihn dieser Galopp weder außer Atem, noch wird er müde, diese auf konstantem Niveau zu halten. Versetzt ihn dieses Tempo doch stattdessen in einen schier beflügelnden Rausch. Denn so muss sich ein Vogel fühlen, wenn sich dieser, von einem Sturm getragen, scheinbar schwerelos mit kaum wahrnehmbarem Kraftaufwand, durch dessen böig wogende Lüfte schwingt. Oder wie ein Fisch, der im steten Fluss des Wassers mit dessen Strömung beinahe verschmilzt und so ohne eigenes Zutun vorangebracht wird, sich einfach dem Gefälle folgend weiter hinabstürzt. Beide – verschmolzen mit ihrem Element – beherbergt die Naturgewalt nicht nur. Diese sind ein Teil von ihr geworden. So spürt auch er die Kraft nicht nur in jeder einzelnen seiner Muskelfasern pulsieren, sondern ihn auch regelrecht von außen anschiebend. Identisch wie mit der Kraft ergeht es ihm mit seinem Willen. Denn so wie der eigene seinen Geist auf das Ziel fixiert hält, hilft ihm ein anderer dabei, dieses auch wirklich nicht aus den Augen zu verlieren. Er fühlt sich mächtig, mitten im Leben, erhaben über andere und tief verbunden mit sich selbst. Er spürt sein Sein, seine Existenz so stark wie noch nie zuvor. Er ist.

Er denkt inzwischen nicht mehr daran, sich einen schützenden Unterschlupf vor der Sonne zu suchen. Sie wird kommen, aber er fürchtet sich nicht mehr vor ihr. Er ist sich seiner Sache sicher und fühlt sich mittlerweile stark genug, sich ihr endlich gegenüber stellen zu können. Er wird ihrer Läuterung erhobenen Hauptes widerstehen.

Mit einer beinahe streitlustigen Vorfreude erwartet er die Sonne bereits, als diese jetzt ihre Flügel – den ersten Schimmer ihrer Strahlen – langsam über den Horizont schwingt. Er hat in dieser Nacht, angestachelt von der zunehmend stärker werdenden Spur und dieser fremden und unbändigen Kraft in sich, dieser Strömung, auf der er schwimmt, gefühlt mehr als das Dreifache einer normalen Etappendistanz wettgemacht.

»Nichts kann mich noch aufhalten!«

Und die Sonne steigt und steigt. Dem Wolf ist, als lächelt sie ihm sogar noch wohlwollend zu, als versuche sie damit ihrem

Kontrahenten einen guten Kampf zu wünschen.

Die Sonne steigt und steigt und bietet ihm mit ihrer Stirn zunehmend Druck auf die seine.

Die Sonne steigt und steigt und ihm ist, als kollidiere er mit einer hochviskosen Mauer immateriellen Lichts und Hitze.

Die Sonne steigt und steigt und ihm ist, als verpuffe der bereits gedämpfte Schwung zur Mittagszeit zu Nichts.

Sein schwarzes Fell isoliert die Wärme, die es des Nachts gierig an sich gesogen hat. Er will es nicht glauben, er will es nicht wahrhaben. Wie kann sie oder irgendetwas anderes stärker sein als er? Trotzig will er sich aber nicht geschlagen geben. Denn selbst, wenn er wollte, könnte er dies nicht. Der Kampf ist erst beendet, wenn der Tag vorüber und die Sonne diesen Ring, den sie durch ihre weiten Bahnen täglich bestimmt, und nun mit sich ganz ausfüllt, verlassen, diesen Weg, alles erdrückend, im Raum zu Ende durchschritten hat. Es bleibt ihm nur eine Fluchtmöglichkeit. Eine neuerliche Niederlage – sein endgültiger Tod.

Das rettende Seil, die Witterung seines Freundes, an welche er sich vielleicht noch hätte klammern können, um Schutz zu finden, hat er mittlerweile durch seine trüb werdenden Sinne verloren. Weshalb er sich immer tiefer in den monotonen Wogen der Wüste, wie auch in denen seiner Wehmut verliert. Gleichfalls irr wie sein Körper in der Wüste, wirrt er auch in seinem Geiste umher:

»Warum nur, hab ich mein Rudel verlassen?«

»Warum nur, hab ich meine Position als unangefochtener Führer aufgegeben?«

»Warum nur, habe ich es vorgezogen zu sterben, anstatt zu regieren?«

Schuldbewusst gesteht er sich ein, warum er dies gemacht hat. Es war wieder der Übermut, das Gefühl, zu mehr als dem Hier und Jetzt auserkoren, für Höheres berufen zu sein. Er hat sich von einem Gefühl täuschen lassen, welches aus wohlgenährter und darüber überdrüssiger Routine resultiert. Er ist seit jeher von jedem als Sieger gesehen worden, doch hat er stets gegen sein eigenes Ego verloren. Denn dieses hat ihn zu mehr, zu immer mehr angetrieben, und hat sich als Belohnung nie mit etwas zufriedengegeben.

Dann kapituliert sein Magen und beginnt vor Durst unsäglich zu brennen. Seine Muskeln krampfen und lassen ein unkontrolliertes Zucken beginnen.

Er hätte seinen Kindern als Vorbild, seiner stolzen Partnerin als treuer Gefährte und allen anderen Wölfen als Leitbild dienen sollen. Hätte ihnen das Idol sein sollen, dem sie nachzueifern begehrten. Hätte weiterhin edel, stark und vor allem gerecht sein sollen. Hätte der Patriarch sein müssen, dem sein Rudel bereit war, überall hin – sogar in den Tod – zu folgen. Hätte, hätte, hätte. Der Ausdruck eines vergeudeten Lebens.

Die Sonne hat inzwischen ihren höchsten Punkt verlassen und beginnt gemächlich zu sinken. Tut dies aber zu langsam, als dass er ihr Verlassen von diesem Ort des Kampfes, seiner Niederlage, noch mit wachen Augen hätte verfolgen können. Unter der Last, die ihm sein Ego aufgebürdet hat, bricht der Wolf zusammen und übergibt sich mehrmals. Versucht dabei zugleich seine Arroganz und seinen Hochmut von sich zu geben, sich von diesen endlich zu reinigen. Scheitert aber kläglich bei diesem Versuch, da jene Eigenschaften elementar in seiner Wesensart verankert sind. Aber da sie ihn erneut in eine solch bedrohliche Lage mit nun endgültig fataler Folge gebracht haben, wird er sich abermals ihrer verheerenden Macht über ihn bewusst. Befindet er sich doch nun schon dort, wo er ohne sie nicht wäre. Am Ende.

17

Der Wolf öffnet die Augen. Befand er sich eben noch taumelnd in der Wüste, sieht er sich nun in die ewigen Jagdgründe hinüber gewandert. Sein Durst verschwunden, die drückende Hitze einer angenehmen Kühle gewichen.

Er sieht sich um und kann anhand verschiedener Merkmale den Wald auf Anhieb seiner Heimat zuordnen. Ganz sicher ist er sich aber trotzdem nicht. Denn wie kann es sein, dass der Wald seit seinem Abschied vollkommen verstummt ist? Auch das Licht und die Farben sind seltsam blass, kühl und schal geworden. Die Vermutung, dass die Weidegründe leer und die Mitglieder seiner Familie verschwunden sind, kann ihm seine Nase zuverlässig bestätigen. Die Gewissheit, dass sie alle den Tod gefunden haben, bringen ihm seine taub gebliebenen Ohren. Denn auf keinen seiner vielen Rufe folgt eine Antwort. Nur die schmerzliche Stille kann ihn mit einem derart heftigen Stich direkt ins Herz treffen, als könne sie ihn betäuben oder gar nochmals töten.

Vielleicht ist es auch ein gutes Zeichen, dass niemand seines Klans hier anzutreffen ist. Denn wenn dies die ewigen Jagdgründe sind, würde ihre Nichtanwesenheit doch besagen, dass sie noch am Leben sind?

Plötzlich – ein Geräusch. Ein flüchtender Zweibeiner, dem ein anderer hinterherläuft. Dieser ist jedoch langsamer und kann dem Flinken nicht folgen. Eine Szenerie, welche ihn mit ihren grotesken Bildern bis ins Mark verwirrt. Denn der Jäger ist allem Anschein nach tot. Leblose Augen, bleiche Haut und offene Wunden, die weder bluten noch mit dem Leben zu vereinbaren sind. Einer, mit einer ganzen Schar weiterer lebender Toter im Rücken. Der Flüchtende hingegen lebt und hat unbeschreibliche Angst. Der Wolf kann diese Angst riechen und dessen Jäger wahrscheinlich auch. Er schnuppert weiter und stößt auf den Kern des olfaktorischen Eindrucks – der Flüchtende ist sein Freund!

Der Gedanke an diese starke Wahrnehmung, welche jener Traum aus seiner Erinnerung genommen hat, reißt ihn sofort aus dem Schlaf. Er ist gar nicht tot. Sich seines Lebens zwar wieder bewusst, schafft er es aber trotzdem nicht, sich zu beruhigen. Und dies zu Recht. War dieser Traum doch ein Spiegel von dem, was ist oder zumindest sein kann.

18

Inzwischen ist es wieder Nacht geworden. Die aufgezogenen Sterne spenden dem Wolf kühles Licht und damit etwas Trost. Denn durch den von ihm abfallenden Schatten kann er sich als körperlich bestimmen und weiß anhand dessen, dass er noch immer lebt. Trotzdem dauert es noch eine Weile, bis er sich mit gesammelten Kräften zum Aufstehen überwinden kann. Diese abgerungenen Reserven reichen aber gerade dazu aus sich ein paar Meter weiter vorwärts zu schleppen, bevor er erneut auf schwachen und zittrigen Beinen zu taumeln beginnt. Der unebene und haltlose Sandboden ist zum Problem für sein Gleichgewicht und für die Koordination seiner vier Beine geworden. Weshalb es auch nicht verwunderlich ist, dass er diesen oft unsanft mit seiner Schnauze berührt. Er weiß nicht wohin, nur dass er hier keinen weiteren Tag überleben wird. Stoisch beschließt er, seine letzten Stunden nicht mit elender Plackerei zu verplempern, indem er einer vor ihm fliehenden Hoffnung hinterher humpelt.

»Nein, das werde ich nicht tun!«

Stattdessen wird er liegen bleiben und gelassen seinen Tod abwarten.

»Es ist Zeit.«

In aller Ruhe betrachtet er die nächtlichen Dünen. Von ihrem silbernen Schimmer verzaubert, sieht er sich selbst auf deren Grund – in Unendlichkeit geborgen – liegend. Bald wird er in die Wüste übergehen, selbst zu Staub werden. Ein Umstand, weswegen er sich schon jetzt beinahe als ein Teil von ihr fühlt.

Die Kühle ist ihm wohltuender Balsam, der seine Seele pfleglich umsorgt. Lässt diese doch langsam den Hauch eines unterbewussten Glaubens an ein Morgen, ein Hoffen für die Zukunft, in ihm aufbegehren, deren Necken er anfangs widerwillig gegenübersteht. Der Balsam hilft aber auch seinen Körper auf ein Maß zu regenerieren, mit welchem er der Welt nicht mehr völlig blind gegenübersteht. So versiegt als erstes das Zucken im Körper und als nächstes wird seine Schnauze langsam mit etwas Feuchtigkeit benetzt. Mit dieser, welche ihm seine vertrocknete Fähigkeit zu riechen wiedergibt, kann die Welt um ihn herum allmählich und unbewusst wieder voller werden. Er schnuppert.

»Kann das sein?«

Er schnuppert weiter, dreht und wendet seinen Kopf, um die Richtung auszumachen, aus welcher der frische Duft zu ihm strömt.

»Muss ich wirklich noch nicht sterben?«

Hatte er sich doch schon beinahe mit dem Gedanken angefreundet, endlich abzuschließen, endlich für immer ruhen zu dürfen, endlich unendlich zu werden.

Wasser. Er kann dessen kühlen Duft prickelnd in der Nase spüren wie auch in der Luft liegen sehen. Und wenn ihm das Schicksal schon auf halbem Wege entgegenkommt, will er sich nicht dagegen sträuben, auch einen Teil für seine Rettung zu leisten. Sein starker Wille schafft es, ein letztes Mal die Beine mit Kraft zu füllen. Diese verweigern sich nicht und dienen ihrem Herrn abermals. Leisten ihm ihren Dienst, sich erst zu erheben, um sich dann – in der stillen Hoffnung, erneut von einer Strömung aufgenommen zu werden, welche ihn ohne sein Zutun weiterträgt – in Bewegung zu versetzen. Die Richtung ist ausgemacht, die Entfernung als sehr nahe eingeschätzt und mit beidem soll er Recht behalten.

Denn nur eine Düne später kann er bereits auf ein Wasserloch hinabsehen, das, mit einigen Palmen und wenigen Gesteinsbrocken umrandet, alleine inmitten einer Senke liegt. Der Anblick des Wasserlochs lässt ihn sich eine Sache eingestehen: Das Schicksal ist ihm wesentlich mehr, als lediglich den halben Wege für seine Rettung entgegen gekommen.

Da seine Füße bei diesem Anblick nicht einmal mehr einen aktiv agierenden Geist benötigen, kommt ihm der Weg bis zum Wasser kürzer vor, als dieser in Wirklichkeit ist. Steht er doch nur wenige Schritte später direkt vor ihm. Dort tränkt er sich, ertränkt sich beinahe beim ersten Versuch, als er erneut, und nun beim Trinken, das Gleichgewicht verliert und vornüber hineinfällt. Aber trotz des heftigen Schockmoments tut ihm diese Taufe sehr gut. Hat sich sein Körper doch eben noch wie ein glühendes, von Flammen ausgezehrtes Stück Holz angefühlt, so ist dies jetzt gelöscht und ihm dadurch die Möglichkeit gewährt worden, sich eifrig mit Wasser vollsaugen zu dürfen.

Als er sich wenig später mit seinem unsäglich schwer gewordenen Pelz wieder aus dem Wasserloch schleppen will, muss er abermals in ihm verborgene Kräfte mobilisieren. Welch einen seltsamen Humor hätte doch das Schicksal, wenn es ihn inmitten einer Wüste, nach Erlöschen der sengenden Hitze des Tages, in der Nacht ertrinken lassen würde.

Sich neben dem Wasser niedergelegt, dauert es nicht lange bis der Schlaf ihn findet. Ein Schlaf, der seinem Körper hilft, sich selbst zu helfen. Sein Schlummer ist traumlos und währt lange.

19

Am nächsten Tag erwacht der Wolf erst spät. Die Sonne steht derweil schon hoch. Denn im Schatten eines mit ausladenden Wedeln bestückten Palmenhains geborgen, lässt ihn diese heute kalt. Sie lädt ihn sogar vielmehr dazu ein, den Tag, in jenen durch sie geborenen abfallenden Schatten, faul verstreichen zu lassen.

Sein Überleben ist für heute sichergestellt, im Schatten herrscht eine für ihn erträgliche Temperatur und es ist genug zu trinken da. Aber trotzdem spürt er sich wieder mürrisch, da hungrig, werden. Denn in der Langeweile, welche aus seinem nutzlosen Herumliegen resultiert – bei welchem seine wichtigste Aufgabe lediglich darin besteht, seinen liegenden Körper abwechselnd zu lagern um sich nicht Wundzuliegen – schafft es sein Hunger allmählich, die Aufmerksamkeit, mit welcher dieser seinen knurrenden Magen fest umschlossen hält, alleine auf sich zu richten. Obwohl sein letztes Mahl noch gar nicht so lange zurückliegt, passiert es – in dieser Atmosphäre gefangen – dass sein Hunger stark, stärker und schließlich sogar zu Schmerz und Übelkeit wird. Dennoch wagt er es noch nicht einmal in seiner Phantasie, ein Tier außerhalb des schützenden Schattens zu suchen. Lieber würde er verhungern, als nochmals der glühenden Sonne zum Fraß vorgeworfen zu werden.

So bleibt ihm weiterhin nichts anderes übrig, als mit wachsendem Hunger und dennoch untätig, schmachtend im Schatten der Palmenblätter und an die Flanke des kühlen

Steines gelehnt zu liegen.

»Was soll ich tun?«

Weder weiter- noch zurückgehen ist ihm möglich. Denn hier, auf einer Insel aus Wasser im einsamen Meer der Wüste gestrandet, in einem Käfig aus lichten und glühenden Gitterstrahlen gefangen, ist er dazu verdammt worden, still zu stehen.

Im Abwarten war er noch nie gut, und außerdem, auf wen sollte er denn überhaupt warten? Der einzige, der ihn hier finden wird, ist der Tod. Und das wird dieser auch – mit einer an Sicherheit grenzenden Wahrscheinlichkeit. Soll er diese lästige Zeitspanne, dieses stets zunehmende Leid nicht besser verkürzen? Soll er mit geschlossenen Augen, so weit ihn seine Füße tragen wollen, in die Wüste, in sein Verderben laufen? Mit seiner bald taub gewordenen Nase würde er den Weg zurück nicht mehr finden. Das lange Warten hätte endlich ein Ende und das schon in einer greifbar nahen, vielleicht schon unmittelbaren Zukunft.

Er macht es heute, er macht es jetzt. Er spürt, wie sich seine Kraft bei diesen Gedanken, wie Rinnsale dem Herzen entsprungen, in das Gefäß seiner Muskeln ergießt, um sich dort für diesen finalen Schlusssprint zu sammeln. Bereitstehen, für eine Flucht, die nicht dem Leben, sondern dem Leiden für immer entsagen will. Und da Leiden nur ein anderes Wort für Leben ist – da eines die unabdingbare Bedingung des anderen, und keines von beiden für sich alleine wählbar ist – so will er sich für keines von beiden, sondern stattdessen für den Tod entscheiden. Die Schwelle, an der er steht, kann er mit jeder Faser seines bebenden Körpers deutlich empfinden. Er steht kurz davor, im Moment nur eines Augenblicks den Entschluss zu treffen, der sein weiteres Leben für immer besiegelt.

Seine Gefühle überwältigen ihn. Der Wolf spürt, dass diese Entscheidung groß ist. Vielleicht sogar größer als sein Leben? Als hätte das Schicksal noch einen Plan für ihn. Einen, den er noch erfüllen muss, bevor er sterben darf. Oder ist es einfach nur die Angst, die ihm beim Treffen dieser Entscheidung hindert? Er weiß es nicht. Er weiß nur, und fühlt es noch besser, dass er noch nicht bereit für diese Entscheidung, für diesen einen großen Schritt ist.

Damit bemüht, sein aufgebrachtes Gemüt zu besänftigen, setzt sich der Wolf wieder in den Schatten und schmachtet erneut seinen vergangenen Weidegründen nach. Tut dies, auch wenn er sich wegen der Kost und der Art wie er in seinem letzten Revier jagte – mordete – heute, morgen und vielleicht auch übermorgen noch schämt. Denn dies Territorium sicherte ihm Nahrung, Platz und obendrein auch noch die Ehrerbietung aller dortigen Lebewesen zu. Aber er hatte nichts Besseres im Sinn, als sich an seinem Jagdrevier zu vergehen. Der Überfluss an allem hat ihn gierig werden lassen. Er hat an einer verbotenen Frucht gekostet, die ihn in einen rauschähnlichen Zustand versetzte. Er ist froh darüber wieder nüchtern zu sein. Auch wenn ihm sein knurrender Magen etwas anderes einreden will.

20

So bleibt der Wolf nur weiter untätig im Schatten liegen. Die einzige Bewegung, die er an diesem und dem nächsten Tag unternimmt, besteht darin, der Wanderung des abfallenden Schwarz zu folgen.

So vergeht die Zeit, verstreichen die Tage gebunden an diesen Ort, Tag für Tag gleich. Mit Mahlzeiten, bestehend aus vielen Käfern und wenigen Nagern, die zum Leben zu wenig und zum Sterben zu viel sind, lassen sie ihn in dieser seelischen

Heilfastenzeit noch weiter von den schweren Speisen der Stadt ernüchtern.

Ein Dasein fristend, in dem er als nur noch dahinvegetierende und vor sich selbst entblößte Existenz die nächste Stufe der Nüchternheit erreicht, und in einem Anflug von Wahnsinn – dem deutlichsten Zeichen für kalten Entzug – Monologe mit den Insekten anzustimmen beginnt. Bei seinen Versuchen, dem Getier nachzustellen, spricht er ihnen mit ruhiger Stimme gut zu, sagt ihnen Sachen wie etwa, dass sie sich doch nicht vor ihm zu fürchten hätten. Tatsächlich aber lösen diese Selbstgespräche in ihm eine Hoffnung aus, dass er mit dieser List den vermehrten und immer raffinierter werdenden Täuschungsversuchen der kleinen Biester, mit denen sie ihm bei seiner Suche entgehen wollen, entgegenwirken kann.

Aber mit einem wachsenden, ihn selbst und die Gewissensbisse verzehrenden Hunger in sich, beginnt sich allmählich und abermals der Fokus seines Ansinnens zu verschieben. Vollzieht eine Wandlung, an deren Ende ein Wesen steht, welches all seine Triebe, all seine Gedanken, der reinen Selbsterhaltung untergeordnet hat. Ein Wesen, das, von jeglicher Ethik befreit, bereit zum Töten steht.

21

Nach Tagen und Wochen wird es heute zum erneuten Male Abend, und wieder kann er diese merkwürdigen Geräusche, diese Wirkung ohne vorangegangene Ursache vernehmen. Der ihn ringsum umgebende Hang ist und bleibt leer und wird bald wieder stumm. Mittlerweile sieht er den Sand der

Dünenhänge als sein Publikum, welches ihm von diesem erhöhten Rang der Arena aus bei dem debilen Schauspiel seines Sterbevorgangs zusieht. Gespannt beobachtet es das auf der zentral gelegenen Bühne stattfindende Stück, in welchem der böse Wolf bei seiner Askese die Grade an Wahnsinn Stufe um Stufe durchläuft.

Abermals werden die Reihen seiner auf den Dünen Platz genommenen Zuschauer lauter. Beginnen damit, beinahe frenetisch zu applaudieren und jubelnde Wellen über ihre Oberfläche zu schicken. Zwischen ihren Rufen hört er aber auch etwas, das ihn wieder aufmerksam werden lässt. Er kann es deutlich hören. Ein Raunen. Stimmen. Zweibeiner. Er ist gerettet. Wenn auch nicht direkt durch sie. Sondern eher indirekt, und das mit ihnen. Denn er wird sich köstlich an ihnen nähren können.

Mit weit geöffneten Augen verharrt er wartend und gespannt in seiner Deckung. Tunlichst darauf bedacht, seine Vorfreude in Zaum zu halten, würde diese ihn doch am liebsten sofort dazu bewegen, den Zweibeinern entgegen zu laufen. Trotzdem schafft es seine gespannte Erregung, ihn so weit anzuheizen, dass ihm Speichel aus dem Maul wie auch Lusttropfen aus dem Genital rinnen. Jetzt endlich sieht er eine Silhouette den Dünengrat durchbrechen, über ihn hinauswachsen und ihn überschreiten. Erst eine, dann ein zweite.

»Endlich«

Dann noch eine.

»Mmh«

Dann wieder zwei.

»Lecker«

Jetzt eine Gruppe von fünf.

»Fein«

Ihr Duft eilt ihnen weit voraus. Erreicht seine Nase lange bevor jene Körper – welchen dieser entflieht – hier eintreffen werden.

Es ist der markant scharfe und zugleich salzige Geruch, welcher ihm verrät, dass sie viel geschwitzt haben und bis auf die Knochen erschöpft sind. Im Anhang der Zweibeiner befindet sich sogar noch ein kleines Gefolge von Kamelen.

»Ideal«

Wiederholt zieht der Wolf tief Luft durch seine Nase, denn er spürt, dass ihr Duft ihm noch mehr zu erzählen weiß. Und diesmal kann er es ganz deutlich riechen. Sie sind krank. Eine Nuance von altem und frischem Eiter, der ihnen aus verschiedenen aufgeplatzten Beulen fließt, liegt in der Luft.

In großzügiger Gönnerlaune zieht sich der Wolf vorerst zurück, will er ihnen doch noch einen ruhigen Moment gewähren. Denn die Nacht, in der er über sie hereinbrechen wird, naht, graut das Firmament am Horizont doch bereits. Heute noch wird er die beiden Pfeiler, auf denen ihre Welt ruht, den, welcher für das Selbstverständnis ihrer Lebensberechtigung, und jenen, der für das Wissen um ihre überlegene Vormachtstellung steht, jäh zum Einsturz bringen.

Mit diesem Vorsatz zieht er sich an den gegenüberliegenden Ausläufer der Oase zurück. Aber keinesfalls weiter, will er doch nicht riskieren, seine Beute aus den Augen zu verlieren. So beobachtet er die Menschen, wie sie ein Feuer entzünden, sich zusammenrotten, speisen und sich lange Zeit unterhalten. Er konnte noch nie gut warten, doch will er es trotzdem so lange versuchen, bis sie eingeschlafen sind. Will er sie doch nicht zu einer unüberlegten Flucht drängen.

Sie unterhalten sich lange, aber schließlich begeben sich die Zweibeiner doch zur Ruhe. Eine Ruhe, die es vermag, sich schnell über die ganze Oase auszubreiten. Eine Ruhe, die sich selbst den Wolf einverleiben und sicher bergen kann. Denn zusammen mit dieser, gelangt der Wolf zur Gewissheit, sich endlich vorwagen zu können.

Langsam, um jeden seiner einzelnen Schritte konzentriert bedacht, setzt er vorsichtig eine vor die andere Pfote. Anfangs muss er noch stark gegen seine größer und größer werdende Ungeduld ankämpfen. Aber mit jedem gutgemachten Meter kann er dieses wachsende Gefühl – welches genährt wird von der in der Luft liegenden knisternden Spannung, jene, die zwischen den zwei Polen, dem des Opfers und dessen Jäger, herrscht, und welche er mit seinen aufgestellten Nackenhaaren förmlich seinen Körper elektrisieren spürt – schließlich sogar genießen. Ihm ergeht es wie einem Liebhaber mit seiner Geliebten. Denn die trennende Distanz zwischen ihnen nimmt er nur als eine allzu leicht überwindbare Strecke aus Luft war, deren Länge sich bei jedem seiner Schritte stets verringert. Und proportional zur verringerten Strecke steigt die Spannung, die bereit zum Entladen anliegt, die bereit dazu ist, die gesamte Kapazität des potentiellen Drucks durch eine einzige Initialzündung, welche der Funke der Entscheidung ist, durch den Strom aus Kraft zu ersetzen.

Unbemerkt in der direkten Umgebung der schlafenden Gruppe angelangt, überlegt er, wie er es am besten anstellt, damit keiner von ihnen aufwacht. Er darf nicht knurren, seine Opfer nicht erschrecken. Außerdem muss ein einziger kräftiger Biss dafür genügen um einem der Gruppe das Genick zu durchtrennen. Kein Vorspiel. In diesem Moment zeigt ihm einer der Schlafenden freizügig sein Genick und bietet sich ihm mit dieser Geste offen an. Damit ist nach dem Wie auch die Frage nach dem Wer gelöst. Noch etwas zögernd, da er nichts Unüberlegtes tun will, gibt ihm schließlich sein Herz den benötigten Ruck als Startsignal. Er schnappt zu. Kein Knurren, sondern nur ein kurzes Knacken von brechenden Knochen, sowie ein längeres Knirschen seiner Reißzähne ist zu hören, als diese sich an den Knochen des Opfers entlang schieben. Nachdem die Zähne des Jägers mit einem dumpfen Klacken wieder zusammengetroffen sind, dringt kein anderer Laut mehr, außer dem leisen Plätschern eines Blutschwalls, der sich im dämpfenden Sand ergießt, von dieser Szenerie. Seine Beute nun fest an der Schulter gepackt, schleift er diese bedächtig beiseite. Zieht, mit deren schlaffem Oberkörper, an dem leblose Beine hängen, blutige Furchen bis hin zu dem Platz, an dem er sich dem Zweibeiner endlich voll widmen kann. Der Wolf genießt es und empfindet weder Schande noch Scham beim Öffnen des Körpers und Herausreißen blutiger Stücke. Er hat kein unnützes Leiden bei seiner Beute verursacht, sondern nur dessen Fleisch an sich genommen, was absolut seiner Natur als Jäger entspricht.

Nach seinem Mahl zieht er sich wieder an das andere Ende der Oase zurück, von wo aus er entspannt beobachten kann, wie sich das Firmament langsam selbst in ein helleres Blau färbt, bevor es sich später in ein kräftiges Orange taucht. Beobachtet, wie die Zweibeiner erwachen, aufspringen und panische Rufe erklingen lassen, bevor sie sich mit ratlosen Gesichtern umblicken und schließlich verängstigt – aber doch auch neugierig – der blutigen Kuhle folgen. Er kann es deutlich hören, als sie deren Ende erreicht haben, denn dem lauten Brüllen ist eine große Stille vorweg gegangen. Aus seinem Versteck herauslugend, kann er die Zweibeiner dabei beobachten, wie sie verängstigt auf das Wasser deuten.

»Pah! Als würde ich seit Urzeiten in einem Tümpel vegetieren und darauf warten, dass sich meine Opfer von selbst dazu bequemen mir ins Maul zu springen. Aber sie werden es schon noch besser wissen lernen.«

Ohne Zeit zu verlieren bricht die Gruppe sofort auf. Beim Bepacken ihrer Tiere geben sie immer wieder dem Bedürfnis nach, sich selbst über die Schulter zu blicken. Sie haben solche Angst, dass sie auch nur beim kleinsten aus den Büschen dringenden Rascheln, verursacht etwa durch einen leichten Windstoß, gleich wie wild geworden mit schnell gezogenem Dolch herumfuchteln.

Ohne sich darum zu sorgen, die Zweibeiner zu verlieren, lässt er sie ziehen. Er wird sie des Nachts wieder einholen. Und sie werden ihm mit ihrer Flucht einen Weg hinaus aus dieser Wüste zeigen. Seine Beute wird ihn sicher führen, denn er wird sie jagen. Darum will, muss und wird er vorerst warten müssen.

Kurze Zeit später entziehen sie sich dann auch wieder seinem Augenlicht, verschwinden einer nach dem andern hinter einer Düne. Und ohne jeden Zweifel an seinen kommenden Erfolgen lässt er sie ziehen. Denn in einem ist er ganz sicher – er wird sie finden.

22

Die Weile des Tages zieht sich zäh, und wieder bleibt ihm nichts anderes zu tun als dem Lauf der Sonne im Schatten einer Palme zu folgen. Doch das lange Warten kann er sich heute mit den beiden Tätigkeiten vertreiben, die wohl am besten dem entsprechen, was sich die Natur beim Schaffen einer Kreatur wie ihm gedacht hat; fressen und verdauen. Denn in der Nähe des gerissenen Zweibeiners wachend, kann er sich immer wieder einen um den anderen Happen nehmen. Weshalb es auch nicht verwundert, dass der Körper inzwischen beinahe an jeder Extremität angefressen ist. Der Wolf will satt sein! Er will diese ach so lang vermisste Trägheit, welche aus einem vollgefressenen Wanst resultiert, in vollen Zügen genießen. Darum füllt er seinen Verdauungstrakt auch um jeden Bissen, welcher diesen fertig durchlaufen hat, wieder auf. Tut dies auch, wenn ihm Fleisch in diesem Stadium so gar nicht schmecken will. Frisch und blutig ist es ihm am liebsten. Aber auch, wenn es schon etwas älter ist, mit einem kräftigen Geruch und dem damit verbundenen typischen Geschmack, hat es seinen Reiz. Nur eben zwischendrin, kalt und zäh, will es ihm einfach nicht schmecken. Lediglich die Organe und die Augen sind in diesem Stadium recht passabel zu genießen, haben sie doch genau die richtige Reife, um geerntet zu werden. Darum wühlt er etwas tiefer unter der geöffneten Bauchdecke und reißt zuerst den Darm heraus, um an die feine Leber und die lecker Nierchen zu kommen.

»Einfach köstlich, diese Trägheit.«

Danach wartet er wieder, verfolgt den Schatten, isst und verdaut.

Als die Sonne schließlich an ihrem höchsten Punkt angekommen ist, überkommt ihn eine Müdigkeit, welcher er nicht standhalten will. Zufrieden schläft er ein.

Wieder erwacht, wartet er erneut, verfolgt den Schatten, isst und verdaut.

So wird es allmählich später und als die Sonne sich nun schnell dem Horizont nähert, ist es Abend. Ihre letzten orangefarbenen Strahlen sind für den Wolf das Signal, noch etwas Wasser zu trinken, um dann umgehend aufzubrechen. Die Spur ist deutlich und durch ihre Schärfe hebt sie sich satt und kontrastreich von dem weitestgehend neutralen Untergrund ab.

Er folgt ihr, als die Sonne untergeht.

Er folgt ihr, als es Nacht wird.

Er folgt ihr, als der Mond aufzieht.

Folgt ihr rastlos, zügig und voller Energie.

Folgt ihr als Schatten im Schwarz, unsichtbar in der Nacht.

Folgt ihr solange, bis er die Gruppe eingeholt hat. Und obwohl es inzwischen schon tiefe Nacht geworden ist, hat er für die Strecke mit seinen vier Beinen wohl nicht annähernd so lange gebraucht wie sie mit ihren zwei. Der Wolf freut sich, denn die Zweibeiner machen den Anschein als wüssten sie, was sie tun. Haben sie doch auf Anhieb wieder eine Oase gefunden, wo er sie schlafend vorfindet.

Der Wolf kommt näher und beobachtet sie. An ihrem

unruhigen Schlaf kann er sehen, dass sie mit Sicherheit schlecht träumen. Und damit wahrscheinlich auch mehr als zufrieden sind. Konnten sie sich doch gewiss erst dann soweit beruhigen um einzuschlafen, als sie sich den Glauben, dass sie den Schrecken der letzten Oase, wie auch diese selbst, weit hinter sich gelassen haben, durch ständiges – immer und immer wieder – Aufsagen dieses Wunsches als Gebet, zum Dogma gemacht haben. Sie ahnen nicht, dass in der Wirklichkeit der Tod erneut mitten unter ihnen weilt. Und damit näher ist, als er in ihren schlimmsten Träumen je sein könnte.

Der Wolf ist zwar nicht mehr richtig satt, aber auch noch nicht sehr hungrig, weswegen er beschließt, heute Nacht nicht zu fressen. Er will nicht aus leichtsinniger Völlerei riskieren, denjenigen als nächstes Opfer auszuwählen, der sie alle aus dieser Wüste führen kann. Außerdem ist ihr Schlaf dünn und könnte durch den leisesten Laut zerrissen werden, was unkalkulierbare Folgen für alle Beteiligten hätte. Ist er sich doch sicher, dass morgen, wenn sie sich wieder ganz in Sicherheit wiegen, ihr Schlaf besser sein wird. Deshalb zieht er sich bald zurück, trinkt statt Blut etwas Wasser und wartet bis auch ihn der Schlaf findet.

23

Am nächsten Morgen angelangt, beobachtet er von neuem die Gruppe Zweibeiner. Sieht ihnen zu, wie sie sich erneut, emsig wie fleißige Käfer, daranmachen, irgendwelche Sachen auf den Sätteln zu verstauen und anschließend eilig aufbrechen, um ihrem ortsgebundenen Ziel – das irgendwo weit hinter den Dünen liegt – weiter entgegen zu laufen.

Dieses Glück – nicht nur das Ziel, sondern auch den Weg dorthin zu kennen – hat er selbst nicht. Sein oberstes Ziel – will er doch wieder mit seinem Gefährten zusammen sein – ist ungleich schwerer zu erreichen. Denn dieses – mit funktionierenden Beinen ausgestattet – ist flüchtiger statt ortsgebundener Natur. Statt einen definierten Weg von dessen Anfang bis Ende zu beschreiten, ist er auf unbestimmte Dauer dazu verdammt zu folgen. Auch wenn ihn dessen Spur nicht mehr führen kann. Denn jene Fährte wurde über die viele Zeit, die bereits vergangen sein muss, von den pausenlos arbeitenden Böen verwischt. Ständig nehmen diese Sand von hier weg und legen ihn dort wieder ab, sodass – wenn er es schließlich doch schafft sich auf diesen einen feinen Duft zu konzentrieren – inzwischen jede Richtung gleich wenig intensiv nach ihm riecht. Damit einen Eindruck in ihm gebärt, welcher ihm nur die Gewissheit geben kann, dass sein Gefährte hier irgendwann einmal durchgekommen sein muss. Eine Gewissheit, die ihn darin bekräftigt, an seinem Plan, der Gruppe Zweibeiner zu folgen, strikt festzuhalten.

Als die Gruppe heute Morgen endlich wieder hinter der nächst gelegenen Düne verschwindet, wird ihm bewusst, dass, wenn er weiter durch die Wüste kommen will, er sich ihrer lahmen Geschwindigkeit anpassen muss. Wieder und wieder wird er warten müssen. Warten, während die Sonne steigt. Warten, während die Sonne sinkt. Das Zentralgestirn als steter Taktgeber für sein Handeln. Sie gibt Befehl, wann es Zeit zu warten und wann es Zeit zu schaffen ist.

Nach Stunden gibt sie ihm schließlich mit ihrem Verschwinden Zeichen zu starten, sich nochmals zu tränken und sich alsbald in Bewegung zu setzen. Da er allmählich Hunger bekommen hat, folgt er der Spur heute wieder aus der Warte des Jägers, nicht mehr aus jener des Geführten.

»Hunger!«

Hunger, den es gilt umgehend zu stillen. Mit dieser Absicht und der Aussicht, dies auch heute Nacht noch tun zu können, treibt ihn sein Appetit dazu, das Tempo enorm zu beschleunigen.

Der Wolf läuft.

Der Wolf kommt schnell näher.

Der Wolf ist angekommen.

Der Wolf wählt.

Der Wolf tötet.

Der Wolf isst, weil er ist.

Der Wolf wartet.

24

Der Morgen kommt und seine ihn führende Beute erwacht. Als die erneut um eine Person verkleinerte Gruppe sieht, dass wieder eine Schleifrinne aus ihrem Nachtlager führt, folgt sie dieser nicht mehr. Die Zweibeiner sehen, wer fehlt und wissen darum, wer wie Vieh von einer heillosen Bestie geschlagen wurde.

Stattdessen beginnen jene, die ihre aussichtslose Lage erkannt haben, zu weinen, und andere, die diese Tatsache noch nicht wahrhaben wollen, streiten und brüllen herum. Er versteht es nicht und es ist ihm auch herzlich gleichgültig. Denn in der Luft kann er deutlich lesen, dass in den Reihen seiner künftigen Beute die blanke Angst grassiert. Und ihre Angst gibt ihm das beruhigende Gefühl, in Sicherheit geborgen zu sein. Niemals würden sie es wagen, die Büsche nach ihm zu durchstöbern. Denn bei einem würden sie letztendlich finden, was sie tötet, würden finden, wem sie nicht entkommen können. Er ist ihr Schicksal, ihr Tod. Ein Schatten, der jedoch bei Tageslicht nur allzu körperlich und verletzlich lebendig ist.

Hastig brechen sie auf. Vermögen mit ihrer Hektik aber nicht den Wolf anzustecken. Denn dieser schließt gelassen die Augen, um in Ruhe zu verdauen. Will er doch seinem Magen die Gelegenheit geben, etwas Platz zu schaffen. Raum, welchen er später wieder füllen wird. Mit trägem Körper und müdem Geist wird ihm außerdem noch die Genugtuung zuteil, dass noch viele solcher Morgenschläfchen kommen werden. Noch oft wird ihm, nach dem rötenden Einläuten eines Opfers Lebensabend, der Morgen mit süß grauem Licht dämmern.

Der Wolf beginnt, sich wieder an vergangene Zeiten zu entsinnen. Dort angelangt trifft er auf den alten Führer ihres Rudels, welcher eines Tages, ohne auch nur ein Knurren verlauten zu lassen, das Feld – ihr Revier – für ihn geräumt hat. Dieser hat wohl die damalige Situation erkannt und die Zeichen der Zeit richtig für sich zu interpretieren verstanden. Hat erkannt, dass ein Führungswechsel unausweichlich und sein Rückzug fällig ist. Vielleicht ist er auch schon lange des Regierens müde gewesen. Hat er doch vielleicht nur noch einen geeigneten Zeitpunkt, besser das Auftreten eines würdigen Nachfolgers abgewartet. Und da er heute um das Gewicht der Verantwortung, ein Rudel zu führen, weiß, versteht er dessen Entschluss nur zu gut. Denn so wie der alte Führer ist auch er eines Tages sang- und klanglos verschwunden. Ohne Kampf oder Neider. Ohne irgendeiner keimenden Missgunst gegen ihn. Ohne andere Wölfe, die ihn dabei gesehen haben, wie er einsam in den Wäldern verschwunden ist. Er war plötzlich und einfach weg, als hätte sich der Boden geöffnet und ihn verschluckt. Aber er selbst ist nicht so weise, nicht so rücksichtsvoll gegenüber dem Rudel gewesen, einen geeigneten Nachfolger für einen ordentlichen Rückzug abzuwarten. Er hat sie einfach verlassen. Hat sie im Stich – sich selbst überlassen.

Das Revier an markanten Stellen wie Steinen, Sträuchern oder auch Bäumen mit Harn- oder Drüsensekret zu markieren, hat er sich ab dem ersten Tag seiner Flucht abgewöhnt. Denn dieses Revier ist nicht mehr das seine gewesen, genauso wenig wie das darin ansässige Rudel, welches er müde geworden ist zu führen. Von nun an bis an jenen Tag, an welchem er in die ewigen Jagdgründe eingehen würde, wollte er nur noch sich selbst leiten und dem eigenen Stern folgen. Niemand sollte ihn suchen können. Niemand sollte ihn bei seiner in die Ferne führenden Heimreise zu sich selbst finden können.

Trotz seiner Versuche sich ständig einzureden, dass es damals die beste Zeit zum Aufbruch gewesen ist, bleiben ihm nagende Zweifel. Der Winter befand sich im Abklingen und seine Kinder – ach, wie vermisst er sie – waren allmählich erwachsen geworden und haben bereits selbst zu jagen begonnen. Und da sich das restliche Rudel bestimmt ihrer angenommen hat, ist auch seine Ahnfolge gesichert gewesen. Das größte Kopfzerbrechen hat ihm damals die Frage beschert, wer würdig genug wäre, seinen Thron als Nachfolger zu besteigen. Denn weit und breit hat kein potentielles Alphamännchen existiert. Eines, welches mit seiner Geschicklichkeit oder mit seiner Stärke andere beeindrucken hätte können. Eines, bei dem sich die Mitglieder geborgen gefühlt hätten. Dies hat ihm damals große Sorgen bereitet und tut es auch heute noch. Sicher ist es zu blutigen Auseinandersetzungen gekommen. Und er hofft für sie, dass trotz all dem vergossenen Blut eine Einigung erzielt werden konnte. Denn Fehden zwischen einzelnen Familienklans hätten die Bande des gesamten Rudels zunichtegemacht.

Diese und ähnliche Gedanken währen noch den ganzen Tag über. Beschäftigt er sich doch pausenlos mit dem Sammeln von Fakten, welche das Für und Wider seiner Taten unter verschiedenen Aspekten abwägen. Alle Überlegungen sind davon begleitet, seine ständigen und berechtigten

Gewissensbisse in einem guten und gerechten – eher selbstgerechten – Bild glänzen zu lassen, um diese beiseiteschieben zu können.

Bis zum Abend kümmert er sich um diese, selbst den festesten Willen irgendwann zersetzende Begleiter. Doch jetzt kann er endlich erneut aufbrechen – sich mit seinem Drang nach Taten Ablenkung von den Rechtfertigungsversuchen verschaffen.

Wie schon die Tage zuvor, folgt er auch heute dieser Spur als wäre sie sein Leitfaden. Weder will, darf, noch kann der Wolf von ihr abweichen. Beseelt von der mächtigen Kraft – die ihn erneut beinahe über die Wüste fliegen lässt und dabei von seiner Nase, wie an einer straffen Leine, zielsicher auf Kurs gehalten wird – erreicht er abermals nach kurzer Zeit die Gruppe. Ohne auch nur einen Moment daran gezweifelt zu haben, sieht er sich darin bestätigt, ein Fürst der Raubtiere zu sein.

Er findet die Zweibeiner heute noch wach und versammelt um ein Feuer sitzen, in dessen Flammen sie ihre starren und verloren wirkenden Blicke werfen. Kann jedoch in der Art wie sie dies zusammengerückt tun, ihre Gemeinschaft erkennen, die sie, wenn auch nur für einen Abschnitt ihres Lebens gewählt, verbindet. Dabei sagt ihm erneut sein Gefühl, dass dies genau das ist, was ihm fehlt – ein wahrer Freund, ein Partner oder zumindest ein Wegbegleiter. All sein Stolz von eben – gefangen in der gedehnten Blase seiner Selbstwahrnehmung, befreit durch ein schneidendes Gefühl aus seinem Herzen – verpufft. Der Wolf fühlt sich plötzlich verlassen und klein. Und als wäre dies nicht schon genug, erscheint ihm die Nacht heute auch noch kälter als sonst. Ein Grund, weshalb das Lager der Zweibeiner eben einen beinahe magischen Einfluss auf ihn ausübt. Will er doch auch ein paar wärmende Wogen ihres Feuers erhaschen.

Der Wolf beschließt, heute in ihrer Umgebung zu ruhen.

Der eigentliche Grund für dieses äußerst seltsame Verhalten ist aber das Verlangen, auch einmal etwas anderes zu hören als das sanfte Knistern des Sandes oder das leise Knurren seines Magens. Will er doch nicht ständig nur seinem Atem und den eigenen Gedanken lauschen müssen. Weder Angst noch Respekt können ihn davor bewahren, sich ihnen zu nähern. Das mit jedem Meter weniger Abstand steigende Risiko, sich wie ein liebestoller Jüngling vor sich selbst zu blamieren, ignoriert er wie eben solcher. Aber er will die Menschen nicht stören und bleibt deshalb doch in einiger Entfernung liegen. Ist aber damit noch nahe genug, um dort einigen Sätzen der übrigen zu lauschen. Auch wenn dem Wolf die Bedeutung ihrer Sprache verborgen ist und immer bleiben wird, ist diese aber doch eine willkommene Abwechslung für ihn:

„Meint ihr, es ist uns gefolgt? Ich mein das Monster, aus der Höhle in den Hügeln. Hab gehört, dass es dort erbärmlich gestunken haben soll. Überall Kotze, faulendes Fleisch und sein Dreck. Und wie es ausgesehen haben muss! Überall Blut. Als wären der Boden und die Wände damit gestrichen worden."

Worauf ein anderer einwirft:

„Hab gehört, dass dort, wo die Nacht am dunkelsten ist – in schwarzen Gassen oder im Schatten des Monds – die Bestie direkt aus der Dunkelheit schlüpfen kann. Sie soll sich in schwarze Nebel verwandeln können."

Andere setzen sogar noch eins drauf:

„Ja genau! Sie kann sich schnell wie der Wind – hier so hart wie Stein und anderswo so scharf wie eine Klinge – aus den Schwaden verdichten."

„Seine Augen – lodernde Glutstücke – können seine Opfer mit deren brennendem Blick erstarren lassen."

„Sie ist groß wie ein Kamel und doch so klein wie eine Maus. Eben ganz wie sie will."

„Sein Atem – der Hauch des Todes – kann einem sogar das

Leben in den Adern gefrieren lassen."

„Ich sag euch. Das Monster ist die Rache der Niederen. Sie haben uns die Bestie mit ihren Flüchen als Geißel auf den Hals gehetzt. Sie soll uns richten."

Schließlich wirft ein weiterer Zweibeiner – einer mit stark verzerrtem Gesicht und einem entzündeten Stumpen dort, wo eigentlich eine Hand sein sollte – seine Meinung in diese schaurige Unterhaltung ein:

„Ihr alten Waschweiber! Hört doch endlich auf, solch haarsträubende Geschichten zu erzählen! Reicht schon, dass mein Geschäft mit den Niederen futsch ist. Ich sag es euch, die sagenumwobene Bestie, um die sich eure Ammenmärchen ranken, ist nur ein räudiger Köter. Hab ihn doch gesehen! Hab dabei nichts von irgendeiner verdammten Glut in seinen Knopfaugen sehen können. Und der Hauch des Todes, von dem ihr so ehrfürchtig sprecht, hat mich auch nicht umgehauen. Seht her! Ich lebe noch!"

Einer seiner wenig überzeugten Zuhörer herrscht ihn darauf im scharfen Ton an:

„Du willst also leugnen, was mit unseren Freunden passiert ist?! Wäre dein einzelner räudiger Köter, an den du uns glauben machen willst, wohl dazu in der Lage, uns das, was du und deinesgleichen uns beschert haben, büßen zu lassen?! Ihr mit eurem schmutzigen Geschäft! Eine Schande, deren fällige Bestrafung wir alle nun begleichen müssen!"

Mit der Hand geringschätzig abwinkend, wirft jener mit dem Löwengesicht erbost zurück:

„Hört, hört! Jetzt predigst du also wieder ach so eifrig von Moral und Sitte! Mich brauchst du nicht anklagen. Hab nur versucht, den in Ine herrschenden Durst zu stillen! Dem, wenn ich nicht irre, du auch etliche Male erlegen bist. Oh ja, jetzt kann ich mich erinnern. Wie traurig warst du doch damals gewesen, als der Bubi nicht mit dir kuscheln wollte. Wie du abgezogen bist, ohne zu blechen! Du brauchst mir nix erzählen! Und nun glauben wir einmal, dass es die verfluchte Bestie aus eurer Märchenwelt gibt, vor der ihr euch wie kleine Kinder in die Hosen macht. Was passiert am Tag mit ihr? Nach euren Geschichten müsste sie sich wie eine Maus unter einem Stein verkriechen, oder?! Dann sage ich euch, suchen wir die Maus! Lasst nicht zu, dass ihr euch durch solch lächerliche Geschichten weiter Angst macht! Ich sage euch, wir werden sie suchen! Wir lassen keinen verdammten Stein auf dem anderen! Kein Schatten bleibt vom Tageslicht und unseren Klingen verschont! Wir werden die Bestie finden, und wenn es sie wirklich gibt, dann werden wir sie töten! Ich mach mich doch nicht auf den weiten Weg zu den hirnverbrannten Sonnenidioten mit ihren Heilern, um mich auf halber Strecke von einer lausigen Töle abschlachten zu lassen!"

Impulsiv, so schnell es ihm seine kranken Gebeine zulassen, springt der Zweibeiner auf und streckt mit seiner noch verbliebenen Hand einen langen Dolch wild fuchtelnd in die Luft. An den Augen der Sitzengebliebenen kann er sehen, dass sie zwar noch immer Angst haben, aber dem Schreihals trotz ihrer Zweifel folgen werden. Denn er ist ihr Alphamännchen, der die Stärke und Entschlossenheit ausstrahlt, nach der sie sich doch so sehr sehnen.

Der Wolf reckt seine Glieder und erhebt sich. Er hat genug von den lauten Reden. Ist er doch inzwischen furchtbar müde geworden und will sich nur noch zurückziehen, um zu schlafen. Heute Nacht wird er sie nicht mehr besuchen. Dafür ist er zu träge geworden. Morgen wieder.

25

Der Wolf schläft tief. Der Wolf schläft gut. Träumt er doch von dichten schattigen Wäldern, in deren mächtigen, von breiten Kronen getragenen Blätterdächern es nur so von Vögeln wimmelt. Hier kann er sich am Anblick ihrer farbenfrohen Gewänder weiden und zugleich ihrem bezaubernden Gezwitscher lauschen. Die Geräuschkulisse wird aber immer lauter und greller, tritt Schritt für Schritt mehr in den Vordergrund. Schafft es, ihn so erst aus dem Wald seiner traumhaften Vorstellung zu verdrängen, bevor diese inzwischen penetranten und klirrenden Töne auch die Ruhe, nach welcher er sich doch so sehnt, in lichte Stücke reißen.

So plötzlich aus seiner Traumwelt geworfen, öffnet er missmutig die Augen. Er sieht, dass die Sonne seit kurzem aufgegangen ist. Sieht, dass die Karawane schon aufgebrochen sein muss. Sieht sich selbst in einem langgezogenen Schatten verschwinden, welcher der Silhouette eines Zweibeiners gleicht. Er riecht Schweiß. Er riecht Angst. Ruckartig schießt er in die Höhe und wendet sich dabei um. Ein mit einer spitzen Stange bewaffneter und in unmittelbarer Umgebung stehender Zweibeiner füllt sein gesamtes Blickfeld aus.

Der Mensch – erschrocken über das plötzliche und unverhoffte Erwachen der Bestie – bleibt – dem Bann ihres Blicks erlegen – wie angewurzelt stehen. Statt zu flüchten oder anzugreifen sieht sich dieser im Anblick seiner personifizierten Angst, dieser bereits hoffnungslos unterlegen. Empfindet er sich selbst doch nur noch als versteinerte Statue, als Abbild des Häufchens Elend, zu was ihm sein Schock gemacht hat.

Der Wolf sieht den Zweibeiner seinen Mund öffnen, hört jedoch keinen artikulierten Laut seine Kehle verlassen. Es dringt nur noch ein gepresstes Gurgeln aus eben diesem – die verbliebenen Reste eines im Halse steckengebliebenen Hilferufs. Er kann beobachten, wie dem Mensch, der sich seiner Schwäche und Ohnmacht bewusst ist, alle Spannung aus Muskeln und Gliedern weicht.

Stillschweigend dreht sich der Wolf wieder um. Schafft der Anblick dieser jämmerlichen Gestalt es doch nur, zu einer Randnotiz zu werden. Denn weder ist dieser eine Gefahr, noch verspürt er jetzt schon wieder den Drang zu fressen. Kann dieses erbärmliche Wesen, obwohl er dessen Absichten zwar richtig erkannt hat, mit seinem Auftreten noch nicht einmal ein Fünkchen Angst in ihm losschlagen. Dessen Charakter ist einfach zu schwach, um seinen Vorsatz – das Monster totzuschlagen – auch nur ansatzweise mit einem ernsthaften Versuch in die Tat umzusetzen. Mit stolz erhobenem Haupt zieht der Wolf von dannen, wendet dieses aber noch einmal, als er erneut Geräusche hinter sich vernimmt.

Dort, wo eben noch der versteinerte Zweibeiner stand, sieht er diesen nun blutüberströmt am Boden liegen. Der Hals durch eine weit aufklaffende Wunde geöffnet, ergießt sich der Körper in kurzen Stößen in den Sand. Über diesem kniet eine Löwin, die ihn mit starken und furchtbar gestrengen Augen anblickt. Augen, die ihn in ihren Bann ziehen. Augen, die seine ganze Welt zu werden scheinen. Augen, gegen die er sich nicht im Ansatz wehren kann und es aus diesem Grund auch erst gar nicht zu tun versucht. Er spürt, wie sie ihn mit Nachdruck mahnt, mehr Vorsicht und Sorgfalt walten zu lassen. Sie lässt ihn spüren, dass er den Mann hätte sofort töten sollen. Sie lässt ihn wissen, dass ein leichtsinniges Risiko einzugehen, ihm nicht gestattet ist.

Nach diesem Tadel verschwindet die Löwin buchstäblich in der Wüste. Denn mit dieser, Ton in Ton übergehend, scheint sie regelrecht zu verschmelzen. Weshalb er bereits nach wenigen Metern ihre Körperkontur gänzlich aus den Augen, und ihren Geruch aus der Nase verloren hat. Die Löwin hat sich mit der Wüste wieder zu einem Ganzen vereint. Hat sie sich doch nur von ihr getrennt, um ihn zur Raison zu rufen. Der Wolf hat die Kritik dieses wunderschön anmutigen Tieres mit den schönsten aller Augen verstanden und will deshalb in Zukunft nicht mehr großmütiger sein, als es ihm die Situation erlaubt. Er will den Zweibeinern ihr Suchen nach ihm nicht verzeihen.

»Ja!«

Er will sich für ihre Anmaßung ihm gegenüber rächen.

»Ja!«

Er will sie lehren, was ihm selbst gerade an Konsequenz gelehrt wurde.

»Ja!«

Er will sie ab heute mit einem Tempo, welches er bestimmt, vorantreiben.

»Ja!«

In geduckter Haltung, erneut vom Jagdfieber gepackt, huscht der Wolf durch die Oase. Macht solange Jagd auf die Gruppe, bis er einen weiteren aus ihrer Gemeinschaft sieht, wie dieser Büsche mit einer spitzen Stange durchstöbert. Er nähert sich ihm schnell. Lässt dem Blutsack keine Möglichkeit, dem Unvermeidlichen auszuweichen. Er springt ihn an, reißt ihn mit seinem beschleunigten Gewicht nieder und zerfleischt ihn – in der Absicht ein Exempel zu statuieren – auf übertriebenste und brutalste Weise.

Aus der Entfernung erschallt ein greller Schrei. Einer jener Sorte, die keinen Spielraum für etwaige Mutmaßungen über das Warum lassen. Das Opfer der Löwin wurde gefunden. Worauf sich der Wolf schnell zurückzieht und bald ein zweiter, in Verzweiflung noch drastischerer Schrei ertönt. Aus seinem Versteck heraus beobachtet er die restlichen Blutsäcke, wie sie schnell und panisch versuchen, ihm – der Bestie – zu entkommen. Mit einem zufriedenen Gefühl der Genugtuung weiß er, dass er sie ab heute, so schnell wie es die kranken

Gebeine der restlichen sechs zulassen, laufen lassen wird.

Wieder alleine, beginnt er sich mit den besten Teilen beider Zweibeiner und den Gedanken über die stolze Löwin und deren Tadel die Zeit zu vertreiben. So beschäftigt nimmt er diese Spanne des nervtötenden Wartens auf die Nacht heute stark verkürzt war.

26

Die Nacht kommt bald und legt ihm ihren dunklen Umhang um. Der Wolf sattelt sogleich eine Windböe, welche ihn schnell durch die Wüste bringt. Kurze Zeit später – von der Fährte geführt – erreicht er eine weitere Oase. An dieser hier haben die Träger des Dufts – seine potentielle Beute – anscheinend nur einen kurzen Halt direkt am Wasser eingelegt. Denn er findet keine konzentrierten Duftnester, welche beim Ruhen entstehen, sondern nur die Geruchslinie, die ihn wieder weiter führt.

Dennoch ist er nicht alleine. Eine andere Gruppe Zweibeiner hat es sich hier bequem gemacht. Eine, die den Eindruck macht, als ruhe sie schon seit geraumer Zeit an dieser Oase. Wobei ruhen der falsche Ausdruck ist, sind sie doch während dieser Zeit recht fleißig gewesen und haben sich bereits ein wenig eingerichtet, um sich niederzulassen. Haben aus den Resten eines großen Wagens ein improvisiertes Lager mit mehreren Schlafstätten und einen Vorzelt gemacht. Hier gefällt es ihm. Wenn dieser Ort gut genug für die Zweibeiner ist, will er nicht anspruchsvoller sein. Denn um die Bestände der vor ihm flüchtenden und ihn führenden Gruppe etwas zu schonen, beschließt er Halt zu machen, sich vorübergehend diesem Rudel anzuschließen, um Einkehr zu halten und sich ausgiebig zu nähren.

Zwei weitere Tage kann er dort bleiben, bevor die verringerte Anzahl jener Zweibeiner Reißaus von der Oase nimmt und sich in die weite Wüste, in den sicheren Tod flüchtet. Während dieser Zeit ist er der Sonne als Tod in schwarzer Gewandung zweimal zuvorgekommen. War sich jedoch bei seinem Tun nicht bewusst, diesen Menschen ein gnädigeres Ende beschert zu haben. Was ihn aber nicht davon abhält, sich im Nachhinein trotzdem als gnädiger Samariter zu fühlen. Auch, dass sich die Sonne erst nach ihm den Verbliebenen der Gruppe annehmen kann – ihnen ihr strahlendstes Kleid präsentiert – ist ein Umstand, der den Wolf – die Sonne als stets stärkeren Kontrahenten empfunden – hämisch freuen lässt.

Die Zweibeiner haben ihren Tod zwar nicht gesucht, aber dennoch hat er sie gefunden. Sie konnten den Folgen ihres Schicksalsschlags nicht entfliehen. Auch wenn dessen Anfänge schon lange zurückliegen, hat dieser niemals aufgehört zu wirken. Hatte er doch in jenem Moment begonnen, als die Riegel ihrer Käfige zum ersten Mal in ihr Schloss gefallen sind. Zellen, die erst ihr Gefängnis und später ihre Zuflucht geworden waren.

Zu welch seltsamen Wendungen das Schicksal doch fähig ist.

Nun ist der Wolf wieder alleine und kann sich in dieser Stille erneut daran erinnern, welcher Spur er zu folgen hat.

27

Zwei weitere Tage dauert es, bis er ihren Vorsprung an einer Oase – welche zugleich auch die letzte sein sollte – wieder tilgen konnte. Fortan verfolgt er ihre Spur im Abstand eines Tages immer weiter. Zu Zeiten, an denen sein Hunger wieder groß geworden war, schloss er auf und ließ mit einem Wisch – wie ein Bauer mit seiner Sense die Ähren – mit seiner Pranke einen Menschen fallen. So waren es bald nur noch fünf, bald nur noch vier, bald nur noch drei und bald darauf nur noch zwei Menschen, als er schließlich zu hoffen begann, dass das Meer aus Sand bald ein Ende, oder er weitere Kundige finden mochte, welche ihn heil durch diese Wüste bringen konnten.

28

Die ersten Anzeichen dafür, dass die Reise sich wohl langsam dem erhofften Ende nähert, findet der Wolf in der sich tagtäglich mehrenden und sich immer weiter ausbreitenden Vegetation. Durch den Umstand, dass im Schatten der Pflanzenwelt auch die Menge und die Vielzahl anderer gemeiner Beutetiere zunimmt, wird er vermutlich die Bestände seiner Zweibeiner schonen können.

Und er sollte Recht damit haben. Denn er benötigt nicht einmal den etwa zur Hälfte gefüllten Mond dafür, um eine große, von innen heraus leuchtende, Siedlung am Horizont zu erkennen. Auf diese hält die, ihn bisher so zielsicher führende, Fährte unvermindert weiter zu, und verschwindet schnurstracks in ihr. Er hat es tatsächlich geschafft. Eine Tatsache, weshalb seine Konzentration und seine Nase – von der über allem anderen priorisierten Fährte der letzten Tage befreit – nun wieder auf das, was sonst noch um ihn und seine Nüstern herum passiert, achten können. So geschieht es auch, dass er plötzlich wieder einen alten, so vertrauten und lieb gewonnenen Duft wahrnimmt. Ein einmaliger Duft, zwar nur in feinen Nuancen vorhanden, aber damit noch immer ausreichend intensiv, um langsam ein Bild vor seinem geistigen Auge entstehen zu lassen. Ein Mosaik, welches ihn, als es schließlich komplett ausgebildet ist, stehenbleiben und andächtig innehalten lässt.

Auch diese Fährte führt geradewegs in die Siedlung. Ein Detail, welches bewirkt, dass die beiden Führungsleinen des Nah- und Fernziels als einzelne Adern zu einem regelrechten Strang verwoben werden. Ein Strang, der ihn mit aller Kraft zu seinem Ursprung zieht.

Sich auf der Zielgeraden fühlend, weiß der Wolf, dass ihn nur noch wenige Meter von diesen beiden trennen. Gemeinsam werden diese sein Leben vollenden. Denn der Lustmörder in ihm will seine Opfer, welche er die vielen Tage lang so eifrig beackert und gejagt hatte – jetzt da ihr Fleisch vor durchsetzter Angst regelrecht triefend und prächtig reif wäre – nicht einfach ziehen lassen. Und auch der Teil von ihm, der jemandes Freund ist, will endlich zu seiner zweiten Hälfte, um sich wieder komplett zu fühlen.

Aber anstatt sich in Bewegung zu setzen, hält er weiter inne und blickt hinauf in den eben aufgezogenen, grenzenlos weiten und wolkenlos klaren Sternenhimmel. Dort beschränkt sich seine gesamte Aufmerksamkeit jedoch nur auf einen einzelnen Stern. Denn dieser leuchtet so hell und schimmert so funkelnd, als wolle er ihm zulachen oder ihn sogar zu sich rufen. Fasziniert von diesem klaren Funkeln, gerät er in einen ähnlichen Bann, wie ihn viele Tage zuvor die Augen der stolzen Löwin ausgelöst haben. Er betrachtet ihn und glaubt sogar zu sehen, wie dieser in Bewegung gerät und zu sinken beginnt. Ein Eindruck, welcher sich Sekunden später als Fakt bewahrheitet. Der Stern sinkt und sinkt solange weiter, bis er ganz zu Boden gefallen und für ihn damit in eine erreichbare Nähe gerückt ist. Hat er sich eben noch kurz vor dem Ziel gesehen, nimmt dieser gefallene Stern eine derart exponiert wichtige Position in seinem Verlangen ein, dass er sich bei der Wahl seines weiteren Wegs erneut entscheiden muss.

Die Entscheidung fällt schnell. Er muss zu dem gefallenen Himmelskörper. Er läuft los.

Mit dem Gefühl, sich weiterhin in seinem Schlusssprint zu befinden – in einem Sprint, bei dem er noch einmal alles geben und nicht weniger erreichen will, weiß er doch, dass auf weiter Flur Eile geboten ist – beschleunigt der Wolf immer mehr. Und zusammen mit dem am Boden dahinfegenden Rückenwind, kann er beinahe fliegend an der nur zu einem Teil erleuchteten Stadt vorbeilaufen. Ohne zurückzublicken lässt er sie links neben sich liegen und läuft stur weiter geradeaus.

Der Wolf folgt dem Funkeln so lange, bis ein riesiges schwarzes Gebirge den dunkelblauen Nachthimmel vor ihm zu ersetzen beginnt. Hier hält er kurz inne, versucht sich jedoch nicht durch das sich majestätisch erhebende Massiv vor ihm einschüchtern zu lassen und läuft stattdessen stur weiter. Aber trotz seines Dickkopfs, der es seinem Mut verboten hat, in Anbetracht dieses Anblicks einzuknicken, kann er ein Weichwerden seiner Knie nicht gänzlich verhindern. Sieht er doch, wie es bei jedem seiner sich nähernden Schritte auf alle Seiten hin wächst und größer und größer wird. Sieht er doch, dessen steile Wand sich immer höher – sich hoch bis ins Unermessliche – ausdehnen. Am Grunde dieses gewaltigen Massivs kann er nun eine thronend in den Stein gemeißelte

Siedlung gigantischen Ausmaßes ausmachen. An deren Ende, weit hinter ihren mächtigen Mauern, muss der Stern zu Boden gegangen sein. Von dort – immer noch etwas über die Mauern lugend – hört dieser nicht damit auf, ihn unentwegt zu verzaubern, ihn in seinen Bann zu ziehen. Er muss schnell weiter.

So läuft und läuft der Wolf immerfort, bis er schließlich an einem breiten, im Mondlicht silbern glänzenden Strom angelangt ist. Die Siedlung liegt, direkt im Anschluss an die gewaltigen Zugbrücken, welche in Summe auf die andere Uferseite führen, sicher hinter einem ebenso überwältigend großen Tor geborgen. Dieses ist zwar geschlossen, doch befindet sich darin noch eine kleine und sogar geöffnete Tür, vor welcher zwei sich rege unterhaltende Zweibeiner stehen.

Der Wolf muss weiter, er ist ein Schatten in der Nacht. Beinahe unsichtbar gelingt es ihm in einem günstigen Moment, als ein laut rufender Kauz die Blicke der Wächter nach oben wandern lässt, unter diesen durch die Tür zu schlüpfen, um weiter durch eine nächste und dann erneut durch eine andere zu gelangen. Der Schatten ist schnell und in den dunklen Gassen zwischen den Häuserschluchten schwärzer als die Nacht und dadurch mittlerweile wirklich unsichtbar geworden. Er huscht weiter. Gleitet und springt so lange von Schatten zu Schatten, bis er wieder in Sichtweite des Sterns gelangt.

Verwirrt über den sich ihm bietenden Anblick, kann er sich diesen nicht erklären. Denn obwohl inzwischen beinahe an dem gefallenen Himmelskörper angelangt, ist dieser in seiner Größe identisch zu der geblieben, als er noch hoch oben im Himmel schwebte. Doch auch diese Tatsache kann ihn nicht an einem weiteren Vorrücken hindern. Kurzerhand verlässt der Wolf den schützenden Schatten und tritt hinaus in das Mondlicht, um dort – eine breite und lange Treppe hinauf – dem Leuchten entgegen zu eilen.

Doch all das nur, um oben angekommen erneut festzustellen, dass dies Funkeln unverändert geblieben ist. Als er sich noch weiter nähert, kann er das glimmernde Licht nun immerhin als kleinen reflektierenden Quarzkristall enttarnen, welcher, in dem großen Massiv gebettet, nichts anderes macht, als lediglich das Mondlicht wiederzugeben. Ein Licht, welches schließlich, als er ihm ganz nahe zum Beschnuppern steht, in seinen Augen erlischt.

Er hat einem kleinen Quarzkiesel kurzzeitig die Bedeutung eines ganzen Sterns zuteilwerden lassen. Ein Tun, ausgehend von dem Wunsch, geführt zu werden. Ein Tun, ausgehend von dem Wunsch, keine Gegenleistung dafür erbringen zu müssen. Ein Tun, welches er vermutlich als unterbewussten Plan dem ursprünglichen vorgezogen hat, da bei jenem das Risiko bestand, zurückgewiesen zu werden. Ein Tun, bei welchem er sich nun fragt, ob wohl überhaupt jemand in der Lage ist, die gestellten Erwartungen zu erfüllen. Halb scherzend stellt er fest, dass er dem Kiesel unrecht täte, würde er all dies von ihm verlangen. Wie konnte ihn das Gefühl der Neugier nur dazu bringen, sein eigentliches Ziel erneut aus den Augen zu verlieren? Er hat sich zu weit von ihm entfernt. Es womöglich für immer verloren.

Enttäuscht darüber, dass er der Realität wieder etwas näher gebracht worden war, von seiner Täuschung, in welche er so viel Hoffnung gelegt hatte, entledigt wurde, blickt er sich zum ersten Mal hier oben um und sieht, dass er sich an der Kante zu einem dunklen Schlund befindet. Einer, aus welchem ein kalter und nach Moder riechender Luftstrom dringt, und noch schwärzer als eine Häuserschlucht bei Nacht ist. Der Wolf wendet sich von diesem ab und blickt stattdessen ein letztes Mal von dieser erhabenen Anhöhe aus zurück in die karge Landschaft in sternklarer Nacht. Ihm ist, als könnte er ein blutiges Rinnsal sich durch diese Ödnis winden sehen. Eine Spur, welche seinen Pfad beschreibt. Der Wolf hat eine blutige

Furche mit seinem Weg gezogen. Jetzt, da er im Begriff ist, diese Gegend, für welche er ebenso wenig wie sie für ihn gewappnet ist, zu verlassen, ist wieder Platz für die bald heimkehrende, bald betäubende Ruhe. Denn er wird nicht wiederkommen, um sie erneut zu vertreiben.

Der Wolf blickt wieder nach vorne in das tiefste Schwarz, das er je gesehen hatte. Dunkler als Schatten in der Nacht, schwärzer als Blut bei Vollmond. So schwarz, als wäre es das zum Körper verdichtete Nichts. Es ist Nichts, und damit gefüllt mit allen Möglichkeiten und Hoffnungen. Er weiß nicht, was er aufstöbern wird, doch ist er sich auf seltsame Weise sicher, dass er finden wird, wonach er begehrt. Er setzt sich in Bewegung, geht los, immer weiter, immer tiefer. Weiter, als ihn das Licht des Monds und auch jenes der Sonne jemals erreichen hätte können. Immer tiefer in den ihn bereits vollends umgebenden Schlund. Macht nicht halt, als ihn dieser schon lange lautlos gefressen hat, und auch nicht dann, als das nur noch stecknadelgroße Licht hinter ihm ganz erlischt.

Der Wolf ist verschwunden.

Blinder Glanz

1

Immer auf dem gepflasterten und viel befahrenen Weg weiter, führt sie dieser noch heute an das Ufer des gewaltigen Lin heran. Schon von Weitem sehen Ra´hab, Meridin und Hań, wie sich auf der anderen Seite des hier sehr breiten Stroms ein gigantisches Bergmassiv fast senkrecht, beinahe bis in die dünne Wolkenschicht hinauf erhebt. An den Gestaden des Lins hat sich in der Savanne ein mehrere hundert Meter breiter Streifen gebildet, in welchem die Vegetation üppig gedeiht. Eine Gegend, welche deshalb den vereinzelt hinter ihnen gelegenen Oasen in der Wüste sehr ähnlich sieht. Denn dort, wie auch hier, stehen Palmen, hohe Gräser und Büsche, in denen allerhand Leben kreucht und fleucht. Nur ist das Bild an diesem Ort noch viel dichter und mannigfacher verwoben. Glich der Vegetationsbereich um die Oasen herum lediglich einem schmalen Saum, so stellt er hier einen viele hundert Meter breiten Gürtel dar, in welchem sich allerhand Insekten, Vögel, Echsen und Kleinwild im schieren Überfluss tummeln. Sie alle vermag der reiche Lin zu nähren.

Ein Umstand, der Meridin zwar verwundert, aber trotzdem seiner Begeisterung für dieses Bild keinen Abbruch tut, weiß er doch, dass der Lin gar kein Fluss, sondern ein Fjord ist. Aber die Natur hat sich im Laufe unzähliger Pflanzengenerationen damit abgefunden, kein Süßwasser zu bekommen und hat sich angepasst. Und die hier lebenden Menschen haben sich – wegen Ermangelung ähnlich fundamentaler

Anpassungsfähigkeit – eben Methoden einfallen lassen, wie sie sich am hier vorhandenen Busen der Natur bedienen können. So, wie sich auch alle anderen Völker – die sich, selbst noch viele hundert Kilometer weiter landeinwärts, an seinen Gestaden niedergelassen haben – den Lin für ihre Ernährung auf unterschiedliche Weise Untertan gemacht haben. Hat er sich doch mittlerweile sein langes Bett so weit ins Landesinnere gegraben, dass er inzwischen auch im Herzreich der Hrŏhmer angekommen ist, wo er, wie überall, auf dürstendes Verlangen gestoßen ist. Aber nicht nur das, macht man sich dort doch sogar die Kraft des Stroms zunutze. Es ist beeindruckend, wenn man die Geschwindigkeit des entgegen aller Richtungsgewöhnlichkeit bewegten Wassers auf sich wirken lässt. So sehr, dass es einem nicht gelingt, den Strom als das anzusehen, was er ist: ein logisches Resultat. Denn hinter jedem einzelnen seiner Tropfen, steht ein gewisser Sog, welcher von einer durstenden Pflanze oder einem anderen Lebewesen das er auf seinem Weg trifft verursacht wird.

Der Anblick überquellenden Lebens schafft es, auch auf das Gemüt des stillen Hań abzufärben. Denn außer sich vor Freude, beginnt dieser sogar zu klatschen, zu singen und sich im Kreise drehend zu tanzen. Was nicht nur Ra´hab, sondern wohl auch einer kleinen Schar bunter Schmetterlinge gefällt, weil diese wiederum um ihn herum ihren flatternden Reigen aufführen.

Hier werden sie etwas abseits vom Weg schlafen. Weshalb jeder das macht, was er am besten kann. Ra´hab kümmert sich um die Tiere, Meridin um das Lager, und Hań – noch ohne konkrete Aufgaben – sucht Bäume ab und klettert, schließlich fündig geworden, auf einen dieser hinauf. Dort hoch oben, in der Krone einer Palme, pflückt er einige faustgroße Früchte, die mit ihrer braunen pelzigen Schale auf den ersten und auch auf den zweiten Blick für Ra´hab und Meridin nicht genießbar aussehen. Die Früchte neben seinem Lager abgelegt, bricht der zu Taten hochmotivierte Hań nochmals auf. Hat er doch heute noch nicht die Ruhe gefunden, um sich wie seine beiden Begleiter vom Feuerschein fesseln, seine restliche Energie in Trägheit wandeln zu lassen. Diesmal will er sich noch Utensilien besorgen, welche ihnen die nächsten Tage gute Dienste, und er sich damit als nützlich erweisen kann.

Als Hań etwas später wieder zurückkommt und das erste Bündel Holz niedergebrannt ist, wirft er einen der unappetitlichen Äpfel, welche den Ausscheidungen ihrer Kamele verblüffend ähneln, in die Glut. Sofort verströmt die Frucht mit einem deutlichen Zischen Schwaden ihres übelriechenden Rauchs. Sekunden später bricht die Schale auf und lässt damit eine Schar hunderter draller kleiner Maden in einem Gewühl hervorquellen. Aber trotz der Vorfreude über den Schmaus, die Hań bis über beide Ohren freudestrahlend macht, vergisst er nicht, auch seinen beiden Gefährten jeweils einen dieser lebenden Äpfel zuzuwerfen. Erst dann macht er sich mit seinen Fingerspitzen daran, dies inzwischen halbgegarte Getier zu essen und den Kokon auszuhöhlen. Ra´hab lehnt dieses Mahl dankend ab, findet er doch allein die Vorstellung von kriechendem Getier im Mund so abstoßend, dass ihm aus Ekel beinahe das zuvor verspeiste Dörrobst wieder hochkommt. Aber Meridin, neugierig genug, um die anfängliche Hemmschwelle zu überwinden, macht es Hań nach. Voll auf den Geschmack im Mund konzentriert, benötigt Meridin nur wenige Bissen, um für sich die Maden grundsätzlich als genießbar einzuordnen. Doch so gut wie Hań, der sogar die Hülle umstülpt, um wirklich alle zu erwischen, und sich nach seinem Mahl genüsslich die Finger ableckt, wollen sie ihm nicht schmecken.

Später, im Schimmer des Feuerscheins, macht sich der Junge an das einzig Logische bei einer solch immensen Anzahl an Vögeln und fertigt sich aus einer Schilfstange ein Blasrohr. Dies, wie auch das Herstellen der dazugehörigen

Kolbengeschosse aus einzelnen Holzstücken mit Distelwolle an ihrem Ende, macht er, von Meridin bei jedem seiner Handgriffe beobachtet, sehr geschickt.

Hańs Hände erledigen diese Aufgabe routiniert von selbst, denn in seinem Kopf malt er sich bereits die Gesichter seiner beiden Gefährten aus, wenn er sie, solange sie in einer solchen Umgebung sind, mit Vögeln versorgen kann. Er hofft, dass sie stolz auf ihn sein werden. Nimmt sich aber auch fest vor, nicht enttäuscht zu sein, wenn dem nicht so ist.

2

Am nächsten Tag, wie auch an den folgenden Tagen, führt sie ihr Weg, auf dem sie sich stets an der bunten Welt erfreuen, immer weiter gen Westen. Die wilde und oasenähnliche Gegend dieser feuchten Savanne, wie auch der enorme Artenreichtum, weicht binnen weniger Stunden einer intensiv bewirtschafteten Agrarlandschaft. Überall, auf den Feldern, Straßen und in den Dörfern, herrscht geschäftiges Treiben. Heerscharen von Sklaven, angetrieben von uniformierten Aufsehern im Rücken, sind hier damit beschäftigt, die Korn- und Gemüsefelder entlang des Lin zu bestellen.

Dem Hauptweg weiter folgend, gelangen sie nach ein paar Stunden, an eine sich im Bau befindenden gigantischen Brücke. Wo, wie auf den Feldern auch, Scharen rastloser Zwangsarbeiter alle anfallenden Arbeiten übernehmen. Es scheint, als genüge es schon, einzig in diesem Land geboren zu sein, um die Berechtigung zu erhalten, niemals mehr arbeiten zu müssen. Besteht doch auch die Arbeit der Handwerker nur noch darin, zu delegieren und die Sklaven beim permanenten

Heranschleppen und Bearbeiten weiterer Steine mit einer Rute zu Geschwindigkeit und Sorgfalt zu animieren. Den Sinn dieser wohl schon bald über den Lin führenden Brücke kann sich Meridin nicht herleiten. Liegen doch Ios Siedlungen allesamt am südlichen Ufer. Auch die massive Bauweise der ins Nichts führenden Brücke gibt ihm Rätsel auf. Denn jene erscheint ihm – trotz seiner guten Kenntnisse in der Mathematik und der allgemeinen Kräftephysik – bei weitem zu überdimensioniert, um den Strom einzig zu queren. Ihr tieferer Zweck bleibt ihm unzugänglich. Auch genügt sein Wissen über dieses Reich, ohne aktuelle Nachrichten von selbigem, nicht mal dazu aus, um mit diesem halbwegs richtige Vermutungen anzustoßen.

Was ihm während seines analytischen Betrachtens erst jetzt ins Auge sticht, sind die vielerorts errichteten Verdunstungsbecken, durch welche sich die Frage nach der Wasserversorgung der Menschen erübrigt. Der Wille, sich diese Gegend Untertan zu machen, hat raffinierte Möglichkeiten zur Frischwassergewinnung hervorgebracht. Die vorwiegend verwendete Methodik, um das Prinzip der Verdunstung zu nutzen, wird mit einer Konstruktion bewerkstelligt, welche aus einem seichten und großflächigen Becken besteht, das mit einem breiten Metallrand komplett umfasst ist. Dieser Rand, mit einer schwarzen Farbe überzogen, wird durch die vielen absorbierten Strahlen sicherlich so erhitzt, dass man auf ihm Spiegeleier braten könnte. Der wärmeführende Rahmen reicht aber noch weiter bis in das Becken hinein, um dort das Wasser, in der überdimensionalen Pfanne, zusätzlich zu der Umgebungstemperatur zu erwärmen. Über diesem Becken sind engmaschige Tücher gespannt, die mit einem Stein in der Mitte beschwert sind.

Die Funktion ist ihm klar. Denn das unter der stickigen Haube als Dampf aufgestiegene Wasser wird durch das windgekühlte Laken wieder zum Kondensat, welches sich, der Schwerkraft folgend, weiter zum tiefsten Punkt fortpflanzt.

Dort, an diesem Punkt, unter dem zentralen Stein angelangt, schwillt es so lange zu Tropfen an, bis sich diese, schwer genug, um sich nicht mehr am Tuch halten zu können, in den sicher unter ihnen liegenden Trichter ergießen, welcher stets das aus dem Beckenabfluss führende Rinnsal nährt. Gerne würde Meridin sehen, wie am späten Abend das Tuch abgenommen wird. Denn die Menge des zurückgebliebenen Salzes interessiert den Forscher in ihm sehr. Doch der ungeduldige, stets zu Taten motivierte Teil seiner Persönlichkeit hindert ihn daran, so lange zu warten, nur um eine beiläufige Nichtigkeit zu erfahren.

Aber auch noch eine andere Bauweise befindet sich hier anscheinend im experimentellen Stadium. Erneut kommen die großen schwarzen Metallbleche zum Einsatz. Diese führen aber nicht wie bisher um ein Becken herum und in dieses hinein, sondern sind über eine Seilkonstruktion so im Wasser platziert, dass diese nur von einem dünnen Film benetzt werden. Eine Schicht, so dünn gewählt, dass sie auf den wenigen Metern ihres metallenen Betts komplett verdunstet und sich in den darüber aufgehängten Tüchern fangen kann. Diese Tücher werden von mehreren Arbeitern der Reihe nach, immer und immer wieder, über einem Eimer ausgewrungen.

Aber auch jenes mit dieser Methode gewonnene Wasser ist so leer, dass es den Körper krank machen würde. Darum schütten es Sklaven nach dem Prozedere im Becken noch in einen Turm, wo es vermutlich die Gelegenheit bekommt, sich wieder mit verschiedenen Mineralien anzureichern. Erst nach diesem Vorgang im Turm – nachdem es sich in einen Trog ergossen hat – können die Sklaven von dem Wasser nehmen. Dass der Trog wie eine Viehtränke auf dem Boden steht und sich die Menschen auf alle Viere begeben müssen, um trinken zu können, sagt Meridin viel darüber, mit welcher Überheblichkeit dieses Reich auf seine Sklaven hinab sieht. Sklaven sind Tiere. Tiere, für welche sie aber immerhin ein gewisses Maß Sorge tragen müssen – Eigentum verpflichtet schließlich. Und da diese Menschen Eigentum des kindlichen Kaisers sind und den Aufsehern das Wort und die Verantwortung über sie nur für eine begrenzte Zeit geliehen worden war, sind diese gut darin beraten Fürsorge um den Besitz des Kaisers zu tragen. Zumal es den Wärtern, mit diesen ressourcenschonenden Möglichkeiten minimalen Aufwands, doch auch so leicht gemacht wird den Durst ihrer Sklaven im Zaum zu halten.

Meridin kann kaum glauben, dass diese Methoden der Wassergewinnung dafür ausreichen, um so viele Menschen zu tränken. Eine Aufgabe, die sie auch nicht erfüllen müssen. Denn weder hat er schon einmal einen der Handwerker, noch einen der Aufseher dieses Wasser trinken sehen. Sie haben vermutlich ihre ihnen vorbehaltenen Brunnen. Tief im Boden gelegene Reservoire voll mit kühlem Nass, welche sie wohl nur gegen bare Münze teilen werden. Und da es ihm an Barem nicht fehlt, ist das Mitführen des vielen Wassers, welches sich derzeit auf den Rücken ihrer Kamele befindet, völlig überflüssig geworden. Und in Anbetracht dessen, dass sie sich hier in der Kornkammer von Ios befinden, müssen sie auch kein Essen horten. Was ein weiterer Grund dafür ist, dass die vielen im Schlepptau mitgeführten Tiere jeglicher Berechtigung entbehren. Eine Tatsache, die den Entschluss bekräftigt, die Kamele in der nächst größeren auf ihrem Weg gelegenen Siedlung zu verkaufen, um auf einen Esel als Transporttier der Wahl umzusteigen wird.

Doch fürchtet Meridin bereits jetzt den verblüfften Blick von Ra'hab, wenn er seine ach so lieben und wertvollen Kamele gegen einen einfachen Esel tauscht. Aber sein Gefühl sagt ihm, dass er es verstehen wird. Ja, er wird es aus einer Notwendigkeit heraus verstehen müssen. Denn was bleibt Ra'hab auch schon anderes übrig, als sich weiterhin an seine Fersen zu heften.

Dass diese Landschaft viel hügliger ist, als sie eigentlich, gemäß den geographischen Begebenheiten, sein dürfte, fällt Meridin erst in diesem Augenblick auf. Er kann sich aber, im Gegensatz zu Ra´hab, für den es ein Rätsel bleiben wird, nicht nur das Wie sondern auch das Warum erklären. Denn gerade eben wird wieder ein neuer Hügel aus abgetragenem Ackerboden aufgeschüttet. Der Boden mag zwar an sich fruchtbar sein, doch ist dieser vermutlich bereits nach wenigen Fruchtfolgen durch das in ihm zurückbleibende Salz verdorben.

Am Abend demonstriert Hań anhand vieler toter Vögel, die ihren Nahrungsbedarf völlig abdecken, wie routiniert und erfolgreich er mit dem Blasrohr als Werkzeug umgehen kann. Aber nicht nur dies, denn auch die Zubereitung der selbigen zeugt von großer Wildniserfahrung in solch jungen Jahren. So packt Hań die Vögel zusammen mit Kräutern in eine geschlossene Lehmschicht des Lin und lässt diese in der Glut in ihrem eigenen Saft und der Salzlake garen. Noch nicht einmal das Treffen des richtigen Garpunkts stellt für ihn ein Problem dar. Denn beim Öffnen der Lehmkartoffel bleiben beinahe alle Federn des Vogels an der festen Schicht haften und das Fleisch lässt sich zudem noch gut vom Knochen lösen.

Nach dem Essen lassen sie die von den Feldern in ihr Lager eindringende Ruhe noch weiter bis in sich gelangen. Ra´hab weiß sich nun an einem Punkt, an dem er alles hinter sich gelassen hat. Ein Umstand, den er als rundum positiv empfindet. Weshalb er beschließt, auch künftig nicht mehr zurückzublicken. Was nicht heißt, dass er all seine Erfahrungen, die ihn zu dem neuen Menschen, der er heute ist, gemacht haben, verleumden will. Da gerade jene, diesem neuen Menschen eine absolut individuelle Interpretation der Dinge verliehen haben. Er ist sich seiner Vergangenheit bewusst und will deshalb versuchen, auch seiner Zukunft ohne Vorurteile gegenüberzutreten. Dieser Vorsatz, welcher seinem pragmatischen Gemüt zu verdanken ist, erscheint ihm als der einzig logische. Denn die Zukunft steht vor jedem erneuten Zwinkern der Augen bereit, um einzudringen. Sie denkt nicht daran, auch nur eine Sekunde zu warten, bis man womöglich bereit für sie ist. Sie passiert – ob man will oder nicht.

Im Geiste blickt er zurück und zieht sein Schlussresümee über die nahe Vergangenheit. Es hat einen großen Umschwung in seinem Leben gegeben. Ihm ist, als sei er vor kurzem aus einem lebenslangen Schlaf erweckt worden. Die Frage, ob er sich noch immer auf seinem ursprünglichen Weg befindet, welcher sich nur langsam verändert hat, oder ob ihn das Schicksal schleichend auf einen ganz anderen Pfad geführt hat, kann er sich nicht beantworten. Eines aber schon: Der Übergang, oder besser der Umbruch, wurde von dem Zeitpunkt an wirksam, als der erste Vogelschrei erklang. Jener, welcher ihn aus dem Traum riss, in dem er so deutlich diese fremde Stimme hörte. Allein der kurze Gedanke, in welchem er sich an die Stimme entsinnen will, reicht aus, um ihn eine fröstelnde Woge über den ganzen Körper zu schicken. Doch ein Gefühl sagt ihm, dass dieser Moment zwar das erste Anzeichen, aber keinesfalls die reaktionsauslösende Ursache markiert. Der Auslöser musste schon früher getätigt und lange Kraft gesammelt haben, bevor ihn dieser derart überwältigen und fremdbestimmen konnte.

Was der ursprüngliche Hebel gewesen ist, welcher die Maschinerie der Transformation in Gang gesetzt hat, kann er nicht sagen. Auch wie er darauf kommt und was ihn bei dieser These so sicher macht, weiß er nicht. Aber eines weiß er schon. Er alleine hat diesen Hebel umgelegt.

3

Drei weitere Tage dauert es, bis sie, um viele Eindrücke reicher, in Puedro angekommen sind. Diese Siedlung, in welcher auch ein Leben neben der Landwirtschaft und dem Militär stattfindet, ist die größte der letzten Tage. Sie sehen, wie hübsche Menschen in feinen Gewändern ihrer Kultur mit schöngeistigen Beschäftigungen frönen, und auch Hrŏhmer, die fernab ihrer Heimat trunken und singend durch die Straßen ziehen. Meridin ist wegen der großen Anzahl, in der diese hier vertreten sind, verwundert, gehören sie doch nicht gerade zu den Weltenbummlern unter den Rassen. In Wirklichkeit ist sogar eher das Gegenteil der Fall; machen sie aus dem Umstand, dass sie am liebsten unter sich sind, noch nicht einmal einen Hehl. Noch mehr wundert es ihn, dass sich anscheinend niemand an diesen Exzessen am helllichten Tag stört. Sie haben sich einen Status der Narrenfreiheit erkauft. Die Tatsache an sich ist Meridin zwar egal, hat er doch auch schon eine Ahnung, mit welcher Gegenleistung sie dieses wohlhabende Land bezahlen.

Der Anblick so vieler Hrŏhmer bewirkt in Ra´hab, dass in ihm eine Antwort auf die Frage zu gären beginnt, weshalb diese hier so stark vertreten sind und trotzdem den Handelspakt, von welchem insbesondere seine Heimat profitiert hat, aufgekündigt haben. Aber um diesen Fermentationsprozess zu beenden, auf dass ihm dieser eine Lösung darauf liefern kann, bleibt ihm keine Zeit. Die Erkenntnis, dass die Hrŏhmer ein gespaltenes Volk sind, dass der Wille ihres Führers schon lange nicht mehr jener der breiten Masse ist, konnte sich noch nie bilden. Bisher beschäftigte er sich nur mit oberflächlichen Möglichkeiten von Ursachen wenn er über das Warum nachsann. Er hat, ähnlich wie ein trotziges Kind, dem sein Spielzeug von den Eltern entwendet wurde, lediglich unmittelbare Anlässe erkennen können.

Wenig später, auf dem zentralen und mit Palmen begrünten Platz angekommen, findet Meridin ein ausgeklügeltes Beispiel einer Kondensatfalle, welches selbst mit den hier angewendeten künstlerischen Spielereien funktioniert. So öffnet sich der aus vielen Halmröhren bestehende Stamm dieses beeindruckenden Bauwerks nach etwa zehn Metern in einen Strauß verschiedener Blüten und Blätter. Eine schwarze und bauchige Blättersorte ist, in vielfacher Ausführung, als Schale dem Wasser dienlich, welches über weite, kunstvoll geschwungene und in Griffelästen endenden Bögen zugeführt wird. Unter diesen mit Wasser gefüllten schwarzen Laubschalen ist jeweils eine Blüte platziert, deren spiegelnde Kronblätter die Hitze der Sonne nach oben reflektieren. Die Laubschalen sind damit so angebracht wie ein Topf über den züngelnden Flammen eines Feuers. Macht nun das Wasser das einzige, was es hier kann, und verdampft, fängt sich dieses schon bald wieder in den darüber gelegenen weißen Schirmblättern aus poliertem Stein. An diesem, durch Kühlrippen deutlich kälterem Laubwerk bildet sich nun Kondensat, welches wenig später als Tropfen dem Gefälle des Blatts zu seiner Scheide folgt. Dort sammelt sich so lange eine Vielzahl solcher, bis sie sich schließlich als feines Rinnsal in eine der Halmröhren ergießen können. Im Stamm selbst wird das Wasser über Kaskaden mit verschiedenen Steinen gewaschen, ehe es unten am angezapften Stamm trinkbar in eine steinerne Schüssel fließt.

Diese Anlage ist mit einer Kunstfertigkeit errichtet worden, die Meridin nur Hochkulturen – den Eldern oder den Hrŏhmern – nicht aber diesem Pack zutraut. Weshalb er anhand dieses Exemplars seine Vermutung über das Zahlungsmittel der Hrŏhmer bestätigt findet. All diese handwerklichen Meisterleistungen, angefangen von der riesigen

Brücke, bis hin zu den mannigfachen Kondensatfallen, tragen deren Handschrift. So haben sich die beiden Völker in einer anscheinend perfekten Zwecksymbiose vereinigt. Denn Ios hat Gold im rauen Überfluss, nicht aber die Geduld, sich Wissen oder Kunstfertigkeit anzueignen. Den Hrŏhmern sagt man hingegen nach, schier endlose Ausdauer mit allem und jedem zu haben, solange nur die Rechnung dafür bezahlt werden kann. Und Gold ist ihre einzig akzeptierte Währung, denn Schuldscheine und Versprechungen können sich nur allzu leicht über Nacht in Luft auflösen.

Die Rast im Schatten der Palmwedel kann nur kurz währen, da Meridin, sich auf der Zielgeraden dieser Etappen wissend, schon bald wieder ungeduldig wird:

„Kommt, wir brechen auf. Unsere Reise geht weiter."
Ra´hab, der in dieser Ansage eine Möglichkeit erkennt, sich Meridin als nützlich zu erweisen, erhebt sich sogleich:

„Etwas Geld bitte. Mach Essen kaufen und Kamele bereit."
Was eine Reaktion ist, die bei Meridin Ärger und einen besorgt traurigen Blick auslöst:

„Ra´hab, ich bin nicht dein Herr. Behandle mich nicht so!"
Erst nach einer kurzen Pause offenbart ihm Meridin seine eigentlichen Gedanken:

„Ra´hab, wir beenden die Reise nicht auf dem Rücken von Kamelen. Meine Reise führt mich weiter nach Sádin. Von da an ist mein Weg noch ungewiss. Du kannst mir folgen oder hierbleiben. So oder so, werd ich dich für deine Dienste gut entlohnen. Du könntest dir mit dem Geld ein neues Leben als Beduine aufbauen und diese Kamele hier nehmen. Denk darüber nach. Andernfalls werde ich die Tiere jetzt zusammen mit aller überflüssigen Ausrüstung verkaufen. Um das restliche Gepäck zu transportieren, werden wir bestenfalls noch einen Esel für ein paar Tage brauchen."

Steif vor Schreck sieht Ra´hab in die kühl blauen Augen von

Meridin. Hań erkennt, wie sich in Ra´habs Blick Gefühle wie Ratlosigkeit und Angst vor dem Alleingelassen-werden mit Unentschlossenheit, Ungewissheit und Vorfreude vermischen. Ra´habs verbale Reaktion lässt hingegen lange auf sich warten, gibt aber schließlich doch mit leiser und zitternder Stimme Antwort:

„Wie könnt ich dir in anderer Welt dienen. Dein Weg noch lang, mein Bein voll Schmerz. Mach dich nur langsam. Bin Belastung und kann nicht kämpfen."

Die Gründe, die Ra´hab anführt, sind nüchtern betrachtet nur logisch. Denn sein Weg wird sich womöglich noch lange winden, bevor er auf diesem einmal wirklich weiterkommt. Auch dass Ra´hab dieses Weiterkommen verzögert, trifft zu. Einzig die Besorgnis um dessen Kampfunfähigkeit kann er als nichtig gewichten. Denn Ich-bezogen wie er denkt und entscheidet, handeln seine abwägenden Überlegungen nur von seinem Ziel oder seinem eigenen Leben das er niemals gefährden würde um etwaige Begleiter zu schützen. Seine Mission steht über allem anderen. Die Verantwortlichkeit über ihr Leben kann er ihnen nicht nehmen. Dies sollte beiden spätestens jetzt unmissverständlich bewusst werden. Trotzdem hat sich Ra´hab als sehr guter und Hań ebenfalls als angenehm ruhiger, sich zum Vertreiben der Zeit als interessanter und zudem noch als nützlicher Begleiter für das Beschaffen von Nahrung erwiesen. Was ihm ausreichende Gründe dafür sind, auch Hań mit festem Blick und zuversichtlicher Stimme gut zuzureden. Meridin hofft, dass dies beides dafür ausreicht auch für Hań klar zu machen um was es geht:

„Freunde. Hań und Ra´hab.",

und wendet sich an letzteren:

„Wenn das deine Bedenken sind Wüstenwanderer, dann finde nur einen Weg in jener Richtung, die ich dir vorgebe. Ich werde niemals von euch verlangen, dass ihr mich auf diesem, meinem eigenen Pfad bis zum Schluss ..."

Der Gedanke an diesen Ort, an diesen Zustand lässt Meridins Worte unvermittelt ins Stocken geraten. Seinen Blick mit dunklen Nebelschwaden aus seinem Inneren getrübt, beendet er den Satz:

„... mich bis zu meinem Schluss, der sicher eines Tages kommen wird, begleitet. Seid euch dessen bewusst. Ihr seid mir nichts schuldig."

Für einen Moment herrscht Stille zwischen ihnen. Es werden Blicke getauscht, die hinter die Fassade gekünstelter Äußerlichkeiten sehen, bevor Meridin noch einen letzten Satz spricht:

„Ra'hab, du wärst mir ein guter Führer und ich dir ein guter Begleiter. Aber mein Ziel steht über deinem, meinem und dem Leben von Hań."

Ra'hab hält inne und sinnt nach. Er hat Angst. Angst vor dem Zurück- und Angst vor dem Weitergehen. Aber ihm fällt wieder ein, was er sich erst vor wenigen Tagen, als er alleine mit seinen Gedanken und dem nächtlichen Himmel war, geschworen hat. Er will nur noch nach vorne sehen. Ein gefasster Entschluss, der ihn im Geiste zu einem riesigen Ausfallschritt voraus bewegt.

Ra'hab blickt Meridin tief in die Augen und nickt. Stolz darauf, seiner Angst, die ihn zum Stillstand überreden wollte, einen Strich durch die Rechnung gemacht zu haben, blickt er fragend zu Hań.

Dieser, der wider Erwarten seiner Begleiter, den von Meridin aufgezeigten Scheideweg im Prinzip erkannt hat, setzt ein breites Grinsen auf und hofft, dass dies die richtige Antwort gewesen ist, um bei dem Dunklen und Hellen bleiben zu dürfen. Auch Meridin, zufrieden mit der Entscheidung von Ra'hab und Hań, welche ihn noch mehr in seinem eigenen Entschluss bekräftigt haben, sein Vorhaben wie geplant durchzuführen, macht in einer übermütigen Laune seine Freude darüber ersichtlich und lächelt.

Für die Kamele findet sich in den Ställen der Stadt bald ein Käufer. Ein Händler, der Ra´hab glaubhaft versichern konnte, dass seine Mädchen nicht an den Schlachter gehen. In diesen Sachen sehr einfältig, hat er nicht verstanden, sich auszurechnen was ein Wort von jemanden Wert ist, der es gewohnt ist Tag ein, Tag aus zu lügen. So wünscht er den Tieren mit jeweils einem aufmunternden Klaps auf den Rücken und einem Streicheln über die Schnauze noch ein schönes Leben. Desweiteren wechseln auch viele der Kalebassen und andere Gebrauchsgegenstände, für welche sie künftig keine Verwendung mehr haben, den Besitzer. Schließlich hat sich ihr Inventar wirklich so weit verschlankt, dass alles zusammen auf einen Esel passt. Wie vermutet hat Ra´hab das Tier bereits nach Minuten liebgewonnen. Es scheint sogar, als hätten beide einen Narren aneinander gefressen, wenn man ihrem Schäkern zusieht. Auch Hań findet Gefallen an dem gutmütigen und ständig lustig grinsenden Tier.

Auch wenn es nur allzu schön ist, dem lachenden Ra´hab und Hań zuzusehen – ist der Moment doch so selten und kostbar – wird es Zeit wieder aufzubrechen – Zeit, den Moment loszulassen. Meridin hat ein Ziel zu erreichen, weshalb sich seine Miene, nach diesem erneuten Bewusstwerden, auf einen Schlag wieder verfinstert.

4

Auch die nächsten Tage – immer weiter dem Lin zu seinem Ursprung folgend – verändert sich im grundlegenden nichts an den Eindrücken der Umgebung. Überall sehen sie hart arbeitende Sklaven, antreibende Handwerker, ernst blickende Soldaten und in den Siedlungen dem Schönen frönende Menschen in feiner Gewandung.

5

In den Morgenstunden des letzten Tags ihrer Wanderung bekommt Ra´hab wieder einen ihm fremden und intensiven Geruch zu schnappen. Wenig später stellt er aber fest, dass ihm dieser doch nicht so fremd ist, wie anfangs vermutet. Denn es ist der Gleiche wie der, welcher ihm schon einmal auf einem Gipfel der Hügelkette am Rande seines Talkessels zugetragen wurde. Es ist der Geruch des gleichen Wassers, soviel steht bereits fest. Wasser, welches nicht in seiner reinen Form vorhanden ist, da in dessen komplexem Geruchsgewand eine scharfe, andere Nuancen übertünchende Note als markanter Faden zwischen den einzelnen Zeilen verwoben ist.

Da die Weile der Nacht den Staub des Vortags sich niederlegen hat lassen, und als zudem die Sonne die morgendliche Feuchte aus der Luft tilgen konnte, sieht nun auch Meridin, was Ra´hab schon gestern gesehen hat. Die Umrisse einer riesigen Siedlung am Horizont. Eine Silhouette, welche der Metropole Sádin eigen ist, in die sie bald eintauchen werden. Diese ist die größte Stadt des Reichs und zudem jener Hafen, welcher den Weg in ihre Residenzstadt Cosárin, dem Sitz ihres kindlichen Kaisers, für Händler und deren Waren deutlich verkürzt und ihnen damit die Strapazen der Wüste erspart. Sádin ist aber nicht nur als größter Ort von Ios mit einem nicht weniger bedeutsamen Hafen bekannt, sondern gilt auch als deren fruchtbarste Kornkammer. Wie die letzten Tage auch, hier nur viel großflächiger, sind um die Stadt herum tiefe Kanäle und unzählig feine Rinnen gegraben, welche das Wasser über dieses weit angelegte Bewässerungssystem zu den Feldern bringt. Das Korn strahlt golden, frisches Gemüse leuchtet in einem satten und die Reben in einem noch zarten Grün. Es sind viele großzügig angelegte Gehöfte, landwirtschaftlich genutzte Villen und Gutshäuser um das Zentrum errichtet. Wie schon auf ihrem Weg hierher, verrichtet auch hier eine Unzahl von Sklaven ihr täglich mühseliges Tagwerk auf den Feldern, indem sie diese bestellen, abernten, sie von Steinen und verdorbenem Boden, Unkraut und auch von Ungeziefer befreien.

Vorbei an den Feldern, hinweg über eine Vielzahl kleinerer Brücken und von den unzähligen Wachen zwar kritisch beäugt, aber unbehelligt geblieben, können sie nach Stunden in das quirlig lebhafte Sádin eintreten. Das Stadtbild wird bestimmt von vielen reich verzierten Gebäuden aus Stein oder anderen aus Lehm, die mit weißem Kalkputz versehen sind. Ihre Dächer sind mit Ziegeln aus Ton bedeckt, welche mit ihrer etwas unterschiedlichen Färbung ein in der Summe ansprechendes Mosaik ergeben. In den Gassen herrscht reges Treiben gut gekleideter und gepflegter Menschen. Ihre Gewänder sind zumeist aus einem vornehm wirkenden – oft dezent verzierten – weißen Stoff gefertigt. Ältere Herrschaften hüllen sich gerne in eine großzügige Toga, während Jüngere und Handwerker meist kurze, an den Ärmeln mit den jeweiligen Ornamenten ihrer Zunft versehene Tuniken tragen. Doch jene, wie auch die Gewänder der Hrŏhmer, haben schon lange keinen Schmutz mehr gesehen, machen sie sich doch mit ihrer Arbeit nur den Mund fransig, statt sich die Hände schmutzig. Entsprechend der derzeitigen Mode und dem Schick in diesen Gefilden, tragen die Frauen hier eine lange weiße Stola und einen großen, gerne auch farbigen Frauenmantel darüber und sind üppig mit goldenen Ketten und Armreifen geschmückt. Viele von ihnen haben unterhalb ihrer Brüste auch ein weiches Lederband umgelegt, welches diesen eine entzückende Form gibt. Manche Frauen tragen hier – wie die Männer – eine Toga. Diese legen sie aber so an, dass sich entblößte Stellen Haut ergeben, welche die Männer necken und dazu verführen soll, die fein dekorierte Schulterbrosche, welche die gesamte Toga zusammenhält, lösen zu wollen. Dieses ist die Bekleidung der Wahl von einschlägig bekannten Prostituierten. Deren ausgeübter Beruf in diesem Gewerbe, hat sich hier – durch harte Arbeit und noch mehr Schweiß – einen geachteten Ruf erarbeiten können, weshalb die Handwerkerinnen diesem zumeist auch aus freien Stücken nachgehen und mit Stolz von sich behaupten können, dass sie professionell sind.

Viele der zahlreichen Plätze dieser Stadt haben umsäumte Aussparungen im Pflaster, in denen, als begrünendes Schmuckelement, allerlei kleine Zitrus- und Feigenbäume eingelassen sind. An den vielen knorrigen Narben der Bäume kann man deutlich erkennen, dass diese bereits über viele Jahre kultiviert worden sind. Unter deren breiten und weit ausladenden Kronen sind in den beschatteten Flächen Bänke und andere Sitzmöglichkeiten errichtet worden, welche zum Verweilen geradezu einladen. Die Früchte dieser Bäume, welche hier unter Idealbedingungen gedeihen können, sprießen sicherlich mehrmals im Jahr und sind aufgrund der Selbstverständlichkeit, mit der sich hier die Menschen daran bedienen, jedermanns Gut. Aber nicht nur von den süßen Früchten kann man sich hier gratis nehmen, denn hier und da stehen auch Weinkannen aus, deren Inhalt sich die Einwohner ihre dürstenden Kehlen hinunterschütten können.

Auf diesen Plätzen herrschen auch für die Männer ideale Bedingungen, welche erhöht auf Podesten stehen, um von dort ihre impulsiven Reden auf die Anwesenden niederzuschmettern. Denn in diesem Klima finden die, die sich als

Gelehrte betrachten, offene Ohren und ein betäubtes Denkvermögen. Im Vorbeigehen hört Meridin so manch gelehrtes oder zumindest bemüht intellektuelles Gespräch mit an, dem er sich nur allzu gerne angeschlossen hätte, um auch seine Thesen und Anschauungen mit ihnen auszutauschen und zu diskutieren. Zudem scheinen aus jedem Winkel der Stadt ein Schwall aus schallendem Gelächter und das Singen der mit Sicherheit nicht nur von ihrem Glück berauschten Menschen zu strömen. Menschen, die hier, vom Busen der Natur gütig genährt, einzig und alleine ihrem eigenen Leben frohen Herzens frönen. Sie machen den Eindruck, ein dem Tod abgewandtes Völkchen zu sein, welches hier in nahezu paradiesischen Zuständen auf der Sonnenseite des Lebens weilt.

6

Im Augenblick findet auf diesem Platz, im Zentrum einer dicht gedrängten Menschenmasse, sogar ein Ringkampf mit offiziellem Charakter statt. Die völlig entblößten Kämpfer, welche beide dem muskulösen Schönheitsideal von Ios entsprechen, mutieren durch den Ölfilm auf ihrer Haut, zusammen mit dem gleißenden Sonnenlicht, zu glänzenden Erscheinungen. Nachdem sich der am Boden Liegende, nach längerem Gerangel, nicht mehr aus dem Griff seines Obenaufs lösen kann, ist der Kampf beendet. Den Gewinner, welchem die vielen bunten, von den Mädchen geworfenen Blütenblätter auf der Haut haften bleiben, lässt die Menge jubelnd hochleben. Auch wird ihm unter vielen weiteren Glückwünschen von einer schönen Frau ein großer Kelch Wein gebracht, der, zusammen mit einem lasziven Blick und einer neckenden Geste angerichtet, noch mehr verspricht. Der Verlierer hingegen wird von der sich bildenden, den Gewinner hochleben lassenden Menschentraube ausgeschlossen und so behandelt, als ob er nicht mehr anwesend wäre. Mit leidenschaftlichem Ton spotten die Zuschauer bereits über das elende Unvermögen des Geschlagenen – des Versagers – während dieser noch am Boden liegt und weder Rücksicht noch Hilfe erfährt. Statt mit Blüten werfen die Menschen so lange ihren Schatten auf ihn, bis sein Körper und seine Seele gänzlich in ihm eingehüllt sind und die Person – für sie gänzlich unsichtbar geworden – hinter den vielen Rücken sang- und klanglos verschwunden ist. Dies Verfahren mit dem Verlierer spiegelt in einem Zug ihre ganze Lebensphilosophie wieder. Es zählt nur eins, Gewinnen. Der strahlend Beste unter vielen zu sein.

Meridin fühlt sich hingezogen zu diesem ihm sympathischen Lebensgefühl. Denn dieses kennt er noch aus seiner Heimat, in welcher ebenfalls Wettkampf, Kultur und Frohsinn allgegenwärtig waren. Sein Reich, seine Heimat, in der man Attribute wie Wissen, Kraft und Geschick so intensiv gefördert und verdichtet hat, in dem aber auch Tugendhaftigkeit und vor allem der Sinn für Gerechtigkeit hochgehalten wurde, fehlt ihm, durch diese schlechte Kopie daran erinnert, sehr. Er spürt in sich ein Gefühl wachsen, als ob er plötzlich wieder zu Hause wäre, ist er doch in seiner Vorstellung binnen Sekunden über mehrere tausend Meilen und um viele Jahre zurückversetzt worden.

Dieses Empfinden wird aber sogleich restlos bis auf einen in ihm verbliebenen Wunsch vernichtet, als er hört, welch heuchlerische Reden viele der im Euphemismus geradezu aufgehenden Redner schwingen und wie viel dummes Volk, Klugheit und Bildung imitierend, hier anwesend ist. Menschen, die obendrein auch noch heftig tobend auf jede vorgetragene These Beifall applaudieren.

„Lasst euch berichten über die Barbaren im Norden! Lasst euch Kund geben von der täglich grausamen Wirklichkeit der Unkultivierten!“

So, oder so ähnlich leiten sie ihre verleumderischen Texte ein, in denen sie über angebliche Fakten berichten. Diese Tatsachen sehen dann in etwa so aus, dass Greise mit ihren neugeborenen Urenkeln auf dem Misthaufen, sich im Dreck suhlend, Inzest treiben und dabei wüste Lieder singen. Oder aber auch andere Geschichten, in denen sie zum Beispiel täglich frieren und hungern müssen, weil auf ihren ständig gefrorenen Feldern nichts wächst. Sodass sie sich mit Wölfen um Aas streiten müssen, da ihnen sonst nichts anderes geblieben ist. Diese täglich andauernde Propaganda lässt den Menschen das alles und auch noch vieles mehr wirklich glaubend machen und veranlasst Meridin sogar dazu, bitter aufzulachen. In ihnen wurde ein Feuer geschürt, dessen Luft zum atmen Hass und Mitleid sind, um auch noch die Reste ihrer gesellschaftlichen Sozialfähigkeit zu verzehren. Beides Gefühle, welche in einer absoluten Überheblichkeit gegen das nördlich gelegene Valdir gipfeln. Ihm wird bewusst, dass die Gelehrten hier keine aufklärende Wahrheit vermitteln, sondern einzig Zwietracht säen wollen. Texte wiedergeben, welche eigene Unzulänglichkeiten darüberhinaus als Fortschritt propagieren. Es ist eine Tatsache, dass ihr Egoismus, durch welchen sie unfähig sind, sich um jemanden anderes als um sich selbst zu sorgen, ausufernde Formen angenommen hat. Denn so wie sich ältere Menschen hier freiwillig einen giftigen Trank einschenken, um sich und anderen ihr Altern und Dahinsiechen zu ersparen, haben auch Eltern das Recht auf Geburt ausschließlich gesunder Kinder. Ein Recht, für dessen Umsetzung bei jeder Geburt ein extra dafür vorgesehener Bottich bereitsteht. In diesem soll ein Neugeborenes welches nicht der Norm entspricht, offensichtliche Missbildungen hat oder dessen Wirken im Leben allein wegen eines geringen Status der Eltern wenig aussichtsreich ist, direkt nach der Geburt von der Mutter ertränkt werden. Andernfalls würde es den Eltern nur Nachteile bringen und ihr Schicksal an das des Kindes binden – sie wären Ausgeschlossene.

Außerdem fällt Meridin auf, dass aus diesen derart gescheiten Gesprächen zwischen den Menschen dieses Sonnenvolks – denen er sich bis vor einer Minute noch gerne eine Zeitlang angeschlossen hätte – keine Wahrheit oder Erkenntnis gewonnen werden will. Wollen sie sich stattdessen doch nur in ihrer Eitelkeit suhlen, indem sie sich mit scharfen und blanken Sätzen duellieren. So behandeln sie nicht einmal ein konkretes und gemeinsames Thema, um mit Worten schürfend zu einer tiefer gelegenen Erkenntnis zu gelangen. Wollen sie sich doch nur voreinander profilieren, welch ach so gescheite Sachen sie wissen. Reihen sie doch lediglich Zitate und Hypothesen verschiedener Philosophen aneinander, als wären diese sprechende Handpuppen. Leere Lehrsätze, welche ihr Gegenüber aber jeweils nur als Unsinn, als kompletten Nonsens bezeichnet:

> „Wenn du annähernd so philosophisch geschult wärst wie ich, würdest du mit einer gewissen Leichtigkeit die Falschheit in deinen Aussagen erkennen."

Meridin ist beschämt über die angetrunkenen Wirtshausphilosophen, die diese Wissenschaft, welche aus der Liebe zur Weisheit betrieben wird, weil sie die Welt und die menschliche Existenz zu deuten, zu verstehen und zu ergründen versucht, in den Schmutz – zu sich auf Augenhöhe – ziehen. Doch trotzdem hat er noch nicht genug gehört. Denn ihre Ignoranz dient ihm als unterhaltende Komödie. Eine, bei welcher der Zuschauer nicht weiß ob er lachen oder weinen soll.

Die Redner schneiden Kerngebiete der Philosophie nur kurz an, bedienen sich ihrer Aussagen oder vermengen diese mit anderen zu Unsinn, und schmücken sich mit den drapierten Argumenten. So machen sie aus der Logik, der Wissenschaft des folgerichtigen Denkens, welche nach den Regeln forscht, mit deren Gesetzmäßigkeiten man aufgrund einer bestimmten Prämisse eine ebenso bestimmte Schlussfolgerung ziehen kann, eine konfuse Lehre der Widersprüche. Auch die Disziplinen der Erkenntnistheorie und der Metaphysik lassen sie bei ihrem Verdrehen der Wahrheit nicht aus. Weshalb aus ersterer – welche die grundsätzlichen Voraussetzungen, Möglichkeiten und deren Bedingungen und die Grenzen der menschlichen Erkenntnis sucht, aber auch das Zustandekommen und den Verlauf der menschlichen Erkenntnistätigkeit in Verbindung mit deren Wirklichkeitswahrnehmung und der Sprache mit deren Denken untersucht – eine gottesfürchtige Anschauung mutiert, an deren oberster Stelle die alles überblickende Sonne steht. Und mit der Metaphysik gelangen sie noch nicht einmal zu den letzten großen Fragen der Menschheit, geschweige denn je zur Antwort. Denn diese versucht, mit dem Beschreiben der ersten Gründe, die gesamte Wirklichkeit, so wie sie uns erscheint, in einen sinnvollen Zusammenhang zu bringen. Versucht, durch das Bilden einer Identität, welche das Verhältnis der Differenz beschreibt, ein universell gültiges System zu schaffen, um damit die letzten Fragen nach den Grundstrukturen alles Seienden und des Seins zu offenbaren. Und da diese Disziplin letztendlich Fragen nach dem Sinn und Zweck der gesamten Realität oder der Existenz einer göttlichen Entität behandelt, werden die unter dem Antlitz ihrer Sonne wandelnden Wiedergänger auch niemals nach deren Antworten dürsten. Nicht einmal die Ethik, die Wissenschaft des rechten Handelns, oder die Ästhetik, welche alles betrachtet, was unsere Sinne bewegt, lassen sie in ihrer blinden Prahlerei aus.

Sie hören sich nicht zu und stellen sich gegenseitig deshalb auch keine Fragen. Dabei wäre der Augenblick, in welchem bisher fraglos angenommene Überzeugungen fragwürdig werden, der Geburtsmoment der wahrhaftigen Philosophie. Denn Menschen, denen nichts fragwürdig erscheint, finden niemals den Weg zu dieser. Das Sich-Wundern-Können, das kindliche Staunen, das unbehagliche Gefühl gegenüber der Welt oder sich selbst, sind die Schlüssel zur Wahrheit. Und all dies ist auch der Grund, warum nach Meridins Meinung, niemand dieser verblendeten, selbstzufriedenen Ignoranten aus Ios ernsthaft philosophieren kann. Er ist angewidert von den hiesigen Möchtegern-Denkern und wenn er zugleich an seine ihm werten Philosophiemagister zurückdenkt – mit welcher Liebe sie ihn diese Wissenschaft gelehrt hatten – würde er diesen verzogenen Idioten mit Sonnenstich am liebsten mit einer Gerte die Lüge aus dem Mund schlagen. Dies wäre er seinen Lehrern zumindest schuldig, wenn schon das Schicksal so ungerecht zu ihnen war, teilen sie sich ihr Bett doch mit Würmern und Maden statt wie die hier Anwesenden mit schönen Frauen.

Meridin versteht ihren Antrieb nicht, der sie zu dem macht, was sie sind. Denn in seiner Heimat existierten im Prinzip zwei verschiedene Motivationen, der nach individuellem Nutzen gerichteten Philosophierenden. Da hat es die Laien und Dilettanten gegeben, welche diese Wissenschaft um ihrer selbst Willen betrieben, um sich und die Welt, in der sie leben, besser zu verstehen und um ihr Handeln – ihr Weltbild – auf eine gut begründete Basis stellen zu können. Jene wollten mit dieser ausgeprägten Lebensweise einen deutlichen Akzent auf die Umsetzung der Ergebnisse philosophischer Reflexion in die eigene Lebenspraxis setzen. Haben diese doch das Ziel, das Ideal, die Übereinstimmung von Denken und Tun, die Einheit von Theorie und Praxis angestrebt. Und es gab diejenigen, die – gefördert vom Kaiser und deshalb außerhalb gesellschaftlicher Verhältnisse stehend – zu einem Verband gebündelt ein gezieltes Hinterfragen zu beauftragten Themen betrieben. Auf diese Weise konnten sie das gewaltige konstruktive Potential der Philosophie nutzen, mit welchem sie versucht haben, aus dieser Perspektive alternative Modelle aufzustellen, mit denen etwa die Relativierung der Ansprüche von Wissenschaft und Religion gelingen – oder das Erlangen einer gewissen Art der Weltweisheit hätte bewirkt werden können. Auch das Erstellen von Anleitungen für das gemeine Volk, wie es sich mit seinem Verstand Orientierung und Sicherheit in allen lebenspraktischen Bezügen verschaffen kann, ist Aufgabe dieser Vordenker gewesen. Sollte dem Proletariat doch die begünstigende Fähigkeit zu sinnvoller gedanklicher Einordnung alles Geschehenden zuteilwerden, mit welcher ihnen das Ziel, eine gewisse Unerschütterlichkeit des eigenen Verstandes gegenüber dem Geschehen in der Welt, leicht vermittelbar gewesen wäre. Sollte doch ihr Intellekt – sei er auch gering – jede zukünftige Lebenssituation souverän verarbeiten können.

Auf diese Weise gelangt Meridin erneut zum identisch ausfallenden Fazit über die hiesigen Menschen. Jemand, der ernsthaft philosophieren will, hegt immerzu das Ziel, sein selbstbestimmtes und auf Vernunft basierendes Leben auf die Grundlage eigenen Nachdenkens zu stellen. Dafür muss dieser Jemand aber befähigt sein, jederzeit kritische Fragen an sich und seine Umwelt stellen zu können. Nur so kann es gelingen, nicht so leicht getäuscht oder manipuliert zu werden. Eine Prämisse, welche diese verblendeten Tölpel nicht erfüllen.

Da ihn diese Eindrücke zu sehr von seinem eigentlichen Ziel ablenken, bemüht sich Meridin darum, ihren Zustand nicht mehr zu kritisieren, sondern ihn – wenn auch mit Argwohn – als örtliche Begebenheit zu akzeptieren. Denn auch er muss sich seiner Aufgabe unterordnen.

7

Ra´hab ist noch immer beeindruckt von diesem Leben hier. Ist angetan von dem Volk, welches das Schöne so feierlich wie in einem nicht enden wollenden Rausch zu zelebrieren weiß. Er versteht anhand dieses Bildes, dass die Eindrücke aus selbigem sein Volk verwirren mussten. Eindrücke, die in den Beduinen, wenn diese mit den reichen Geschäftsmännern Handel trieben, Wünsche und Begierden auslösten, welche sie, zurück in der Heimat, schließlich fehlleiten mussten. Denn dieses dem Genuss ergeben dienende Lebensgefühl, welches aus Überfluss an allem resultiert, kann in der Wüste, auf so kargem Boden, nicht existieren. Deshalb haben sie vieles versucht, um trotzdem ein Fünkchen einer vergleichbaren Grundstimmung zu erhaschen. Wollten sie sich doch auch endlich so edel und vor allem so schier überglücklich schätzen können wie ihre Vorbilder. Auf diese Weise entstand der ruchlose Missbrauch und Handel mit Sklaven und Drogen, und der Versuch, mit Glücksspielen und allerhand Gaunereien einen ähnlich faulenzenden Lebensunterhalt zu bestreiten.

Aber wieder im Hier und Jetzt angekommen, fällt ihm bei genauerem Betrachten dieser vornehm gekleideten Menschen auf, dass sie nicht zu beneiden sind und dies vermutlich auch noch nie waren. Denn sie leiden innerlich unter dem enormen Druck ihrer Fassade, welche sie für andere um sich selbst herum errichtet haben, die mit ständiger Wartung in Form von weiteren und dick aufgetragenen Äußerlichkeiten in Schuss gehalten werden will, um sich der elitären Etikette anzupassen. Sie sind lediglich geknechtete Sklaven ihrer selbst. Unfrei, das zu sagen und das zu tun, wonach sie wirklich begehren. Bereits grundlegend eingeschränkt durch die Fußfessel ihrer Sprache, welche einem schon solche Grenzen aufweist, nicht jedes

Gefühl, das man fühlt – sei es auch grimmig – mit einem Wort verbinden zu können um seiner Laune Luft zu machen. Sie können sich nicht über den Druck dieser ihrer Gefühle unterhalten, austauschen, geschweige denn Linderung durch Anteilnahme schenken oder erhalten. Weshalb er plötzlich entsetzliches Mitleid mit diesen berauscht lachenden und feiernden Menschen bekommt, sind die doch trotz ihrer oberflächlich betrachtet, teuren weißen Gewänder in ihrem Inneren lediglich bitter arme Geschöpfe.

Ra´hab beobachtet sie in dem Moment, als sie scheinbar miteinander sprechen. Ein leidliches Miteinander, das keinem Dialog gleicht, sondern viel eher einem wechselnden Monolog. Denn während einer mit beflügelter Begeisterung etwas für sich selbst furchtbar Bedeutendes und Erzählenswertes von sich gibt, wartet der andere nur aus erzogener Höflichkeit darauf, sich selbst Ausdruck zu verschaffen. Es macht beinahe den Eindruck, als würde dieser nur darauf lauern, wieder eine kurze Sprechpause der sich bewegenden Lippen seines Gegenübers zu erhaschen, um sich endlich selbst wieder äußern zu können, ohne aber zuvor den geringsten Versuch unternommen zu haben, den gehörten Worten in seinem Verstand einen Sinn zu geben. Diese Menschen hier leben nicht mit-, sondern nur noch neben- und gegeneinander. Ein jeder will sich gegenüber einem anderen – welcher ihm als Person völlig egal ist – der aber in seinem Denken gleich ist, hervorheben. Was den angestrebten Höhepunkt, dauerhafte Befriedigung durch ihre Überlegenheit zu erhalten, welchen sie als Erfüllung ihres Lebenszweckes sehen, für sie alle unerreichbar macht. Denn dieses Protzen mit bereits vorgedachten Theorien oder schnöden materiellen Dingen kann nicht gewonnen werden. Da mit jedem Besitz, mit jeder vermeintlichen geistigen Bereicherung mehr, über welche sie sich identifizieren, die erhaltene höhere Selbstachtung nur von kurzer Dauer ist, sieht man sich doch immer wieder auf gleicher Höhe mit anderen. Weshalb man jeden Tag aufs Neue verliert. Kommt einem auf diese Weise doch sogar eines Tages die Freiheit abhanden, sich selbst als eigenständiges und unabhängiges Individuum zu sehen.

Es ist hier alles so furchtbar falsch, so furchtbar weit neben einem ernsthaften Ziel im Leben vorbei und deshalb nie treffend. Es muss einmal ein großes Volk gewesen sein, welches dies alles hier geschaffen hat. Doch das, was er hier noch als Überbleibsel jener Hochkultur sieht, sind nichts weiter als geübte und ständig betrunkene Laienschauspieler, welche ihre imaginären Werte und Meinungen inflationär austauschen und ständig versuchen, sich und anderen etwas vorzumachen.

8

Auf Hań hingegen wirkt dieses tosende Umfeld beinahe betäubend. Audiovisuelle Eindrücke strömen und spritzen auf ihn ein, als wäre er in einem Wildwasser aus Klang und Licht gefangen – unfähig, trockenen Fußes wieder Fassung zu erlangen. Er begreift einfach nicht, wie der Mensch solche Gebäude, Werkzeuge und selbst solche Gewänder fertigen kann. Sind dies für ihn doch alles schiere Wunder. Er fühlt sich von dem, sich durch das Gassenbett drängenden, zähen Strom einer unzähligen Menschenmasse hilflos verschlungen. Dafür, dass sich die Menschen ähnlich wie das nur wenige Meter entfernt und eine Etage tiefer gelegene Wasser verhalten, hat er keinen Blick. Denn dort drängt sich in den Kanälen zwischen den Häuserschluchten ebenfalls das langsam fließende Wasser. Dass in manchen Teilen der Lagunenstadt über die Flussausläufer Brücken errichtet worden sind, auf welchen sogar darüber hinaus ragende Häuser stehen, damit Schiffe sie leichter zum Löschen ihrer Fracht erreichen können, bleibt von ihm unentdeckt. Was auch gut so ist, hätte dies doch nur noch weiteres Staunen und Verunsicherung ausgelöst.

Aus einem Fluchtreflex heraus richtet Hań seine verängstigten Augen nach oben, wo er sich mit seinem Blick in die erhaben blauen Fluten des Himmels flüchten kann. Aber nicht gänzlich. Denn trotzdem sieht er noch die hohen Gebäude aus hartem Stein, welche sich in ordentlich sortierten Stapeln wie Kisten erheben. Jeder besitzt eine Kiste für sich ganz alleine, von der dieser jede Wand, die ihm den Blick versperrt, sein Eigen nennen kann.

Bei dem Gedanken daran, wieder in einer Kiste – in einer solchen Zelle – gefangen zu sein spürt er eine furchtbare Beklemmung in seiner Brust emporsteigen. Beim Anblick der hohen weißen Gebäudefronten, schnürt es ihm regelrecht die Kehle zu. So wie dies früher nur seine Peiniger gekonnt hatten. Röchelnd nach Luft ringend, bleibt ihm diese trotzdem aus. Der Blick gen Himmel, welcher mit seinen sich ständig bewegenden Wolken den Anschein erweckt, als würden die hohen Häuser – für ihn regelrechte Türme – auf ihn fallen, raubt Hań schließlich auch noch das letzte Fünkchen Orientierung. Augenblicklich wird ihm schwindelig und er beginnt zu taumeln.

Meridin und Ra´hab bemerken es gerade noch rechtzeitig, um ihn stützen zu können und somit das Aufschlagen seines Kopfes auf dem harten Pflasterboden zu verhindern. Gänzlich unbeachtet von der Menschenmenge ziehen sie ihn abseits auf einen kleinen, im kühlen Schatten geborgenen Hinterhof, wo sein bleich gewordenes Gesicht langsam wieder Farbe bekommt. Denn hier spürt Hań allmählich wie mehr und mehr Luft in seine bleiern schmerzende Lunge gelangt. Was nichts daran ändert, dass ihm das Atmen noch schwerfällt. Es fühlt sich an, als säße jemand mit ganzem Gewicht auf seinem

Brustkorb. Ein Jemand, der nur langsam an Masse verliert. Erst nach weiteren Sekunden verdichten sich die verschwommenen Konturen in seinem Blickfeld wieder zu Ra´hab, Meridin und zur tiefen Häuserschlucht, zu deren Grund – ihr erlegen – er sich wiederfindet.

Bereits nach wenigen Minuten schafft es Hań, seinen Gefährten zu signalisieren, dass es ihm gut geht, um nach wenig weiteren wieder aufzustehen. Erleichtert klopfen sie ihm auf die Schulter. Meridin kann sich jedoch nicht länger als nur einen kurzen Moment gegen seine Unruhe behaupten, bevor diese wieder aus ihm hervorbricht:

„Kommt, lasst uns weiter gehen."

9

Keiner der drei spürt den interessierten und appetitvollen Blick auf sich ruhen, die aus dunklen Augen, durch einen Schlitz eines mit Brettern verschlagenen Fensters, auf sie eindringen. Es ist wieder der Blick eines lauernden Raubtiers, aber diesmal anders als jener der Löwin oder der des Vogels. Auch ist dieser nicht in einem neuen Wirt gefasst. Es ist ein Blick, der nicht beobachten will, sondern am liebsten Blut gesehen hätte. Blut, dass der Träger eben jenes Blicks nur zu gerne zu Tage gefördert hätte – würde ihm dies das grelle Licht nicht unmöglich machen.

10

Wieder von dem Hinterhof auf eine der Hauptgassen hinausgetreten, ergießt sich in dieser ein unvermindert starker Schwall Menschen. Durch dessen zwei entgegengesetzte Flussrichtungen ist es für die einzelnen Individuen an deren Berührungslinie oftmals schwer – aufgrund rücksichtslosen Schulterrempelns mitgerissen – ihren Kurs beizubehalten und nicht wie ein kleiner sich windender Strudel im Strom unterzugehen.

Tief eingeatmet, machen sie einen mutigen Schritt vorwärts und fügen sich widerwillig dem Sog jener sie aus der Stadt ziehenden Strömung. Geben darauf Acht – sich als weitere winzige Bestandteile dem großen Ganzen angeschlossen – dass ihnen nicht die Luft ausgeht und sie zu Boden sinken, wodurch sie von der endlosen Walze totgetrampelt würden. Es gibt kein Entrinnen.

So passieren sie – Hań von Meridin und Ra´hab flankiert – viele der zumeist prächtigen Bauten. Diese stehen allesamt auf hölzernen Fundamenten, zwischen denen kleinere Boote ihre Kurierfahrten verrichten und größere Schiffe angelegt haben um ihre Speicher mit neuen Waren für die ferne und nicht minder hungrige Hauptstadt Cosárin zu füllen. So gehen sie immer weiter durch Sádin, bis die ständig an ihnen zehrende Strömung in einem breiteren Bett allmählich zum Versiegen kommt. Dort lichtet sich auch die Fassade der Stadt und lässt ein weites Meer zum Vorschein kommen.

Ra´hab ist überwältigt von der gigantischen Menge, des hier vorhandenen Wassers. Und auch die anderen betrachten lange den stillen Wellengang des Meeres, dessen Oberfläche sich ständig – nahezu rhythmisch – hebt und wieder senkt. Die Strahlen, die funkelnden Scherben der auf dem Wasser mannigfach zerbrochenen Sonne, ziehen die Gefährten verzaubernd in ihren Bann. Sie beobachten, wie die breiten wandernden Hügel erst im seichter werdenden Wasser anschwellen, bevor sie auf den Strand überschwappen und sich abrollen. Keiner von ihnen hat je ein Meer gesehen, gerochen, geschweige denn geschmeckt.

Am grob sandigen Ufer des Strands angelangt, löst Meridin umgehend seine Stiefel und Ra'hab seine Sandalen von den Füßen. Sie sind regelrecht begierig darauf barfüßig ins Wasser zu treten. Diese komplett neuartige Empfindung, wie es sich anfühlt, wenn Wellen, in denen feiner Sand gelöst ist, mit annähernd der Gleichmäßigkeit eines Metronoms die Füße und Zehen umspülen, lässt beiden zuerst ein Grinsen und dann ein kindliches Kichern über die Lippen springen. Meridins Füße, die nur enge Lederstiefel gewöhnt sind, erleben ein wahres Feuerwerk an neuen Gefühlen, welche in ihrer Intensität zu Ra'hab – der sonst lediglich Sandalen trägt – und weiter zu Hań – dessen Füße noch nie durch etwas wie einen Schuh eingeengt waren – immer weiter abnehmen. Aber trotzdem ist ihnen eines gleich: In ihren sich weitenden Herzen macht sich eine große Wonne und Freude breit, die am liebsten mit einem lauten Schrei ihre Kehlen verlassen hätte.

Meridin und Ra'hab – wieder wenige Meter zurück an Land gegangen – lassen sich in den weichen Sand fallen. Dort drücken sie sich mit ihrem Gesäß eine Kuhle zurecht, in welcher es sich gut aushalten lässt, und beobachten, wie sich der lachende Hań in die Fluten stürzt.

Schritt für Schritt geht dieser soweit ins Meer hinein, bis ihm das Wasser fast bis zur Brust reicht. Hań beobachtet die Wellen sich unnachgiebig auf ihn zubewegen, wachsen, sich schließlich brechen und sich hinter ihm auf dem Sandstrand abrollen. Eine hebt ihn in diesem Augenblick so hoch, dass er sogar kurzzeitig den Boden unter den Füßen verliert. Nachdem sie Hań bis zu ihrem Scheitelpunkt getragen hat, lässt ihn diese danach auch jäh wieder niedersacken und seine Füße erneut auf dem festen Boden aufsetzen. Diese im Meer beheimatete Kraft, mit welcher es ihn im Rhythmus jeder ihrer Wogen hebt und senkt, nach links und rechts drückt, und auch nach vorne zerrt, um ihn wenig später wieder zurück zu werfen, spürt er bis in seinen Magen hinein. Dort löst dieses neue Körpergefühl aber kein Unbehagen oder Unwohlsein, sondern im Gegenteil sogar eine ausgelassene Stimmung aus. Durch diese weiter euphorisiert geht er solange immer tiefer hinein, bis ihm das Wasser bis zum Hals reicht, von wo er jetzt erneut einen sich unaufhaltsam nähernden Wellenhügel erblickt. Dieser bewegt sich jedoch so schnell, dass die Trägheit seines Körpers ihn daran hindert, von dem Hügel hochgehoben zu werden – um ihn obenauf zu überqueren – weswegen er von ihm mit Haut und Haar verschlungen wird.

Mit einer solchen Wucht hat er nicht gerechnet, weshalb es ein Leichtes für die Wasserwalze ist, ihn herumzuwirbeln und letztlich sogar gegen den Boden zu schleudern. Orientierung suchend öffnet Hań unter Wasser seine Augen, bevor er mit allen Vieren in den Sand tritt und sich abstößt. Wieder an der Oberfläche angelangt, drängen sich augenblicklich seine gestörten Sinne in den Vordergrund. Denn seine Augen beginnen zu brennen, als wolle ihm diese jemand versengen. Auch löst der Geschmack des ihm in den Mund geschwappten Meerwassers einen starken Brechreiz aus, dem sich sein Körper hustend, nach Luft schnappend und mehrfach laut aufstoßend entledigen will. So wie sich auch unter leichtem Knirschen und Knacksen etwas Flüssigkeit aus seinen Ohren zwängt. Das ihn ganz tief drin in seinem Ohr juckende, und beim Versickern aus selbigem kitzelnde Wasser, schafft es schließlich, in Form eines großen Tropfens herauszurinnen. Ein Tropfen, welcher beim Verlassen auch sämtlichen Überdruck aus seinem Gehör mitgenommen hat. Hań hat plötzlich genug vom Meer und spürt, außerhalb des Wassers angelangt, die Schwere seines

Körpers als Belastung an jeder Extremität haften. Auch haben ihn die ständigen Wogen inzwischen schwindelig werden lassen, wodurch die Gangart, mit welcher er sich zu seinen beiden Gefährten schleppt, selbst ohne die an ihm zerrenden Wellen, eher schwankend ist.

Ra'hab beobachtet den näherkommenden Hań, wie er torkelnd die sachte Steigung des Strands erklimmt. Bei jedem seiner Schritte, über den mit Wasser vollgesogenen Strand, sieht er, wie sich unter Hańs Gewicht der Sand etwas verdichtet und damit einen Wasserhügel an die Oberfläche drängt und Licht reflektierende Umrisse um seine Füße entstehen lässt. Aber wieder auf dem Trockenen ziehen sich Hańs Füße sofort eine dicke Sandpanade über. Durch diese Bilder zum Aufstehen animiert, will sich Ra'hab erneut mit der sanften Dünung angenehm seine Füße umspülen lassen. Ra'hab kann es schlichtweg noch immer kaum glauben, dass es solche, sich bis zum Horizont und vermutlich auch noch darüber hinaus erstreckende Wassermassen tatsächlich gibt. Massen, von denen er bisher nur in Geschichten hörte, und deren Existenz er bis heute – wo er diese mit eigenen Augen sehen konnte – immer bezweifelt hat. Dieses Wasser ist aber nicht nur Wasser, denn auch ein weiterer Geruch hat in diesem sein Zuhause gefunden. Er kennt diesen, hat ihn schon einmal auf den hohen Hügeln, die sein Heimattal am nördlichen Ende begrenzen, gerochen. Aber damals noch lediglich als eine feine Fußnote in der Luft. Eine Note, welche sich die letzten Tage immer deutlicher abgezeichnet hat und nun eine konkrete Stoffzuweisung erfährt: Das Wasser des Meeres.

Ra'hab formt eine seiner Hände zu einer Schale, führt das geschöpfte Wasser in freudiger Erwartung zu seinem Mund und trinkt. Augenblicklich geraten seine Gesichtszüge in einen regen Wandel, bevor ihm diese völlig entgleiten und er gezwungen ist, das Wasser wieder auszuspucken. Denn bereits der eine Schluck, welcher es erfolgreich seine Kehle hinuntergeschafft hat, und noch bevor ihm dessen Geschmack seine Ungenießbarkeit verraten konnte, lässt Ra'hab aufstoßen und würgen. In beflissentlicher Manier warnt er aufgebracht seine beiden Kameraden:

„Nicht trinken! Wasser schlecht!"

Meridin, der Ra'hab beobachtet und diese Reaktion vorhergesehen hat, erklärt ihm nach einem kurz anhaltenden Moment der Schadenfreude, dass das Wasser nicht schlecht, sondern nur nicht trinkbar ist. Dass dies auch der Grund für die vielen Becken am Lin ist. Machen doch eben diese erst das Wasser genießbar. Untröstlich darüber, hält es Ra'hab für eine unendliche Farce von wem auch immer, solche Wassermassen zu schaffen, die nicht trinkbar sind. Dieser Anblick würde einen bereits Verdurstenden schier wahnsinnig werden lassen. Ein Anblick, der ihm wegen der offensichtlich zugrundeliegenden Schadenfreude des Schöpfers, etwas über dessen kindische Natur verrät. Zieht er doch aufgrund dieses Indizes sogar den Umstand in Betracht, dass dieser die Inszenierung des gesamten Lebens zwar als belustigendes, aber im Grunde entbehrliches Schauspiel sieht. Was eine Betrachtungsweise ist, welche ihm – seiner eigenen Statistenrolle darin wegen – arg auf das Gemüt schlägt. Jedoch kann sich die schlechte Laune dort nicht lange halten, stellt er doch eben fest, dass man mit dem nassen Sand kinderleicht Gebilde schaffen kann. Die Hände voller Sandschlamm lässt er diesen immer und immer wieder von seinen Fingerspitzen aus auf den Boden rinnen und sieht dem an dieser Position entstehenden Turm beim Wachsen zu. Dieses Gebilde aus hunderten Tropfen mit seinen vielen Rundungen, das so gar nicht wie etwas von Menschenhand Geschaffenes aussieht, gleicht der länglichen Traube eines Bienenschwarms um seine Königin herum, wenn diese auf Hochzeitsflug ist.

Gedankenverloren beobachtet Meridin den ebenso sinnierenden Ra'hab beim Errichten dieses Gebildes. Die willkürliche Form des Bauwerks hat unbeabsichtigt als Schlüssel die Tür zu den einst weggesperrten Erinnerungen an seine Heimat Abel geöffnet. Ist es doch dem Abaton, dem hohen Ratsturm der Stadt Tana, welcher in früheren Zeiten der Sitz des Kaisers und des Parlaments war, verblüffend ähnlich. Er sieht den Turm erneut mit den Augen seiner Kindheit. Sieht ihn zu einer Zeit, in der noch alles möglich schien. Sieht ihn zu einer Zeit, seitdem leider auch nicht weniger geschehen ist.

11

Als Ra'hab wieder zurück an Meridins Seite ist und sie erneut vereint im Schweigen auf das weite offene Meer hinausblicken, richtet dieser schließlich das Wort an Ra'hab, will er ihm doch so vieles sagen:

„Ra'hab, es muss alles sehr verwirrend für dich sein. Lass mich versuchen, es dir etwas zu erklären. Du musst wissen, dass sich die Bürger von Ios für die Herrenrasse aller Wesen halten. Glauben sie doch, dass sie die Bringer von Recht und Kultur, die Erfinder von Kunst und Schönheit sind. Sie sehen sich nicht nur als führende Nation der Menschen, sondern fühlen sich auch gegenüber allen anderen alten Rassen wie den Hrŏhmer, Elder und Dusk überlegen."

Eine Meinung, die Meridin ein verächtliches Schnauben entlockt, bevor er weiterspricht:

„Sie wollen nicht sehen, dass, als sie noch nicht einmal über den eigenen Tellerrand blicken konnten, die Elder bereits zu den Sternen blickten. Sie wollen nicht sehen, dass, als sie sich noch gegenseitig mit Staub und Dreck beworfen haben, die Hrŏhmer bereits in ihren Öfen Legierungen aus reinen Elementen geschaffen haben. Auch wollen sie nichts davon wissen, dass, als sie noch nicht einmal geboren waren, die Dusk bereits mit eiserner Hand die Welt beherrschten.“,

worauf er nach einer kurzen Pause mit ruhigerem Ton fortfährt:

„Dieses arme Land der Schönen, Starken und Reichen, wie es sich selbst nur allzu gerne betitelt, ist in Wahrheit zu bemitleiden. Denn das Fundament ihres ganzen Systems baut auf der Sklaverei auf, ohne die es nicht funktionieren würde. Und da der verschleißbedingte hohe Bedarf an Menschen gedeckt bleiben will, werden wieder und wieder sinnlose Kriege nur um deren Willen begonnen. Auf diesem sich immer in Bewegung befindenden Fundament ist dann die torkelnde Mittelschicht angesiedelt. Und diese, mit Wein euphorisiert und mit Spielen auf Leben und Tod belustigt, ist es ein Leichtes, mit Lügen und ihrem Verlangen nach Perfektion zu lenken. Die Zügel dieses wankenden Systems hält hingegen nur ein schwaches Kind an der einsamen Spitze in der Hand. Und dieser kindliche Kaiser, ihr Messias, der dieser Tage Josua heißt, wird in einem Palast aus Gold und Edelsteinen gefangen gehalten. Von wo aus er dem Wahnsinn freien Einzug in ihr Reich beschert, während er selbst der Wirklichkeit immer weiter entrückt.“

Der aufgeregte Sturm seiner Worte hat sich gelegt, sodass der stille Blick auf das Meer hinaus, die Wogen in seinem Gemüt wieder glätten kann. Erst nach gefühlten Minuten beginnt Meridin erneut zu sprechen:

„Sie reden so, als wären sie die alleinigen Bringer des Rechts. Sie sagen, sie verbreiten die Wahrheit, stattdessen säen sie Zwietracht mit ihrer illusorischen Welt, welche nicht einmal einer ehrlich gestellten Frage Stand halten könnte. Sie kämpfen um die absolute Vorherrschaft in politischer, militärischer, wirtschaftlicher, religiöser und kultureller Hinsicht. Diese besteht aber im Wesentlichen in einer debilen, blasiert blasphemen Vorstellung der Welt, in welcher sie eigene Interessen als gesellschaftliche Allgemeininteressen definieren und diese auch mit aller Härte durchzusetzen wissen. So geben sie vor, nur das Beste für die Menschen anderer Völker zu wollen. Schließlich wollen diese doch auch endlich ins Licht geführt und aus ihrer schlechten Welt befreit werden, damit sie als gottesfürchtige Sklaven ihren neuen Herren dienen können."

Ein Vorsatz, der Meridin beinahe rasend in seiner Ausführung macht:

„Ins Licht führen, dass ich nicht lache! Hinters Licht wollen sie alle führen, denn sie sprechen und handeln, denken und fühlen mittlerweile sogar allesamt nach Vorschrift!",

worauf ihm Ra´hab, der nicht viele seiner Worte verstanden hat, beruhigend auf die Schulter klopft.

Hań lauscht zwar ebenfalls Meridins aufgeregtem Wortsturm, driftet aber bereits nach kurzer Zeit in seine eigenen Gedanken ab, beschäftigen ihn diese doch wesentlich mehr. Denn der Blick auf das weite offene Meer hinaus hat in ihm eine große Sehnsucht geweckt. Die Sehnsucht, dieser Stadt – dem Moloch – die ihn zu erdrücken scheint, endlich zu entfliehen. Die Sehnsucht nach dem einen – nicht irgendeinem – vertrauten Freund, der ihn hierbei unterstützen könnte. Hań vermisst den Wolf, der ihn so lange begleitet hat. Schwärmerisch sehnt er sich nach dem mächtigen Tier, welches mit seiner Anmut, seinem Stolz, und der Größe und Kraft seines Körpers, alle anderen seiner Art in den Schatten gestellt hat. Er erinnert sich wehmütig an vergangene Zeiten, in denen er zusammen mit ihm die Wälder durchstreift hatte. Den Wolf im Allgemeinen sieht er nicht als Haustier oder als sein Eigentum. Nein, niemals. Denn dieser ist ein absolut ebenbürtiges Geschöpf, dessen Ausdauer und Geschick er sogar immer bewundert hat. Als Jäger zwar Konkurrent, aber als Wesen trotzdem nie Feind. In den Sagen, die sich die Menschen seiner Heimat erzählten, wird sogar davon gesprochen, dass Wölfe und Menschen dem gleichen mütterlichen Schoß entsprungen sind. Sie haben denselben Ursprung, tragen das gleiche Totem in ihrer Brust, er ist sein Bruder, sein am Rande zur Geisterwelt stehender und über ihn wachender Beschützer.

»Ach Freund. Wo bist du nur?«

Er vermisst ihn schmerzlich. Wie gerne würde er ihm wieder durch das Fell fahren und dabei sein pochendes Herz spüren.

Von solch einer romantisch sehnsüchtigen Stimmung ist der in Rage geratene Meridin weit entfernt. Dieser erwischt sich sogar dabei, wie seine Gedanken ihre Objektivität verlieren. Denn gegenüber diesen Menschen hier beginnt er eine derartige Aversion auszubrüten, dass er jenes Gefühl in sich, welches seinen Gedanken Ursprung, Ziel und Energie gibt, fast schon als Hass titulieren kann. Hass, nicht nur wegen ihrer Überheblichkeit, mit der sie allen, die anders sind als sie selbst, begegnen, sondern auch wegen ihres schäbigen Umgangs mit der Philosophie. Ihm fallen noch weitere Gründe ein, warum die Bewohner dieses Landstrichs es wert sind, gehasst zu werden, haben sie es sich doch so redlich verdient. Doch seinen Hass bekommen sie nicht! Dies nimmt er sich zumindest fest vor. Will er doch auch künftig keine verallgemeinernden Schlüsse aus dem Bauch heraus ziehen. Obwohl ihnen doch der Hauptpreis für ihr Werk – in einen Sack gesteckt und darin ertränkt zu werden – gebührend zustehen würde. Aber statt weiteren Gewaltphantasien nachzugeben, macht er sich in seinen Gedanken daran, die ihm zu diesem Thema in den Sinn gekommenen Fragen zu beackern, auf dass sie ihm Antworten als Früchte bringen:

»Wie kann Hass entstehen und woraus resultiert er?«

»Ist Hass ansteckend?«

»Wie soll ich selbst Hass begegnen?«

Als Antwort nach der Ursache wird ihm ein verflochtenes Bündel mehrerer Faktoren geliefert. So ist dieser meist das Resultat aus einem verallgemeinernden Schwarz-Weiß-Denken gepaart mit Vorurteilen, die zu Annahmen und sogar noch weiter zu imaginären Erfahrungen gesteigert werden. Darum ist er sich gewiss, dass hier in einer Hochburg – in der all diese Bedingungen in höchster Vollendung erfüllt sind – ein zorniger Drache – schäumender Hass – knapp unter der Oberfläche der offensichtlichen Missgunst der Menschen lauert. Zu lange hat dieser schon im Verborgenen geschwelt, verzweigte Glutnester gebildet und sich weiter ausgebreitet, als dass sein hervorbrechen noch verhindert, die Flammen noch gelöscht werden könnten.

Der Hass speziell in dieser Gegend ist noch mit einer weiteren Zutat verfeinert. Denn die Unzulänglichkeit ihrer selbst – vermuten die Menschen dieses Reichs in den Tiefen ihres Ichs doch, dass sie allesamt nur Taugenichtse sind – gepaart mit der Unzufriedenheit und Unfähigkeit, etwas gegen ihren Unmut zu unternehmen, sind die Bestandteile, welche diese Würze so besonders machen.

Die nächste Überlegung handelt davon, wie hier eine derartige Hassepidemie ausbrechen und sich so flächig verbreiten konnte, dass scheinbar jeder Mann, jede Frau, jeder Greis und sogar schon jedes Kind damit infiziert ist. Dabei kommt ihm in den Sinn, dass er in seinem Studium bereits einmal etwas über flottierenden Hass gehört hatte. Hass, der sich nicht gegen seinen eigentlichen Ursprung richtet, sondern gegen eine erreichbare Ersatzperson verschoben wird. Jene Theorie an diesem Beispiel angewendet, würde dann vielleicht aussagen, dass die sonnenanbetenden Trampel unzufrieden mit sich selbst sind, da sie unfähig sind, ihre Emotionen in dem Gefängnis ihrer Sprache auszudrücken. Und da sie spüren, dass ihnen etwas, von dem sie nicht einmal wissen, was es ist, missfällt, wollen sie ihre negativen Energien auch gegen etwas richten. Was einem dominanten Führer das Lenken des Volks einfach macht. Schließlich ist doch nichts leichter, als ein imaginäres Feindbild zu kreieren. Hier ein paar diffamierende Kommentare und dort ein paar Ängste schüren. Schon ist ein Denkmuster konstruiert, in welchem sich alles Fremde als böse und das Normale als gut rubrizieren lässt. Ein Tun – die Angst mit diesem Kalkül instrumentalisiert – welches ab da an alle Aufmerksamkeit des Volks auf das Fremde richtet und ihren Blick von den Handlungen im Inneren ablenkt. Denn so ist es schließlich auch in seiner Heimat geschehen.

Weshalb er auch schon zu seiner vermeintlich letzten Frage kommt:

»Wie soll ich selbst dem Hass begegnen?«

Aber auf diese Frage folgen keine Antworten, sondern nur weitere Fragen:

»Soll ich ihren Hass spiegeln oder ihn aus Rachegelüsten sogar weiter potenzieren?«

»Oder soll ich ihn einfach an mir abgleiten lassen und versuchen ihn zu ignorieren?«

Trotz angestrengter Bemühungen will ihm darauf keine allgemeingültige Antwort einfallen. Weshalb er einstweilen mit diesen zermürbenden Gedanken abschließt. Will er sich doch gütlich mit seinem Kopf zeigen. Hat dieser ihn doch schließlich wieder daran erinnert, seinen Vorsatz, objektiv zu bleiben, nicht aus dem Herzen zu verlieren.

Allmählich wieder auf den Füßen, spüren sie erneut den Sand unter ihnen, und auch, wie sich dieser durch ihr Gewicht deren Kontur anpasst. Einige der kleinen Steine – diese beim genaueren Betrachten als Muscheln identifiziert, welche durch die Kraft der mahlenden Wellen zerbrochen wurden – sind ziemlich spitz und warten nur darauf – im feinen Sand, welcher durch die gleiche Kraft des Wassers seiner

Kanten beraubt worden ist, versteckt – sich einer Kraft entgegenzustellen. Dabei kommt Meridin die Idee, ob es vielleicht auch hier noch Menschen gibt, die der Doktrin ihres Herrschers Widerstand entgegenbringen, oder dies zumindest wollen. Er hofft es zutiefst, denn er weiß aus eigener Erfahrung, dass ein so gewaltiges Reich mit einer derart ausgeprägten Kriegskunst, wenn, dann nur von innen heraus verändert werden könnte.

Die mittlerweile zu Gefährten geformten Männer machen kehrt und begeben sich wieder auf die erhöhte Strandpromenade, wo sie ihre staubigen Füße abklopfen und Meridin und Ra´hab wieder in ihre Schuhe schlüpfen.

12

Auf dem großzügig gestalteten Weg der Hafenpromenade weiter entlang Richtung Norden, ragen links von ihnen viele Stege über den künstlich angelegten Kai hinaus. An diesen liegt mindestens eines, im Regelfall aber zwei, der zumeist prächtigen Schiffe an, welche von vielen emsig ihrem Tagwerk nachgehenden Sklaven gelöscht oder neu beschickt werden.

Ra´hab riecht, dass von den im Wasser liegenden Pfeilern ein strenger, aber zugleich auch interessanter Geruch ausgeht. Denn diese sind komplett umhüllt von Kolonien sich dort niedergelassener schwarzer Muscheltiere, welche auch nicht davor haltmachen, sich in zweiter, dritter und vierter Lage anzuhängen und so regelrechte Trauben bilden. Auf der anderen Straßenseite liegen großzügig gestaltete Waren- und Speicherhäuser, in denen die verschiedensten Handelsgüter entweder in Silos oder in Hochregalen gelagert und in großen

Mengen veräußert werden. Im Anschluss an ein prächtiges, viele Etagen hohes Lagerhaus, welches selbst noch im obersten seiner Stockwerke, mit weit aus den Türen hinausragenden Kränen ausgestattet ist, steht ein Gebäude, welches durch den daraus erklingenden Lärm der vielen aufgeregt wechselnden Rufe nach Angebot und Nachfrage, als Auktionshalle identifiziert werden kann. Die hier und dort flüchtig herausziehende Luft atmet Ra´hab begierig und tief durch seine Nase ein. Denn er will keinen der vielen neuen Gerüche, welche entweder luftig leicht aus den Speichern strömen oder wie andere schwer aus Fenstern und Türen schwappen, verpassen. Hat er doch die Gelegenheit, mit Meridin einen Lehrer an seiner Seite zu haben, der nicht nur Wissen, sondern auch die nötige Geduld mit ihm hat, ihm jene Gerüche beim Nähertreten als Kaffee oder mit dem Namen der anderen unbekannten Gewürze oder Früchte zu benennen.

Je weiter sie auf dieser Promenade schreiten, desto ruhiger wird diese. Nach und nach gesellen sich auch zunehmend schäbiger aussehende Tavernen zwischen die Speicher. Aber da sich im Wesentlichen nichts mehr zu verändern scheint, packt Ra´hab etwas die Ungeduld:

„Haben genug gesehen. Nun wieder aufbrechen. Wohin ich euch führen?“

Eine Frage, die Meridin – seinen Blick gedankenverloren auf das Meer gerichtet – mit einem still geflüsterten:

„Weiter“,

beantwortet. Ra´hab versteht den Sinn des Gesprochenem nicht. Er glaubt sogar, dass sich Meridin mittlerweile selbst auch nicht mehr versteht. Denn das:

»Weiter«,

ist doch nur ein Wunsch auf Fortsetzung ihrer Reise und kann kein konkretes Ziel vor den Augen sein, welchem man entgegen streben könnte. Nichtsdestotrotz lässt er erstmals von Meridin ab, trägt er doch gerade wieder diesen merkwürdigen

Blick, welchen er schon öfters bei ihm beobachten konnte. Dies aber zumeist dann, wenn Meridin seine Pfeife raucht. Ein Blick, aus dem er einfach nicht schlau werden will. Scheint es ihm doch so, als könnten seine Augen mit Aufsetzen dieses speziellen Blicks, noch weiter, sehr viel weiter sehen, als es die seinen vermögen. Unbeeindruckt von Meridins Äußerung, folgen sie wie bisher schlendernd dem Verlauf der Straße und sehen der Sonne dabei zu, wie diese beginnt verschwenderisch ihre rote Farbe ins Wasser zu schütten. Bereits wenig später, als sie gänzlich im Meer versunken ist und ihre ewigen Flammen erloschen sind, spüren die Gefährten umgehend die vom Meer auf das Land herausziehende Kühle. Auch macht sich in diesem Moment der Mond daran, dort gemächlich das Firmament zu erklimmen, wo sich eben noch das Tagesgestirn in die Fluten gestürzt hat.

Bei einem der zahlreichen Ställe ihren Esel in Unterkunft gegeben, schicken sich Hań und Ra´hab nach der Verpflegung des Tieres bereits an, sich neben selbigen auf das kratzige Stroh zu legen. Was ein Bild ist, das die nachdenklichen Wolken in Meridins Gedanken, welche eben noch seinen Blick für das Hier und Jetzt verschleierten, weichen lässt und ihn auf eine gute Idee bringt:

„Kommt, steht auf. Ich zeig euch, wie man in einer Gegend wie dieser hier einen Abend würdig verbringt. Wie man sich des Lebens erfreut und sich des Nachts bettet. Kommt mit!“

Der Klang seiner Stimme wirkt auf Hań und Ra´hab so herzlich und einladend, dass sich – trotz ihrer Müdigkeit – keiner der beiden einer neue Erfahrung verweigern will. Nachdem sie sich mit etwas Wasser aus der Tränke das Gesicht benetzt haben, befinden sie sich bald erneut auf der Straße und spüren, wie sich eine freudige Erregung in ihren Herzen ausbreitet. In jedem von ihnen auf eine andere Weise.

Denn während Meridin natürlich einen gewissen Zweck

hierbei verfolgt, empfindet Ra´hab vorbehaltlose Vorfreude auf den Abend in einer anderen Welt. Hań hingegen versteht nicht so recht, was jetzt geschehen soll, aber er vertraut den freudigen Blicken seiner Begleiter und folgt diesen ohne Widerwillen. Meridin klärt Ra´hab darüber auf, dass er jetzt eine Taverne suche, in welcher man ihnen – schmutzig wie sie sind – Eintritt gewähren dürfte.

13

Sie gehen immer weiter den Weg entlang und beobachten mit jedem Schritt, wie die Promenade schmutziger und der Gebäudeeindruck immer ungepflegter und schäbiger wird. Beinahe am Ende angelangt bleibt Meridin vor einem Haus stehen, welches eindeutig das passende Etablissement für heruntergekommenes Wandervolk ist:

„Hier sind wir richtig Freunde. *´Zum geflickten Stiefel´.* Hört sich an, als sollten wir hier keine Probleme bekommen.“

Meridin geht voran und öffnet die Türe. Sogleich strömen Rauchschwaden, Gesänge, Lachen und allerhand üble Gerüche aus dem offenen Spalt. Dessen ungeachtet treten sie ein und spüren sofort die wertenden Blicke auf sich ruhen. Die Auswahl der anhand ihrer Kleidung, als sich meist auf der Durchreise befindende Menschen und Hrŏhmer identifiziert, bezeichnet Meridin für sich, ohne Mangel an Spott, als erlesen illustren Kreis. Er muss kurz lächeln, sind sie diesem Kreis doch mittlerweile angehörig worden. Ein Umstand, weswegen er ihnen ihre Blicke noch nicht einmal übelnehmen kann. Er könnte sich wohl auch nicht sein Urteil zu einer derart zusammengewürfelten Gruppe verkneifen. Was würde er sich denken wenn er eine Bande ein Lokal betreten sähe, die aus einem alten Beduinen, einem offensichtlich fremd aussehenden Jungen und einem Mann besteht, welcher wie die anderen auch ein Bad bitter nötig hätte. Die Blicke währen aber nicht lange auf ihnen, haben deren Träger doch schon einen Augenblick später ihr Urteil gefällt; sie als Ihresgleichen und nicht etwa als Wachen oder Lauscher erkannt. Weshalb sie sich wieder ihren eigenen Anliegen widmen, welche das Vertilgen rustikalen Essens, das Hinunterspülen des selbigen mit mehreren Schoppen Wein und das Führen von Gesprächen sind.

Am letzten freien Tisch Platz genommen, bestellt Meridin für sie mit einem Wink drei Becher Wein. Beim Setzen fällt ihnen der klebrige Film auf dem Tisch auf, welchen dieser durch den vielen verschütteten süßen Wein erhalten hat. Diesem sind schon viele Insekten auf den Leim gegangen und haben ihre Zeche mit dem Leben bezahlt. Beim genaueren Erfassen der Umgebung fällt Meridin auf, dass sie anhand des von ihnen ausgehenden Geruchs schon ganz gut in dieses Milieu passen. Aber auch, dass sie, selbst in Verbindung mit ihrem schmutzigen Äußeren – ist das ständige Kampieren unter freiem Himmel doch nicht spurlos an ihnen vorübergegangen – lediglich das Mindestmaß der üblichen Sauberkeit und Hygiene der Gäste in dieser Taverne erfüllen. Wenn er sich daran erinnert, wie wichtig ihm und vor allem seinen Ausbildern ein vorbildlich gepflegtes Äußeres war, und was nun aus ihm, trotz der vielen Bemühungen und des Tadels geworden ist, bedauert er diesen Umstand trotzdem kaum. Kann er es sich doch sozusagen als Tarnung und in dieser Situation als rein angemessen schönreden.

Meridin blickt und horcht in die Gruppen der Gäste. Es macht ihm Spaß, zu versuchen, sie ihrer jeweiligen Heimatregion zuzuordnen. Bei den Hrŏhmern mag dies noch leicht erscheinen, sprechen sie immerhin alle dieselbe Sprache, doch den jeweiligen Dialekt der passenden Provinz zuzuweisen, ist alles andere als das. Noch schwieriger gestaltet es sich bei den in allen Landstrichen von Materra weit verbreiteten Menschen, wo der Unterschied teilweise nur aus leichten Akzentuierungen im Teint, ihrer Kleidung oder deren Sprache besteht. Zusammenfassend kann man jedoch beurteilen, dass dies hiesige Publikum zumeist aus angeheuerten Seemännern und – in Anbetracht dieser Spelunke, in ihrem Tun anscheinend nur wenig erfolgreich – reisenden Händlern und Handwerkern besteht. Doch allesamt, sie eingeschlossen, haben eines gemeinsam: Die weite Entfernung zu ihrer Heimat.

Den süßen Tropfen, Schluck um Schluck, aus den ihnen mittlerweile servierten Bechern geleert, spüren sie, wie sich der Wein binnen Sekunden wie ein sanfter Balsam um ihr Herz schmiegt, um dieses weich zu betten. Hań und Ra´hab, auf welche die Situation der gefüllten Wirtsstube sehr befremdlich wirkt, werden durch den Wein ruhiger und vermögen dadurch die feiernden und trinkenden Gäste aus einem gewissen Abstand heraus zu betrachten.

Der erste Becher ist prompt geleert, worauf Meridin eilends die nächste Runde bestellt. Meridin kennt die Wirkung, oder besser gesagt die Auswirkung von berauschenden Getränken gut, auch Ra´hab hatte schon wenige Male in seinem Leben vergleichbare Getränke verkostet, aber für Hań ist dies ein absolut neues und beinahe göttlich erhebendes Erlebnis. Denn noch eben fühlte er sich eingeschlossen in dem zwar nicht kleinen, aber mit dessen begrenzenden Mauern furchtbar beengend wirkenden Raum. Gefangen in einer hell beleuchteten Höhle, welche auch die gewohnte Akustik verändert. Können die Worte und Geräusche in ihr doch nicht in der Endlosigkeit eines leeren Himmels verklingen, da diese von der Decke und den Wänden so oft zerstreuend reflektiert werden, dass diese einen diffusen Brei bilden, der langsam steigt und steigt. Eine akustische Herausforderung, welche wie auch der ebene Höhlenboden Hańs Sinnen eine weitere Umstellung abverlangt, wirkt dieser auf seine Füße doch gänzlich ungewohnt. Was alles Gründe sind, anhand derer er sich seine plötzliche entfachte Hochlaune nicht erklären kann. Ein Umstand, welcher ihm aber den Moment nicht verdirbt, ist ihm doch deren Ursprung im Augenblick herzlich gleich. Weshalb er diese Laune stattdessen sogar vorbehaltlos genießen und sie mit einem wilden Plappern feiern kann. So wiederholt Hań zwischen seinem lauten Lachen, übermütig immer wieder zahlreiche Floskeln, welche er in seinem Leben schon aufgeschnappt hat und formt kurzerhand andere neu. Kurzum, er ist redlich ereifert, sich mitzuteilen. Jene verbalisierten Ausdrücke von Gefühlen – mit einem inneren Instinkt zu deren Emotionsbasis zurückgeführt – können, ungeachtet ihrer Sinnlosigkeit unter rein sprachlichem Aspekt, durchaus tiefen Einblick in sein Gemüt geben. Ra'hab bemüht sich ernsthaft, ihm zuzuhören. Will er doch aus Hańs reichlichem Geschwätz einen gewissen Gehalt an Informationen gewinnen. Ein Vorhaben, das ihm aber nur noch sporadisch gelingt.

Meridin, dessen Konzentration bereits erschöpft ist, schafft es am heutigen Abend nicht mehr Hańs Worten Beachtung zu schenken. Muss man doch dafür ununterbrochen dessen Mimik, Gestik und Tonlage analysieren und versuchen diese mit einem angenommenen Sinn deckungsgleich zu bringen. Stattdessen schlendert er viel lieber mit seinem Gehör, gemütlich, omnipräsent und unsichtbar für andere, von Tisch zu Tisch, um zu erfahren, wie es in der Welt aussieht. Denn das hier angesammelte reisende Volk kommt ziemlich viel in Materra herum und weiß allerhand zu erzählen. Man darf zwar auch von diesen Gesprächen nicht alles vorbehaltlos glauben, doch bestehen ihre Geschichten lediglich aus arglosem Seemannsgarn und nicht aus bewusst irrleitenden Euphemismen. So unterhalten sich etwa an einem Tisch

Seemänner darüber, wie schön es doch sei, im Sommer zur See zu fahren, weil man nicht ständig mit einem Überfall der Nordmänner rechnen muss. Finden diese doch ausschließlich in den Wintermonaten statt. Sagen sogar:

„Es könnte fast wie Urlaub sein, wäre das Ungeheuer nicht.“

Die schauderhaften Berichte von dem Monster, welches an manchen der Tische voll mit Seemännern ein Kraken und an anderen eine Schlange ist, das derzeit sein Unwesen im Gewässer vor Sádin treibt, hört er immer wieder. An anderen Tischen wird sich hingegen darüber unterhalten, welch reiche Traubenlese es dieses Jahr geben wird, da sich die verehrte Sonne konstant und zugleich barmherzig gezeigt hatte. Sie schwärmen bereits davon, was es für einen feinen Jahrgang geben wird. Den Umstand, dass die meisten Gäste Seemänner sind, betrachtet Meridin als Hauptgrund, weshalb hier die sprachlichen Ketten noch sehr locker angelegt sind. Dass diese aber auch von den wenigen Sesshaften – gemäß der Spelunke Angehörige der niederen Unterschicht, Elemente des Bodensatzes – weitestgehend ignoriert werden, erkennt Meridin nicht. Denn die Menschen ohne Macht und Besitz sind schlichtweg übersehen worden, als alle anderen in diesem Reich ihre Leine umgelegt bekommen haben. Diese Menschen hier sind die letzten wirklich freien, welche, wenn sie sich verbünden, schnell entdeckt, als Feind bezeichnet und wenig später zur aussterbenden Rasse würden.

Dies sind die Gründe welche eine Taverne, gefüllt mit betrunkenen Seemännern – allesamt Habenichtse und Tunichtgute – zu einem wahrhaftigeren Ort erheben, als es ein Kongresssaal voll mit hiesigen Philosophen je sein könnte. Nur selten fallen überhebliche Worte über dieses oder jenes Volk. Zwar wird das Gesindel der Nordmänner beschuldigt, keinen Sinn für Kultur und Recht zu haben, oder das benachbarte Valdir wegen seiner Schwäche geschmäht, doch wird keine radikale Endlösung propagiert. Denn das Gerede davon, jede andersdenkende Nation von der Landkarte fegen zu wollen, hat Meridin nur zu oft an diesem Tag gehört. Die Menschen hier sind einfach öfter unter Fremden. Ein Umstand, welcher sie wahrscheinlich davor beschützt, sich selbst fremd zu werden.

14

Noch viele Minuten lang schleicht Meridin mit seinen Ohren auf leisen Tatzen weiter von einem Tisch zum nächsten. Schließlich, an einem weiteren Tisch angelangt, fällt ihm sofort die andersartige, die nicht unterschiedlicher denkbare Konstellation des dort sitzenden Pärchens auf. Will der eine mit seiner gepflegten Kleidung doch den Schein vermitteln, ein vornehmer Hrŏhmer zu sein. Aber da dessen Maskerade, nicht konsequent an seinem restlichen Äußeren umgesetzt ist, kann selbige Meridins forschendem Blick nur für Sekunden standhalten. Haben sich doch in dessen glatten und in einem kräftigen Kastanienrotbraun aufleuchtenden Haaren kleine verfilzte Knötchen zwischen den hölzernen Schmuckringen gebildet. Auch passen die Hände und Gesichtszüge nicht zu der Person, die er vorgibt zu sein. Beide – fortwährend harter Arbeit und den Jahreszeiten ausgesetzt – sind zu definiert, zu kantig, so als hätte sie jemand mit einem Meißel dem Urgestein abringen müssen. Ein aristokratischer Lebensstil, bestimmt durch Faulenzen in wohlig warmer Stube am ständig gedeckten Tisch, hatte mit Sicherheit noch nie Gelegenheit gehabt, sein weichzeichnendes Werk an ihm zu verrichten. Der Andere hingegen – durch den ihm als Gewand dienenden formlosen Leinensack, der es für jedermann auf den ersten

Blick ersichtlich machen soll, dass er ein Sklave ist – ist ein hochgewachsener, athletisch und muskulös wirkender Hüne mit offensichtlich verfilzten Strähnen in seinem blonden Haar.

Diese Gesellschaft scheint ihm würdig, um seinen Ohren eine zeitweilige Herberge zu schenken. Ohne auf eine Pause deren sich bewegender Lippen zu warten, steigt Meridin mitten im Gespräch der beiden merkwürdigen Gesellen ein. Aktuell spricht der Hüne zu dem Hrŏhmer:

„... deshalb mach dir keine Sorgen Jo. Es wird klappen. Morgen nehmen wir das erste Schiff nach Süden. Ich als dein Sklave. Und am zweiten Tag, wenn uns meine Freunde besucht haben, machen wir uns auf dem schnellsten Weg weiter nach Norden.“,

und nickt dem skeptischen Hrŏhmer zu:

„Die Schiffe der sonnenverherrlichenden und selbstgerechten Rammel sind zurzeit so gut wie unbewaffnet. Haben keinen Geleitschutz und führen noch nicht einmal Soldaten mit sich. Glauben sie doch, wir könnten nur im Winter angreifen. Als hätten wir im Sommer nichts Besseres zu tun, als wie Bauern im Dreck zu wühlen. Vertrau mir, sie unterschätzen uns in den warmen Monaten. Mit meiner Axt und deiner Unterstützung ist es im Handumdrehen geschehen. Ist schließlich nicht unser erstes Schiff.“,

und grinst. Meridin erkennt das aufgesetzte und gekünstelt selbstgerechte Lächeln noch bevor dem Hünen selbiges von alleine vergeht. Denn irgendetwas treibt diesen um. Etwas, das ihn plötzlich regelrecht zornig werden lässt:

„Es geschieht ihnen recht! Sie sind selber schuld daran! Hätten sie uns im Winter doch nur wieder etwas mehr als nur den Dreck unter ihren Fingernägeln zukommen lassen sollen. Stattdessen schiffen sie nur noch irgendeinen Plunder umher. Sie betteln ja förmlich danach, das ganze Jahr keine Ruhe mehr vor uns zu finden. Haben mich gezwungen...“

„Halt“,

wirft der Hrǒhmer mit einer gleichgültig beschwichtigenden Geste ein:

„Du musst dich vor mir nicht erklären. Ich bin sogar froh darum und hoffe, dass das Gold keine Fehlinvestition gewesen ist. Denn du weißt, ich muss schnellstmöglich in den Norden. Alles andere kümmert mich nicht.“

Für Meridin wird das Gespräch immer interessanter, weshalb er beschließt, seinen Ohren zu folgen, um sich auch mit seinem restlichen Körper zu ihnen zu begeben. Will er sich doch einem Weg, der sich auf so unorthodoxe Weise beinahe anbiedert wahrgenommen zu werden, nicht verschließen.

Meridin wendet seine Sinne von diesem Tisch ab und findet in seiner Runde den bereits völlig veränderten Hań vor. Dieser, mit einem erneut gefüllten Becher ausgestattet, lacht bereits lauthals über sein eigenes trunkenes Gestammel und plappert völlig unbeschwert – für Ra´hab und Meridin auch absolut von Sinn befreit – einfach weiter vor sich hin. Der Sinnfreiheit völlig ungeachtet, verweilt Ra´hab in unveränderter Pose neben ihm. Gelassen sitzt er auf seinem Stuhl, trinkt genüsslich nippend aus seinem Becher, und hört dem eifrigen sprudelnden, und nicht enden wollenden Schwall an Worten gespannt zu.

Meridin leert seinen Becher, steht auf und begibt sich in Person zu dem Tisch des Hrǒhmers mit seinem Nordmann. Dort nimmt er – den irritierten Blicken der beiden zum Trotz – in aller Ruhe auf einem der leeren Stühle neben ihnen Platz:

„Guten Abend werte Herren, ich möchte euch raten, etwas sorgsamer mit eurem interessanten Vorhaben umzugehen.“

Der Hrǒhmer, wegen Meridins unverschämter Einmischung erbost, macht keinen Hehl aus seiner Abneigung:

„Ich weiß nicht wovon du sprichst! Kümmer dich lieber um deine eigene Angelegenheiten, wenn du keinen Kopf kürzer werden willst, du schmutziger Rumtreiber. Ich bin ein

Händler und segle morgen nach Cosárin. Ach, warum rede ich eigentlich mit so einem schmutzigen Taugenichts? Scher dich gefälligst zum Teufel. Dorthin wo du hingehörst."

Meridin wird schnell klar, dass er den Druck erhöhen und die Situation anheizen muss, damit die Sache hier Fahrt aufnimmt. Will er doch schließlich vorankommen:

„Ich beharre auf meine Körpergröße. Denn ich lege keinen besonderen Wert drauf, mit dir auf Augenhöhe zu sprechen. Auch bezweifle ich, dass sie von einem – gemäß dieser Spelunke – nur bescheiden erfolgreichen Händler überhaupt auch nur um eine Haaresbreite gestutzt werden könnte.",

worauf der Hrŏhmer seine Hand nach dem Wirt hebt:

„Dann muss ich also doch die Wachmänner rufen."

„Nur zu. Ich denke sie wird auch interessieren, wieso ein so stattlicher Hrŏhmer zusammen mit seinem Sklaven einen abendlichen Schlummertrunk zu sich nimmt."

Auch Meridin hebt darauf seine Hand und spricht dabei weiter:

„Oder ist der da nicht dein Sklave?",

und deutet mit einem abwertenden Nicken zu dem Hünen:

„Dann könnte der Abend vielleicht noch ganz unterhaltsam werden. Ist er doch allem Anschein nach ein Nordmann. Sie würden an ihm, wegen der vielen Überfälle seines Volks, bestimmt nur allzu gern ein Exempel statuieren. Haben sie es doch so bunt getrieben, dass sie als Störer des Friedens weder in den Gewässern fahren noch in ihren Häfen anlegen dürfen. Vielleicht schlitzen sie ihm die Kehle auf und lassen ihn am Pranger kopfüber ausbluten. Na, das wäre doch ein Spektakel!"

Meridin hält kurz inne, wendet sich zur Schanktheke und ruft erneut lauthals nach dem Wirt bevor er weiterspricht:

„Darum ist euer Vorgehen mit einer so prekären Aufgabe durchaus etwas leichtsinnig."

„Wirt!“

Der Hüne springt auf, greift impulsiv zu seinem Bierkrug, und will Meridin damit eins überbraten. Dieser bleibt hingegen ruhig sitzen und würdigt ihn nur eines einzigen kurzen Blickes:

„Werter Nordmann, beherrsche dich. Darauf steht für einen Sklaven die Todesstrafe. Und wir wollen die Reise doch nicht durch unüberlegte und törichte Taten gefährden, oder?“

Weil es sich schlichtweg nicht ziemt, mit einem Sklaven zu sprechen, wendet sich Meridin entspannt und ohne Aufruhr zu verursachen wieder dem Hrŏhmer zu. Zuvor hat er es aber nicht versäumt, noch ein drittes Mal nach dem Wirt zu rufen:

„Ich denke als Geschäftsmann musst du mir zustimmen, dass es in Anbetracht der sicherlich beträchtlich hohen Reisekosten, doch nur sinnvoll wäre, diese auf mehrere Schultern zu verteilen.“

In der Zwischenzeit ist auch der von beiden herbeigerufene Wirt bei ihnen eingetroffen und fragt mit einer deutenden Kopfbewegung, weshalb man ihn so eilig herbestellt hat. Die Frage an den Hrŏhmer weitergeleitet, wartet auch Meridin auf eine Antwort von diesem.

„Sag mal, muss man in deinem Laden verdursten? Bring uns gefälligst noch eine Runde.“

Dann lehnt sich der Hrŏhmer gemütlich zurück und beginnt, nun da Meridin den richtigen Ton angeschlagen hat, ihn mit einem bereits etwas süffisanten Lächeln anzugrinsen und nimmt einen genüsslichen Zug von seiner Pfeife:

„Ich denke wir haben uns verstanden. Wir haben die Reisemöglichkeit erschlossen und du wirst sie dafür komplett bezahlen.“

Meridin versteht sofort, dass er jetzt am Anfang eines noch langen Handelsgesprächs steht, bei welchem es ihm der Anstand abverlangt, sich so zu verhalten, wie es sich nach Manier der Hrŏhmer gehört. Was bedeutet, dass er um jeden

Betrag, bis hin zur einzelnen Tagesration Verpflegung, erbittert feilschen muss. Ohne mit einer Wimper zu zucken würde er einen hohen Preis bezahlen, wenn ihm im Gegenzug nur die bevorstehende Verhandlung erspart bleiben würde. Denn das, was ihm an monetären Möglichkeiten nicht fehlt, hat er an Geschäftssinn zu wenig. Aber das hätte auf den Hrŏhmer und den Hünen wohl nicht sehr vertrauenswürdig, sondern eher fingiert – bestenfalls noch überheblich – gewirkt.

Als der Handel schließlich nach einigem Hin und Her und mit Hilfe des Weins, wider Erwarten doch recht zügig besiegelt ist, steht der Hrŏhmer auf und reicht Meridin die Hand:

„Gestatten, Josimil Hammerwucht, Ingwald Eisenlaubs Sohn, zu Diensten."

Meridin greift seine Hand und erwidert seine Worte:

„Meridin Benaris, Sohn der Klingen, zu Diensten."

Forschend betastet Josimil Meridins starke und schwielenfreie Hand.

„Wir haben noch ein Problem. Du wirst nicht als ein Sklave von mir durchgehen. Deine Hände sind zu wenig ramponiert. Und deine Augen wirken nicht so, als könnten sie sich zu denen eines mir untertänig und treu ergebenen Sklave wandeln."

Worauf Meridin nur noch kurz angebunden antwortet:

„Lass das ruhig meine Sorge sein."

Seinen Blick unverwandt Josimil widmend, schenkt er dem Nordmann, der ihm ebenfalls seine Hand hinhält, nur mit einem Flüstern Beachtung:

„Wir stellen uns einander später vor."

Mit der Bemerkung, dass er ihm noch sein Hab und Gut geben müsse, da er ansonsten nicht als ein weiterer Sklave von ihm durchgehen wird, steckt Josimil Meridin noch einen Zettel zu. Auf diesem sind in Keilschrift Name und Liegeplatz des Schiffs notiert, was in ihm eine seltsame Emotion auslöst. Hatte er doch noch nie eine Fahrkarte in den Händen gehalten, welche

– vom Schicksal signiert – in die Zukunft führt. Auf einem Weg, der sie morgen erst nach Süden bringen soll, bevor dieser sie am zweiten Tag ihrem eigentlichen Ziel, hoch im Norden gelegen, zuführt.

Der auf eine Reaktion wartende Josimil klopft Meridin gegen den Bauch:

„Bist du eingeschlafen oder betrunken? Ich brauch noch deine Sachen.“

Wieder in der Gegenwart angekommen, ist er sofort darum bemüht, erneut eine Führungsrolle zu ergattern, die er gegenüber dem exzentrisch dominanten Hrŏhmer behaupten kann.

„Als Edelmann bring ich selbst zwei meiner Sklaven mit.“

„Aber wie ein Edelmann siehst du mir nicht gerade aus. Eher wie ein fauler Tagelöhner ohne Dach überm Kopf.“

„Ich sagte es bereits. Lass das ruhig meine Sorge sein“, trinkt in einem Zug seinen Schoppen Wein aus, stellt den Becher ab und gibt Josimil noch einen Rat:

„Bis morgen, und verhaltet euch bitte weniger auffällig.“

Höflich verbeugt sich Meridin zum Abschied und kehrt zu seinen soeben als Sklaven ausgegebenen Gefährten zurück. Dort stellt er halb traurig und halb erheitert fest, dass Hań, wie bereits zuvor eine Vielzahl an Fliegen, in die Falle des, vor verschüttetem süßen Wein, klebenden Tisch getappt ist. Auch sein Oberkörper liegt schon mehr auf diesem, als sein Gesäß noch auf dem Stuhl sitzt. Was auch gut so ist, könnte der Junge sich ansonsten wohl kaum mehr festhalten, geschweige denn auf eigenen Füßen stehen, hat er doch schon alle Hände damit zu tun, nicht vom Stuhl zu kippen.

Meridin sieht Hań an der bleichen Nasenspitze an, dass ihm nicht gut ist, weshalb er sofort die Zeche bezahlt und ihn zusammen mit Ra´hab an die frische Luft begleitet, will dieser doch auf keinen Fall Aufsehen erregen.

15

Von der frischen Luft regelrecht erschlagen, stolpert Hań beim Verlassen der Taverne über seine eigenen Füße und stürzt von der erhöhten Eingangsstufe. Trotz seines harten Aufschlags auf das Pflaster und dem Gefühl, in den festen Boden einzusinken, hört die Welt nicht damit auf, sich weiter zu drehen. Sein Blick ist derart verlangsamt, dass es ihm vorkommt, als würde das von seinen Augen gelieferte Bild in seinem Kopf nachhängen. Was ein Eindruck ist, von dem ihm schnell übel wird. So sehr, dass Hań zu würgen beginnt und sich mehrmals übergeben muss. Sein Zustand, der ihn die Möglichkeit in Betracht ziehen lässt, vergiftet worden zu sein, macht ihm Angst. Die Vorstellung, elend an diesem Gift zugrunde zu gehen, fegt ihm die Reste des schwachsinnigen Lachens abrupt aus dem Mund.

Ihn jeder an einem Arm gepackt, hieven ihn Meridin und Ra´hab von dem kalten Pflaster hoch. Weil Ra´hab nicht weiß, wie er mit dem betrunkenen Hań umgehen soll, blickt er hilfesuchend Meridin an. Und die Hoffnung, in dessen Augen eine Antwort zu finden, wird abermals erhört. Denn sofort gibt er Anweisung zur sofortigen Kehrtwende mit dem geschulterten Jungen.

Mit dem derart berauschten Hań würden sie nur den patrouillierenden Wachmännern unangenehm auffallen und selbigen damit ausreichende Gründe liefern, um von ihnen schikaniert zu werden. Zum Ausnüchtern eine Nacht in eine Zelle gesperrt werden, wäre da wohl die denkbar kleinste Strafe, welche ihnen selbst dies törichte Verhalten am Ende beschert hätte. So geschah es immerhin denjenigen, welche in seiner früheren Heimat maßlos über ihre Verhältnisse gezecht haben. Ist ein sich in den Straßen erbrechender Jüngling doch kein der Öffentlichkeit zumutbares Bild in einer oberflächlich ach so zivilisierten Welt. Dies ist aber nicht der Grund, der es ihnen versagt, ein gewisses Risiko einzugehen, zumal sie dann immerhin ein Bett für die Nacht hätten. Denn kämen sie tatsächlich in Arrest, würden sie aller Wahrscheinlichkeit nach ihr am Morgen auslaufendes Schiff verpassen und damit folgenschwer bezahlen. Auch einfach so auf der Straße zu nächtigen ist tabu, denn dies würde nur den Tatbestand der Landstreicherei erfüllen, was vermutlich sogar mehrere Tage Haft oder auch Schlimmeres zur Folge haben könnte. Ist sich Meridin doch sicher, dass in diesen Gefilden kein Hahn nach einem verschwundenen Herumtreiber kräht. Alles Gründe, die sie dazu zwingen, hier in dieser Rattenburg zu ruhen. Nur zu gerne hätte Meridin endlich einmal wieder in dem bequemen Bett eines guten Gasthauses geschlafen.

Wieder zurück in dem mit Rauch, Schall und Alkohol geschwängerten Gaststubenraum, kann dieser den Effekt, welchen zuvor die frische Luft auf Hań bewirkt hatte, nicht wieder mildern, sondern nur seinen Zustand erneut um eine Stufe verschlechtern. Ra´hab, der ständig mit einem neuen Schwall Erbrochenem vom taumelnden Hań rechnet, bleibt mit ihm im Türrahmen zurück und beobachtet Meridin, wie dieser einige Worte mit dem ihnen nicht sonderlich zugetanen Wirt spricht. Doch bereits der Anblick einer Goldmünze, die sich nach einem langen Weg auf seinen Tresen verirrt hat, schafft es, dessen versteinerte Miene mit einem Wisch zu einem lächelnden Nicken zu wandeln.

Zurück bei seinen Gefährten, deutet Meridin die schmalen Stufen zu den Gästezimmern hinauf. Nach dem Erklimmen der holprigen Treppenpassage und dem Entzünden eines obigen Armleuchters führt sie Meridin in ihr Zimmer. Ihr Schlafgemach, bestehend aus zwei ungemachten fleckigen Betten, einem leeren Eimer und einer schmutzigen, halb mit Wasser gefüllten Schüssel, neben der ein achtlos zusammengeknülltes Tuch liegt, bestätigt Meridins schlimmste Befürchtung. Den beinahe schon jämmerlich winselnden Hań auf eines der Betten abgelegt und ihm den leeren Eimer neben sein Bett gestellt, deutet Meridin mit einem Schulterzucken dem besorgt dreinblickenden Ra'hab, dass sie nun nichts Weiteres mehr für ihn tun können.

„Geh ins Bett Ra'hab. Der Schlaf wird es schon richten."
Mit einem stummen Nicken bezieht Ra'hab sein Bett. Der nervös wirkende Meridin geht zum Schlafen in ein Zimmer nebenan.

16

Hań hat indes das Gefühl, in seiner viel zu weichen Unterlage zu versinken, so als ob sie ihn wie eine gewaltige Schlange in nur einem Happen verschlingen wollte. Aber mit einer letzten Anstrengung, zusammen mit dem Quäntchen ihm gebliebener Selbstbeherrschung, schafft er es noch, sich hoch zu schwingen, dem Monster ein Schnippchen zu schlagen und sich auf dem harten Boden niedersacken zu lassen. Dieser ist ihm sein liebstes Bett, vermag dieser doch auch die Wogen der in Unruhe geratenen Welt etwas zu besänftigen. Kann er doch auf ihm einen Anker auswerfen, an welchem er sich von nun an wie an einen letzten Strohhalm klammert.

Hań ist sich indes sicher, dass er die Nacht nicht überleben wird. Eine Tatsache, welche ihm als Strafe auch angemessen erscheint. Hat er sich diese schließlich doch auch gebührend verdient. Sein Mädchen, wie auch zuvor sein Dorf im Stich gelassen zu haben, ist ihm Grund genug dafür. Er ist übereilt aus vermeintlich hoffnungsloser Lage geflohen, aber er hätte bestimmt noch etwas für beide tun können.

Vor seinem geistigen Auge sieht er, wie sich aus dem Nichts das Gesicht des friedlich schlafenden Mädchens verdichtet. Sieht, als sie ihre Augen aufschlägt, wie diese ehemals blau schimmernden Saphire inzwischen leer und ausdruckslos geworden sind. Blass und ohne Glanz wirken ihre Juwelen, als hätte sich ein trüber Nebelschleier über sie gelegt. Ihr Blick, einem ebenso leblos blassen Gesicht entspringend, trifft ihn wie eine kalte Klinge mitten ins Herz. So als wollte sie ihm damit sagen:

„Du bist schuld, hast mich hoffen lassen. Du bist schuld, hast mich allein gelassen. Du bist schuld, hast mich sterben lassen."

Obwohl er ihre Stimme niemals zuvor vernommen hat, hört er ihr sanft kindliches Säuseln in seinen Ohren tosen. Sie hat recht. Er ist schuld. Hat er ihr, nachdem ihre Mutter verschleppt worden ist, doch wieder so etwas wie Geborgenheit gegeben, mit welcher sie erneut hoffen und damit leiden gelernt hat. Erst dann hat er sie auch noch alleingelassen.

Als wäre dieses Bild aus einem hauchfeinen Gewebe, wird es bereits durch eine sanfte Böe zerrissen. Kaum ist es zerstört, verbinden sich dessen Fetzen in Sekundenschnelle zu einem neuen Bild, seinem früheren Zuhause, wie er es bei der Rückkehr – nach vielen Tagen seiner Mannbarkeitsprüfung – verlassen vorfand. Aus allen Winkeln des Dorfs hört er die klagenden und vorwurfsvollen Laute der Bewohner dringen und zusammen als uneinen Chor in seinem Kopf dröhnen:

„Du bist schuld! Hast uns doch zusammen mit deiner Hoffnung sterben lassen!",

»Sie haben ja alle so recht.«

Er schämt sich, so kläglich in seinem Leben versagt zu haben. Die Entschuldigung dafür, dass er doch noch ein Kind ist, lässt er sich nicht gelten.

»Für seine Taten muss man geradestehen. Auch wenn die Strafe der Tod ist.«

Hań hofft darauf, dass es für ihn kein Leben nach dem Tod gibt. Will er doch nicht wie andere Vorfahren ins unendliche Himmelszelt aufsteigen. Denn wie könnte er nur dem Glanz der anderen Sterne, ihrem vorwurfsvollen Licht in der Unendlichkeit trotzen? Er würde ewig existieren, ewig leiden, und hätte es auch nicht anders verdient. Doch vielleicht erweist ihm der Schöpfer die Gnade, in Vergessenheit zu geraten.

Abermals wird sein Körper geläutert, beginnt zu zittern, zu schwitzen, dann zu würgen und erneut zu erbrechen.

17

Mit besorgtem Blick betrachtet Ra'hab ihren jungen Begleiter. Er sieht ihm zu, wie sich sein Körper und Geist bis zum Einschlafen scheinbar endlos quälen. Wie er sich aufbäumt, sich erbricht und alsbald weint.

Als dieser endlich eingeschlafen ist, erhebt sich Ra'hab nochmals und legt mit zärtlicher Geste und fürsorglichem Blick eine Decke über ihn. Kam aus dem Meer inzwischen doch eine empfindliche Kälte zu ihnen emporgekrochen. Behutsam, wie ein Vater zu seinem Sohn – den er niemals hatte – streicht er über dessen vor kaltem Schweiß nasse Stirn und flüstert ihm ein zärtliches:

„Gute Besserung.“,

zu. Erst dann hat er die Ruhe, um im Bett schlafen zu können. Was aber nicht heißt, dass er dies auch kann. Denn mit müdem Blick betrachtet er nur weiter das auf dem Boden liegende junge Leben, welches schon so viel durchmachen musste. Selbst jetzt noch im Schlaf muss es laut keuchend kämpfen und sich behaupten.

Ja, er fühlt sich wie der Vater, der er selbst nie war. Ob er jemals vorgehabt hat einer zu werden, wenn sich in jüngeren Jahren das Schicksal, die Gelegenheit in Form einer lieben Frau, einer, der er vertraut, ergeben und sie beide zu einem Paar gefügt hätte, weiß er nicht. Auch die Frage, ob er der Verantwortung, ein Kind zu behüten und anzuleiten, je hätte gerecht werden können, bleibt unbeantwortet. Wäre es doch sicherlich eine schwierige Angelegenheit gewesen, sich zu mäßigen und seine Bedürfnisse denen des Zöglings unterzuordnen. Und später, wenn dieses Kind eigene Überlegungen über den Zweck seines weiteren Lebens anstellt, diese zu akzeptieren, würde ihm nicht weniger schwerfallen. Ganz davon zu schweigen, ob seine Liebe denn fähig gewesen wäre, die letztendlich widerfahrene Enttäuschung zu überwinden, wenn das Kind hinter den eigenen Erwartungen weit zurückbleibt, oder es sich sogar zu einem der Menschen entwickelt, für welche man eigentlich nichts als Hohn, Spott oder Abneigung übrig hat. Aus eigener Erfahrung weiß er nur zu gut, dass junge Erwachsene im Anflug jugendlicher Rebellion sich mit ihrem Verhalten beweisen und sich an ihren Nächsten reiben wollen. Macht es doch den Eindruck auf ihn, als hätten manche von ihnen das erklärte Ziel, aus Prinzip gegen alles Alte zu sein. Weigern sie sich doch nicht nur, die Erfahrungen der Alten zu nutzen, sondern geben sogar aus Trotz vor, etwas völlig anderes zu begehren. Sein Antrieb jener Zeit bestand nicht daraus, gegen irgendetwas anzukämpfen. Denn er wollte alle vorgegebenen Messlatten nicht nur bezwingen, sondern diese mickrig gegen jene aussehen lassen, die er selbst aufstellt. Er wollte glänzen und seinen Vater übertrumpfen.

Ihn zu verstehen ist seinem Vater bestimmt auch schwergefallen, wusste er doch vermutlich damals schon, wo ihn dieser Weg hinführt. Hatte zumindest eine Ahnung, dass sein Sohn auf dem besten Wege war, ein leutescheuer Eremit zu werden. Was ihm vermutlich keinen Stolz über seinen tüchtigen Ra´hab, sondern nur Sorgen um ihn eingebracht hat, kannte er doch die Entbehrungen, welche ein solches Leben mit sich bringt.

Doch genau wie sich sein Vater redlich darum bemüht hat ihn zu verstehen, hätte er auch sein Kind immerhin versucht zu respektieren und es trotz aller Verschiedenheit stets geliebt. Denn die stille Hoffnung, dass ein junges Leben bei seinem Erwachsenwerden, bei seinem ständigen Sammeln neuer Erfahrungen in Verbindung mit den frühkindlich anerzogenen Wertevorstellungen, allmählich von selbst diese pubertären Auswüchse verkümmern lässt, kann den Eltern wohl niemand nehmen.

Aber zu der Gelegenheit, eine solche Hoffnung für jemanden zu entwickeln, kam es nie. Weshalb er nun das letzte verbliebene Glied einer langen und ehrwürdigen Ahnenkette ist. Zwar alleine, aber zugleich auch von jeglicher Verantwortung irgendjemand anderem gegenüber befreit.

Aufgrund seiner durch den Wein noch verstärkten Müdigkeit, fällt es Ra´hab zunehmend schwerer, einen klaren Gedanken zu fassen. Spürt er doch, wie sich, anstelle schwermütiger Gedanken, pures Wohlbehagen ausbreitet. Zuerst nur in seinem Körper. Und als dieser voll und die Quelle noch immer nicht versiegt ist, reicht der Rest dieser Behaglichkeit auch noch dafür aus, den Raum unter der Decke zu füllen. Er drückt sich mit seinem Rücken eine bequeme Kuhle zurecht, und verliert aufgrund der sich anschmiegenden Strohmatratze beinahe das Empfinden für sein Gewicht. Anfangs, als er noch keinen konkreten Druckpunkt an seinem Körper spürt, beginnt sich ein Gefühl der Schwerelosigkeit in ihm auszubreiten, welches sogar seinen Magen etwas flau werden lässt. Das leichte Piksen und Stechen, welches die

Strohfüllung seinem Gewicht entgegensetzt, empfindet er deshalb als nicht sehr störend, denn diesem gelingt es, seinen Magen wieder zu beruhigen. Weshalb er die letzten wachen Minuten damit verbringen kann, mit ganzer Aufmerksamkeit seinen Blick vom Bett aus durch das Fenster auf die leuchtenden Sterne zu werfen. Kann noch ein wenig die ungewohnt bequeme Unterlage genießen und darauf warten das ihn der Schlaf findet.

18

Meridin liegt zwar ebenfalls im Bett, was er an sich auch sehr genießt, doch will er heute einfach noch keine Ruhe finden. Die schmuddelige Unterlage ist ein, wenn auch nicht der entscheidende Grund dafür. Ist er doch damit beschäftigt, sich Pläne und Listen im Geiste zurechtzulegen. Zum einen zählt er auf, was er am nächsten Morgen noch alles zu erledigen hat, und zum anderen spielt er einige Varianten durch, wie ihr weiteres Handeln aussehen könnte. Wie ein geschickt taktierender Schachspieler wägt er die einzelnen Züge gegeneinander ab, welche Schritte er tätigt und mit welchen Reaktionen ihr Gegenspieler – das Schicksal – ihm einen Strich durch die Rechnung machen könnte. Beim übernächsten Zug, der bevorstehenden Schiffskaperung angekommen, denkt er darüber nach, ob er wirklich das Recht hat, seinen Willen über das Leben von anderen zu stellen. Ist er doch dahingehend erzogen worden, stets Recht und Gesetz zu hüten. Ist niemandes Soldat, welchem ein plumper Befehl genügt, um sich im Recht zu fühlen. Haben ihn die Umstände dazu berechtigt, sich über das Gesetz zu erheben? Haben ihm diese sogar das Recht erteilt, Menschen das Leben zu nehmen? Menschen, die vielleicht gute Ehemänner und Väter sind. Sicherlich, die Wachmänner, welche jedes Handelsschiff begleiten, wissen um ihren risikoreichen Lebensunterhalt, aber erteilt ihm dies das Recht, ihnen ihr Leben zu nehmen und sie ihren Angehörigen und Freunden zu rauben?

Meridin kann es drehen und wenden, wie er will, aber das einzig plausible Etappenziel seines Wegs ist und bleibt der Norden. Denn vielleicht findet er dort, in einem noch immer weitestgehend unbekannten Landstrich etwas, was abertausende Menschen vor ihrem sicheren Tod bewahren kann. Und genau dies sieht er als seine momentane Legitimation, zeitweise über die Stränge zu schlagen. Befiehlt ihm doch schließlich das Leben diesen Weg zu gehen. Einen Weg, auf dem er auch noch den letzten Rest Hadern ablegen muss, um erfolgreich sein zu können. Ein Vorsatz, welchen er aber bereits einen Augenblick später mit einer Anmerkung verwässert. Denn die eigene Menschlichkeit kategorisch zu leugnen, lehnt er entschlossen ab. Weshalb er weiterhin stets versuchen wird, einen Plan parat zu haben, mit welchem unnötiges Leiden aufgrund seiner Bestrebungen vermieden werden kann.

Bei all dem sinnieren, wie er den zukünftigen Verlauf der Geschichte beeinflussen könnte, kommt ihm nun seine vergangene Heimat in den Sinn. Schnell gelangt er dort zu einer kritischen Frage, denn wenn die Philosophen in seiner Heimat auch nur halb so gut gewesen wären, wie er sie heute, im Vergleich zu diesen hier in der Gegend sieht, müssten sie doch die Gefahr, welche von einem verführten Proletariat ausgeht, erkannt haben. Also, wieso haben sie nicht einmal versucht, als Aufklärer im Volk zu wirken? Wie lautet ihre Entschuldigung?

Ihre philosophische Geisteshaltung des methodischen Zweifels, zusammen mit der Erfahrung darin, hätte das

Potential gehabt, alles radikal in Frage zu stellen. Hätten sie doch ihre Gelegenheit nutzen und das Proletariat zu denkenden Menschen wandeln sollen, als noch genügend Zeit dafür vorhanden war. Denn zur Grundhaltung eines solchen Menschen gehört das Bezweifeln aller propagierten Scheingewissheiten. Was jenen ein gewisses Schutzschild verliehen hätte, um nicht selbst, durch dieses alltäglich andauernde Schüren des gesellschaftlich bald etablierten Hasses gegen all das, was anders ist, Feuer und Flamme zu werden. Mit einer solchen philosophischen Grundbildung ausgestattet, hätten sie bald erkannt, dass es nicht, wie von Gargasil dem Unruhestifter verkündet, eine Antwort für viele Fragen gibt, sondern im Gegenteil viele Antworten auf nur eine Frage existieren. Da jeder, der philosophiert, zwangsläufig eine eigene Sicht der Dinge entwickelt, oder zumindest eine Randnotiz in Form einer auf Erfahrungen basierenden individuellen Interpretation in die Überlegungen mit einbringt. Ein Umstand, der es unmöglich macht, Philosophie einfach allgemeingültig zu definieren. Eine Vorstellung, nach welcher es ebenso viele mögliche Antworten wie auch Denker, auf Gargasils gestellte Aufgaben gegeben hätte. Auch hätten solch ausgebildete Menschen einen besseren Überblick über die Argumente gehabt, welche hinsichtlich eines bestimmten Themas bereits vorgebracht wurden. Ist es doch oft schwer, die fein formulierten Unterschiede der Positionen auseinander zu halten. Sie wären zudem in der Lage gewesen, die Antwort einer früher zu einem ähnlichen Thema beantworteten Frage auf das Hier und Heute zu transferieren. Dies alles, wie auch das Finden einer prinzipiell vertretbaren Position in Form eines Kompromisses, das Absehen von Reaktionen auf Aktionen oder die Techniken, um Probleme und Widersprüche zu erkennen, wurde ihnen nicht vermittelt.

Seine geschätzten Philosophen haben es bevorzugt, sich, abgeschieden vom Rest der Welt, hinter ihren meterhohen und dicken Mauern – welche auch einmal seine gewesen waren – vornehm zurückzuhalten und mit süßem Nichtstun zu glänzen. Denn statt dem aufgehetzten Volk in seiner Angst beizustehen, haben sie es im Stich gelassen und es sich selbst und der fremden und völlig unterschätzten Macht, dem Rattenfänger Gargasil überlassen. Statt einer wirklichen Aufgabe zu begegnen, haben sie sich nur mit sich selbst beschäftigt, um ungestört der Kunst nachzugehen, zu welcher die Philosophie am Ende verkümmert ist. Die Fertigkeit dieser Kunst bestand etwa darin, in einer spielerisch herbeigeführten Debatte über ein vorgegebenes Thema im Rahmen eines Wettkampfs, nur mit rhetorischen Mitteln und einigen logischen Kunstgriffen, einen mit vermeintlich stärkeren Argumenten ausgestatteten Gegner zu besiegen. Zu diesem Zweck haben sie allerlei Turniere veranstaltet, was ihnen wohl der liebste Zeitvertreib gewesen ist. In der Zwischenzeit sind die Zöglinge der Klingen unterrichtet und Teilbereiche der Philosophie betrachtet worden, welche zwar durchweg interessant, aber in Anbetracht der damaligen Lage und der Intensität, mit der sie die Untersuchungen betrieben, schlicht unangebracht gewesen waren.

So haben sie sich in der Sprachphilosophie etwa mit der Frage beschäftigt, ob einem Ding von Natur aus eine bestimmte Bezeichnung zukomme, oder ob diese eine vom Menschen rein willkürliche Festlegung ist; wie man mit Kommunikation Wahrheit und Wissen herstellt oder den verzerrenden Einfluss der Sprache auf die Realität diskutiert. Jene, welche den Fragen nach dem Wesen des Bewusstseins und einer göttlichen Entität nachgegangen sind, haben sich vorwiegend mit der Suche nach einem Verhältnis von Leib und Seele, Materie und Energie beschäftigt. Haben Möglichkeiten eines freien Willens untersucht, das Wesen mentaler Zustände und ob eine Seele nach dem Tod ihrer physischen Schale weiterlebt. Die Anthropologen unter ihnen sind den Rätseln über das menschliche Wesen bis auf den Grund gefolgt. Haben die Probleme der Geschlechtlichkeit benannt und Fragen gestellt, ob der Mensch von Natur aus als gut oder böse einzuordnen sei, ob Gewalt und Leid zwingend zur menschlichen Existenz gehöre und ob das Leben irgendeinen Sinn habe. Des Weiteren ist danach geforscht worden, wodurch und wann menschliche Eigenschaften, Bedürfnisse und die Fähigkeiten, eben genau diese zu stillen, gebildet werden. Könnte man mit diesem Wissen doch die Wesensart der Menschen gezielt beeinflussen. Die Vorstellung der Möglichkeiten, zu denen solche Menschen mit etwa sengendem Wissensdurst, greller Kreativität, dem bedingungslosen Streben nach Macht oder absoluter Selbstlosigkeit fähig wären, sind atemberaubende Hirngespinste.

So ist eine philosophische Weltanschauung entstanden, die sich, anders als eine spirituelle, bei der Bearbeitung von Fragen allein auf rationale Argumentation stützt und keine weitere Voraussetzung wie den Glauben an eine Lehre erfordert. Aber genau aus diesem Grund, diesem einzig der Vernunft verpflichtetem Denken, hätten sie andere Überlegungen anstellen müssen. Weshalb er große Schmach empfindet, wenn er sich an deren Fehler erinnert, welche ihnen – nur durch philosophische Irritationen abgelenkt – unterlaufen sind. Beschämt weiß er, dass der Hochmut eben immer vor dem Fall kommt.

Meridin findet noch immer keine Ruhe, und in Anbetracht dessen, was er bis zum späten Morgen alles erledigt haben will, beschließt er, sich von seinem verlausten Nachtquartier zu erheben und die Dinge anzugehen.

19

Die ersten Sonnenstrahlen des Tages, welche das schmutzige Fenster mit Meerblick durchbrechen, vermögen Ra'hab aus seinem nur noch dünnen Schlaf zu wecken. Das eindringende Licht zerschneidet die staubige Luft ihres Quartiers in vier erhellte Kegelstümpfe, welche binnen Minuten allmählich dem Boden entgegen wandern, sich ausbreiten und die nächtlichen Schatten aus dem Raum fegen. Mit der weichen Matratze unter sich, verfolgt Ra'hab interessiert das noch nie zuvor gesehene Schauspiel. Denn in dem leeren Raum der erleuchteten Kegelstümpfe bricht sich das Licht in unzählig vielen Partikeln und macht diese dadurch sichtbar. Gespannt beobachtet er ihr schwerelos langsames Auf- und Abtreiben einerseits, und die wilden Tänze andererseits, wenn sie von irgendeiner Strömung erfasst werden. Er weiß nicht, ob es normal ist, mit wie viel Staub der kleine Raum ihrer Stube gefüllt ist, findet er doch den Gedanken, die ganze Nacht über all den Dreck eingeatmet zu haben, für einen kurzen Moment sogar abstoßend. Allerdings kümmert er sich einen kurzen Augenblick später bereits nicht mehr darum, ist er doch stattdessen im Begriff, allmählich spielerischen Einfluss auf den Staub zu nehmen. So pustet er mal hier, mal dort hin, fegt mit einer Handfläche durch die Luft und schüttelt letztlich sogar mit seinen Beinen die Decke kurz auf, was einen regelrechten Schwall neuer Partikel in die Luft schüttet. Die Vielzahl der verschiedenen Formationen und in welcher Dynamik die Wirbel zusammenwirken, eröffnen ihm ein komplexes Bild einer ganz neuen, bisher unsichtbaren Welt. Noch Minuten starrt er eifrig auf die herumschwirrenden Teilchen, während er immer wieder andere Strömungen simuliert. Jedoch hat sich nach einer als viel zu kurz empfundenen Zeitspanne der Stand der Sonne soweit erhöht, dass weitere Versuche zwecklos geworden sind. Die Kegelstümpfe sind inzwischen mit dem zur Gänze erhellten Raum verschmolzen.

Zuwider seiner gestrigen Erwartung, gibt es heute doch einen Morgen für ihn, denn der mittlerweile Licht durchflutete Raum lässt nun auch Hań erwachen. Geblendet von der strahlenden Sonne, wünscht sie ihm, in Begleitung von großen Kopfschmerzen und flauem Magen, einen guten Morgen, der ganz und gar kein solcher ist. Erfolglos versucht er, die Sonnenstrahlen auszusperren indem er die Augen zukneift. Finden sie doch ihren Weg augenblicklich durch seine rot leuchtenden Augenlider hindurch, und verursachen so, durch die verkrampfte Stirn, nur noch weitere Schmerzen im Kopf. Mit übers Gesicht gezogener Decke, muss er abermals bitter feststellen, dass die scharfe Sonne immer einen Weg durch die Maschen des grob gewebten Stoffes findet. Sind ihre Strahlen, mit denen sie sich nun punktuell wie glühende Nadelspitzen in seine Augen bohrt, doch beliebig dünn. Hań ist zwar nicht tot, aber in Anbetracht dessen, wie elend er sich fühlt, gepaart mit der Tatsache, dass sich die Sonne scheinbar vorgenommen hat, ihn heute den ganzen Tag zu traktieren, keimt in ihm der Gedanke daran, ob er dies nicht besser sein sollte. Wäre es doch um so viel einfacher.

Noch ehe sich die beiden allmählich von ihrem Bett befreien können, wird ohne Vorwarnung in einem Zug die Tür ihres Quartiers aufgerissen. Seinen Bart in Form gebracht, die Haare gestutzt, gewaschen und die Kleidung gewechselt, dauert es einen Moment bis Ra´hab den vor Elan nur so strotzenden fremden Mann als Meridin erkennt. Die ausrangierte Tunika hat er zu Gunsten eines fein gearbeiteten schwarzen, im Brustbereich geschnürten Hemds abgelegt. Darüber trägt er ein ebenfalls schwarzes und lang gewebtes Wams mit fein eingearbeiteten Zierfäden. Diese glänzen, als ob sie aus Garn reinsten Silbers gesponnen wären. Die Knöpfe an der Leiste wiederum sind über jede etwaige Unterstellung, ein Edelmetall nur zu imitieren völlig erhaben. Auch die helle Hose aus Leinen hat er gegen eine dunkle aus Leder getauscht. So gekleidet wirkt Meridin auf Ra'hab augenblicklich wie ein vornehmer Aristokrat. Einer, welchem er ansieht, dass er wirklich ein solcher ist, und nicht nur vorgibt ein derartiger zu sein. Hatte er doch gestern anhand vieler Beispiele Gelegenheiten gehabt, fein gewandete und kultiviert sprechende Menschen als Schauspieler zu identifizieren.

„Wünsche einen guten Morgen. Auf, auf! Kommt, das Schiff wartet nicht auf uns!"

Noch einen Schritt näher bei Hań, stößt er ihn sogar kurz mit einem Fuß an, damit dieser endlich von seinem Nachtlager hochkommt. Eine Aufforderung, welcher Hań nach mehrmaliger Wiederholung schließlich nachkommt. Die Augen geöffnet, nimmt sein belämmert wirkender Blick die beiden Gefährten zuerst aber nur sehr verschwommen wahr. Er sieht, dass sich der Hellhäutige über Nacht verändert hat. Seine gewechselte Kleidung erinnert ihn an etwas, er kann aber nicht mehr sagen woran. Hat er diese schon einmal gesehen? Er weiß es nicht. Auf ihr inzwischen beider Drängen hin, bewältigt Hań seinen Widerwillen und erhebt sich. Auf den Beinen angekommen, kostet es ihn erneut Überwindung, sich trotz ihrer schwammigen Schwäche, auf diesen zu halten. Hań will aber dennoch tapfer stehen bleiben und seinen beiden Gefährten, die sich bereits von ihm abwenden und gehen, folgen. Muss dies sogar, wäre er doch ohne sie in diesem steinernen Dschungel hoffnungslos verloren.

Die enge knarzende Treppe, welche komplett aus Hańs Erinnerung an den gestrigen Abend getilgt worden ist, löst in ihm ein derart beklemmendes Gefühl aus, dass dieses ihn beinahe dazu bringt, dem aufkeimenden Fluchtreflex nachzugeben. Unten im leeren Gastraum der Taverne angekommen, hält Ra'hab verblüfft inne. Denn hier erwischt er die durch die sperrangelweit geöffneten Fenster steif hereinströmende, frische und salzige Meerbrise dabei, wie sie tief in den Dunst des Rausches – in die Summe des schweren Dufts nach kaltem Rauch, schalem Wein und miefigem Körpergeruch – eindringt. Er wohnt mit seiner Nase erregt der Zeugung eines neuen interessanten Geruchs bei. Schließlich – bei deren finalem Höhepunkt angelangt – entsteht eine neuartige Komposition, welche Ra'hab als Gesamtwerk, sein lebzeitlang wie keine zweite, an einen Umbruch erinnern wird. Meridin führt die beiden zu der auf einem der zentralen Tische aufgebarten Truhe. In dieser – im Austausch gegen den Esel bekommen – hat er in der Zwischenzeit bereits ihre verbliebenen und unentbehrlichen Utensilien verstaut.

„Ihr werdet in den nächsten Stunden stark sein müssen. Bitte vertraut mir. Damit wir auf das Schiff kommen, müsst ihr euch als meine treu ergebenen Sklaven ausgeben.“

Und deutet Hań an, dass er die Kiste für ihn schleppen soll. Ra'hab versteht sofort und gibt dies Meridin mit bereits untertäniger Miene zu wissen:

„Wirst wissen, was du machst.“,

und greift sich sofort die aus dem vorderen Ende der Kiste herausstehenden Griffe. Auch Hań versteht, was von ihm verlangt wird und macht es Ra'hab am hinteren Ende der Kiste gleich. Meridin hält den beiden die Türe auf und hat dabei das Gefühl, als würden sie dabei die Schwelle auf die geöffnete Bühne hinaus übertreten.

Bereits auf den ersten Metern wird es Hań erneut erbärmlich zumute. Die pralle Hitze und der stechende Kopfschmerz geben seinem flauen Magen noch das fehlende Quäntchen Übelkeit, das dieser benötigt, um sich erneut zu übergeben. Unruhig überlegt Meridin, was er machen soll. Denn so bald hat er nicht damit gerechnet, unfreiwillig in den Fokus der Menschen auf der Hafenpromenade zu rücken.

Er sieht viele Blicke sie treffen, und weiß, dass bereits ein paar genügen würden, um ihre Scharade endgültig auffliegen zu lassen. Soll er das machen, was jeder erwartet und als selbstverständlich einem Sklaven gegenüber sieht? Soll er den unauffällig wartenden, schaulustigen Menschen das bieten, was sie sehen wollen? Soll er Hań, seinen schwächelnden Sklaven, anbrüllen, schlagen und mit einer Rute vorantreiben? Inzwischen bereits eine sichtlich ungeduldige Miene aufgesetzt, tut ihm Hań so unendlich leid. Sicherlich hat er derartige Episoden größter Demütigung während seiner Sklaverei schon zigfach miterleben oder am eigenen Leib durchmachen müssen. Keiner seiner Gefährten hätte jemals gewollt, dass sich eine solche an ihm wiederholt, doch zwingt Meridins Rolle ihn nun dazu, Härte und Überheblichkeit zu demonstrieren.

Ratsuchend sieht Ra'hab zu Meridin. Doch dieser steht weiterhin nur wie festgenagelt da und wirft von dort seinen genervten Blick zu ihnen herüber. Ra'hab, der wie alle anderen auch der strengen Miene von Meridin auf den Leim geht, entschließt sich, auch ohne Anweisung seines Herrn zu handeln. Er geht zu Hań, zieht ihn hoch auf seine Beine, fügt seine Hände an die beiden Griffe und lächelt ihm nickend, mit einem grenzenlosen Maß an Zuversicht in den Augen, ins Gesicht und streicht ihm über den Kopf. Denn eben auf genau dieselbe Weise ließ er seinen Kamelen immer wissen, dass alles gut und bald überstanden sei. Bedingungslos hat er ihnen sein Vertrauen geschenkt, was stets, da sie dieses auf keinen Fall enttäuschen wollten, neue Kraftreserven in ihnen zu Tage gefördert hat. Eine Strategie, welche nach Sekunden auch bei Hań Früchte trägt. Und damit hat er das gemacht, was lediglich ein Sklave mit einem anderen machen darf – er hat ihm geholfen.

Durch seine sensiblen Fühler erfasst Hań – und dies, ganz ohne die Funktion ihrer Sprache oder gar einzelner Worte zu verstehen – die Situation, in der sie sich befinden, erstaunlich gut. Ohne zu murren macht er das, was von ihm verlangt wird, obwohl es ihn doch schmerzlich an seine Vergangenheit erinnert: Dinge zu tun, die er nicht will. Stillzuhalten, obwohl es schmerzt.

Auch wenn es nur Minuten sind, in denen Hań und Ra'hab die schwere Truhe schleppen müssen, erscheint ihnen diese Zeit, als wäre jene aus einem sadistischen Ansinnen heraus schier endlos langgezogen. Doch erträgt Ra'hab seinen Knieschmerz beinahe stoisch, und Hań seine Übelkeit immerhin tapfer. So gehen sie weiter auf dem Kai entlang und passieren ein prächtiges Schiff nach dem anderen. Doch endlich klingt von einem der Schiffe ein lauter und übertrieben freudetrunkener Ruf zu ihnen:

„Meridin, alter Freund! Musst du auch nach Cosárin?! Komm, fahr mit dem Schiff hier!"

Der, welcher hier vorgibt ein guter Bekannter zu sein, ist Josimil, der Hrŏhmer vom Vorabend. Meridin ist verblüfft, mit welcher Leidenschaft und Natürlichkeit dieser seine Rolle spielt. Seinen an ihm vorübergehenden Sklaven tritt er mit einem Fuß sogar in die Hacken und treibt ihn mit schroffer Stimme an:

„Schau nicht so dumm, du Trampel. Hilf lieber seinen beiden Sklaven die Kiste rauf zu tragen!",

was dieser auch prompt erledigt. Mit der Kiste bepackt geht der starke Hüne zurück auf das Schiff. Doch bevor auch sie über die Planken in gewägte Sicherheit schreiten können, fängt sie ein Uniformierter ab:

„Welch Ziel hat wohl so ein schicklich, ganz in schwarz gekleideter Mann mit zwei so unterschiedlichen Sklaven? Einer so alt mit sicherlich kaum noch Kraft in den Knochen, der andere noch blutjung."

Meridin entgegnet ihm darauf in betont ungeduldigem Ton:

„Werter Herr. Ich denke sie sollten wissen, wohin mich dies Schiff bringt. Die Antwort zu meinen Dienern überlasse ich eurer Phantasie. Was würden sie mit einem so hübschen Knaben, und einem Greis machen?“

Die Frage, was man mit beiden zusammen machen kann, könnte sich Meridin auch nicht beantworten, aber dies sollte sein Gegenüber ablenken. Was auch funktioniert, da dem Mann, als dieser mit seiner nach schmutzigen Zoten im Kopf forschenden Arbeit fertig ist, ein ebenso schmutzig wissendes Grinsen entlockt wird, was Zeichen für Meridin ist, mit strenger Stimme fortzufahren:

„Diesmal will ich es noch einmal gut sein lassen. Aber für die Zukunft, werter Herr, rate ich ihnen, Herrschaften, die es offensichtlich zu mehr gebracht haben, als ebendiesen einfältige Fragen zu stellen, nicht mehr zu belästigen.“,

und gibt ihm mit dem Beenden des Satzes einen glänzenden und genau abgezählten Münzturm. Ohne auf eine Erlaubnis oder auf eine etwaige andere Antwort von dem uniformierten Mann zu warten, drängt Meridin diesen einfach beiseite und geht weiter.

Auf dem Schiff angekommen übernehmen Ra´hab und Hań wieder ihr Gepäck und verstauen es, angeführt von dem Hünen, in der Kajüte neben einem großen Frachtraum und gehen danach erneut an Deck. Auf dem wankenden Untergrund muss Hań abermals mit seiner Übelkeit kämpfen, und lässt ihr, von dieser übermannt, auf der stadtabgewandten Seite des Schiffes auch mehrmals freien Lauf.

Allmählich versiegt der Strom an Waren, welche in einem geschäftigen Treiben an Bord gebracht werden, weshalb die Schiffsbesatzung die nötigen Vorbereitungen trifft, um abzulegen. Diese kurz darauf erledigt, gibt der Kapitän den Hafenarbeitern schließlich Zeichen, das Tau vom Kai zu lösen und das Schiff von Land abzustoßen. Auf dieses Kommando hin spüren sie sogleich, wie das Schiff mit einem kräftigen Ruck beschleunigt wird.

Nach den ersten Metern fühlt sich Ra´hab erneut auf eine

sonderbare Weise beobachtet. Aus einer Intuition heraus sucht er sofort den Himmel nach einem ganz bestimmten Vogel ab. Geblendet von der hochstehenden Sonne lässt er seinen Blick zuerst nach Osten in die sich bereits langsam entfernende Hafenstadt fallen. Und dort sieht er ihn. Den Blick. Die starren, parasitären und allwissenden Augen im Körper eines neuen Wirts, der diesmal erstmals ein Mensch ist. Es sind die gleichen Augen, er könnte es beschwören. Der Träger dieser Augen ist ein älterer Herr mit grauen Haaren und schäbig verschlissener Kleidung. Ra´hab hat den Mann schon einmal gesehen. Dieser war der Hafenarbeiter, der ihnen gerade eben beim Ablegen das Tau gelöst und sie so kräftig mit einer Stake angestoßen hat.

»Was hat das zu bedeuten?«

Er weiß es nicht.

20

Die Augen des alten Manns blicken den Gefährten auf dem sich entfernenden Schiff noch lange nach.

Gerne würde er ein kleines Ständchen zum Besten geben. Doch eignen sich die Dünen aus Wasser dafür nicht besonders. Denn jenen aus Sand kann man ein Vielfaches mehr an verschiedenen Tönen entlocken. So lange hat der Beduine der Gemeinschaft nach der Initialzündung der singenden Dünen gesucht und hat dabei das Offensichtliche nicht erkannt. Es hat nie einen Grund gegeben. Einzig sein Wille, ihnen ein kleines Schlafliedchen zu singen, war dafür nötig gewesen.

Leise legt der alte Mann seine Wünsche in den Wind:

„Fahret fort, fahret schnell. Wind in eure Segel. Geht und spielt um euer Gewicht auf der Waagschale. Spielt gut, spielt tapfer und gewinnt.“

Poem

enttäuscht

An dich, du mein Traum,
erfüllst mich mit deinem samtgen Saum,
ziehst als lichtes Band durch dunkle Nacht,
ohne dich selbst zu fragen;
was hat es gebracht?

Bist ein Schauspiel, im Moment real,
trübst mir die Sinne, ganz legal.
Bist eine Vorstellung in ihrem wörtlichen Sinn,
verdeckst die Wirklichkeit seit Anbeginn.

Vielleicht bringst du diese mir auch nur wieder,
als Phrasen, Bilder, täuschend Sinngefieder.
Machst mir Angst und bringst mir Lust,
suchst mich heim, obwohl du es nicht musst.

Aus dir erwacht:
Was hat es mir gebracht?
Deine Bilder so voller Trug,
stellt sich mir die Frage:
war es doch nur Lug?

Die Stunden vergehen und die Erinnerung verblasst,
Wunsch und Sein auf ewig nicht zusammenpasst.
So sehn ich mich bereits wieder nach dir,
denn du bringst mir Weite,
die wünsche ich mir.

ein Danke

Dies war sie nun also, die erste Geschichte meiner Romanreihe *Schattenseiten* die sich über fünf, vielleicht sechs Bände erstrecken wird. Eine Geschichte, die ein Traum für einen Träumer sein will. Ein Traum, der den Leser, welcher sich fallen gelassen hat, entschleunigen und auffangen soll. Ein Traum, der mehr als ein solcher sein will. Einer, der naiv in die Öffentlichkeit drängt, ohne zu wissen was ihn dort erwartet...

Diesen Anspruch – mehr zu sein als das was man ist – auch für die eigene Person gewählt, habe ich versucht an diesem unbeirrt festzuhalten, auch wenn ich bei vielen meiner Bestrebungen immer wieder über mich selbst gestolpert bin. Denn dieses Ziel bleibt für jedermann unerreichbar. Doch ich denke, der Weg dorthin, das Werden an sich, macht das Menschsein aus. Ein Werden, das alleine zu bewältigen, unmöglich ist. Deshalb habe ich vielen Menschen und Institutionen zu danken, die mir geholfen haben, meinen zu beschreiten. Euch verdanke ich es, dass ich heute an dem Punkt stehe, an dem ich bin. Ihr habt mir die Möglichkeit gegeben, meinen Traum zu verwirklichen – dieser, zwar nie perfekt, bin ich dennoch damit zufrieden.

Von den Personen, die mich unterstützt haben, bedanke ich mich zu allererst bei meiner lieben Frau *Anita*. Du hast mir mit Schaffen von Freiräumen den Rücken offengehalten und mir denselben stets gestärkt. Denn trotz Rückschlägen hast du mich stets ermutigt, erneut einen Fuß vor den anderen zu setzen. Auch hast du die Zeitpunkte meist früher als ich selbst erkannt, wann mir Zerstreuung für ein Weiterkommen hilfreicher war, als es Verbissenheit je hätte sein können. Danke. Ich liebe dich.

Nun, der Chronologie folgend, bedanke ich mich als nächstes bei dem engen Kreis der ersten Leserschaft. Eure Korrekturvorschläge haben mich auf Fehler in der Logik hingewiesen und es mir ermöglicht, meine Geschichte aus völlig verschiedenen Blickwinkeln zu betrachten. Mit eurem Lob und Tadel – meiner ersten Kritik – wart ihr gnädig und zugleich hilfreich; habt ihr es doch geschafft, dass ich mein Schaffen gerade noch rechtzeitig selbst hinterfrage. Damit habt ihr mir einen großen Dienst erwiesen. Danke, *Holger Hermann, Andreas Sichelstiel, Gerd Laschtowitz, Norbert Sommer, Hermann Stadler, Hans Semmler* und *Sandra Helm.* Ohne euch wäre diese Geschichte eine andere geworden.

Ein großes Dankeschön gebührt *Diane Rösl,* die mir mit dem Lektorat große Dienste erwiesen hat. Ein solches Interesse am Korrigieren-Wollen habe ich mir gewünscht. Für die grafische Gestaltung des Covers möchte ich mich bei *Johann Sturcz* und *Julius Kreupl* bedanken. Auch der Autor *Oliver Susami,* welcher mir bei dieser Geschichte mit seiner Erfahrung als Lektor sehr hilfreich war, sei an dieser Stelle erwähnt. Bei *Mario Weiß* vom Verlag Yellow King Productions möchte ich mich im Besonderen für den vielen Rat und noch mehr Tat bedanken, die er mir in den letzten Monaten hat zuteilwerden lassen. Danke, dass du stets an meine Geschichte geglaubt hast.

Dies war der erste Teil einer Reise, die mir sehr viel Spaß gemacht hat. Vielleicht, kann sie auch euch dazu inspirieren, euren haltlosen Gedanken und Träumen Ausdruck zu verleihen, damit diese Substanz erlangen und gedeihen können. Vielleicht schafft ihr es, andere mit euch anzustecken, oder vermögt es sogar, einem Blinden Verständnis für Farben zu verleihen.

Der Samen hierfür kann vieles sein, zu allem werden. Meiner besteht im Grunde nur aus Schwarz auf Weiß, schnöden Lettern, aneinander gereiht zu einer Geschichte.

In diesem Sinne ein herzliches Vergelt's Gott

Daniel Schenkel - Horror aus der Oberpfalz

Der gelbe Traum Roman

Zwei bleiche Sonnen scheinen über der toten Stadt Carcosa. Ein Mann wird zum Opfer seiner Obsessionen. Ist Dirk Harfners Frau tot oder lebendig oder etwas dazwischen? Das Theaterstück "Der König in Gelb" gibt unlösbare Rätsel auf, brennt sich wie Säure in den Geist eines jeden, der auch nur einen Blick darauf wirft. Die Geheime Carcosische Staatspolizei macht Jagd auf ihre Opfer und durch die Ruinen eines verlorenen Königreichs wandert ein einsames Phantom.

In "Der gelbe Traum" trifft klassische Weird Fiction auf David Lynch und Noir. Eine Achterbahnfahrt durch eine wahnsinnige Welt, in der nichts mehr Gültigkeit besitzt und die Realität in Trümmern liegt.

Der schwarze Mann Hörspiel

"Er kommt bei Nacht. Seine Augen glühen im Rot der Hölle, Dunkelheit umhüllt ihn. Er spricht zu dir, offenbart dir seine Geheimnisse. Dann musst du mit ihm gehen. Musst ihm in die Finsternis folgen, in die Schwärze jenseits der Sterne. Es gibt keinen Ausweg, keine Gnade, keine Erlösung, nur noch Wahnsinn und Chaos." Als der anonyme Verfasser dieser Geschichte sein neues Heim bezieht, denkt er sich erst nichts dabei. Der Vormieter, der scheinbar plötzlich ausgezogen ist, hat lediglich ein paar merkwürdige Bücher und seltsame Zeichnungen an den Wänden in der Wohnung zurückgelassen. Doch schon in der ersten Nacht offenbart sich dem Protagonisten ein namenloses Grauen. Was steckt hinter dem Verschwinden des ominösen Herrn Pickmann und was hat es mit dem merkwürdigen schwarzen Folianten auf sich, von dem dieser regelrecht besessen war?

Der Autor Daniel Schenkel verbindet in dieser Geschichte Elemente der Horror-Ikone H. P. Lovecraft mit zeitgenössischem Grusel. Ein Film Noir für die Ohren.

DANIEL SCHENKEL
DAS GELBE
ZEICHEN

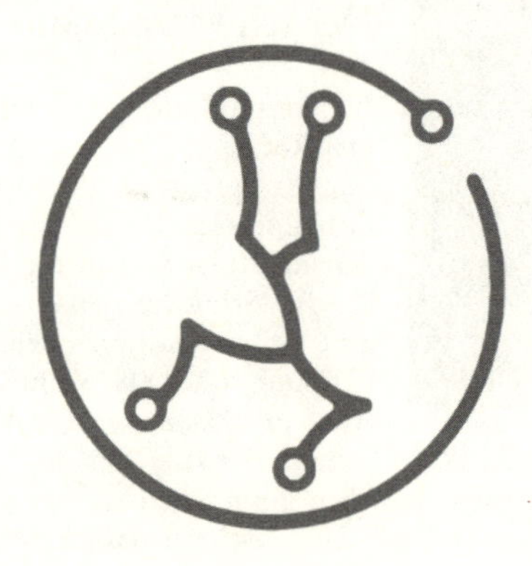